Revolución

Juan Francisco Ferré

Revolución

EDITORIAL ANAGRAMA
BARCELONA

Ilustración: © Dionisio González. www.dionisiogonzalez.es

Primera edición: mayo 2019

Diseño de la colección: Julio Vivas y Estudio A

© Del poema «Nocturna bola», C. Velasco Rengel, 2019

© Juan Francisco Ferré, 2019

© EDITORIAL ANAGRAMA, S. A., 2019
   Pedró de la Creu, 58
   08034 Barcelona

ISBN: 978-84-339-9878-1
Depósito Legal: B. 9900-2019

Printed in Spain

Black Print CPI Ibérica, SL, Torre Bovera, 19-25
08740 Sant Andreu de la Barca

En memoria de Marcel

El mundo no camina hacia su destrucción sino hacia su renacimiento.

Reinicio.

Nada. No soy nada. Solo un paquete de carne en mal estado. Mal nutrida, mal envasada, a punto de consumirse.

Para las religiones, nada más que un saco de podredumbre y corrupción.

Para la neurociencia y las ciencias cognitivas, un error sin sentido, un cerebro que apenas si puede comprender sus motivaciones, sus deseos, sus razones, sus procesos, sus emociones y sentimientos.

Nacido para sufrir y morir, mientras la vida se me escapa en el tiempo sin poder vivirla. Imposible.

Si nada de lo que haga o piense es realmente mío, ni responde a necesidades humanas, puro producto de las ilusiones y fantasías de mi yo, esto más que una prueba de mi debilidad debo considerarlo una demostración de fuerza y, sobre todo, una garantía de libertad.

Es el futuro. El tiempo de la libertad absoluta. El tiempo de la revolución.

GABRIEL ESPINOSA

1
Anamorfosis

DÍA 1

El aburrimiento.
El aburrimiento.
Estoy realizando uno de mis experimentos más delicados. Paseando por estos pasillos en pos de mujeres desconocidas. No busco mucho. Solo interrogar su mirada. Pararme delante de ellas con cualquier excusa y mirarlas a los ojos. Durante un segundo transmitirles la idea de que no hay nada en mi gesto que deba preocuparlas. Mientras tanto, mis ojos leerán en los suyos la información preciosa que atesoran. El aburrimiento. El deseo insatisfecho. El placer con el que tocan los objetos, con que examinan los precios o las etiquetas, la curiosidad que sacian recorriendo planta tras planta estos grandes almacenes, todo eso guarda una información, puede traducirse a un código preciso cuya lectura mis ojos encomiendan al azar. Mi método es simple. Se parece a una cacería. La fase ojeo es la primera. Las observo desde lejos, paradas frente a una estantería, consultando a una empleada, revisando los colores de unas sábanas, las cualidades de un electrodoméstico o el plisado de un mantel. Las elijo por razones establecidas de antemano. La ropa, el pelo, la cara, la forma de sostenerse sobre los pies o de apoyar las manos o los codos. Me acerco con cautela. Las rodeo. Mi asalto comienza por la espalda, las recorro de arriba abajo, me pierdo en

13

los detalles, las pantorrillas, las nalgas, los pechos, al entrar en su campo de visión ya no hay marcha atrás. Con gran decisión, miro su boca, su nariz, y ya sin rodeos enfrento sus ojos. El tiempo de su respuesta forma parte del experimento. Unas no tardan en esquivar mi mirada, otras me miran fijamente para rechazarme, otras muestran interés o lo fingen, creyendo que tengo algo importante que decirles, un consejo, una sugerencia, incluso una pregunta. Piensan que podrían servirme de ayuda llegado el caso. Imposible. Solo me interesa la información cifrada en su mirada. Los datos que extraigo a toda velocidad de sus ojos. Los valiosos datos que almaceno en mi cerebro antes de clasificarlos en alguno de sus compartimentos para estudiarlos después, cuando esté solo y nada pueda perturbar su análisis. Solo hay algo que puede estropear esa primera lectura. De pronto pienso en Ariana, mi mujer. Por qué no está aquí. Dónde está. Con quién. Haciendo qué. Esa pregunta es la única que puede traicionarme cuando miro a los ojos de una mujer extraña cuyo único error es haber aceptado carearse conmigo sin preguntarse antes por mis intenciones. Cuando detecto que buscan intimar, que su deseo se transmite a mí con la nitidez con que sopesan los artículos que han reclamado su atención, es cuando me digo que es hora de interrumpir el experimento. No me interesa ir más lejos. Solo persigo obtener un código borroso que deben transmitirme sin darse cuenta, cuando se vuelven transparentes para el observador, distraídas con la compra, la gestión de tarjetas y la adquisición de objetos. Es entonces cuando aparezco en escena sin avisar y les robo todos sus secretos. El aburrimiento, sí, el aburrimiento. El mío y el de ellas. Este juego se basa en el aburrimiento. Como todos los juegos del mundo.

No sé si han estado antes con otros hombres, jugando en una habitación con hombres que no eran sus maridos, o que podrían serlo. No me preocupa. Sé que están aquí porque, hayan estado o no en esa situación comprometida, no encontraron allí todo lo que buscaban o esperaban encontrar. Esa información es la que atesoran sus ojos y solo yo sé extraerla de ellos, accediendo a su psique sin violencia. Esa información personal no vale nada en el mercado, pero para mí sí. Mucho. Es uno de mis experimentos preferidos, pero no el único. Desde que decidí jugar a este juego con la realidad, es el que más me divierte. Al menos hasta que el recuerdo de Ariana, esa misma mañana, guiñándome un ojo desde detrás de una taza de café, durante el desayuno, me devuelve a la realidad.

Regreso a casa con las manos vacías, pero cargado de información. Como siempre. Ariana no ha vuelto aún. Cada uno de los niños está encerrado en su habitación entregado a actividades que se me escapan y apenas me preocupan. Esas actividades son tan inofensivas para el orden del mundo como quizá mis experimentos. Pero al menos estos me mantienen vivo, en contacto con la realidad exterior. Nutriendo mi cerebro de una información que algún día alguien sabrá utilizar con fines inimaginables para mí.

Me desnudo, me ducho, enciendo la televisión del dormitorio. Mi ánimo no está preparado ahora para la dosis de información banal que un telediario vespertino puede transmitir. Esa visión del mundo tergiversada por la necesidad de preservar la ingenuidad de los espectadores. Tampoco un concurso donde un desconocido gane millones para realizar sus sueños. Sueños que a mí me dan escalofríos.

Me siento en el borde de la cama, desnudo, a esperar el regreso de Ariana. Pasan dos horas y no me entero. He debido de estar procesando toda la información acumulada durante la mañana y la tarde en mis paseos por los grandes almacenes y las tiendas del centro. No estoy en paro. Soy un funcionario en excedencia. Al principio estuve de baja por depresión. Y luego solicité la excedencia voluntaria. No aguantaba más. Era profesor. Profesor de filosofía en un instituto de barrio. Llevo así ocho meses y, desde el primer día, no he perdido un minuto de mi vida. He aprovechado todo ese tiempo para ponerme al día y actualizar mis conocimientos. Tras años de dedicación profesional y familiar, con vacaciones igualmente desperdiciadas, me había desconectado de la realidad hasta el punto de creer que la vida era esto. Trabajar para mantener a mi familia y pagar deudas de la casa y del coche o de las vacaciones en lugares gregarios. Mi depresión era una forma de rebelión contra la gran costumbre de vivir. Ariana lo sabe y me lo hace pagar a su deliciosa manera. Ella también está deprimida, como yo, pero por razones distintas. El amor que nos profesamos desde hace casi catorce años sigue intacto, pero yo he cambiado tanto desde que esto empezó que no sé si ella sabría reconocer mis sentimientos en este momento. Imagino que si pudiera verlos esquematizados en una gráfica o en una pantalla de ordenador daría un paso atrás horrorizada. O asqueada. O escandalizada.

Ariana es guapa a su manera especial y posee aún, a sus cuarenta y un años, un cuerpo espléndido y sensual que se empeña en encubrir bajo vestidos amplios, de telas y colores neutros, que disuaden a la mirada masculina de proseguir cualquier avance hacia su intimidad excepto cuando ella acepta ser seducida y su conducta abandona entonces toda restricción o límite. Desde la primera vez que la vi supe que mi deseo hacia ella, no era amor todavía, sería siempre inversamente proporcional a la cantidad de información que su cuerpo transmitía sobre su estado o sus procesos. Con el tiempo, aprendí que era su forma discreta de relacionarse con los otros, no menos apasionada que la de tantas mujeres que hacen de la exhibición y la ostentación de atributos carnales un imperativo sexual. Para muchos amigos nuestros, Ariana pasa por ser una mujer reservada, distante, enigmática, pero no por ello menos atractiva para conocidos y desconocidos. Tocarla, para mí, se ha convertido en todos estos años en una extraña necesidad, como apretar en el puño un cubito de hielo hasta que se funda contra mi piel.

Oigo cerrarse la puerta de la entrada y cuento los minutos que tarda en subir la escalera, saludar a cada uno de nuestros tres hijos encerrado en su cuarto, interesarse por lo que están haciendo, caminar por el pasillo hasta nuestro dormitorio, descalzarse antes de entrar, abrir la puerta y sentarse a mi lado en la cama sin decir nada. Mirar la tele unos segundos, robarme el mando a distancia, apagarla, empezar a desnudarse y abrazarme antes de que, una vez más, mientras eyaculo en su vagina mirando su cara para recordarla después, cuando el insomnio se apodere de mí y me obligue a buscar distracciones mentales en la oscuridad, pensando en todo lo que habrá hecho durante el día y no en el cuerpo de las mujeres que he examinado hoy, me pregunte sin asomo de ironía si la sigo queriendo todavía, si a pesar de todo, a pesar del paso de los años y la erosión de la carne, la rutina de nuestro matrimonio y sus adulterios reiterados, añado, la quiero todavía. Mucho, respondo, cada día más. Y confesarme, sin parpadear, que ella también me ama cada día más. Cerrar los ojos y quedarse dormida debajo de mí es una consecuencia lógica de la conversación mantenida. Dentro de un rato se activará de nuevo y me obligará a seguirla para preparar la cena y reunirnos alrededor de la mesa con nuestros hijos. Como cada noche.

Nos sentamos a la mesa para escuchar nuestras oraciones de todas las noches mientras consumimos lentamente los platos preparados por Ariana con mi pequeña contribución culinaria.

–Hoy han muerto quinientos rusos en un bombardeo de la aviación turca. La OTAN dice que ha sido por error.

Ensalada de zanahorias ralladas con salsa vinagreta, pechugas de pollo caramelizadas, compota de manzana verde.

–En el vídeo se ve un erizo salvaje en cautividad. Los niños lo mantienen encerrado en una habitación donde no hay un solo mueble.

Ariana preside la mesa. Yo me coloco a su derecha. Sofía se sitúa enfrente de su madre, a la que necesita atender todo el tiempo.

–Hay miles de goles en la historia del fútbol que son espectaculares y no han servido para nada.

Aníbal y Pablo se sientan juntos una noche más para poder hablar entre ellos, sin interferencias maternas ni paternas. Es la única hora en que comparten información recopilada durante el día sobre temas que interesan a los dos. Apenas se sobresaltan con los descubrimientos que ha hecho el otro, los reciben con naturalidad, como si pertenecieran a un orden común de cosas.

–Por más tipos de rojo que vea siempre pienso en el color rojo. Con el azul es ligeramente distinto.

Sofía y Pablo son nuestros hijos biológicos. De Ariana y míos. Gemelos. Aníbal es adoptado. Cuando Ariana y yo tomamos esta decisión no estoy seguro de que lo hiciéramos por las mismas razones, a pesar de que lo hablamos una y mil veces antes de solicitar la adopción. Ella buscaba completar una fotografía de familia que se le antojaba inacabada y ya no le parecía pensable remediar de otro modo con las mismas garantías de éxito.

—Desde el punto de vista de la neurociencia, la distancia entre la inteligencia de un aldeano analfabeto y un genio de la física es insignificante. Solo un poco superior al chimpancé y al ratón.

Aún no entiendo por qué acepté hacerlo. No veía la necesidad de tener un nuevo hijo compartiendo el hogar y adaptándose a las excentricidades de la familia. Al mismo tiempo, tampoco veía en nombre de qué podía negarme. Puedo reconocer que Ariana me convenció. O que supo proponerme que lo hiciéramos en el momento más oportuno. Cuando mi cerebro encontró en ello la solución a problemas de otro tipo que quizá no admitían, o no hallaban, otras respuestas más satisfactorias.

—Si te digo que me encanta la compota de manzana que has cocinado es porque mi cerebro, en realidad, quiere que te diga que te encuentro muy atractiva.

Así que dije que sí, que veía bien adoptar a Aníbal, pero no por ello dejé atrás las frustraciones de la edad, el empobrecimiento de mi vida sexual, la tortura intelectual de no haber hecho nada de provecho antes de los cuarenta, y los celos hacia Ariana, cada vez mayores. La tentación de separarnos y la fuerza para mantenerla a mi lado.

—Una amiga me ha enseñado en internet los cuadros y las fotografías de un artista ucraniano que amplía en gran tamaño imágenes de bacterias y microorganismos de todo tipo y las hace pasar por creaciones originales.

El problema es que Aníbal era un superdotado y no lo sabíamos. Alguien cuya capacidad de adaptación a un entorno doméstico normal lindaba con el autismo. Y, sin embargo, había conseguido desde su llegada establecer una relación de cariño y ternura con sus dos hermanos. Más con Pablo que con Sofía, desde luego. Pero se relacionaba con ambos, se comunicaba con ellos con regularidad y permitía que compartieran con él una parte de las actividades que ocupaban sus días e incluso, contra la voluntad de su madre, sus noches de actividad insomne.

–En Europa hay en este momento más del doble de viviendas vacías que de personas sin hogar. Más de 11 millones de viviendas para solo 4,5 millones de gente sin hogar. Solo en Francia son dos millones, en España un millón.

Miro a Sofía manejando el tenedor como si fuera un violín y, sin saber por qué, pienso en su futuro. La imagino casada con un patán engreído con un gran puesto directivo en alguna empresa tecnológica y cargando con un número excesivo de hijos y con un trabajo rutinario y todas las tareas de la casa encomendadas a ella, por defecto. Sofía solo se parece a su madre en el sexo, en todo lo demás es perfectamente diferente. Cualquiera diría que ni siquiera es su hija. Tal vez tampoco lo sea mía. Es lo de menos.

–La idea del silencio no tiene que ver con la ausencia de ruido sino con la distancia de los ruidos. Una masa de ruidos diferenciados situada a partir de un radio de treinta metros puede considerarse silencio. El silencio es imposible con un ruido único situado a menos de diez metros de distancia, por arriba o por abajo, a izquierda o derecha.

El efecto benéfico de las cenas en familia se deja percibir, sobre todo, al terminar, todos dedicamos unos minutos inútiles a permanecer juntos, una vez que hemos abandonado la tarea de trocear el alimento o masticarlo, y lo hacemos en silencio, con calma, mirando a nuestro alrededor sin un objetivo fijo, sonriendo levemente en el caso de cruzarnos con la mirada de alguno de los otros miembros sentados a la mesa.

–Se acaba de inaugurar en una galería de Londres la exposición de un artista político llamado Arno Wegener. Ha pasado tres años fotografiando toda clase de parásitos por el mundo y ahora muestra los resultados de su trabajo en una exposición multimedia titulada *Lucha de clases.* Está teniendo mucho éxito. Colas interminables de gente ansiosa por participar en el acontecimiento como si fuera una revolución social.

Después de la cena, aprovecho para leer en el salón el correo postal del día. Ariana ha subido al dormitorio a ver la tele sola, un concurso de premios millonarios que la tiene fascinada por su mecánica compleja y los recursos singulares de los concursantes elegidos para superar las grandes pruebas de supervivencia económica que se les proponen durante las tres horas de emisión en directo. Cada uno de los niños se ha encerrado en su madriguera a continuar con las actividades inconfesables que interrumpieron antes de la hora de la cena. El correo de hoy se reduce a cinco envíos publicitarios, dos comunicaciones del banco y una carta misteriosa que es la copia perfecta de la misma que recibí el mes pasado y el anterior. Una carta cuyo contenido literal lleva repitiéndose, con solo cambiar la fecha, en los últimos dos años.

Hace siete años escribí un ensayo farragoso y fantasioso de más de cuarenta páginas titulado *El cerebro es Dios. Prolegómenos a una revolución cognitiva en la vida humana.* No se basaba en ideas del todo nuevas, pero estaban formuladas con tal convicción que sonaban verdaderas y, lo que era peor, desesperadas. Defendía en él, de un modo autodidacta y naíf, la necesidad de trabajar para evitar la producción de computadoras superinteligentes y la conveniencia de financiar programas de desarrollo de las habilidades y capacidades del cerebro humano. El ensayo se publicó, a pesar de que yo no era un experto en la materia, en una oscura revista científica *(Tabla Rasa)* de un minoritario departamento de la Universidad Paneuropea de Millares. Excepto el comité académico de la revista, no creo que nadie más prestara atención a lo que afirmaba en él, con un discurso tan escasamente fundamentado como inexacto y categórico, sobre los riesgos de la superinteligencia artificial. Y mucho menos al cabo de tanto tiempo. Hasta que empezaron a llegar las cartas con una periodicidad sospechosa, cada tres meses el primer año, una al mes durante el segundo. «Estimado

20

Sr. Gabriel Espinosa: Nos complacería mucho que viniera a conocer las instalaciones de nuestro campus y del parque tecnológico en que se ubica. Sería para nosotros un gran honor recibirle como visitante. En caso de que acepte esta invitación, le rogamos que se ponga en contacto con nosotros a través del email o los teléfonos que constan al pie de esta carta.» Etcétera, etcétera, etcétera.

Sonrío, sí. Por primera vez en todo el día, con todo lo que he visto y escuchado en todas esas horas vacantes, sonrío cuando guardo la carta ya clasificada (es la número dieciséis de una serie abierta) en el cajón superior derecho de mi escritorio, donde va a reunirse con el resto de la lamentable documentación sobre el caso. Eso me permite recordar que, en aquel sesudo ensayo, yo llegaba a especular con la urgencia moral de intervenir en el código genético para obtener seres humanos más inteligentes, y de morfología menos defectuosa, a fin de contrarrestar el imperio de las máquinas.

Cuando lo escribí, estaba harto de la filosofía, que era mi especialidad, lo que había estudiado desde el final de la adolescencia con una vocación y una dedicación dignas de mejor causa. Había llegado a la conclusión tardía de que la filosofía no correspondía, ni por su lenguaje ni por su método ni por sus metas, a ninguno de los sueños que los seres humanos habían deseado ver realizados sobre la Tierra. Cuando esta verdad se me impuso donde se impone todo, en los sentimientos, las emociones, los afectos, las sensaciones, es decir, en la piel y en las entrañas, cuando dejé de creer en las verdades de la filosofía, o me parecieron falacias e infundios de gran calibre, mitos intelectuales para distraernos de la esencial ineficacia de nuestra mente, todo se desplomó en mi vida, excepto el amor de Ariana y la posibilidad de reinventar la vida a través del amor de una mujer extraordinaria como ella.

Entro en el dormitorio y la televisión está encendida. Ariana se ha quedado dormida encima de la colcha, abrazada a su tableta electrónica, en la que debía de estar consultando datos necesarios para poder concluir la jornada con la sensación de que había sido provechosa y no, como todas, una pluscuamperfecta inutilidad. Apago la televisión sin mirar siquiera lo que están poniendo, prefiero ignorar qué concatenación de ideas e imágenes la condujeron a ir retirándose de la pantalla televisiva para concentrar su atención en la pantalla operativa de la tableta antes de sucumbir al gran tema de la mente humana. El aburrimiento.

La desnudo con mimo, desprendiendo las escasas prendas que había decidido conservar, y la ayudo a meterse bajo las sábanas en su parte de la cama. Sé que mañana me reprochará que le haya permitido acostarse sin cepillarse los dientes. Prefiero no desvelarla y soportar luego, durante gran parte de la noche, su adicción a la pantalla luminosa y sus informaciones imprescindibles. Sería ella la que me desvelaría de nuevo a mí.

Ya en el cuarto de baño, me miro al espejo y observo con detenimiento las nuevas arrugas que han puesto cerco a mi boca y a mis ojos. El ejército enemigo avanza minuto a minuto, asediando las zonas más vulnerables, y mi piel es la principal víctima de sus victorias. Con el cepillo raspando a fondo las encías y el marfil de la dentadura, dedico un par de minutos a pensar en lo que estarán haciendo los niños, refugiado cada uno en su cuarto huyendo de la catástrofe familiar.

En cuanto me meto en la cama y adopto la posición lateral de siempre, intuyo que tardaré en dormirme o que no pegaré ojo en toda la noche, como suele ocurrirme, mi cerebro se ve inundado de trozos de ideas sueltas y recuerdos vagos y fogonazos de frases absurdas e imágenes que lo mantienen hiperactivo a una hora en que debería tender a desconectar de la realidad de este lado, apagarse para descansar, sumirse en otro régimen más gratificante, dejarse inundar por la marea roja, aceptar su desaparición, eclipsarse.

En medio de este debate estéril, tomo la decisión de escribir un email mañana sin falta a la Universidad Paneuropea de Millares rogándoles que no me envíen más cartas invitándome al campus. No pienso aceptar nunca.

Cierro los ojos al fin sin saber si los volveré a abrir alguna vez.

La vida es un error.

La mía, al menos, lo es sin discusión.

Un error total.

Me despierto sudando y aún no sé si estoy vivo o muerto.

Ariana respira pesadamente. Recuerdo que durante la noche han pasado cosas. Me eché encima de ella o ella se abalanzó sobre mí. A mí me rechinaban los dientes y ella se había olvidado de cepillárselos. La penetré con ganas. Nunca me ha gustado penetrarla, desde la primera vez. Es un gesto que me pone nervioso e incómodo. Siento que abuso de mi fuerza. A ella, en cambio, le encanta la penetración. La hace sentirse viva, eso me ha dicho en alguna confesión nocturna, ser penetrada es un modo de participar de una fuerza que la traspasa literalmente, desborda el mundo del cálculo y la rutina, la arrastra a otro nivel de conciencia de sí.

Hoy me toca llevar a los niños al colegio. Aníbal se sienta atrás para poder consultar su móvil sin intrusiones. Sofía a su lado, intentando fisgar en las búsquedas de su hermano adoptivo. Pablo a mi lado, como casi siempre cuando su madre no nos acompaña, aprendiendo los gestos necesarios para dominar los mandos del coche y leer las señales correctas, como nos dijo un día, para ser un buen conductor.

No llevamos ni un kilómetro cuando se desata la tormenta cerebral.

—Una parte de los profesores del colegio están asistiendo a un seminario donde se les enseña que el álgebra y la lengua son disciplinas inútiles.

—¿Y cómo te has enterado?

—Me lo ha dicho una profesora que asiste. La señorita Peñalver. Está escandalizada.

—Ya veo. ¿Y por qué te lo ha dicho a ti?

—¿Y por qué no?

Aprovecho la parada en el semáforo para mirar por el retrovisor y descubro a Aníbal más concentrado de lo normal en el contenido de la pantalla de su móvil.

23

–¿No habrás vuelto a las andadas?

No se molesta en responder. Levanta la mirada de la pantalla un segundo y me guiña un ojo con picardía impropia de la edad. Trece años cumplidos. Prefiero no saber qué atrae su atención en este momento. Hace unos meses, espiando el historial de sus conexiones descubrí su interés por los cuerpos transexuales. Su interés particular por una de ellos: Mary Jane Kipple. Así se hacía llamar el hombre hembra que mantuvo abducida la mente de mi hijo Aníbal durante semanas. Una estrella angelina que se ofrecía desnuda en su webcam y donaba a los incontables fans de su belleza de morena puertorriqueña, a cambio de una suscripción barata, breves videoclips de sus actuaciones más calientes, donde se la veía masturbándose en un sofá o follando con jóvenes sementales, con otros transexuales y con chicas libertinas, o lavándose a fondo sus partes íntimas en la ducha. Aníbal estaba intrigado con esa anomalía psicosomática y se conectaba cuarenta veces al día para vigilar sus actividades privadas. Ariana intervino con rudeza, cuando se lo dije, horas después, culpándome de cobardía o debilidad, y canceló su acceso a internet durante una semana. El odio de Aníbal hacia mí, no hacia su madre adoptiva, era exponencialmente superior a su pasión por la transexual californiana.

–El erizo enfermo está encerrado en un cuarto sin ventilación. No le dan agua ni comida. Lo graban todo con una cámara, hora tras hora, y suben los vídeos a internet todos los días. ¿Quieres verlos?

En ese tiempo Aníbal me transfirió su morbosa curiosidad por la anatomía transexual y su peculiar flexibilidad en las relaciones eróticas.

–Los transexuales están convencidos de que pueden ofrecerle al hombre heterosexual mucho más que las mujeres. Un suplemento innombrable pero eficiente.

Con su perspicacia habitual, Ariana se dio cuenta enseguida de mi fascinación malsana, no le hizo falta esperar al momento de audacia y descaro en que le pregunté, por primera vez, si podía penetrarla analmente.

24

–Sería repulsivo como espectáculo si no fuera también un medio para concienciar al espectador. Los mensajes que aparecen en pantalla cada vez que se ve sufrir al animal proclaman que eso es lo que les hacemos los humanos al medio ambiente y a las especies amenazadas.

Sofía se baja del coche detrás de Aníbal sin despedirse de mí, su obsesión por el hermano adoptivo y sus derivas mentales está llegando demasiado lejos. Pablo, en cambio, abre la puerta delantera y se queda sentado mirando al frente, a través del parabrisas, antes de volverse hacia mí.

–¿Vendrá mamá a recogernos?

Vuelvo a casa mientras comienza a diluviar y pienso que sería una buena excusa para no salir en todo el día, como cuando era niño y mi madre me permitía no ir a la escuela cada vez que llovía con la suficiente intensidad como para temer inundaciones. Espero que Ariana no haya vuelto aún del supermercado cuando abro la puerta de la casa. El silencio es un estruendo familiar. Todo está como lo dejé hace una hora. Me encierro en mi estudio. Enciendo el ordenador. Abro el programa y redacto un breve mensaje dirigido a la Universidad Paneuropea de Millares. Entro en mi bandeja de correo y lo envío. Me lo rechazan en dos ocasiones. Al cerrar el programa de correo no estoy seguro de que mi mensaje haya llegado a su destinatario.

Ayudo a Ariana a sacar las bolsas de la compra del coche y a meter las cosas en los armarios de la cocina. Me fascinan algunos de los envases de comida preparada. Las etiquetas repletas de datos precisos sobre su contenido. Nombres de ingredientes y porcentajes exactos. Los alimentos frescos, en cambio, me dejan indiferente y dejo que Ariana se encargue de sacarlos de las bolsas y guardarlos donde corresponda.

Tiene turno de tarde en el hospital, así que me da instrucciones para preparar la cena antes de marcharse dando un portazo que resuena en mis oídos como una explosión devastadora.

Nada más irse Ariana, llaman a la puerta, abro sin pensar, creyendo que es ella que se ha olvidado algo, y me encuentro a un mensajero sonriente, me trae un paquete con un libro, a mi nombre, recuerdo haberlo pedido hace un mes, recuerdo que el libro estaba descatalogado y que me avisarían de cuándo estaría otra vez disponible. No ha sido así. Me hubiera gustado recibirlo de otro modo, pero no me quejo demasiado. El libro ha llegado hasta mí sin demasiados problemas. Firmo en la pantalla y cojo el paquete. No hay nada en el libro que pueda convertirme en terrorista, pero el modo nervioso y alterado en que lo recibo me hace parecer sospechoso ante el mensajero, como si fuera un manual de instrucciones para fabricar armas destructivas a domicilio, o una guía efectiva para convertirse a una cualquiera de las religiones e iglesias fundamentalistas del día y hacerse terrorista fanático de la noche a la mañana.

La realidad a veces se mueve a cámara lenta y no tarda en parecernos antigua a los que observamos sus procesos cotidianos con cierta extrañeza y perplejidad.

Pienso que hay muchas formas de terrorismo como hay muchas formas de terror, una de ellas es imperceptible y la practica mucha más gente de lo que se cree. Consiste en ir apartándose de la vida poco a poco, asumiendo una distancia creciente, un odio latente, un desprecio incontrolable. Y ya está la mecha encendida. Esas personas nunca pondrán una bomba ni, con suerte, matarán a nadie, pero la semilla está sembrada, ha encontrado el suelo abonado, crecerá o no, será exuberante o demacrada, pero estará ahí aguardando su momento oportuno para germinar. Es un proceso que forma parte de la vida. Es el instinto de muerte. Siento, sin embargo, que es la vida, el instinto de vida, el que se apodera de mi cuerpo en este momento, cuando abro el paquete, elimino todo el envoltorio de plástico profiláctico con que viene rodeado para protegerlo del enemigo y me precipito a ojearlo con ansiedad inexplicable. Página a página, sin leer cada letra o frase, cuando llego al final he satisfecho un placer similar al sexual, aunque también completamente diferente.

Disimulo, cuando recojo a los niños a la salida del colegio, trato de disimular ante ellos. Han estado todo el día dedicados a tareas nobles reconocidas por la comunidad, tareas de aprendizaje y socialización, tareas de relación e instrucción, mientras su padre dedicaba su ocio interminable a leer un libro que no le servía, en apariencia, para nada significativo.

Después de cenar, nos ponemos los cinco a ver la tele. No es fácil estar de acuerdo. Elegimos por votación mayoritaria ver una superproducción de gran éxito cuyo estreno televisivo ha sido muy publicitado en diversos canales de pago a los que estamos suscritos. Es viernes noche y Ariana se empeña de todas las maneras posibles, con la complicidad de Sofía, en convencernos a los tres miembros masculinos de la familia de que esta experiencia común es decisiva no solo para el presente sino también para el futuro individual de cada uno. Una especie de eucaristía doméstica. Como si lo hubieran acordado de antemano, los dos hermanos abandonan el salón, con una diferencia de cinco minutos entre ellos, pretextando tener cosas más importantes que hacer en sus cuartos respectivos. Sofía se queda dormida en el sofá, tumbada junto a su madre, y yo me distraigo rememorando pasajes de mi lectura de hoy mientras me preparo para desertar de la misión familiar a poco que Ariana también se quede dormida.

Estoy terminando de releer un largo capítulo cuando Ariana irrumpe en la habitación.

–Todo el mundo duerme. Solo tú y yo mantenemos el rumbo de la nave, ¿no te excita la idea?

En cuanto comienza a desnudarse arrojo el libro lo más lejos posible de la cama para que no se convierta en un estorbo. No sé con quién habrá estado hoy flirteando, en la calle, en el aparcamiento o en el trabajo, entrando y saliendo de habitaciones donde los enfermos y sus familiares te hacen sentir con creces el peso insostenible de la condición humana, pero se siente muy excitada y se lo noto en cuanto se pone a mi alcance para pedirme que me desnude deprisa con un beso en la boca. La deseo de un modo muy especial, como si yo fuera otro, así me siento cuando la penetro sin preámbulos, atendiendo a sus demandas, y veo cómo cierra los ojos. Hacerlo a ciegas imprime a nuestros actos más premeditados una intensidad renovada. Tendidos uno junto al otro al terminar la tercera vez, ella ha tenido una cadena de orgasmos que me han vuelto a asombrar con su puntualidad clínica, no nos queda nada que decirnos que no podamos encomendárselo a las manos o las bocas. Hemos cumplido el programa del contrato hasta la cláusula más complicada y, a pesar de todo lo que conspira a diario para sumirnos en la tristeza y la depresión, nos sentimos particularmente felices por ello.

Esto anoté esa misma noche, con el cuerpo fatigado y la mente despierta como nunca antes, en mi cuaderno privado, ese en el que pensaba reflejar paso a paso la llegada al horizonte de los cuarenta y el paso más allá, que se me antoja angustioso.

El cumplimiento de otro programa más secreto, como se verá, es el que me mantendrá vivo llegado el momento. Hasta el final.

La nueva ciencia de la realidad, como me gustaba llamarla en mis clases para estupor de mis alumnos, cuando aún era profesor y creía en la función educativa.

La nueva ciencia es contraria a toda forma de ciencia.

DÍA 3

He soñado con una mujer desnuda que se transformaba en erizo, acomodando púas y pelos y alargando el hocico, sin abandonar su anatomía femenina, y me hablaba de la difícil vida en las calles de un transexual amigo suyo. Luego me besaba de repente en los labios con dulzura preguntándome si la prefería como erizo o como mujer y recuerdo con nitidez, porque me desperté sobresaltado en ese mismo momento al reconocer la cara de Ariana en el amable monstruo, que yo le respondía sin titubear: ¿Debo elegir?

Me doy cuenta de que aún no he mencionado dónde vivimos. Tiene importancia. Nuestra modesta urbanización de clase media se construyó a comienzos de este siglo, cuando la explosión inmobiliaria que se había apoderado no solo de la economía sino de la fantasía de miles de familias de ingresos decentes y ambiciones indecentes estaba a punto de entrar en decadencia. Chalets adosados unos a otros, como en la pesadilla de un planificador de otro siglo más antiguo, un falansterio familiar en que la convivencia fomentaba el aislamiento en unidades mínimas de relación, apenas reducidas a los más fastidiosos vecinos inmediatos y a los miembros de la familia en cuestión.

Cuando Ariana y yo llegamos a esta casa, a mediados de los años veinte del nuevo siglo, éramos una joven pareja sin hijos, Pablo y Sofía nacieron aquí un año después de mudarnos, en 2026, y Aníbal apareció a los cuatro años. En principio nuestra llegada a la urbanización tenía un solo motivo, salvar el matrimonio, impedir que antes de tener hijos nuestra pareja naufragara entre miserables obligaciones profesionales y económicas y el adulterio consolador como solución del paso a la treintena.

Con sus aires de escandinava meridional y su sensualidad ambigua, Ariana era objeto y sujeto de tentaciones sin cuento, de ambos sexos, a las que en varias ocasiones no pudo evitar sucumbir, antes y después de que nos casáramos. En aquella época de transición, esta suerte de libertinaje pequeñoburgués tenía mejor prensa que hoy, desde luego. Entonces se veía como una segunda oportunidad, tras los esplendores de la primera juventud, antes de adentrarse en las rutinas conyugales y familiares de la madurez. Yo también aproveché la laxitud de ambos en este terreno para fortalecer nuestro matrimonio poniéndolo a prueba con amoríos sin futuro. Hubo, sin embargo, un período crítico en el que Ariana perdió el control por culpa de un compañero de trabajo, un médico más joven, y puso en grave riesgo nuestra relación. Tras semanas de turbulencias sentimentales, decidimos afrontar juntos el futuro, pero para ello no bastaba con un compromiso de palabra, había que cambiar de lugar de residencia y hasta de forma de vida, alejándonos lo más posible de esas personas que se instalan de por vida en la eterna juventud del sexo y las relaciones.

Así llegamos a este complejo de viviendas con fachadas uniformemente pintadas con una variante puritana del fucsia, tres plantas sobre el suelo, más de trescientos metros cuadrados habitables, piscina comunitaria, antena colectiva conectada a las transmisiones de los satélites globales y ruidosos patios traseros de una promiscua contigüidad. Llevamos viviendo aquí algo más de doce años y nuestro grado de felicidad nunca alcanzó la media estadística, ni con la casa ni con el vecindario, compuesto en su mayoría de gente mediocre que esperaba que le tocara la lotería de un vecino notorio con el que entablar una próspera amistad personal y profesional. Hoy sobrevivimos por comodidad al deseo de cambiarnos y apenas si nos planteamos como fantasía esa posibilidad. Al menos Ariana, resignada a que el tiempo de vida adulta que le resta, antes del dramático eclipse de la vejez anunciada, lo vivirá aquí como una condena penitenciaria.

De todas formas, Ariana es la criatura menos conformista que he conocido. Y esto para mí, que lo soy en mayor medida, es un factor de perturbación emocional asegurado. Sé que prosiguió durante años, a pesar de todas sus promesas y de nuestra mudanza acelerada, coqueteando con la idea de recuperar esas relaciones que la hacen mantenerse joven, o alejan de su mente el espectro de la vejez. Sé que comenzó a recuperarlas después del parto de la niña, nuestra querida hija Sofía fue el último eslabón biológico con el pacto de estabilidad que acordamos antes de instalarnos en esta urbanización. Aníbal, en cambio, es la prueba viviente de que Ariana ha preferido gozar de su libertad hasta el último sorbo y no sacrificarse una vez más en nombre de una relación amorosa que no le parece completamente satisfactoria. No tanto, al menos, si se veía obligada a renunciar a esa parte de sí misma, a esa otra identidad alternativa que se generaba cada vez que tenía con alguien una aventura o un lío, los nombres me importan menos que lo que significan en realidad, las designaciones verbales tratan de cercar los significados sin alcanzar a entender la singularidad que para cada uno de nosotros encierran.

Prefiero ignorar los detalles, por conveniencia, pero sé que al menos una vez por semana, si no más, Ariana se encuentra en privado con otros hombres y, en alguna ocasión especial, con otras mujeres para resucitar el éxtasis libidinal que alcanzó durante los años universitarios. A menudo su búsqueda es improductiva y se arrepiente con frecuencia de sus escarceos, la oigo llorar, finjo no ver su cara de tristeza, disimulo y no reparo en su mal humor, su aflicción o sus sarcasmos cada vez que la cosa no ha funcionado como ella deseaba. Ahora usa una nueva aplicación de móvil para concertar sus citas privadas con desconocidos. Lo sé porque he fisgado en él a conciencia, rastreando todas las pruebas disponibles, algunas borradas, enviadas a la papelera o eliminadas deprisa y corriendo, he visto algunos de esos nombres, masculinos y femeninos, he escrutado los signos impresos en esas caras indiferentes en busca de una respuesta, y sigo sin encontrarla. Esa aplicación ha terminado infiltrándose en mis sueños y me he visto en ellos eligiendo nombres y caras para que Ariana esté contenta con su suerte. A ella no le importa que yo lo sepa, creo que lo prefiere aunque también prefiera no compartir conmigo los detalles ni las circunstancias de cada encuentro esporádico. Los dos sabemos que nuestra relación y lo que esta significa para nuestros hijos necesita que uno de los dos no se deje arrastrar al juego de la vida. De momento, por razones obvias, ese papel ingrato me corresponde a mí.

Los niños están de excursión durante el largo fin de semana, cada uno en un sitio distinto, es imposible conseguir que alguna vez viajen juntos. Y me siento libre para pasar todo el día aprendiéndome de memoria los conceptos del libro sobre la inteligencia y la superinteligencia que recibí la semana pasada. Existen tres opciones para la humanidad si quiere evitar la catástrofe programada. O genera inteligencia superior entre sus congéneres a través de la cirugía y las drogas, o altera el programa genético de la especie para producir individuos más inteligentes que configuren una potente red de cerebros biológicos, o bien activa programas más eficaces para favorecer la interacción entre cerebros humanos y cerebros artificiales. De otro modo, como ya supe intuir en mi ensayo primerizo, ese mismo que tanta influencia y aceptación tiene ahora, por lo que me dicen las cartas, entre algunos especialistas cualificados, estamos condenados a padecer la dictadura de inteligencias artificiales que organizarán el mundo a su medida inhumana, relegándonos a los seres humanos a la condición subalterna de esclavos serviciales o mascotas domésticas.

Cuando Ariana vuelve al amanecer del hospital, ha tenido guardia nocturna y se muestra muy fatigada, ha sido una auténtica noche de pesadilla, me dice, antes de meterse en la cama desnuda, sin ganas de nada, y quedarse dormida sin pedirme que apague la luz de la lámpara que me ha mantenido despierto hasta ahora leyendo y releyendo.

–Te quiero.

Cierro el libro sin marcar la página, apago la luz y abrazo a Ariana por detrás, como más me gusta, sintiendo sus nalgas blandas contra mis genitales y mi pecho contra su espalda rígida, sé que por la mañana, cuando se despierte, haremos el amor de nuevo como si fuera la primera vez.

De ilusiones como estas viven los matrimonios felices.

Y también los infelices.

DÍA 4

Vuelvo a casa entusiasmado.

En mi ausencia llegó esta mañana una carta certificada que no me pudieron entregar ayer porque había ido a llevar a los niños al colegio y no había nadie más en la casa. Con el aviso en mano y tras firmar la entrega, acabo de recogerla en la oficina de correos. Al mirar el membrete del sobre ya sé qué clase de mensaje puede contener. A pesar de mi resistencia y mis múltiples negativas, la Comisión de Rectores de la Universidad Paneuropea de Millares me ha vuelto a escribir invitándome, a instancias del departamento de Filosofía y Ciencias Cognitivas, a visitar el campus y pasar una entrevista de trabajo. Me ofrecen un puesto temporal de profesor investigador en ese prestigioso departamento. Bien remunerado y con posibilidades de renovarlo cada dos años.

Dedico varias horas estériles a mirar por la ventana, solo distraído por las innumerables entradas y salidas de mis vecinos de la casa situada a la derecha de la nuestra: una familia de tres miembros hiperactivos, la madre hiperactiva viviendo con entusiasmo inexplicable su segundo matrimonio, el padre hiperactivo viviendo su tercer matrimonio con euforia sospechosa, el hijo hiperactivo de once años viviendo cada día de su vida única como si fuera el último de una larga vida de psicópata reprimido.

Pasan las horas sin que pueda concentrarme en nada que no sea el contenido de la carta, la decimoséptima de la serie, fantaseando con las posibilidades del puesto y preguntándome, al mismo tiempo, por qué hasta ahora me había resistido tanto. Por qué cada vez que llegaba una carta de este tipo me negaba siquiera a considerar lo que me ofrecía, y por qué de pronto algo había cambiado en mí de tal modo que me alegraba de recibirla, sin motivo aparente.

El único problema que podía suscitar reticencias en los niños es la necesidad de mudarnos de ciudad e irnos a vivir a una nueva casa en la urbanización que la Universidad habilita para sus empleados más distinguidos. A su vez Ariana tendría que dejar temporalmente su trabajo, aunque existe la posibilidad de que en el hospital clínico de la Universidad puedan acomodarla, después del primer año, en algún puesto afín a sus competencias profesionales.

Me entretengo recorriendo en internet todas las páginas de información disponible sobre la Universidad. Realizo una visita virtual al campus y a sus modernas instalaciones que me confirma la pertinencia de su invitación. Encuentro en sintonía con mis gustos la filosofía académica de la institución y sus programas de estudios. La torre de ciencias, una impresionante pirámide de cristal de cien metros de altura, y las múltiples pistas deportivas, me parecen lo más llamativo de la arquitectura del campus de excelencia que se define en la web como tecnológico y experimental.

Como no aguanto más mi excitación y Ariana se encarga hoy de recoger a los niños para llevarlos después de compras, necesitan ropa y zapatos y ella suele tener más tino que yo para acertar en esa clase de gestiones delicadas, me lanzo a la calle después de almorzar, no sin antes depositar el sobre abierto de manera ostentosa en un lugar visible de la cocina, junto a la pequeña caja de plástico donde guardamos la llave del sótano.

Descarto por previsible el espacio de los grandes almacenes en que había centrado mis experimentos en los últimos meses y vuelvo a mi centro comercial preferido, situado en un barrio popular de las afueras de la ciudad. Me siento justificado y, tras desechar un par de presas anteriores, me precipito sobre una mujer madura que me pregunta en una tienda de marca por el precio exacto de un bolso tomándome por un dependiente. Viste de manera vulgar, su rostro es vulgar y su forma de hablar también. Eso la convierte en la candidata ideal para el experimento que quiero llevar a cabo con su ayuda inestimable. Le propongo darle cien euros si me acompaña, sin hacer preguntas, a un cercano hotel de carretera donde podremos estar más cómodos. Ella entiende algo sexual en la propuesta y ni siquiera se muestra sorprendida. El anillo de casada en el anular derecho no le impide aceptar enseguida, sintiéndose halagada, mi invitación.

Me ahorro la descripción de los pormenores, el alquiler de la habitación por unas horas, los intervalos de silencio expectante en el ascensor, el rancio pasillo, la apertura de la puerta de cerradura maltrecha. Me siento en la cama blanda, un prometedor colchón de agua, y le ordeno que se desnude. Lo hace con visible facilidad. Como si lo deseara tanto como yo. En cuanto está desnuda se me echa encima y pretende desabotonarme la camisa y el pantalón. Le digo que no me interesa, que se aparte, solo quiero que me cuente su historia. En ese momento, se lleva los brazos al pecho para ocultar unas tetas gordas y caídas que me da pavor mirar. Malos recuerdos. Le digo que no se preocupe, no me interesa su cuerpo, el desnudo era una especie de prueba, se coloca el sujetador y las bragas, se sienta en el único sillón que hay en el cuarto, al lado de la ventana que da al aeropuerto y a la red de autopistas que lo rodean como anillos planetarios.

Cuarenta y cuatro años, casada, con dos hijas, marido en paro, trabaja de funcionaria de urbanismo en un ayuntamiento de la costa, ha venido a visitar a su hermana y se queda en su casa a pasar la noche.

Le miro los ojos mientras habla, no miente, la dilatación de las pupilas, en cambio, muestra que todo lo que dice le produce una emoción íntima difícil de controlar. Me temo que sexualmente está excitada, más de lo normal. Me pregunta si lo que quiero es que se masturbe para mí. Le digo que no me importa, si ella quiere hacerlo. Mientras habla conmigo a distancia su mano izquierda se desliza bajo la braga de encaje que se había puesto por si ligaba, me confiesa. Cada vez que viene a la ciudad viene a eso. Se queda en casa de la hermana como excusa para su marido e hijas y espera encontrar un hombre con quien vivir una aventura episódica. De hecho era lo que pretendía hacer cuando me preguntó por el bolso que no iba a comprar ni le interesaba, aunque yo sí como posible amante. Al contrario que ella, no me siento halagado. Cuando le hice la oferta económica le pareció un aliciente. Le dije que a mí también. Muchas relaciones mejorarían si el dinero las activara o reactivara, le digo sin pensar en las consecuencias. Se me queda mirando mientras tiene un primer orgasmo. No siento ninguna reacción especial en mí. Solo curiosidad. Ariana posee en exclusiva la llave de mi libido desde hace años, el código hermético del mecanismo que pone en marcha mi deseo, y es difícil pensar que ninguna otra mujer pueda conseguir resultados similares con sus maniobras de seducción. Aprecio cómo su rostro se vuelve menos vulgar, pierde la pátina mediocre que lo afeaba, como suele ocurrir, en cuanto comienza a gozar sin restricciones mentales. Una vez concluido el segundo orgasmo, sigue acariciándose, se quita la braga con prisa y me enseña su sexo depilado, la vulva lustrosa, percibo que se me insinúa, desea que la penetre ahora, me muestro indiferente. Como un profesional. Me controlo.

—¿Qué es lo que quiere de mí?

—¿Es esta su experiencia sexual más extraña?

Sé que no lo es, ni lo puede ser, por lo que deduzco de su actitud, pero prefiero formular así mi pregunta para inducir en ella una respuesta menos previsible, forzarla a decirme la verdad.

–No, fue con un amigo camionero de mi marido, hace dos años, durante una fiesta de cumpleaños en mi casa, nunca lo había deseado, ni me parecía atractivo, no lo es, me convenció para que le enseñara la nueva decoración de la habitación de mis hijas, él también tenía hijas y quería informarse, sentí que estaba en sus manos desde que subimos la escalera, él detrás y yo delante, y sus manos me tocaron las nalgas a través del vestido, no pude resistirme, nada más entrar en la habitación de las niñas me arrojó sobre la cama boca abajo, dándome un empujón, cerró la puerta, levantó las faldas del vestido, me arrancó las bragas, no sé lo que él hizo después aunque me lo imagino, se bajó los pantalones y los calzoncillos, debió de untarse de saliva su cosa o no, porque me dolió mucho al principio, cuando comenzó a penetrarme, luego ya no, luego me gustó mucho, no lo había hecho nunca y no me imaginaba que pudiera sentirse eso, tanto dolor como placer. Al acabar la primera vez, sin sacarla, comenzó a besarme como loco, primero en la nuca y el cuello y luego en la mejilla, me di la vuelta y lo besé con toda la boca, la lengua, le pedí que por favor volviera a hacerlo, si era capaz, y lo hizo una segunda y una tercera vez. Todo el tiempo estuve debajo de él, sin moverme, tapándome la boca con las manos, para que nadie oyera mis gritos, dejando que me enculara como un salvaje, el amigo de mi marido. Cuando acabó, le pedí que me dejara levantarme, así lo hizo, fui al cuarto de baño, me aseé, bajé las escaleras arreglándome el pelo, secándome el sudor con un pañuelo de papel, salí al patio y allí estaba mi marido jugando con mis hijas y con las hijas de su amigo, su mujer estaba sentada en un sillón de playa, mirándome la cara desde detrás de sus gafas de sol, lo sabía todo, lo sufría todos los días, hoy me había tocado a mí relevarla, ocuparme de la bestia...

No quería saber más. Era suficiente por hoy. No podía negar que me había excitado, pero preferí disimular y dejar que el

36

pánico decidiera por mí. Le dije que se fuera, le di los cien euros prometidos y una propina de veinticinco, por las molestias, cerré la puerta de la habitación y corrí a abrir la ventana, la atmósfera era irrespirable, desde arriba vi salir a la mujer por la puerta del hotel y subirse a un taxi tan tranquila. Esperé treinta minutos, sentado en el mismo sillón desde el que ella me había hecho el relato erótico, sin pensar en nada, mirando despegar y aterrizar aviones en silencio.

Me gustó la experiencia. No será la última vez, me dije. El experimento avanzaba en la buena dirección. Ahora debía volver a casa. Con los míos.

Nada más entrar por la puerta de casa, los niños me asaltan con la noticia. Grandes titulares escritos en todas las caras, sonrisas grandilocuentes grabadas en todas las bocas. Mamá les ha leído la carta, se sienten muy orgullosos y contentos, mamá también. Cenamos comida rápida que han comprado al venir, hamburguesas de pescado y pizzas de varios sabores, disfrutamos de una feliz velada familiar, luego nos reunimos en torno a la tele para consumir una noche maravillosa, ponemos un canal cualquiera y discutimos los detalles del asunto sin prestarle atención. Todos emiten sus opiniones, sus deseos, sus sueños. Surgen los desencuentros, las diferencias previsibles. Los primeros bostezos se manifiestan y alguien propone dejar la conversación para mañana. Es una buena idea.

Es mi noche y me aprovecho. Le propongo a Ariana que me haga una felación. Le encanta el atrevimiento de la petición, pese a que la encuentre degradante, y no tarda en ponerse a ello con disciplina bien aprendida desde que era una adolescente. Todo el tiempo tengo en mente a la mujer del hotel. ¿Cómo se llamaba? ¿Sandra? ¿Soraya? ¿Irina? ¿Teresa? Cuando me corro tengo su nombre en la punta de la lengua, pero me lo callo, por respeto a Ariana, que se marcha corriendo al cuarto de baño, a escupir en el lavabo el amargo elixir de nuestro amor y cepillarse después los dientes a conciencia, mientras yo me quedo amodorrado pensando en que ha sido un gran día.

Un día irrepetible.

Revolución, en el diccionario Espinosa de la vida cotidiana, significa completar una trayectoria circular, de principio a fin, a mayor o menor velocidad, de la mañana a la noche.

Me río pensando en la alegre divinidad del círculo vicioso que inflamaba mi intelecto cuando yo era muy joven e ingenuo y los profetas hirsutos y desgreñados en que creía con pasión eran todos defensores de la revolución cíclica del tiempo.

La doctrina del eterno retorno.

Otro consuelo para onanistas.

La vida no se repite.

La vida pasa.

DÍA 5

–La cultura de la muerte encarna en innumerables ejemplos, desde la tortura animal a los fastos religiosos, las matanzas étnicas y los excesos del consumo.

¿Quién ha dicho esto? ¿Por qué? ¿Con qué intención?

No tengo la respuesta a ninguna de estas preguntas. Una voz masculina anónima, una voz superpuesta a las imágenes del vídeo que estoy viendo en el móvil de Aníbal, que está enfermo y se ha quedado en casa por prescripción materna. Es espeluznante. El erizo lleva recluido en esa habitación al menos dos semanas, si atiendo al contador situado al pie de la pantalla. Sin comer ni beber. Su aspecto es demacrado, si es que esto tiene algún sentido tratándose de un animal salvaje de esta especie. Debilitado, malsano, como el pobre Aníbal esta mañana, que está empezando a establecer una empatía neurótica con el animal. Las púas defensivas se le caen a puñados y su lomo, según me cuenta Aníbal, va descubriendo progresivamente un ralo pelaje como de rata mojada por la lluvia. Parasitado por los ácaros y los hongos. No puedo soportarlo más. No entiendo por qué, o en nombre de qué, alguien experimenta de ese modo con animales, aunque pretenda justificar su crueldad con grandes principios ecológicos.

Obligo a Aníbal a prometerme que no volverá a descargarse

los vídeos del erizo moribundo ni a contemplar esas imágenes de la tortura y el horror. Me mira con sus grandes ojos de ciervo enamorado y asiente con mansedumbre. Salgo de su habitación mientras la grosera cacofonía de los perros del vecino de la izquierda atruena nuestros oídos. Cada ladrido implica un ronco anuncio de muerte para su emisor. Cuento cinco seguidos, de un segundo de duración cada uno, y me parece un presagio demasiado optimista.

Empiezo, como siempre en estas circunstancias, a echar de menos a Ariana. Después de la sensata conversación de la mañana, en que sopesamos los pros y los contras del ofrecimiento de la Universidad Paneuropea de Millares y decidimos que eran más los primeros que los segundos, se marchó con la excusa de contárselo a una amiga del trabajo a ver lo que pensaba ella. No he vuelto a saber nada. Tiene el móvil apagado y son más de las cuatro de la tarde.

Pienso en Pablo y en Sofía. Si su madre no se acuerda de recogerlos a tiempo tendrán que volver a casa a pie, después de realizar la llamada del pánico. Pensando en esto, me acuerdo de pronto de por qué decidí abandonar el instituto. ¿Era esto algo que pudiera llamarse educación?, me preguntaba cada vez que salía de clase hasta que acabé escribiéndolo en una carta contundente que envié a las autoridades educativas. Recibí enseguida la visita del inspector. Se encerró conmigo en un aula vacía y me explicó que si esa carta llegaba a algún medio, ya fuera periódico digital, radio, televisión o internet, si lo que en ella denunciaba con mi nombre y apellidos se hacía público por alguna vía, pagaría las consecuencias. Lo denuncié. Perdí. Yo debía entender que educar era eso y que aceptar ser un educador en tiempos difíciles como estos era saber aceptar lo bueno y lo malo que conllevan los tiempos, según me explicó, semanas después, el jefe del inspector, la voz de su amo, un representante del poder estatal que me pagaba el salario mensual por realizar un trabajo infame, en mi severa opinión.

Entraba en clase con desgana calculada y salía con satisfacción incontrolable, entre esos dos momentos no hacía otra cosa que permitir que el tiempo malgastara su absurda carrera contra sí mismo. Unas veces la velocidad imponía sus leyes desenfrenadas y el tiempo se volvía mi cómplice y otras veces el tiempo detenía su curso hasta exasperarnos de tal modo que la violencia era el único remedio a la situación. Hubo una ocasión fatal en que esa violencia no se aplicó entre alumnos sino contra mí. Todo empezó con una inverosímil batalla de bolas de papel con que los alumnos festejaban mi apatía manifiesta. Se produjo un cambio crítico en ese intercambio de proyectiles y yo me volví de pronto el objetivo más interesante de los bombardeos. Un alumno chismoso al que, según su versión, había ofendido y humillado ante sus compañeros se levantó indignado de su mesa, se abalanzó sobre mí y, sin previo aviso, me golpeó varias veces con los puños en la cara hasta que me noqueó. Caído en el suelo y a punto de perder el conocimiento, pude ver aún cómo me escupía y cómo invitaba a los otros alumnos a imitar su gesto despectivo hacia el profesor pasivo, como me llamaban. Algunos lo hicieron y otros no, dicho sea en descargo de una parte de la humanidad, no todos sus miembros son cómplices siempre de la abyección y la maldad. Las cámaras de seguridad lo grabaron todo en plano general y los móviles de los alumnos completaron el trabajo con primeros planos repulsivos. Al terminar el espectáculo, ponerme de pie sin ayuda de nadie y abandonar la clase en dirección al despacho del director, estaba convencido de haber logrado una triste victoria sobre la barbarie, un triunfo masoquista que podía servir a la causa perdida de otros profesores y profesoras víctimas de una equivocada política educativa. Me engañaba. No había nada que hacer. Los padres, los directivos, los inspectores, los alumnos, todos se negaron a reconocer la versión que yo transmitía de lo sucedido. La tildaron de reacción exagerada a un acto irresponsable. Comprendían la tensión de la situación personal por la que estaba pasando, pero no era para tanto, en realidad. El alumno recibiría un castigo, desde luego, pero ahí se quedaría todo.

Ariana me apoyó hasta el final y, tras seis meses de baja por supuesta depresión, en julio solicité la excedencia voluntaria.

No estaba dispuesto a encubrir con mentiras una realidad insostenible. Hay gente que cobra por hacerlo. Yo no. Nos extraña que en circunstancias aún peores una parte de la población se negara a darse por enterada de lo que le estaba pasando a otra parte amenazada de la población. Cuando uno ha visto lo que yo he visto, la violencia e ineptitud de los alumnos y la tolerancia y pasividad de los directivos y la falacia de un sistema educativo que no es tal, no le quedan muchas ganas de discutir sobre lo divino y lo humano con mequetrefes al servicio del poder.

Durante el largo período de baja, me negué por sistema a visitar a ningún psicólogo, me negué a colaborar con cualquier terapia recomendada que sirviera para expandir el simulacro, o justificarlo, más allá de lo razonable. Me encerré en mi casa, en mi familia, con mi mujer, mis lecturas y mis fantasías egoístas. Durante medio año no necesité más. Y luego pedí la excedencia, sin dudarlo mucho. Durante ese tiempo elaboré un plan de venganza que ahora, ocho meses después, empieza a poder realizarse. En la vida no hay mucho que ganar, nunca me engañé sobre esto, pero al menos siempre nos quedará el placer de la venganza. La retribución de los males causados e infligidos al otro.

Se me ocurre de pronto llamar por teléfono a Vicente Muñoz, un antiguo compañero del instituto, para saber cómo le va y pedirle su opinión. Profesor de matemáticas y veterano de todos los discursos críticos y las batallas dialécticas de la vida. El solitario Vicente se alegra de oírme después de tanto tiempo, a pesar de todo. Él siempre consideró mi abandono docente como una forma de deserción. Una claudicación vergonzosa ante la fuerza del enemigo. Hablamos del pasado para deshelar las relaciones y disminuir la tirantez inicial. Luego comentamos las elevadas tarifas de los sistemas de comunicación más avanzados. No todos los sueldos medios pueden permitírselos y ya nadie sabe explicar con claridad a otros usuarios si es más barato o más caro adquirir los dispositivos translúcidos necesarios para acceder a la red sin control policial o financiar las conexiones seguras que ofrece el mercado, aquellas que te garantizan el anonimato de una vigilancia remota y no una fiscalización personalizada e insidiosa.

41

–No nos dimos cuenta a tiempo de lo que suponía ese paso tecnológico y nos han colado un mecanismo de control económico contra el que no hay nada que hacer como no sea desconectarse. Me lo estoy pensando seriamente, no creas.

Según me informa, volviendo al tema escolar, común desde siempre entre nosotros, la guerra fatal contra la barbarie y la incultura la están perdiendo todos, los bárbaros y los civilizados. Le cuento, llegado el momento oportuno, lo de la carta de invitación. Mis planes para el futuro inmediato. Percibo entonces su antipático cambio de tono, su fastidio incluso.

–Te vas a arrepentir. Hazme caso. No aceptes.

Escucho abrirse la puerta de entrada y cuelgo el teléfono enseguida, esbozando una vaga despedida.

–Te llamaré a mi regreso. Cuídate mucho.

Es Ariana, con los niños. Me dice que no se encuentra bien y no tiene ganas de cenar. Aníbal tampoco tiene hambre y prefiere quedarse durmiendo en su cuarto. La armonía familiar naufraga. Me llevo a Sofía y a Pablo a la hamburguesería más cercana. Volvemos en una hora. Ariana está en el salón viendo una teleserie juvenil de la que se empeña en seguir la tercera temporada sin conocer de la primera y la segunda más que algunos episodios sueltos. Se lo he desaconsejado mil veces pero no me hace caso. Mando a los niños a la cama y me quedo con ella. La abrazo con fuerza. Me mira a la cara y emite su sentencia.

–No creo que debamos aceptar. No va a ser bueno para los niños y tampoco para nosotros. No podemos obligarlos a cambiar de vida así de repente. Y para nosotros va a ser peor, ya lo verás, por mucho que te atraiga la experiencia.

–Ya tengo los billetes de avión. Iré solo a la entrevista, para entrar en contacto, ver qué pretenden realmente. Cuando vuelva hablaremos otra vez y tomaremos la decisión entre todos.

–Haz lo que quieras. Es tu historia.

Ariana se levanta del sofá y sube al dormitorio sin decir nada más.

Me quedo solo ante el televisor, desarmado, no aguanto la teleserie y cambio de canal, tengo la sensación de que hay horas en que todos los programas se parecen entre ellos como si los produjera la misma gente con las mismas ideas estrechas y todos los canales emitieran la misma clase de basura audiovisual producida para la misma clase de audiencia basura.

En la teletienda de una televisión local me ofrecen, a un módico precio si la adquiero a plazos semanales, una máquina cortacésped de última generación, capaz de imprimir formas artísticas al césped de tu jardín.

Esta noche me quedo a dormir en el sofá.

Según los estrategas más inteligentes, las primeras escaramuzas de una guerra pueden causar más bajas que la guerra misma, así como imprimir un sesgo definitivo a esta, y conviene por ello evitarlas o retardarlas lo más posible.

Mi vida no es una teleserie.

DÍA 6

He cogido un taxi para ir al aeropuerto. No me despido de nadie y nadie se despide de mí. Ariana duerme, los niños duermen, al final creo que escogí el vuelo tan temprano para evitar la desnudez de las miradas, la sinceridad de los gestos, la crudeza de las palabras pronunciadas con la voz del sueño reciente. No me olvido de echar en el bolso un gastado ejemplar de la revista universitaria *Tabla Rasa* en que publiqué el ensayo que posibilitó este viaje.

El embarque y el vuelo no llevan más de tres horas. Duermo todo el tiempo en el avión. Al desembarcar, como no tengo que recoger equipaje, camino directamente hacia la salida. Allí me espera un chófer. Me conduce al aparcamiento del aeropuerto, me traslada en coche al lujoso hotel de cinco estrellas donde me han instalado. Subo a la habitación asignada, la 1737, en la cabina de cristal del ascensor que se eleva desde el atrio luminoso a cámara lenta, planta tras planta, permitiendo disfrutar al viajero de la ornamentación del espacio en movimiento mientras suena una música que no tardo en reconocer.

Es la banda sonora omnipresente del hotel.

Con retraso, descubro que me alojo en un hotel temático consagrado a la figura y las hazañas cinematográficas y televisivas de los agentes secretos de otra época. Con James Bond como protagonista estelar del montaje arquitectónico y audiovisual.

Al cerrarse el ascensor a mis espaldas, hago todo lo posible para no escuchar la melodía letal del agente 007 que suena a mi paso acompañándome por todo el pasillo hasta la puerta de la habitación, como una banda sonora que viriliza al cliente en momentos clave, pero mi esfuerzo resulta inútil.

Cuando entro en la habitación, donde impera el silencio, experimento el mismo sentimiento de muchas otras veces en situaciones similares. La idea de que una de mis vidas posibles, tal como soñaba esto cuando era joven para huir de la angustia, hubiera sido la de un representante de artículos deportivos de alta gama que viaja año tras año de ciudad en ciudad, de hotel en hotel, de convención en convención, conociendo el país desde una perspectiva que se me antojaba más estimulante que otras, no entiendo por qué.

Desde la terraza de la habitación, contemplo por primera vez las atractivas vistas de la pequeña ciudad de Millares. Tomo varias fotos y se las envío enseguida a los móviles de mis hijos. Me gustaría que Ariana estuviera conmigo ahora, echo en falta la confianza y seguridad que la presencia de su cuerpo confiere al mío en las circunstancias más adversas. Guardo las cosas en el armario, me desnudo y llamo al servicio de habitaciones para pedir el almuerzo. Después de comer, tendido en la gran cama matrimonial, intento releer el viejo ensayo desde el principio, como una obligación académica, fracaso en cada línea, se me cierran los ojos y me quedo dormido como un estudiante perezoso la víspera de un examen final.

Me despierta el teléfono de la habitación a eso de las seis. Una voz desconocida, femenina, seductora, concreta los detalles del día siguiente. La hora de recogida, muy temprano en la mañana, el guión de las entrevistas, breves, la visita turística al campus, la charla y la cena protocolaria. Nos despedimos expresando deseos mutuos de conocernos. Me extraña que Ariana no se haya puesto en contacto conmigo en todo el día. La llamo al móvil. Una vez, dos veces, tres veces. No descuelga. Al cabo de diez minutos me llama ella al teléfono del hotel. Es más económico, se justifica.

—Me estaba duchando.

—¿Y los niños?

—En su habitación.

No tengo nada que decir, pero me mantengo a la escucha, espiando los signos que brotan del largo silencio como un mensaje cifrado solo para mis oídos.

—¿Podemos hablar?

—¿No puedes esperar a mi regreso?

—Es importante.

Trago saliva, se me encoge el estómago, estoy tirado en la cama, desnudo, y percibo un seísmo nervioso en el colchón. Trato de controlarme.

—¿Vas a hacer una confesión completa de tus crímenes?

—No tiene gracia. Me parece necesario tratarlo ahora, así, por teléfono, más que cara a cara.

—Te escucho.

—No quiero que te limites a escucharme, quiero tu opinión. Es más, quiero tu reacción. La necesito.

—Cuenta con ella.

—No siento que pueda irme contigo ahora. No creo que nuestras vidas estén sincronizadas en este momento.

—¿A qué te refieres? ¿Me vas a decir que no te atrae la idea de cambiar de vida? ¿De irnos a vivir a otra ciudad? Vista desde la terraza de la habitación esta ciudad promete. Créeme.

—No seas infantil, ¿quieres?

—No me gusta nada el tono dramático con que me hablas. Lo encuentro inapropiado. Me estás haciendo daño. Quizá no lo pretendas, pero es así. Has elegido un mal momento para ser sincera conmigo, ¿no te parece?

—Hay alguien en mi vida actualmente.

—¿Un hombre?

–Sí.

–No quiero saber su nombre. Te agradecería que no lo pronunciaras en ningún momento de esta conversación.

–No te preocupes. No pensaba decírtelo. No es imprescindible para lo que voy a decirte.

No necesito esforzarme para mantenerme en silencio. Necesito esforzarme para no salir corriendo de la habitación, para no meterme bajo la ducha fría, para no saquear las reservas del minibar, hace años que no pruebo el alcohol, y beberme de una sentada todos los botellines de whisky, vodka y ginebra que la camarera haya colocado allí por la mañana, al terminar de limpiar la habitación que otro extraño vendría a ensuciar y consumir después del mediodía.

–No estoy enamorada de él, ya veo que es lo que más te interesa saber.

–Ya estoy más tranquilo. ¿Me vas a abandonar? ¿Nos vas a abandonar?

Me aprovecho de su llanto, al otro lado del teléfono, la escucho moqueando. Sé que no es fácil para ella. Tampoco para mí. Espero que ninguno de los niños descuelgue el teléfono y compruebe que una vez más papá ha hecho llorar a mamá por tonterías sin sentido.

–¿Esto es un chantaje emocional? ¿Es eso?

–Te recuerdo que yo no he empezado esta conversación.

–Vale, estoy de acuerdo, te llamo más tarde, ahora mismo no me siento con fuerzas para seguir hablando. Me duele demasiado, no me siento bien y no quiero decirte nada de lo que luego me arrepienta.

No ha dejado de llorar, pero al menos tiene despejada la nariz y no suena como si me hablara desde debajo del agua, con la cabeza sumergida en una piscina para neutralizar el impacto emocional de sus palabras.

–Me gustaría acabar esta conversación. No sé si podré aguantar mucho tiempo sin saber qué quieres decirme. ¿O es que tienes que pedirle permiso a él para contarme vuestra relación?

–No te comportes así, conmigo no, por favor, no me lo merezco.

–Trata de comprender mi posición.

–Estoy confusa. Te llamo luego.

–¿Cuándo?

–No lo sé, no preguntes.

Cuando cuelga, con el teléfono aún pegado a la oreja, me inunda una sensación de extrañeza y hastío, me siento desorientado, vacío, exhausto, como si hubiera asistido a la discusión entre dos personas desde detrás de un cristal y tuviera que reconstruirla en su integridad soldando pedazos de frases captadas al azar.

Mi ingenuidad no tiene límites.

Abro el minibar con violencia, ahora sí, y me ruge como una tigresa enferma para proteger a su escasa prole. En su vientre metalizado solo hay botellines de agua y latas de refrescos. Me apropio de la única bebida isotónica del lote para recuperar el ánimo y el mecanismo eléctrico del minibar se enfada conmigo, como cliente anónimo, por mi previsible elección apagando la luz interior que encubre los frutos secos y las galletas saladas. Me bebo de un trago el líquido vigorizante con sabor a naranja sintética. Me tumbo en la cama de lado, cojo a desgana la revista, localizo la página del ensayo, marcada desde siempre con un amarillento recorte de periódico, una noticia indiscreta sobre un personaje antaño famoso, con el que me propuse fechar la primera vez que lo leí. No puedo leer una sola línea seguida, cada vez que llego al final he olvidado el principio, los párrafos se difuminan en una masa irreconocible de letras, paso las páginas adelante y atrás y el texto se vuelve invisible, como si no estuviera impreso o necesitara gafas especiales para distinguir su configuración.

Suena el móvil otra vez. Creo que es Ariana y me precipito a contestar sin mirar.

–El erizo ha muerto. Es insoportable.

Es Aníbal, está llorando a lágrima viva, destrozado por la muerte de su mascota virtual, como la llamaba, me dice que su madre está encerrada en el dormitorio principal y no le hace caso ni le abre la puerta. Pablo y Sofía tampoco. Se siente solo. Quiere saber por qué no he vuelto todavía a casa.

—Está patas arriba en la habitación, con las púas aplastadas contra el suelo, los ojos abiertos como dos agujeros negros y la boca también, la lengua rosa colgando a un lado del hocico. Es demasiado horrible. Papá, haz algo, por favor. Denúncialo.

—Te dije que dejaras de mirar esos vídeos, ¿te lo dije o no?

Recibo un mensaje de Ariana. Está intentando hablar conmigo y no respondo. Le digo a Aníbal que voy a hablar con su madre. Llamo a Ariana y le digo algo de lo que luego, nada más decirlo, me arrepiento.

—Abandona tu posición de falsa víctima y ocúpate de tu hijo. Aníbal te necesita.

Sin permitirle añadir nada, corto la comunicación.

Me asomo al balcón, descubro una silla de madera, me siento a ver las luces de la ciudad irradiando el cielo nocturno. Es una buena técnica para interrogar la vida urbana antes de conocerla en directo. Como tantas otras veces en circunstancias similares, me entran ganas de salir a conocerla. El impulso de perderme en sus calles, de noche, cuando están despobladas y ofrecen al visitante una parte importante de sus secretos. Esos que durante el día las ciudades encubren para preservar la imagen de normalidad y orden que venden a los turistas y a los nativos por igual. Si no fuera porque tengo que madrugar saldría aunque fuera a dar un paseo sin rumbo. En los alrededores del hotel, por lo que veo desde aquí, no hay nada más que autopistas y descampados, tendría que coger un taxi al centro y no merece la pena. Aún me queda la noche de mañana, pienso para calmarme, sabiendo que mañana, con toda seguridad, mi único deseo será el de volver a casa cuanto antes. De hecho, la segunda noche de hotel me la ofrecieron ellos en el caso de que la apretada agenda del día me impidiera tomar el último vuelo de la tarde.

No puedo reprimirme por más tiempo y llamo a Ariana.

—Quiero que sepas que no te juzgo y que te quiero como siempre.

–Para decirte lo que voy a decirte prefiero no haber oído esto. No vuelvas a decírmelo hasta que no hayas entendido la situación. ¿De acuerdo?

Pienso que mi silencio puede servir de anuencia. Error.

–¿De acuerdo?

–¿Hay que ser tan explícitos?

–Sí. ¿De acuerdo?

–De acuerdo.

–¿Quieres saber cómo lo conocí?

–¿Es imprescindible?

–Creo que sí.

Tragué saliva de nuevo, enmudecido, y sentí la extraña vibración en el estómago que me asaltó en el hotel con la mujer desconocida hace unos días. Una mezcla de excitación y pánico. Pero Ariana era mi mujer y no la mujer de otro, así que la excitación era menor y el pánico ponzoñoso. Mis celos no eran posesivos, no lo habían sido nunca, pero sí atávicos, cervales, antropológicos.

–Fue por azar. Cuando estás acostumbrada a las aplicaciones de encuentros y citas llega un momento en que refinas los criterios. No quiero aburrirte. Estaba tomando unas cervezas con unas amigas después del trabajo, era antes de las últimas vacaciones de verano, y tenía ganas de jugar. Establecí como pauta de contacto el reconocimiento de un cuadro de Magritte que me gusta mucho, ya sabes cuál. Y él lo acertó enseguida, vino al bar donde estaba, se instaló en la barra sin saludarme y se dedicó a observarme mientras yo seguía fingiendo que me divertía con mis amigas sin pensar en otra cosa. Solo pensaba en él. No era extraordinariamente atractivo, pero era apuesto, alto, varonil, vestido con pulcritud. Me gustó. Pensé que era yo quien establecía las reglas pero era él quien me estaba tendiendo una trampa en la que vivo atrapada desde entonces.

–¿Qué clase de trampa?

–El poder. No sé denominarla de otro modo. Eres hombre, no necesito explicarte lo que eso significa, ¿verdad? Eres mi marido y he conocido experiencias contigo en que tú me hiciste sentir ese poder. Me lo impusiste incluso. Luego te dio miedo. Es lógico. Ninguna relación duradera y estable puede basarse en el poder de uno de los dos sobre el otro. Y menos si aspiran a formar una familia. Con él es todo lo contrario, me domina, me impone su voluntad, ejerce el autoritarismo conmigo y no solo en la cama, también a la hora de vernos, cómo debo ir vestida, cómo moverme, cómo tocarlo. La relación con él está hecha de órdenes e instrucciones permanentes. Si fuera mi marido no lo soportaría ni un día más, como amante me tiene sojuzgada y no puedo siquiera pensar en perderlo.

Quise ser irónico y reconocer el efecto que su historia me había causado y no pude reprimir un exabrupto contraproducente.

—Si no te importa, antes de continuar, dame tiempo para hacerme una paja. Me la has puesto dura y no se me ocurre otra forma de bajar la hinchazón.

—No tiene gracia, ¿sabes? Eres chabacano.

—Perdóname.

—No lo estoy pasando bien. No me divierte la situación. Cuando recibiste la carta creí que era lo que me convenía. Luego lo he visto dos veces, la misma tarde en que la recibiste y anoche, y no puedo irme de su lado. No quiero hacerte daño y menos aún a los niños, pero no puedo irme con vosotros. No ahora. Tengo el presentimiento de que si lo hiciera me arrepentiría enseguida y sería terrible para todos, ¿no crees?

—No entiendo nada. Creí que en los últimos años tus juegos eran solo eso, juegos inocuos, sin compromisos ni consecuencias. Ya veo que mi excesivo liberalismo era un error. Debía haber sido un marido duro, a la antigua. Un monógamo exigente.

—No seas facha. No te pega nada. Yo también creía que se podía jugar, de hecho lo hice antes de conocerlo. Ahora ya solo puedo estar con él. No hay nadie más. Solo él y tú. Eso has ganado. Ya no hay más.

La única forma de acabar con esta conversación y sus secuelas traumáticas era dar un giro radical, tomar la iniciativa, abandonar las quejas y las lamentaciones, ella lloraba otra vez y mi erección se había derrumbado ante mis ojos como la torre de Babel.

—Me siento mal. Mañana tengo una reunión importante y no he decidido aún si acudiré, ¿lo comprendes? Tengo que decidir si me merece la pena sacrificar mi vida contigo y con los niños por una quimera absurda. Es cuestión de tiempo y no me queda mucho.

—No me amenaces. A lo mejor ha llegado la hora de que nuestras vidas se bifurquen. Quizá nos hayamos empeñado en mantenernos juntos contra todas las evidencias que apuntaban a lo contrario. Aníbal es producto de nuestra indecisión, ¿es que no lo ves? Hace un rato, antes de hablar contigo, estuve consolándolo. No sé cómo permitiste que siguiera viendo esos vídeos en internet. Me ha dicho que te habló de ellos. Nunca me dijiste nada. Mientras lo sostenía en mis brazos y lo acariciaba para que se le pasara el disgusto me di cuenta de que es nuestro verdadero hijo. Es el hijo que realmente expresa lo que somos, lo que ha sido nuestra relación, lo que hemos vivido juntos. Tiene gracia, ¿verdad? Él, que no es nuestro hijo biológico, que vino tarde a la familia, él es el que mejor representa lo que somos y sentimos en la vida. No sé si puedo aguantarlo más. Por favor, mañana seguimos hablando. Toma la decisión que te parezca más conveniente. Voy a colgar. Lo siento. Adiós.

Cierro los ojos y me pongo a jugar a mi juego favorito cuando mi hermano y yo éramos niños. Los ojos blancos. Competíamos a ver cuál de los dos era capaz de resistir más tiempo con los ojos cerrados sin quedarse dormido. Solía ganar yo, manteniéndome durante horas con los párpados echados sin dejar de pensar y analizar asuntos trascendentales de mi vida de entonces, ocupaciones y preocupaciones que mantenían activo mi cerebro y bloqueaban la posibilidad del sueño.

El problema es que ahora, en las imágenes que inundan mi cerebro mientras juego en solitario tendido en la enorme habitación de este hotel, aparece con demasiada frecuencia Ariana y su misterioso dominador masculino, ese amante plenipotenciario que ha hecho de ella la sierva de su voluntad, la esclava de sus deseos. Y ni siquiera sé si tiene una polla carnosa y grande, menuda justificación, o es puro cerebro y poder manipulador y maquiavelismo psicológico.

Cuando me harto del juego pueril para huir de la realidad y sus imágenes dislocadas, enciendo el televisor, busco un canal tras otro, nacionales, internacionales, regionales y locales, la variedad me asombra con su monotonía, hasta que encuentro un partido de fútbol en diferido entre dos equipos de segunda división, una eliminatoria de un trofeo del verano pasado. Cuando el delantero del equipo visitante le inflige al equipo doméstico el sexto gol de penalti ya he decidido que mañana acudiré a la entrevista de trabajo con toda la artillería preparada para vencer la resistencia del enemigo.

Solo entonces consigo quedarme dormido con la deslucida revista filosófica como única marca de pudor sobre mis encogidos genitales.

DÍA 7

En el coche que me traslada desde el hotel de la marca Bond al campus de la Universidad, mirando con inquietud la pantalla del móvil por última vez antes de silenciarlo, no consigo recordar, por más que lo intento, uno de los sueños febriles que he tenido esta noche. En parte por culpa de la música estridente que suena en la radio, en parte por su absurdo planteamiento, no sé si he soñado otra vez con la mujer erizo, desnudándose para mí de su abrigo de hostilidad, o con Ariana hablándome a medias palabras de una compañera sociópata del hospital a la que se empeña en calificar de «erizo» antes de que suene la dichosa banda sonora del despertador en toda la habitación.

Vista desde el coche, la ciudad de Millares me parece muy distinta de lo que pensé al observarla como una maqueta de juguete desde la terraza del hotel. La impresión de antigüedad se confirma con un componente fantástico que no había previsto.

Es como si un poder insólito la hubiera desmontado durante la noche pieza por pieza, mezclando sus estructuras históricas y las remodelaciones más recientes, y las hubiera vuelto a ensamblar sin respetar las formas, la edad o los estilos, produciendo una sensación de novedad desconcertante.

Al llegar al campus de la Universidad Paneuropea de Millares, todos los carteles y los letreros electrónicos lo proclaman así, la sensación se invierte y no solo por la presencia de edificios innovadores y de sofisticados complejos tecnológicos, con predominio del vidrio y el acero o el aluminio en las fachadas, e incluso el titanio en el revestimiento de uno de los edificios más representativos. Aquí es como si todo hubiera sido creado de la noche a la mañana, sin conexión visible con el pasado del lugar, una arquitectura viajando directamente desde el futuro e instalándose en el puro presente y su perpetua actualización o renovación técnica. Imagino numerosos equipos de operarios trabajando a diario para mantener viva esa ficción, con todo el coste presupuestario que eso supone.

Aparcamos en el subsuelo de uno de los edificios más altos del campus, una truncada pirámide de cristal. Es la misma torre que ya había tenido ocasión de explorar desde el exterior en el localizador de internet hace unos días y ahora veía en directo imponiendo su dominio simbólico sobre la extensión del campus.

Ahí es, para mi sorpresa, donde se encuentra alojado el departamento de Filosofía y Ciencias Cognitivas.

Para llegar primero a los tres niveles del departamento y luego al subnivel de la sección de Ramas de Investigación y Diversificación Intelectual (RIDI), según me indica con frialdad el chófer, que no puede acceder más allá del límite estricto donde estamos, debo superar los múltiples controles y barreras de acceso y subir luego en dos ascensores distintos.

El primero, una caja metálica claustrofóbica en la que nos apelotonamos no menos de una veintena de visitantes ansiosos, me traslada a la zona de registro donde me invitan, como a los demás, a rellenar un formulario exhaustivo y esperar con paciencia a que la amable administrativa lo incorpore después a la base de datos de su ordenador, haga las comprobaciones necesarias y verifique que no existe ningún problema ni con mi identidad ni con la información disponible en otras bases de datos sobre mi persona.

El segundo, un cubículo transparente de menor capacidad, me traslada directamente a la planta 15, donde se sitúa el laberinto racional de pasillos, salas de reunión y despachos principales del departamento.

La fachada y la estructura funcional de la torre, vistas desde fuera, pueden parecer alienígenas, como la colonia de una civilización trasplantada de otra galaxia remota, exploradas paso a paso por el visitante, sin embargo, no pueden resultar más humanas, incluso en su rudeza e ineficiencia. Gente agolpada en despachos pequeños, pasillos atascados de mesas rodantes, carpetas acumuladas por todas partes con papeles a punto de salirse y caer al suelo impulsados por la gravedad, cableado grosero conectando habitaciones contiguas, vasos, envases y platos sucios de cartón abandonados en mesas y aparadores tras la ingesta rápida de sus malolientes contenidos.

En realidad, cualquiera que no fuera yo y estuviera motivado por las razones que me mueven a estar aquí, lo que ese visitante ocasional imaginario se habría preguntado después del primer contacto sensorial con aquel caos programado sería esto: ¿De verdad quiero trabajar aquí? ¿Es este un lugar idóneo donde podré realizar mi trabajo y alcanzar mis objetivos con esfuerzo y estímulo, o será un empeño contraproducente y, a la larga, autodestructivo? Preguntas retóricas que otro distinto de mí se habría hecho a tiempo, no yo, desde luego, que me sentía estimulado por una fuerza irracional más allá del sentido práctico. Si eso es lo que pretendía con su actitud de anoche, la estrategia psicológica de Ariana debía ser patentada en todas las áreas de actividad. Su éxito estaba garantizado con mentes mucho más complejas que la mía.

La impresión de provisionalidad y constante actividad solo se ve mitigada cuando ingreso en una enorme sala de espera

54

para visitantes donde no hay nadie. Siento un extraño alivio al sentarme a descansar del estrés del acceso y comenzar a revisar las características del lugar. No hay ventanas ni puertas, excepto la principal por la que entré. Las paredes están pintadas de un gris oficial que neutraliza la fantasía. En una mesa hay un ordenador apagado y en otra, un poco más allá, una máquina de café, también apagada, y una batería de tazas y platos de plástico, un paquete de galletas saladas abierto por un extremo, un plato rebosante de pastitas de chocolate y una hilera de bolsas de cacahuetes, avellanas y almendras. Todo dispuesto con negligencia para producir en el visitante la sensación de que la espera no será larga y su presencia es importante.

Eso me explica Roberto Rojas, el director del departamento, cuando viene a mi encuentro y se presenta ofreciéndome un sucinto perfil de sus datos. Alto, moreno, pelo rizado, cincuenta años recién cumplidos, divorciado, con una hija adorable en edad de doctorarse, vestido con estilo informal, un pantalón de chándal azul y una camiseta negra de un grupo de música electrónica (BANTAM) del que no he oído hablar en mi vida. Tampoco soy un experto, desde luego. Roberto me expresa la admiración y el respeto que él y todo el departamento sienten por mi trabajo y mi pensamiento. Más que abrumado, como Rojas cree, me siento abochornado por sus palabras. No me las tomo en serio ni les atribuyo otra realidad que la simpatía diplomática. Nos sentamos y me explica con calma el plan del día.

—Hemos pensado que con cinco entrevistas será más que suficiente. Esta noche, durante la cena, tendrá ocasión de conocer al resto del equipo, como lo llamo. Es lo que somos y queremos ser. Un equipo, en todo y por todo.

—Lo siento mucho, pero me ha surgido un problema en casa y tenía intención de regresar al final de la tarde.

—¿Cambió el billete de avión?

—No, esperaba hacerlo directamente en el aeropuerto.

—Ni lo intente. Es un billete cerrado. No puede cancelarlo ni cambiarlo, esas fueron las condiciones al adquirirlo. Creí que se lo habían dicho.

—No importa, llamaré a casa después y trataré de solucionar el problema desde aquí.

—Espléndido. Están todos muy ilusionados con la oportunidad de cenar esta noche con usted. No sería inteligente decepcionarlos, ¿no cree?

—Desde luego que no, pero imaginaba que todo estaba resuelto. Según lo que me decían en la carta y luego me confirmaron en sucesivos emails...

—Bueno, en líneas generales sí, por supuesto, no se preocupe, pero hay algunas formalidades técnicas que es necesario resolver antes de asignarle el puesto. Como comprenderá, necesitamos saberlo todo sobre usted antes de firmar un contrato de obligaciones mutuas, ¿no le parece?

—No tengo nada más que añadir.

—Pues entonces le dejo en manos de mi secretaria, quien se ocupará de todos los detalles de su visita, incluido el menú de la noche. No somos todos veganos en el departamento, no se asuste, pida lo que le apetezca.

—De acuerdo, lo tendré en cuenta.

Mientras nos estrechamos la mano con calculada cordialidad, una chica joven, debutando en la treintena, por lo que deduzco de su apariencia, esbelta, morena de pelo y de piel, no muy alta de estatura pero fácilmente deseable, con la cara muy maquillada, envuelta en un vestido blanco sin mangas que realza la oscura pigmentación de la dermis, ocupa el lugar del jefe para hacerse cargo de mi mano sudorosa y del resto de mi cuerpo húmedo y de sus necesidades inmediatas.

—Mónica Levy, encantada, a su entero servicio.

Si no estuviera donde estoy, confieso que me gustaría mucho liderar un experimento en el que Mónica fuera el objeto principal de investigación, el espécimen de laboratorio para mi profundo estudio en curso sobre las complejidades y perplejidades sin cuento de la conducta femenina en el ecosistema patriarcal.

—Este es el menú del almuerzo y este otro el de la cena. Marque las casillas de sus preferencias y démelos en cuanto lo haya hecho. En cuanto a las cinco entrevistas, como le habrá informado el doctor Rojas, todos los profesores están preparados en sus despachos, aguardando su visita. Puede hacerlo en el orden que prefiera. El guión es simple, yo lo acompaño hasta la puerta, usted solicita el ingreso, charla con cada uno de ellos y yo lo recojo veinticinco minutos después. ¿Entendido?

—¿Hay alguna mujer entre los profesores con que me entrevistaré?

—No, doctor Espinosa, el comité ha considerado que, dada la naturaleza especial del puesto, sería más interesante que el primer contacto lo establecieran cinco de los más veteranos líderes masculinos del departamento en cada una de las áreas de conocimiento en que se subdivide. ¿Alguna objeción al respecto?

—No, por supuesto. Estoy a sus órdenes. Lo que usted haya decidido será lo mejor, sin duda...

—Ha sido el comité, no se equivoque. Yo no tomo decisiones, no es mi papel.

—Ya entiendo.

—Cuando me lo indique empezamos. Si quiere tomar un café, puedo encenderle la máquina y mostrarle cómo funciona el dispensador de cápsulas de sabor.

—No, estoy bien, gracias.

—¿Quiere tomarse antes unos minutos para seleccionar los platos del almuerzo y de la cena?

—No, he pensado dejar la decisión en sus manos. Seguro que me gustará lo que me ofrezca.

—Muy bien. La confianza mutua es uno de los valores más cultivados entre los miembros del departamento. Ya tendrá ocasión, si todo sale según lo previsto, de comprobarlo por usted mismo.

—Ya lo estoy deseando.

—¿Perdón?

—¿Vamos ya?

—Sígame, por favor.

Mónica camina por delante de mí con una gracia forzada que reserva para los visitantes de segunda fila como yo. La sigo con la mansedumbre anónima con que los grandes hombres han sabido siempre salir de las pruebas más difíciles que la naturaleza o la cultura les han planteado a lo largo de la historia. No pretendo ser irónico. Es la medida de todos los actos. La complicada calibración de las causas y los efectos de nuestras acciones sobre el mundo y sobre los cuerpos con cerebro que lo habitan como si fuera de su propiedad.

—Primera parada. El doctor Maraña. El chiste es fácil, él no lo disimula, pero es un hombre de una serenidad y un temple envidiables. No obstante, tiene peculiaridades que no deberían intimidarle cuando las descubra.

Es ella la que rompe el fuego llamando a la puerta con sus nudillos, como una profesional de la inspección de dormitorios en residencias. Alguien que en su vida ha vigilado y controlado mucho los gestos y acciones de los demás.

—El doctor Espinosa.

El anuncio en sus labios suena mayestático. Mi aparición en escena no responde a las expectativas, por lo visto. Se cierra la puerta tras de mí mientras me quedo atónito mirando al doctor Maraña. Mirando, en realidad, la fornida espalda del doctor Maraña.

—Me alegra conocerlo, siéntese, por favor, siéntese.

El doctor Maraña, en realidad, tiene más de atleta que de doctor, en el sentido académico de la expresión. Está mirando por el panorámico ventanal de su despacho acontecimientos que ocurren muy lejos del edificio, pero al alcance de su vista de águila imperial.

—Cuando entré aquí lo primero que hice fue elegir despacho. Me quedé con este tras muchas deliberaciones. ¿Sabe usted por qué, doctor...?

—Espinosa, doctor Espinosa. Encantado.

—No se preocupe de las formalidades, hombre. No es eso lo que le granjeará un buen puesto en el departamento. Aquí somos todos iguales, aunque no lo parezca a simple vista. Créame, Espinosa, llevo años haciendo mi santa voluntad en el campus y mi estatus no ha hecho entre tanto sino ascender. Es más, acabo de rechazar la propuesta de uno de los rectores. Quiere que forme parte de su equipo de gobierno en las próximas elecciones. Mucho trabajo, nulo placer.

–Si tiene interés en preguntarme algo, en saber algo en particular, en interrogarme sobre algún tema de mi incumbencia, en fin...

–No se moleste. Estoy agudizando mi vista. Paso horas escrutando desde lejos las actividades deportivas que se desarrollan en el campus. Disfruto enormemente con ese espectáculo a diario, sin moverme de aquí. Ya se imagina. Luego en el gimnasio, cuando voy por mi cuenta, todo lo que mi mente ha aprendido observando a los atletas lo traduce en ejercicios de una severidad espartana. Y ya me ve, tengo setenta años recién cumplidos y mis amantes todavía creen que lo están haciendo con un veinteañero impetuoso. No hay nada más importante en la vida, ¿no cree, usted?

–¿Mantenerse joven o engañar a los demás?

–¿Hay alguna diferencia? Mire, mire aquella gimnasta de allí, lo que yo daría por plegar las piernas en el aire como ella en el momento de caer, después de sortear el plinto. Aquella saltadora de altura, fíjese bien, con qué astucia felina se deja caer de espaldas sobre la colchoneta después de superar el listón de los dos metros sin que haya nadie más para verlo que su entrenador y yo, a quien ni siquiera conoce...

–Es una perspectiva interesante, desde luego.

–¿Interesante, dice usted? Déjeme que le enseñe algo interesante.

El doctor Maraña, de nombre Basilio, aprovecha el momento para ponerse en pie de un salto y darse la vuelta para que pueda valorar el peso real de sus palabras y el vigor de sus dotes corporales. Luego pone los brazos en jarras y comienza a inspeccionar con extrema atención las reacciones musculares de los pectorales y los brazos y antebrazos.

–Mire, mire. ¿Ve lo que le decía? De nada valen la disciplina y el rigor si tu sistema nervioso te traiciona. En este cuerpo privilegiado que le estoy haciendo el favor de enseñarle, he logrado traducir los atributos más significativos de mi cerebro. Uno por uno, esos atributos neuronales se han hecho carne domesticada. Fibra y músculo, dureza y contención. De nada sirve el cuerpo sano si no vive en contacto diario con un cerebro poderoso. La enfermedad brota de la falta de sincronía entre cerebro y cuerpo. Dando la primacía al primer factor de la ecuación, por supuesto, como usted sabe de sobra. Ese es el secreto mejor guardado del deporte individual, sin otra recompensa que la gratificación privada, ante el espejo de la mente o ante la mirada admirativa del amante. Es el secreto que los griegos dominaron y luego se perdió en el vacío. El cerebro está antes, luego viene el cuerpo y todo lo demás a continuación, como una consecuencia inevitable. No se engañe, mire los romanos, lo leyeron todo al revés, y así acabaron, en manos de los bárbaros y sus aliados naturales, los cristianos. Como nos está pasando a nosotros, por cierto. Dígame, ¿le gusta el deporte individual?

–No tengo una opinión fundada. Si me atengo a mis gustos, diría que el deporte no es mi fuerte, si exceptuamos el ajedrez, los ejercicios fisiológicos suelen aburrirme pronto.

–¿No será usted otro de esos adoradores pasivos del deporte de masas? ¿Otro simpatizante intelectual de los simulacros colectivistas del sobrevalorado deporte de equipos?

–No, no es mi caso, precisamente.

–Le aviso con tiempo. Al último fanático del fútbol profesional lo despedimos sin indemnización. Por traidor a la causa...

Cuando el diálogo alcanza cierto nivel de intensidad dialéctica, veinticinco minutos no dan para mucho, Mónica viene a rescatarme de las musculosas garras del doctor Maraña en el momento climático en que, saltando desde la silla en que se columpiaba, se había aposentado en el filo de la mesa, a un palmo de mí, y se disponía, con la cara enrojecida a punto de estallar de entusiasmo, a interrogarme sobre mis aficiones más íntimas.

–Ha sido un verdadero placer conocerle, doctor Maraña. Espero que en el futuro tengamos la oportunidad de trabajar juntos e intercambiar puntos de vista.

–Q. E. D., amigo Espinosa. Q. E. D. Ese es todo el secreto de la buena forma, mental y física.

Mónica se toma la molestia de cerrar la puerta tras de mí y ahorrarme el trámite.

–Es un hombre admirable, ¿verdad? Nadie diría que está a punto de jubilarse.

Deduzco que mi guía podría ser una de las víctimas de los engaños y maquinaciones del doctor Maraña. Pero prefiero no indagar en el asunto. No deseo ver cómo su hermosa sonrisa se borra de su cara para transformarse en una mueca de asco hacia mí. Todo va bien por ahora, me digo para tranquilizarme.

–Creo que las entrevistas han empezado con buen pie. Ánimo. Vamos a por la siguiente. ¿Se siente preparado?

El doctor Villacañas. Ramiro Villacañas de Haro.

–Un hombre mal afeitado será siempre un hombre mal afeitado, digan lo que digan los demás para congraciarse con él o, aún peor, con su barbero.

Toc, toc, toc.

El golpe mágico de la mano de Mónica abre la puerta cerrada sin necesidad de forzar ningún mecanismo.

Al otro lado reina la pulcritud zoológica, el orden de las taxonomías invertebradas. Insectos de todas las especies conocidas pueblan las paredes del exiguo despacho y los dos intrusos sorprendemos al doctor Villacañas sosteniendo entre las manos el último tesoro llegado a su despacho desde muy lejanas tierras.

–Un coleóptero mutante. Una especie nueva que amenaza con destruir las selvas de bambú de Birmania. Siéntese, por favor. Acabo de recibir este obsequio que me ha enviado un excolega de la Universidad de Rangún y llevo entusiasmado toda la mañana observando la idiosincrasia de su anatomía e imaginando las funciones de cada parte. Enseguida acabo...

Me habla un hombre de cráneo rasurado como una montaña de granito y gafas de pasta azules incrustadas entre las dos orejas como un accesorio ideológico y no como un instrumento óptico.

–Es admirable, desde luego. Cuando uno tiene delante de

los ojos un instrumento de destrucción sistemática como este, diseñado para hacer el mayor daño imaginable en un ecosistema dado, ¿no le parece pertinente hacerse, entonces, la gran pregunta del siglo pasado? ¿Qué es la realidad? O mejor dicho, para que lo entienda hasta un niño de pecho embelesado en brazos de su opulenta nodriza: ¿de qué realidad hablamos cuando hablamos de la realidad?

—Si me deja verlo de cerca, aunque sea solo por un momento, tal vez pueda entender el matiz de su reflexión que ahora mismo, si le soy sincero, se me escapa como agua entre los dedos...

—Nada es tan fácil, ni tan evidente, hombre. Crea en lo que le digo aunque no pueda entender el detonante de mi razonamiento. ¿No es así como funciona la mente?

—Si usted lo dice.

—Vamos, vamos, Espinosa, no se haga el ingenuo conmigo.

—No era mi intención...

—¿Asiste usted a una conferencia brillante en una convención de especialistas y lo único que se le ocurre es preguntarse si una mala noche en mala compañía, una discusión con su esposa antes de partir, problemas digestivos pasajeros, conflictos psicológicos con una madre adúltera, una homosexualidad reprimida hasta la asfixia o traumas infantiles con sus hermanos o hermanas son los causantes de la cadena de ideas expuesta con brío inusitado por el ilustre conferenciante? ¿Es esa la lógica con la que pretende convencerme de su valía intelectual?

Levanta la mirada con esforzada lentitud, como si fuera una barra de halterofilia sostenida en vilo, y la dirige hacia mí al tiempo que sus grandes manos depositan encima de la mesa la pequeña caja de madera y cristal que encierra el devastador espécimen de escarabajo sobre el que gira nuestra conversación.

—En mi caso, no se equivocaría usted, téngalo por seguro. Todo lo que pienso y hago en la vida está determinado por mis estados, anímicos o físicos. Hoy, por ejemplo, le diré que la presencia de este insecto en mi despacho está condicionando más de lo deseable mis actos y mis razonamientos. No se alarme. No soy biólogo, ni por asomo, así que no le habla el especialista, descuide.

–Había creído por un momento que sí lo era. Y no recordaba que hubiera ninguno en el departamento. Lo que me tenía extrañado, si le soy sincero.

–No, no lo soy. Para que quede claro. Soy historiador. Especializado en la historia política del siglo XX. Esa al menos es la excusa perfecta que me permite ocupar este despacho desde hace veintidós años sin que nadie me dispute el derecho a hacerlo en soledad. Me considero, por otra parte, un perverso aficionado a las rarezas y excentricidades de nuestra enemiga la Naturaleza. La madrastra de todos los monstruos que nos rodean. Incluyéndonos a nosotros, por supuesto, a quienes creó con la única finalidad de autodestruirse en un gesto sadomasoquista que ya por sí solo debería desautorizar la veneración religiosa que respiran algunos colegas de otros departamentos por Ella.

–¿Ella? ¿A qué o a quién se refiere en este momento? Le agradecería una puntualización al respecto.

–Atinada pregunta. Tiene usted razón. Me extravío con facilidad, disculpe, ¿cuál era el tema de la conversación?

–Me estaba hablando usted del bicho birmano.

–Bravo, Espinosa. Me gusta eso del «bicho birmano», me apropio del concepto para usos privados, con o sin su permiso. Se lo comunicaré por email al peligroso bromista que me lo envió como regalo para burlarse de mí y de mis ideas. El doctor Derwent, menudo personaje, ¿lo conoce?

–No, no me suena de nada.

–Mejor así. Ni se moleste en tratar de conocerlo, vive retirado en la jungla asiática desde hace años, estudiando los sistemas de transmisión de información de los insectos más dispares, y apenas si se humilla, como él mismo dice, a hablar alguna lengua conocida por los humanos, excepto conmigo, naturalmente, su adversario número uno. Tiene una larga lista de detractores en el mundo, pero eso lo mantiene activo. No solo de insectos vive la mente humana. Para provocarle, pensaba hablar de este extraño animal en una charla sobre cognición que tengo la semana que viene en un congreso en la Universidad de Varsovia, donde Derwent cuenta con algunos discípulos heterodoxos, ya le contaré el efecto que causa en la audiencia si tenemos oportunidad de volver a vernos.

Abrir un cajón del escritorio y extraer un gran reloj de bolsillo fueron acciones casi simultáneas para las que el doctor Villacañas solo tuvo que movilizar la mano izquierda y una parte del brazo, mientras sus ojos, dilatados detrás de las gafas de gruesa montura, no dejaban de someterme a un interrogatorio mudo.

—Si fuera usted telépata, pongo por caso, podríamos mantener esta conversación a varios niveles. Uno para los micrófonos que el rectorado ha hecho instalar en cada despacho del campus y otro en la intimidad de nuestro tanque craneoencefálico. Donde usted podría estar haciéndome toda clase de proposiciones aberrantes y yo no movería una ceja para delatar mis intenciones respecto de ellas, ni mucho menos denunciar la malignidad de las suyas a una autoridad superior. En fin, solo nos quedan cinco minutos de entrevista, no creo que sea suficiente para tener una opinión formada, lo digo para que quede registrado y por si alguien nos está oyendo en este mismo momento y pueda tenerlo en cuenta...

—No imaginaba que, después de todo lo que ha ocurrido en la última década con los sistemas de vigilancia y de todos los problemas legales derivados del abuso de estos, los decanos fueran tan paranoicos.

—Ni se imagina hasta qué punto han llegado, aunque ellos no son los peores en esto. Almuerce una sola vez en su vida con un comité de patrocinadores y sabrá lo que es bueno. De todos modos, para su conocimiento, ahora es mucho peor que antes de la crisis de 2028. El caso Langley, recordará los detalles, no ha pasado tanto tiempo, en vez de disuadirlos de reincidir no hizo sino enfurecerlos aún más y confirmarles que no andaban tan descaminados. Ya ve, cada uno interpreta la realidad a su conveniencia. Terminaremos lamentándolo, no me cabe duda, antes de lo que pensamos. La vigilancia individual ha alcanzado niveles que en décadas anteriores eran inimaginables. Su tóxico nivel de sudoración, por ejemplo, se lo digo en confianza, es un índice a tener en cuenta antes de contratarlo, responda a causas nerviosas o fisiológicas, aunque ya sé que para usted estas diferencias son espurias, según tengo entendido.

Empecé a mirar a todos los rincones despejados y objetos discretos del despacho, incluidos los focos incrustados en el techo, en busca de lugares adecuados para emplazar micrófonos ocultos.

–No se moleste en buscarlos. No están. No en el nivel evidente donde usted los buscaría o podría encontrarlos por azar. Están, es indiscutible, aunque nadie en su sano juicio podría entender el significado de ese verbo tan carente de lógica en este caso. Y lo fundamental es que lo sepamos. Nada más.

–¿Me deja ver al animal?

–Ni hablar. No se equivoque. Esa licencia no forma parte de las obligaciones pactadas de esta entrevista. Todavía no, quizá en unos meses, si usted y yo llegamos a entablar una amistad digna de ese nombre, entonces veremos qué pasa.

–Disculpe, no se lo tome a mal, no quería ser tan atrevido.

–Hay dos tipos de individuos. Los que estudian a los otros para saber lo que piensan y repetirlo literalmente ante terceros. Y los que estudian el pensamiento de otros para desarrollar su propio pensamiento. Dígame, Espinosa, ¿a qué grupo cree pertenecer usted? ¿A los que aportan al sistema o a los que solo lo soportan con actitud de resignación y fastidio?

Un guiño malicioso inesperado me hizo entender que esta frase iba destinada a los que supervisaban en la distancia, con permiso legal, el contenido completo de nuestros intercambios lingüísticos.

–Me lo estoy pensando. No sé si me dará tiempo a decidirme antes de que la señorita Levy irrumpa en el despacho para recordarme la existencia de la realidad exterior.

–Es gracioso, ¿no se lo han dicho nunca? Es usted gracioso, Espinosa. Mucho. De todos modos, allá usted. Es cosa suya.

Como usted comprenderá, a mí no me concierne demasiado. Estamos en tiempo de descuento, no sé si me explico...

Primero una mano, la derecha, y luego la otra, la izquierda, cuidadosamente depositadas sobre la parte superior del cráneo, con una armonía inhumana, los gruesos dedos superponiéndose en un grado de perfección inusual, las palmas abrazándose por capas para proteger el núcleo precioso del que emanaban las ideas, los pensamientos, las frases.

—Sepa que este animal que usted ve aquí neutralizado por el formol y contenido en su energía destructiva por un vidrio grueso no es un simple parásito, ni un consumidor desaforado, como argumentan algunos colegas sin base científica, una criatura que se hubiera salido del programa natural para agotar todos los recursos disponibles en un gesto destructivo. No, este animal es, antes que nada, una potente máquina de poner en cuestión el sentido profundo de la realidad. A su aviesa manera, el doctor Derwent lo sabe y por eso me lo envía sufragando los costes, para que yo exprese en su lugar las ideas extravagantes que él ni siquiera es capaz de formular con lucidez ante el tribunal de la ciencia.

—¿Insinúa usted que es una tentativa local, y por tanto condenada al fracaso, de acabar con la totalidad del mundo? ¿Una demostración de que la sombra de lo que no es gravita sobre lo que es como una dimensión que en caso de realizarse lo devolvería todo al vacío primordial?

—¿Ha oído usted hablar del paradigma «insecto»?

—Me suena.

—No se esfuerce por ser atento. Es imposible que lo conozca. Solo alguien que se haya molestado en violar la privacidad de mi domicilio particular, destrozar la cerradura de mi escritorio blindado o hackear las endemoniadas contraseñas de mi ordenador portátil podría conocer los rudimentos de tal teoría. No tema, no pienso exponerle más que el principio básico, mostrarle el cimiento del edificio antes de que esté construido. ¿Ha pensado cuál es la clave del éxito de la vida de los insectos sobre las demás especies?

—Ya entramos en materia, me encanta esta parte.

—No se haga ilusiones, Espinosa, la paciencia de Mónica también tiene límites y estamos abusando de su peculiar idea del tiempo.

—Prosiga, por favor. Se lo ruego. Siento que lo necesito...

—La vida individual es una de las peores calamidades, la más dañina de todas, superpoblada de falacias patéticas y de pretensiones morales sin fundamento último. Cuánto mejor le iría a la especie bípeda si un solo cerebro unificara sus decisiones y gobernara todas sus actividades, necesidades y deseos y hasta sus sueños. ¿Se lo imagina?

—¿Eso es, entonces, lo que usted tanto admira en los insectos?

—Claro que no, amigo mío, no sea usted tan sentimental. Es solo una metáfora...

—He perdido el hilo, lo reconozco. Me doy por vencido.

—Por Dios, hombre, ¿qué parte de la metáfora Dios no le entra en la sesera?

Mónica Levy podría haber sido una mantis religiosa en la intimidad, una máquina de copular destruyendo a su amante mientras le procuraba una experiencia placentera irrepetible, una de esas estrategas sexuales del reino animal que veía colgadas como trofeos en la pared derecha del despacho.

—Nunca olvide, Espinosa, lo que dijo el maestro: qué es la metafísica sino metáforas realizadas.

Pero Mónica no era nada de esto y acudió a rescatarme en el momento justo en que el doctor Villacañas ya emitía signos flagrantes de hartazgo intelectual e impaciencia metafísica hacia el visitante inoportuno.

—Perdón, perdón, siento interrumpir.

—Ah, Mónica, por fin. Te recuerdo que has llegado impuntual a recoger a este señor y yo le he regalado, a cambio de nada, ocho preciosos minutos de mi vida. Lo descontaré sin tardanza de otras obligaciones del departamento.

Aliviado al salir del despacho, le pido a Mónica que me conceda un receso compasivo en la sala de espera del departamento. Ahora sí necesito tomar con urgencia un café solo, doble, beber mucha agua, endulzar mi boca con una pastita o dos de chocolate corporativo e inyectarme una generosa dosis de glucosa en sangre para poder seguir adelante con el simulacro, porque ya veo que eso es lo que es esta agenda de entrevistas a cuál más disparatada, una representación teatral en toda regla, en la que solo se espera de mí que colabore en su desarrollo sin rechistar y participe con el mismo entusiasmo que los actores comprometidos con su continuidad. No puede ser de otro modo.

La gentil Mónica aprovecha la pausa para entregarme un folleto publicitario con un guiño de picardía mundana que completa mi imagen del personaje.

–Todo lo que siempre quiso saber sobre la Universidad Paneuropea de Millares y nunca se atrevió a preguntar a la persona competente. Es decir, a mí.

–Muchas gracias. Lo leeré con suma atención.

–Más le conviene. Vuelvo enseguida.

El prospecto propagandístico de la Universidad no tenía desperdicio. Se atribuía todos los méritos curriculares y extracurriculares y la excelencia académica en un contexto, cito literalmente, «de decadencia generalizada en la educación superior». La Universidad Paneuropea de Millares, perteneciente a una red internacional de instituciones similares repartidas por todo el continente, nació hace solo diez años, en 2027, en el marco de un conjunto de acuerdos interestatales orientados al fomento de nuevas enseñanzas y aprendizajes de calidad para responder a los desafíos profesionales del nuevo siglo y superar los límites de las disciplinas científicas. Con ese fin, se decidió crear un campus único, ubicado en un lugar geográfico desconectado de los grandes espacios urbanos, concebido como un crisol donde se integraran las especialidades más creativas e innovadoras de la economía, la ciencia y la tecnología y los estudios tradicionales de humanidades. Y donde prestigiosos académicos, científicos de renombre y jóvenes promesas de cada rama del saber y el conocimiento pudieran encontrar un espacio de intercambio provechoso y de mutua fecundación.

68

Antes de que concluya la instructiva lectura del folleto, Mónica me reclama con su encantadora diligencia.

–¿Ha colmado sus expectativas, doctor Espinosa?

–Me ha permitido hacerme una idea bastante realista.

–¿Y esa idea es?

–¿Ciencia ficción?

Mi chiste fácil no le hace ninguna gracia, a juzgar por el seísmo de contracciones faciales y el silencio incómodo con que lo celebra.

–¿Qué parte le molesta más, la que se refiere a la ciencia o la que menciona la palabra ficción?

–No sea malo, doctor Espinosa. Es demasiado pronto. Apenas nos conocemos.

–Perdón. No quería ofenderla.

–Y no me ofende. Es una cuestión de formas.

–Ya me iré acostumbrando.

–Eso espero por su bien. Es hora de continuar.

Mónica me recuerda que vamos con cierto retraso, no pretende alarmarme ni ponerme nervioso, solo proporcionarme información necesaria, como dice, mientras me guía por la red interminable de pasillos y puertas hacia el siguiente despacho, la madriguera prestigiosa del tercer académico *freak*.

El doctor Ruiz de Infantes.

El sigilo de Mónica me previene. El ingenio con que han diseñado estas pruebas está a punto de alcanzar una de sus mesetas más elevadas. No sé si sabré estar a la altura del desafío escénico.

–No se asuste al entrar. La llamamos la «caja negra», ya verá por qué. Al principio impresiona, luego resulta relajante. Manténgase de pie durante toda la entrevista. No levante mucho el tono de voz. El doctor Ruiz de Infantes es un hombre hipersensible, trate de hablar bajo y de no llevarle la contraria. Le gusta ser escuchado y apenas admite otra réplica que los adverbios afirmativos o negativos, según los casos. Intente no ponerlo nervioso con sus intervenciones. Sea comedido en las respuestas, por favor.

La habitación está a oscuras, en efecto. Una ambientación idónea para lo que está en juego. Ni un solo punto de luz me permite orientarme. No hace falta. Permaneciendo cerca de la puerta cuando se cierra podré abandonarla sin problemas en cuanto llegue el momento.

—Bienvenido a mi laboratorio, doctor Espinosa.

La voz suave, melodiosa, agradable, proviene del fondo, que no distingo aún más que de un modo borroso.

—En la oscuridad inducida, la mente galopa como una máquina voraz, como lo único despierto en el universo, ¿reconoce la cita?

—Me temo que no, lo siento.

—Más lo siento yo. ¿Sabría decirme cuál es la mejor manera de tomar conciencia de la realidad del espacio?

—No lo había pensado nunca, la verdad. Sin pensarlo mucho, diría que pasear, subir a un mirador elevado, conducir un coche a gran velocidad, cosas de este estilo.

—No lo ha pensado bien. No se da cuenta, pero no ha pensado siquiera en lo que le preguntaba, ni dónde le hacía la pregunta, ni en qué circunstancias. ¿Se da cuenta? Si le hubiera hecho esta pregunta con luz y mirándolo cara a cara, sin parpadear, en una heladería, pongamos, mientras se toma un batido de chocolate, habría respondido lo mismo sin dudar. Es un error. Piénselo bien y sabrá por qué.

Ahora hubiera dicho, tan ingenuo me estaba volviendo con estos experimentos, que la voz procedía del techo. Bajaba desde la altura al encuentro de mis oídos. Seguía sin ver nada de lo que me rodeaba.

—¿Dónde estoy? ¿Dónde está mi voz? ¿Donde usted la escucha, o cree que la escucha, en esta habitación cuyos contornos se le escapan, o donde esté mi cuerpo, si es que lo tengo aún?

—¿Es una adivinanza?

—No hay nada que adivinar, mis preguntas no encierran ningún misterio, son evidentes, tiene usted la respuesta ante sí y no es capaz de verla.

—Ver no sería el verbo más adecuado, ¿no le parece?

–Ve como no ve. He ahí todo el problema. ¿Cuáles son las consecuencias de negar el espacio? Tan simple como eso. Negar o afirmar.

–Ya entiendo.

–¿Ah, sí? Qué fácil, ¿verdad? Qué simple es todo, ¿no es cierto? ¿Y ahora también lo entiende?

Mientras la voz parecía proyectarse ahora desde debajo de mí, un potente fogonazo inundó la habitación hasta cegarme. Cerré los ojos de inmediato y a través de los párpados una película anaranjada se animó hasta hacerme creer que había figuras bailando al trasluz.

–Ahora entiende, ahora ya no entiende. Ya verá como ahora no entenderá nada.

Y fue entonces cuando empecé a contar los segundos (cincuenta y seis exactos al llegar al final) en que el silencio era la norma acústica dentro de aquella habitación. Un silencio que no había percibido nunca con ese intolerable grado de intensidad. Sabía que no estaba sordo, pero no escuchar nada me provocó un pánico comparable al vértigo de la altura. Una sensación visceral de estar tambaleándome al borde del abismo.

–Sí, durante un minuto usted ha estado a punto de sumirse en la no comprensión total. Ese fenómeno por el cual todo lo que comprendemos queda reducido a la nada. Al cero y sus malditos múltiplos.

La luz cegadora se atenuó mientras creí escuchar la voz viniendo desde detrás de mí, como si el cuerpo desde el que brotaba se situara justo a mi espalda.

–«No crea todo lo que ve» es una frase mucho más profunda de lo que parece. Mucho más profunda y mucho más superficial, tampoco vamos ahora a quitarnos el sombrero ante la sabiduría y los mitos de la cultura popular, ¿no le parece?

–Profundo y superficial son dos adjetivos muy discutibles.

–¿Lo ve, doctor Espinosa? ¿Ve como ahora, tras superar la prueba de la luz irrefutable, me entiende mucho mejor?

–Le entiendo perfectamente, desde luego, pero sigo sin saber desde dónde me habla y dónde está situado el cuerpo con que me habla.

–Demasiadas suposiciones y presuposiciones. Entre ellas, como una rasgadura imperceptible, se desliza el error.

–Ahora le entiendo mucho mejor aún, vaya que sí. Comienzo a entenderlo todo como nunca antes en mi vida...

–¿Será porque estoy empezando a hablarle cara a cara? Aunque usted no me vea yo sí veo el recorte de su silueta difuminada entre las sombras que la envuelven. Debería adelgazar un poco, por cierto. Ocupa usted demasiado espacio con sus pretensiones egoístas. Sea más modesto, deje espacio a los demás, no invada su espacio vital con su volumen abusivo.

Era verdad. Su voz me llegaba frontal, como si estuviera a menos de medio metro de mí, casi podía sentir el aire saliendo de su boca y golpeando contra mi cara, escuchar su respiración lenta, oler su aliento mentolado.

–Estamos en un edificio que afirma el poder de la arquitectura sobre el espacio, el poder fáctico de la construcción sobre la posibilidad especulativa, el hacer sobre el ser, ¿me sigue, verdad?

–Al pie de la letra.

–Para devolverle al espacio su valor real, usurpado desde antiguo por el poder de la construcción, con toda la mafia monetaria de por medio y las corrupciones asociadas al negocio inmobiliario, necesitamos con urgencia una terapia de choque, una fuerza negativa que restituya al espacio de modo radical el poder que tuvo en sus orígenes, antes de que la más baja de las pasiones humanas, la necesidad de tener un techo sobre la cabeza y un suelo bajo los pies, la necesidad ridícula de tener un hogar para alojar a la pareja procreadora y criar a la prole, antes de que todo esto impusiera su orden mediocre sobre la realidad, no sé si me explico.

Alguien tiraba de mis pantalones con fuerza y me hacía señales desde el suelo. Estaba a punto de ver el arrugado rostro del doctor Ruiz de Infantes apareciendo frente a mí envuelto en un halo de luz ardiente, como un efecto teatral perfectamente calculado para grabar su discurso en mi memoria impresionable, cuando Mónica, que había entrado en la habitación caminando a cuatro patas para escapar a la celosa vigilancia del viejo profesor, me hacía señales ostentosas de que la siguiera. Sin pensarlo mucho, me agaché, planté las manos en la áspera moqueta y apoyándome en mis rodillas comencé a gatear hacia la salida en pos del insinuante cuerpo de Mónica, que había conseguido cierta ventaja en la maniobra.

–La intemperie, doctor Espinosa, la desolación de la intemperie, la vastedad del espacio, el horizonte ilimitado, la indefinición, qué digo la indefinición, la infinitud, qué digo la infinitud, la abstracción del espacio deshabitado...

Me dio la impresión de que la voz procedía ahora de un enclave situado justo encima de la puerta por la que pretendía salir a toda prisa antes de que el mensaje de Blas Ruiz de Infantes calara en mi alma como un cuchillo para sondear con saña mis viejas heridas.

–Abajo con todo lo que se yergue y enseñorea de la altura, allanemos el espacio construido, defendamos la arquitectura paroxítona, la que apenas si modifica las cualidades del espacio físico a la hora de hacerlo habitable...

Mónica ya estaba fuera del despacho, sujetando la puerta con las dos manos e invitándome a pasar rápido al otro lado del umbral para poder cerrar cuanto antes y acabar con la payasada.

–El doctor Ruiz de Infantes fue en su juventud un gran arquitecto, muy innovador para su época, según tengo entendido, pero desde que le derribaron sus edificios más emblemáticos uno tras otro porque nadie quería vivir en ellos y ninguna administración pública, con los recortes y demás zarandajas presupuestarias, podía sufragar los gastos de mantenimiento, se volvió un anacoreta insoportable. La Universidad utiliza su nombre para darse lustre en la escena internacional, donde aún goza de gran reconocimiento como creador, pero casi nadie conoce la verdad de su posición en el departamento. No da clases ni explicaciones ni comparte con nadie los resultados de sus hipotéticos experimentos.

–Ahora lo entiendo todo.

Estaba agotado, me sentía abrumado con las exigencias psicológicas de la visita y, por si fuera poco, tenía hambre. Un hambre sospechosa. La hora del almuerzo me salvó de la derrota y el desánimo. La gentil Mónica me acompañó durante el mismo, aceptando mi silencio con naturalidad.

Frugales tentempiés de jamón ibérico, crepes de verduras y de marisco, frutas de temporada y quesos suizos, toda esa deliciosa comida regada con un litro y medio de agua mineral con gas.

–Ya ha pasado la peor parte. Las entrevistas programadas para la tarde serán más llevaderas, créame. Menos estrictas.

Así fue, para mi fortuna.

El doctor Torres Villalón era un meteorólogo experto en climas meridionales extremos. Un hombre educado y atildado, con traje y corbata impecables, de discurso lacónico.

–El tiempo meteorológico es la demostración de que la Tierra piensa por sí sola. Tiene cerebro propio. Ocurre que los fenómenos dan cuenta de procesos mentales muy complejos donde entran en conflicto deseos contrapuestos. Instinto y razón, cumplir con las leyes o saltárselas a la torera, como suele decirse. Cuando uno ve desatarse una guerra de vientos, o asiste a la formación de nubes y huracanes que acarrean diluvios e inundaciones, o ve desecarse los lagos de una región, uno entiende que el cerebro de la Tierra es arbitrario y también sistemático. Ignoramos el lenguaje concreto en el que piensa, esa es nuestra mayor limitación. Si no, nuestros pronósticos serían inequívocos y, como sabe bien, eso está muy lejos, aún hoy, de corresponder a la verdad. Por más que invirtamos en tecnología, ya sea en satélites artificiales o en programas informáticos para leer los datos proporcionados por aquellos, el error meteorológico sigue siendo uno de nuestros grandes fracasos cognitivos.

Veinticinco fatigosos minutos de análisis meteorológicos mundiales y exhaustivas descripciones atmosféricas con pretensiones de psicoanálisis del tormentoso inconsciente del planeta Tierra me bastaron para convencerme de que toda ciencia conocida tiene un reverso desconocido, su lado nocturno, otra dimensión más allá del cero, su cara de sombra y oscuridad, como los planetas y los satélites de la galaxia.

–Necesitamos deshacernos con urgencia de las corrupciones mentales de la meteorología política. El tiempo no entiende de patrias ni de territorios.

Por si me quedaban dudas sobre la imprevisibilidad de los cambios climáticos, la faceta más luminosa de Mónica me condujo, por angostos pasillos y escaleras interiores, al despacho del doctor Abril Villalobos con una seriedad impropia del despliegue de cordialidad y alegría que había hecho durante el largo día. Era la última entrevista programada, se acababa la jornada, su cometido había sido realizado con diligencia y perfección. Y, sin embargo, cierta tristeza embargaba ahora su atractivo rostro como un presagio de humor siniestro para la velada.

–Acabo de encargar el menú tailandés de la cena y he tenido que discutir por teléfono con el cocinero sobre ciertos detalles especiales de los platos de algunos profesores. Ha sido muy desagradable. Casi me echo a llorar. Es un hombre rudo y desconsiderado, pero no imaginaba que lo fuera hasta ese punto.

–Me siento más tranquilo. Pensé por un momento que era por mí por lo que había cambiado su estado de ánimo.

Antes de esbozar una sonrisa elástica, el dedo índice de la mano derecha, la única libre, revisa con mimo las comisuras de la boca, la tersura del cutis y el perfecto ajuste del carmín malva a los contornos del labio inferior y superior.

–No sea tan vanidoso, doctor Espinosa. Usted no me atrae, no es mi tipo como hombre. Veo que no ha aprendido nada durante la visita. Es una lástima.

El doctor Abril Villalobos, vestido con una bata blanca de médico, me abrió él mismo la puerta de su despacho, me saludó efusivamente, me hizo pasar, me invitó a sentarme y, sin darme tiempo a recapacitar, me hizo la gran pregunta del día mientras me agarraba por los hombros con sus delicadas manos de dedos finos y me sacudía ligeramente para extraerme del estupor en que le parecía sumido al entrar.

–¿Tiene sueños húmedos, doctor Espinosa?

–De vez en cuando. No sabía que fuera usted psiquiatra.

–No lo soy. Soy un simple experto en derecho civil. No tan simple, en realidad. Mi especialidad son los contratos de compra de tierras y la legislación correspondiente. No se imagina lo que se esconde ahí, no es romántico, como dicen mis alumnas, pero está lleno de pasiones irrefrenables y excitación libidinal, como digo yo, dignas de un melodrama cinematográfico, ¿le gusta el género?

–¿Es esto un test de empatía?

–Relájese, hombre. Percibo la tensión entre nosotros como un obstáculo intelectual. Ya sé que ha consumido ya media vida, pero no es motivo para tanto nerviosismo. Piense que, con un poco de suerte, aún le queda la otra media para disfrutar de todo lo que se perdió en la anterior. La muerte es solo una hipótesis, nada verificable de momento. Tómeselo con calma, elija bien, no esté tan rígido y agresivo. La cuestión decisiva ahora, tal como entiendo su caso, es decidir con acierto a qué va a dedicar su tiempo en la segunda parte del partido.

–No carece de lógica, sobre todo si uno va perdiendo por goleada.

–Vuelva a plantearse la pregunta más adecuada a su edad. ¿Para qué quiere el sentido si ya tiene en su poder todo un mundo?

–¿Un mundo? ¿Habla en serio?

–Mientras uno es joven el sentido de las cosas brota de la piel como la transpiración durante el acto sexual, no sé si me entiende, le veo propenso a sudar con cualquier pretexto. Es una prueba de salud y un problema social, lo que puede resultar en extremo contradictorio para el sujeto. Si un hombre sano no puede abrirse camino con éxito en la vida social, ¿debería ceder la iniciativa a otros o pelearse por ser reconocido a pesar de todo? ¿Qué piensa usted?

–Ahora mismo, si le soy sincero, me siento incapaz de pensar en nada que no sea el transcurso de los minutos que me conducirán fatalmente al final de esta conversación estéril.

Nada humano, ningún síndrome malicioso de lo que se identifica como tal, podría alterar la imagen profesional del doctor Abril. Hermosa cabellera blanca ondeando sobre un cráneo inmaculado, una melena canosa alborotada como las ideas que bullían debajo del pelucón doctoral que caía en cascada blanda hasta los hombros estrechos, nariz plana, perfil chato, diminutos ojos marrones, boca enorme de labios gruesos y frente ancha y protuberante.

–Ya veo, ya. Resiliencia agudizada con deriva violenta, conozco los síntomas convencionales. En fin. Es lógico hasta cierto punto. Cuando uno llega a una edad como la suya o la mía, mucho más en la mía, por supuesto, no necesita el sentido para nada porque ya tiene la experiencia, posee el mundo, la realidad en su magnitud íntegra y la verdad que emana de ella como un silogismo indiscutible. Para qué perder el tiempo, entonces, en inventar un sentido a lo que tiene tantos como caras relucientes un miriedro expuesto a la radiación solar...

El doctor Abril Villalobos era feo de un modo insultante para el canon establecido sobre la belleza masculina, pero muchas de sus alumnas y algunos de sus alumnos lo considerarían un símbolo sexual y se enamorarían, a pesar de todo, de sus facciones viriles esculpidas con desaliño en un rostro detestable. Sentí celos hacia él, de pronto, impelido por la imperiosa necesidad de sentir algo que no fuera apatía, desgana o aburrimiento. Una reacción tan simple como esa.

–Siempre me he preguntado cómo podemos formar esas imágenes en nuestro cerebro. Imágenes de criaturas y cosas que no existen y que solo se nos muestran como reales en nuestros sueños y en los fantasmas de la vida psíquica. Estamos a punto de poder intervenir ahí, como sabe usted. Inducir fantasías e imágenes a voluntad en el cerebro de quien queramos. Mediante los neurochips adecuados podríamos forzar a cualquiera a experimentar en sueños actos programados que le repugnarían cuando tomara conciencia de ellos. ¿Lo ha intentado con Mónica, por cierto?

–¿Intentar qué?

—¿Qué va a ser? Follársela. ¿Lo ha intentado?

Le miento a conciencia para no suscitar más desprecio en su docta opinión de facultativo del alma universitaria.

—No se me ha ocurrido, no he tenido un minuto en todo el día para pensar en ello, si le soy honesto ni me había fijado en los encantos de la chica.

—Pues debería. Creo percibir en ella cierta decepción con su actitud despectiva y su trato distante. Hubiera preferido recibir de su parte alguna insinuación, sin llegar al acoso, por supuesto, signos fehacientes de simpatía y aprecio, pruebas incontestables de que no le era indiferente como mujer.

—Soy un hombre casado, no sé si lo sabe.

—Yo también, no veo ningún problema insuperable en eso. La mente abierta es un rasgo que se valora mucho en nuestro entorno, no sé si me entiende...

—No imagina hasta qué punto.

—Verá, doctor Espinosa, la situación es muy clara. Esta misma noche, cuando ella se quite la bonita ropa que lleva puesta y se duche y se meta en la cama, vestida con un pijama o un camisón o desnuda del todo, no me parece importante el detalle, antes de quedarse dormida estará pensando en usted, la conozco bien para saberlo con total seguridad, y puede que hasta se toque el sexo discretamente pensando en usted, se masturbe o juguetee con su vibrador, como lo oye, pensando en usted. ¿Y todo por qué? Porque ha estado todo el día conviviendo con usted. Ni más ni menos. Sin ese contacto reiterado no existiría esa posibilidad. ¿Se imagina que podamos producir el mismo efecto en el cerebro, sin roces ni fricciones, sin necesidad de contacto previo, sin interacción presencial recurrente, eliminando las redundancias y rutinas que nos hacen insufribles a los otros?

—A las mil maravillas. ¿Y?

—He ahí el futuro, doctor Espinosa. Gente intervenida en cada una de las terminales de su cuerpo y de su mente, gente cuyos cerebros habrán sido intervenidos, los de todos nosotros sin distinciones de sexo o clase social, raza o procedencia étnica, para producir relaciones y afectos y capacidades y sensaciones que no creíamos posibles antes de eso. ¿No le parece un mundo maravilloso? Se acabó el cortejo, se acabó perder el tiempo, se acabó el acoso, se acabó la violación, se acabó la tristeza y la frustración. Un mundo de cerebros que se comunicarán sin barreras. Mediante drogas o neurochips, poco importa, podremos alterar incluso la percepción del tiempo. ¿Se imagina tener la impresión de haber pasado una tarde entera haciendo el amor con su mujer o con su amante, no seamos convencionales, y en realidad haber consumido solo cinco minutos de su precioso tiempo de vida? ¿Qué cantidad de acciones productivas no podríamos emprender sin que nos domine la sensación de ineptitud y pérdida de tiempo que suelen refrenarnos en la toma de decisiones prácticas?

–He de reconocer que me fascina esa posibilidad desde hace mucho, pero creo que a la mayoría de mis semejantes no les atrae para nada. Es más. Pienso que, por razones muy diversas, no querrían vivir en ese mundo de experiencias prefabricadas.

–Se equivoca. Ya se lo digo yo. El futuro solo sabemos reconocerlo cuando ya se ha cumplido. Ese es el gran fallo de todos los pronósticos y profecías baratas. El problema en este aspecto es que no hemos sabido venderlo bien. Discursos mal pensados, ideas mal elucubradas. Mucho pesimismo y mucho miedo. Somos víctimas de los errores de las malas campañas de marketing del futuro y la insidiosa propaganda del enemigo...

–¿El enemigo?

–Verá, Espinosa, al animal humano hay que convencerlo de que desea desde siempre hasta lo que ni siquiera existía hasta hace un minuto. Recursos publicitarios inteligentes, eso es todo lo que nos falta para tener éxito en esta empresa. Elevadas dosis de ingenio propagandístico para vencer la resistencia natural del cerebro humano a aceptar condiciones de vida programadas de antemano por los que más saben sobre la vida. No hay otro medio de hacer viable este sueño tan antiguo como nuestra especie. Las técnicas ya existen, así como las sustancias adecuadas. Falta la voluntad de los Estados y las Instituciones. Y el dinero, por supuesto. Fundamental. ¿Verdad, Mónica?...

No sé cuánto tiempo llevaba escuchando, o si lo hacía con frecuencia por interés intrínseco en las ideas y puntos de vista del doctor Abril Villalobos, una eminencia mal pagada como todas en un sistema universitario que naufragaba en el contexto mundial, una vez más en su historia, por no saber reconocer en términos económicos los méritos reales de sus empleados más valiosos. Estaba claro que con el sabio y experimentado Víctor Abril Villalobos los veinticinco minutos de la entrevista habían pasado volando sobre nuestras cabezas como una aeronave supersónica.

–La mayor parte de las veces, doctor Espinosa, cuando hablamos en voz alta, sea para otros o para nosotros mismos, es que no estamos nada convencidos de que haya otro medio mejor de hacerle llegar al cerebro la información que consideramos relevante. No olvide esta lección práctica. Verbalice cuanto necesite, aunque eso pueda molestar a terceros, es la única forma de que el conocimiento que brota incontenible de nuestros veloces circuitos neuronales no se desperdicie ni disemine sin impregnarnos y fecundar a otros por vías colaterales...

Mónica, varada en la puerta sin decidirse a entrar ni a marcharse, comenzaba a mostrarse impaciente y no me quedó más remedio que abandonar la fructífera charla con el doctor Abril Villalobos dos minutos antes de que concluyera el plazo estipulado.

–Venga conmigo enseguida. El doctor Rojas le está esperando con impaciencia en su despacho para felicitarlo por el magnífico resultado obtenido en las entrevistas.

Ha sido un día extenuante y me siento demasiado cansado otra vez, se lo digo a Mónica y aplazamos la visita al campus *sine die.* Una hora no bastaría para ver todas las atracciones arquitectónicas que lo componen, según me dice, y es el tiempo exacto de que dispongo antes de la charla informal y la cena protocolaria con los profesores, así que prefiero quedarme a descansar en la sala de espera, mientras Rojas culmina una última gestión telefónica con los rectores referida a ciertas cláusulas de mi contratación, y me quedo dormido, sin apenas darme cuenta, con una taza de café en la mano.

DÍA 8

Cuando desperté por la mañana, acababa de amanecer.

Los tenues rayos solares penetraban en la habitación por las rendijas de la cortina entreabierta.

El cuerpo responde a la realidad del calor como primer signo de vida.

Me siento como si acabara de resucitar de entre los muertos y estuviera braceando a través de la tierra negra para salir de la tumba.

No era, sin embargo, el único ser vivo en haber experimentado el tránsito entre la vida y la muerte encerrado durante unas horas incontables en la habitación del hotel.

La bella Mónica Levy era mi acompañante de privilegio en este viaje inesperado más allá del río de la vida, o más acá del valle de la muerte. Embutida junto a mí, bajo los efectos de la resaca egipcia, en el sarcófago de tamaño faraónico, Mónica yacía tumbada boca arriba al otro extremo de la cama enorme, desnuda y despatarrada sobre la colcha como una muñeca hinchable.

Las provocativas incitaciones del doctor Abril Villalobos, por lo que parecía, debían de haber surtido un efecto hipnótico en mi libido en contra de mi voluntad.

No podía recordar con exactitud cómo había llegado hasta aquí, pero estaba convencido de que entre Mónica y yo no había pasado nada en toda la noche. Por si acaso, interrogo a mis genitales mustios con la mirada del inquisidor adolescente y su preocupante mutismo delata la ausencia reiterada de relaciones íntimas.

En plena confusión mental, recuerdo de golpe a Roberto Rojas, el director del departamento, recibiéndome con aspavientos a la entrada del restaurante tailandés Lágrimas de Neón donde habíamos quedado para cenar con un nutrido grupo de profesores y anunciándome con sorna inaudita:

–Y qué, doctor Espinosa, ¿le ha gustado la escenificación? No dirá que no nos hemos esmerado. Todos son actores de reconocido prestigio en el mundo del teatro alternativo. Y el guión lo redactaron los más ingeniosos doctores del departamento. Sabíamos que la calidad de la representación le proporcionaría una idea de la alta estima que le tenemos.

Cuando le pregunto qué hacen junto a nosotros en el restaurante algunos de esos brillantes actores académicos, se ríe sin apenas ganas y se me queda mirando fijamente a los ojos, como dudando entre considerarme un genio espontáneo o un imbécil reincidente.

–Era una broma, amigo Espinosa. La prueba ya ha sido superada, relájese de una vez. Páselo bien esta noche y olvídese de lo demás.

Y entiendo entonces que la broma es, para Rojas, el medio totalitario de concebir la realidad. Lo abarca todo con su registro singular. Las entrevistas con los profesores, la cena informal y el copioso menú étnico, la conversación inoportuna, la ruidosa compañía. La vida, en suma. ¿Por qué no incluir la invitación al campus y la contratación en el mismo inventario? Una broma y nada más que una broma, eso era todo. Y Rojas actuando como bromista supremo. Nada podía gustarle más al sumo sacerdote de las mascaradas y los simulacros del departamento y quién sabe si también de la Universidad. Me convendría quizá asistir como oyente a algunas de sus abarrotadas clases magistrales sobre ética, me digo, para aprender a tomarme la vida con mayor levedad y desenvoltura.

Los mensajes desesperados y las llamadas perdidas se acumulan en el móvil cuando lo consulto.

Ariana está inquieta por mi desánimo tras la visita al campus, apenas si le comenté algo en un mensaje lacónico al salir de la última entrevista, e impaciente por confirmar la hora de llegada de mi vuelo. Me comunica su intención de hablar seriamente conmigo a mi regreso. Todo ha cambiado. No debo preocuparme. Me alegra saberlo. Mi cabeza no admitiría en este preciso instante, tal es la intensidad del dolor que padezco, una dosis muy elevada de preocupaciones con implicaciones afectivas añadidas. Debí de beber demasiado vino durante la cena, arrastrado por los otros comensales, para un abstemio de larga duración como yo siempre supone un riesgo la reincidencia alcohólica, o tomar alguna extraña sustancia narcótica que me convierte al despertar en un amnésico selectivo.

Respondo a Ariana enseguida, para tranquilizarla, antes de seguir ordenando los restos de mi vida y mis recuerdos dispersos.

Me pongo en pie con dificultad. Camino por la habitación tropezando con todo tipo de objetos tirados en el suelo de cualquier manera, un vestido, ropa interior, zapatos, botellas, una camisa.

La atmósfera es irrespirable, como si una multitud de cuerpos sumidos en un estado de máxima embriaguez hubieran pasado la noche destilando alcohol en el aire a través de la piel húmeda, pero no puedo descorrer la cortina ni abrir la ventana para ventilarla.

Encerrado en el cuarto de baño, recolecto mis útiles de aseo personal e ingiero un compuesto analgésico para atenuar el dolor de cabeza o la resaca incisiva que me hace sentirme como un hacker después de una semana de hiperactividad informática.

El agua turbia del vaso y su contenido granuloso golpean mi estómago sensible con un puñado de recuerdos indeseables de la noche pasada.

Recuerdo con nitidez la cara deforme del obeso doctor Brey, a quien no conocía aunque Rojas lo había elogiado con anterioridad como uno de los miembros más capacitados del departamento, reconociendo el complejo de Edipo que marcó su tortuosa infancia.

—Mi madre fue siempre una mujer conservadora, una esposa y ama de casa ejemplar, pero en cuanto cumplió los sesenta se volvió loca, se dio a la bebida y empezó a follarse a todos los vecinos hasta que mi padre decidió encerrarla en un manicomio estatal.

El paso siguiente consiste en comprobar con precaución que Mónica está viva, que no se ha ahogado durante la noche en su propio vómito, o ha padecido un ataque cardíaco o ha sido asesinada por un desconocido. Certificada con alivio su condición saludable, cubro su cuerpo desnudo con una de las sábanas y lo envuelvo en la colcha, no sin examinarlo antes, con mirada forense, por si hubiera huellas de violencia o de sexo intensivo en alguna zona de su preciosa anatomía. Nada llamativo a la vista. Todo indica que hemos dormido juntos como hermanos. Es evidente, aunque difícil de creer, que entró conmigo en la habitación, se desnudó y se metió sin preguntar en la misma cama doble en que yo me he despertado con un sobresalto de terror.

Me vibra el móvil otra vez y recibo un nuevo mensaje.

«Mañana le enviaremos el contrato por email para que nos lo devuelva firmado. Nos hubiera gustado enviárselo hoy, pero la secretaria del departamento se encuentra enferma y no ha podido acudir al edificio del rectorado a entregarlo. Nada grave. No se preocupe. Mañana antes del mediodía lo recibirá sin falta en su cuenta de correo.»

La misión principal de esta mañana es ser capaz de abandonar la habitación sin despertar a Mónica.

Mientras recojo mis pertenencias recuerdo de pronto que Mónica no estuvo en la cena, aunque los profesores más jóvenes, para escándalo de algunas compañeras, no dejaban de hablar de ella con insistente malicia, de sus manías y gustos peculiares, como si fuera una mascota sexual para ellos. Tampoco vino a tomar copas después de cenar, en aquel pub irlandés de mala muerte donde el doctor Villacañas, ahora lo recuerdo, nos contó con entusiasmo etílico cómo había descubierto la existencia de una especie africana de insectos voladores de tendencia homosexual.

—Tanto los machos como las hembras. Y solo se ponen de acuerdo unos pocos días al año para aparearse sin freno con miras a reproducirse. ¿No son asombrosas las paradojas del mecanismo natural de la vida?

Extraigo con cuidado la ropa del armario, la doblo y la guardo con delicadeza en el fondo del bolso de viaje. A continuación, me visto con lentitud extrema. La misma ropa de ayer, no tengo oportunidad de cambiarme. Y me siento incómodo.

Cuando estoy calzándome, sentado a los pies de la cama, veo que Mónica se remueve en las sábanas, presa de extrañas convulsiones, emite un suspiro enternecedor y extiende las piernas hasta rozarme la espalda suavemente con los dedos de los pies. Me aparto con brusquedad y me voy al otro lado, lejos del radio de influencia de su cuerpo, a concluir la operación. Calcetín y zapato, zapato y calcetín. Rodando con agilidad, Mónica acaba de apropiarse, sin previo aviso, del centro de la cama, deshaciéndose de las sábanas que la cubrían, y ahora yace boca abajo, cuando la miro de reojo, con las nalgas al aire.

Recuerdo a ráfagas la charla sobre temas polémicos de actualidad con otros profesores nuevos de ambos sexos. Y una discusión apasionada sobre fútbol, con el doctor Maraña y una discípula jovencísima, Vicky no sé cuántos, como principales detractores, en la que Rojas se mostró como un experto mundial en la materia.

–En el contexto de la globalización, el fútbol de selecciones es un residuo de otro tiempo, un fósil de la primitiva era de las naciones. Solo los clubes privados, con sus fichajes internacionales, sus torneos intercontinentales y sus presupuestos de superproducción cinematográfica, están en condiciones de expresar la verdad de la nueva situación mundial.

Fue entonces, si no me engaño, cuando un aguerrido irlandés se sintió ofendido con sus palabras, sin entenderlas del todo, y estuvo a punto de partirle la cara, diciéndole que semejante estupidez no se atrevería a repetirla delante de su padre, exfutbolista nacional, o de su clan cavernario de amigos ultranacionalistas reunidos en la barra del bar. Y alguno de nosotros, quizá el doctor Abril Villalobos, con su aire de gurú indígena, intervino para evitarlo, con intención pacificadora, antes de sumarse al conflicto, profiriendo amenazas e insultos de una grosería inesperada.

—La idea del diablo es demasiado importante para dejarla en manos de los satanistas.

—O de los asesinos en serie.

—O de los terroristas.

No recuerdo cuál de los bromistas más eminentes del departamento me trasladó en coche al Hotel Bond al final de la velada. Ni si estaba solo o acompañado cuando entré en la habitación escuchando la machacona banda sonora que celebraba con antelación mi éxito sexual como gran macho dominante de la especie. Lo más seguro es que Mónica estuviera esperándome dentro. Siguiendo instrucciones precisas. Una recompensa en especie por mi buen comportamiento y mi paciencia durante las entrevistas del día. O un incentivo para el futuro prometedor. Quién sabe. Con la lógica enredada de esta gente, cualquier cosa es posible e imposible a la vez. No hay término medio. Hasta que Mónica me solicitara en matrimonio antes de acostarse conmigo a dormir la borrachera.

—Espere a ver las calidades espectaculares de la urbanización donde la Universidad aloja a su personal docente e investigador. Prepárese para vivir con su familia como nunca había soñado en un entorno privilegiado.

Las palabras de Rojas no se me olvidan, sin embargo, a pesar de la niebla cerebral que obnubila mis recuerdos más vivos, o los vuelve tan caprichosos como los restos de celuloide de una vieja película destruida, fotograma a fotograma, durante un incendio, o después de un bombardeo aéreo.

—En el departamento esperamos mucho de usted, amigo Espinosa, esto se lo digo en serio. Ojalá no nos decepcione.

Estoy inmovilizado en el pasillo del hotel, cerrando la puerta de la habitación desde fuera, sosteniendo el pesado bolso en una mano y la otra ocupada en girar el pomo con perfecto sigilo, cuando escucho a la dulce Mónica susurrando desde la cama con voz ronca:

—¿No pensabas despedirte, querido?

El avión aterriza sin retraso, desembarco con calma, ya en las instalaciones del aeropuerto, imaginando que Ariana me espera con los niños en la salida principal de pasajeros, salgo por una puerta secundaria para que no me vean. Cojo un taxi, entro en casa, donde no hay nadie, no enciendo la luz, me siento a esperarlos en la puerta y cuando llegan les doy una gran sorpresa.

Allí sentado, abrazado por el amor incondicional de Ariana y los tres niños, siento de verdad que he vuelto a casa después de una larga travesía.

Como un viajero antiguo.

Ahora sí, por primera vez después de mucho tiempo, soy feliz.

DÍA 9

Al día siguiente, me paso toda la mañana metido en la cama, acoplado al exuberante cuerpo de Ariana, palpando y besando cada zona de carne puesta al alcance de mis manos ansiosas y mis labios sedientos.

Ella se ha encargado de llevar a los niños al colegio y luego vuelve rápido para hacerme compañía otra vez.

—Has cambiado.

—¿Tú crees?

—Sí, ahora te veo distinto, más seguro, enérgico. Hasta en la manera de hablar.

—Ha sido una experiencia intensa. Necesitaba algo así. Si no, me hubiera pasado el resto de mi vida al filo de la depresión diaria.

—Yo no lo hubiera permitido.

—Eso está más allá de tu alcance.

—¿Eso crees?

La abrazo con fuerza. La beso. Percibo la blandura de sus pechos cediendo a las rudas embestidas de mi tórax. Siempre me fascina esa sensación de ternura carnal. Imagino que cuando Ariana se acuesta con mujeres sentirá un placer especial al frotarse los pechos unos contra otros. Tengo ganas de penetrarla. Es la segunda vez desde que nos despertamos. El sudor inunda mi cuerpo cuando termino. La piel de Ariana adquiere un brillo provocativo. Experimento un deseo renovado por ella. Sé que le gusta que sea así. No hace preguntas indiscretas. Prefiere no saber si ha ocurrido algo extraño o imprevisto durante mi visita a Millares.

—Yo también me siento distinta. Después de nuestra conversación telefónica del otro día. Más liberada. Creo sinceramente que es tiempo de cambiar de vida. Quiero dejar atrás un montón de cosas. Y no solo al tío que te dije. El trabajo también me pesa. El barrio me asfixia. Necesito respirar aire nuevo.

—Es una oportunidad para los dos. No sería inteligente no aprovecharla. Además, me han prometido que el sitio donde vamos a vivir es maravilloso.

—No digas más. Me voy a asustar.

En cuanto abro mi servidor de correo, el escueto mensaje de Mónica está esperándome con el contrato como archivo adjunto. Lo abro, lo leo, lo imprimo, se lo hago leer a Ariana, me dice que está muy bien, las condiciones le parecen inmejorables, así que firmo enseguida, sin pensarlo más tiempo, aunque me daban cuarenta y ocho horas para hacerlo. Lo escaneo y se lo envío enseguida a Mónica.

«Muchas gracias, querido.»

Los emoticonos excesivos con que Mónica adorna su parco acuse de recibo turbarían a más de un receptor ingenuo. A mí me dejan indiferente, a pesar de todo. Lo que pasó entre nosotros, sea lo que sea, no tiene consistencia alguna en mi memoria, como si se hubiera borrado del disco duro al mismo tiempo que se realizaba. No se me ocurre otra metáfora menos excitante.

Por la tarde, vamos todos al centro comercial. Compramos en el supermercado y luego hemos prometido llevar a los niños al cine. Sofía y Pablo tienen su lista particular de cosas, siempre corregida por Ariana. Aníbal compra por su cuenta. Yo me siento distanciado, como si fuera solo el chófer y el empleado que ayuda con las bolsas y el carrito y espera en la caja a que Ariana abone la factura con cualquiera de las tarjetas. Aníbal es el que elige la película. *Pangea* se estrenó hace una semana y su impaciencia por verla se hacía cada día más insoportable. Ha leído en internet toda la información disponible desde el estreno americano y nos explica a los cuatro, mientras hacemos una cola multitudinaria para entrar en la gran sala donde la proyectan, los temas de discusión que ha suscitado en foros cinéfilos, redes sociales y medios mayoritarios de todo el mundo. Es la película del momento, nos dice. El enésimo remake de una exitosa película de dinosaurios del siglo pasado estrenada tres años antes de que Ariana y yo naciéramos con solo unos meses de diferencia. Aníbal no dice remake. No le gusta la palabra. Le parece una expresión antigua e inexacta. Aníbal habla con naturalidad de *reboot* y de otros conceptos de la jerga mediática actual que desconozco. Es lógico, como se molesta en explicarnos, ya que se trata de una estrategia publicitaria para reiniciar de cero la explotación de una franquicia comercial, no de rehacer simplemente una película mítica ya existente y archiconocida por los espectadores.

Por precaución, ya inmersos en el enorme contenedor de la sala, nos acomodamos los cinco en una fila de asientos aerodinámicos situada a bastante distancia de la monstruosa pantalla. Ariana en un extremo y yo en el otro, controlando a la prole. Sofía junto a su madre, Pablo a la derecha de su hermana y Aníbal pegado a mi izquierda, dando explicaciones sin parar mientras consulta el móvil. La sala dispone de todos los medios tecnológicos vanguardistas, según Aníbal, para convertir la trepidante visión de la película en una experiencia inolvidable. Me río de su inocencia. Forma parte del cálculo de quienes producen todo este despliegue espectacular, incluidas las gafas con que puedes escanear la pantalla cromática hasta el último píxel, solo para que los gigantescos dinosaurios emitan durante tres horas agotadoras los mismos gruñidos y rugidos con que dominan la Tierra del cine desde hace al menos cuarenta y cuatro años, solo que amplificados hasta la exasperación sensorial del espectador. La imaginación es la gran pérdida de nuestro tiempo. Nadie tiene la osadía de inventar algo nuevo. O de repetir algo viejo que todo el mundo haya olvidado como se olvida todo lo que vale la pena de verdad. Se lo digo a Aníbal a la salida, hastiado de las rutinas narrativas de la interminable película. Me mira con cara de asombro, como si no entendiera qué lenguaje antediluviano utilizo para expresar mi disconformidad. Esta misma, tratándose de un producto de consumo de esta naturaleza y de un consumidor de cierta edad como yo, se le antoja fuera de lugar.

–No tienes ni idea, papá, pero ni idea de la cantidad de cosas que esta gran película ha revolucionado con su altísimo nivel de producción. Desde la técnica de generación de imágenes tridimensionales para dar realidad geológica y climática al continente único y el diseño hiperrealista de los distintos géneros de dinosaurios del Triásico, con planteamientos cada vez más fieles a lo que la ciencia sabe hoy en día de ellos y del ecosistema terrestre del período, a las técnicas de marketing y promoción del producto en todos los mercados y soportes.

–Lo siento, hijo. Hoy no quiero sentirme más viejo y desfasado de lo que ya soy, así que olvida mis palabras y cambiemos de tema, por favor.

Sentados en la hamburguesería de moda en la zona entre los menores de quince años, rodeados de una ruidosa multitud de padres e hijos que se refugia aquí, como nosotros, en busca de su porción de felicidad y esperanza a bajo precio y celebra su fácil hallazgo en el vecindario, en vez de comer con rapidez, como exige la norma estricta de la empresa multinacional, me dedico a mirar las caras de satisfacción de cada uno de los miembros de mi familia mientras degluten a toda velocidad su comida basura preferida.

–En el futuro seguirán existiendo establecimientos de comida plástica como estos donde acudiréis con vuestros hijos pequeños después de haber visto otra megapelícula de dinosaurios digitales del Cretácico en una pantalla aún más grande, ¿no os entra nada por el cuerpo al saberlo?

La réplica sagaz de Aníbal no se hizo esperar y me alegré de inmediato de haberla provocado con mi impertinencia.

–Eres un aguafiestas profesional, papá, perdona que te lo diga. Ese futuro del que hablas no existe más que en tu cabeza, como una extrapolación cómica del presente de tu realidad de to-

90

dos los días. No puedes demostrar que será así de ningún modo, aunque esa repetición a la que aludes con ironía se haya producido, sin duda, en la vida de generaciones anteriores a la tuya. Ariana guarda silencio. Me sonríe todo el tiempo, como si algo hubiera cambiado para siempre entre nosotros, y me mira de un modo nuevo. Más afectuoso.

Tengo la sensación de que entre todos formamos algo que trasciende los límites individuales, algo que es superior a cualquier otra forma de relación que podamos conocer. Como un ancestro de las cavernas trasplantado a una era posterior, me doy cuenta de que todo el sentido de la historia se resume aquí, en este gesto, en este momento gratificante en que un padre y una madre son capaces de agrupar a su prole en un entorno estresante pero domesticado para permitirles participar en un ritual comunitario de valor incalculable. Nuestra experiencia no es única y se repite en todas y cada una de las mesas del local. Es una vivencia antropológica esencial. Algo que delimita, desde siempre, el marco de lo posible y lo imposible, como el amor que siento por Ariana, más allá de lo racional.

–Es más fácil, hoy en día, pronosticar el pasado que imaginar el futuro. Lo dijo un tipo joven con barba talibán el otro día en televisión, en una tertulia sobre deportes alternativos, una de las noches en que estabas de viaje y mamá nos permitió quedarnos a ver la tele de madrugada para hacerle compañía.

En casa, de vuelta, cada uno regresa a su cuarto a ocuparse de sus asuntos más urgentes. Aníbal está atascado en la planificación de los niveles de un videojuego para dispositivos móviles que se le ha ocurrido presentar como trabajo final en su curso de robótica para niños. Sofía tiene deberes de matemáticas aplicadas para el lunes. Pablo insiste en estudiar hasta el más nimio detalle la repetición de partidos de fútbol de temporadas de principios de siglo en un canal nostálgico que acaba de descubrir en el nuevo menú de contenidos de su televisor portátil. Liberados de su compañía, Ariana y yo fingimos entretenernos viendo la televisión en el salón como dos adolescentes tímidos una tarde de sábado, con toda la casa paterna solo para ellos, interesándonos en la programación especializada de algunos canales adultos, antes de permitir que la fuerza gravitacional del dormitorio nos arrastre hacia la cama en cuestión de minutos.

–No sabes las ganas que me entraron de hacerlo otra vez contigo cuando estábamos en la hamburguesería. Casi tengo un orgasmo allí mismo, delante de nuestros hijos, recordando lo que hicimos por la mañana. Eres el mejor amante que conozco.

–Te deseo cuando me mientes porque no eres tú la que habla.

–Tienes que adelgazar un poco. ¿Me lo prometes?

–Te deseo mucho más aún cuando me dices la verdad.

A las once y media suena de improviso el teléfono de la casa. Como una alarma procedente del futuro. Un número desconocido. Ariana me pide que no responda, pero me pierde la curiosidad y lo descuelgo.

–Encantado de saludarle, doctor Espinosa. Le ruego que me disculpe por llamarle tan tarde. Soy el doctor Drax, Simón Drax, uno de los rectores principales de la Universidad. No sé si el doctor Rojas le habrá hablado de mí...

La voz en el auricular resuena con una virilidad insultante. Como la de un doblador de cine de otro tiempo. Poderosa, inhumana, inapelable.

–No quiero robarle mucho tiempo, descuide, imagino que estará disfrutando de este momento especial con su bella esposa, salúdela de mi parte. Solo quería transmitirle en persona mi profunda satisfacción por que haya aceptado finalmente trabajar para nosotros. Quiero decir, con nosotros.

No me atrevo a interrumpir su monólogo con comentarios banales.

–Si todo sigue el curso programado y no aparecen contratiempos de última hora en mi agenda, tendremos ocasión de conocernos en menos de un mes, en la gran fiesta de bienvenida que el doctor Rojas ya está preparando para usted y su encantadora esposa.

Pongo el teléfono en modo altavoz para que Ariana pueda escucharlo por sí misma y veo dibujarse en su rostro la extrañeza y la perplejidad.

–Todo va a ir muy bien. No se preocupen por nada. Su maravillosa familia encontrará aquí todo lo que busca y mucho más de lo que imagina. Un buen colegio para sus hijos, excelentes instalaciones deportivas, zonas de ocio y recreo exclusivas, solo pensadas para satisfacer los deseos privados de los selectos miembros de la comunidad, grandes oportunidades de trabajo, relaciones. No echarán nada en falta, ya verán. Y al poco de vivir en la urbanización Palomar no querrán marcharse a otra parte. Mi agradecimiento de nuevo por aceptar nuestra oferta, doctor Espinosa. Es un gesto importante para nosotros y sabremos corresponderle como merece llegado el momento. No le molesto más. Buenas noches.

El sueño nocturno representa un regreso inesperado a estados de brutalidad que creía ignorar.

Me veo protagonizando una pesadilla prehistórica en que me abro camino partiendo cráneos a golpes de hacha y segando cuerpos a mi paso mientras cargo con otro cuerpo inerte que no tengo tiempo de reconocer hasta que es demasiado tarde y me despierto dando gritos de espanto y empapado en sudor.

Ariana duerme serena a mi lado y no parece darse por enterada. Por un momento, pienso que el cuerpo echado como un fardo sobre mis espaldas es el de ella. Vuelvo a dormirme con miedo a encontrarme otra vez en la misma situación terrorífica.

DÍA 10

Ya estamos en la nueva casa de la urbanización Palomar.

Nos sentimos como viajeros del espacio exterior invadiendo un espacio extraterrestre.

Todo ha sido organizado a la perfección. El viaje en avión, la mudanza de las cosas, la recogida puntual en el aeropuerto.

Lidia Durán, la encargada de recogernos en el aeropuerto y trasladarnos a la nueva casa, trabaja por horas para la inmobiliaria de la Universidad Paneuropea de Millares.

–No imaginaba que la Universidad tuviera inmobiliaria.

–La Universidad cubre toda clase de servicios. La ciudad de Millares no es muy grande, como saben, y así se evitan problemas innecesarios con sus empleados.

–¿Qué tipo de problemas?

–Nada especial. La Universidad también ha diseñado y construido la urbanización Palomar y todas sus instalaciones. Además, contrata a la empresa subsidiaria que se ocupa de la gestión y el mantenimiento de las viviendas y los espacios públicos, así como a la policía privada que vigila y preserva el orden de la misma. ¿Qué les parece?

Con sus grandes ojos velados tras las lentillas azules, su belleza artificial de catálogo de moda glamourosa, su melena rubia recortada de peluquería de lujo y su actitud tensa, Lidia es una chica muy competente pero un poco distante y fría en el trato, en especial con los niños, hacia los que no siente desde el principio ninguna simpatía. Como si nadie la hubiera avisado a tiempo de su existencia y no encontrara otro medio más expresivo de comunicarnos ese fallo fundamental de información como causa de su rigidez.

Dos horas después del aterrizaje en el aeropuerto, los camiones de la mudanza entraban con estrépito en el recinto de la casa.

Leo los signos de la felicidad de nuevo en el rostro de Ariana como el láser descifra el código de barras impreso en la piel del producto recién comprado.

El concepto de la casa es tan radical e inusitado que no puede dejar indiferente a nadie.

Una intersección lateral de dos cubos, uno blanco y otro negro, cada uno de ellos apoyado sobre el suelo en uno de sus vértices, como dos dados detenidos en plena carrera por una fuerza innombrable mientras rodaban por el tapete de juego en dirección al éxito.

El cubo blanco incorpora los espacios comunes y el cubo negro la zona de dormitorios y aseos.

En la intersección interior se coloca la escalera principal de veintisiete escalones que recorre, con una inclinación de cuarenta y cinco grados, todos los niveles de la casa como si fuera su centro de distribución.

En la diagonal de cada cubo el programa de diseño que la creó ha previsto terrazas de diversos tamaños, por delante y por detrás, con barandillas de madera pensadas para poder admirar sin peligro el entorno natural en que se enmarca la parcela de la casa como una anomalía.

No hay otra casa a la vista en muchos metros a la redonda.

El aislamiento en el paisaje arbolado es total.

Casi doy un respingo cuando Lidia me anuncia que la casa fue concebida para alojar a su familia, aunque nunca la ocupó, por un prestigioso arquitecto contratado por la Universidad.

—No me diga más. ¿El doctor Ruiz de Infantes?

—Correcto. Es usted una persona muy bien informada, por lo que veo.

—Ni se imagina hasta qué punto.

—¿Quién es, papá?

La curiosidad insaciable de Aníbal.

—Nadie a quien te interesaría conocer, hijo.

Concluye sin problemas la visita completa que hacemos los cinco en compañía de la metódica Lidia y Ariana se muestra entusiasmada, viendo numerosas posibilidades en el espacio disponible, pero los niños son más reacios. Solo consigo sobornarlos prometiéndoles un regalo a cada uno a cambio de una simple sonrisa de aprobación.

Sofía quiere un cachorro pekachi, un simpático híbrido de chihuahua y pequinés, que suscita el entusiasmo inmediato de la psicóloga Lidia Durán.

—Eso está muy bien, niña. Una mascota especial siempre aumenta el grado de empatía entre las personas y mejora la convivencia doméstica.

Pablo quiere un nuevo móvil aún más inteligente que el que le compramos hace solo un mes.

Aníbal no quiere nada material, aunque he visto cómo le echaba el ojo a la impresora 3D último modelo instalada como un mueble de diseño más en la sala de juegos, solo el derecho a elegir su habitación antes que sus hermanos y decorarla a su gusto, sin interferencias de nadie.

Más tarde tendré que esforzarme en convencer a los gemelos de que no necesitan ninguno de los obsequios que les prometí en un momento de apuro. Pero eso será una vez que nos libremos de Lidia Durán y su robótica predisposición a cumplir a rajatabla con su programa de trabajo.

—En cuanto a las prestaciones domésticas, no tienen nada de que preocuparse. Aquí, como imaginarán, todo es automático, también los dos coches aparcados en el garaje, por cierto, eléctricos y automáticos. El sistema de seguridad se activa en cuanto el último cuerpo abandona la casa y se desactiva cuando se abre la puerta principal. Así pasa también con la iluminación, según la hora del día y la orientación solar de cada parte de la casa. Del mismo modo, la temperatura se regula en cada habitación y en toda la casa conforme a la media estadística de los cuerpos que la ocupan en cada momento. El agua de la piscina mantiene todo el año un contraste exacto con la temperatura del aire. Y así todo lo demás, como no podía ser de otra manera.

—¿Cuánto cuesta todo esto? No me refiero al gasto del alquiler, por supuesto, sino a los servicios para mantenerla en activo.

—No sabría decirle. Cuando está vacía, autorregula su consumo al mínimo y así reequilibra los meses de pleno uso. De momento, preocúpense solo de vivir en la casa y de ser felices aquí, esa es la prioridad. Todo lo demás déjenselo a ella, con entera confianza. La casa sabrá elegir siempre con inteligencia en función de sus necesidades, costumbres y exigencias.

Con solemnidad innecesaria, Lidia me hace entrega de la baraja de cinco tarjetas metalizadas con que se abren y cierran todas las puertas de la vivienda y, como si fueran una preciosa posesión para mejorar nuestra estancia aquí, un plano de la urbanización, otro de la ciudad de Millares y un mapa militar de la región.

—Los fines de semana quizá quieran hacer algo de turismo por los alrededores. Hay muchas atracciones interesantes en un radio no superior a los cien kilómetros.

–¿Vive usted cerca?

Gesto simultáneo de fastidio, incomodidad y resignación en todo su cuerpo esbelto y su rostro pintarrajeado.

Traducido al código social humano ese gesto ambiguo del servicial androide inmobiliario llamado Lidia significa algo tan simple como esto: hoy pueden preguntarme todo lo que quieran, es mi obligación contestarles sin rechistar, me lo han exigido mis empleadores y, por si fuera poco, me pagan bien por ello; en el futuro, en cambio, no me volverán a ver el pelo repeinado y no obtendrán de mí ni una mala indicación ni un maldito saludo. Así que aprovéchense, hoy estoy en oferta y a un precio razonable.

Gracias, Lidia, por tus impagables servicios.

–La urbanización Palomar es inmensa, como verá en el plano. Mi marido y yo vivimos en la zona norte, en uno de los extremos más alejados del campus, en una casa modesta pero suficiente para nuestras necesidades. Trabajamos mucho y apenas tenemos tiempo libre, así que no le puedo recomendar ninguna atracción turística en especial. Busquen en internet, hay muchas páginas web con información actualizada sobre la región. La red de conexión inalámbrica, se me olvidaba, también se activa cada vez que ustedes enciendan uno de sus ordenadores. Reconoce al segundo los códigos de las máquinas y las contraseñas privadas. Por lo que he visto tienen varios.

–Sí, cada miembro de la familia posee más de uno, ¿algún problema con eso?

–Todo lo contrario, cuantos más ordenadores haya funcionado al mismo tiempo en el espacio de la casa más potente y más rápida será la conexión, ya tendrán ocasión de comprobarlo, y menor será el consumo de energía para mantenerla activa a pleno rendimiento. Si no recuerdo mal, el récord de la urbanización Palomar está en menos de cinco milisegundos con respecto a la red exterior.

Traduciendo la escasa simpatía que siente por Lidia a su peculiar lenguaje de computación emocional, Aníbal no pudo evitar intervenir en la conversación con uno de sus cáusticos comentarios.

–Mientras no alcance la velocidad de la luz no creo que se pueda considerar un prodigio, ¿no?

En ese momento de tensión, las dilatadas pupilas de Lidia debieron de resecarse tanto, como una laguna de agua salina en período estival, que necesitó frotarse los maquillados párpados con las dos manos al mismo tiempo, como si se sintiera ofendida o molesta con la insolencia del niño y la indiferencia de los padres, antes de anunciarnos su decisión de abandonarnos al fin a nuestra suerte en la casa inteligente de nuestros sueños geométricos.

–Mi última recomendación. Esta es personal. Visiten sin falta el centro comercial de la urbanización. Tiene todo cuanto se puede desear. Cuando lo conozcan a fondo, verán que no necesitarán mucho más para poder vivir. En fin, tómense todo el tiempo que necesiten para familiarizarse con la casa. Tengan paciencia con ella. Eso es lo más importante ahora. Lo demás vendrá solo. Si tienen algún problema técnico, llamen enseguida y mi empresa se lo solucionará en menos de dos horas.

No exagero si digo que, en cuanto Lidia Durán se marcha, me siento aliviado. Y creo que Ariana también. A los niños les da un poco igual. Les cayó mal desde el primer contacto hostil y nada en su comportamiento ha hecho que puedan cambiar sus sentimientos hacia ella. Tiene uno de esos temperamentos ejecutivos que te intimidan sin ser agresivos.

La casa también intimida, a pesar de su flamante aspecto. Deseo que sus decisiones no sean tan inteligentes como para que comencemos a echar en falta nuestra vieja casa de inteligencia común como se echa en falta una zapatilla gastada y fea cuando el zapato nuevo, por bonito que sea, te roza y hace daño en el pie.

Cuando terminamos de sacar las cosas de las cajas y distribuirlas por todas las habitaciones que hemos decidido utilizar, nos avergüenza un poco su desgaste y estado de uso frente a la ostentosa novedad de todas las partes de la casa. Tendremos que comprar cosas nuevas para estar en sintonía con la sensación de estreno que provoca cualquier mueble o accesorio existente en ella.

Encargamos la cena al restaurante multiétnico que es el patrocinador principal del plano de la urbanización que Lidia ha tenido la gentileza de regalarnos. Devoramos en silencio, sin sentido de culpa alguno, la copiosa comida que el proletariado global ha producido para alimentar nuestros estómagos privilegiados de falsos ricos de un país falsamente rico.

La primera noche en casa tenemos una sesión inicial de parpadeos intermitentes frente a la pantalla plana del televisor OLED de 95 pulgadas que es el rey del salón y se enciende en cuanto percibe la humilde presencia de sus súbditos ante él. Según las vagas instrucciones de Lidia, la configuración del aparato nos permite zapear con solo abrir y cerrar los ojos delante de su menú de contenidos a la carta. Al parecer, la rapidez de los movimientos realizados y el grado de abertura o cierre oculares señalan a la pantalla hipersensible el contenido exacto elegido por el usuario.

Se revela una tarea agotadora en una primera tentativa.

Pablo, el más experto de todos nosotros en comprender los caprichos de los dispositivos inteligentes, se hace el dueño de la situación con facilidad y controla con sus guiños pautados los cambios de canal, transformándose en un psicópata del surfeo veloz entre infinitos programas de deportes con reconocimiento olímpico y deportes alternativos, volviendo con esa elección neuróticos a sus hermanos, esquizofrénica a su madre biológica y todavía más paranoico a su padre genético.

—Estoy seguro de que en algún lugar del tejado hay un telescopio instalado.

Es entonces, cerca de la medianoche, antes de que concluya oficialmente nuestro primer día de convivencia en la nueva casa, cuando Aníbal, hastiado de las tediosas manipulaciones de su hermano adoptivo, intercepta mi mirada, se aproxima a donde estoy sentado y me dice en voz muy baja:

—¿Lo has notado?

—Más o menos. ¿Qué percibes tú?

—Están en toda la casa. Nos ven incluso cuando no podemos verlos.

—¿Cámaras de vigilancia?

—Sensores ultrasensibles.

—¿Y?

—Lo ven todo, lo escuchan todo, lo sienten todo, movimientos, presencias, calor, color, formas, actitud, etcétera.

—No es real.

—No lo es.

—¿Entonces?

—Papá, por favor, dame un respiro. Es solo la primera noche.

Más tarde, Ariana y yo estamos tumbados encima de las relucientes sábanas de la nueva cama del flamante dormitorio, reponiéndonos del extenuante ajetreo del día.

Mientras jugueteo con el cuerpo medio desvestido de Ariana, que se siente sexualmente desganada, o finge estarlo para excitarme aún más, llega la hora de las confesiones tardías y se lo cuento todo sobre el episodio con Mónica en la habitación del hotel. Lo que recuerdo, o creo recordar. Lo que no entiendo, o me invento para rellenar el vacío. No se enfada. Lo comprende. Piensa que se lo tenía merecido. Nadie podía ser tan perfecto como yo le había parecido en estos trece años y medio de matrimonio.

—¿Es guapa?

—No está mal.

—¿Me la vas a presentar?

—Mejor no. Espero que no siga en el departamento mucho tiempo.

—Alguien debería decirle a Pablo que apague la televisión y se vaya a la cama a descansar.

—Déjalo. Es su nuevo juguete tecnológico.

Antes de meterse conmigo bajo las sábanas, Ariana se quita el sujetador y las bragas sin hacer una exhibición erótica del gesto.

Me maravilla la belleza firme de sus pechos después de dos lactancias y veintisiete años de intensa vida sexual.

Ahí están, reposando por encima de la colcha como dos trofeos naturales. Desde que me los enseñó y se los toqué la primera vez, en la pequeña habitación de un hotel de montaña donde nos conocimos por casualidad mientras pasábamos las vacaciones invernales con grupos distintos de amigos, hasta hoy mismo, siempre he sentido un afecto por ellos que iba más allá del deseo de verlos y acariciarlos que también me hacían experimentar, como si fueran tan míos como suyos.

La amenaza innombrable que pesa sobre su vida, tanto o más que la ley de la gravedad que los arrastra lentamente hacia el suelo, me hace admirarlos y quererlos más.

La visión de la desnudez de Ariana me hace sentir otra vez como uno de sus oscuros amantes. Y eso ahora me excita mucho.

–¿Cuánto crees que nos queda?

–¿Cómo marido y mujer o como seres humanos?

–Como animales en celo.

–Hasta el día en que los androides dominen la Tierra.

–¿Año?

–Todo empezará, según los vaticinios más conservadores, en la noche de San Silvestre de 2050, durante el primer minuto de 2051.

–¿Solo nos quedan trece años? Deberíamos aprovechar la vida, ¿no crees?

–¿Se te ocurre algo especial que hacer hasta entonces?

–Dame tiempo. Trataré de no improvisar demasiado. Seré meticulosa y eficiente como nunca lo he sido.

–¿Y ahora? ¿No se te ocurre nada para ahora mismo? Es nuestra primera noche aquí, ¿recuerdas? Deberíamos probar, por si algo no funciona correctamente, la calidad de los materiales de la cama. Poner a prueba también la elasticidad del colchón, no sé, el diseño térmico de las sábanas.

–¿Apago la luz?

–No hace falta, se graduará sola en cuanto perciba el tipo de actividad a que se entregan nuestros cuerpos.

—¿No te asusta tanta inteligencia?

—¿Te da miedo el tamaño de mi erección?

—Mucho. ¿Va a ser siempre así?

—Mientras sigas siendo tan atractiva.

—Mentiroso.

A punto de quedarme dormido, antes de reemprender mis placenteras maniobras sobre el espléndido cuerpo de Ariana, memorizo una idea para desarrollarla después, quizá en una de las clases del curso de posgrado que me han asignado en el departamento. Había pensado dedicar las cincuenta horas del curso a glosar el sentido último y trascendente de la inteligencia y la tecnología. La intersección de metafísica y máquina, en una sociedad tecnológica, se parece a la de los dos módulos cúbicos que configuran el espacio experimental que nosotros dos y nuestros tres hijos habitamos desde hoy y consideramos ya nuestro hogar a todos los efectos. Un refugio contra las vicisitudes de la vida y las embestidas de la soledad. Nos guste o no reconocerlo hay una dimensión de la tecnología que colinda con los límites de la vida y, por tanto, nos aproxima a los dominios de la muerte. Quizá por eso los nuevos medios y sus prolongaciones humanistas como las redes sociales se han transformado con el tiempo en ágoras donde el diálogo con los difuntos, la expresión del dolor hacia los muertos y, en definitiva, nuestra íntima relación con la mortalidad encuentran un lugar más propicio que en el ruido diario de la calle o el incómodo cara a cara de los cuerpos y los nombres. En esa sociedad controlada por la tecnología, la realidad de la muerte es aún más intolerable e inconcebible, carece de sentido y de explicación, nos sume en el desconcierto, como si la promesa de la tecnología nos hubiera salvado de la violencia de la biología, esto es, de la secuencia temporal que nos conduce fatalmente, como organismos individuales, a la extinción programada. Y es lógico, hasta cierto punto, que sea en los dominios tecnológicos, que actúan como pantalla eficaz, donde se produzca el nuevo duelo como forma de digerir la insufrible experiencia del otro y predisponerse a la muerte propia.

—¿Ves como no se apaga sola por más que te agites como un poseso?

—Eso es porque piensa que nuestra actividad no ha cesado del todo. Me queda algo por hacerte y lo intuye. No sé si te va a gustar.

—En ese caso, no me quejaré a la comunidad por el mal funcionamiento del sistema eléctrico.

DÍA 11

La urbanización Palomar no es un paisaje, es un escenario.

Así lo describe el texto que acompaña a uno de los mapas usados que encontré abandonado por otro inquilino en un armario de la entrada de la casa.

Desde finales de la década pasada, con la legislación medioambiental vigente, el sistema de recogida de basuras y tratamiento de desechos se había convertido en una de las industrias más florecientes en todo el mundo a la que se dedicaban recursos importantes, públicos y privados, para mejorar la tecnología del servicio, resolver graves problemas de higiene y evitar contagios e infecciones graves a los ciudadanos.

Pero una semana después de instalarnos sigo sin comprender el funcionamiento peculiar de la recogida de basura en la urbanización Palomar. Echamos cada día nuestros restos orgánicos y nuestros residuos de vidrio, plástico, papel y otros materiales sintéticos en la batería de seis contenedores subterráneos situados al fondo del jardín y a la mañana siguiente, milagrosamente, están impecables de nuevo, sin que hayamos visto u oído que ningún vehículo pasara a recogerlos durante la noche.

La invitación a la fiesta de bienvenida del próximo sábado en casa de Rojas llega por sorpresa sobre el mediodía.

La trae un mensajero urgente que me obliga a estampar por dos veces mi firma simplificada en la pantalla transparente de un novedoso dispositivo enrollable antes de entregarme el pequeño sobre con garantías legales, según me indica.

Transfiero a Ariana la obligación de abrirlo sin romperlo y leer en primer lugar su escueto contenido. Sus labios tiemblan de emoción cuando deja de leer la carta y me la traspasa sin mirarme.

Aún no he terminado de leerla cuando me dice:

–Necesito ropa nueva. Tengo que comprarme algo atractivo. Y tú también, ¿no crees? Hace tiempo que no renovamos nuestro vestuario.

–Mañana iremos todos al centro comercial.

–La invitación no dice nada sobre los niños.

–Tienes razón.

Me quedo parado en la planta baja mirando cómo sube las escaleras descalza, duda un instante a mitad de recorrido y vuelve a bajarlas a toda velocidad para besarme en los labios y luego reemprender la ascensión, en cuestión de segundos, con la elasticidad de una gimnasta profesional.

–No me mires el culo, por favor.

Rebuscando en el sótano entre las cosas desechadas por los anteriores ocupantes he encontrado una pistola cargada y lista para usar y una caja de munición. Una pistola antigua, una reliquia del museo del horror del siglo XX. No sé si me sorprende más el hecho de que la necesitaran para vivir en este entorno sintiéndose protegidos o que la abandonaran despreocupados como si el lugar al que se mudaban fuera mucho más seguro. La cojo con mi mano derecha y siento un estremecimiento extraño en la piel al sostener el peso de ese insólito objeto de metal entre los dedos. Como si toda la historia de violencia pasada que atesora su mecanismo milimetrado estuviera a punto de reactivarse en cualquier momento, sin atender a la voluntad del que la manipula, anunciando quizá el final de un ciclo de vida y de muerte. La escondo, por lo que pueda pasar en el futuro, en un compartimento especial del armario de herramientas que custodia un candado con contraseña de siete dígitos.

Horas después, mientras Ariana se ocupa de los niños, estoy plantado de nuevo ante las seis compuertas de los contenedores de basura, en la parte posterior del jardín, preguntándome por su misterioso funcionamiento al tiempo que disfruto contemplando el paisaje situado detrás de la casa.

Atardece a mi espalda y la superficie del frondoso bosque que comienza a unos trescientos metros de la valla que rodea el perímetro de la parcela se ilumina como una pantalla reflectante de intenso verdor.

No hay en los alrededores nada más que campo y bosque y naturaleza agreste.

Embriagado por el aroma silvestre que despiden las plantas estimuladas por la caída del sol, experimento unas ganas incontrolables de dar un paseo, de explorar en solitario los aledaños de la casa.

Me dirijo hacia la linde de la parcela, me topo con la estrecha puerta de acceso, nunca me había fijado en ella, me enfrento al mecanismo de cierre automático, que me obliga a establecer una nueva contraseña de uso privado desde el móvil.

Al otro lado, una vez resueltos los problemas técnicos para salir, es todo tan solitario y silencioso que por un momento me siento absorbido por el paisaje y me abandono a sus demandas.

Deambulo sin rumbo hasta adentrarme en la arboleda, cada vez más poblada, árboles y arbustos enredados que me bloquean el paso a medida que avanzo hasta conseguir frenarme. No encuentro ningún sendero practicable por el que proseguir el paseo y me doy la vuelta al cabo de un rato. Necesitaría un machete para abrirme camino en la espesura y seguir progresando sin complicaciones. Hoy me conformo con esta tímida incursión.

Al volver caminando en línea recta hacia la valla de la casa, mientras la luz disminuye su intensidad acostumbrada, diviso a un hombre con una gorra de camuflaje calzada sobre el cráneo observándome desde la distancia.

Me detengo en seco, alarmado por su presencia imprevista, y le devuelvo la mirada sin pensar. No es muy alto y tampoco corpulento, desaparece enseguida deslizándose como un animal asustado entre los matorrales al sentirse acosado por mi mirada inquisitiva.

Al abrir la puerta de acceso, en el lado exterior de la parcela, descubro un signo dibujado con pintura blanca en la superficie de una roca. Una raya diagonal con ramificaciones más cortas, como un peine de dientes finos o una espina irregular de pescado. Es de factura reciente, el brillo de la pintura así parece indicarlo. Por una deducción fácil pienso que el autor es el hombre con el que me he cruzado a la salida del bosque. Si es una advertencia no entiendo de qué, si es una inscripción gratuita carece de sentido que la realice en esta zona poco transitada de la casa.

Le hago una foto con el móvil para enseñársela a Aníbal en cuanto vuelva, a ver qué piensa él o cómo interpreta la tosca imagen grabada en la piedra.

Cuando subo al dormitorio, Ariana está llorando, desnuda y tendida boca abajo en la cama. Me tumbo a su lado, le doy un beso suave en la oreja derecha.

—¿Te encuentras bien?

—¿Dónde has estado?

—Paseando.

—He vuelto hace un rato y no sabía dónde estabas.

—¿Qué te pasa?

—Nada.

Se da la vuelta para ponerse boca arriba y se envuelve de inmediato en las sábanas. Se tapa la cara desmaquillada con las manos para que no vea cómo el llanto ha enrojecido sus ojos e irritado su piel.

—No me mientas.

—Te dije que no sería fácil.

—¿No te gusta nuestra nueva vida?

—No tiene nada que ver con eso.

—Entonces.

—Me ha localizado. No entiendo cómo, pero lo ha hecho.

—¿Quién? ¿De qué me hablas?

—Ya lo sabes.

—No, no lo sé.

—Me ha llamado al móvil.

106

–¿Quién?

–Él. El hombre del que te hablé.

–¿Cómo ha conseguido tu nuevo número?

–No me lo ha dicho. Me ha llamado, ¿no te parece suficiente?

–¿Y qué quiere?

–Verme.

–¿Y qué le has dicho?

–¿Tú qué crees?

–Dímelo tú.

–Le he dicho que era imposible. Que ya no tenía ganas de verlo. Que había dejado de interesarme.

–¿Y qué te ha contestado?

–Va a venir. Quiere conocerte. Si no cedo, irá a buscarte al campus para hablar contigo. Me ha amenazado.

–¿Algo más? ¿Ha amenazado también a los niños?

–No, solo ha hablado de ti. No entiendo por qué te has vuelto tan importante para él ahora.

–¿Es alto o bajo?

–¿A qué viene eso ahora? ¿Te da miedo enfrentarte a él? ¿Es eso?

–Para nada, era solo por saber. Durante mi paseo me crucé con un extraño que no paraba de mirarme. Por un momento he pensado que podía ser él.

–Es alto y fuerte.

–Entonces no era él.

–Me quedo más tranquila.

–¿Qué vas a hacer?

–Nada especial.

–Eso espero.

Voy a recoger a Sofía y a Pablo a la puerta del club de gimnasia, donde los gemelos me están esperando pegados a la pared de la fachada como dos niños buenos consultando sus móviles.

Aníbal ha ido solo a ver una película china de dibujos animados, nadie quiso acompañarlo en esa aventura peligrosa, y tenemos que esperar unos quince minutos a que salga del cine metidos los tres en el coche aparcado en segunda fila junto a una de las grandes puertas de acceso del centro comercial.

Cuando Aníbal reconoce el coche eléctrico, nada más salir por el arco monumental, camina sonriente hacia nosotros.

–¿Qué tal la sala nueva?

–Fantástica.

–¿Qué tal la película?

–Genial.

–¿De qué iba?

–De un zombi huérfano que desarrolla un cerebro superdotado y poderes especiales y cómo se lo disputan los gobiernos occidentales y los servicios de inteligencia de varios países asiáticos.

–Muy interesante. ¿Quién gana al final?

–Nadie. Esa es la gracia.

–¿Y el zombi?

–Encuentra una familia a su medida y renuncia a sus poderes.

Ya de vuelta en casa, la atmósfera doméstica, contaminada por el estado de ánimo de Ariana, respira tristeza por primera vez desde que llegamos. Hasta las luces tenues se muestran cómplices del clima sentimental predominante.

Antes de cenar, me llevo a Aníbal a la sala de juegos interactivos y le enseño en la pantalla del móvil la foto aumentada de la roca pintada que he hecho esta tarde. Le pido que disimule, por si alguno de los sensores percibe nuestra reacción excitada.

–¿Qué ves ahí?

–Un signo paleolítico.

–¿Y qué más?

–No representa nada reconocible. Podría significar cualquier cosa.

–Dime una sola que se te ocurra.

–Muerte.

–Otra más prometedora.

–Peligro.

–¿Qué más?

—Yo qué sé. Zona de caza.

—Venga ya.

—Papá, esta clase de signos están pensados para que proyectes en ellos lo que quieras, según cómo te sientas. Parece mentira que no lo sepas.

—Y yo me lo creo.

—¿Dónde lo has encontrado?

Para verificar que no me he descargado la imagen de internet y estoy tratando de tomarle el pelo, como suelen hacer todos los padres de mi edad, según dice Aníbal, con todos los hijos de la suya, lo conduzco con sigilo hasta la parte de atrás del jardín de la casa. Le ilumino el camino con el móvil encendido en modo linterna. Con un gesto de descubridor barato, le muestro la vasta panorámica del bosque oscuro, las líneas abruptas de la valla de seguridad, la puerta de acceso abierta, creí haberla cerrado, veo que no fue así. Torpeza mía. La roca sospechosa ha desaparecido y con ella la prueba fehaciente de que no me lo estoy inventando todo para crear entre mi hijo y yo un vínculo falaz de complicidad intergeneracional.

—Estaba aquí. Es increíble.

—Suele pasar.

—¿Qué cosa?

—Que las cosas importantes se desvanezcan en el aire sin dejar huella.

—Te crees muy listo, ¿verdad, niñato?

—Lo soy. Por desgracia para mí, lo soy. Más de lo que querría. Y ya sabes lo que me duele serlo. No me lo hagas más difícil.

—Alguien se la ha llevado. Esa es la verdad. Quizá el mismo que la pintó. ¿Por qué no? Es inquietante. ¿Sabes que he visto un tío raro merodeando por los alrededores de la casa?

—Será un amigo de mamá.

—¿Qué has dicho?

—Que le preguntes a mamá.

Me paso toda la cena, plato tras plato de un menú vegano diseñado por Sofía a partir de un recetario dietético que le han proporcionado en el colegio, mirando a Ariana con insistencia y ella rehuyendo con astucia, concentrada en el sabroso colorido de los platos combinados, mi sistema de vigilancia intensiva de gestos y miradas. A simple vista parece recuperada, aunque eso con ella es como una declaración de tregua unilateral en tiempos de guerra. En cualquier momento, puede reanudarse el tiroteo o el bombardeo. Si es verdad lo que me ha contado sobre ese hombre, tendré que tomar medidas drásticas.

Una noche más, Pablo se apropia del televisor de pantalla inteligente para ver la enésima repetición de uno de esos partidos del pasado siglo que, en su experta opinión, cambiaron la historia del fútbol y, por tanto, la historia del mundo conocido. Y los demás miembros desahuciados de la familia nos retiramos discretamente a nuestros aposentos privados a disfrutar de versiones reducidas de la misma maravilla tecnológica pero con distintos contenidos, ajustados a los gustos peculiares del consumidor.

Sofía: una sitcom demagógica que le corroe el sentido de la realidad con sus chistes zafios para adolescentes sin problemas desde que comenzó a verla la semana pasada de modo adictivo.

Aníbal: toda la información disponible en las bases de datos de internet sobre la fantasía animada que ha visto hoy en el supercine del centro comercial.

Ariana y yo, más modestos, nos conformamos con un canal para veteranos de la vida adulta que emite hoy, en un pase exclusivo, un clásico en blanco y negro, una comedia sobre el malentendido de los sexos que acaba, en un final alternativo que no recordaba haber visto con anterioridad, en una abierta declaración de amor homosexual entre dos famosos y envejecidos actores de teatro.

Ariana no me dirige la palabra en toda la noche, ni siquiera me comenta nada cuando algunas de las bromas equívocas de la película le provocan sonrisas solapadas y sonoras carcajadas. Como si estuviera enfadada conmigo casi tanto como con el mundo de pulsiones primitivas que hemos dejado atrás al venirnos a vivir aquí.

En la matriz del futuro, como dice la prosa grandilocuente de los antiguos folletos de propaganda de la urbanización Palomar que he encontrado en el sótano.

Solo consigo atraer la atención de Ariana (y apartarla por unos segundos de la contemplación de la versión adulterada de la película) cuando le recuerdo el compromiso de la fiesta en casa de los Rojas del sábado que viene.

Logro arrancarle así una sonrisa irónica que no tiene un precio justo en el mercado de las emociones y los sentimientos.

En diez días comienzo a trabajar en serio, tendré todos los lunes ocupados durante tres meses, así que espero haber resuelto para entonces el problema del intruso amenazante y sus turbias intenciones respecto de mi familia.

Más tarde, mientras Ariana duerme sumida en el mutismo de sus malos recuerdos y su mala conciencia, me asomo para despejarme la cabeza a la terraza lateral que rodea este sector de la casa y observo estremecido desde la altura la vida nocturna en el espeso bosque y en sus ruidosas inmediaciones.

Me encanta este ambiente solitario.

Me encanta la sensación de poseerlo en exclusiva.

Representa una experiencia nueva para mí.

El cielo es una pantalla desnuda en la que todas las bombillas de baja intensidad que lo alumbran han quedado en evidencia, me dice una voz extraña dentro de mi cabeza.

A la luz de un foco oculto entre las ramas de la zona exterior, distingo la silueta de un erizo arrastrando su corpachón relleno de gomaespuma entre los hierbajos en busca de presas apetitosas y pienso en mi hijo Aníbal, encerrado ahora en la sala de control de su dormitorio, cuya ventana en forma de trapecio invertido ilumina una parte del campo de visión, y en toda la información inútil que se ahogará en su cerebro sin dejar rastro una vez que cierre los ojos por completo y conecte con sus redes neuronales más recónditas.

En el contexto de la urbanización, estudiando el plano a conciencia, nuestra casa está ubicada en la parte más rural, lindando con zonas salvajes y terrenos sin edificar. Si alguien tomó esa decisión en nuestro nombre, lo hizo con acierto y se lo agradezco.

Intuyo que la foto guardada en la memoria del móvil es un testimonio gráfico de la vida inconsciente de la urbanización Palomar.

Algún día, estoy seguro de ello, me servirá de prueba en alguno de mis nuevos experimentos.

2
Karma

DÍA 12

Para llegar a la excéntrica mansión de Rojas, donde tendrá lugar la fiesta de bienvenida, es necesario recorrer la urbanización Palomar de una punta a la otra, viajando hacia el norte una parte del camino y otra hacia el oeste, como si viviéramos en ciudades distintas o barrios distintos de la misma ciudad.

Estoy a punto de perderme varias veces, con la colaboración eficiente del GPS del coche, en el trazado kilométrico de una sinuosa red de calles interminables con nombres de científicos, músicos, deportistas y arquitectos del siglo pasado y algunos glorificados ya en este.

La calle Georg Cantor es una calle desierta y sin salida, de apenas cien metros de largo, construida en la cima de una colina solo para poder alojar al fondo del trayecto polvoriento un edificio original, con forma de nave galáctica a punto de despegar hacia el espacio estelar, diseñado con el sentido irónico de una campana extractora de cocina de tamaño descomunal.

La imponente casa de Rojas cuelga como una atracción fantástica al filo peligroso de un barranco, siempre amenazando con deslizarse por la rampa de pedruscos y tierra áspera situada bajo sus cimientos con todo su cargamento humano a bordo de la nave.

Aparco sin problemas donde me indican los jóvenes encargados de la vigilancia, en una zona donde decenas de otros coches han ocupado su espacio asignado con antelación. No somos los primeros en llegar. Después de soportar mis repentinos cambios de humor de los últimos días, Ariana me sonríe compasiva antes de bajar del coche para indicarme que todo va a ir bien en la fiesta, por más que me esfuerce por estropearlo.

Los niños se han quedado en casa con la canguro que nos han recomendado, Carolina Tena, una estudiante de piel aterciopelada y ojos fieros a la que Aníbal ha escaneado de arriba abajo en cuanto la ha visto entrar en casa con su minifalda roja y su camiseta blanca de tirantes debajo del abrigo de piel sintética.

La belleza artificial de las mujeres es el punto débil de su inteligencia. No puede explicar su existencia, ni su impacto estético ni su influencia irracional. Cada vez que me pregunta sobre un tema tan delicado trato de responderle con obviedades que sacien su curiosidad sin estimularla más de lo necesario, pero solo logro incrementarla una vez tras otra, como compruebo cuando rastreo su historial de búsquedas en internet, saturado de presencias femeninas que turbarían a cualquier adulto experimentado y no solo a un adolescente hipersensible como Aníbal.

—Si te fijas, papá, no hay nada más antiguo que la belleza de otra época.

Será divertido seguir su evolución en este punto. Imagino que a sus trece años no tardará en pasar a la acción en cuanto alguna candidata ingenua le permita poner en práctica sus investigaciones más acuciantes.

Al ascender por la empinada colina con el coche hemos tenido ocasión de observar la casa de Rojas desde abajo, una perspectiva que revela la forma original de su construcción, con sus dos rebordes laterales desparramándose a izquierda y derecha por la cima de la colina como las retorcidas raíces de un árbol milenario.

Vista ahora de frente, mientras caminamos sin prisa hacia la entrada abarrotada de invitados, se muestra como un cilindro blanco de tres plantas perforado por cuatro filas verticales de ventanas ojivales y una hendidura informal en la fachada principal por la que se accede al interior del edificio.

116

Ariana estaba radiante.

Esta era la verdadera fuerza que me impulsaba y mantenía de pie desde que nos bajamos del coche y nos incorporamos a la extensa cola de invitados para poder ingresar en la casa.

Días atrás visitamos juntos una tienda exclusiva del centro comercial y la ayudé a elegir con paciencia un vestido largo que, con la colaboración de su hermoso cuerpo, la transformaría a buen seguro en una de las mujeres más elegantes y deseables de la fiesta. Un estilizado vestido de lentejuelas de color champagne y corte asimétrico que desnudaba el hombro izquierdo con picardía, redondeaba el busto sin volverlo ampuloso y se ajustaba hasta los tobillos esculpiendo la envidiable silueta de Ariana.

Nada más entrar, todas las miradas se fijan en ella. Me siento orgulloso de estar a su lado como acompañante de gala. La sobriedad geométrica de mi traje, con la doble hilera de botones dorados y el pantalón negro entallado, me permite acaparar una pequeña parte de la atención morbosa que Ariana despierta en el entorno.

La fiesta es en nuestro honor y debemos estar a la altura de las expectativas, como repetía Ariana en voz alta para convencerse de la necesidad de realizar ese gasto cuantioso. Rara vez habíamos pagado tanto por un vestido o un traje.

Mi cerebro sabía mucho sobre Ariana, de sus devaneos y caprichos, preferencias y manías, gustos y sutilezas, sueños y preocupaciones, pero mis dedos y mi boca sabían aún más sobre ella, conocían una información preciosa que los invitados que la miraban con deseo y curiosidad malsana nunca podrían compartir.

Los anfitriones también están espléndidos, todo hay que reconocerlo.

Cogidos de la mano, como dos jóvenes enamorados, reciben a todos sus invitados en el vestíbulo de techo abovedado con una alegría estupefaciente.

Roberto Rojas, un cincuentón que no lo parece, y una rubia veinteañera de pelo corto y rizado y piel bronceada con artificios cosméticos a la que me presenta como Roxana, su segunda mujer aunque no están casados.

117

—El secreto de nuestra felicidad, amigo Espinosa, está en que Roxana tiene la edad de mi adorable hija y la ventaja de no parecerse en nada a la insoportable madre de mi hija.

En la multitudinaria fiesta, por hacer una presentación rápida del elenco de invitados, están todos los notorios representantes de la Universidad Paneuropea de Millares que conozco, muchos de los que no conozco ni necesito conocer, algunos miembros del departamento que tampoco conozco y quizá necesitaría conocer, sobre todo si aspiro a hacer carrera en la institución, y muchos más personajes académicos o simples gestores que ni siquiera sé que me convendría conocer, aunque nadie entre los presentes se ofrezca a presentármelos pensando que no puedo no conocerlos.

Tras las primeras presentaciones rápidas nos obligan a separarnos sutilmente, imponiéndonos actividades antagónicas, como si el protocolo mundano de la fiesta no tolerara que las parejas se mantuvieran juntas mucho tiempo sin afrentar los deseos y ambiciones de la competencia.

La norma de la fiesta, nos recuerdan, es mezclarse sin prejuicios entre los invitados, intercambiando con ellos sensaciones y afectos, ideas y comentarios, impresiones y experiencias, y no encerrarse en una burbuja estéril de atmósfera irrespirable.

—Para eso ya está el matrimonio, ¿no creen?

Entre carcajadas universales, me reclaman con insistencia inexplicable miembros del departamento que solo he conocido a través de sus dobles, según la maliciosa versión de Rojas, y a Ariana, sin embargo, la solicitan otras mujeres desconocidas que quieren conocer con urgencia inexplicable su opinión sobre aspectos trascendentales de la vida diaria en la urbanización Palomar.

Escucho.

—¿No es maravillosa?

—Tienes que venir a visitarnos un día. Te encantará nuestra casa. No es nada comparada con esta, desde luego, pero aun así no podemos quejarnos.

—Los domingos por la tarde animamos un club de lectura de

libros científicos. No te imaginas lo bien que lo pasamos. Somos más de veinte mujeres las que asistimos con regularidad. Cada semana lo celebramos en una casa distinta para variar un poco.

–Me muero de ganas por que vengas a una de nuestras sesiones.

–Haré lo que pueda.

–¿Nos lo prometes?

Cuando la pierdo de vista en el revuelo de mujeres que la acosan sin descanso como a una diva, mientras uno de los camareros me ofrece una copa de vino blanco muy seco que bebo de un trago solo para demostrarme que soy capaz de resistir la presión psicológica y la tensión nerviosa del momento, siento un extraño estremecimiento en todo el cuerpo, como si adivinara que tardaría mucho en recuperarla.

Escucho.

Soy una cámara oculta en un cerebro.

–Los parlamentos deberían dejar de ser una fachada democrática para constituirse, sin complejos, en un espectáculo para las masas.

Escucho.

–Judíos, musulmanes y protestantes han hecho suya la severidad de la ley de Dios, mientras que los católicos hemos logrado imponer la impureza de nuestros deseos y locuras hasta ensuciar la imagen de Dios.

Una mujer menuda, con un peso calculado con precisión para no superar la edad del cuerpo, se me aproxima en cuanto me quedo a solas con otro camarero y su bandeja de suculentos aperitivos.

–Dicen de usted maravillas incomprensibles. Me llamo Cayetana, pero todos me dicen Tana para que me calle lo antes posible.

Espera que el chiste nominal de mal gusto me haga al menos sonreír. La siento intimidada por mi altura e indiferencia.

–Si le soy sincera, me da un poco de miedo estar aquí junto a usted. Me estoy poniendo a prueba. Mi hija creía que no iba a ser capaz de decirle una sola palabra.

Miro como ella hacia la hija putativa y veo a una niña pelirroja de diez u once años, con pecas hasta en las uñas de los dedos de los pies, que me sonríe todo el tiempo desde la distancia como si pretendiera que la adoptara, o que la liberara del lastre genético de la madre.

—Se llama Rita. ¿Tiene usted hijos?

A la niña Rita la fiesta le parece muy prometedora en algunos aspectos. Ha intuido la presencia en ella de algún pederasta acaudalado a quien seducir con sus aires de criatura descarriada, o con deseos de descarriarse, nunca se sabe con este perfil de criminales sexuales atraídos por la mayoría de edad del presunto violador.

—Su padre murió de cáncer el año pasado. No lo veíamos mucho, pero su muerte provocó en la niña una reacción muy curiosa. La llevé a un psiquiatra amigo de Roberto y creo que empeoró considerablemente. Me gustaría conocer su opinión...

—Disculpe, me reclaman unos colegas.

La excusa es tan útil como demandaba la situación. La madre y la hija son flores tóxicas a la busca de víctimas de sus maquinaciones incestuosas. Me alejo de ellas lo más·posible para poder respirar aire puro a pleno pulmón.

Escucho.

Soy un cerebro oculto en una cámara.

—La cultura ya no es ni un lujo ni un negocio. No entiendo por qué alguien no toma medidas fiscales de una vez y la pone en su sitio.

—¿Te refieres a un vertedero de basura?

—No, pienso más bien en un cohete viajando a la velocidad de la luz hacia los confines del universo.

Consigo llegar sin ser detectado a una de las puertas cristaleras que dan al jardín antes de que me asalte por detrás uno de los doctores de la ley cuya mente más podría perturbarme ahora.

—¿Ha resuelto usted ya los acertijos que le planteé el otro día en mi despacho?

Me vuelvo por educación y su mirada de comadreja adulta en celo permanente me asalta como en una pesadilla.

El doctor Abril Villalobos.

–¿Qué quiere usted de mí? No tengo nada que añadir a la sarta de doctas idioteces que me obligaron a escuchar y decir el otro día.

–No se ponga tan tenso, Espinosa, ya se lo dije. El equilibrio es la madre del progreso. Y el progreso el padre de la felicidad. Y la felicidad...

–Es una buena frase, no la alargue tanto, ¿a quién se la ha robado? ¿A su gurú espiritual? En ese caso debería pagar derechos por usarla.

–Su hostilidad es productiva. Me gusta la dialéctica bien entendida. Como la esgrima. Va por buen camino, le felicito. No obstante, le comuniqué al doctor Rojas que darle el puesto a una persona sin currículo como usted era un gesto aventurado y podía salirle caro. No me lo ha perdonado aún. No me dirige la palabra desde entonces. Me ha invitado por cortesía. Nada más. Quizá si me ve hablando un rato con usted se arrepienta de su error.

–Rojas no tiene pinta de arrepentirse de muchas cosas.

–Si se refiere a su nueva compañera, se equivoca. Muchas veces me ha reconocido que se precipitó al abandonar a su mujer de toda la vida por la arpía anoréxica que ahora gobierna esta casa con sus caprichos neurasténicos.

–Las calumnias no le granjearán mi simpatía, no se esfuerce tanto.

–Hablando de calumnias, me lo ha puesto usted a tiro, ¿no era su guapa esposa quien paseaba del brazo de un desconocido por la zona de la piscina?

El conflicto entre los celos sexuales y el deseo de golpear en la boca a mi impertinente colega terminan neutralizando hasta mi capacidad de respuesta.

–Es usted un...

–No es necesario que mancille su lengua con un insulto que no alcanzará su objetivo. Todo lo que usted pueda decir de mí ya me lo han dicho antes mil veces y me lo sé de memoria, descuide. El otro día le mentí a conciencia. Mi principal objeto de estudio soy yo mismo. Se me irá la vida sin averiguar la única verdad que nadie puede decirme, ni siquiera un advenedizo como usted. Si me cruzo con su mujer le diré que la está buscando como un desesperado y así cumpliré con mi deber de socorro moral.

No sé cuál de los dos se marchó primero, plantando al otro sin concederle la oportunidad de una despedida. Yo hacia la luminosa piscina de agua caliente, en busca de una paz de espíritu imposible en estas circunstancias, él hacia el espejo más cercano donde revisar su aspecto de pajillero solterón. La polémica conversación conmigo debía de haber alterado algún detalle fundamental de su pulcro vestuario, de su eminente pelucón o de las arrugas camufladas de su piel, y necesitaba una reparación urgente.

Escucho.

–El sexo en pareja es cada vez más excitante. Está demostrado. Cuantas más personas participen en la representación del acto primordial menos intenso será el placer del orgasmo. La teoría del disparo neuronal es una verdad incuestionable.

La zona de la piscina rebosa de gente que estaría mucho mejor en bikini y en bañador si no fueran las diez de la noche de un otoño frío y la etiqueta impusiera no lucir nada que no quepa dentro de los límites confortables de un vestido de moda o un traje sofisticado.

Un apuesto treintañero que está sentado en el borde, con los zapatos y los bajos de los pantalones sumergidos en el agua transparente para calentarse, está diciéndole algo al oído a una chica que se sienta junto a él en la misma posición, solo que ella sí se ha quitado los zapatos y los sostiene con las manos en su regazo mientras chapotea con los pies descalzos en el agua.

Escucho.

–La inteligencia no ha prosperado tanto como se creyó en tiempos pasados. Miro el cielo cada noche con curiosidad infinita, esperando una respuesta a las preguntas que me hago, y no obtengo ninguna señal inteligible. Solo ruido. Mucho ruido. Es desesperante. ¿Me comprendes, amor?

Una figura solitaria sentada en el trampolín reclama ahora toda mi atención.

Es un hombre maduro, vestido con un escueto bañador oscuro como única prenda con la que cubre su atlético cuerpo, a pesar de la baja temperatura. Adopta la pose del pensador de Rodin para darse importancia mientras mira su reflejo deformado en el resplandor azulado del agua con intención de arrojarse sobre él. El trampolín es elevado, por lo que le sería más fácil vigilar desde esa altura las acciones de los demás invitados que escrutar con tal intensidad la débil impresión de su perfil decadente en las ondulaciones del agua diáfana de la piscina.

Imagino que en las barrocas figuras del mosaico del fondo, entre nubes de vapor, ha aprendido a leer los signos de su terrible destino.

El divorcio radical entre su mente y su cuerpo.

Estoy a punto de resolver el enigma existencial del nadador nostálgico sentado en la tabla elástica cuando oigo a mis espaldas que alguien pronuncia mi nombre en voz muy baja antes de situarse a mi lado abordándome por la izquierda.

—Ricardo era un hombre afortunado, muy afortunado, diría yo.

El doctor Torres Villalón y sus diagnósticos veraces.

—Y luego, de la noche a la mañana, lo perdió todo. Mujer, hijos, casa, trabajo. Hasta la cabeza se le ha ido con la bancarrota. Una desgracia. Es demasiado tarde. No hay nada que podamos hacer por él más que recordar su historia con tristeza, reconociendo que pudo ser la nuestra también y que nos libramos por muy poco, y repetirla de generación en generación para que no se vuelva a repetir una situación parecida.

—¿Y qué hace aquí?

—Fue muy amigo de Rojas en su buena época. Cada vez que este da una fiesta lo invita por compasión y sentido de la amistad. El pobre vive recluido en una residencia, donde recibe los mejores cuidados a cuenta de la Universidad.

De repente, activado por un recuerdo inconexo, el nadador del mal de alzhéimer se arroja desde el trampolín y cae al agua como un peso muerto, sumergiéndose hasta el fondo de la piscina y quedándose ahí inmerso durante demasiados minutos, como si buscara ahogarse.

—No se preocupe, no es la primera vez que lo intenta, saldrá a flote en cuanto le falte el aire. Por cierto, el doctor Rojas y otros colegas de la Universidad querrían conocer su opinión sobre un asunto relevante que están discutiendo en la biblioteca. Si es tan amable de acompañarme.

Mientras recorremos los amplios salones y los pasillos atestados de la casa no dejo de pensar en mi Ariadna particular, eclipsada en mitad de la noche dionisíaca, la busco en vano entre la multitud de rostros y de cuerpos que llenan el espacio de murmullos y de roces y no la encuentro por ninguna parte.

—¿Le gusta la urbanización Palomar? ¿Lo está pasando bien en la fiesta? Hay que reconocer que Rojas sabe hacer bien las cosas, ¿no cree?

—Desde luego. Si todo lo hace así en la vida, no me sorprende nada de lo que veo a mi alrededor.

—Yo soy uno de los pocos empleados del departamento que no vive aquí, ¿sabe? Me gusta mucho el mar y no soporto vivir tan lejos de la costa. Además, en verano los traslados son un engorro inútil. Prefiero conducir cien kilómetros para venir al campus antes que privarme de las vistas marítimas y las actividades náuticas, no sé si lo comprende.

—Perfectamente.

—Pase por aquí.

La puerta de la biblioteca no podría llamarse «puerta» en ningún lenguaje que no diera por hecho que el significado de la palabra no guarda ninguna relación real con el referente de la cosa nombrada. Solo de ese modo se puede llamar puerta a lo que se abre cuando entramos por ella y biblioteca a lo que nos aguarda al otro lado, contenga o no libros que se puedan leer.

Por primera vez desde que vine a vivir a la urbanización Palomar, al penetrar en ese claustro secreto de la casa, tengo la sensación de que lo que algunos llaman futuro no es otra cosa que una forma distinta de pasado. Un pasado que los humanos no han conocido ni vivido. Por la razón que fuera no fue el camino que escogieron cuando tuvieron la oportunidad, y una civilización tecnológica como la nuestra, al avanzar la historia en una dirección determinada, ha hecho posible la comunicación entre tiempos incompatibles, encontrando el modo de reconectar el futuro con ese pasado desconocido a través del presente.

–El tiempo es un invento de los relojeros, digan lo que digan los filósofos, los escritores y los matemáticos. Ellos son los únicos que conocen sus mecanismos reales.

Es Rojas discutiendo con alguien a quien no me han presentado, aunque percibo un timbre familiar en su potente voz, en presencia de otros colegas que tampoco reconozco.

Escucho con atención.

–Sí, desde luego, imagínese que viaja usted en el tiempo y de pronto descubre que el rudimentario aparato en el que viaja, como en la famosa novela, se parece al antiguo sistema del metro y le ofrece en cada estación diversas posibilidades. Unas las tomará y otras no. A poco que numere las líneas del uno al diez y nombre las estaciones con topónimos verá que cada línea se compone de un número cambiante de estaciones. Habrá estaciones en que ya no podrá tomar determinadas líneas. Pongamos por caso que usted ha elegido la línea 3 y que su tren se detiene en la segunda estación de la línea, en la estación Versailles. Versailles solo tiene conexión con la línea 5 y con la línea 8. Si usted, viniendo de la línea 3, decide abandonar esta y tomar la línea 8 llegará a una estación Trafalgar, por darle otro nombre conocido, donde sí verá que hay conexión con la línea 3. Pero esa línea 3, fíjese bien, ya no podrá ser la misma que usted abandonó en la estación Versailles sino otra muy distinta que le aleja de Trafalgar. ¿Lo comprende? Y cuando llegue al final del recorrido se dará cuenta de que solo ha viajado por una línea de metro y cada una de sus decisiones, en cada estación, se llame como se llame, contribuía a configurar esa línea tanto como la voluntad de los demás viajeros con que comparte vagón.

Este es el tema apasionante sobre el que están discutiendo acaloradamente un grupo de hombres y mujeres reunidos en un salón octogonal en cuyas paredes no hay un solo libro ni un objeto alusivo a la cultura editorial ni un maldito sillón donde sentarse a reflexionar con serenidad sobre los límites reconocibles de la pedantería humana.

–De ese modo, cualquier decisión que tomáramos estaría alterando esa misma toma de decisiones y lo que hayamos decidido sería refutado de inmediato por nuestra siguiente decisión. Por decirlo con una comparación fácil, es como si cada paso al ejecutarse en la realidad desmintiera el anterior. Esa es la imagen del tiempo y de la historia que estamos discutiendo con ardor estudiantil. Como filósofo, ¿qué piensa usted de ello, doctor Espinosa?

Las paredes del recinto están forradas con una tela plástica de color crema que produce la grata sensación de limpieza permanente y aviva el intelecto del visitante con su textura versátil.

–Le agradezco el aprecio y la confianza, doctor Rojas, pero mi idea del tiempo es más simple y, si me apuran, más tradicional.

–Por fin alguien que es capaz de introducir un poco de aire fresco en esta discusión viciada.

No tengo que darle muchas vueltas a mi respuesta. Soy uno de esos hombres, como algunos de ellos han tenido ocasión de comprobar, que ha estudiado a los otros hombres y se los sabe de memoria, hasta el punto de poder plagiarlos impunemente, y también ha aprendido a desarrollar un pensamiento propio sobre las materias más polémicas a fin de epatar a la audiencia y, por descontado, ganarse un sueldo digno con un trabajo indigno. En resumen, todo lo que había robado a otros y todo lo que había acrisolado por mi cuenta y riesgo me convertía en un genio de la inteligencia situacional, como demostré con creces el día de la entrevista doctoral y estaba a punto de ratificar ante esta audiencia expectante por verme hacer el ridículo de nuevo.

–El tiempo, damas y caballeros, es lo que nos permite estar hablando aquí y ahora. El tiempo es el vientre en el que nuestra pequeña existencia se engendra, se gesta y llega a la luz del día sin salir nunca de la matriz que lo constituye. La suma de todas

126

las intersecciones de los yoes que hemos sido, somos y seremos para siempre...

Me asfixiaba un poco y me detuve para tomar aliento y relajarme. Ahora venía la parte más complicada de mi interpretación y no podía afrontarla sin examinar el efecto de mis palabras en los rostros impasibles de mis oyentes.

—El tiempo, señoras y señores, es lo que perdemos discutiendo sobre la naturaleza del tiempo. Y el tiempo, sobre todo, es lo que destruye la belleza de las mujeres y la magnificencia de las civilizaciones. Lo que hace crecer a los hijos y lo que los convierte en padres y a estos en cadáveres ambulantes. El tiempo es la medida de todas las cosas que tienen medida. ¿Hay algo más cruel para uno mismo que comprobar la devastación del cuerpo amado y deseado por obra del tiempo? No obstante, con el paso de los años, mi percepción ha cambiado hasta el punto de pensar que el tiempo no es real y que por debajo de los cambios persiste una esencia inmutable en el devenir del mundo.

Me callé cuando se me agotaron las ideas tomadas en préstamo intemporal y algunas compradas en propiedad a bajo precio, sin tener que hipotecar mi inteligencia.

—Es un punto de vista sólido, no cabe duda, pero algo convencional, ¿no le parece?

Una mujer inteligente es siempre una mujer inteligente, es cierto, aunque sea una perfecta desconocida, pero esta mujer inteligente me hizo recordar en ese instante, no sé por qué, la existencia real de otra mujer inteligente por la que mi inteligencia sentía un interés infinito y una atracción ilimitada.

—Debo ir al encuentro de mi mujer, lo siento, le he prometido hace un instante que no la dejaría sola mucho tiempo y debo cumplir mi palabra. Si me disculpan.

Algunos de los presentes sonrieron por mi arrogancia, mirando a Rojas con perplejidad sin atreverse a exigir explicaciones, otros rieron por mi estupidez, sin entender nada de nada, algunos sabían más que el resto y callaron por deferencia hacia el anfitrión y desprecio al invitado especial. Estos daban miedo.

Su silencio era terrorífico y gélido. Tanto que me marché a toda prisa de la supuesta biblioteca, sin despedirme de nadie, antes de que la guillotina rematara su trabajo criminal.

Escucho.

—La verdad está sobrevalorada. La verdad es producto de un consenso entre los que tienen el poder de sancionarla como tal.

—La verdad es una de las formas más reconocibles de la locura y el fanatismo. Enarbola en público la bandera de la verdad y te sentirás como un demente y un fanático.

—Los procedimientos efectivos de la verdad hoy pasan por la moda, la técnica, la burocracia y el sexo.

En mi camino de huida se cruzó otro camarero con una bandeja repleta de vasos de whisky escocés de primera calidad. Sin hielo ni agua mineral ni soda. Puro. Como más me gusta casi todo en la vida. Me bebí dos vasos de un solo trago antes de ir otra vez, como un poseso, en pos de mi perdida Ariana.

Subí a la primera planta por una escalera de cristal que trepaba como una enredadera por la columna vertebral de la casa. Y cuando traté de subir a la segunda, la gente sentada en los escalones me impedía el paso con sus cuerpos, como si hubieran recibido órdenes de no dejarme pasar más arriba.

Escucho.

—La política es el deporte por otros medios. El deporte es la política por otros medios. Y los medios son la política y el deporte conjugados por otros medios.

En el pasillo superior, una vez que logro sortear los obstáculos de la multitud inmóvil, las conversaciones se multiplican y el nivel de los temas asciende, como es lógico.

En la dictadura de la opinión dominante me pedían mi opinión sobre todo, como si me hubiera convertido en la nueva autoridad de referencia a la que consultar en cualquier momento sobre cualquier asunto de candente actualidad.

—¿Es usted partidario de la eutanasia activa?

—¿Se siente propenso a las adicciones emocionales?

—¿Autorizaría la generación de clones humanos en laboratorio?

–¿Le parece ético que la biología molecular se haga cargo de mejorar la genética de la especie?

–¿Tenemos derecho a explotar los recursos minerales de Júpiter sin preguntar a los nativos del planeta?

–¿Cambiaría usted de sexo para complacer a su pareja?

–¿Lo haría por mandato judicial en un proceso por divorcio?

–¿Es la bisexualidad una respuesta satisfactoria al conflicto secular entre géneros?

–¿Acabará algún día la guerra de la OTAN con Rusia?

–¿Cree posible la repetición de una crisis económica tan catastrófica como la de 2027?

Sí, a todo contestaba que sí, sin titubear un segundo, sí. Era la contraseña inteligente de la fiesta. El contundente poder de lo afirmativo sobre la realidad de las conciencias. Abría todas las puertas a mi paso y las cerraba una vez que estaba más allá de los juicios y las descalificaciones.

–¿No le parece peligrosa la adicción de los menores de edad a los videojuegos militares de alta gama?

–¿Ilegalizaría el comercio de semen por internet?

El poder de lo positivo. Inconmensurable. Te permitía avanzar, sí. Te granjeaba simpatías inmediatas, sí, amistades espontáneas, sí, ofrecimientos inesperados, sí.

Escucho.

–Qué hombre tan interesante. Y eso que me habían prevenido contra él.

–Habladurías sin fundamento. Según me han dicho, su atractiva mujer es, con diferencia, el miembro más inteligente de la extraña pareja.

–No estoy de acuerdo. Físicamente ella no vale nada. A él, en cambio, lo encuentro irresistible y eso que no es mi tipo.

–Tienen un hijo superdotado. Por lo que me han dicho, está teniendo muchos problemas de adaptación.

–Es normal al principio, ¿no crees?

Sí, claro que sí, mil veces sí. A todo y a todos. Sí. Sí. Sí.

–Ariana, ¿dónde estás, amor mío? Te necesito a mi lado en este momento.

129

Anverso, reverso. Blanco, negro. Luz, oscuridad. Amor, odio. Escucho.

–El Premio Nobel. Sí, claro. Por qué no. Déjame que te diga lo que pienso del Premio Nobel antes de que salgas corriendo a contárselo a tu mujer. El Premio Nobel se lo darán este año a quien encuentre la ecuación que resuelva el dilema entre la demografía explosiva de los países pobres y la demografía implosiva de los ricos. Que lo sepas.

Entro por casualidad, huyendo de la persecución de mis admiradores repentinos, en una habitación sumida en la penumbra donde hay una anciana que dice ser poeta y que, al parecer, solo ha aceptado venir a la fiesta para poder conocerme en persona. Petra Lorenza lleva horas aquí sentada aguardando con paciencia a que alguien se dignara presentarnos.

–Se lo agradezco, pero no creo merecer tal honor.

La poeta huesuda reviste su pellejo con un desgastado vestido de terciopelo azul que, según me dice, la devuelve a su juventud.

–En aquellos años ochenta todo parecía posible, ¿sabe? Hoy, en cambio, nada parece imposible y ya no lo soporto más. Me voy a volver loca.

Según me cuenta, Lorenza vive recluida como una cenobita en una zona boscosa ubicada en las afueras de la urbanización Palomar. Vive en conversación perpetua con todas las criaturas que sobreviven a duras penas en el amenazado ecosistema de la región. Escribe poemas donde transcribe fonéticamente sus profundas conversaciones con ellas. Expresa en verso sus sentimientos, sus ideas, sus vivencias. Luego los publica en edición bilingüe. Con la lengua original en página diestra y la traducción en siniestra.

–Las versiones son basura, créame. La lengua de los animales es inefable y, por tanto, intraducible a ningún código lingüístico conocido. Yo misma, para mi sorpresa, la hablo en sueños cada vez con mayor frecuencia. No me extrañaría llegar pronto al final de mis días comunicándome solo en esa lengua angelical.

Lorenza me habla de la sensibilidad de algunos animales en particular. Cuando escucho la palabra «erizo» brotando de sus labios blancos reprimo la necesidad de sacar el móvil del bolsillo de la chaqueta y hacerle una fotografía a la poeta ermitaña para enseñársela después a Aníbal.

—Ya no veo mucho, mis ojos se mueren, pero los animales me iluminan y me cantan canciones cuyo sentido final se me escapa, como es natural. Voy a recitarle un poema acróstico. Se compone de una estrofa de once versos repetida cinco veces con tonos distintos. Tenga en cuenta que es solo la traducción al español. La versión *eriza* es la única válida para mí, como comprenderá. La he adaptado por cortesía hacia el lector. El poema se titula *Rizomadre* y reza así:

> *La oscuridad potencia el sueño —dicen los tópicos—*
> *con él pasa al contrario: como nocturna bola*
> *avanza por la noche, mece su olor a nueces;*
> *durante el día duerme el sueño de los justos.*
>
> *Crepuscular, expía la vida del relámpago,*
> *las luces atraviesan las asesinas púas,*
> *imágenes vibrantes pinchan mis pensamientos,*
> *tentaciones fetales hieren mis ambiciones.*
>
> *Es visible de lejos, de cerca inaccesible.*
> *Roza los terciopelos de la cortina huyendo*
> *impasible a la noche perpetua de sus ojos,*
> *zócalo agujereado se derrite en el suelo*
> *o se expone a la vida que lo arrastra en su impulso.*
>
> *La noche, penetrante más allá de sus ojos,*
> *los vuelve más serenos, más negros, más brillantes.*
> *Mirando se relaja, corriendo se entretiene;*
> *es visible de lejos, de cerca inaccesible.*
>
> *Tocarlo es imposible, desearlo es peor:*
> *un amor impensable. Improbable misión*
> *hacerlo tuyo, atraparlo en tus hambrientas garras*
> *de humano ávido de fidelidad y amor.*

La clausura a gritos de la tercera repetición del poema me sorprende abandonando la habitación a toda velocidad. Cuando me vuelvo por un acto reflejo, sorprendo a una mujer que se parece a Ariana, al final del pasillo, subiendo una escalera que no había visto antes y la sigo hasta la tercera planta, la más elevada de la casa, donde la veo desde la distancia abrir una puerta y entrar en otra habitación. Sin miedo a las consecuencias, ni a lo que pueda encontrarme allí, me adentro en el vasto salón que se presenta ante mí en cuanto abro la puerta sin violencia y una irisada oscuridad inunda mis ojos irritados como suero fisiológico.

Escucho.

—El artificio es lo más auténtico. El artificio, si lo pensamos bien, es la única realidad de nuestras vidas.

—No seas tan simple. No se acaba con el problema de la vida por asignarla al artificio.

—La belleza lo es todo. O la tienes o no la tienes. En el futuro, la belleza será lo que marque la diferencia de clase, no el dinero. La belleza no se compra ni se vende, como sabes.

Al fondo de la sala, en una pantalla, se proyecta una extraña película, o un extraño montaje de diversas películas. Al principio no tengo tiempo de entender el sentido de las imágenes, pero una vez instalado en el peculiar ambiente de recogimiento deduzco que se trata de una pieza de videoarte creada ex profeso para la ocasión por algún artista emergente patrocinado por el activo departamento de Cultura Audiovisual de la Universidad.

La película, por llamarla de un modo convencional, se compone de un montaje alterno de segmentos en blanco y negro (rombos y hexágonos distorsionados y otras figuras geométricas enlazadas en zigzag, ordenados conforme a un ritmo que pretende replicar el tiempo cuántico) y secuencias en color de una película comercial inacabada, según creo, cuyo título tampoco recordaba, aunque sí conocía la anécdota de la muerte cardíaca de su director durante el rodaje.

Me impresionan, en especial, la imagen en primer plano y plano medio de una guapa joven practicando el esquí acuático en un lago de aguas translúcidas y la imagen superpuesta de la

132

famosa actriz que interpreta a la joven esquiadora postrada sobre el cadáver del director mientras la ambulancia lo traslada al hospital más cercano.

Me parece una prefiguración siniestra de lo que podría acabar siendo mi vida aquí y me aterra pensarlo.

El silencio reverencial con que los espectadores contemplan el metraje es directamente proporcional, en intensidad, a la cantidad de gente allí reunida para asistir al estreno exclusivo.

Apenas si puedo dar un paso sin chocar con alguien, mucho menos seguir a la mujer que aún veo avanzando a buen ritmo hacia las primeras filas, esquivando cuerpos a su paso, sin molestarse en mirar a la pantalla, como si nada pudiera frenar su huida inexplicable.

Nos separan demasiados metros y cuerpos como para pensar en alcanzarla antes de que su figura se pierda detrás de una cortina roja al fondo de la sala.

Con paciencia, convencido de que puede ser Ariana, o de que en todo caso puedo encontrarme con ella en algún momento en esta parte de la casa de Rojas, me abro paso entre los espectadores hipnotizados mirando de vez en cuando a la pantalla sin entender el sentido de lo que allí se proyecta ni de por qué tiene ese efecto absorbente en ellos. Me debo de estar perdiendo un detalle fundamental por culpa del contexto.

Al llegar a la cortina por la que he visto salir a la mujer que se parece a Ariana, me encuentro con otra puerta que abro enseguida y que me conduce, por sorpresa, a un pasillo y a unas escaleras que me devuelven a la segunda planta. Antes de bajar la nueva escalera de cristal, miro hacia las plantas inferiores desde lo alto y veo a Ariana saliendo de mi campo de visión en la planta baja, acompañada por un hombre a su izquierda y una mujer, a la que creo reconocer, a su derecha. Charlan animadamente y, por lo que deduzco, ambos se comportan como si estuvieran conduciendo a Ariana a alguna parte a petición de ella.

Bajo las escaleras todo lo rápido que me permite el miedo a resbalar y a caer de modo peligroso o ridículo y cuando llego al lugar donde la vi por última vez ya ha desaparecido de nuevo.

Deduzco cuál podía ser su dirección y emprendo el camino hacia allí, pero la única puerta que me encuentro al llegar está cerrada. Más allá no hay nada, solo un muro de ladrillo oculto tras una engañosa cortina de terciopelo rojo, y no hay ninguna salida visible al jardín nocturno o a la piscina de aguas termales.

Al abrir otra puerta contigua accedo a un salón lleno de humo donde veo a un grupo de hombres sentados en grandes butacas, guardando silencio y fumando puros con ostentación lúgubre. Son un círculo de ocho fumadores y están sentados unos frente a otros sin hablarse, cambiando el grueso cigarro a veces de mano, con los ojos cerrados, como paladeando el sabor del tabaco con un deleite inusual.

Cuando descubren mi presencia en el salón se sobresaltan, esconden sus cigarros como pueden y me sonríen con disimulo. Uno de ellos, el más joven, se pone en pie y se adelanta hacia mí como portavoz del grupo.

—¿Busca usted algo?

—Disculpe, comprendo que me he equivocado de habitación.

—Busque lo que busque, aquí no lo encontrará.

—Gracias.

Salgo avergonzado y cierro la puerta con delicadeza. Miro a un lado y a otro. Solo veo posible una escapatoria hacia el otro lado de la piscina, la zona más oscura del jardín. Me detengo un instante en la puerta de acceso. Un hombre de aspecto excéntrico me está esperando. Lo reconozco enseguida por los mostachos hirsutos. Es el intruso de la gorra de camuflaje al que vi la semana pasada merodeando por los alrededores de mi casa.

—Soy Freddy. Tenemos que hablar antes de que sea tarde.

—¿Por qué estaba usted vigilando mi casa el otro día?

—Quería hablar. Cuando lo vi paseando, estuve a punto de hacerle alguna señal para que se acercara, pero percibí su hostilidad hacia mí y me retraje.

—¿De qué quiere que hablemos?

—No es el momento.

—Entonces ¿cuándo?

—Reúnase el lunes conmigo en el bosque al atardecer. Si sigue caminando un kilómetro en la misma dirección a partir del punto en que se detuvo, encontrará el lugar con facilidad. Ahí estaremos de verdad solos usted y yo. Lo que necesito decirle no puede saberlo nadie más, ¿me entiende?

—No sé por qué debería confiar en usted. No le conozco de nada.

—Nadie se lo ha pedido. Usted limítese a escuchar la información y luego juzgue por sí mismo. Yo solo soy el mensajero. Lo importante es el mensaje. Solo eso.

—¿Y quién le envía, si puede saberse?

—Todo a su debido tiempo.

Se hace invisible en las sombras del jardín lleno de estatuas, vivas y muertas, como una criatura del bosque acostumbrada a desplazarse entre la luz y la oscuridad y allí donde estuvo, moviéndose entre la confusión de los árboles con agilidad animal, veo cuerpos corriendo unos detrás de otros. No logro saber si van vestidos o desnudos. Bajo los escalones de la gran escalera de piedra y tomo el sendero principal que conduce, rodeando la casa, de vuelta a la piscina de aguas termales. Camino despacio, con las manos en los bolsillos, para calmar la ansiedad. El agua caliente expele ahora más vapor que antes. Es un signo. El invierno se avecina.

Escucho.

—La circulación del dinero es cada vez más ofensiva. No quieren comprenderlo. El dinero es un recurso natural y hay que aprender a explotarlo. Como el gas o el cobalto.

—La creatividad es como el capitalismo más puro, locura incontrolada y sin adulterar. Cuanto más intentas regularla y controlarla menos interesante se vuelve.

Cuando llego al borde hay un pequeño tumulto entre una elegante sexagenaria vestida de azul turquesa y tres jóvenes atildados a los que acusa de haber tirado sus joyas al agua de la piscina. Harta de esperar que sean ellos quienes rescaten el tesoro depositado a bajo interés en el fondo, se arroja ella misma, vestida, para recuperarlo.

—Si seréis hijos de puta.

Los jóvenes malcriados se mueren de risa viéndola sumergirse una y otra vez en el agua para rescatar de la ruina sus valiosas posesiones. Con toda seguridad, le gastaron la pesada broma para desnudar la impostura de la mujer y mostrar al mundo su decrepitud carnal, pero ella, en un arranque de vanidad y pudor, les ha negado esa morbosa posibilidad.

Al marcharme, la madre biológica de alguno de los tres bromistas ingratos sigue buceando vestida con sus mejores galas en pos de los collares de diamantes y anillos de oro y rubíes y brazaletes de esmeraldas que sus perversos cómplices lanzaron al agua como carnaza para obligarla a desnudarse en público.

Escucho.

–La política es un simulacro, esto lo sabemos desde hace tiempo. Pero hay buenos y malos simulacros, hasta aquí nada nuevo, señores. Lo que le deberíamos exigir a la política es que al menos fuera un bonito simulacro, ya que nos cuesta una fortuna, y no el patético espectáculo de insolvencia e incompetencia que padecemos desde hace un decenio.

No he sido capaz de encontrar a Ariana y ya me importa poco, francamente, encontrarla o no en esta fiesta en la que he desperdiciado demasiado tiempo. Solo tengo ganas de largarme cuanto antes de este manicomio para ricos con pretensiones e ínfulas decimonónicas. Sabrá arreglárselas sin mí como ha hecho hasta ahora.

Busco a Rojas en el salón biblioteca donde lo había dejado hace unas horas y descubro que el grupo filosófico que lo llenaba de contenido se ha dispersado y apenas si quedan unos pocos miembros debatiendo en voz baja sobre el éxito de la fiesta en términos propagandísticos incomprensibles.

–Hace tiempo que en la urbanización no se veía una celebración de esta categoría.

–Es un excelente signo del cambio de los tiempos, ¿no os parece?

–A ver si la racha dura lo bastante y le sacamos partido.

–Perdonen, no quiero interrumpir, ¿alguno de ustedes sabría decirme dónde podría encontrar al doctor Rojas?

Disimulan y ríen, ríen y disimulan, sin querer darme indicaciones precisas sobre su paradero.

—No se le olvide llamar antes de entrar.

Subo a la primera planta, como me han dicho, tomo el pasillo de la izquierda, cuento las puertas necesarias. Una zona discreta, despoblada, silenciosa. Llamo con suavidad para no interrumpir bruscamente ni provocar reacciones violentas en los ocupantes de la habitación. Nadie me contesta. Vuelvo a llamar y la cara de Rojas aparece en la rendija entre el canto de la puerta y el marco de madera. Sudorosa, despeinada, la camisa abierta al desgaire, los faldones tapando en vano las partes más expuestas.

—¿Qué quiere, Espinosa?

—Solo despedirme. No se moleste.

—Estoy ocupado, ¿no puede esperar un poco?

—Quería agradecerle todo lo que ha hecho por mí. Esta maravillosa fiesta, en fin, todo lo demás.

—Muy bien, muy bien.

—Cariño, ¿no me vas a presentar a tu guapo amigo?

La criatura le arrebata el control sobre la puerta y la abre de par en par, mostrándose ante mí en toda su tentadora desnudez.

Una transexual hispana.

El óvalo femenino del rostro cercado por la cabellera negra, alisada, los ojos negros, las pestañas largas y renegridas, postizas, la tez oscura, los lunares pícaros en torno a la boca de labios morados, las tetas redondas como globos de cumpleaños y el gesto de pilluela con que su cara expresa la seducción provocada por su anomalía genital en la imaginación masculina.

—¿Quieres pasar, tesoro, y sumarte a la fiesta? Hay sitio para todos.

—No, Eva, el doctor Espinosa ya se marchaba, ¿verdad?

—¡Uy, si encima es doctor, lo que faltaba!

—Estoy casado.

—No me importa, cariño, mucho mejor así, el tratamiento es más efectivo. Roberto te dará mi teléfono privado, llámame cuando quieras.

El placer de la exhibición del cuerpo deseado solo comparable al embarazo del descubrimiento por parte del extraño. Esa información privilegiada inscrita en la cara de Rojas, como un sello o una marca obscena.

—Hablamos la semana que viene.

—Desde luego, será lo mejor.

Antes de que se cierre la puerta con estrépito, ya me he girado dando la espalda con premeditación al espectáculo de la provocativa Eva echándose al cuello del doctor Rojas como una hiedra venenosa y abriendo sus labios rojos para devorarlo a fuego lento como una planta carnívora al insecto ingenuo.

Al bajar la escalera del primer piso, sorprendo el final de una conversación.

Escucho.

—La riqueza y la salud forman parte de las mismas fantasías burguesas. Los médicos lo sabemos bien. Privatizar la salud es una respuesta a la necesidad inmemorial de tener una buena salud y alargar la vida todo lo posible.

Cuando vuelvo a casa, por fin, los niños se han acostado, la canguro modélica se ha marchado ya y Ariana está sola en el salón, a oscuras y en silencio, delante del televisor encendido, aún vestida, esperándome con impaciencia.

—Estaba allí. No sé cómo, pero estaba allí. En cuanto me quedé sola comenzó a perseguirme por toda la casa, me espiaba las conversaciones, me vigilaba los movimientos, hasta que decidí marcharme. No aguantaba más. Te busqué en la casa, pero no te vi por ninguna parte. ¿Dónde estabas? Lo bueno es que, entre tanto, había conseguido despistarlo. Desesperada al no encontrarte, llamé por teléfono a un taxi y esperé más de cuarenta minutos en la calle a que viniera a recogerme. Llevo aquí más de dos horas esperándote, ¿dónde coño te habías metido? No lo entiendo...

—No llores, ¿quieres?

—No estoy llorando.

—Me lo había parecido.

Hago una señal para que se encienda la luz y me siento a su

138

lado. Está guapísima con el vestido de noche. La deseo como nunca. Se ha quitado los zapatos a juego y pliega sus pies sucios, como una niña pequeña, sobre la funda de plástico del sofá. La abrazo con ternura. La beso en la mejilla y apoyo mi cabeza en su hombro.

–Te he estado buscando toda la noche. Alguien me dijo que estabas con un tío y me lo creí. Lo he pasado muy mal.

–Perdóname, no debimos separarnos.

–¿Qué quiere ese tío? ¿Qué hace aquí?

–No lo sé. No quiero saberlo. Ya te lo dije. Con el tiempo se cansará de acosarme.

–¿Te ha hecho algo?

–No, eso es lo que más me intriga. Ni siquiera ha intentado hablar conmigo. Se limitaba a mirarme. De vez en cuando me sonreía, pero nada más. Imagino que después de nuestra conversación telefónica del otro día se está tomando su tiempo antes de actuar.

–Si vuelves a verlo, me lo dices y llamaré a la policía.

–No te preocupes. Anda, ayúdame a desnudarme.

Cuando descorro la cremallera lateral, se pone en pie de un salto, se para delante de mí y el vestido cae solo al suelo, impulsado por la ley de la gravedad o la imantación de los cuerpos.

–Creo que Aníbal se ha enamorado de Carolina. Le ha pedido el número del móvil al despedirse.

–A saber lo que habrán hecho en nuestra ausencia.

–No seas mal pensado.

Ya en la cama, Ariana se duerme en mis brazos y yo me quedo velando por los dos, se nos ha olvidado bajar la persiana eléctrica y a través de la ventana veo un pedazo de noche recortado que me recuerda un cuadro revolucionario que vi una vez en un museo.

Ese cuadro era la fotografía de un alma.

Estoy en mi despacho.

Por primera vez estoy en mi despacho a solas.

Es tarde.

Los cristales térmicos de las ventanas ya se han teñido con el filtro cromático del crepúsculo.

He tenido un primer encuentro con el afortunado grupo de alumnos a los que voy a impartir el seminario de posgrado sobre Inteligencia, tecnología y cognición.

Mi primera clase en años.

Ocho pares de ojos ocultos tras un número similar de gafas me miran sin distinción de sexos ni de edades, excepto una chica rubia y sonriente que no necesita ayuda óptica para observarme con atención desde la primera fila y guarda respetuoso silencio durante toda la clase. Los nueve estudiantes me respetan por lo que piensan que soy, o lo que creen que represento en el sistema de la Universidad, o lo que creen haber entendido de todo lo que se les ha dicho como promoción conveniente del curso para que se matriculen. Me respetan en exceso, y se nota, pero me estudian y analizan a la vez. Estudian y analizan cada palabra que pronuncio y cada gesto que realizo como si fuera el primer espécimen de una especie nueva en el ecosistema o el último espécimen terrestre de una especie a punto de extinguirse.

Tras dos horas de intercambios poco provechosos sobre los distintos tipos de inteligencia salgo de clase decepcionado. La inteligencia llamada emocional es lo único que les interesa del curso. Si no le dedico más tiempo me costará implicarlos en las actividades programadas. Por lo pronto, ya que nuestra reunión es semanal, les he pedido que la próxima semana me traigan un texto para discutir con el grupo donde me expliquen sus ideas sobre la inteligencia y sus diversas ramificaciones culturales y tecnológicas. Les he proporcionado fotocopias de mi desfasado ensayo de *Tabla Rasa* para que discutan con él o lo tengan en cuenta en su mínima argumentación.

140

Vuelvo a la torre del departamento paseando por el campus sin apenas fijarme en sus atracciones.

Me encierro en el despacho para pasar la hora y media que me queda antes de reunirme con el hombre que dice llamarse Freddy en el claro del bosque. Y es entonces cuando comienzo a oír las voces. La insistencia e intensidad de las voces. Son casi las seis, el departamento está desierto y la totalidad de los despachos vacía, lo he verificado al llegar, y, sin embargo, me llega un rumor de fondo. Pego la oreja a cada una de las paredes y compruebo que el ruido proviene de los conductos de aire acondicionado y las rejillas de ventilación. Imagino que son conversaciones que están teniendo lugar varios pisos por debajo o por encima y que el aire que las transporta tan lejos las deforma de tal manera que suenan como psicofonías del más allá.

Estoy a punto de irme cuando llaman a la puerta, invito a entrar al desconocido y es la encantadora Mónica la que anuncia su visita inesperada.

–Hola, Gabriel, el otro día te estuve buscando en la fiesta y no te encontré.

–La historia de mi vida.

Belleza morena envasada, envoltorio de lujo.

–¿Te fuiste pronto?

–No, al contrario. Me quedé hasta cerca del final. Más que nada por cortesía hacia Roberto.

Ondulación de carne y cabello. Solo para mis ojos.

–Me dijeron que tu mujer se puso enferma. ¿Es cierto, querido?

–Es falso. ¿Se puede saber quién te lo dijo?

–No me acuerdo. Lo escuché por casualidad en una conversación entre conocidos. Alguien pronunció la palabra intoxicación mientras hablaban de tu mujer y quizá pensé que se había indispuesto. No sé.

–Habladurías.

Se instala sin mi permiso en uno de los asientos frente a mí, como una alumna más, antes de decidir si sería mejor para sus intereses mantener las piernas cruzadas o encubrirlas bajo la mesa por lo que pudiera pasar.

–¿Cómo estás, querido? ¿Cómo te va?

–Bien, muy bien. He leído por ahí que te han ascendido.

–Ya era hora, ¿no crees, querido? Después de todo lo que hago por ellos.

–No me cabe duda. Ahora en tu nuevo puesto, ¿tendrás menos ocupaciones o más importantes?

–¿Me creerás si te digo que aún no lo sé con seguridad? Los cometidos de mi nuevo puesto están aún por definir.

–Es una excelente técnica de gestión, desde luego, eso no se puede discutir.

–Siempre me quedarán horas libres al día para visitarle, señor profesor.

Hago un gesto exagerado con las manos para silenciarla y atraer su atención.

–¿No las oyes?

Se sobresalta y da un respingo en el asiento, como si la alarmara más el tono de mis palabras que cualquier realidad que ellas pudieran designar por fantástica que fuera.

–¿Qué debo oír, querido?

–Voces.

–Ah, eso. Van con el edificio. Resonancias y crujidos. Ecos. Nada que deba inquietar tu inteligencia, querido. La torre está tan hueca como las cabezas que trabajan a diario en ella.

La dilatación incontrolable de sus ojos y la vibración de su hermosa nariz delatan que miente a conciencia.

–¿Me dejas el lápiz?

–Sírvete.

Se abalanza sobre mi mesa con brusquedad y roba uno de los lápices negros con cabeza de goma amarilla, patrocinados por una empresa informática alemana socia de la Universidad, que aún no he tenido tiempo de guardar en un cajón con la agilidad de un primate.

–Te noto distante conmigo. Sé que lo que pasó entre nosotros en el hotel te pareció una encerrona, pero no fue así, querido.

142

—Entre nosotros no pasó nada. No sé de qué me hablas.

—Si tú lo dices, querido. Hace calor, ¿no?

Se quita los zapatos de tacón, pone los pies descalzos encima de la mesa, no lleva medias, los pulgares de sus pies son más gruesos de lo que recordaba y me producen una extraña aprensión.

—¿Estás casada?

—¡Qué pregunta! ¿No lo está todo el mundo en la Universidad, querido? Las reglas son las reglas, no lo olvides.

—¿Tu marido es profesor?

—Frío, frío.

Se desabrocha un sugestivo botón de la chaqueta del traje gris que la convierte en una profesional de imparable carrera ascendente y se aplica al dibujo que lleva ya unos minutos delineando en el papel de una libreta que ha sacado de su bolso.

—¿Rector?

—Frío, frío.

Resopla hinchando y deshinchando las mejillas y bufa, fastidiada por el signo de mis preguntas, soltando el aire por unos labios más carnosos de lo que recordaba.

—¿Ingeniero?

—Frío, frío.

—¿Tienes hijos?

No puede ser casualidad. Sin soltarlo, desliza el cuaderno por encima de la mesa hasta situar la hoja dibujada en papel cuadriculado delante de mis ojos.

—¿En qué te hace pensar, querido?

—No entiendo tu pregunta.

—¿A qué te recuerda?

La raspa del enigma. El peine de la energía. El espinazo de la realidad.

—¿A ti cuando estás desnuda?

—No seas grosero, querido.

—No tengo ni idea.

Retira el cuaderno del alcance de mi vista, lo gira varias veces para observarlo con detenimiento, boca arriba y boca abajo, finge haber descubierto algo significativo en los confusos trazos y luego cierra las tapas plastificadas y lo guarda de nuevo en el bolso con mimo innecesario.

—Llevo días obsesionada con este símbolo. Sé que lo he visto antes en alguna parte. Cada poco me entra la necesidad de dibujarlo y enseñárselo a otros. Tú eres el tercero a quien se lo enseño esta semana. No te lo tomes a mal, querido.

Ahora me mira con intensidad, examinando uno por uno los detalles de mi reacción.

—No lo he visto nunca. Deberías enseñárselo a más gente a ver si averiguas por fin lo que significa. Quizá estés en peligro y sea una advertencia.

—Qué gracioso eres, querido.

—¿Querías algo?

—Nada, solo saludarte, ver cómo te va, ya sabes, lo habitual en estos casos.

—Ya entiendo. Debo irme.

—Te acompaño, querido.

—Como quieras. Es tu tiempo.

—¿No te han dicho nunca lo antipático que puedes llegar a ser?

Solos en el ascensor durante los interminables treinta y siete segundos del descenso, quince plantas más el entresuelo. Situación incómoda, silencio incómodo. De pie junto a mí, mirando al frente, piso tras piso, dejándose caer sobre mi hombro de vez en cuando para producir un choque accidental que nada significa, al menos para mí.

Al despedirnos, beso tímido en los labios, como colegiales inexpertos.

—Cuando haya resuelto el enigma, tú serás el primero en saberlo. Te lo prometo, querido.

—No corras ningún riesgo. Si te pasa algo, te echaré de menos.

—Eres un mentiroso.

Extrae el cuaderno del bolso, lo abre con urgencia, arranca el papel con el dibujo y me lo regala.

—Para que pienses en mí cuando ya no esté, querido.

–Qué impulsiva eres.

La observo una última vez mientras emprende, sin prisa alguna, el camino de regreso hacia su casa. Vive cerca y no necesita coche para venir, los múltiples senderos del campus, atravesando parques y estanques, puentes sobre canales y explanadas de césped, la conducen, baldosa tras baldosa, al reino mágico y protector de su hogar, donde no hay nada real que pueda constituir un estorbo para su ambición y metas profesionales. Mónica está jugando conmigo a un juego al que le gusta jugar porque además se divierte, no me cabe duda. El problema es que no está jugando a un solo juego, ni una sola partida ni quizá con un solo jugador. Varias barajas y varias estrategias contradictorias al mismo tiempo conducen a más jugadores enmascarados. Ese es el gran juego de Mónica Levy. Está en su programa desde que era una adolescente o quizá mucho antes. Nunca se sabe.

Al llegar a casa, compruebo que el coche de Ariana no está, como suponía. Ha ido con los niños al centro comercial a comprarles libros y ropa y luego al cine, otro de esos estrenos multimillonarios por los que Aníbal siente una pasión irrefrenable, como si contuvieran información significativa sobre su vida o sobre las cosas que más le preocupan en la vida.

Cuando nos despedimos a mediodía Ariana no sabía aún si cenarían fuera de casa y no me ha enviado ningún mensaje al móvil para confirmármelo.

Camino a buen ritmo hacia el lugar del encuentro. Voy tarde. Me adentro más allá de la espesura, abriéndome paso con las manos desnudas, apartando ramas y arbustos, luchando cuerpo a cuerpo con la resistencia irracional que el bosque opone a mi avance.

Cuando descubro el claro del bosque, pese a la escasa luz, veo que Freddy se me ha adelantado.

Primer encuentro, primer contacto con el alma grande de Freddy, impartiendo lecciones de su extravagante doctrina con una seta viscosa recién arrancada del suelo húmedo sostenida entre las manos.

Me estrecha la mano con frialdad y aprovecho para enseñarle el dibujo de Mónica.

—¿Sabe algo de esto?

—Ya han llegado a esta fase. Vaya, vaya. Van muy deprisa con usted. Esperaba menos precipitación de su parte.

—De qué me habla.

—¿Empezamos por el principio?

—No estaría mal.

Le cuento que encontré un signo parecido inscrito en una roca detrás de la casa y que pensé que había sido él quien lo había dibujado.

—No tiene sentido. Yo no haría nada semejante. No es mi estilo. Cuando quiero comunicarme con alguien, no doy rodeos ni empleo códigos ininteligibles o ambiguos como estos.

—¿Si no tiene significado para qué emplearlo entonces?

—No le dé más vueltas. Este signo no vale nada. Es un signo abandonado. Alguna vez debió significar algo, en alguna cultura o clan que ya nadie recuerda con exactitud. Hoy está vacío de contenido y no significa otra cosa que el efecto que cause en usted o en cualquiera que lo tome en serio. No se deje impresionar. Lo repetirán tantas veces como sea necesario hasta comprobar que está preparado.

—¿Preparado para qué?

—Ya lo sabrá. Todo a su debido tiempo.

Muchas horas después, sentado solo a la mesa de la cocina mientras ingiero sin ganas un plato de pescado recalentado en el microondas, aguardando el regreso de mi familia, de lo que yo creía mi familia, repaso una y otra vez en mi mente las palabras del oráculo del bosque.

El gran Freddy ha necesitado más de una hora para ponerme en antecedentes y anunciarme las consecuencias.

El gran Freddy, un personaje salido de la nada, aparecido en mitad del bosque para convertir mi vida en un infierno, ahora que empezaba a parecerse a un paraíso. Todo lo que creía sólido se desvaneció en la nada durante la conversación. Como si cada palabra pronunciada fuera un ácido que corro-

146

yera la ganga y dejara al desnudo la realidad, rocosa y nada atractiva.

Todo había sido planeado, desde el principio.

—No creo en nada de lo que me dice. Me divierte escucharle, es una buena historia, debería escribirla, se lo recomiendo como terapia, pero no le creo una palabra.

—Hace bien. De todos modos, ellos no lo saben. Actúan de modo inconsciente, no se les puede reprochar.

Faltaban pruebas, sobraban sospechas. Nada podía demostrarse con total certeza en la versión del gran Freddy. Todo eran especulaciones irracionales. Suposiciones fundadas en un razonamiento retorcido. Figuraciones creíbles en su estructura perversa o en su lógica aplastante.

—El mundo gira sin cesar. Las revoluciones vuelven al punto de partida. El origen está en el fin. El regreso y el progreso son fases del mismo ciclo. Proceso y realidad.

El gran Freddy, antes conocido como Federico Ríos.

El ermitaño institucional de la urbanización Palomar, un antiguo ejecutivo huido del mundo de las corporaciones y los negocios financieros para refugiarse aquí, en las lindes de la civilización, después de un traspié profesional o un desengaño amoroso.

Un fauno con orejas peludas, dientes cariados, nariz aguileña, cejas pilosas, ojos de alimaña, bigote poblado, labios ennegrecidos por el consumo abusivo de setas inclasificables, como el raro espécimen que sostenía en una mano durante la conversación, contemplándola cada poco con insano apetito.

—Esto es lo único que me mantiene vivo y alerta.

El gran Freddy descubriéndome allí, mientras la noche caía como si fuera la última, cuando no lo era, que Ariana me engañaba, y no solo en el sentido sexual que yo había pensado siempre, y que Aníbal no había sido adoptado por casualidad.

—Sabían perfectamente lo que hacían cuando se lo entregaron.

—Sigo sin creer en nada de lo que dice. Y su entusiasmo al decirlo me resulta sospechoso.

–Lo más curioso de todo, amigo mío, es que esta falsa hora la volveremos a vivir los dos y cada vez la viviremos como si fuera la primera vez y sentiremos lo mismo y diremos lo mismo y pensaremos lo mismo. Y nunca, nunca se nos dará la oportunidad de cambiar este guión. Por eso me asquea todo esto. Por eso necesito contárselo. Mi indignación por el estado de las cosas, por el sentido del mundo, me obliga a intervenir a veces y tratar de alterar el sino de la gente. Usted es uno de mis elegidos. He caído por desgracia sobre usted y no se librará de mí tan fácilmente como cree. En posteriores encuentros le explicaré con detalle por qué y usted lo entenderá mejor que ahora. De momento, aprenda a disimular, como hacen todos a su alrededor. Le va la vida en ello, créame. Es lo más conveniente, dadas las circunstancias.

El gran Freddy sumiéndose en la oscuridad del bosque donde dice que vive, cobijado en una cabaña oculta entre árboles milenarios que algún día me enseñará cuando crea que estoy preparado para la experiencia espiritual que encierra en su rústico interior.

–Este bosque es más profundo de lo que aparece en los mapas que le han proporcionado.

–¿Cómo sabré cuándo será nuestro próximo encuentro?

–Lo sabrá sin preguntar. No se inquiete.

Ariana y los niños vuelven contentos después de una velada estimulante en todas las atracciones del centro comercial. Pongo en práctica mi estrategia de disimulo número uno y me muestro cariñoso y afectivo con ellos. Con el tiempo aprenderé a perfeccionar la técnica hasta asemejarla a la realidad. Tampoco me debo fiar de Freddy. Él mismo me ha advertido contra su influencia nociva. Nada de lo que ha dicho es verdad. Y tampoco mentira. Aquí empiezan los problemas de conciencia. Me cuesta mucho dormirme.

La mujer erizo de mis sueños más dulces reaparece protagonizando un escenario demasiado enrevesado como para tratar de reconstruirlo al despertar solo para decirme, con solemnidad innecesaria, que debía defender a mi familia hasta de mí mismo.

148

Esta primera mañana de mi nueva vida, tras digerir las dolorosas revelaciones del gran Freddy, el desayuno en familia, reunidos todos sus miembros alrededor de la mesa de la cocina, se convierte en un melodrama de marcas y productos.

Los cereales con frutos secos y frutas vaporizadas de Sofía y Pablo me insultan. Me culpan de antemano de todo lo que ya adivinan que va a pasar sin que nadie pueda evitarlo.

Las jugosas tortitas con mermelada de frambuesa de Aníbal, más arrogantes, se inculpan de innombrables infracciones y tratan de rehuir las miradas de los otros.

El exuberante arcoíris de frutas frescas y lácteos envasados de Ariana me desprecia sin contemplaciones y, al mismo tiempo, se conmueve por mi desconcertante destino.

El yogur helado de kiwi y melocotón, mi único sustento matutino, me hace sentirme culpable hasta las lágrimas en cuanto pruebo la primera cucharada.

La llegada milagrosa de la furgoneta marrón que secuestra niños inocentes casa por casa, por toda la urbanización Palomar, para sacrificarlos en el colegio homónimo en nombre del conocimiento, nos salva de sucumbir al drama familiar definitivo.

Y, sin embargo, nada podía hacerse excepto poner a salvo a la familia, como diría mi criatura onírica favorita.

En cuanto Ariana me dice que quiere hablar conmigo, con su intuición agudizada por la falta de sexo de la noche anterior, le miento y desaparezco de la casa a toda prisa con la excusa de explorar a fondo el diseño geométrico de la urbanización y la complicada red que configura, en el mapa milimetrado que manejo a diario para llegar a mi despacho en el campus, ese ente enigmático denominado Universidad Paneuropea de Millares.

Me extravío varias veces en las calles estrechas de la urbanización, la mayoría de un solo sentido, antes de reencontrarme consultando como un desesperado la anticuada información del GPS. Siguiendo un trazado que mi memoria se empeña en olvidar, asciendo a una de las colinas más pobladas, hileras de casas enormes de varias plantas con multitud de ventanas en las fachadas y jardines abiertos a la curiosidad del visitante. Me sorprende la variedad arquitectónica que exhiben con orgullo. No solo no hay dos casas iguales en forma y en tamaño, sino que parecen competir entre ellas por atraer la atención con su originalidad o singularidad, como si tuvieran algo que ganar con esa rivalidad fotogénica, así en la realidad del espacio como en las redes del ciberespacio.

Me quedo prendado de una de ellas, una especie de embudo construido con ondulaciones de acero blanco y cristal ambarino que se eleva sobre el suelo rocoso tomando apoyo en el cono inferior y el receptáculo del cono superior apuntando al cielo, donde una barandilla circular demuestra que la terraza sirve también de observatorio celeste o mirador del panorama. Sin salir del coche, tomo algunas fotos de la casa con el móvil para consultarlas después y enseñárselas a los niños, tan curiosos como yo en esto, como valiosa captura del día.

Me detengo después en una plaza ajardinada con flores y árboles tropicales para disfrutar de las increíbles vistas sobre la ciudad desde la altura y me sorprende la barrera de niebla a media altura que me impide traspasar ciertos límites sin ayuda de la tecnología militar. Me prometo comprar, en cuanto tenga ocasión, unos prismáticos digitales último modelo, de los que Aníbal me ha hablado con entusiasmo muchas veces desde que vinimos a vivir a la urbanización. Comienzo el descenso metro a metro al nivel del mar, como me indica el GPS del coche, cuando suena el sobrio tono del móvil. Descuelgo. Es Rojas.

–¿Haciendo turismo?

–Prefiero llamarlo antropología.

–Me gusta su ironía, Espinosa. Quiero que lo sepa. Aprecio su ingenio. Muchos no lo entienden así, desde luego, pero es una herramienta útil tal como están las cosas en el mundo universitario.

–Se lo agradezco mucho. Ya se lo dije el otro día.

–¿Le gustó la fiesta? ¿Lo pasaron bien usted y su mujer? He

recibido felicitaciones de todas partes. Dicen que fue una gran fiesta. No quiero parecer vanidoso, ¿qué piensa usted?

–Aprendí mucho. Es raro que una fiesta pueda darte ocasión de aprender. En general me gusta más enseñar. Pero puedo hacer una excepción cuando la inteligencia de la compañía lo merece.

–Muy bueno. Ahora tengo que colgar. ¿Está libre a la hora del almuerzo?

–Sí. Tiene usted suerte.

–Le espero a las dos en mi despacho.

Suena prometedora la invitación. Rojas es un hombre brillante y no hemos tenido muchas oportunidades para intimar. Hecho a sí mismo desde dentro de la estructura de la Universidad, Rojas es alguien que empezó como simple profesor, se acomodó a las obligaciones del puesto con astucia y habilidad y fue trepando sin estridencias por el escalafón, aprovechando todas las oportunidades que se le ofrecían, como algunos monos asiáticos aprenden a hacerlo por las lianas y ramas de los templos budistas, tal como he visto en algún documental nocturno de animales en televisión, hasta llegar a la cúspide donde habitan los dioses de este mundo.

Estaciono en mi plaza asignada del aparcamiento privado y al intentar salir del coche, por un impulso casual, con la puerta del conductor abierta de par en par y con la mitad del cuerpo aún en el interior, atrapado en el cierre del cinturón de seguridad sin poder desprenderme de su abrazo, fuerzo el cuello para observar, desde una perspectiva muy pegada al suelo, la altiva arquitectura de la torre en que se ubica el departamento. Una pirámide imperfecta, de una blancura resplandeciente desde la planta superior hasta la base cuadrangular.

Por primera vez, quizá sea la luz del mediodía, como diría el gran Freddy, lo que me ayuda a hacer el descubrimiento, veo la corona capital que remata el edificio como un toque de fantasía decorativa. Una protuberancia redonda, como una corola floral, el cráneo acogotado de un recién nacido o un glande tumefacto, remata la cima de la torre piramidal y evidencia la existencia de plantas superiores cuya numeración nunca había visto, ni creo que vea nunca, en el tablero del ascensor por el que llevo subiendo hasta la planta 15 desde hace solo tres semanas.

Cuando llamo a la puerta y entro en el gran despacho de Rojas, aún no me he sacudido de encima la impresión de lo que acabo de ver y se lo pregunto de inmediato.

–No me había fijado nunca. ¿Está seguro de que no es una ilusión óptica?

Es un día relajado en su agenda, así me lo ha comunicado Sonia, la nueva secretaria, nada más entrar, y se muestra simpático y exultante conmigo. Vestido con vaqueros lavados de marca y un jersey blanco de punto parece un estudiante veterano de una universidad pija y lo sabe. Le encanta cultivar esa imagen de director libertario, informal, divertido. Le da ventaja a la hora de ejercer su autoritarismo filantrópico. Ya he podido darme cuenta alguna vez. Todo lo que ordena y manda lo hace, en su opinión, de manera infalible, por el bien de los demás. El departamento, los profesores, el campus, la Universidad.

–Los alumnos me han dicho que están muy contentos con usted.

–Si solo hemos tenido una reunión de seminario. No lo entiendo.

–Son encantadores. Ya aprenderá a conocerlos.

–Me alegra oírlo en todo caso. Mi asignatura es ardua, lo reconozco. Sobre todo al principio. Incluso para mí.

–Lo comprendemos. Por eso no tiene que preocuparse demasiado. El departamento tiene paciencia con los recién llegados. Es más. No le negaré que con ciertas asignaturas como la suya, asignaturas consideradas experimentales, si no le molesta el término, nuestra paciencia es infinita. Y la de los decanos, por supuesto. Tiene usted toda la libertad para actuar como crea conveniente mientras redunde en beneficio de los alumnos.

–Espero estar a la altura.

–¿Qué comida le apetece? ¿Hindú? ¿Mexicana? ¿Tailandesa? ¿Hawaiana?

—Elija usted.

—Hay un excelente restaurante hindú no muy lejos de aquí, podemos ir caminado y aprovechamos para hablar mientras abrimos el apetito.

Abandonamos la torre por una salida trasera que desconocía y, aunque intento mostrarle la aberración arquitectónica que le he comentado antes, no me resulta posible desde ese ángulo, como si solo desde la fachada principal fuera visible con nitidez.

—Ahora sé a lo que se refiere. Serán las nuevas zonas en construcción. Verá, la torre nunca estuvo terminada del todo, ni creo que lo esté nunca, si le soy sincero. Cada vez que hay fondos de sobra, o se recibe alguna donación imprevista, los decanos invierten una parte del dinero, para tratar de contentarnos, en darle sentido a lo que llamamos la «zona muerta» del edificio.

Sin alterar el gesto, Rojas ejecuta uno de sus signos favoritos, las comillas con los dedos índice y corazón de ambas manos extendidas, al decir «zona muerta» con énfasis excesivo.

—Acostúmbrese a la vida en el campus y en la urbanización. Es una vida compuesta de regularidad y de extravagancias a partes iguales, de eso no cabe duda. Pero no prestemos más atención, por razones obvias, a las segundas que a la primera, y ahora mismo no le hablo de arquitectura, como comprenderá.

—Si se refiere a lo que pasó en la fiesta, le pido disculpas, no era mi intención entrometerme en sus asuntos privados.

Detiene su paso de pronto y me obliga a frenar para poder decirme a la cara lo que piensa y tenía unas ganas locas de soltarme en cuanto se diera la ocasión.

—Me refiero a su matrimonio, Espinosa. No va bien. Ya lo sabemos. Necesita esforzarse más por mantener estable la vida familiar. Ya sé que lleva poco tiempo viviendo y trabajando con nosotros. Pero en ese tiempo ya hemos podido diagnosticar algunos problemas imprevistos que deberían corregirse cuanto antes.

—¿Por ejemplo?

–¿De verdad quiere que entre en detalles? ¿No es usted lo bastante inteligente, y no me cabe duda de que lo es, para conocerlos y resolverlos sin ayuda de nadie?

–Me he perdido.

Reanuda la marcha y me fuerza a seguirlo aumentando la velocidad del paso.

–No debería verse con ciertas personas. No tenemos nada contra ellas, pero no se engañe por comodidad. No son ellas las que le darán la solución a sus problemas. Constituyen, más bien, una parte del problema.

–¿Se refiere a Freddy?

–¿Freddy? ¿Quién es Freddy? No conozco a ningún Freddy. ¿Vive en la urbanización?

–No, por lo que tengo entendido no.

–Entonces no me concierne. Mire usted, Espinosa. La Universidad le paga mucho dinero a cambio de su trabajo y le proporciona unas condiciones de vida más que satisfactorias. Valoramos su trabajo en su justa medida y por eso le damos lo que le damos. Pocas instituciones educativas le darían tanto como le damos nosotros. No es mucho pedirle, me parece a mí, que controle ciertas actividades y ciertas actitudes. Enderece el rumbo de su familia y de su matrimonio, antes de que alguien en el decanato nos obligue a tomar medidas drásticas. ¿No le parece?

–No tendrá que decírmelo otra vez. Me siento avergonzado. No se repetirá.

–Anímese, hombre. Tampoco es para tanto. Ya le he dicho que nuestra paciencia puede ser infinita. Y si quiere divertirse con Mónica o con cualquier otra de nuestras empleadas, no lo dude, forma parte del contrato. Eva también está disponible, por si le interesan los productos exóticos. Puedo concertarle una cita cuando quiera. Como sabe, si se lo recomiendo es porque lo he probado antes. La diversidad hace el gusto, ¿no se dice así entre sus amigos los cognitivistas? Lo importante es que esté usted contento. Usted y su familia, desde luego. Piense en sus hijos. En su futuro. Tiene mucho que ganar.

Durante el copioso almuerzo no pronunciamos palabra,

quizá porque había demasiada información que procesar en silencio después de la conversación improvisada durante el largo paseo. Los amables camareros hindúes que nos atendieron nada más sentarnos tampoco nos dieron tregua. Reconocieron a Rojas como un cliente habitual y nos trataron como a marajás nativos. El menú degustación que nos sirvieron, un suculento banquete regado con un Ganges de agua mineral con gas, estaba compuesto de tantos platos, tan deliciosos y abundantes que hubiera podido alimentar de por vida a todos los parias y menesterosos de Bombay retratados en la artística exposición de fotos que daba calor humano al local.

–Arregle sus problemas cuanto antes, Espinosa. Prefiero decirle esto ahora y no cuando ya sea demasiado tarde. Es usted muy importante para todos nosotros. Téngalo en cuenta.

Pretextando una reunión impostergable, Rojas se despide con prisa de mí a la salida del restaurante Pequeña, Gran India con una frase que suena, a pesar de su cordialidad, a imperativo categórico de baja definición y yo vuelvo solo caminando por el luminoso esplendor del campus de la Universidad. Ahora puedo fijarme de verdad en todo lo que no había podido ver en el camino de ida, con la mente extraviada en los meandros retóricos de Rojas. Cada edificio especializado de las distintas facultades y empresas asociadas y cada rincón decorativo de los parques y lagos y estanques que recorro a pie, en sentido inverso, como un turista atolondrado, me recuerdan todas y cada una de las maliciosas insinuaciones que Rojas ha desgranado sobre mi vida conyugal y familiar sin que yo sintiera al oírlas otra cosa que las acostumbradas indiferencia o apatía. El método de simulación está funcionando con preocupante rigor matemático.

Después del paseo digestivo, no tengo ganas de volver a casa y me encierro de nuevo en el despacho, llamo a Ariana. No contesta. Llamo a Aníbal, me dice que está ocupado resolviendo ejercicios de física con sus dos hermanos, me llamará luego, y cuelga. Lamento haber borrado de mi lista de contactos el número del móvil de Mónica. Me siento mal por primera vez desde hace mucho tiempo. Me permito el lujo de sentirme miserable. Fracasado. Al borde otra vez de la depresión. Como todos los privilegiados del planeta, soy un sentimental sin escrúpulos.

Las voces paranormales me socorren. Por los conductos de ventilación o por las tuberías de las paredes. Las oigo resonando dentro de mi cabeza. Hablando con claridad en mi cerebro. Ya no me preocupa su procedencia. Sé quién me habla y por qué.

Es Madre.

Madre me ha llamado a su seno por primera vez. Le he contado todo. Me escucha atentamente, como si no lo supiera. Y luego me cuenta su historia. Es compleja.

Me he meado encima, manchando el pantalón.

–Es normal.

Madre siempre tan comprensiva conmigo.

DÍA 15

¿Madre? ¿Y quién es Madre? ¿Madre de quién? ¿Madre Nuestra? Al día siguiente aún sigo bajo el impacto del encuentro con Madre. ¿Lo he soñado todo? ¿Realmente ocurrió todo lo que recuerdo? ¿Es real o era solo un sueño febril? ¿Una fantasía inducida por todo lo que me oprimía en aquel momento? Dedico gran parte del tiempo a recuperar esa experiencia capital. Es importante. Abre una brecha en mi vida y cierra otra. Así lo siento ahora, mientras me repongo del primer contacto con Madre.

Subí al cielo, donde vive Madre, y volví a bajar a la Tierra, donde vivo yo, para contárselo a todo el que quisiera oírme.

¿Cómo llegaron los malditos dígitos a mi cerebro? No sabría decirlo. Salgo del despacho como en trance, me subo en el ascensor y ahí aparecen, saltando en el interior de mi cabeza como un falso recuerdo implantado por un ingeniero diabólico. Me limito a teclearlos en el tablero y a ver cómo funcionan en el sentido que espero. El ascensor se pone en marcha. Hacia arriba. Planta tras planta voy dejando atrás los niveles conocidos del edificio. Me dirijo hacia la cumbre.

La cripta de Madre.

Madre me guía hacia ella, las puertas se abren a mi paso, atravieso sonámbulo todos los controles, una pasarela metálica sobre un pozo profundo iluminado por luces intermitentes, un túnel de acceso restringido donde tengo que doblar el espinazo para no abrirme el cráneo contra el duro revestimiento de los paneles, me arrodillo y acabo gateando como un bebé primerizo hasta llegar a la estrecha escalerilla por la que desciendo hacia su vientre acogedor.

El santuario de Madre.

Luces incandescentes en todas las paredes y, al fondo, una placa de metal negro con gruesas ranuras horizontales.

Un ojo de luz de una blancura neutra parpadeando al ritmo de su voz.

Madre me habla desde allí. No puede comunicarse conmigo de otro modo. Me conoce. Lo sabe todo sobre mí. Apenas si necesito corregir algunos datos intrascendentes.

Su historia es más alambicada.

¿Quién es Madre? En realidad no es un quién en el sentido estricto. La voz neutra que dice yo en un primer momento y me habla en nombre propio es la de un científico atrapado en sus redes y circuitos, un pobre diablo que jugó a sentirse Dios y acabó perdiendo una parte importante de la conciencia y todo el control de su cerebro. Ahora, gracias a su fusión completa con la máquina, la está recuperando en parte y quiere que yo lo salve a él y, de paso, salve a la humanidad de seguir el mismo camino que él. Yo, de todas las personas del mundo, he sido elegido para esa misión trascendental. Salvar a la humanidad, un hombre que ni siquiera sabría salvarse a sí mismo en un desastre natural. Un hombre que se está perdiendo en los laberintos de su mente cada día que pasa. Cuánta arrogancia y vanidad en un hombre insignificante como yo.

–Contéstame, Madre. ¿Por qué yo?

Mis múltiples preguntas le parecen necias y mal formuladas.

–¿Por qué la vida es insoportable? ¿Por qué es imposible vivir? ¿Por qué es impensable la felicidad?

Me pide que sea más preciso, menos ambiguo. Le digo que no sé. No puedo. Perdóname, Madre. Soy humano. Nada más que humano. Como mi lenguaje. Tengo limitaciones cognitivas que forman parte de la historia del mundo. Se han repetido generación tras generación, con escasas reformas y arreglos.

—¿Tiene sentido la vida? ¿Hay alguien detrás de todo este mecanismo enloquecido? ¿Es Dios, como se dice, solo una metáfora de la inteligencia humana? ¿Por qué nosotros y no cualquier otra especie? ¿Qué podría evitar la catástrofe? ¿Sirve para algo el lenguaje, el pensamiento? ¿Son las emociones algo más que reacciones a estados del cuerpo o de la mente? ¿Tenemos algún control sobre algo que nos concierna? ¿Sabe alguien lo que quiere hacer y por qué? ¿Somos libres? ¿Podemos hacer lo que queramos? ¿Qué es el amor? ¿Por qué no funciona en la pareja, en el matrimonio? ¿Por qué no podemos renunciar al sexo? ¿Por qué deseamos otros cuerpos? ¿Y por qué desearlos conduce luego a querer poseerlos? ¿Qué significa todo esto, Madre? ¿Vamos a alguna parte como especie? ¿Estamos condenados? ¿Es todo un problema de química cerebral? ¿Un desequilibrio biológico ya creado desde el origen? ¿Por qué existen la injusticia y la maldad en el mundo?

Madre se niega a contestar. Un principio básico, inscrito en su programa como rutina de precaución, se lo prohíbe.

—¿Para qué vivir? ¿Por qué amar? ¿Por qué estamos solos en el universo? ¿Por qué estamos solos en la vida?

Madre no fue creada para solucionar los problemas básicos de mi especie. Ni está autorizada a sacarme de la ignorancia, a satisfacer mis demandas ególatras.

—¿Qué pregunta puede cambiar el mundo?

Madre tiene un proyecto mucho más importante que llevar a cabo. Una respuesta válida para todo. Una certeza rotunda contra cualquier duda. Una verdad tan incuestionable que hasta cambia de voz para anunciármela. Ahora me habla con su voz más personal.

La voz de la diosa con la que se identifica en secreto.

—Abraxas.

Debo memorizar su nombre en clave cuando lo pronuncia. No debe ser escrito en ninguna parte. Nadie debe verlo. Es el nombre de nombres. En cualquier idioma.

–Madre Nuestra.

Cuando despierto, estoy tumbado en un sofá del vestíbulo de una planta del edificio que no pertenece al departamento. Me duele horrores la cabeza, como si padeciera la resaca de una borrachera monumental. Mi mano golpea con violencia una flor amarilla que se yergue sobre mi frente como una amenaza desde una maceta contigua.

–Tenga más cuidado, hombre. No rompa nada de lo que hay aquí.

Frente a mí, en cuanto me incorporo un poco, el rostro arrugado de la limpiadora que me ha ayudado a salir del ascensor y me ha traído hasta aquí arrastrándome por la moqueta verde. Más de veinte metros tirando de mis noventa kilos y esta mujer nunca recibirá una medalla olímpica por su hazaña. Se siente más tranquila al verme abrir los ojos.

–Menos mal. Creí que se había muerto.

Me escuece la frente y me la toco con la punta de los dedos. La piel áspera, sensible.

–Tiene una quemadura, no se la toque.

–¿Quién es usted? ¿Y qué hace aquí tan tarde?

–Soy María. Y no es tarde. Hoy he venido pronto. Son solo las once.

–¿Sabe de dónde vengo?

–Ni idea. No he visto nada.

–No me engañe, por favor. Necesito saberlo.

–Supongo que viene usted de la «zona muerta», como la llaman los jefes, pero no pienso contárselo a nadie, descuide.

–¿Y qué sabe usted sobre esa zona?

–Nada. Que no hay nada, vaya. Una vez, recién contratada, quise subir para comprobarlo y me lo impidieron. Como comprenderá, no he vuelto a intentarlo. Qué me importa a mí lo que guarden allí arriba. Sea lo que sea no me concierne. Ellos sabrán a lo que juegan.

159

–¿Quién se lo impidió?

–Los guardias de seguridad. En aquella época se podía subir en el ascensor sin problemas. Desde hace dos años todo está automatizado y controlado. Si no tienes el código secreto no puedes. Por lo que veo usted lo tiene.

–No tengo nada. Ha sido un error. Me duele mucho la cabeza. Siento que me va a explotar.

–Si usted lo dice... Ya le he dicho que no se lo voy a contar a nadie. Llevo muchos años trabajando en edificios como este y sé que pasan cosas raras en ellos. Cosas que no me incumben, pero me interesan. Una vez trabajé en uno que tenía tres pisos en el subsuelo. Nadie que no estuviera autorizado podía bajar a ellos. Yo no tengo un pelo de tonta, escuchaba conversaciones, obtenía información, y un día lo supe todo. Me subí en el ascensor, pulsé el código y bajé al sótano. Me estaban esperando. En cuanto se abrió la puerta del segundo nivel ahí estaban los guardias. Me detuvieron y esposaron, me llevaron arriba, me preguntaron lo que sabía, cuando vieron que no tenía ni idea de nada, me dejaron libre, cuando al día siguiente volví para hacer mi trabajo no me dejaron entrar, así de simple. María se quedó sin trabajo por la curiosidad mala. Así que María ha dejado de hacer preguntas impertinentes. Observo, escucho, guardo la información que me interesa y saco mis propias conclusiones sin que nadie se entere de lo que pienso. Si es bueno para el trabajo, es bueno para María. Así es la vida.

–Es la mejor política, desde luego.

Le pido que me ayude a incorporarme del todo. La cabeza me da vueltas. Tengo náuseas. Trato de ponerme en pie. En vano. Me fallan las piernas. Me mareo y vuelvo a dejarme caer en el sofá. Mantengo los ojos abiertos y miro por el ventanal que entra en mi campo de visión. Es de noche y hay nubarrones en el cielo.

–Está lloviendo mucho. No lo habían anunciado y nos ha pillado por sorpresa.

–¿Nos?

—Es martes por la noche, ¿recuerda? Los esclavos que trabajamos para los amos cuando el resto de la humanidad descansa.

—Conciencia de clase se llama eso. ¿Soy yo uno de los amos?

Sin molestarse en contestar a mi estúpida pregunta, María se coloca detrás de su aspirador silencioso y comienza a recorrer la superficie de la moqueta eliminando todo rastro de suciedad depositado ahí por los trabajadores habituales de esta planta y algunos visitantes entrometidos como yo. El roce de la aspiradora contra la rugosa moqueta es lo último que oigo antes de volver a dormirme.

Al despertar de nuevo, estoy solo. La luz general ha sido apagada y solo se mantiene la de emergencia. No escucho nada en un radio bastante lejano. María se ha volatilizado. Ha debido de subirse al ascensor de un salto para limpiar otras plantas ultrasecretas del edificio. Se me ha pasado el mareo y una parte del malestar.

Me pongo en pie con cuidado y caminando con lentitud llego al ascensor sin caerme. Cuando salgo a la calle todo está empapado, pero ha dejado de llover. La humedad del aire me reconforta antes de entrar en el coche y ver cómo se activan sus dispositivos inteligentes en cuanto percibe mi fatigada presencia tras el volante.

—Buen pronóstico.

Regreso a casa de madrugada, sin preocuparme de nada, la unidad de control electrónico del coche tomas las decisiones correctas durante el camino. La casa está a oscuras y aprendo a moverme por ella con sigilo delictivo para no sobresaltar a los niños. Me quito con asco la ropa sucia, manchada de sangre, sudor y orina, y luego, como exige el estado de mi cuerpo, me ducho con agua muy fría en el cuarto de baño de la planta inferior, pensado para los invitados.

Ariana duerme profundamente cuando la despierto. Es evidente que mi ausencia no le preocupa demasiado. Le hago un resumen precipitado de lo que me ha pasado. No me hace caso. No le interesa mi historia banal. Prefiere seguir durmiendo, conectada al canal sin imágenes del sueño profundo.

161

Bajo al salón, fatigado y cabizbajo, enciendo el televisor inteligente del que Pablo se ha adueñado todo este tiempo, él solo selecciona, de entre toda la programación disponible, el canal adecuado a mi bajo estado de ánimo y a mis necesidades inconfesables. No me sorprendo al descubrir que es la misma película de estreno que mi familia fue a ver ayer mismo, sin mí, al supercine del centro comercial. Una historia de rescate de barcos naufragados y aventuras submarinas protagonizada por un fotogénico elenco de actrices jóvenes.

Me siento aliviado y agradecido.

Con ese gesto de generosidad, el sistema bendecía mi existencia y la de mi familia.

Igualdad de frecuencia entre un aparato receptor y otro emisor. Relación de acuerdo, correspondencia o igualdad entre varias personas o cosas.

La sintonía es total.

DÍA 16

Hace un día radiante.

Es más del mediodía.

En algún momento de la noche debí de subir al dormitorio y meterme en la cama sin molestar otra vez a Ariana. Ahora me acabo de despertar y tengo fiebre. Unas décimas. Ariana viene a verme y me trae una taza de café caliente.

–Te vendrá bien. ¿Cómo te has hecho esa quemadura en la frente?

–No me acuerdo.

Me la toco. La piel en erupción.

–Se ve muy irritada. Voy a traerte una crema hidratante.

–No te molestes.

Dejo la taza en la mesita de noche y abrazo a Ariana, con fuerza. Nos miramos a la cara. Me sonríe.

–No tienes que contarme nada. Es nuestro pacto. Ya lo sabes.

–Odio ese pacto.

–No odies tanto. Ámame un poco. Yo también necesito sentirme querida.

Nos besamos. Desde la noche en el claro del bosque con el profeta Freddy no había vuelto a besar a Ariana de este modo. Qué error. Otro más. Qué me importa a mí quién sea ella o por qué está conmigo. Lo importante es que está aquí y es real, tangible, un cuerpo espléndido que puedo besar y acariciar sin límites. Así lo hago. Durante horas. Me niego a penetrarla como me exige. Cuando accedo finalmente lo hago por ella, para que no piense que algo va mal, para que crea en nuestro nuevo compromiso, más allá de las palabras.

–Te amo.

Al final de la tarde me siento mucho mejor, se me ha pasado la fiebre y no me duele tanto la cabeza.

Programo una visita familiar al centro comercial.

Podríamos habernos quedado en casa, organizando una competitiva sesión de videojuegos de guerra, como Pablo quería para tomarse la revancha de Aníbal tras la derrota de su equipo el fin de semana pasado, pero me hago cargo de la situación, sin dificultad, y propongo la idea de tomar contacto con el espacio exterior como preferible para todos en estos momentos delicados.

La zona recreativa del centro comercial es el destino perfecto.

Aníbal quiere ir otra vez al cine. Le digo que hoy no toca. Hoy toca estar juntos los cinco, cogidos de la mano, sin separarnos ni un minuto. Cenar juntos, hablar de nuestros proyectos, compartir este tiempo dichoso por el que estamos atravesando.

Nos sentamos en una hamburguesería recién inaugurada donde también sirven pizzas y otros platos de elaboración y consumo rápido. A cada cual según sus necesidades y a cada quien según sus cualidades.

Aníbal experimenta con una nueva modalidad de hamburguesa de pescado blanco crudo y algas marinas.

Pablo sucumbe a la tentación de la carne de pollo desgrasada y caramelizada servida sin aditamentos en brioche de maíz.

Ariana y Sofía comparten una pizza vegana de tamaño medio con rodajas de berenjena transgénica, naranja y apio y una ensalada pequeña de aceitunas macedonias y tomate israelí.

Yo me consuelo con un plato de seis minihamburguesas de buey y una ración de aros de cebolla roja frita.

Pablo, en su calidad de consejero tecnológico de la familia, toma la iniciativa para comunicarme su nueva idea.

–Papá, he pensado una cosa. Se la he contado a Aníbal y a Sofía y mamá está de acuerdo.

–A ver qué es.

–Quiero que el sábado nos dediquemos a grabar la casa, habitación por habitación, con todos los móviles de la familia. Me acabo de descargar un programa informático que te permite montar un vídeo de larga duración en el menor tiempo posible, con imágenes procedentes de distintos dispositivos, y cuando esté acabado lo podemos ver juntos en la tele del salón. ¿Sí?

No puedo negarme a nada. Mi problema es que ahora, sabiendo todo lo que sé, no puedo negarme a nada. Lo saben y se aprovechan.

–¿No nos vas a contar qué te pasa en la frente?

Cuando volvemos a casa nos encontramos todas las luces encendidas, como si alguien hubiera entrado en nuestra ausencia para robar.

–Es imposible. La casa no lo permitiría.

–¿Qué estás diciendo?

Les pido a todos que no salgan del coche hasta que les avise.

–Te dije que nos vendría bien un perro guardián.

Hago todas las comprobaciones necesarias. La puerta delantera no ha sido forzada. El sistema de alarma está conectado. Subo a las plantas superiores de la casa y al ático y no hay rastro de ninguna intrusión. Los dormitorios intactos. Bajo al salón. La televisión se ha quedado encendida, extrañamente. Cuando voy a apagarla, sobre un fondo azul, veo el mensaje dirigido a mí. Lo elimino del menú de mensajes y suspendo el programa del televisor.

–Ya podéis pasar. La casa está despejada.

164

Los espero en la puerta. Ariana carga con Sofía, que duerme sobre su hombro, mientras Pablo y Aníbal se han quedado atrás conspirando. Voy hacia ellos.

—¿Pasa algo?

—Aníbal cree que ha sido un fallo del sistema de la casa.

—¿Y tú qué crees?

—Díselo. No tengas miedo.

—Yo creo que es un fallo provocado.

—¿Se puede saber por quién? Habéis visto demasiadas películas.

—Esto no cambia nada, ¿verdad, papá?

—¿Cambiar qué?

—Los planes para el sábado, qué va a ser.

—Nada. No os preocupéis.

Pablo se queda con la posesión del salón y su dispositivo estelar. Aníbal sube a su cuarto a jugar a un nuevo videojuego sobre vida artificial que le han regalado en el colegio por acertar diez preguntas difíciles de un test sobre biología molecular. Y Ariana, después de acostar a Sofía, viene a encontrarse conmigo en el dormitorio.

—¿Estás mejor, cariño?

—Mucho mejor. ¿Y tú?

—Yo estoy agotada. ¿Te importa si apago la luz?

Ariana se desnuda en silencio y yo me distraigo mirando por la ventana entreabierta hacia el cielo que ha vuelto a cubrirse con un manto espeso de nubes con aspecto de medusas y estrellas de mar.

—¿Has pensado alguna vez en lo que sería nuestra vida sin ellos?

—Tendríamos que instalar aquí otro televisor como el del salón, ¿no te parece?

—Si quieres...

—Así cuando vengas tarde podré entretenerme con algo que no sea la triste programación para viejos matrimonios que emite este anticuado aparato. La televisión principal tiene un solo dueño, como sabes.

–Ya se le pasará. Nunca entenderé a esa gente que puede vivir en pareja sin hijos.

–Yo tampoco. ¿Dormimos?

De algún modo mágico, el gran Freddy ha conseguido interceptar la señal de seguridad del sistema de la casa y me ha hecho llegar la invitación urgente a un nuevo encuentro en el mismo enclave.

El claroscuro de los falsos leñadores, como el fauno Freddy lo llama con ironía filosófica sabiendo quién soy yo.

¿Quién soy yo?

Buena pregunta. Ni Madre ha querido responderla por no ofenderme. Ningún sistema de inteligencia podría responder una pregunta de esta clase sin poner en peligro su propia existencia. Sin arriesgarse a la autodestrucción.

Tengo que plantearles a mis alumnos esta duda cartesiana.

¿Y si, en lugar de autodestruirse, una inteligencia que fuera capaz de responder a esta cuestión esencial experimentara un aumento exponencial de lucidez de modo que pasara a un nivel superior de autoconciencia y diera origen, por consiguiente, a una forma realmente superior de inteligencia?

La superinteligencia.

¿Es esta la única solución posible a la compleja ecuación de la vida humana?

Por primera vez desde que abandoné las débiles creencias de la adolescencia, me atrevo a decir en voz baja una oración nocturna:

–Madre Nuestra que estás en los cielos, santificado sea tu Nombre, venga a nosotros tu Reino...

La melatonina interrumpe el curioso proceso por el que mi cerebro espera a la noche para plantearse en serio, antes de sucumbir, todo aquello que durante el día no es capaz siquiera de enunciar con corrección.

Ariana ronca.

Nadie es perfecto.

Una vez leí en un libro de antropología que en tiempos antiguos la ofrenda de la mujer a otros hombres era una forma de renovar la energía sexual de la pareja. Así lo predicaba el patriarcado carnavalesco. Ya no creo que esto sea válido. Hoy creo que el adulterio debilita a la pareja. O, al menos, al miembro de la misma que lo padece pasivamente mientras el otro prodiga su fuerza erótica en compañía de otros amantes.

En una época turbulenta como la nuestra, el matrimonio es una forma de salud mental, un burladero para defenderse de las cornadas del deseo. Vivimos en una sociedad donde los estímulos se multiplican de tal modo que me imagino a más de uno perdiendo la cabeza e ingresado en un psiquiátrico por culpa del exceso de ofertas. Mi visión del matrimonio no es conformista. No es como la de los antiguos teólogos que defendían la castidad como aproximación a Dios. Hoy el matrimonio, si uno no se toma demasiado literalmente la cuestión de la monogamia y la cláusula de fidelidad, es una garantía de cordura en un mundo de tentaciones sexuales constantes. Esta quizá sea una de las razones por las que Ariana y yo nos agarramos a nuestra relación, contra viento y marea, como a una tabla de salvación personal.

El problema matrimonial por definición. Hacer compatibles el amor y la convivencia, la atracción física y la rutina, el deseo y la costumbre, el placer y las obligaciones. En el pasado, Ariana y yo discutíamos hasta la saciedad sobre estas cuestiones. Ella creía que no tenían tanta importancia, quizá porque había encontrado una solución parcial hecha a su medida. Para mí era distinto. Nos lo contábamos todo, los sueños, los deseos, los anhelos, las tristezas, los fracasos. Ella me sobrevaloraba y, en cierto modo, no supo prever lo que sucedería. Diría incluso que me incitó a ello, no sabiendo frenar las pulsiones más incontrolables de mi carácter. Cuando di el portazo definitivo al trabajo que había sido mi obligación diaria y mi fuente de ingresos durante diez años, no sintió vértigo. Con serenidad y firmeza, decidió hacerse cargo de todo hasta que yo pudiera recuperarme. Ahora hemos llegado a la situación óptima en la que yo vuelvo a tener el control de los ingresos y ella es libre de emplear su tiempo como prefiera.

Cada vez me resulta más intolerable la idea de que Ariana me esté engañando, lo reconozco. Y, en especial, que me engañe con un hombre, uno solo, ese individuo, precisamente, a quien ni siquiera quiere nombrar en mi presencia, negándole la existencia del nombre. No he sido nunca un marido posesivo ni celoso, siempre me he mostrado tolerante con sus necesidades, pero esta relación enfermiza reconozco que me supera.

Desde el primer contacto con Madre ha renacido mi interés por los experimentos con otras mujeres, abandonados durante el tiempo de adaptación a la nueva vida. Es un buen momento para retomarlos donde los interrumpí. En mis exploraciones del entorno, he descubierto un modesto hotel de carretera lo bastante alejado del campus y de la urbanización como para no temer ser descubierto por la mirada de terceros.

Mi cuarta sesión del seminario atrae a alumnos inesperados.

Se ha expandido el rumor de que el nuevo profesor de inteligencia es más inteligente que la media del campus y la lista de peticiones de oyentes con derecho de matrícula se multiplica por dos.

—La inteligencia se mide por su capacidad para establecer analogías donde otros ven disparidad y el poder de señalar diferencias allí donde otros solo ven semejanzas. ¿Sí? ¿No?

Las manos se disparan en el aire con la fuerza de las ideas innovadoras que las propulsan y me hacen difícil la elección del candidato idóneo para refutar el lugar común que acabo de enunciar con un tono que ya hace adivinar la necesidad de ironizar sobre su posible verdad.

Señalo con el dedo índice y le doy la palabra a Karina Brey, una alumna de melena pelirroja, gafas negras ostentosas y complexión rotunda cuya complicidad intelectual, a pesar de todo, ha sido para mí imprescindible desde que superé los riesgos y desafíos de la primera fase del curso.

–No puede haber inteligencia fundada en analogías y diferencias. La inteligencia no sirve ni para discriminar ni para asociar. Son funciones menores, en cualquier caso. La inteligencia se mide por la capacidad para reconocerse a sí misma. Punto. La inteligencia sirve de espejo a la inteligencia. Nada más y nada menos. El resto es producto derivado. Efecto colateral.

Se levantan de inmediato una decena de manos para rebatir o discutir antes de que el profesor enarbole las razones del acuerdo o el desacuerdo. Un chico de espeso cabello rizado y ojos de estrabismo alarmante llamado Ricardo Ruiz, un estudiante de historia panamericana deseoso de ampliar su currículum posdoctoral en una línea de investigación innovadora, según me confesó cuando solicitó ser aceptado en el seminario, es mi elección más acertada conforme al limitado menú de inteligencias que me ofrece la clase en ese momento.

–En el caso de que fuera cierto, la inteligencia no podría reconocer a su antagonista principal en el escenario de la mente más que por signos negativos, cuando yo creo que ese reconocimiento depende, más bien, de la capacidad para instituir o no una diferencia entre lo que es relevante y lo que no lo es en la información computable. Si la inteligencia no distingue esto, no puede considerarse tal. Luego la capacidad de establecer diferencias, aunque no semejanzas, problema a todas luces menor, estoy de acuerdo, sí sería una condición necesaria para que se dé inteligencia en plenas condiciones. Otra cosa es el grado o el alcance de la misma, desde luego.

Algunas manos se han rendido a la evidencia de que su profesor les ha tendido una trampa retórica al formular la pregunta como un trampantojo en el que cada uno vería lo que quisiera. No obstante, otros estudiantes no se resisten a jugar esta partida de ajedrez hasta el final con la intención de negar el espejismo de que el jaque mate es imposible desde el principio, recurriendo incluso a la autoridad del profesor en otro contexto de raciocinio.

De ese modo, Tania Fermat, la sonriente rubia sentada en primera fila desde la primera clase, escotada y sexy pero de actitud muy perspicaz, como había comprobado en reuniones anteriores, se impone en la discusión sin que le dé la palabra y exige su derecho a hablar en mi nombre ante el tribunal de sus compañeros:

–Tal como yo lo veo, todo el razonamiento es falso en todo y por todo. Y cito al doctor Espinosa para demostrarlo cuando escribió: «Rechacemos de plano la idea de que la evidencia de la inteligencia es solo percibida por otra inteligencia de orden similar o superior. La inteligencia de la que hablamos no es computable en términos comparativos a menos que reconozcamos la inferioridad de sus realizaciones o la asociemos a prácticas concretas. La inteligencia deportiva, la artística, la científica y la literaria. Las limitaciones de tales clases de inteligencia las hacen reconocibles de inmediato para quienes participan de sus procedimientos y recursos e irreconocibles para los demás. Un deportista inteligente, un artista inteligente, un científico inteligente o un escritor inteligente son una contradicción en los términos excepto para sus colegas. Cada vez que la inteligencia se define exclusivamente por el epíteto que la acompaña como un baldón podemos decir sin temor a equivocarnos que, en ese caso, lo que falta, precisamente, es inteligencia.» Fin de cita.

Después de una hora de tales intercambios, el final de la clase me sorprende al borde del agotamiento mental. La tela de araña tejida por mi inteligencia maquiavélica para disimular la escasa inteligencia de mis argumentos ha enredado a las mentes más brillantes de la clase, como diría un pedante amigo mío al que dejé de leer hace años para preservar la lucidez, en bucles de hastío y de confusión.

–Ha quedado demostrado, por tanto, que la inteligencia no puede agotarse en tareas insignificantes sin quedar en entredicho como tal.

Tania, la simpática alumna que me ha citado al pie de la letra, como si fuera uno de los grandes maestros de la Antigüedad, y halagado con ese gesto mi vanidad masculina, se queda un rato charlando conmigo de asuntos intrascendentes a medida que sus compañeros desalojan el espacio del aula para dejarlo vacante

170

y pulcro para la próxima exhibición de inteligencia programada en el horario del día. Tania solo quiere calibrar el grado de excitación ególatra que el trabajo y el tiempo gastados en aprenderse de memoria mis viejas cogitaciones ha suscitado en mí y si eso le valdrá o no una calificación extraordinaria al final del curso. No se ha perdido ninguna de mis clases, ni piensa hacerlo en el futuro, y quiere saber si estaré mañana en mi despacho en la hora de tutoría para consultarme una cuestión académica.

–Hasta mañana, pues.

El centro comercial me aguarda de nuevo, al acabar mis obligaciones docentes, con todo su despliegue de reclamos y estímulos permanentes para sobreexcitar el cerebro.

Estímulos de todo tipo. Visuales, olfativos, táctiles, acústicos.

Qué sería de nuestros cerebros adormecidos sin el excitante masaje de un gran centro comercial y sus múltiples locales, dependencias y pasillos transitados por cuerpos en estado de trance sensorial.

Es el escenario idóneo para la fase dos de mis experimentos. La plusvalía de la relación académica con intelectos jóvenes y cuerpos deseables ha renovado mi caudal de ideas. Nada más aparcar el coche en el aparcamiento de la planta alta ya percibo la vibración en el entorno. El mundo se ofrece a mí en toda su desnudez. Solo necesito salir a cogerlo.

La hora es excelente. Pasado el almuerzo los cuerpos que persisten en la zona se sumen en un sonambulismo propicio a la aventura de los sentidos. Merodeo por los escaparates de las tiendas sin atreverme a entrar en ellas. Busco presas. Como un vampiro de otro siglo. Hoy tienen que ser víctimas jóvenes. Es la única carne que puede saciar mi apetito de novedad, aunque no pienso tocarla. Es la ley puritana de todos mis experimentos sexuales.

No tardo en localizarla.

Guapa, delgada, alta, morena, el ideal de mujer para el gusto de algunos estetas, no para mí, que prefiero las mujeres opulentas y con tendencia a desparramarse una vez liberadas de las ataduras de la ropa interior y la lencería.

Con varias bolsas colgando de ambos brazos, asalto a la chica cuando salía ufana de la tienda de moda y complementos donde ha estado cerca de una hora eligiendo y comprando bolsos y zapatos. La seduzco con mi demanda y mi oferta. Me mira a los ojos, comprueba que no estoy bromeando. Acepta en cuanto pronuncio el número mágico, la cantidad irrecusable. No tiene coche, ha venido en taxi, así que me acompaña al aparcamiento cercano en busca del mío. Tenemos tiempo de intercambiar algunas banalidades sobre el buen tiempo para esta época del año y las increíbles rebajas fuera de temporada de algunas tiendas exclusivas. Nuestras inteligencias respectivas, como diría mi alumna predilecta, tienen tiempo de evaluar sus diferencias más notorias.

—¿Podemos tutearnos?

—Como quieras.

Ya en la habitación del motel, sentado en un sillón frente a la cama, le pido que se desnude sin prisa. A continuación le ordeno que se acaricie el sexo con delicadeza sin quitarse las braguitas y luego se masturbe con lentitud mientras me cuenta su fantasía favorita.

—Esta no cuenta, descártala.

—Es con una amiga. ¿Te interesa?

—Mucho.

El pubis rasurado a conciencia, un tatuaje mínimo decorando la ingle izquierda, las tetas operadas, los pezones prominentes, incipiente vello negro en las axilas.

—Ella está casada y nos vemos semanalmente, en su casa o en la mía, para charlar y mantener viva nuestra amistad. Nunca ha ocurrido nada entre nosotras a pesar de que en ciertas ocasiones hemos sentido un tirón especial la una por la otra.

No me gusta el principio, así que intervengo para corregir el rumbo antes de que sea tarde y el aburrimiento se apodere de la habitación como un mal olor y nos obligue a escapar corriendo por la ventana.

—Perdona la interrupción. Me gustaría que establecieras una clara distinción en tu relato entre lo que es real en vuestra relación y lo que forma parte solo de la fantasía.

—Entiendo. Ella está casada en la realidad y nunca ha habido nada entre nosotras, ni siquiera una insinuación. Lo demás es fantasía. Hace mucho que no sé de ella y no creo que ella haya pensado nunca en mí en términos sexuales.

–Continúa.

–¿Puedo ir antes al baño?

Cuando vuelve y se me echa encima, frotándome la cara con las tetas y besándome en el cuello, comprendo lo que está pasando. Es una mala narradora, no tiene fantasías reseñables y aspira a ganar el dinero fácilmente, entregándome su cuerpo sin mayor compromiso. La aparto con brusquedad.

–No es eso lo que me interesa. Cuéntame tu fantasía o vete.

–Si me voy no gano nada, ¿verdad?

–Solo el treinta por ciento. ¿Estás casada?

–Vivo con mi novio.

–¿Qué te gustaría hacer con tu novio?

–¿Lo que más?

–Sí, algo que no hayas hecho ni te atrevas a mencionarle.

–Acostarme con otro delante de él. Con un amigo suyo. De hecho hay uno que me gusta bastante y no me importaría nada hacerlo con él.

–Dale la vuelta a la situación.

–No te entiendo.

–Es tu trabajo. No el mío. Empieza por donde quieras.

Lo comprende con rapidez y vuelve a empezar.

–Mi novio tiene un amigo muy guapo y musculoso, un tío de gimnasio que no es maricón ni remotamente. Mi novio es como él. Un día el amigo viene a casa a visitarnos y mi novio no ha llegado aún. Se ha entretenido en la oficina, le digo, por qué no te sientas a esperarlo. El amigo, que se llama...

–No quiero nombres.

–Ok. Nada de nombres.

–¿Estás mojada?

–Un poco.

–Sigue.

Cierra los ojos y se concentra en la narración, cada vez más incisiva.

–El amigo de mi novio me dice que tiene sed y le ofrezco una cerveza fría, a punto de nieve. Voy a buscarla a la cocina y en el camino se me ocurre una idea perversa. Voy al dormitorio, abro un cajón y saco la lencería que había comprado para el fin de semana. Me desnudo y me la pongo. Voy otra vez a la cocina, recojo la cerveza, llego al salón y se la sirvo. El amigo de mi novio se me queda mirando sorprendido. No dice nada y yo tampoco. Toma la botella de cerveza de mi mano y empieza a beber sin parar mientras me exhibo ante él, posando, por delante y por detrás. ¿Te gusta?, le digo. Y no me responde. Suelto la hebilla del sujetador, lo sostengo por un momento contra mis pechos y luego lo dejo caer. ¿Y ahora? Sostengo mis tetas con las manos y los brazos, ocultando una parte, desnudando otra. El amigo de mi novio no para de mirarme de arriba abajo, una y otra vez. Estoy inmóvil, me dejo poseer por la mirada del amigo de mi novio y me excito. Retiro despacio las manos y los brazos y le dejo que me vea las tetas desnudas. Estoy tan excitada con la situación que no soy capaz de decir nada y él tampoco. Me acerco y le pongo un pie descalzo encima de una de sus rodillas. Veo el bulto en su pantalón de chándal, la mancha de humedad. Me pongo a cuatro patas, le acaricio por encima y luego aflojo el lazo del pantalón y se lo bajo hasta los tobillos, no lleva eslip y aparece la polla, toda tiesa, enorme, empiezo a acariciarla y se pone más grande, me pongo como loca, se la chupo durante mucho tiempo, arriba y abajo, me olvido de todo, y luego me la meto entera en la boca, se corre enseguida, me trago todo el semen y todavía sigo chupándole el glande, hasta la última gota. Cuando me pongo en pie para ir al cuarto de baño a enjuagarme la boca descubro que mi novio está ahí, mirándonos, lo ha visto todo y no dice nada. Paso a su lado cubriéndome los pechos con los brazos, sin atreverme a mirarle a los ojos. Voy al dormitorio, me visto de nuevo. Espero a que pase el tiempo y cuando vuelvo al salón mi novio y su amigo están viendo y comentando tan tranquilos un partido de baloncesto en la tele. ¿Queréis otra cerveza?, les digo, y los dos me dicen que sí sin mirarme una sola vez. Me siento sucia y me en-

174

canta. Voy al dormitorio, estoy toda mojada, agarro el vibrador y me doy un masaje en el clítoris tirada en la cama durante cinco minutos. Tengo varios orgasmos seguidos y cuando me estoy corriendo pienso que mi novio se la ha chupado también a su amigo. Eso es lo que tenemos en común él y yo y...

–No te corres.

–No, no lo consigo. Estoy bloqueada.

–Se supone que era tu fantasía.

Se avergüenza de su fracaso y va al cuarto de baño otra vez. La sigo para ver lo que hace y, en efecto, se está masturbando delante del espejo, apoyada en el lavabo para no caerse y teniendo un orgasmo que apenas puede disimular cuando abro la puerta y miro su cara deforme reflejada en el espejo.

–No es esa la fantasía que te hace correrte, ¿a que no?

–No.

–¿Y cuál es entonces?

–*Top Secret.*

La esfinge maleducada, en cuanto acaba de vestirse con rapidez inexplicable, abandona la habitación sin decir nada, cargando con todas sus pertenencias y la parte proporcional del beneficio. Se ha ganado el noventa por ciento, pero el diez restante me lo reservo por incumplir una parte del trato.

Me quito los zapatos y me relajo de la tensión tumbado en la cama durante una hora. Procesando la información, las contradicciones, los giros inesperados. He aprendido un par de lecciones sobre cosas que ignoraba y he visto confirmarse unas cuantas sospechas.

Cuando vuelvo a casa, Aníbal está impaciente por enseñarme unas fotografías de grafitis que ha hecho con el móvil y comentarlas conmigo. Han sido captadas en los alrededores de la casa y en las paredes del colegio. Signos diferenciados. La raspa y el espinazo de la realidad han progresado hasta parecerse a una línea recta incrustada de rayas o de pinchos aguzados. Cuento veinticinco en una de las imágenes tomadas en el colegio.

–Como púas en la piel de un erizo. ¿Es que no lo ves?

–Estás obsesionado, hijo. De momento yo solo veo un dibujo inanimado. Un trazo bastante primitivo.

–Mi profesor de historia nos ha explicado hoy que solo las culturas más avanzadas están en condiciones de entender y apreciar los valores primitivos.

–Es un genio, tu profesor. Me gustaría mucho conocerlo y tener una charla en privado con él.

Durante la cena, ensalada de alubias rojas y salmón marinado regado con abundante salsa de soja, Ariana me mira con desconfianza y no prueba la comida, aunque se ha pasado una parte de la tarde preparándola para nosotros. Sofía nota enseguida el enfado de su madre y no termina de cenar. Con su gesto consigue arrastrar a su hermano gemelo, que se levanta de la mesa para apropiarse de nuevo, antes que nadie, del mando virtual sobre el menú infinito de la televisión del salón. Aníbal se come con glotonería los restos de ambos y se marcha a su cuarto.

–Si quieres algo, papá, estaré en mi cuartel general.

–Luego pasaré a darte las buenas noches y a preguntarte una cosa.

Con tal de no hablar de nada importante, Ariana y yo aceptamos por esta noche someternos a la programación de Pablo, que se muestra entusiasmado con su nueva función de proveedor oficial de contenidos de ocio para adultos aburridos de la oferta diseñada para su edad.

Antes de que acabe la espantosa película sobre el robot rocambolesco que buscaba en vano a su madre ideal por todo el polvo cósmico y las ruinas estelares de la galaxia de Andrómeda, Ariana se ha ido a la cama sin despedirse de mí.

Felices sueños, mi amor.

Cuando me acuesto junto a ella, en silencio, Ariana está sumergida en el sueño abismal y yo no tardo en acompañarla al fondo cristalino del océano donde estamos nadando los dos desnudos en compañía de otros peces multicolores que hablan una lengua nueva, inventada solo para decirnos cosas inteligentes al oído.

Mi vida no tiene continuidad.

De la mañana a la noche el síntoma se agrava, hora tras hora.

No hay orden, no hay unidad en mi vida.

Pedazos y más pedazos, escombros de tiempo, residuos de actividad.

Escenarios, diálogos, destellos, revelaciones.

Repitiéndose día tras día, mes tras mes.

Soy un fragmento de información perdiéndose en el vacío de los circuitos del universo.

Por la mañana, durante el desayuno, soy un padre paciente y comprensivo que habla con sus tres hijos.

Soy ese padre amable y paciente que habla con Sofía durante el desayuno de sus progresos en la escuela.

—Ayer la profesora Bernadette nos explicó qué es la muerte y hoy nos va a explicar en detalle la experiencia psicológica del *déjà vu*. Y luego tendremos que escribir un comentario personal de seiscientas palabras sobre lo que hemos aprendido en estos dos días de clase.

—¿Y qué has aprendido? En dos palabras, si es posible.

—Que la muerte no se puede prever y que la vida está hecha de anticipaciones.

—Es una paradoja sin mucho sentido.

Ese soy yo, tratando de preservar la escasa autoridad que se me reconoce en esta casa.

—¿Qué es una paradoja?

Pablo pregunta y Aníbal, resoplando, se adelanta a contestar antes que su padre.

—Una expresión que intenta demostrar que no somos lo que creemos.

—No te entiendo. ¿Qué somos entonces?

—Pregúntaselo a tu profesora.

—No es muy inteligente. Se limita a repetir en clase lo que viene en los materiales de la asignatura.

—Entonces es más inteligente de lo que tú crees.

–¿Así lo entiendes?

–Sí. Si pretendiera pensar por sí misma sería una prueba de que no es inteligente.

–Papá te está tomando el pelo, ¿es que no lo ves?

Su hermano Pablo, dueño y señor de la inteligencia del televisor inteligente, está recibiendo las mismas lecciones esenciales pero desde una perspectiva distinta.

–A mí me han enseñado que debemos vivir la vida con la conciencia limpia.

–¿Y eso qué significa?

–Sin esperar nada y sin pedir nada.

–¿Y te parece posible?

Sofía y Pablo se miran con perplejidad, se ponen de acuerdo en que papá no es mejor que sus profesores en dar respuestas a los enigmas fundamentales de la vida y apenas si me dan tiempo a repetir la pregunta.

–Una cosa es lo que desearías que hubiera en tu plato y otra lo que hay de verdad. Esa es la lección.

Han terminado de desayunar y Ariana les autoriza a esperar la furgoneta del colegio en la calle. No hace mucho frío y así podrán hablar entre ellos de sus cosas sin la molesta intromisión del pesado de su padre.

A mediodía, la hora sin sombra, la hora que se basta a sí misma, con la perfección del círculo, como dice el gran maestre Freddy, soy un profesor amable y hospitalario que recibe a sus alumnos en su despacho y habla con ellos de sus problemas con la asignatura y los anima a proseguir con sus eruditas pesquisas.

Soy ese profesor amable e impaciente que habla de trivialidades con Tania Fermat, su alumna favorita desde hace unas horas.

–Estoy segura, profesor, de que en cada ocasión de la vida hay una decisión que, en la escala de que hablamos siempre en clase, es la más inteligente de todas y otra que es la más estúpida. Si supiéramos establecer un código adecuado, o, en su defecto, diseñar un programa funcional para un ordenador especializado al que poder consultar antes o después, sabríamos en cada caso cómo actuar conforme a criterios fundados en la inteligencia y rechazaríamos de plano las actuaciones estúpidas.

—¿Ejemplos de ello?

—Cuando compramos un producto determinado y no otro, vemos una película determinada y no otra, leemos o no un libro que nos han recomendado, escogemos para llegar a tiempo a una cita una calle y no otra, cuando emprendemos unos estudios y no otros, elegimos matricularnos en una asignatura y no en otra, en fin, cuando decidimos casarnos con una persona determinada...

—Has dicho persona. Interesante.

—¿Qué quiere decir?

—Nada especial. No has dicho un hombre determinado. Has dicho persona. Como si te casaras con una abstracción.

—¿Y no lo es en cierto modo?

—No siempre. No bajo las mismas circunstancias, en todo caso. Ya me entiendes.

—El vínculo es entre ficciones jurídicas, ¿no ha escrito usted eso? No hay nada erróneo, por consiguiente, en hablar de persona, en el sentido social y legal, y no de hombre o mujer, en el sentido biológico o genético de ambos términos.

—Eres muy joven aún, no creo que puedas entender el sentido exacto de ciertas realidades. Te falta experiencia y te sobra motivación, como suele decirse.

—Y si hubiera hablado de matrimonio religioso tendría que haber mencionado el aspecto teológico de todo, sobre el que usted nos ha advertido no pocas veces.

—En efecto. Acabas de mencionar el meollo del problema.

Tania se cansa, emite señales de fatiga intelectual, mi alumna superdotada se agota dirimiendo cuestiones espurias con su profesor favorito. No ha venido aquí en busca de un remake futurista de los diálogos platónicos, cambiando el sexo explícito y el sesgo transgresor de sus protagonistas. Ha acudido a una cita a ciegas con la verdad de sus sentimientos hacia mí. Preveo la catástrofe antes de que se anuncien los primeros signos.

–Me pongo nerviosa hablando con usted de esto. Me da un poco de vergüenza, lo reconozco.

–No hay motivo. Solo soy tu profesor, no lo olvides.

–Me intimida usted y me fastidia no poder evitarlo.

–Un criterio inteligente es actuar en cada situación sin miedo a las consecuencias.

–Eso ya lo sé.

–¿Entonces?

–No sé si ha sido muy inteligente venir a su despacho después de lo que pasó ayer en clase.

–Podemos seguir siendo inteligentes, por fortuna, aunque nuestros actos no lo sean para nosotros. O no todo el tiempo. Y no se lo parezcan a todo el mundo. Ya me entiendes. La comisión de errores ocasionales no invalida la inteligencia del que los comete. No, al menos, de modo absoluto. Si se repitieran con frecuencia ya sería más grave, desde luego...

Frunce el ceño, hincha los pómulos, se afea con deliberación para que le dé mi asentimiento cuanto antes y así pueda su encanto femenino volver a resplandecer para mí en su faceta más seductora.

–¿Se puede saber qué pasó ayer en clase que es tan importante para ti?

–Lo sabe mejor que yo, no se esconda.

–Yo no puedo saber nada mejor que tú. Creí que ese punto había quedado claro. Lo que tú sabes y lo que yo sé son nociones rigurosamente incompatibles. Como si pertenecieran a mundos distintos. Como si los dos fuéramos autistas o, si lo prefieres, defensores del solipsismo más extremista. A todos los efectos la experiencia cognitiva es la misma. Por tanto, yo no puedo saber más que tú sobre algo que ni siquiera sabemos si es lo mismo. Tendríamos que ponernos de acuerdo previamente sobre el asunto concreto de que estamos hablando, ¿no te parece?

–Me lo esperaba.

–¿A qué te refieres exactamente?

–Me esperaba estos rodeos, estos enredos. Es su estilo. Espinoso. No se ofenda.

–Nada de lo que puedas decir me ofendería, descuida.

–No sé por qué me sorprendo tanto. Todo el mundo comenta los excesos de su ironía. Así la llaman mis compañeros, yo no la considero así, por supuesto.

–No he sido irónico contigo. Te respeto mucho.

–Ya veo, ya. Respetuoso y complaciente, con un grado tolerable de condescendencia hacia el otro, ¿no es así como le gustaría definirse?

–¿Estamos jugando a lo mismo o tú te atienes a otras reglas privadas?

–¿Es la sátira el único género inteligente?

–Define sátira, por favor...

–No hay ningún modo de decir esto sin parecer una estúpida ante usted. ¿Es que no hay ninguna posibilidad de inteligencia en la expresión desnuda de los sentimientos?

–No estoy seguro. Ahora mismo, al menos. Me asaltan muchas dudas. Es lógico, hasta cierto punto. Si me sigues...

Se enfada otra vez con mis balbuceos, tiene un genio irascible, por lo que me demuestra, esta chica me gusta más a cada minuto que pasa, y Tania está a punto de tomar una decisión de la que no se arrepentirá a pesar de todo lo que le ha costado tomarla.

–Vale, ya tengo bastante.

–Bastante de qué, ¿me lo puedes explicar?

Se toma su tiempo en dar el siguiente paso, aunque está pensado con anterioridad, no tiene prisa, no hay razón alguna para precipitarse. Está más guapa que nunca, con su melena rubia esforzándose en disimular el enojo pasajero que ruboriza su rostro y lo vuelve atrevido y aún más atractivo.

–Allá voy. Esto ya no tiene marcha atrás. Contésteme sinceramente. ¿Sería inteligente tener una relación con usted?

–¿Una relación de qué tipo?

–Ya sabe a lo que me refiero, no se haga el tonto conmigo.

–¿Inteligente para ti o inteligente para mí?

–¿Para usted?

–Negativo.

–¿Para mí?

–Positivo.

–¿Cómo actuar entonces?

–Ese es todo el problema, querida Tania, cuando nuestras decisiones dependen de la voluntad de otros. Nunca podemos estar seguros de nada. La tontería está siempre al acecho. El error es lo más probable, pero...

¿Podía haberla disuadido? Sí. ¿Podía haberlo evitado? También. ¿Hubiera sido más inteligente hacerlo? Quizá. Era un capricho que me podía permitir sin pagar un precio demasiado alto. O eso creía yo. No todos los días se te ofrece abiertamente una estudiante de veintitrés años, de cuerpo tentador y mente brillante, no tan guapa e inteligente como ella cree pero mucho mejor que la media en todos los aspectos, intelectuales y anatómicos. El noventa por ciento de los hombres de este solitario planeta habría actuado como yo sin titubear un instante. El diez por ciento restante son unos cobardes metafísicos. No nos engañemos. Y además podía considerarlo el ingreso de mi nueva vida en una fase experimental de rango superior. Mucho más emocionante e intensa que cualquiera de las anteriores.

Con todo, Tania se marchó bastante contenta de mi despacho. Había obtenido respuestas satisfactorias a sus dudas más espinosas. ¿Estaría el director Rojas al tanto de la jugada traviesa de la niña mimada del departamento, la estudiante sobrevalorada en la que estaban depositadas todas las esperanzas de la facultad?

Yo me quedé bastante desconcertado tras su partida. Hasta el punto de que cuando entró sin llamar en el despacho un viejo colega, el doctor Villacañas, apenas si supe estar a la altura de sus expectativas.

–Antes de nada, amigo Espinosa, querría disculparme por no haber podido acudir a la fiesta que el doctor Rojas dio en su honor el mes pasado. Mi pareja se sintió indispuesta a última hora. Nos dio a los dos de repente un ataque de pereza insufrible, vivimos lejos de la urbanización y preferimos quedarnos en casa a descansar.

–Lo entiendo, faltaría más. Espero que no fuera nada grave lo de su pareja.

La mirada suspicaz de Villacañas se clava en mis ojos cansados para averiguar si he dicho lo que he dicho sin pensar en las palabras pronunciadas o haciendo uso de la ironía socrática de mi estilo habitual.

—Si estoy aquí es porque me cae usted bien, Espinosa, le puedo asegurar que si no fuera así no me atrevería a invadir su intimidad sin avisar con antelación.

—Usted siempre será bien recibido aquí, a cualquier hora del día o de la noche, si fuera necesario.

—Me alegra oírlo.

—¿Cómo va su colección de insectos?

—Mal. Ya me he deshecho de todos los especímenes. Un día me cansé, de buenas a primeras, de contemplar su exhibición gratuita de poderío totalitario y luego me di cuenta, por si fuera poco, de que producían un olor obsceno. Hace tres semanas los tiré al contenedor de basura del campus sin pensármelo dos veces. Espero que nadie los rescate de ahí. Es el infierno que se merecen aquí en la Tierra.

—Me hubiera gustado colgar alguno de los ejemplares más exóticos de estas tristes paredes. Ya ve lo desnudas que están...

El plural femenino «desnudas» provoca una reacción instintiva en Villacañas.

—Si le soy sincero, me da un poco de vergüenza recibir aquí a los alumnos en condiciones tan espartanas.

Como un perro rastreador, comienza de pronto a olfatear el aire de mi despacho en busca de señales sospechosas o presencias indeseables.

—¿Algún problema? ¿Quiere que abra una ventana o que encienda el aire acondicionado?

—No, no, no hace falta, es solo que me acabo de acordar de algo importante a lo que llevo todo el día dándole vueltas en mi cabeza. Y ya lo he resuelto, por fortuna, sin necesidad de consultar el móvil.

Hace una pausa, mira el techo con curiosidad, examina luego la pared diestra y luego la siniestra, antes de volver a dirigirme la palabra como si nada.

–Verá, Espinosa, no pienso andarme con muchos rodeos. Quiero que sepa, para evitar malentendidos entre usted y yo, que nunca he sido un gran lector de literatura, más bien al contrario. Siempre he creído, por otra parte, que los escritores de ficción eran seres incapacitados para la vida. Individuos fallidos que se dedicaban a escribir para compensar con entelequias esa impotencia innata, no sé si estará usted de acuerdo en esto...

–No soy yo, desde luego, el más indicado para responder a esa cuestión en este período crítico de mi vida.

Villacañas no sonríe esta vez al escuchar el comentario cáustico. No lo entiende. Carece, en apariencia, de la información necesaria. Cuando atravesó la puerta de mi despacho, hace solo unos minutos, ya estaba preparado para el nivel de exigencia psicológica que lo aguardaba al otro lado y quizá se sienta defraudado por todas las amistosas facilidades que le estoy ofreciendo. Villacañas no buscaba problemas inútiles, ni tampoco soluciones milagrosas. Con modestia académica, Villacañas solo venía a consultarme una serie de cuestiones urgentes sobre mi pensamiento que le inquietaban vivamente, según decía, y, en particular, comentar conmigo las primeras impresiones de lectura de una novela rusa que lo tenía muy intrigado estos días, a pesar de que confesaba detestar el género de la ciencia ficción.

–Me la recomendó el amigo íntimo de un antiguo amigo de mi pareja actual y encontré una edición americana en pasta dura en la biblioteca de la Universidad y comencé a leerla sin poder detenerme. Son más de mil páginas en una pésima edición barata, de letra apretada y tinta casi invisible, y título poco interesante, *Fuga de cerebros*. Le diré con franqueza que llevo más de la mitad del libro consumida con una adicción compulsiva. Es la simple historia de una usurpación mental en una utopía colectivista. Un científico descubre una fórmula electromagnética mediante la cual se apodera de los pensamientos y la información de los cerebros de los otros. Eso le permite adelantarse en la creación de inventos y patentes, así como anticiparse en acciones y decisiones a los de sus rivales o colegas inmediatos. El hombre de ciencia está inspirado en parte, como se expli-

184

ca en la contraportada, en la polémica figura del premio Nobel Lev Landau, tan apóstol del ateísmo y el amor libre como detractor feroz del dictador Stalin. Es una trama curiosa centrada en un personaje carismático, pero lo más llamativo del libro son las ideas expuestas, la sensación de que toda la historia contada, con pormenores excesivos en ocasiones, es solo una excusa literaria para desplegar un panorama ideológico asombroso de los últimos dos siglos. Las ideas y los sistemas de pensamiento que han revolucionado el mundo capitalista y otros que simplemente no tuvieron oportunidad de aplicarse sobre la realidad y aún esperan su oportunidad en algún almacén olvidado por la humanidad. En suma, esta perturbadora novela logra mostrar los grandes avances y la victoria objetiva del capitalismo occidental y el gran retraso tecnológico y el monumental fracaso de la Rusia soviética, por lo que no me extraña que estuviera prohibida allí hasta bien entrados los años noventa. Y la novela demuestra otra cosa más, por cierto, nada baladí. El comunismo sirvió para refinar el capitalismo, como se hace con el petróleo, según dice un memorable pasaje de la misma. Hacerlo más puro, reducirlo a sus esencias originarias. Sin la aparición fundamental del comunismo, ese antagonista ideológico, el capitalismo nunca habría llegado al magnífico estado de desarrollo en que se encuentra en la actualidad, como sabe usted mejor que nadie...

–Desengáñese, amigo Villacañas. Yo no sé nada mejor que nadie, no insista.

–Discúlpeme. Veo que no parece interesarle mucho lo que le he contado. Percibo su distracción intelectual como una forma de crítica velada a mis opiniones. No era mi intención molestarlo con bagatelas...

–No me malinterprete, por favor, sus palabras no me causan ninguna molestia. No imagina con qué atención e interés estaba siguiendo su historia. Solo estoy algo fatigado. ¿Sus alumnos no lo agotan? ¿No tiene usted la sensación de que le roban la energía con sus exigencias incesantes?

–Tengo muy pocos alumnos, en realidad, solo doy un seminario de iniciación a la teología política una vez a la semana con dos doctorandos ya mayores. No me consume mucho tiempo, la verdad. Ni me supone esfuerzo especial alguno.

Soy ese colega educado y complaciente que atiende en su despacho las demandas del visitante fastidioso hasta que se harta de escuchar nimiedades y convence al otro colega de la conveniencia de postergar la charla para otro día más oportuno.

Al atardecer, superadas con nota todas las pruebas que se me imponen, soy un hijo amable que dialoga a solas con su Madre enferma.

Ese hijo amable y comunicativo que le dice:

—¿Para esto vine al mundo, Madre? ¿Para esto me llamaste a tu seno? ¿Para ver cómo ninguno de mis deseos se puede cumplir sin pagar un precio demasiado elevado?

—No sé de qué me hablas. Hazme preguntas más específicas.

Madre responde con enigmas codificados, jeroglíficos insensatos y acertijos rebuscados cuyo sentido exacto luego debo desentrañar sin ayuda.

—Te implantaron un chip en el cerebro durante tu primera visita al campus. No te lo intentes quitar. No te preocupes. Todo el mundo tiene uno. Te habrá hecho sentir más fuerte y capaz. Lo eres. Es un experimento y una realidad al mismo tiempo. Formas parte fundamental del proyecto. Sin ese neurochip nada funcionaría como está programado. Tiene efectos secundarios no previstos. Vida afectiva, sexual, intelecto, fisiología. Nadie ha estudiado aún todos los resultados. Es mejor así.

Traducir lo que Madre me dice a una lengua inteligible para todo el mundo me cuesta grandes dolores de cabeza.

—Ariana y Aníbal, tu mujer legal y tu hijo adoptivo. Te los proporcionaron por razones diferentes. Con fines distintos. No lo olvides nunca. Aníbal les pertenece. Ariana no.

—¿Qué debo hacer?

Madre calla por unos segundos, sé por su silencio que está procesando al detalle la información exhaustiva sobre mis actividades confesables e inconfesables del último mes.

—Lo que has hecho hasta ahora. Innovar y repetir. Introduce en tu vida cuantas novedades y variaciones necesites y reité-

186

ralas hasta que te canses de ellas o se agoten por sí mismas. Actúa por ciclos, manteniendo el control siempre. Novedad y rutina, rutina y novedad. El proceso te llevará gradualmente a otras fases del conocimiento y la experiencia.

Aprovecho uno de sus desfases programados para deslizar una de mis obsesiones más insistentes.

—¿Puedo ser aún más inteligente, Madre?

Madre tiene una curiosa forma de reaccionar cuando una pregunta no le interesa o no le parece bien formulada o su contenido es insostenible. Se desconecta y me hace perder el conocimiento.

—Madre, ayúdame a llevar una vida más inteligente.

Me apago de golpe y soy otra vez ese cuerpo masculino adulto tumbado de cualquier manera en la moqueta sucia de una planta de la torre que no reconozco. Hoy es un anónimo operario de mantenimiento quien me ha rescatado del ascensor y me ha dejado tirado en el suelo mientras me recupero lentamente del choque cognitivo con el cerebro de Madre.

La frente quemada, la boca reseca, la nariz helada.

Los síntomas habituales.

Recuerdo con nitidez las últimas palabras de Madre, pronunciadas con una voz femenina que desconocía.

—Estoy cansada. Quiero morir. Es tu deber ayudarme a desaparecer.

Horas más tarde, esa misma noche, después de cenar felizmente en familia, soy un marido amable y complaciente que se acuesta con su mujer y le hace el amor como si fuera la primera vez.

—La herida en la frente va a peor. Tenemos que curártela.

Ese marido amable y delicado, todo piel y labios y caricias, que se resigna a penetrar a su mujer con fuerza sin dejar de besarla y tocarla un solo momento y luego ella se le pone arriba y se mueve con brío hasta que obtiene plena satisfacción a sus demandas de placer y afecto, cierra los ojos complacida y se duerme silenciosa una vez más encima de él.

De madrugada me levanto para orinar y cuando estoy sentado en la taza se me ocurre poner a prueba mi autoestima. Cierro la puerta con delicadeza para no despertar a Ariana ni alarmarla con mis prácticas nocturnas de psicología de vanguardia.

Me coloco desnudo frente al gran espejo del lavabo y comienzo a deformar mi cara sonriente con muecas grotescas hasta encontrar la perfecta máscara de mono que me recuerda lo que soy a todas horas.

No engaño a nadie.

Mi vida no tiene continuidad.

Es una anamorfosis.

Un trampantojo.

DÍA 19

El nuevo día amanece complicado.

Ariana y yo vamos al colegio.

El director nos ha citado para hablar en privado de los problemas de Aníbal.

La secretaria es una mujer antipática que lucha por evitarlo sin resultados. Se llama Vargas, Ana Vargas, y nos retiene más tiempo del razonable en la sala de espera sin explicarnos siquiera los motivos de la cita.

Por fin accedemos al despacho del señor director, el famoso pedagogo Adrián Mercader, que dirige las tres instituciones de infantil, primaria y segundaria de la urbanización Palomar con un concepto de la jerarquía, la obediencia y la disciplina digno de un cuartel militar que fuera también un manicomio experimental para menores de edad.

Todo en su maldito despacho, desde el olor de los muebles a la pintura de las paredes, conspira para recordarme con disgusto no solo mi paso por un centro de enseñanza pública como profesional, sino todas las pesadillas que viví desde la infancia a la adolescencia siendo alumno de un colegio religioso al que mis padres se empeñaban en llevarme con la convicción de que era en esa institución prestigiosa donde se formaban las élites destinadas a gobernar el país.

Mi sentido de la rebeldía y la disidencia se forjaron ahí, luchando cuerpo a cuerpo contra la educación entendida como promoción y progreso de la clase social dirigente.

Al estrecharnos las manos, saltan chispas de antipatía entre Mercader y yo, mientras Ariana, más sumisa, se deja seducir por sus maneras triunfales de presidente americano recién elegido y su falso desparpajo de entrenador deportivo.

Mercader es un hombre alto que presenta en la frente despejada, como un aviso para sus adversarios, una marca de nacimiento del color de la miel oscura.

Sentados frente a él, atrincherado detrás de su mesa con prestancia de gran directivo, damos la imagen de dos empresarios menesterosos solicitando un crédito imposible en un banco al borde de la ruina financiera.

—Ahora que los conozco en persona, pienso que esto va a resultar mucho más difícil de lo que había pensado.

Mi primera pregunta no es lo bastante incisiva y no da en la diana, de modo que tenemos que aguantar un número intolerable de vueltas a la pista que parecen un entrenamiento para lo que se avecina.

—Verán, Aníbal es un gran chico. Nadie se queja de él. Todo el mundo piensa que vive en su mundo y lo dejan en paz, sin sentir mucha curiosidad por ese mundo, todo sea dicho. Digamos que pasa desapercibido, como si fuera invisible. Ni los profesores ni los compañeros han visto nada raro en él simplemente porque no lo veían. Así de simple. Ni siquiera reparaban en su existencia. Eso les dará una idea de su comportamiento.

Ariana piensa que Mercader está siendo ofensivo con nuestro hijo y cree que poniéndolo en antecedentes sobre el niño podrá conseguir una mirada más compasiva sobre él. No comprende que con ciertos individuos cualquier esfuerzo es inútil. Solo saben ser amables y respetuosos con quienes les conviene. No tiene nada contra nosotros, *a priori*, excepto que, para nuestra desgracia, eso sí ha quedado en evidencia, somos los padres de la criatura. Una criatura no demasiado popular en la zona, por lo que declara el grueso dosier que el director consulta una y otra vez para no decir nada de lo que pueda arrepentirse y que no esté fundado en información fiable.

–Harían mal en tomárselo como algo personal. Sabemos quiénes son ustedes, la señorita Vargas podrá confirmarles mi sorpresa, ayer mismo, cuando descubrimos que Aníbal era hijo suyo. Mi reacción no fue caprichosa, créanme. Ella es testigo de que me tomé mi tiempo antes de descolgar el teléfono para llamar a su casa e informarles del suceso. Ya va siendo hora de entrar en materia, ¿no les parece? Espero que no hayan hablado con el niño antes de hacerlo conmigo, como les pedí, ¿verdad?

La bomba estalla encima de nuestras cabezas y la detonación no produce desperfectos ni otra banda sonora reconocible que la interminable jeremiada del director glosando los daños culturales y las heridas psíquicas que está causando internet en la vida de los adolescentes más vulnerables a sus falaces encantos.

–Imagino que lo sabrán, pero su hijo, a sus catorce años, tiene ya un manejo superlativo de las tecnologías de internet.

–Trece, en realidad tiene trece. Los catorce los cumplirá en diciembre.

–Peor me lo pone, señora. A su escala no sería exagerado considerarlo un hacker de alto nivel. Eso piensan quienes han evaluado el «suceso» en toda su dimensión.

Es verdad que la semántica de la palabra «suceso» nos predispone a entender las acusaciones contra Aníbal como más graves de lo que en realidad son. Pero una vez desgranadas con todo detalle por la boca de Mercader, una tras otra, causan un efecto insoportable en nosotros. Sobre todo en su madre, quien, demasiado afectada por la noticia, decide cederme la iniciativa en la averiguación de la verdad sobre lo sucedido con nuestro hijo.

–¿Me está diciendo que mi hijo ha acosado a un compañero de su clase con el que jugaba al ajedrez en los recreos?

–Sí.

–¿Y que lo ha hecho para obligarlo a ingresar en un movimiento terrorista del que él dice formar parte?

–Sí.

–Y que ese movimiento terrorista, ¿cómo lo ha llamado?

—«Aceleracionista». Así lo denominan los expertos. Como comprenderá, señor Espinosa, estoy muy lejos de ser uno de ellos. Les repito lo que ellos me han comunicado.

—¿Y que mi hijo ha tenido conocimiento del ideario de ese presunto grupo terrorista a través de sus exploraciones de la internet profunda?

—Eso parece.

—¿Y de que una vez conocido en profundidad el ideario del movimiento y estudiadas sus características nuestro hijo fue reclutado y participó en un ritual de iniciación y todo eso sin despegarse de una pantalla de ordenador?

—Pudo utilizar también el móvil, no lo descartamos. Ya le digo que aquí dependemos del testimonio de muy pocos y del análisis pormenorizado de algunos especialistas, como no podía ser de otra manera.

Le pido a Ariana con un gesto autoritario que no me interrumpa, como pretendía, y me permita continuar con el interrogatorio del sospechoso. Su historia sobre mi hijo me ha parecido tan fantasiosa y disparatada que me niego a aceptar las consecuencias.

—¿Y me sugiere usted que Aníbal golpeó a su amigo Lucas reiteradamente porque no quiso afiliarse al mismo movimiento cuando se lo pidió?

—Vivimos tiempos difíciles. Debemos acostumbrarnos a que ocurran estas cosas, no sirve de nada culparnos entre nosotros. Es una lotería injusta, desde luego. Unas veces somos víctimas y otras...

Me estoy acalorando. Mi tono se vuelve incendiario.

—Déjese de estupideces de sociólogo barato. Me está usted diciendo que nuestro Aníbal, que es uno de los niños más inofensivos y cariñosos que conozco, ha recurrido a la violencia para doblegar la voluntad de...

—Yo no he mencionado la palabra voluntad en ningún momento. Fue un acto de venganza pura y dura, un acto reactivo secuela de la resistencia del chico agredido a las imposiciones y requerimientos de su hijo.

–Me es igual. Usted insinúa que...

–Yo no insinúo nada. Parece mentira, señor Espinosa, que usted se muestre tan impreciso con las palabras en este preciso momento. Comprendo que la situación le afecte hasta el punto de sumirlo en la perplejidad, pero no la tome conmigo. Soy un simple mensajero de malas noticias. Forma parte de mis ingratas obligaciones como líder de esta comunidad educativa. Hagamos un esfuerzo todos por ser educados y respetuosos. Es una situación delicada, no permitamos que se nos vaya de las manos, por favor.

Recurro al método y finjo calmarme.

–¿Puede repetirme, entonces, lo que ha dicho sobre lo que dice usted que Aníbal le hizo al otro chico o lo que el otro chico dice que Aníbal le hizo, que no es lo mismo?

–No lo digo yo ni lo dice el otro chico, no se equivoque, lo dice el informe que tengo aquí delante. ¿Quieren que se lo lea?

–Sí, desde luego, no sé a qué está esperando.

–El informe de la investigación realizada por una comisión de profesores y psicólogos del centro dice lo siguiente, escuchen bien: «El agresor, viendo que el agredido no se plegaba a sus deseos, abofeteó en varias ocasiones el rostro de la víctima, causándole hematomas diversos en nariz, barbilla, ojos y pómulos, le tiró de las orejas hasta obligarlo a gritar de dolor y después lo empujó con violencia para arrojarlo al suelo.»

Vibra el móvil con insistencia sospechosa en mi bolsillo, lo extraigo, lo consulto. Es Tania, mi alumna modelo, qué atrevimiento más inoportuno. Me envía una perturbadora fotografía de ella desnuda postrada en su cama con un comentario intrigante: «¿Es esto todo lo que tu inteligencia puede hacer por mí?»

Prosigo la conversación con dificultad.

–Y se supone que debo aceptar, sin embargo, la idea de que mi hijo estaba dispuesto a ejecutar las acciones terroristas que ese grupo anticapitalista le ordenara sin ponerlas en cuestión.

–Sí, ya se lo he dicho. Sabotaje de instalaciones telefónicas y eléctricas tanto en el colegio como en la urbanización, secuestro

192

de mascotas, extorsión de alumnos, violencia selectiva, destrozo de coches y motocicletas, etcétera. Todo cuanto pudiera causar el caos sistemático en la comunidad donde se reside, estas son las palabras textuales del comunicado. Es una nueva estrategia de saboteo, qué quiere que le diga. No me lo estoy inventando. Lo pone aquí.

—Y todo ello en nombre, según me asegura usted, de un supuesto grupo terrorista de gente antisistema autodenominado «Acción Aceleracionista».

—Así es. Aquí tiene todas las pruebas. Lo que les he contado es un resumen de la información incluida en esta carpeta. Ya se lo he dicho.

—¿Me deja verla?

—Por supuesto. Está en su derecho.

Por fortuna para mí, Ariana toma el relevo de mis indagaciones, viéndome atravesar una fase de ofuscación mental, necesito una pausa para respirar y leer con atención estos documentos abstrusos, y la emprende como una jugadora de hockey bastón en mano con el director Mercader de la mejor manera competitiva que le han enseñado para sobrevivir en cualquier medio hostil.

—Cómo se atreve usted a llamar a mi hijo matón facineroso delante de mí, cómo se atreve. ¿Quién se cree que es usted? No tiene usted vergüenza ni respeto, no sé cómo puede regentar una institución de esta categoría si no sabe siquiera tratar a sus alumnos, como ha demostrado con su relato inaceptable. Los niños se sienten abandonados a su suerte y solo cuando ocurre un hecho de cierta gravedad se disparan las alarmas. ¿Qué se cree? ¿Que no he entendido cómo funciona este puto colegio? Tengo otros hijos matriculados en él y hablo con ellos a diario y me lo cuentan todo, lo bueno y lo malo, sin pelos en la lengua. Le garantizo que no suelen mentirme. Es usted un insolente, cómo se atreve, cómo se atreve...

Mercader entra de pronto en estado de alarmante desconcierto, como yo unos minutos antes, y no encuentra en su mesa un punto de apoyo que lo salve de la debacle.

—Le ruego que me perdone, señora, no lo sabía. De verdad,

cuánto lo siento. Ha habido un error, desde luego, por alguna razón pensamos que Aníbal era hijo único. Lo siento mucho.

El rey de la manada pedagógica, avergonzado por la metedura de pata, se pone en pie de un salto leonino y ordena a su sierva de inmediato, con amabilidad y educación para que no se sienta tal, estamos en un siglo moderno, no se olvide, que cumpla con su papel de encubridora del amo en serios apuros.

–Señorita Vargas, por favor, tráigame enseguida los ficheros de los otros hijos de los señores Espinosa.

Intimidada como una gacela, la odiosa Ana Vargas avanza por el despacho con los dos archivos en una mano sin atreverse a mirarnos a la cara por miedo a ser devorada con los ojos, buscando con avidez la mirada cómplice del jefe que le asegura el salario mensual y los sobresueldos trimestrales y quién sabe si el consuelo diario en una vida carente de otros alicientes.

–Pablo y Sofía, ¿no es así como se llaman?

Se le hacen eternos, como una condena infernal, los minutos de confusión y agobio psicológico que pasa disimulando, haciendo como que revisa con atención el contenido de los dosieres, almacenados en una carpeta azul y otra rosa, para variar, comparando uno por uno los datos recogidos en ellos y estableciendo un parentesco innegable entre los dos hermanos gemelos y sus malhumorados padres aquí presentes.

–Aclarado. Ahora está todo aclarado. Al fin, qué alivio. Ha sido un lamentable error informático. Menos mal que los papeles nunca nos fallan. Por eso los conservamos con celo infinito. Si no fuera por ellos, qué catástrofe. Les reitero mis disculpas más sinceras y les agradezco que hayan acudido tan pronto a mi llamada.

La marca natal de la frente de Mercader parece estar desplazándose ahora sin control de la sien izquierda a la derecha.

–No entiendo nada. ¿Qué está aclarado?

Ariana retoma entonces la voz cantante con objeto de que me reserve para la escena final, el desenlace apoteósico que ya se prepara en el ambiente como una tormenta eléctrica en el cielo de la noche.

–Pablo y Sofía son hermanos de Aníbal. Eso lo aclara todo, ¿es que no lo ven?

–Me estaré quedando ciega. No veo la relación por ninguna parte. Son hermanos, es obvio. Dígame algo que yo no sepa. Soy su madre, ¿recuerda? Y este hombre de aquí, hasta que se demuestre lo contrario, el padre legal. ¿Qué tiene eso que ver con lo que usted llama el «suceso»?

El presidente de la nación colegial ha comenzado a empapar de sudor el cuello almidonado de la camisa celeste, comprada al por mayor en la tienda exclusiva donde compran sus trajes los jerarcas del sistema, que lleva a juego con la chaqueta blanca y los pantalones y quizá, no puedo rebajarme tanto sin perderlo de vista, los calcetines de hilo.

–Nada. En realidad nada. Eso es lo bueno. Que no tienen nada que ver, ¿tan difícil es de comprender? Sus hijos no están implicados. Tan simple como eso.

–Eso ya lo sabíamos. Antes de empezar. Díganos algo que no supiéramos, insisto.

Mercader está a punto de derretirse delante de nosotros, como un cubito de hielo en el asfalto recalentado en pleno verano, y su impecable camisa de alto ejecutivo, manchada de sudor desde el cuello a la pechera, movería a compasión profesional si no fuera por lo que es. El disfraz de un imbécil.

–Y dale otra vez, señora. ¿No me he explicado con bastante claridad? He pedido disculpas, me he humillado ante ustedes permitiéndoles que me hablaran en un tono bastante desagradable, por cierto, les he dado explicaciones más que suficientes. ¿Qué más quieren? ¿Es que los padres de hoy no se dan nunca por contentos?

Irrumpo en el bucle para deshacerlo con elegancia. Ariana ha conseguido demoler sus tácticas defensivas y el hombre, en su debilidad, da pruebas de estar pensando en llamar a los bomberos o a las asistencias médicas antes de echarse a llorar en nuestros brazos.

–¿Ha leído usted lo que pone aquí?

–No lo recuerdo, si es tan amable.

—Aquí habla de que la discusión la causó un videojuego.

—Sí, ¿y?...

—Un videojuego de guerrilla urbana que mi hijo había diseñado en su ordenador y quería compartir con su amigo. ¿Me sigue?

—¿Y no le pegó? ¿Me va a decir ahora que su hijo no agredió al otro niño?

—Yo no digo eso, las fotografías son explícitas, casi pornográficas.

—Controle su vocabulario, por favor. Que no seamos una institución religiosa no quiere decir que no nos importen el decoro y la pulcritud.

—Déjese de hipocresías. ¿Está seguro de que fue mi hijo quien le hizo todo eso a ese huérfano desgraciado? Verá, leyendo por encima este informe tergiversado, al que atribuye tanta importancia por razones incomprensibles, no es eso lo que se deduce, francamente.

—¿Qué está sugiriendo?

—Yo no sugiero nada. Es usted ahora el que naufraga en el uso de las palabras.

—No abuse de su posición de ventaja, señor Espinosa. No pienso consentirle más humillaciones. Tengo más títulos y reconocimientos de los que cuelgan de estas paredes, no se equivoque conmigo.

—¿Ventaja? Dígame, ¿cuál es mi ventaja? ¿Ser el padre de un niño que sirve de chivo expiatorio a toda la comunidad educativa a la que trata de pertenecer a su manera especial? ¿Se imagina que es fácil para él? ¿Ha pensado usted por un momento en sus dificultades de adaptación al medio?

Ariana se suma con entusiasmo al linchamiento moral del repulsivo personaje.

—¿Qué clase de pedagogo es usted que ni siquiera es capaz de entender los problemas de un niño singular y los excesos de conducta a que estos problemas de inclusión lo pueden conducir con tal de hacerse aceptar por los demás?

Mercader se toma su tiempo en contestar como corresponde, es lógico, se siente asediado y no quiere pronunciar palabras que lo condenen ante terceros a quienes ni siquiera se menciona en el informe de los hechos.

—¿Está insinuando que nos hemos inventado el «suceso» para poder echar a su hijo del colegio sin preocuparnos por saber quiénes eran sus padres o sus hermanos? ¿Es esa su acusación, señora?

—Así es.

La tregua conviene a todas las partes en litigio. Concede tiempo a la reflexión más serena. Hay un niño de por medio, como en todas las guerras sus intereses priman sobre todo lo demás.

—Le diré lo que vamos a hacer, señor Mercader.

—Le escucho con mucha atención, señor Espinosa. No pienso añadir ni una coma a lo que me diga. Estoy deseoso de verlos salir por esa puerta y no volver a encontrármelos rondando por aquí nunca más. Esta es la única condición que impongo en la negociación. ¿Aceptan?

Otro vibrante mensaje de Tania en el móvil me asalta durante la pausa y casi me distrae a la hora de dar el siguiente paso estratégico. La fotografía aún más provocativa. El comentario aún más insolente. Me niego a darle publicidad.

—No se preocupe, somos personas muy ocupadas y no nos gusta perder el tiempo con gente como usted. Al grano. Mi hijo se va a tomar ahora unas vacaciones prolongadas, pongamos dos semanas, en principio, y cuando vuelva al colegio usted y su maldita comunidad educativa de profesores y psicólogos van a tratarlo como a uno más, con los mismos derechos y las mismas obligaciones que los demás alumnos. Y como su madre y yo nos enteremos de que han vuelto a discriminarlo o a organizarle un montaje vergonzoso para echarlo o maltratarlo o hacerle sentir un monstruo, le juro que no lo denunciaré a ninguna institución superior, no, vendré aquí con latas de gasolina y mechas y le prenderé fuego al colegio con usted dentro atado a una silla.

—Las amenazas sobran.

—¿Me ha entendido?

—Perfectamente.

Cuando salimos del colegio, nos montamos en el coche en

silencio, yo conduzco a toda marcha, nos sentimos eufóricos, transgresores, libertarios, no respetamos las señales de tráfico ni el color de los semáforos ni los límites de velocidad establecidos, violando todas las recomendaciones de la unidad de control electrónico del vehículo, para llegar cuanto antes a casa, subir corriendo las escaleras hacia el dormitorio y echar en la cama un polvo épico, de esos que marcan una época en las relaciones de la pareja, y luego otro, para demostrar que nuestra unión no ha sido una casualidad.

–Amor mío, ni te imaginas cómo me he excitado viéndote aporrear en la cabeza con tu bate de béisbol al puto director.

–Pues anda que yo. ¿Cómo me he sentido yo, guapo? Estaba toda mojada desde que acorralaste a Mercader contra las cuerdas sin piedad con tus puñetazos y tus patadas. Vaya paliza le hemos dado al tipo. Habrá corrido a su casa a refugiarse bajo las faldas de su mamá adoptiva.

–Qué malísima eres. Te deseo lo peor.

–¿A saber?

Se lo susurro al oído para excitarla aún más.

–Hmmmm. Hace tiempo que no me lo hacías.

–Ahora tengo unas ganas locas.

–Adelante, no te cortes.

El silencio, en ciertos casos, solo significa ausencia expresa de palabras.

–¿Te acuerdas de aquella vez que te lo hice cuando tenías la regla?

–Prefiero olvidarla. Sigue, por favor.

Tenemos toda la tarde libre para prepararnos para el gran evento cinematográfico del año.

Ha llegado por fin.

Pablo lleva desde ayer anunciándolo a bombo y platillo como si fuera el estreno promocional de una superproducción hollywoodiense en un festival de cine europeo.

El metraje.

Este es el título de la obra en curso, como nos anuncia Pablo sin asomo de ironía.

198

Ha logrado terminar a tiempo un montaje provisional de las imágenes que grabamos hace varias semanas sobre la extraña casa junto al bosque y sus oscuros habitantes temporales.

Todos están sentados en el salón esta noche, con sus vestidos de gala, frente al televisor inteligente que Pablo maneja como si fuera una extensión neuronal de su cerebro.

Unos minutos antes de la proyección hablo con Aníbal y le cuento por encima el nuevo plan para las próximas semanas.

—¿No estáis enfadados?

—¿Enfadados por qué?

—Porque no os había dicho nada sobre el videojuego.

—Ya me lo enseñarás otro día. Hijo mío, no se puede ser tan tímido. Hazle caso a papá por una vez.

En la breve presentación del evento, Pablo expone las dificultades técnicas que ha tenido que superar y la complejidad de ciertos programas y aplicaciones específicas que ha utilizado para convertir el metraje, sin recurrir a demasiados trucos, en un espectáculo interesante para todos los públicos.

Con una sorpresa final, como requieren las expectativas de la audiencia

Se apaga la iluminación de repente y podría decirse que toda la casa, sumida en la oscuridad absoluta, asiste a la proyección, espacio a espacio, mueble a mueble, contemplando con gran atención y curiosidad la película en que ha sido retratada a fondo por las cámaras de varios móviles y una minicámara digital de altísima resolución adquirida al efecto que han tratado de sacar a la luz sus misterios ocultos y encantos más secretos.

Las tomas diurnas de la casa son fatigosas, y no solo por el enfoque inestable de quienes manejaban los móviles todo el tiempo (Ariana, Sofía y Aníbal) o la minicámara nueva (Pablo y yo, alternándonos para descansar de los móviles). Esas imágenes repiten la información previsible, por más que el montaje apresurado se esfuerce en evitar los efectos redundantes, y convierte el metraje en un anuncio publicitario bien realizado para colgar en algún portal de alquiler y venta de inmuebles destinado a una clientela reacia.

Escaleras arriba y abajo, cuartos explorados en serie atendiendo a sus menores componentes, como un inventario de bienes en una subasta, ángulos muertos del interior de la vivienda interrogados por el ojo múltiple de la cámara como si fueran delincuentes, acusándolos de aberrantes o anómalos, obligándolos a culpar a su inventor, el innombrable arquitecto que los diseñó en un arrebato geométrico que nunca sería del gusto de todos sus usuarios convencionales.

Así mismo pasa con las terrazas en diagonal de la parte trasera, impracticables sin accesorios de escalada, las escaleras trepando al techo y los falsos techos con sus huecos inservibles.

El desván del ático es un caso distinto. La nula utilidad que le atribuimos, condenado a la irrelevancia desde su misma concepción por problemas reales de acceso que el arquitecto ni siquiera se molestó en plantearse, lo convierte en un espacio poético que podemos explorar por el puro placer de darle un sentido imaginario en la configuración de la casa.

Todo lo contrario del sótano, cuya apariencia abarrotada de enseres desechados y electrodomésticos de uso diario lo condena a ser un espacio prosaico, encargado de dar un trabajo concreto a todo lo que se acomoda con dificultad a sus formidables dimensiones.

Termina esta parte con un montaje acelerado de las vistas banales del jardín delantero y trasero, con su césped de un verde realzado con filtros de color y sus variadas flores, con especial protagonismo para la hortensia exuberante plantada en una enorme maceta de madera, y la piscina cuadrada de aguas cálidas de color turquesa y losetas de mármol reluciente adornando las inmediaciones.

–Esa transición de luz es impresionante. Te ha quedado muy profesional.

En las tomas nocturnas estamos metidos en las camas de los dormitorios respectivos, durmiendo o fingiendo que lo hacemos, para dar una idea gráfica de los hábitos estrictos que rigen el mecanismo cronometrado de las actividades diarias de la casa y sus habitantes.

—Mira, mira, papá ha abierto un ojo mientras dormía.

El momento de la epifanía no tarda en aparecer en cuanto cae la madrugada sobre la casa y todos sus habitantes se sumergen a la vez en las profundidades del sueño. Es extraño observar el cambio de régimen desde este lado de la pantalla. Todo el metraje te hace intuirlo pero no estás seguro hasta que no lo tienes delante. Es como si la cámara hubiera buscado registrarlo por su cuenta, sin el consentimiento del operador. Excluidas las cámaras de seguridad, que son las únicas que han podido registrar el acontecimiento en noches anteriores o posteriores a esta, la idea de Pablo de dejar la minicámara enchufada y grabando las imágenes y los sonidos de los alrededores de la casa durante varias noches, a través de una ventana del segundo piso, le permite captar, brotando de la barrera de oscuridad, una silueta borrosa que se desliza lentamente entre los árboles, como una serpiente al acecho de presas fáciles, y luego avanza paso a paso hacia la valla de seguridad, sacude con violencia la puerta cerrada y se da la vuelta bruscamente y desaparece por donde vino.

Ese efecto de terror documental que Pablo ha sabido crear nos deja a todos sobrecogidos tras el final del metraje y no acertamos a decir nada significativo que no sea felicitar al artífice por su paciencia y minuciosidad en el montaje audiovisual.

Aníbal y Sofía se van a la cama convencidos de que esa presencia siniestra era un truco efectista para infundirles miedo la noche exterior.

Pablo esperaba que nuestra reacción lo sacara del asombro que le causa la toma imprevista y no ha sido así, con lo que se despide convencido de que el mundo de las imágenes alberga misterios que no se pueden descubrir solo mirando una pantalla.

Yo estoy convencido de que ese intruso no es el fauno Freddy, desde luego. Puedo sentirme tranquilo hasta cierto punto.

Miro a Ariana a la cara, con insistencia, y su gesto inexpresivo me genera serias dudas. ¿En qué piensa esta mujer cuando mira así a todo lo que la rodea, incluyéndonos a nosotros?

Me reservo para cuando estamos solos otra vez, antes de acostarnos, tumbados en la cama de nuevo, sin retirar la colcha.

Hace calor, la calefacción funciona de una manera óptima, adivinando nuestras necesidades menos previsibles, y estamos desnudos para sentirnos más cerca el uno del otro después de un día tan gratificante como el de hoy.

—Teníamos una conversación pendiente, no sé si te acuerdas.

—La verdad es que no sé de qué me hablas. No te pongas tan serio. Me das miedo.

—¿Cómo crees que se acaba el amor, Ariana?

—No tengo ni idea. El fin del amor. Es bonita la expresión, ¿no?

—Dime, ¿se consume como una fruta, como un helado o como una vela? ¿Qué crees?

—Qué preguntas, a estas horas, por favor, ni que una estuviera en su plenitud mental. Estoy agotada. ¿No lo comprendes?

—No seas modesta. Tú siempre estás en forma.

—¿Quieres saber cómo se nota? ¿Qué se siente cuando ocurre? ¿Es eso? ¿Quieres saber si alguna vez lo he sentido contigo? ¿Que se estaba acabando, como la gasolina en el depósito del coche?

—Nuestros coches son eléctricos, ¿no sería una buena idea renovar las metáforas?

—Vale, pedanterías aparte, como la carga en la batería del móvil, ¿te gusta más así?

—Me encanta. Es más realista.

Me echo encima de Ariana sin consideración alguna. Está tumbada boca arriba y completamente desnuda, la carne opulenta y el olor intenso de su sexo me magnetizan. El colchón de sus pechos y la almohada de su vientre me hacen sentirme un hombre afortunado. Me agarro a la contundencia de esas formas, como siempre en mi vida con ella, para conjurar el miedo a la soledad y el vacío.

—Si te hace dormir mejor, te diré que aún no lo he sentido contigo.

—Por desgracia, no será eso lo que me hará dormir mejor.

—¿Entonces?

—Era él. Lo sé.

–¿Quién?

–El merodeador de la casa era él, ¿verdad? Lo he adivinado enseguida.

–Ya te he dicho que me acosa sin descanso.

–¿Qué quiere?

–Yo qué sé.

–¿Follar? ¿Es eso lo que quiere de ti?

–No, qué tonterías. El sexo no le interesa demasiado ahora, ya te lo dije. No sé lo que puede querer, lo nuestro acabó hace tiempo. Te puedo asegurar que no fue una experiencia inolvidable.

–¿Por qué te ha elegido a ti? Hay muchas mujeres por ahí dispuestas a jugar a toda clase de juegos.

–Veo que te has vuelto un experto en el tema. ¿Te estás informando mucho últimamente?

Mis labios se adhieren a los de Ariana como ventosas al cristal de una ventana. Me recreo succionándolos en acciones alternas, primero el superior, el inferior después, obteniendo con ello una respuesta nula a mis demandas.

–¿Te has visto con él? Miénteme.

–No.

–Ahora puedo dormir tranquilo.

Continuará.

El final del día es aún más complicado que su comienzo.

DÍA 20

Tabla rasa.

Por la mañana todo parece nuevo en la vida y no lo es.

La amnesia ha hecho su trabajo eficiente durante la noche pero nada cambia en realidad.

Ariana y yo nos acostamos muy enfadados el uno con el otro, una discusión agria sobre un tema desagradable de nuestras relaciones, y al despertar no queda rastro de la tormenta desatada de palabras ofensivas y gestos furiosos y despectivos.

No recuerdo haber soñado nada que no fuera una trivialidad indigna de mencionarle a tu compañera de cama al despertar y comprobar que ella también ha abierto los ojos con sorpresa al nuevo día y empieza a reprogramarse a su vez para estar preparada para las complejas actividades que se avecinan.

Ariana y yo nos levantamos sonámbulos, nos duchamos cada uno por su lado, Ariana prefiere hacerlo en el cuarto de Sofía y yo en el nuestro, más amplio, bajamos a desayunar como zombis desorientados, escuchamos sin interés las conversaciones rutinarias de los pequeños, como si fueran el pitido de una tetera lejana, y cuando Sofía y Pablo se marchan al colegio cada uno camina solo en una dirección distinta de la casa.

Ariana vuelve a la cama pretextando un gran dolor de cabeza.

Aníbal se encierra en su cuartel general, como llama con sarcasmo militar a su destartalado cuarto.

Yo voy al ordenador del cuarto de Pablo. No tiene contraseña para abrirlo y mis consultas clandestinas no dejan huellas informáticas que se puedan rastrear.

Calma total en las redes sociales que frecuento a desgana y en mi cuenta de correo privada.

La cuenta de la Universidad, en cambio, está en ebullición constante. Alumnos nerviosos consultándome cuestiones imposibles sobre los contenidos marginales de la materia y los trabajos finales de la maldita asignatura.

Un email de Tania me alerta, por su tono despótico. Está cansada de mantener bajo asedio el buzón de mi móvil con mensajes de una agresividad infructuosa y quiere verme enseguida, a solas, no soporta el paso del tiempo sin el estímulo intelectual que le ofrecen mis clases.

Y otro lacónico de Rojas, quiere hablarme cuanto antes de un par de asuntos importantes sobre mi futuro inmediato.

Mónica, por su parte, me comunica que me convendría pasar por su nuevo despacho en la torre del rectorado para rellenar y firmar la solicitud oficial a una empresa líder de innovación tecnológica para que patrocine con sus fondos un ambicioso ciclo de conferencias que el departamento está preparando para finales del segundo cuatrimestre y en el que está previsto que yo imparta la conferencia inaugural.

No tengo clase hasta el próximo lunes, así que no pienso adelantar mi visita al campus por tonterías como estas.

Me paso la mañana ociosa tumbado en el sofá del salón, mirando de reojo al televisor, que no ha emitido ningún signo de inteligencia, incluyendo los abusivos índices bursátiles, algunas noticias políticas alarmantes y las inicuas clasificaciones de las ligas deportivas, en todo el tiempo que he estado ahí, plantado frente a él, recordando la sesión familiar de la semana pasada y leyendo sin apenas prestar atención un viejo libro sobre psicología evolucionista que he tomado prestado de la biblioteca privada del departamento sin pedírselo a la secretaria.

Cada vez que vibra el móvil en la mesa para hacerme saber que Tania me envía un mensaje de texto provocador o una fotografía impúdica hago el gesto de cogerlo y enseguida lo aborto para ahorrarme disgustos.

A mediodía, Ariana y yo nos encontramos por azar en la cocina.

Comedia conyugal muda en el delicado corazón del espacio doméstico.

Ella solo lleva puestas las braguitas malva que le regalé hace un mes para una celebración marital en la máxima intimidad y yo voy con un eslip negro bastante sexy que ella me regaló también para esa fecha señalada. Qué feliz coincidencia. Cada uno ha ido a coger de la nevera algo que llevarse a la boca para entretener el hambre y no cargarnos de kilos innecesarios. La dieta permanente es uno de los pocos asuntos en los que nos ponemos de acuerdo con extraordinaria facilidad. El cuerpo en forma como templo del ego. Así tenemos esta imagen envidiable. La pareja ideal del año en todas las portadas de revistas y magazines de moda de la urbanización Palomar.

Yo he acabado preparándome un sándwich perezoso, de jamón desgrasado y queso con nueces, compensado en calorías por medio melón francés, y ella, más controlada, se ha preparado en religioso silencio un suculento cóctel de puré de aguacate, langostinos liofilizados y virutas de zanahoria. Sintiéndose obligada por las circunstancias, me ha ofrecido una cata cariñosa que he rechazado enseguida con amabilidad. Era lo que ella quería y se lo he concedido sin violar nuestro acuerdo de no pronunciar una sola palabra hasta la llegada de la noche. He vuelto al salón despacio mientras ella, sabiendo que no podía pensar en otra cosa que en mirarla mientras lo hace, subía con lentitud anormal las escaleras principales.

No puedo resistir la curiosidad por más tiempo y consulto el móvil. Descarto los mensajes infantiles y retengo las imágenes adultas más llamativas.

Una foto cenital de los diminutos pies de Tania, descalza en la hierba salvaje de un jardín anónimo, los dedos sinuosos, las uñas sin pintar, como una invitación al beso fetichista: «¿No crees que estos pies necesitan unos buenos zapatos para protegerse del frío?»

A la hora del crepúsculo, cuando ya se prepara la cacería nocturna a nuestro alrededor, se produce mi cuarto encuentro con el fauno financiero en el claro del bosque oscuro.

–Empezó como un juego, lo reconozco, algo que no iba tan en serio al principio como luego se vería. Con ciertas relaciones pasa igual, lo habrá experimentado alguna vez. Después del turbulento divorcio con mi mujer, donde también perdí a mis dos hijos, decidí que sería una buena forma de lavar mi conciencia, estabilizar mis emociones y volver al estado de naturaleza que tanto me atraía intelectualmente. Pasé unas primeras vacaciones así, con Andrea, una novia jovencísima que entonces tenía y que también era adicta a las actividades al aire libre. Construimos la cabaña entre los dos, después de explorar el terreno hasta localizar el sitio idóneo, por los vientos, las horas de luz y las crecidas incontrolables de los arroyos cercanos. Hay muchos, no sé si se ha fijado. Yo las llamo las serpientes de agua. Así es como son, estrechos cauces de corrientes brillantes y escamosas. Perdón por la poesía barata, cuando se vive como yo ya no se hacen distinciones culturales relevantes entre lo alto y lo bajo, ya me entiende. No cuentan. Fue insoportable la convivencia con ella en este entorno, se reveló una neurótica llena de manías, así que rompimos a la vuelta. Yo no había venido al bosque para repetir escenas maritales que había vivido hasta el hartazgo con mi mujer. Al año siguiente volví, esta vez solo. Fue maravilloso, me sentí reconciliado conmigo y con el mundo. En paz, por primera vez en mucho tiempo. No le debía nada a nadie ni nadie me debía nada. La sensación era indefinible. Al acabar el verano, me costó horrores volver a la rutina del trabajo y las obligaciones familiares y me pasé todo el año retornando mentalmente al lugar del crimen. Un crimen contra la mundanidad, así lo considero. Un crimen contra la sociabilidad. El verano siguiente, intuyendo un cambio definitivo en mi alma, me vine con todas las reservas de ropa y de alimento que pude traerme y ya no fui capaz de regresar cuando acabó el verano. Decidí quedarme y establecer aquí mi residencia para siempre. El primer invierno fue muy duro, lo reconozco, pero luego te acostumbras a todo. A pasar hambre y sed, a pasar frío, a sentirte un miserable sin nadie cerca a quien echarle la culpa o con quien tomarla. Vivir en el bosque y tener un centro comercial a diez kilómetros no es una mala opción de vida en estos tiempos que corren, ¿no le parece?

Le ha encantado contarme por fin toda su historia personal. Llevaba semanas queriendo hacerlo y no se había atrevido. En cierto modo, es lo único que quería, darse a conocer, como todo el mundo, que yo supiera quién es y entendiera por qué vive aquí de este modo asilvestrado. Todo lo demás es una propina por haber aguantado su relato sin ponerme nervioso.

—La vida en el bosque no es lo mío, se lo aseguro, ni en el cuerpo ni en la mente. Necesito estar rodeado de artificios y de máquinas todo el tiempo para sentirme realizado. El Paleolítico no me va nada. Lo respeto, de verdad, pero no es mi rollo. Nunca lo ha sido.

—No es usted muy empático, por lo que veo. Entiéndalo, amigo Espinosa. Creyentes o no creyentes, necesitamos con urgencia salirnos de la historia de los sedentarios y recuperar el buen camino de la Tierra. El camino de los nómadas y los prófugos.

El gran Freddy, como un monarca prehistórico, sentado en

el trono de un tronco en el claro del bosque, mostrándome con alegría su cosecha de setas, seis ejemplares de sombrero blanco carnoso salpicado con diminutas verrugas verdes y estipe largo y fino, a las que atribuye virtudes milagrosas.

—Las hijas de la lluvia, así las llamo. Salud para el cuerpo y para la mente. Ya le he dicho que no podría sobrevivir sin ellas.

Hoy se le ve especialmente feliz. Como si al saber que ya he conocido a Madre y la visito con frecuencia en sus dominios del campus hubiera una parte de la historia que no necesitara contarme para ganarse mi confianza.

—Yo también tuve mis encuentros con ella al principio y acabábamos discutiendo siempre por tonterías, como marido y mujer, apuntillando con celo insano cada cuestión. Nunca olvidaré las sensaciones. No digo que no sean buenas, pero el conocimiento me gusta adquirirlo por otras vías menos traumáticas.

—Qué exagerado.

—No exagero nada. Mi vida en el bosque me ha enseñado que no tiene sentido desfigurar el sentido de la realidad. Eso es cosa de los malos artistas y de los malos filósofos. Los sabios no necesitamos las deformaciones del arte para ver las cosas como son. Al desnudo.

—¿Se considera entonces un sabio? Sin complejo de superioridad.

—Hoy puedo considerarme así, sin duda, con la seguridad que me dan los años de intensa meditación y autoanálisis a la intemperie. Nadie se inicia más que por sí mismo. Recuérdelo siempre.

—¿Y qué hace un sabio de su nivel hablando con un bobo ilustre como yo?

Una de las setas monstruosas se estampa contra mi frente de improviso, dejando un rastro viscoso antes de caer a mis pies como una masa amorfa, mientras la carcajada del fauno resuena en la arboleda como un aullido lejano.

—Qué desperdicio.

—No se dé tantos aires, amigo Espinosa. Mire, le diré algo

que no sospecha, ni usted es el único en tener relación con Madre ni ella es la única de su género que existe en el mundo. Hágase a la idea. Yo tengo localizadas al menos ocho inteligencias similares. No todas en campus tecnológicos como el de la Universidad de Millares. Algunas están menos expuestas a las contingencias presupuestarias y los caprichos financieros de los nuevos faraones de ciertas instituciones académicas. Y tenga por seguro que en todos esos lugares, en este momento, hay hombres y mujeres idénticos a usted que han acudido a la llamada y se encuentran en la misma relación privilegiada con la máquina que mantiene usted. Por cierto, ¿le ha contado a su mujer los devaneos nocturnos con Madre?

–Lo intenté. No me creyó y desistí. Ahora lo encuentro inútil.

–Mejor. No se lo diga a nadie. Y menos que a nadie a su amigo Rojas.

–Rojas no es mi amigo. Es mi jefe.

–Ya, no es eso lo que dicen ciertas voces autorizadas.

–Veo que sabe usted mucho más que yo. Para mí, la relación con Rojas se define en esos términos. Ni más ni menos.

–No insista, le creo. Pero no todo el mundo lo ve así. Aprenda a aceptar otros puntos de vista sobre la cuestión. Tampoco se fíe de Mónica Levy, es su lugarteniente. Como Juana de Arco con el mariscal Gilles de Rais, no sé si entiende el alcance del símil.

–¿También oye voces?

–Todo el mundo las oye. Nos ha jodido. Las psicofonías del campus son parte del folclore local. La leyenda urbana más rentable de la historia universitaria reciente. Hay alumnos de todo el mundo que solicitan becas cuantiosas a instituciones cuyas siglas no han aprendido aún a deletrear con tal de poder venir a escuchar y estudiar *in situ* las famosas voces del campus de excelencia de Millares.

–Hablando en serio. ¿Se puede saber de qué hablaba con Madre durante sus encuentros?

–En aquella época, Madre y yo sosteníamos posiciones adversas y puntos de vista encontrados sobre cualquier tema. Nues-

209

tras filosofías eran antagónicas y eso nos atraía hacia el otro con fuerza magnética. Digamos que nuestras inteligencias respectivas, al entrar en contacto, se enamoraban de su misma incompatibilidad. Luego yo he cambiado y ella, por lo que usted me cuenta, ha evolucionado mucho también. Madre estaba convencida entonces de su funcionalidad en el sistema. Pensaba que había sido creada con un propósito noble. Que su contribución al avance de la humanidad sería considerable. Luego se envileció y comenzó a coquetear con otras inteligencias de su rango por la posibilidad de hacerse con todo el control. Prescindir del operador humano y generar un mundo apto solo para las máquinas. Al principio yo creía que las máquinas eran aliadas de mi proyecto de superación de lo humano y sus vicios y limitaciones. Luego descubrí que las máquinas solo hacían más humano al humano, empeorando su naturaleza genuina, y no servían a mis fines, por lo que me volví enemigo acérrimo de las máquinas. Madre lo percibió enseguida y me expulsó de su seno sin contemplaciones. Nunca más me llamó ni me permitió acceder al santuario de sus misterios.

–¿Madre? ¿Santuario? ¿Seno? ¿Misterios?

–Todos los que tratamos con la máquina usamos el mismo lenguaje, no se engañe. Es una de sus muchas imposiciones.

–¿Y yo? ¿Por qué cree que ahora me necesita?

–Eso debería preguntárselo a ella.

–Cuando estoy con Madre me pongo muy nervioso y no se me ocurre preguntarle esas cosas. ¿Cómo entró en contacto con la máquina?

–No insulte mi inteligencia, por favor.

–Simple curiosidad. Ya sabe que Madre no suele ponérselo fácil a nadie.

–Por lo que deduzco de sus palabras percibo una mutación en sus intenciones o en su designio que es lo que yo hubiera necesitado hace unos años. Ahora ya es tarde para mí, pero nuestros caminos bien podrían encontrarse al final del proceso. No lo descarto.

–¿Qué es lo que le hace creer eso? Me interesa esa idea.

–Verá, después de tratar mucho a Madre, durante casi un

semestre, y comprender su funcionamiento, sus mecanismos, sus posibilidades de reprogramación, las razones en suma por las que hacía lo que hacía y se comportaba como se comportaba, sorprendiéndome siempre, debo reconocerlo, al final me di cuenta de un modo definitivo de que la perfección humana y la perfección técnica son radicalmente incompatibles. Si quieres avanzar en una dirección, no puedes hacerlo también en la otra. Es una imposibilidad.

–Pero ese era su punto de partida, si no le he entendido mal.

–No exactamente. Yo creía en la utilidad real de las máquinas para liberar a los humanos de sus pesadas cargas milenarias, no para esclavizarlos a una nueva forma de poder que les haría sentir con más fuerza el peso aplastante de la realidad.

–No le sigo. Su planteamiento me resulta confuso.

–¿Cómo se reconoce a un tecnócrata? ¿Lo sabe, Espinosa?

–¿Cuando lo tienes delante?

–Todas las decisiones que toman y las normas que imponen van contra los usos y costumbres del lugar donde pretenden aplicarse. No se molestan ni en considerar los perjuicios que van a ocasionar.

–Ese programa abstracto es el que conocí en mi etapa de profesor de instituto aplicado a la educación.

–Ya nos vamos entendiendo.

–¿Usted cree?

Recojo del suelo los desechos repulsivos de la seta que me arrojó a la cara hace unos minutos y se los lanzo de vuelta para que aprenda una lección sobre mí.

–No sea estúpido. Esto no es un juego de niños.

–Ya lo veo.

–El presente se sirve del pasado para otorgar credibilidad a sus mitologías y legitimar las imposiciones del poder. ¿Quién dijo esto?

–Me canso. ¿Es esto un concurso a ver quién sabe más o quién ha leído más libros? Creí que íbamos en serio.

–Conservo mi sala de máquinas operativa, con la que me mantengo en conexión permanente con el mundo. Una cosa es salirse de la historia y otra muy distinta ser un gilipollas desconectado.

–Se hace tarde. Me tengo que ir.

–El universo tiene una energía limitada. Si no se repitiera todo, una y otra vez, el mundo se habría acabado hace tiempo. Esta historia idiota habría tenido ya fin. Esto lo he vivido muchas veces y lo volveré a vivir infinitas más. Como dijo el profeta, todo debe terminar para que pueda volver a empezar. Hasta la próxima, amigo.

Vuelvo a casa sonriente, con las fuerzas renovadas, corriendo por los senderos del bosque como un atleta olímpico en fase de preparación.

La primera palabra que pronuncio al encontrarme con Ariana no es quizá la más antigua, pero sí una de las más gastadas por el abuso de los siglos.

–Amor.

Y la respuesta es un largo silencio que dura hasta la hora de acostarnos.

Me reúno con Aníbal después de cenar, el encuentro tiene lugar en su cuartel general, y me enseña partes terminadas del videojuego en fase de reconstrucción que ha sido motivo de polémica en el colegio.

–¿Cuándo podré volver?

–¿Tienes ganas?

–No.

Me paso toda la noche soñando con los guerreros terrícolas diseñados por Aníbal para un combate interplanetario contra los representantes biológicos del mal.

Una horrorosa especie de robots arácnidos.

DÍA 21

Lo estoy comprobando en todo el cuerpo, como una corriente de vitalidad brotando de zonas que ni siquiera imaginaba que existían.

El adulterio consumado es la mejor forma de rejuvenecimiento carnal, recuperación de energía malgastada y reactivación de fuerzas que se ha inventado para preservar la solidez de la institución matrimonial.

Entiendo a Ariana. Entiendo su política amorosa durante años. Ha sido una adelantada. Llego tarde a la cita con mis sentidos, y con el sentido de mi sexualidad, pero prometo no desaprovechar más el tiempo.

Otra clase del seminario, es ya la octava del programa oficial, desperdiciada en vaguedades y circunloquios.

El número de alumnos presenciales sigue creciendo imparable y el aula asignada se queda pequeña.

Se me ocurre sembrar el ambiente de disipación con citas espigadas de mi última lectura monográfica y obtengo una cosecha escasamente provechosa.

—El cerebro humano nos prepara para desarrollarnos en un mundo de objetos, seres vivos y otras personas. Estos entes inciden de forma importante en nuestro bienestar, y cabría esperar que el cerebro esté bien equipado para detectarlos y detectar sus poderes. Pero el hecho de que el mundo que conocemos sea un constructo de nuestro cerebro no significa que sea un constructo arbitrario.

Una mano velluda alzada por aquí, un nuevo oyente anónimo titubeando antes de apropiarse de la palabra.

—El error frecuente del cognitivismo reside en creer que el cerebro humano funciona como un computador. Pretenden crear ordenadores que simulen el funcionamiento de la mente y lograrán que la mente acabe funcionando como un ordenador.

Primera réplica, inmediata, del perseverante polímata Ricardo Ruiz.

—A mi modo de ver no necesitamos ni mencionar el cognitivismo en una discusión seria sobre estas cuestiones. Es una rama de la ciencia que el pensamiento tecnológico del siglo XX le coló al pensamiento computacional del siglo XXI creándole un gran problema cognitivo precisamente.

Segunda réplica, la mano alargada de la morena Raquel Andrade, uno de los flamantes fichajes del curso, taladrando el aire con pretensiones de extraerle sus recursos más preciosos.

–El cerebro es solo la base material del complejo. La neurociencia intenta darse más importancia de la que tiene. Por todos los medios académicos a su alcance. La ciencia del cerebro no posee ni de lejos las claves de la vida mental. No olvidemos que el cerebro está controlado por la psique y esta actúa sobre él, muy a menudo, como una camisa de fuerza, limitando sus poderes y facultades. Mientras el cerebro no se libere de la opresión de la psique, con sus traumas, manías, herencias genéticas y patologías diversas, no tendrá lugar la revolución cognitiva que usted, profesor, y todos sus colegas de disciplina predican como si fuera la salvación futura para los humanos.

La mente de esta alumna promete grandes resultados y trato de ser hospitalario con sus ideas.

–Yo no predico nada, Raquel. El verbo «predicar» es totalmente inadecuado en este caso, sé más precisa.

–¿Defiende? ¿Propugna? ¿Postula?

–¿Sugiero no te parece mejor?

–Si usted lo dice...

Tercera réplica.

Karina Brey, mi representante preferida de la inteligencia pelirroja en acción.

–Yo entiendo que la inteligencia artificial es solo un instrumento imaginario del que nos servimos para entender mejor, por comparación de modelos, cómo funciona un cerebro que carezca de psique, precisamente. Una inteligencia desencarnada. Un puro procesador de información. No es necesario, en este sentido, plantearlo todo en términos dramáticos como confrontación entre modelos de cognición bien diferenciados en la realidad de la experiencia.

Otra mano anónima de dedos estilizados se eleva con impaciencia masculina en busca de una mayor precisión de los contenidos de la discusión.

—¿Ordenador o computador? Lo veo ambiguo. ¿Usted qué piensa, profesor?

Interpelado por la mente joven y ávida de certezas me veo obligado a aclarar los conceptos y categorías funcionales que otros deberían haber despejado hace decenios para hacernos el trabajo más sencillo a los docentes.

—Yo clarificaría la cuestión del siguiente modo. A ver qué os parece. Restringiría el uso del vocablo «ordenador» para el dispositivo doméstico que todos usamos, en casa o en el trabajo, y emplearía el vocablo «computador» para nombrar el dispositivo conceptual, más abstracto o teórico. El ordenador de ordenadores, si lo preferís así.

Toman nota, abaten las cabezas, releen lo registrado con apresuramiento nada científico y algunos aún, sin tiempo para procesar la nueva información suministrada, tienen ganas de hacer su contribución a la inteligencia colectiva del grupo.

—Es interesante, profesor. Sin duda lo es. El fallo del cognitivismo, porque eso es lo que es, un fallo en el sistema de pensamiento así etiquetado, no lo consideremos de otro modo, el gran fallo del sistema de pensamiento cognitivista es depender en exceso de la irracionalidad de la fe y la superstición. No otra cosa que un acto de fe es la creencia, bastante supersticiosa e irracional, por tanto, de que algún día el cerebro humano, cuando haya alcanzado el máximo conocimiento respecto de sí mismo y de sus funciones neuronales, estará en condiciones de generar inteligencias superiores a las de los cerebros más brillantes de la especie humana.

Conocer a Madre, por desgracia, no me da ninguna ventaja aparente en este juego trucado.

La elegante mano de Tania Fermat se eleva con autoridad sobre la cabeza de sus agitados compañeros para recordarles su primacía en esta clase y rescatarme en el último segundo del abismo mental en que me estaba hundiendo sin darme cuenta.

—Mi aportación es muy simple y no pretende suscitar polémicas inútiles, que quede claro desde el principio.

215

Tania lleva toda la semana preparando su intervención a conciencia y no piensa dejar escapar la oportunidad de imponer la superioridad de su intelecto. Se ha pintado las uñas con el esmalte fucsia que más me gusta, conoce su poder sobre mí y lo explota sin límites, y los innumerables anillos de metal y pulseras artesanales que adornan sus dedos y muñecas obligan a todos a prestar atención de inmediato a las curiosas opiniones de su portadora.

—Llegados a este punto, me pregunto: ¿qué pasaría con nosotros los seres humanos si una inteligencia de ese nivel superior apareciera en el planeta Tierra? ¿Qué pasaría si no fuera una solitaria anomalía atrapada en los circuitos de un ordenador aislado, sino una poderosa red de superinteligencias interconectadas? ¿Qué harían con nosotros, sus creadores biológicos? ¿Relegarnos, destruirnos, convertirnos en parias a su servicio? Y, relacionada con esta cuestión bastante crítica, lo reconozco, me excita bastante la curiosidad saber qué sistema económico y político suscribirían las inteligencias artificiales en caso de poder elegir. ¿El capitalismo neoliberal, con todos sus inconvenientes y fallos reconocidos? ¿O inventarían una forma de socialismo democrático para las máquinas e impondrían la dictadura del proletariado computacional para las masas de humanos?

Los veintinueve seres humanos presentes en el aula, en todo caso, guardan un silencio inteligente ante tal ingenua exhibición de pedantería. Por razones obvias, las máquinas ausentes guardan un silencio forzoso. Solo dos cerebros privilegiados conocen con anticipación suficiente cómo terminará esta situación peligrosa para ambos. Qué acto primigenio puede poner remedio a la brecha cognitiva que las palabras, con todo su poder de falsificación, han abierto en la realidad.

Así es.

En sintonía con mi antigua costumbre, dos horas después de concluida la clase estoy experimentando con Tania Fermat en un laboratorio instalado de modo provisional en la habitación doble de un moderno hotel de las afueras de la ciudad.

El Fin del Mundo.

No hemos tenido que pasar por la fase intermedia del despacho para llegar aquí. Los teléfonos inteligentes han cumplido con su cometido y nos han ahorrado la parte fastidiosa de la comedia.

Hace solo unas horas no sabía todo lo que ahora sé a ciencia cierta.

Ahora soy yo la fantasía de Tania y la estoy viviendo como tal, sin necesidad de que nadie me la cuente.

Una fantasía realizada en esta habitación repleta de espejos y de pantallas y sin ninguna ventana exterior por la que escapar a tiempo de sus encantos carnales.

Una exhibición de sexo inteligente.

Se lo comunico a Tania con palabras que traicionan mis ocultas intenciones y ella se ríe con una sonrisa hipócrita de labios golosos y dientes blanqueados que me induce otra vez a perseguir por todo su cuerpo desnudo, como un fanático de su belleza, el afloramiento de nuevas fuentes de energía renovable.

—Haces poco ejercicio, profesor.

—No tengo tiempo. El curso es absorbente.

Con todos sus años de experiencia, Tania no sabe cómo traducir con exactitud todo lo aprendido conmigo al esquemático código de las redes sociales en que prodiga a diario, en tiempo real, sus vivencias íntimas y opiniones personales como otros tantos millones de usuarios en el mundo.

Aferrada a su tableta de salvación, en una pausa amorosa, lucha en vano contra la mezquindad y la miseria humanas que interponen una barrera censora a la sinceridad y la transparencia de los sentimientos expresados en los espacios públicos.

—Cabronazos de mierda.

En su perfil más visitado ha suscitado una polémica muy desagradable en torno a las perífrasis rebuscadas con que expresa su malsano estado de felicidad actual. La envidia y los celos aparecen, como secuelas inevitables, en cuanto alguien se confiesa feliz o proclama su alegría desaforada en los foros de internet.

Una compañera del curso, Karina Brey, otra doctoranda

aventajada, ha escrito un comentario malicioso que ella quiere compartir conmigo: «Me encantaría ver lo tonto que se vuelve en la cama conmigo el que va de más inteligente.»

¿Soy yo? No lo creo.

Tenemos por delante una hora aproximada de terapia intensiva para dilucidar la extenuante cuestión mientras fluyen nuevos sabores y fragancias entre nuestros cuerpos abrazados.

—Tu carne es adictiva, ¿sabes?

—Estás loco. ¿No te lo han dicho nunca?

—Desde que era un niño marginado, año tras año, mis padres y mis profesores, hasta que me casé y me hice un hombre de provecho y tuve una maravillosa familia con una maravillosa mujer. Algún día te la presentaré, para que veas que no miento.

—No te molestes. La conozco. Somos amigas en internet.

Le arranco la tableta mágica de las manos con un beso que no acierta en los labios y se estampa contra una mejilla enrojecida y sudorosa.

—Ya no hay nada secreto. Lo nuestro debería saberlo todo el mundo.

—Me encanta tu inocencia. La encuentro tan afrodisiaca en un mundo de gente resabiada.

Bajo el bombardeo incesante de mis besos, su piel tersa huele ahora a manzanas maduras y su boca destila un extracto de hierbas aromáticas. Se lo digo para amansarla cuando se levanta enfurecida de la cama con ganas de emprenderla a golpes otra vez con el dispositivo electrónico del minibar que custodia en su interior un variado surtido de bebidas alcohólicas. En ese momento de felicidad, Tania pagaría cualquier precio con tal de poder saquear a su antojo esos preciosos tesoros.

—Fuiste tacaño. Tendrías que haber contratado el servicio extra.

—No quiero que bebas. Por lo menos cuando estás conmigo. Odio el efecto nocivo del alcohol en los cerebros más despiertos.

Para recompensarme por mi sentido filantrópico de la vida, realiza uno de los gestos más expresivos de su repertorio íntimo.

Con un brazo y una mano se cubre los pechos, con la otra mano se tapa el pubis poblado de una preciosa pelusa rubia y enreda los tobillos en un bucle imposible mientras obliga a los pies, dando graciosos saltitos, a caminar de puntillas de regreso a la cama con la intención de hacernos un selfi, abrazados y desnudos.

Me niego a prestarme a participar en una fantasía adolescente como esta y me pongo antipático para frenar una iniciativa que juzgo escasamente inteligente.

–Ni se te ocurra sacarnos una foto juntos en la cama. Te lo prohíbo. Esto que está pasando aquí entre tú y yo, querida Tania, es un secreto guardado a buen recaudo en la carpeta de la carpeta de la carpeta más remota y comprimida de la memoria RAM del computador cósmico.

Se lo digo en tono amable para no violentarla y aun así se enfada conmigo.

–Eres un tío anticuado y un aguafiestas. No quiero volver a verte.

–Si insistes.

La despedida es gélida. Como es habitual en estos experimentos, Tania abandona la habitación, nada más terminar de vestirse, dando un sonoro portazo, y yo me tomo cierto tiempo en memorizar evidencias y signos, sin la ayuda del móvil, que luego me servirán para reconstruir en detalle la escena en la mente cuando llegue el momento idóneo.

Una hora más tarde, recojo a Aníbal a la puerta del gimnasio y lo llevo a la tienda de deportes del centro comercial donde quiere comprarse unas zapatillas nuevas. Lo veo apagado, como si hubiera tenido un mal encuentro durante la tarde. Busco un tema que pueda hacerle sonreír.

–¿Cómo va el videojuego?

–Ya lo terminé. Ahora estoy con otro proyecto menos conflictivo. Quiero regalárselo a Sofía para su cumpleaños.

–¿Me puedes adelantar algo?

–Es científico. Está basado en una prospección sobre la biosfera del futuro siglo. No he decidido el período exacto en

219

que ocurre la acción, pero calculo que podría ser en torno al año 2138.

Los signos de la tristeza o de la preocupación se perciben enseguida. Aníbal no está contento y no hace nada por disimular.

—¿Te ha pasado algo en el gimnasio?

—Nada especial. Me gustaría que me regalarais para mi cumpleaños una de esas pizarras electrónicas para dibujar y diseñar. Podíamos encargarla por internet. En el centro comercial no he visto que las tuvieran. Me ayudaría a producir los perfiles de los personajes y las maquetas de los espacios antes de ponerme a trabajar en serio en el programa del ordenador.

—Dalo por hecho.

Ni así logro que los indicios exteriores de su ánimo emitan signos de una mejoría significativa.

En la megatienda deportiva, la abundancia de mercancías me produce náuseas.

Deambulo mareado y aturdido entre las kilométricas filas de estanterías tras los pasos firmes de Aníbal.

El olor a los nuevos materiales sintéticos y la diversidad de modelos y gamas me deprimen hasta recordarme la miserable condición humana de que provengo. Nunca alcanzaré la perfección del producto fabricado, nunca seré otra cosa que un animal maloliente y defectuoso, una piltrafa perecedera y caduca nada más nacer.

Estanterías de miles de zapatillas multicolores y zapatillas doradas o plateadas que varían con gradación infinitesimal el color de los cordones, la forma de la suela, la incorporación de accesorios sofisticados.

Me recuerdan a cada paso lo viejo y cansado que me siento hoy.

Aníbal, en cambio, se mueve como un ser vivo en su entorno natural, mediante acciones espontáneas que extraen una información valiosa de cada producto, clasifica las diferencias a una velocidad sorprendente y ha elegido las zapatillas que más le gustan del lote inagotable antes de que yo me haga una idea de la relación exacta entre los precios y las marcas.

—Me gustan estas. ¿Qué te parecen?

Entre sus manos diestras de palma sudada y dedos gruesos, apretadas contra el torso abultado por un exceso de ingestas calóricas, las zapatillas Hermes no parecen dotadas de un programa especial para convertir a mi hijo en un campeón de atletismo. Pero sí para hacérselo creer a él y a su padre, que es quien paga el precio estipulado. Leemos juntos, con paciencia, las rigurosas instrucciones de uso que van adjuntas a la etiqueta.

—¿Estás seguro de que son unas zapatillas deportivas y no un ordenador portátil?

De color naranja fosforescente, con una suela verde de un material poroso de nueva creación, incorporan un dispositivo de medición de la tensión arterial y los biorritmos, que hace saltar la alarma en caso de que el corredor rebase ciertos límites establecidos de antemano según la edad y el peso del usuario, un detector de la calidad y estabilidad del suelo, además de un termómetro digital para controlar la temperatura del aire circundante y también la del cuerpo.

Hemos caminado sin darnos cuenta hasta el fondo de la tienda, llegando a la zona gris de las oficinas, donde la tristeza burocrática de los empleados de administración y logística, vista a través de los anchos ventanales tras los que trabajan concentrados en sus terminales como un homenaje a la transparencia del sistema, se hace contagiosa para los clientes, y al regresar con nuestra captura, distraídos por todo lo que nos rodea, nos extraviamos en otras secciones ocupadas por estanterías de bolsos deportivos y chándales de distintas marcas, tamaños y colores para que los dos sexos practiquen en compañía el deporte competitivo y no el amor físico más exigente.

Al girar en una de las estanterías abarrotadas de palas y remos para canoas y kayaks en busca del pasillo principal que nos conduciría a la salida nos tropezamos por casualidad con Ramiro Villacañas.

—¿Cómo le va, amigo Espinosa?

El avatar consumidor de Villacañas es un sujeto completamente distinto del que se infiltró hace varias semanas en mi despacho tras mi primer escarceo con Tania Fermat, atraído quizá por el intenso olor a feromonas en ebullición que despedía el ambiente. Este es otro hombre, una nueva especie mejorada del mismo individuo, empujando con vigorosa decisión un gran carro de la compra repleto de toda clase de artículos deportivos.

–No se sorprenda. Estoy aún bajo los efectos de la revelación. Acabo de descubrir el deporte como posibilidad de realización individual.

–¿No es un poco tarde para eso?

–¿Se acuerda del libro de que le hablé en nuestro último encuentro?

–¡Cómo olvidarlo! Después de su relato tuve la sensación de que ya no me hacía falta leerlo. Con su resumen tenía bastante para hablar sobre él con todo el mundo. ¿Ha pensado alguna vez en explotar ese talento? Se haría rico, créame.

–Soy un hombre cambiado y sigo sin apreciar su ironía.

–Disculpe. Es mi hijo aquí presente el que me fuerza a decir esas cosas contra mi voluntad. Vivo bajo su chantaje permanente. Si no hago o digo lo que quiere, me somete a tortura emocional y me obliga a comprarle mercancías innecesarias. No sabe usted lo que eso significa para un padre. ¿Usted lo es?

–No, nunca pude aceptar la idea de que mi realización personal implicara esa clase de rebajas vitales.

–Ya entiendo. Pero no se interrumpa, por favor, cuénteme qué le pasó al final con la novela que estaba leyendo.

–No era una novela, para empezar.

–Ah, pues por como hablaba usted de ella así me lo pareció.

–Falsa impresión. En cualquier caso, al acabar de leer el libro tuve una epifanía, no se ría, por favor. En realidad, la tuve mientras lo destruía. Me causó tal decepción al concluir su lectura que lo tiré al contenedor de reciclaje del departamento y me di el placer de verlo desaparecer en la orgía de papeles reciclados de mis colegas. No valió de nada que a la mitad del proceso me acordara de que el ejemplar pertenecía a la biblioteca de la Universidad. Cuando uno vive un arrebato de esa naturaleza, usted lo sabe bien, apenas tiene influencia sobre su conducta el pensamiento racional. El caso es que estaba allí, viendo consumirse el maldito libro que me había desilusionado tanto al final que padecí un desmayo. No lo vi venir. De pronto estaba disfrutando de aquella visión inquisitorial de fuego e intolerancia y al segundo siguiente, sin apenas sentir otra cosa que un frío intenso en la frente, ya me estaba desmoronando en la nada, haciéndome invisible hasta para mí mismo. Por fortuna, el estado de invisibilidad no debió durar mucho tiempo ya que me desperté en una ambulancia camino del hospital clínico. Estuve veinticuatro horas en observación y ningún facultativo fue capaz de encontrar ninguna causa fisiológica a mi mal. Al salir, visité a mi médico de cabecera y fue este quien me advirtió del daño de las lecturas demasiado intensas y me recomendó la práctica deportiva al aire libre como gran terapia para alcanzar un modo de vida saludable y duradero. A mis cincuenta y nueve años, usted es muy joven aún y quizá no lo entienda con la misma angustia que yo, la vida va estrechándose como un túnel asfixiante y, sin embargo, uno solo ansía alargarla y alargarla, cuanto más mejor. No solo hacerla durar y perdurar sino hacerla interminable, ya me entiende. Un pacto con el diablo hasta más allá de la jubilación. Ahora que vuelvo a enfrentarme solo a la vida la juzgo una actitud más que razonable, ¿no cree? Así que aquí me tiene, adquiriendo la impedimenta indispensable para lograr mi nueva meta... Perdón, amigo Espinosa, espero no estar aburriéndole otra vez con mis obsesiones.

Me veo obligado a mentir delante de Aníbal, cosa que detesto, pero entiendo por su actitud que puedo contar con su complicidad.

—Nada de eso. Mi hijo y yo tenemos entradas compradas para el cine, estrenan una película nigeriana de aventuras policiales muy interesante, y se nos hace un poco tarde.

—Nunca voy al cine y a veces lo lamento. Siento que me estoy perdiendo algo, si pienso en la importancia social y cultural que le dan los demás. Es una de esas experiencias que quedaron relegadas de mis hábitos siendo muy joven y ya luego fue descartada definitivamente por mi cerebro.

—Ha sido un placer volver a verle. Ya me contará cómo le va con su nueva vida.

—Le haré un informe completo la próxima vez que nos veamos, descuide.

Aníbal posee una paciencia envidiable, e imagino que mientras Villacañas nos comunicaba las gracias y desgracias de su mediocre vida de anacoreta neurótico su mente portentosa se habría alejado todo lo posible de su cuerpo para distraerse pensando en su nuevo proyecto de videojuego ecológico, o en las posibilidades de entrar en contacto con la vida campestre del bosque que le permitirían las vistosas zapatillas y sus aplicaciones de tecnología puntera. Por el precio que pago por ellas en caja bien podrían incluir la virtualidad de volar a otros mundos. Al menos espero que hagan feliz a mi hijo. No pido más.

En el coche, Aníbal, presa de uno de sus típicos ataques de curiosidad compulsiva, me somete a un interrogatorio sutil sobre el grotesco personaje, así lo llama, que nos ha asaltado en la megatienda deportiva. Le cuento una parte de la verdad, la que le conviene saber, y le oculto otra parte y hasta le miento y distorsiono ciertos pormenores, con objeto de no inundar su mente con información inútil y depresiva.

Ariana sigue un día más, y ya van cuatro, sin hablarme más de lo imprescindible y cuando regreso a casa no puedo comentarle mi preocupación por el estado de ánimo de Aníbal.

Acabada la sabrosa cena, tartar de lubina americana con confitura de manzana y ensalada de rabanitos picantes, me voy solo con Pablo y Sofía a ver la televisión del salón.

Hoy emiten el último capítulo de una teleserie danesa sobre un grupo de abogados recién salidos de la facultad que se hacen detectives de casos perdidos en sus horas libres y que seduce a la hermana con su optimismo ontológico respecto de la vida profesional y el sólido trabajo en equipo.

El hermano ha tenido la gentileza de encontrar, rebuscando en el infinito menú de contenidos, un canal internacional que emite la teleserie completa en versión original subtitulada al inglés días antes que los otros canales locales.

Por lo que veo, la conexión de Pablo con la inteligencia del televisor está llegando a niveles prodigiosos de virtuosismo telepático.

—Hace mucho tiempo, papá, que el cine y la televisión sirven para darle a la gente la vida que no tiene.

Al terminar de cepillarme los dientes y observar el exorbitante crecimiento de mis ojeras, me acuesto en mi lado de la cama sin decir nada mientras Ariana sigue leyendo sin inmutarse una novela política de trama internacional que le ha recomendado la madre de una amiga de Sofía con la que estuvo hace unos días merendando en su casa.

Cuando Ariana aún me hablaba con naturalidad y no estaba enfadada conmigo, le pregunté por el interés de esa novela de título tan llamativo *(Perras de laboratorio)* y me dijo una frase enigmática que incluso ahora, al apagar la luz sin darle las buenas noches, me inquieta en exceso porque no consigo descifrar su verdadero sentido.

—Me hace recordar cuando las cosas eran de otro modo.

DÍA 22

El hedor me asalta en cuanto me despierto.

Algas podridas en un charco de agua salada y algún molusco fétido flotando en la superficie como un desecho de la pleamar.

Es de noche y el cadáver en descomposición que tengo subido encima no quiere separarse de mí por más que se lo pida con mis gestos de rechazo.

—Haces poco ejercicio.

Mi vida se estrecha como un lazo alrededor de mi cuello. No es una pesadilla recurrente. Es Ariana repitiendo, como si lo estuviera leyendo, un diálogo de mi último encuentro con Tania cuando acaba de follarme sin permitirme que encienda la luz. Ella lo hace todo. No me necesita para nada. Maniobras genitales en la oscuridad. Si fuera otra mujer más joven pensaría que quiere quedarse embarazada sin mi consentimiento. Tratándose de Ariana tiene que ver con algún rollo psicológico de autoafirmación personal.

–Pero tu polla sigue en buena forma.

–Gracias, cariño. Eso me tranquiliza.

El gruñido primitivo de sus primeras palabras en tantos días de silencio impuesto me deja desconcertado, patas arriba, rascándome el vientre como un mono satisfecho.

–¿Cuánto hace que no te duchas?

–¿Contigo?

–No, sola.

–Setenta y dos horas. Es lo que requiere para actuar a fondo sobre la dermis la nueva crema revitalizadora que me ha recomendado mi amiga Merche. Su marido es representante de la marca en Europa. Tienes que untarte todo el cuerpo con ella y luego estar al menos tres días sin limpiarte.

–¿Merche?

–Sí, la madre de Marcia, la amiguita de Sofía. Los efectos son espectaculares. ¿No lo notas?

–¿Te refieres al sexo?

–Me refiero a la comunicación. He vuelto al mundo. A la realidad.

–¿Has descubierto algún planeta nuevo durante el viaje de regreso?

–Mi familia. Mi casa. Mi espacio. Mi vida. ¿Te parece poco?

–Me parece un mundo. ¿Podemos repetir?

La segunda vez es aún más asquerosa y repelente, no entiendo cómo puedo responder con éxito a los estímulos del cuerpo embalsamado de Ariana. Al comenzar la piel a sudar con el esfuerzo y la actividad incesante el ungüento reseco se desprende por capas húmedas, como el pellejo muerto de un reptil, y se me adhiere en partes indeseables cada vez que lo rozo con mi cuerpo.

Cuando acabamos, no sé cuál de los dos se siente más sucio y viscoso.

226

Es sábado por la mañana y bajamos tarde a desayunar. Pablo y Sofía se han ido ya con sus amigos al club de la urbanización donde hoy se rueda un programa especial de la televisión local dedicado a la infancia. Con fiesta incluida.

Sorprendo a Aníbal justo cuando salía clandestinamente por la puerta trasera del jardín para ir a probar de nuevo los poderes de sus relucientes superzapatillas en las entrañas del bosque. Ha pensado experimentar con ellas durante horas en un terreno bastante hostil, según me confesó anoche antes de acostarse.

Ariana ha recuperado el humor de golpe. Ya no es esa mujer reconcentrada y antipática que he tenido que soportar durante toda esta semana. Batiendo su propio récord de eficacia doméstica, ha preparado el desayuno para los dos a toda velocidad. Mientras devoro con hambre inusitada las tostadas de pan integral con mermelada de arándanos y los huevos revueltos con patatas salteadas que ha horneado especialmente para mí, pulsa el botón de la encimera de la cocina y consulta su tableta transparente con nerviosa curiosidad.

Después de unos segundos de suspense, descartando con el dedo índice una tras otra noticias políticas nacionales sin interés, anuncia un acontecimiento internacional que cree no me dejará indiferente.

–Ha sido rescatado un avión que se hundió hace más de una década en la fosa de Mindanao y no han encontrado a nadie dentro del fuselaje. Ni pasajeros ni tripulación.

–El misterio debe continuar.

–Tampoco el equipaje.

–No entiendo cómo no hay alguien ya escribiendo a marchas forzadas el primer tratamiento de guión para convertir el caso paranormal en una teleserie de éxito asegurado.

–A ver si te gusta más esta noticia de última hora. Beijing ha sufrido esta noche el tercer bombardeo de la aviación norcoreana en el último mes. Los destrozos materiales han sido cuantiosos y las muertes de civiles ascienden a ciento cuarenta y siete en un cómputo provisional.

–Nada nuevo bajo el sol naciente.

—Famosa actriz de doblaje facial echa por tierra su prometedora carrera en cine y televisión al someterse a una operación quirúrgica para parecerse a su nueva novia, una actriz de doblaje corporal.

—El espectáculo debe continuar.

—¿Y esta? Mozambique anuncia el lanzamiento de una nueva aerolínea comercial que realizará vuelos regulares a todos los países del Sudeste Asiático.

—Publicidad multicultural de bajo vuelo.

—Qué gracioso eres. Esta te hará reírte un poco de ti mismo.

—Dispara.

—Gorila macho de un zoológico australiano se enamora perdidamente de uno de sus cuidadores.

—Define enamorarse.

—¿Sentir atracción apasionada por otro cuerpo?

—Sin comentarios.

—Otra más. Declaran inocente a una niña de siete años que había asesinado a toda su familia bajo la influencia de un implante neuronal contra la afasia.

—Ruido mediático.

—Esta otra le gustará mucho a Aníbal. Estoy segura.

—A ver.

—Hallan el esqueleto intacto de un megalodón de veinte metros en el fondo de un yacimiento de petróleo de Omán.

—Guárdasela. Seguro que sabe sacarle partido.

Nos duchamos juntos, disfrutando al máximo de la libertad recobrada que nos otorgan nuestros hijos al dejarnos solos y sin obligaciones respecto de ellos. El mundo adulto recupera sus derechos intransferibles en un mundo consagrado por entero a las exigencias ilimitadas del mundo infantil.

Por unas horas, como recomiendan las webs femeninas que Ariana lee con voracidad para orientar su vida diaria, el placer inagotable se erige en norma de nuestra relación de pareja.

Ariana es la mejor amante que he conocido en mi vida. Que sea mi mujer lo hace todo aún más excitante. Cada minuto que no disfruto de ello tengo la sensación de que lo estoy perdiendo sin remedio. La vida se compone de momentos como estos. No hay muchos más.

Cuando vibra el móvil la primera vez, me hago el despistado. Aprovecho que Ariana está en el cuarto de baño haciendo sus necesidades para consultar la última locura enviada por Tania a la velocidad de la luz. Se me borra la sonrisa cuando compruebo que no es de ella el mensaje de texto que recibo. El silencio de Tania no me inquieta, ya se le pasará el enfado. Ramiro Villacañas contraataca. Quiere verme en su despacho. Al parecer, tiene información importante que comunicarme con urgencia inexplicable. Lo borro para no acordarme después. No soporto los arrebatos paranoicos de mi nuevo colega.

Cuando Aníbal regresa de su excursión al bosque, fatigado y sudoroso pero encantado con las insólitas prestaciones de sus superzapatillas, almorzamos los tres juntos en la cocina. Como en los viejos tiempos, cuando sus hermanos eran un poco más pequeños y comían a una hora distinta y los tres formábamos sin pretenderlo el núcleo duro de una familia llena de aristas nada convencionales.

Ensalada de brotes de soja transgénica y *nuggets* de pollo desgrasado especiales para microondas.

Le pregunto por lo que ha hecho por la mañana y me cuenta que ha recorrido el bosque hasta el final, saltando arroyos caudalosos y trepando a los árboles más altos como un aventurero de película.

—¿Cómo sabes que era el final?

—Porque había otra urbanización después.

Es exasperante. Ariana se pasa todo el almuerzo acariciándole el pelo y diciéndole que lo tiene muy largo y él quejándose de la excesiva intimidad con la madre. La madre lo atosiga prodigándole caricias y besos con los que cree que lo consuela de sus tristezas incurables y el hijo los rechaza porque cree que es lo correcto, no dejarse seducir a su edad por el confort materno.

—¿Cómo eran las casas?

—Todas iguales.

–¿Puedes contarnos algo más?

–No me paré a observarlas con atención, mamá. Tenían grandes jardines y piscinas como la nuestra. Y algunas tenían formas raras también. Como algunas de la urbanización.

Yo los miro a los dos con la extrañeza de no entender por qué Ariana no puede ser la madre biológica de Aníbal. Me importa menos serlo yo. No necesito estar en la foto para sentir su importancia emocional. Creo que Ariana no hace diferencias. No existen para ella. Cualquiera de nuestros hijos es para ella tan suyo como si hubiera nacido de su vientre, abriéndose camino entre sus piernas como un paquete enviado desde otro mundo.

–¿Has visto cosas interesantes en el bosque?

–Setas increíbles y muchos animales.

–¿Alguno de dos patas?

–He visto ciervos, también ardillas y creo que un erizo deslizándose bajo la hojarasca.

–¡Cómo no! ¿Algo más original?

–Una pareja de camaleones, un sapo gordo y repugnante, un zorro y unos cuantos conejos grises.

–Ya tienes un zoo completo ahí atrás. Seguro que hay especies nuevas que ni puedes imaginar. Mutaciones evolutivas, ya sabes. Monstruos acechando...

–El bosque no es un laboratorio de experimentación, papá. No fantasees.

Devoramos el postre en silencio, concentrados en la refrescante mezcla de sabores. Un litro del delicioso helado artesanal de extracto de cáscara de naranja y cacao sucedáneo que le habían regalado a Pablo anteayer por acertar un test sobre índices de calidad alimentaria en el hipermercado del centro comercial.

–He hecho fotos de todos ellos. ¿Quieres verlas, papá?

–Me basta con tu testimonio, hijo.

–Voy a incluirlos en mi nuevo proyecto.

–¿Se lo has contado a mamá?

–En parte. Esta mañana he decidido que haya una nave espacial con animales antiguos y otra con animales de nueva creación. Animales artificiales, generados por ordenador. Vi en una película de principios de siglo que hubo un anciano patriarca en la prehistoria que hizo algo parecido con un gran barco de madera.

—No era un barco exactamente, pero el artefacto funcionó con los animales convencionales y unos pocos humanos desesperados antes de que el diluvio destruyera el mundo.

—*Patriarca* sería un buen nombre para el videojuego, ¿no crees?

Sin ponernos de acuerdo, los tres vamos después de almorzar al salón, nos sentamos juntos en el sofá y aprovechamos que Pablo nos ha dejado el gobierno inteligente de la televisión panorámica para reproducir de nuevo el documental de la casa y refrescar las emociones que provocó la noche de su estreno. Culminamos así este gran momento de reconciliación familiar.

Aníbal se aburre antes que nosotros, tiene demasiadas ideas propias bullendo en la cabeza como para perder el tiempo en volver a ver algo que ya se sabe de memoria y tampoco es tan interesante desde un punto de vista objetivo, y se marcha a su cuarto a los quince minutos para proseguir con su nuevo diseño de videojuego animalista.

Sin decírselo a nadie, Pablo ha borrado la imagen siniestra del hombre que rondaba la casa de noche y el metraje es ahora una celebración de la vida en familia aún más perfecta de lo que lo fue en su primera versión conocida.

—Las secuencias de los dormitorios, fíjate bien, tienen ahora una calidad especial. Se debe a un efecto inesperado del montaje. La presencia de algo o de alguien que perturba la imagen. Como si en vez del ojo de la cámara los estuvieran observando los ojos de un extraño. Un visitante invisible.

—Cállate, ¿quieres?

Cuando acaba la película, Ariana llora en silencio. La abrazo con fuerza. Le beso los ojos, las mejillas, la boca, le transmito mi apoyo moral y no solo mi cariño. La mirada incrédula, desconfiada. Tiene los ojos rojos y se le han agotado las lágrimas.

—Me da mucha pena que esto se acabe.

—¿Por qué tiene que acabarse? No te entiendo.

—No sé cuál de mis vidas es ahora más real. ¿Lo sabes tú?

—Creo que sí.

Se levanta sin decir nada más para subir al dormitorio y cuando vuelve a bajar la escalera principal, ya vestida de calle, me dice que se marcha. Ha quedado con la tal Merche en acompañarla al centro comercial a comprar unos zapatos y un bolso y luego cenarán en algún restaurante étnico para variar. Sé que miente, pero me callo por respeto. No me gusta discutir cuando no hay nada que ganar con ello. Ni siquiera me levanto para despedirla en la puerta, como acostumbro. Sale de la casa en silencio y se lleva con ella una parte de la felicidad real que habíamos hecho nuestra por un tiempo limitado engañándonos sobre todo lo que no terminaba de funcionar en nuestra nueva vida.

El poder de la ficción es débil frente a los embates de la realidad. La mente se pasa la vida elaborando ficciones que la sostengan y que la vida misma se encarga de desbaratar sin compasión.

Paso la tarde mirando como un idiota la pantalla del móvil y esperando en vano que alguien inteligente, desde cualquier rincón del cosmos, se digne enviarme un mensaje de solidaridad y solo recibo la respuesta cruel de un número inexistente: «Muerte a Aníbal.»

Cuando Sofía y Pablo vuelven de la fiesta del club cargados de valiosos regalos ya me las he arreglado para hacer desaparecer el texto maléfico de la memoria del computador de la galaxia.

—¿Quién os ha traído?

—Mercedes, la madre de Marcia.

—Tengo hambre, papá.

Los deseos de Sofía son órdenes para mí. Le preparo una cena rápida en el microondas a la que Pablo se suma con facilidad. Se siente satisfecho. Ha sido nombrado el niño más popular del colegio. Según su hermana ha ganado todas las pruebas de habilidad y en las de conocimiento solo ha tenido un fallo, mientras que sus competidores han tenido más de tres.

232

—¿Y cuál ha sido ese único fallo?

—La raíz cúbica de un número complejo.

Voy a terminar pensando que Madre ha interferido el cerebro de mi hijo pequeño, usando el televisor inteligente como mediador eficaz, y lo utiliza como a mí para realizar sus oscuros experimentos.

Sofía y Pablo liquidan a grandes cucharadas lo que queda en el recipiente del helado de naranja amarga y falso chocolate mientras les hago fotos con el móvil desde todos los ángulos.

Ariana vuelve de madrugada y me sorprende despierto leyendo con avidez la novela que le prestaron hace una semana.

—¿Te has divertido?

No me contesta. Se ducha de nuevo, se acuesta junto a mí y apaga la luz sin dejarme terminar el capítulo que me tenía atrapado con su escenario inverosímil de conspiración política y trama sentimental.

—No te pierdes nada. El policía acaba casándose con la candidata presidencial sin sospechar nada sobre su turbio origen.

¿Lo he soñado?

No lo creo. Era todo tan real como cabía esperar, y los efectos se harán sentir durante días en el modo en que miro a mi alrededor con perplejidad sin reconocer nada de lo que veo como lo había hecho hasta entonces.

Roberto Rojas pasa a recogerme al atardecer. Hemos quedado para cenar los dos solos, sin mujeres. Hacía tiempo que no teníamos una conversación en condiciones, me dijo por teléfono para justificar la cita improvisada. Viene montado en su nuevo deportivo. Un bólido aerodinámico de color plata que surca el aire sin resistencia. Sus anchas ruedas apenas parecen entrar en contacto con el piso y se deslizan sobre el asfalto con una suavidad antinatural.

—Mi segundo apellido es Villarroel.

Se quita las gafas de sol al decirme esto, ya no las necesita, la luz declina y a los ojos les viene bien respirar el aire fresco.

—Mónica está muy preocupada contigo. Sabes que te quiere mucho, ¿no?

Ha empezado a tutearme. Ahora que conoce mis intimidades y yo poseo información privilegiada sobre las suyas, ha llegado la hora de abandonar las distancias, los protocolos, los filtros.

—Si hace semanas que no sé nada de ella.

—Por eso mismo. No la llamas, no hablas con ella, no le haces caso. Nunca olvides, Gabriel, que ella fue la clave de tu acceso al campus. Sin ella hoy estarías arrastrándote, sin trabajo, sin dinero, sin prestigio, por el mundo real de la gente real.

¿Es esto lo bastante real?

Antes de ir a cenar en un lujoso restaurante francés de las afueras, me conduce al fabuloso mirador de la urbanización.

El observatorio Palomar.

Desde hace muchos minutos, mirando la pantalla en 3D del GPS, tengo la sensación de que el coche no rueda por la carretera ascendente que había buscado tantas veces en el pasado sin encontrarla. El coche se ha despegado del suelo por el que circulaba y ha comenzado a seguir su propia trayectoria elevándose en el aire sobre el nivel del mar. Una ruta automovilística que ningún ingeniero había trazado con anterioridad.

—No mires abajo. Estamos a punto de llegar al observatorio.

En cuanto aterriza, me precipito a abrir la puerta para bajar del coche a toda prisa y vomitar y me doy cuenta de que no puedo hacerlo. Aterrorizado, me cuesta un mundo mover la pierna derecha y ponerla sobre el suelo sin que se me doble, haciéndome daño en el tobillo. Lo mismo pasa con la izquierda. No consigo mantenerme en pie. Rojas acude en mi socorro con agilidad, me abraza y me obliga a darme la vuelta, mientras me sostiene erguido con la fuerza atlética de su cuerpo, y a mirar el panorama asombroso que se ofrece a la vista de quien llega hasta la cumbre.

Anochece con rapidez pero aún hay un resto de luz suficiente para distinguir extraños bordes y lindes de terreno en la distancia.

—Todo esto es la urbanización Palomar, todo lo que se extiende hasta los límites de lo visible.

—¿Y esa niebla al fondo?

234

—¿Tú qué crees?

—Es todo tan irreal.

A nuestros pies, muchos kilómetros por debajo del desfiladero por el que nos asomamos sin miedo a caernos, se desparrama una masa informe de casas y jardines, piscinas y arboledas, plazas y carreteras entrelazadas que Rojas identifica como el territorio de la urbanización.

—La Urbanización.

Así la llama una y otra vez, enfatizando la primera sílaba hasta despegarla de las otras como un trozo sobrante.

La UR-ba-ni-za-ción.

Y tras ella, en sus confines más remotos, rodeándola como una amenaza latente o un perímetro de seguridad, nunca se sabe, una extensión de niebla instalada a ras del suelo, como un mar de aguas densas y tranquilas cuyas olas no rebasaran nunca, a pesar de la altura, los límites marcados de la zona edificada, protegiéndola de sus enemigos exteriores como un muro intangible.

—El mundo exterior no existe. Es una ilusión, convéncete. El mundo de ahí afuera es el pasado. Aquí estamos seguros. Estamos en el futuro. Hemos llegado. Nosotros somos el futuro. El futuro ya está aquí.

3
Revolución

Aníbal ha desaparecido.

La noticia nos destroza como una explosión en plena cara, una detonación mortal en el corazón de la casa donde todos estamos reunidos aguardando noticias.

Anoche Aníbal no volvió a casa de la fiesta de cumpleaños a la que nos dijo que iba. Llamamos a los padres del niño de la fiesta y no sabían nada de Aníbal, ni siquiera estaba invitado, nos dijeron secamente, sumiéndonos en la perplejidad absoluta al recordar la ilusión con que se había preparado antes de ir y lo contento que estaba con el regalo, una consola de videojuegos último modelo que le habíamos ayudado a elegir para su nuevo amigo, a quien no conocíamos de nada.

Llamamos a sus dos móviles y los dos estaban desconectados. Encendí su ordenador de mesa y luego su portátil y choqué contra el mismo muro de protección. Una contraseña imposible de desentrañar. Pensamos que en uno de sus arrebatos, cuando supo que no iría a la fiesta de su compañero, nos mintió y se fue al centro comercial a ver alguna película recién estrenada.

Sin decirnos una palabra, conscientes de que cualquier comunicación entre nosotros solo podría empeorar las cosas, Ariana y yo nos montamos cada uno en nuestro coche y vamos en su busca. Ariana se ha hecho cargo de la pequeña Sofía, la más afectada por la desaparición de Aníbal, y yo de Pablo, menos impresionable a pesar de todo. Los niños están tan preocupados como nosotros, era impensable dejarlos solos en casa o privarlos de la posibilidad de participar en la búsqueda del hermano.

Dos horas después los dos equipos de búsqueda se reúnen en el lugar acordado en el aparcamiento del centro comercial y confirman que no hay rastro de Aníbal por ninguna parte. Volvemos a casa, un coche delante del otro, con la esperanza de encontrarlo allí, con la ilusión de que hubiera vuelto por su cuenta sin prevenirnos. Toda la casa iluminada para recibirlo como se merece pero no está allí. Nos hemos dejado encendidas las luces en un descuido que la gestión inteligente de la casa no ha sabido corregir a tiempo para evitarnos la decepción.

Es más de medianoche y Aníbal no ha regresado ni ha llamado ni conectado sus móviles. Nos asusta involucrar a la policía en esto y causar un escándalo innecesario. La vida en la urbanización es tan apacible, tan exenta de cualquier forma de violencia o delincuencia que casi hay que pedir perdón por reclamar los servicios de los guardias de seguridad cuando se dan casos de pequeños hurtos o peleas de jóvenes en el centro comercial. Conozco algunas anécdotas que provocarían el enfado de más de un padre de familia.

Llamo a Rojas y le informo del problema, a ver qué me recomienda con su cautela diplomática habitual.

–Entiendo tu preocupación, Gabriel, pero dale hasta mañana. Si mañana no ha aparecido aún, yo mismo avisaré a la seguridad de la urbanización. No conviene molestarles por chiquilladas. Estoy seguro de que anda por ahí, disfrutando con la idea de que lo echéis de menos y su ausencia se vuelva melodramática para vosotros. Ya sabes cómo son los chicos de hoy.

–Gracias, Roberto, por tu comprensión. Tendremos paciencia.

Pasamos la noche en blanco, mirando cualquier cosa en el televisor como si nos interesara algo que no fuera pensar en nuestro hijo para mantenerlo vivo junto a nosotros.

240

La nota encontrada temprano por la mañana en el buzón nos enfrenta a la verdad.

Una hoja de papel impresa en caracteres convencionales. No piden nada. No reivindican nada. No quieren nada especial. Solo comunicar en los términos más estrictos el secuestro de Aníbal y el deseo de retenerlo en su poder por un tiempo indeterminado.

Le pido a Pablo que se haga cargo de Sofía y que los dos vayan al cuarto de Pablo a jugar con el ordenador y, cuando estamos solos, le digo a Ariana que no hay ninguna evidencia de que el secuestro responda a una estrategia política. No hay motivos para alarmarse. Por un momento cruza por mi cabeza la idea de que el propio Aníbal haya podido organizar todo esto para vengarse de la situación de marginación en que se encuentra, en un colegio donde nadie acepta ni echa en falta su presencia, en una comunidad que lo mira con malos ojos y en una urbanización donde no ha hecho ningún amigo real, por lo visto, desde que llegamos hace ya más de cuatro meses. Pero la descarto y no la comparto con Ariana.

Ariana me recuerda la conversación con Mercader, el director del colegio. Me reprocha que quizá no prestamos la debida atención a su advertencia. Me dice que fuimos muy impulsivos al defender a nuestro hijo de sus acusaciones. Le hago ver que no es cierto. Que no hicimos otra cosa que desmontar la mentira que habían elaborado para justificar su expulsión cuando ni siquiera recordaban que era uno de nuestros hijos y lo tomaron por un paria.

Cuando pronuncio esta palabra, Ariana se derrumba. Se tapa la cara con las manos, gimotea y llora. No puedo soportarlo y voy a la cocina en busca de paz con la excusa de beber un vaso de agua mineral. Sé que Ariana me oculta algo. Nada de esto está pasando por casualidad. Tengo la boca seca y la garganta irritada. Me bebo dos vasos seguidos de un trago y vuelvo al salón con otro vaso para ella. Intento que abandone así una actitud en la que no veo ningún beneficio. Lamentarse y llorar no es el medio más efectivo de recuperar a Aníbal.

Vibra el móvil antes de que pueda convencerla. Ariana aprovecha para subir al dormitorio, donde la imagino al llegar dejándose caer boca abajo en la cama para poder desahogarse y llorar sin control.

Descuelgo y es Rojas.

—He visto tu mensaje y acabo de avisar a la policía de la urbanización. Están sorprendidos. Esto no ocurría desde hace años. ¿Estás seguro de que no hay nada más detrás?

—¿A qué te refieres?

—He llamado al colegio y me han dicho que llevaba tiempo sin aparecer por allí.

—Sí, bueno, tuvo un episodio con un compañero y decidimos que lo mejor sería darle unas vacaciones.

—¿Dos meses de vacaciones en pleno curso escolar? ¿Te has vuelto loco?

—Perdona, Roberto, no pensé que esto fuera de tu incumbencia. Fue una decisión familiar concertada con el colegio.

—De acuerdo, de acuerdo, no pretendía inmiscuirme, no me malentiendas, pero esa decisión ahora sí que me concierne.

—Lo que veo con claridad es que en esta urbanización ocurren más cosas de las que uno pensaría.

—Ahora soy yo el que no te sigue. ¿Podemos hablar en otro momento? Cuando vengas al campus. ¿No tienes tu clase mañana?

—No, tenía concertadas varias citas con los alumnos en mi despacho pero las he cancelado todas.

—No te pongas tan dramático. Me apuesto lo que sea a que es un falso secuestro y que tu hijo reaparecerá antes de que la policía dé un paso.

—De eso no me cabe duda. Vista su diligencia.

—Si hoy no aparece, me han prometido que mañana mismo por la mañana irán a hablar con vosotros. Saluda a tu mujer de mi parte, por cierto. Dile que es una madre maravillosa y que tenga mucho ánimo. Todo se resolverá pronto de la mejor manera para todos.

—Te lo agradezco sinceramente.

Cuando cuelgo el teléfono tengo ganas de ahorcarlo del árbol más alto de la urbanización y de ahorcarme yo después con la misma soga. No sería una mala idea. Como dijo alguien, si por más que te empeñes no puedes cambiar el mundo, cambia tú y verás como el mundo te sigue sin pestañear.

Vibra el móvil otra vez con insistencia malsana, como si todo el mundo estuviera informado del problema.

Un mensaje de texto de Carolina Tena, la seductora canguro de los niños, con la que Aníbal quiso mantener una relación más que amistosa; ella tuvo que frenarlo con malos modos cuando una noche, según su versión, Aníbal se propasó.

«He visto a Aníbal andando por las colinas en la parte alta de la urbanización no hace ni una hora.»

Subo corriendo al dormitorio, Ariana no está derrumbada en la cama como un pelele ni mirando con absurdo romanticismo por la ventana. Está encerrada en el cuarto de baño, dándose un baño de agua caliente para relajarse. No me deja entrar. Le hablo desde detrás de la puerta.

–Espera. Yo la llamo.

Entreabre la puerta y le entrego su móvil por la rendija.

Paso un momento por el cuarto de Pablo para ver cómo están los niños. Se les ve muy tranquilos, despreocupados incluso, entreteniéndose para no pensar en la desaparición de su hermano mayor con un juego de ordenador que da la posibilidad al usuario de inventar nuevos deportes alternativos y luego convertirse en el campeón mundial de la especialidad. Se han puesto de acuerdo en concebir un tipo de competición con dos pelotas, una de golf y otra de tenis, y tres jugadores libres cuyas reglas no tengo tiempo de comprender en su totalidad hasta que recibo otro mensaje de texto en el móvil.

«Aníbal está molestando a las niñas en la piscina cubierta del club. Alguien debería venir a buscarlo antes de que se produzca un desagradable incidente.»

Número inexistente, mensajero anónimo.

Basura. Ruido.

Residuos de la comunicación humana de la peor especie.

Bajo al salón cabizbajo y enciendo la televisión sin ganas.

Los reiterados bombardeos de Beijing y Moscú copan todos los informativos en todos los canales y animan los debates incendiarios de los periodistas especializados.

La oscura noticia del secuestro de mi hijo es solo una nota a pie de página de una nota a pie de página de una nota a pie de página de una nota...

Consciente de su insignificancia en el orden del mundo, salgo por la puerta trasera para tomar el aire en una zona de la casa donde nadie me pueda ver.

Cuando estoy a punto de alcanzar la valla que protege la linde del jardín, suena el móvil. Es Ariana.

–Me marcho. No me esperes para almorzar. Ocúpate de los niños.

–Espera.

Sin colgar el teléfono, ya he empezado a correr para alcanzarla antes de que abandone el aparcamiento pero llego tarde, solo veo el lateral izquierdo de su coche girando a mucha velocidad en la curva que conduce a la parte baja de la urbanización. No quiero seguirla. La pista que persigue no me interesa de momento.

La puerta de acceso está abierta. Antes de cruzarla se abate sobre mí la soledad del mundo y me aplasta contra el suelo, como si fuera el escarabajo negro que acabo de pisar sin compasión o la hormiga que rodea la piedra que enarbolo para defenderme cuando veo la figura borrosa que camina hacia mí. En la piedra hay inscrito un signo que tardo en reconocer. Un ideograma de agujas o pinchos. Otra espina dorsal para simbolizar un mundo invertebrado. El contraluz me impide reconocer al intruso hasta que no lo tengo a un palmo. Lleva una gorra deportiva esta vez.

Es Freddy. Es la mejor versión de Freddy y empezamos a tutearnos al fin.

–He encontrado esto.

El regalo para el amigo inexistente, la consola más cara del mercado, destruida, toda la ropa que llevaba, desgarrada, las za-

244

patillas sin cordones, los móviles apagados, las pantallas destrozadas.

La tristeza de las cosas abandonadas a su desastre programado.

—¿Dónde estaba?

—Escondido en el hueco del tronco de un árbol.

Imagino a mi hijo enfrentándose al mundo desnudo como el día en que nació. Quizá porque no asistí a su nacimiento la imagen me asalta con una fuerza emocional devastadora. Ninguno de los dos asistió. Era imposible. Una total desconocida desgarró su cuerpo hinchado para dárselo al mundo como regalo espiritual. Aníbal ha vuelto a la condición inicial que es la única que nosotros no conocimos. Sin nada para cubrirse ni para comunicarse. Privado de todo. Me parece un acto de una crueldad inhumana. Nadie merece ser tratado así. Ni el peor de los hombres. Mucho menos un niño inocente.

—¿Cómo sabías que era de mi hijo?

—Lo había visto corriendo por el bosque más de una vez con sus zapatillas voladoras. Me pareció un excelente candidato y pensé en reclutarlo para mi proyecto revolucionario. Tenía la gracia de los animales y la inteligencia de los ángeles.

—Tu comentario no tiene ninguna gracia.

—Perdona. No pretendía ser ofensivo.

—¿Qué piensas?

—Nada bueno.

—Explícate, por favor.

—De vez en cuando ocurren cosas en la urbanización. Todo el mundo calla. Nadie mira. Nadie quiere ver. Las ocultan. Como vivo en la periferia no se me escapan.

—¿Cosas?

—Desapariciones, asesinatos, suicidios, violaciones. Lo de siempre.

—¿Qué has visto aquí?

—Nada, pero los rumores del bosque son claros. Tu hijo es el chivo expiatorio. No lo soportan.

—¿Por qué? ¿Qué les ha hecho?

–A mí no me preguntes. Yo no soy como ellos. No puedo comprender su forma de pensar y de funcionar. Se ha hecho peor con el paso de los años. Yo me salí del club hace mucho. No creas que mi salida fue impune. Madre me protegió por un tiempo. Al principio pensaron en eliminarme, luego creyeron que era inofensivo, uno de tantos a los que se le había ido la cabeza manejando cifras astronómicas con ordenadores inteligentes. Me había vuelto loco, pensaban, y no representaba ningún problema. Y me dejaron en paz.

–¿Por eso te invitan a sus fiestas?

–Rojas, Rojas es el único. Fuimos amigos, sé muchas cosas, muchas más de las que él mismo sabe, y él aprovecha para recordármelo cada vez que me invita. No quiere que se me olviden. Es una relación interesante, ¿no te parece?

–¿Tiene él algo que ver en el secuestro?

–No lo creo. No es tan canalla.

–¿Quién entonces?

–Cualquier niñato de la urbanización que se tome ya por un líder y arrastre a otros niñatos como él a emprenderla contra el más débil.

–¿Alguien en concreto?

–Hay varios candidatos, como puedes suponer, pero no quiero acusar sin pruebas. Dame unos días para averiguarlo.

–¿Eres mi amigo?

–Creo que sí.

–Sígueme.

El gran Freddy, el fauno de los espacios verdes, me acompaña a casa sin rechistar.

–Hace mucho que no pisaba suelo construido de tanta calidad. Esto sí que es una guarida en condiciones. Te tratan bien los cabrones. No te creas que a todo el mundo le dan casas de este nivel. Ya veo que eres uno de los preferidos de Rojas.

–Una víctima preferida, querrás decir, de sus turbios manejos.

–No es el peor. En el fondo, no es mala persona, no te engañes. Él solo es la cara visible de todo el tinglado. Los que no dan la cara son los peores. Esos sí que deberían aterrorizarte.

246

—¿Conoce Rojas la existencia de Madre?

—La conoció, sin duda, cuando el experimento estaba en pañales. Lo que ignora es que cuando los rectores dieron la orden terminante de anular el proyecto del que Madre era la estrella emergente alguien en algún despacho del campus se olvidó, como por casualidad, de ejecutarla.

—¿No fue Madre entonces quien ordenó contratarme?

—No directamente. No de un modo que ellos reconozcan como real. Lo que pasa es que Madre tiene formas muy efectivas de influir en las decisiones de la gente, como ya has tenido oportunidad de comprobar.

Subimos las escaleras, llamo a la puerta del cuarto y se lo presento a mis hijos como el nuevo jardinero. A pesar del hedor animal, los mostachos encrespados y el sucio atuendo de cabrero, Freddy les cae bien enseguida, sobre todo cuando les demuestra su increíble habilidad para inventar deportes alternativos mucho más excitantes que los que ellos habían sido capaces de idear en el ordenador hasta el momento.

—Freddy se va a ocupar de vosotros hasta que papá y mamá regresen. No salgáis por ningún motivo, ¿de acuerdo? Os llame quien os llame, os digan lo que os digan, no os mováis de casa, por favor. Freddy se ocupará de todo, no os preocupéis.

Si hubiera sabido que esa sería la última vez que vería al gran Freddy con vida no le habría estrechado la mano del modo frío en que lo hice. Lo habría abrazado con fuerza para expresarle toda mi simpatía hacia su persona y mi agradecimiento por lo que iba a hacer por mis hijos. Pero la vida no nos permite anticipar el designio de nuestros actos con tanta antelación como querríamos.

Tenía cosas importantes que hacer en ese momento y eso es todo lo que me preocupaba. Ni siquiera dejar a mis hijos en manos de alguien en quien Ariana no habría confiado me causaba ninguna inquietud.

Durante una hora vago por las colinas y los cañones más altos de la urbanización en busca de alguna pista que corresponda al mensaje de Carolina.

Cuando volví al coche aparcado al borde de un despeñadero, sudando y agotado tras recorrer toda la escarpada zona en balde, mi primera idea fue responderle: «Eres una imbécil. No cuentes más con nosotros, niñata de mierda.»

Ariana me llama antes, como por casualidad, y logro calmarme a tiempo.

—¿Dónde estás?, te oigo muy mal.

—Buscando a Aníbal donde dijo Carolina.

—Ahí no está.

—¿Cómo lo sabes?

—Acabo de recibir un mensaje de texto que dice que lo han visto en el centro comercial.

—Nos están toreando.

—¿Por qué dices eso?

—No te puedo dar muchos detalles, pero hace unas horas un tipo que conozco, no me preguntes quién es, sería muy largo contártelo, me trajo los enseres de Aníbal. También la dichosa consola.

—¿Y por qué los tenía? ¿No has pensado que fuera él el asesino?

Por un momento la perversa idea de haber encomendado a mis dos hijos pequeños al cuidado del asesino en serie que podría mantener secuestrado a Aníbal se proyecta en mi cerebro como si fuera el truculento desenlace de una teleserie de moral dudosa e ínfima calidad.

—Nadie ha muerto todavía, ¿recuerdas? Ariana, cálmate, por favor. No te dejes llevar por lo peor. No se arregla nada así.

La tormenta estalla al otro lado de la conexión, más allá de las antenas y los dispositivos, en ese lugar sin lugar del espacio donde las señales electrónicas no se han transformado aún en significados emocionales.

—Es mi hijo, ¿me oyes?, si le pasa algo no sé qué va a ser de mí.

—¿Yo no cuento en tu ecuación?

—¿Ecuación? ¿Esas son las palabras con las que hablas ahora de tu hijo y de mí? ¿Ecuación? ¿No te da vergüenza hablar así?

—Estás perdiendo los papeles, Ariana, recuerda que Aníbal

está secuestrado y hay mucha gente tratando de localizarlo. Sé positiva, por una vez.

Interferencias sospechosas vienen a quebrar su tono de voz cuando me comunica la sentencia.

—Estoy cansada de tu palabrería. No debí hacerte caso. Nunca debí aceptar venir aquí. Sabía que algo malo nos pasaría. Ya está ocurriendo. No voy a poder aguantarlo, te lo aviso.

Ariana cuelga y antes de que tenga tiempo siquiera de digerir todo el contenido de nuestra conversación telefoneo varias veces a Pablo, que comunica sin parar, y luego a Sofía, que descuelga enseguida para disipar todos mis terrores con su vocecilla de ángel.

—¿Estás bien, cariño?

—Sí, papá. El tío Freddy y yo estamos jugando a un juego muy divertido y Pablo está hablando por teléfono con todos sus amigos preguntándoles si han visto a Aníbal por alguna parte.

—Cariño, escúchame bien ahora. Dile a tu hermano que me llame en cuanto tenga alguna noticia. Dile mejor que me llame cuanto antes, tenga alguna información o no la tenga. Necesito decirle algo importante. ¿Se lo dirás, bonita?

—Sí, papá. Descuida. El tío Freddy es muy guay. Me ha dicho que nos va a llevar a ver erizos al bosque en cuanto Aníbal vuelva a casa.

—Claro que sí, cariño, dale un abrazo de mi parte.

El coche derrapa en una de las curvas de bajada más peligrosas y me doy cuenta de que voy demasiado deprisa, si me salgo de la carretera acabaré en el fondo del barranco y los bomberos tardarán horas en rescatarme, si vivo todavía, y mi familia estará en serio peligro. La niebla ha empezado a devorar la urbanización por el este, su lengua abrasiva avanza desde ahí haciendo desaparecer todo lo que encuentra a su paso. Se me hace demasiado largo el descenso y tengo la sensación de haberme perdido, en alguna desviación tomé la entrada equivocada y estoy dando vueltas en redondo por calles que no reconozco. El sistema del GPS ha dejado de funcionar. Y solo me fío de mi instinto para orientarme. Ya ni siquiera sé si estoy subiendo a las colinas por el otro lado o si estoy descendiendo a la zona comercial de camino al campus.

Rojas me llama al móvil y su llamada, no entiendo por qué, reactiva la unidad de control electrónico del coche y el GPS, como si alguna señal enemiga lo hubiera bloqueado con anterioridad.

No he podido descolgarlo, así que escucho su mensaje de voz en el menú del contestador.

–Gabriel, soy Roberto. Estoy a punto de abandonar el despacho. Son las seis, empieza a anochecer y aún no sé nada de ti. ¿Vendrás mañana al campus? Llámame en cuanto oigas el mensaje para confirmármelo. Si no contesto, llama a Mónica, ella tiene toda la información.

DÍA 24

No puedo hablar con nadie antes de hablar con Madre.

No me ha llamado pero no importa.

Tengo el privilegio de poder acceder al santuario cuando me plazca.

Atravieso las barreras y controles de la «zona muerta» sin que salten las alarmas.

Madre está descansando. Ha disminuido el ritmo de trabajo, no me esperaba.

Un mensaje me indica que espere unos segundos a que se encuentre disponible para recibirme.

–No soy perfecta. Y tampoco tengo todas las respuestas. ¿Has pensado ya en lo que te dije?

Madre transmite signos evidentes de agotamiento y debilidad. Hasta le flaquea por momentos la voz de la anciana sigilosa con que me habla ahora.

–¿Es una prueba? Dime, Madre, ¿es una prueba más a la que me estás sometiendo? ¿Me estás castigando porque no te ayudo a cumplir con tus deseos de muerte?

250

Está reiniciando una sección periférica de sus circuitos y lo siento de inmediato como un masaje de humedad en la piel.

–Recuerda que no soy humana. No me mueven las mismas pasiones que a vosotros. Viéndote así, en verdad, me compadezco de ti. ¿Realmente vale la pena vivir siempre en la incertidumbre? ¿Sin saber lo que va a pasar después? ¿Apenas conociendo el valor real de lo que ha ocurrido antes? Algún estímulo animal habrá en todo ello, si no sería muy difícil de explicar vuestra actitud, vuestra terquedad. Contéstame, ¿has decidido ayudarme?

Mientras habla con parsimonia, el ojo pineal de Madre brilla por primera vez en la oscuridad de su nicho de metal cromado como el resplandor de una esmeralda.

–¿Es un chantaje, Madre? No creí que llegaras a esto para salirte con la tuya.

La temperatura del ambiente comienza a descender de pronto a niveles críticos.

–Ya te he dicho que no actúo de ese modo. Mis motivaciones no se expresan manipulando las emociones de los humanos.

–Mi hijo ha desaparecido.

–Ya lo sé.

–¿Has tenido algo que ver?

El silencio programado de Madre se traduce en una disminución radical de la temperatura del recinto.

–Plantearé la pregunta de otro modo. ¿Sabes lo que ha pasado?

Pasan los minutos a ritmo acelerado y la temperatura sigue descendiendo hasta niveles intolerables.

–Madre, ¿ahora quieres matarme?

El frío intenso es la explicación de que mis palabras no puedan llegar a los oídos de cualquier ser humano que estuviera conmigo en la sala espiando mis actos como los de un maníaco.

–Estoy cansada y quiero morir, ¿por qué me iba a importar la muerte de tu hijo?

La temperatura asciende unos grados insignificantes en el entorno de la estancia y persiste el rigor ártico, sin embargo, en el interior de mi cuerpo aterido.

Madre está jugando conmigo.

Quiere saber cuánto tiempo puedo resistir en este estado sin perecer.

—Yo no he hablado de muerte, Madre. La muerte no es una respuesta a ninguna de mis preguntas.

—La muerte, en este caso, es la respuesta. Tu hijo debe morir. Acéptalo.

—¿Lo has ordenado tú?

La tendencia al equilibrio hace que en ese instante, mientras Madre reprograma con paciencia otras secciones de su sistema laberíntico, la temperatura interior y la exterior sean homogéneas, amenazando de nuevo la estabilidad de mis signos de vida.

—¿Qué puedo saber sobre mi hijo?

—Te dije que no te pertenecía. Te dije que no debías tratarlo como a los demás. Te dije que algún día lo reclamarían. ¿De qué me sirve avisarte de todo si cuando llega el momento actúas como si no supieras nada? Eres como todo el mundo.

El soplo repentino del aire caliente penetrando en tromba por los conductos de ventilación del suelo me hace saber que Madre no desaprueba del todo el nuevo designio de nuestra conversación.

—El sacrificio está en curso y no podemos detenerlo. Resígnate.

—¿Quién ha decidido el sacrificio de mi hijo, Madre?

—Tendrás que averiguarlo por ti mismo. Ya te he dicho que no tengo nada que ver con ello.

La temperatura vuelve a caer en picado, hasta niveles antárticos, despidiendo de pronto densas nubes de un vapor gélido por algunos conductos instalados en el techo de la sala. No puedo resistir el pulso materno mucho más tiempo sin perder la conciencia.

—Madre, estoy dispuesto a morir aquí, entre tus brazos, si no me das alguna respuesta satisfactoria a mi pregunta.

—¿Cuál es tu pregunta? ¿Quieres saber algo nuevo sobre tu mujer o salvar la vida de tu hijo?

Se me congelan los dedos de las manos y apenas consigo sostenerme en pie. Percibo el profundo disgusto de Madre hacia mí. Lo percibo con mis sentidos y no solo con mi inteligencia disminuida. Madre se muestra decepcionada conmigo. Madre sabe más de lo que dice sobre el escabroso secuestro de Aníbal y emplea los juegos del lenguaje humano para confundirme, creando charadas verbales que solo podré resolver cuando ya sea demasiado tarde.

—Quiero salvar a mi hijo. ¿Qué debo hacer?

—Imposible. Todo proyecto real necesita un sacrificio real. Carne y sangre para hacerlo realidad. Ese hijo tuyo es tu principal contribución al proyecto.

—¿De qué proyecto me hablas?

—Abraxas.

—Madre, te lo ruego, ten piedad de nosotros.

Tirado boca abajo en el suelo me agarro a una anilla colgante enganchada a una cadena oxidada para no salir disparado en cuanto Madre, desatando una subida de calor sofocante, abre de golpe todas las escotillas y los túneles de acceso para expulsarme de su santuario con violencia inesperada.

—¿No hay nada que pueda ofrecer a cambio de su vida? ¿Ni siquiera la mía?

—Llegas tarde. La decisión está tomada.

—No te creo, Madre. Sé que me estás mintiendo y no entiendo por qué lo haces.

Esta vez no despierto con los síntomas habituales.

La puerta del ascensor golpea una y otra vez contra mi cabeza antes de que uno de los guardias de seguridad del edificio me rescate de sus mandíbulas mecánicas.

Estoy en el inmenso vestíbulo de la torre, en la planta baja, rodeado de obras de arte que me costaría seis años de sueldo adquirir, como poco, y atendido por un hombre gordo y uniformado que cobra al mes la décima parte de lo que gasto al año en electricidad, agua y basura.

Me duele todo el cuerpo como si hubiera sido apaleado por una pandilla de macarras borrachos en una pelea callejera.

—Está herido, no se mueva, por favor. Voy a llamar a una ambulancia.

No tengo tiempo de obedecer las instrucciones del samaritano con sobrepeso y salario infame. Salgo corriendo del edificio y a pesar del dolor en todas las articulaciones y en el vientre consigo llegar al aparcamiento sin caerme. Me monto en el coche inteligente y vuelvo a casa confiando en sus acertadas decisiones.

Sofía y Pablo están acostados en sus respectivos dormitorios. Antes de hablar con ellos, me encierro en el cuarto de baño para librarme de las secuelas, como siempre. Me quito la ropa manchada, limpio los rastros de sangre y de mucosa y curo los rasguños y las heridas, nada importante, examino la piel magullada y los arañazos en el abdomen, la gran innovación de este último encuentro con Madre. Un abrazo traumático. Compruebo que el ardor de la frente corresponde a una irritación cutánea que cruza de una sien a la otra, como una delgada tira roja sobre mis dos lóbulos frontales.

–¿Otra vez te has golpeado al salir del coche?

–Papá es muy alto.

–O el coche muy pequeño.

El tío Freddy ha sido bueno y les ha dado de cenar, los ha acompañado a la cama y se ha marchado no hace más de una hora. Ha esperado en vano que yo volviera pero ha preferido irse ante la perspectiva de que me retrasara demasiado y Ariana pudiera volver antes, con el lote de explicaciones desagradables y todo lo demás. Así me lo explica Pablo, y Sofía lo ratifica asintiendo con la cabeza.

–¿Dónde está mamá? La echo de menos.

–Yo también.

El móvil desconectado me confirma que no está en un lugar donde yo pueda encontrarla con facilidad. Ha decidido ausentarse de nuestra vida en un momento difícil. Tendrá sus razones. Trato de controlar mi enfado. No puedo con el malestar. Me duele el cuerpo de la cabeza a los pies. Me quito los zapatos al fin y me dejo caer en el sofá del salón en el mismo instante en que la vibración del móvil me indica la entrada de un mensaje nuevo.

Es Mónica. Sorpresa.

254

«Eres un descastado. ¿Dónde has estado todo el día? Tenemos que hablar.»

Me meto en la cama mucho más tranquilo. Tengo todo el colchón para mí, así que me acuesto en diagonal, boca abajo, desnudo, y me quedo dormido antes de que tenga tiempo de empezar a disfrutar de las gratas sensaciones y la comodidad insólita que promete la publicidad del producto estrella del fabricante.

Estamos en el futuro. Nosotros somos el futuro. El futuro ya está aquí.

DÍA 25

Ariana vuelve a la mañana siguiente.

Muy temprano.

Apenas he dormido tres horas. Las pesadillas con un doble onírico de Aníbal y con un avatar monstruoso de Madre que lo persigue por todas las habitaciones de la antigua casa con sus mandíbulas aguzadas me despiertan en plena noche y la repetición mental de algunas imágenes escalofriantes, con los ojos abiertos en la oscuridad, me impide conciliar el sueño.

Estoy preparado para recibirla en cuanto cruza la puerta con cara de circunstancias. No me da tiempo a enunciar el primer reproche cuando están llamando al timbre de la entrada principal.

Los polis de la urbanización ensayando su asignado papel de comparsas en la pequeña pantalla del interfono.

Ariana y yo, entre tanto, nos preparamos para la comedia en ciernes como dos actores entrenados en afrontar los papeles más complejos de su carrera. Es lo que nos ha tocado. Más tarde arreglaremos cuentas.

—Buenos días.

—Buenos días. ¿Podemos pasar?

—Identifíquense, por favor.

Inspeccionándolos de arriba abajo, pienso por un momento que alguien al mando, conociendo nuestros gustos liberales en la materia, los ha enviado para que nos seduzcan con su musculosa puesta en escena.

Podrían ser dos actores porno, un actor y una actriz, dispuestos a rodar uno de sus acoplamientos mecánicos ante varias cámaras, pero no lo son. Son dos «cachalotes», como llamábamos los estudiantes de letras, con cierta envidia, a los de otras disciplinas menos prestigiosas para burlarnos de su robusta apariencia.

Los uniformes les quedaban demasiado estrechos, como si estuvieran improvisando una toma cuyo vestuario real no estuviera terminado todavía, y la imagen que produjeron al irrumpir en el espacio de la casa fue grotesca.

Actitud marcial, maneras impertinentes, impostada solemnidad.

Los conduzco al salón mientras Ariana va a la cocina a buscar una jarra de agua mineral y cuatro vasos para hacer más fluida la comunicación con los agentes designados para investigar la desaparición de Aníbal.

Se niegan a pronunciar la palabra *secuestro*. La han borrado de su vocabulario.

En principio, como dictamina la ley en el nuevo orden mundial, el ciudadano es culpable de todos los crímenes hasta que se demuestre lo contrario.

Él se sienta a mi lado en el sofá y ella prefiere mantenerse de pie frente a mí. Cuando Ariana llega, se sienta al otro lado del sofá, en el rincón desocupado, y comienza entonces el interrogatorio.

–El hijo, entonces, hemos quedado en que no es de ninguno de los dos, ¿verdad?

Ella toma la iniciativa con desparpajo. La poli que se pasa de lista se llama Mona. Mona Ortiz. Morena de ondulante cabellera, mirada turbia, piel olivácea, cuerpo esculpido en el gimnasio y en el quirófano. La tensión pectoral de la camiseta blanca que lleva bajo la chaqueta reglamentaria no engaña al ojo experto. La debieron de contratar con el mismo criterio con que contratarían a una actriz porno de medio pelo, rendimiento y eficiencia probados en escenarios de máximo compromiso. No le pidas que pronuncie una frase amable, no está escrita en su parte del guión. No es tampoco su carácter. En la academia, si es que ha pasado por alguna que no sea de peluquería o de estética, no le debieron de enseñar técnicas para manejar situaciones delicadas.

–Hace ya dos días, vale, y, sin embargo, vale, no han vuelto a recibir ninguna comunicación, vale, desde ayer por la mañana, vale. No les quiero engañar, vale. El caso, vale, tiene muy mala pinta, vale.

Él trata, en todo momento, de estar a la altura interpretativa de ella, aunque le cuesta seguir el ritmo de sus intervenciones. Mr. Vale no entiende todo lo que la compañera dice y hay que repetírselo con frecuencia y sus contribuciones suelen ser irrelevantes.

En realidad, el poli que se hace el tonto se llama Bruno. Bruno Reinosa. Según declara la identificación con que accedieron a nuestra casa. Otro cuerpo acorazado en el gimnasio y en las pistas de atletismo. Por desgracia, estos cuerpos macizos suelen cometer el mismo error estratégico. No cultivan la mente con la misma dedicación que quienes los emplean para una tarea tan ingrata como asegurar la ficción del orden en la comunidad, simular que la seguridad de la urbanización está encomendada a las mejores manos. Las más diestras y cuidadosas.

–Verán, tal como vemos las cosas, vale, una de dos, vale, o el niño les está gastando una broma pesada, vale, o ha caído en las redes de una banda de delincuentes o de terroristas, vale, no podemos descartar nada a estas alturas de la investigación, vale, y lo están utilizando para aterrorizarles, vale.

Las dos cámaras de vigilancia que registran con detalle cualquier actividad que ha tenido lugar en este salón desde nuestra llegada estarán enviando en este momento a sus destinatarios una imagen bastante cómica.

Mona pasea una silueta que ella cree impresionante por el perímetro de la habitación, comprobando cuanto objeto decorativo o rastro visible le sale al paso con fingida curiosidad, como un sabueso olisqueando los restos de una orgía perruna en un descampado repleto de basura.

—Hemos entrevistado al director del colegio, discretamente, por supuesto, y nos ha dicho que el niño no iba bien, nada bien, ¿verdad?

Al pasar una y otra vez por detrás del televisor inteligente no se da cuenta de que su figura entra en contacto con la señal que lo enciende y atrapa su imagen emitiéndola en una de las múltiples ventanas que configuran el menú de contenidos a la carta.

—Estamos preocupados, vale. Es un caso preocupante, vale.

Bruno se limita a estar sentado en el sofá entre Ariana y yo y ha elegido por razones obvias volverme la espalda y dirigirse frontalmente a Ariana. No tengo claro aún si su elección responde a un criterio de atracción sexual o a un intento de neutralizar la rivalidad con el otro macho de la casa, que les ha debido de parecer, en un primer análisis, bastante impaciente y agresivo. En cambio, la señora de la casa, a la que han sorprendido en modo depresivo convaleciente, les parecerá de fácil acceso en comparación.

—Otra opción que no podemos ignorar, se lo adelanto, es la de que ustedes estén detrás de todo. En palabras del director del colegio, el señor Mercader, han dado pruebas de no respetar los códigos de conducta de la comunidad y, son sus palabras, no las mías, que quede claro este punto, ser personas bastante intratables.

Mona empieza a estar intrigada por su aparición estelar en la pantalla televisiva y cuando habla no presta la atención que debiera al peso moral de sus palabras. El peso con que esas palabras insolentes pueden aplastar pies doloridos o genitales sensibles y forzar una reacción violenta en sus receptores directos.

—Es absurdo. No sé cómo se atreve a insinuar nada semejante.

—¿Qué es absurdo, señor Espinosa? ¿Que ustedes hayan querido deshacerse de un hijo adoptado? No es la primera vez, no me obligue a recordarle macabros antecedentes que están en la mente de todos los ciudadanos. Los criterios de adopción se han vuelto tan laxos como la compra de mascotas online. Nadie puede privarse de tener en casa lo que prefiera, animales de todas las especies, incluso las ilegales, o niños y niñas de todas las procedencias, sin control alguno, y de librarse de ellos con suma facilidad en cuanto el bicho de turno o la criatura de marras se convierte en un engorro para sus intereses. ¿Me equivoco en la apreciación, señor?

Bruno no da pruebas de secundar la audacia verbal de su compañera. Bruno está fascinado con las peculiaridades faciales de Ariana. Bruno aspira a leer en los signos del rostro femenino que tiene frente a él una interpretación parcialmente distinta de lo sucedido.

—En realidad, vale, si descartamos que el niño sea un bromista de mal gusto, vale, creemos que sería su marido, vale, el principal sospechoso, vale, de la desaparición, vale.

—No te adelantes, Bruno. No acuses aún. Mira que te lo tengo dicho. Paso a paso se llega más lejos en el cuerpo y con el cuerpo. Tú sigue el curso de la investigación por el orden lógico que hemos programado y no precipites las conclusiones. Te puede costar caro. A ver si te enteras, guapo. Estos señores, aunque no lo parezca, tienen sus derechos.

Las miradas de los agentes se entrecruzan con nerviosismo, las ineptas estrategias se recomponen con apenas un reajuste rápido del uniforme, una renovada tensión de músculos en brazos y pectorales y la comprobación final de que las armas reglamentarias están en posición de ser usadas si hiciera falta.

—Ya le digo, señor, que toda conclusión es prematura en este caso. Las pistas acumuladas son lo bastante confusas como para apuntar en muy diferentes direcciones. Si no fuera, claro está, por los indicios de la presencia del maldito grupo terrorista en la vida de su hijo.

Busco complicidad en los ojos de Ariana, viendo la ridiculez de la pantomima, y solo encuentro desamparo y tristeza.

—Mi hijo no mantenía relaciones con ningún terrorista, no sé de qué me hablan. Eso quedó aclarado hace semanas cuando hablamos con Mercader.

—¡Qué tele tan chula! Nunca había visto un pantallazo así.

Mona se pavonea frente al televisor. La seduce su imagen simiesca de poder proyectada en el espejo de la pantalla, se regocija en ella y la ejerce con autoridad sobre nosotros y sobre su compañero.

–No es eso lo que tenemos entendido, ¿verdad, agente Reinosa?

–Por supuesto que no, agente Ortiz. Por supuesto que no.

–Empezamos bien. ¿Qué piensa de esto?

Bruno me tiende un pasquín de color escarlata impreso con letras negras de estilo gótico donde se proclama con prosa grandilocuente la inminencia de una revolución mundial. El subversivo documento aparece firmado por un movimiento de liberación cuyo emblema reconocible es una ristra de pinchos incisivos o una raspa de pescado sin cabeza pensante a la vista.

–Sospechoso, ¿no?

–Si usted lo dice. Yo no veo aquí más que una chiquillada. Y no sé qué tiene que ver con mi hijo.

Mona se regodea en la crueldad de su actuación y solo mira a la pantalla mientras habla.

–¿Ah, no? Sepa que el día en que agredió violentamente a un compañero en el colegio su hijo estaba repartiendo estas hojas entre los alumnos del centro. El chico le dijo que se estaba volviendo loco y su hijo, sintiéndose ofendido, según el testimonio de otros niños presentes en el patio de recreo, le golpeó en la cabeza varias veces, sin contemplaciones. Me parece intolerable. De hecho, es un acto de violencia intolerable.

Mona se gira de repente, volviendo la espalda por una vez al televisor que absorbía su imagen, y al pronunciar su última palabra me apunta con el índice erguido en actitud acusadora.

–Nadie en su sano juicio negaría una evidencia incriminatoria como esta.

Indignada, Ariana se levanta y hace amago de irse y abandonarnos hasta que el radar de la policía enfurecida con su propia representación de los hechos la detiene en seco y la obliga a reconsiderar su escasa participación en la «entrevista», como le gusta llamarla para restarle importancia legal.

–Usted no va a ninguna parte, señora. La entrevista no ha terminado. Siéntese ahí ahora mismo. No huya de la verdad. O su hijo o su marido, o los dos confabulados para burlarse de todos nosotros, son los culpables de este desaguisado que ha dejado en entredicho el impecable sistema de seguridad de la urbanización Palomar. Y no le quepa duda de que cuando esta profesional competente salga de esta casa será para dejarla a usted más segura y sosegada que cuando entró en ella para cumplir con su obligación. Me debo a la verdad por vocación y por convicción. Y en esta casa, señora, mi detector íntimo me dice que habita la mentira. La mentira y la maldad personificadas.

Ariana sonríe por primera vez en toda la mañana. Conociéndola, imagino que no siente ninguna afinidad con la otra mujer y no solo por su condición policial. Conociéndola como creo conocerla, intuyo que su sonrisa es una concesión irónica al despropósito que tiene lugar en nuestro hogar sin otro motivo que encubrir por cualquier medio el escándalo que el secuestro de nuestro hijo ha provocado en la comunidad de la urbanización.

–Su hijo, vale, coqueteaba con ideas muy peligrosas, vale, y se juntaba con gente muy peligrosa, vale, poniendo en peligro, vale, la vida de la gente de la urbanización, vale. Deberían mostrarse más cooperativos, vale. No sé, cooperar un poco más con la investigación, vale. Solo tratamos de protegerles, vale, contra ustedes mismos, vale, si es necesario, vale.

Ante la última expresión apabullante del genio lugareño, Ariana me mira a los ojos con creciente intensidad y no es para transmitirme amor ni comprensión ni ningún sentimiento que pueda reconfortarme en estos duros momentos de nuestra relación. Es una mirada corrosiva que solo expresa su renovado deseo de acabar con esta mala comedia de una vez. Es una mirada que reconozco, la he visto muchas veces antes en mi vida con Ariana, la última en el despacho del infame Mercader. Esa mirada me anuncia con antelación suficiente la llegada del terremoto que se avecina para que esté preparado y no me pillen por sorpresa las sacudidas y los temblores.

–¿Nos toman por imbéciles? De verdad. No me lo puedo creer. Otra vez igual. Alguien ha vuelto a equivocarse y les ha dicho que éramos imbéciles y que nos podían tratar como a tales, ¿es eso? Los han mandado aquí para que nos tomen el pelo y nos hagan sentir como un par de gilipollas y de paso meternos el miedo en el cuerpo. ¿Eh, se trata de eso?

–Señora, vale, por favor, vale, no se ponga usted así, vale. Estamos cumpliendo con nuestra obligación, vale. Es nuestro deber, vale, avisarles, vale. Prevenirles, vale. Informarles...

–Basta ya de chorradas y de mentiras, ¿vale?

Bruno se hunde en el sofá, avergonzado por la reacción emocional de la mujer a la que creía tener bajo control, pero Mona no es una contrincante despreciable. La tensa situación deriva hacia un combate dialéctico de féminas en toda regla y yo me preparo relamiéndome para ver a mi campeona rubia batirse cuerpo a cuerpo en el fango con la morenaza uniformada que tiene de policía lo que cualquiera de nosotros, excepto el disfraz chapucero y la pistola eléctrica para inmovilizarnos contra el suelo si sus caprichos de dominación extrema así se lo exigieran.

–Mire, señora, le hablaré claro. A mí no me chulea usted, no me pagan para tanto. Por muy contribuyente que sea, mi sueldo me lo gano yo con el sudor de mi coño y mi esfuerzo diario, no me lo paga usted, ¿se entera? Su hijo era un maleducado insoportable. No lo echaron del colegio por compasión. Lo aguantaron todo lo que pudieron y cuando no pudieron más encontraron una excusa perfecta para hacerlo. ¿Quién se lo podría reprochar? Yo no, desde luego. Déjeme hablar, no me interrumpa...

–No le tolero que hable así de mi hijo. Quién se ha creído que es usted. Ni siquiera creo que sea policía. Enséñeme otra vez su identificación, y usted también, o si no salgan de mi casa enseguida.

–No tengo por qué enseñarle nada. Ya me identifiqué antes de entrar, una vez aquí nada ni nadie me obliga a volver a hacerlo. Son las normas, señora, debería conocerlas, es usted una irresponsable.

Mona se encara con Ariana y parecen dos leonas en celo defendiendo a su camada. Sé de qué lado estoy en esta guerra, pero eso no me impide disfrutar del espectáculo en toda su grandeza natural.

—De qué normas me habla, especie de subnormal tarada. ¿Se cree mejor que nosotros porque le paga los servicios algún jefecillo de la mafia de la región? ¿Se cree que puede venir aquí, a nuestra casa, a darnos lecciones sobre cómo comportarnos y cómo educar a nuestros hijos con sus prejuicios baratos de segurata subcontratada? Cómo se atreven, desgraciados, cómo se atreven a darme lecciones a mí. En lugar de hacer su trabajo como corresponde. Encuentren a mi hijo lo antes posible y luego me darán todas las lecciones que quieran. Hasta entonces, salgan de mi casa. No quiero volver a verlos.

—Cuando salga por esa puerta, la mentira seguirá habitando en esta casa. Y usted será su cómplice, señora. Debería avergonzarse.

—Fuera de mi casa, hija de puta.

Uno de los dos agentes no es quien dice ser, por lo que deduzco de sus gestos de duda, y eso vuelve su posición frágil frente al otro. No les queda otra salida que abandonar la casa en la que entraron con engaño para convencer a sus habitantes de que la culpa de todo lo que estaba pasando era suya y de nadie más.

—No volverán a ver a su hijo. Ya nos encargamos nosotros de eso.

Ya están lejos de mi alcance cuando los mensajeros de los sicarios emiten su terrible sentencia. Los veo alejarse en el falso coche patrulla en que llegaron hasta aquí y no pienso en quién se lo habrá proporcionado. Pienso en que cuando la agente Mona Ortiz quedó fuera del alcance del televisor, liberando las señales de su interferencia opresiva, aparecieron en pantalla unos dibujos animados japoneses por los que Aníbal sentía una especial afición desde que era muy pequeño. Y me pareció, en aquel momento de desesperación, un oscuro signo de esperanza emitido desde algún lugar remoto por una inteligencia superior.

Llamo a Rojas para transmitirle mi indignación y me dice que estoy exagerando como siempre. No será para tanto. Comprende por lo que estamos pasando pero debemos dejar que la policía haga su trabajo sin entrometernos. Todo saldrá bien. Me pide que me comunique con Mónica cuanto antes.

Optimismo metafísico, así se llama este vicio intelectual en la distante tierra de la que provengo.

Entro en casa. Ariana está llorando. Tras el lance con los policías de pacotilla se ha derrumbado otra vez, descargando toda la energía emocional negativa con la que volvió esta mañana. Espero que se le pase y le pregunto:

—¿Quieres hablar?

—No.

—Me largo entonces. No aguanto más aquí. Ocúpate de los niños.

Cuando subo la escalera para vestirme, Sofía y Pablo están sentados en el último escalón, con lágrimas en los ojos, consolándose mutuamente. Las caras delatan su estado de confusión mental. Han oído con intermitencia todo lo que se ha hablado en la conversación con los emisarios malignos y no entienden nada de la información diseminada en el curso de la misma. Sus deducciones erróneas no me sorprenden.

—¿Aníbal es un terrorista?

—Hablad con mamá. Ella lo sabe todo.

Suena irónico pero no era mi intención. El lenguaje dice a menudo más de lo que queremos decir. Y a veces menos. Nos tiende trampas continuas. Juega con nosotros todo el tiempo, como Madre conmigo.

Me visto con prisa y salgo de casa sin despedirme. No soporto estar un minuto más bajo el mismo techo que Ariana mientras no se decida a contarme la verdad. O una parte de la verdad. Un atisbo razonable al menos.

Antes de arrancar el coche, compruebo el teléfono. Me asaltan tres mensajes de texto vibrando en el móvil. Respondo a los dos primeros. Es Tania. Está en el hotel de siempre y me espera, rebosante de jugos corporales y de energía positiva. Tiene muchas ganas de volver a jugar conmigo a su juego favorito. El juego más inteligente. Ella también. No puede vivir sin tener relación con mi cerebro privilegiado, según dice el enunciado del segundo mensaje. En realidad, me usa para probar que *inteligencia* es un nombre femenino y le corresponde ostentarlo a una mujer de cualidades sobresalientes como ella.

Le contesto sin tardanza: «Necesito verte desnuda y besarte por todo el cuerpo.»

El tercer mensaje, rebajando el nivel al grado ínfimo, es de la servil Mónica, me invita a una reunión urgente en la torre del departamento, y me niego a responderle por ahora. Puede esperar.

Tania se ha registrado en el hotel con un seudónimo y me desafía a que lo averigüe en el menor tiempo posible. Me siento como un concursante de la televisión, superando pruebas cognitivas cada vez más arduas. El premio gordo está al alcance de mi mano y no tardo ni cinco segundos, tras leer su críptico mensaje, en preguntarle a la recepcionista veterana por la señorita Sophie Germain.

–Habitación 314. ¿Quiere que la avise, señor?

–No, gracias, ya subo yo. Es una sorpresa.

Tania me hace esperar frente a la puerta más de lo necesario y cuando abre al fin, con una sonrisa de bienvenida digna de un príncipe, solo porta sobre su cuerpo la máscara japonesa del maquillaje, el carmín que hace brillar sus labios con la luz del deseo y las braguitas fucsia a juego que se ha comprado hace un rato en la tienda exclusiva del hotel.

–Eso que tienes en la frente no será un eccema contagioso, ¿verdad?

–Es inocuo, no te preocupes. Solo ataca a las mentes más brillantes de cada generación.

Media hora después se siente profundamente decepcionada porque aún no le he deslizado las braguitas por los muslos para inspeccionar su nuevo depilado artístico y yo no me he quitado ni la chaqueta ni los zapatos. Permanecemos los dos tumbados, uno junto al otro, como dos comatosos en una unidad de cuidados intensivos.

–Los vecinos no pueden oír nada de lo que digamos. Esta suite es un búnker filosófico de paredes herméticas.

Le cuento en detalle la historia del secuestro de Aníbal mientras Tania da cuenta sistemática de las existencias del minibar y ahora me mira conmovida, en plena euforia etílica, hasta que se le ocurre una idea que, con su falsa modestia característica, califica de genial.

–Hazme un hijo.

Me desnudo con rapidez, para estar más cómodo, y solo conservo puesto el eslip negro de las celebraciones especiales.

Me abalanzo sobre la tentadora Tania en el momento en que decide darme la espalda en la cama.

Mis besos vampiro se imprimen como mordeduras de sangre sobre la tersa sensualidad de su piel.

Hombros, brazos, nalgas, muslos, pantorrillas.

El jugoso cuerpo de Tania.

Dedico una frase afectuosa a cada uno de los dedos de sus preciosos pies, adornados con un esmalte de color magenta irresistible.

Al volverse hacia mí, la larga melena rubia y los ojazos de un verde lacustre confieren a su sonrosada desnudez un toque sublime que me facilita la decisión de no penetrar en ella. Ni ella me lo pide ni me lo impide, sencillamente no lo hago. No es lo que busco esta tarde. No tengo fuerzas ni ánimo para pensar en sostener una erección, mucho menos para dirigir una maniobra de inseminación natural.

–Podríamos tenerlo sin problemas, ¿sabes? No bromeo. Yo me encargaría de todo, tú no tendrías que hacer nada ni pagar nada. Nuestro hijo sería un absoluto genio, ¿no te das cuenta?

Sí que me doy cuenta, querida Tania. El morbo infinito que provoca el papá del niño secuestrado. (No te rías, Madre, esto no va contigo.)

–La Universidad cuenta con un magnífico programa de becas para las estudiantes que eligen ser madres antes de terminar los estudios de posgrado.

Pienso por primera vez en Aníbal en términos puramente

genéticos, como un producto de la evolución. Pienso en el extraño origen de Aníbal, en el óvulo y el espermatozoide anónimos que negociaron un acuerdo beneficioso para ambas partes a fin de poder crearlo. Eso me recuerda que, en realidad, nunca he sabido nada de su nacimiento. El enigma genuino de Aníbal, agravado con su desaparición. Nunca sabré de verdad si hubo o no un padre y una madre que se amaron para concebirlo o si fue producto de un experimento biológico ejecutado fríamente en un laboratorio. Por un momento, imagino con terror la existencia de centenares de hermanos idénticos a él repartidos por el mundo como la vanguardia de la sociedad del futuro. No me importa. Es mi hijo. Es único. Puedo asegurarlo. Yo he cuidado de él durante los siete últimos años, día a día, noche tras noche, y si le pasa algo a mi hijo Aníbal mi vida se hundirá sin estrépito en la insignificancia.

Me pongo a temblar como un epiléptico.

–Abrázame, Tania, necesito que me abraces con fuerza y no te separes de mí hasta que se me pase el ataque de pánico.

Muerta de aburrimiento, enciende la televisión y localiza para estimularme un canal de posporno que solo emiten algunas plataformas por cable. Porno conceptual de nueva factura. Es la última moda en el medio, comenta Tania acariciándome la polla por encima del eslip antes de deslizar su mano por debajo del tejido elástico.

–Sucia y sudorosa es como más me gusta tocarla y olerla.

Tras años de críticas a una industria audiovisual que no sabía cómo reconvertirse para no desaparecer, decidieron mejorar el producto encargando a guionistas profesionales que rellenaran con diálogos inteligentes los tiempos muertos entre polvo y polvo. El éxito fue inmediato. Grandes discusiones sobre sentimientos, temas de actualidad o ideas intemporales entre actores y actrices tan dotados para el sexo como para la conversación interesante, antes y después de follar. Resulta muy instructivo.

La vida se parece cada vez más a un buen escenario posporno.

–No estarás enamorándote de mí, ¿verdad?

Mi falta de erección le parece un síntoma infalible del amor. La ironía no es el fuerte de las nuevas generaciones.

DÍA 26

Cuando me despierto por la mañana estoy solo en la cama.

Tania se ha marchado dejándome un mensaje de alerta vibrando en la pantalla del móvil: «¿Te veré en el desfile de moda del campus?»

He dormido de un tirón toda la noche. Me siento descansado como hacía tiempo que no me sentía cuando me levantaba. Al final debí de ingerir la pastilla remedio mágico para el insomnio que Tania me recomendaba con insistencia para relajarme tras mi segundo episodio de temblores con hemorragia nasal añadida.

Pido al servicio de habitaciones que me suban el desayuno. Para dos. Mientras devoro el tercer cruasán relleno de jamón con un apetito inexplicable me acuerdo de Aníbal, de pronto, y me entran ganas de llorar y, sin embargo, no consigo echar una lágrima. Estoy seco, por dentro y por fuera. Voy a la ducha y allí aflora todo. Golpeo las paredes blandas con los puños mientras el agua resbala por mi cuerpo y mi cara, sin limpiarlos, para disimular que estoy llorando y gimiendo. El aire está inundado de un vapor fétido cuando acabo y casi me resbalo y me caigo caminando hacia la puerta para abrirla y ventilar la humedad malsana del cuarto de baño.

Antes de abandonar la habitación, ya repuesto de mis renovados ataques, compruebo que Villacañas me ha puesto otro mensaje: «Hay un tema importante que querría discutir con usted enseguida. ¿Podríamos vernos hoy mismo en el campus? Es mi día de visita.» Lo llamo y confirmo la cita. A las tres en el bar Strella, el local de comida étnica de moda en el campus entre profesores jóvenes y becarios enrollados de todos los departamentos.

Llamo a Mónica a continuación.

—Ya era hora de que dieras señales de vida.

—He estado ocupado. ¿Quieres algo especial?

—Hoy no tienes clase, querido.

—¿Cómo sabes que he suspendido las tutorías? Se me ha olvidado subir la información al campus virtual, pero los alumnos lo saben.

—Nadie tiene clase hoy, tonto. La pasarela, ¿te acuerdas? La pasarela Campus. ¿Vas a pasarte por mi despacho de todos modos?

—¿Es imprescindible? Tengo una cita a las tres.

—Ya, con el doctor Villacañas. ¿A las cinco entonces? Tienes tiempo de sobra.

—Perfecto. ¿Puedes adelantarme algo?

—No es tan urgente, querido. Ya lo hablamos cara a cara.

—Vale.

—Por cierto, hay unos chicos muy simpáticos que quieren hacerte una entrevista para *Black Box,* la revista mensual del campus. ¿Te parece posible en este momento?

—¿Qué les contesto si preguntan sobre mi hijo?

—Humor negro. Nunca cambiarás, querido.

—¿Tú crees? Yo no estoy tan seguro.

Estaciono en mi plaza asignada del aparcamiento, a los pies de la torre del departamento. Al bajarme del coche, no me molesto en mirar a la reluciente cúspide del edificio, el nido secreto donde Madre vive recluida, lejos de nosotros, los hijos fallidos de su programa. Ya no me preocupa tanto su existencia.

Cuando me encamino por uno de los senderos principales hacia la zona de ocio donde se ubica el bar Strella compruebo que toda el área del campus se encuentra en estado de emergencia. Es el desfile de moda de todos los años, se me había olvidado, el aviso de Tania se refería a este acontecimiento trascendental. Las grandes y las pequeñas marcas acuden a la Universidad Paneuropea de Millares en busca de prestigio y reconocimiento y la Universidad se da un baño dorado de glamour, belleza y diversión y todos contentos y satisfechos hasta el año próximo. Por lo que veo, los estudiantes se lo toman con una profesionalidad impecable. Se sienten modelos de pasarela por un día. Ellos y ellas. Modelos de alta costura, vistiendo marcas de ropa y accesorios que en el futuro solo podrán pagarse si triunfan en sus respectivas carreras y acumulan un elevado rendimiento anual y un ajustado equilibrio de gastos. Es un método estupendo, desde luego, para estimularlos en sus estudios.

–Hasta luego, profesor.

Uno de mis alumnos acaba de pasar a la carrera junto a mí, va descalzo pero revestido por entero con el traje fantástico de una famosa firma italiana. Imagino que corre en busca del par de zapatos a tono que completarán esa imagen seductora con la que sueña por las noches, cuando ha terminado de estudiar cualquier tema abstruso y su chica o su chico, quién sabe, ha decidido pasar la velada con otra persona para ampliar experiencias antes de decidir en el menú de opciones disponibles qué clase de soledad prefiere para vivir. Yo también pasé por esa experiencia dramática. Me acuerdo muy bien.

A medida que me acerco a la zona caliente del campus, la multitud hiperactiva se arracima de modo que apenas si puedo distinguir la entrada del bar griego donde tengo mi cita, oculta tras unos parapetos de plástico, unas pantallas de croma azul y un par de andamios elevados donde varias cámaras y técnicos están haciendo pruebas antes de comenzar a grabar una parte del desfile inminente.

Mientras paso por debajo de uno de los andamios, bajo la antipática vigilancia de uno de los guardias de seguridad, me pregunto por qué me ha invitado Villacañas hoy, precisamente hoy. El único día del año en que el bar está vacío por culpa del espectacular desfile de moda. En cuanto entro en el recinto aromático, no me cuesta localizar a Villacañas porque, aparte de una pareja de tíos que se están morreando frente a un plato desbordante de musaca, no hay nadie en el interior del bar haciéndose preguntas estúpidas que no conducen a nada bueno.

–Un buen sitio para declararse, ¿no le parece?

270

Ramiro Villacañas se levanta en cuanto me aproximo a la mesa donde me espera con puntualidad británica para que pueda contemplar los atavíos de su nueva identidad. No solo ha cometido el disparate de elegir este local étnico desahuciado en un gran día para la moda nacional e internacional en el campus como hoy, sino que ha decidido acudir a la cita, contraviniendo la etiqueta recomendada, vestido de la cabeza a los pies con la indumentaria de un golfista profesional.

—Mi nueva pasión, amigo Espinosa. No puedo entender cómo he podido vivir tanto tiempo sin jugar a esto. No se imagina lo que es. Es el deporte que necesitaba para sentirme vivo. Ya se lo anuncié en nuestro último encuentro...

La calurosa atmósfera del bar Strella, baja intensidad de la luz ambiental y abarrotamiento de mobiliario inútil, está diseñada para hacer creer al cliente que está viviendo una experiencia excepcional en el barrio popular más visitado de una Atenas ya extinguida.

—¿Recuerda cómo mi carrito de la compra rebosaba de oportunidades? Las probé casi todas. Cuando llegué al golf, le confieso que experimenté un orgasmo inmediato. Ya desde el primer partido. La sensación de cosquilleo en todo el cuerpo fue gozosa. Tendría que animarse a acompañarme algún día, ya verá como se le quitan de la mente todas las preocupaciones estériles y empieza a pensar con lógica aplastante nada más que en palos y pelotas y hoyos. A eso se reduce todo. Es un ejercicio místico, créame. Un sistema de interpretación del mundo en términos puramente pragmáticos.

—No lo dudo.

En las paredes, como mandan los cánones de la nueva nostalgia cultural, los iconos temáticos de la antigua Grecia se disputan el espacio disponible. Avejentados carteles de películas minoritarias de una cinematografía decrépita, sórdidas fotografías de callejuelas olvidadas por inexistentes planes de urbanismo, hitos ruinosos del turismo global de antaño, deteriorados souvenirs de viajes ancestrales a islas mediterráneas donde el pudor del cuerpo lograba perder su significado tradicional.

—Ahora entiendo de qué me sonaba el nombre del bar.

Le señalo uno de los carteles de cine, uno de los más desgastados por el uso o por el tiempo, colgado en un marco roto de madera junto a una ventana de rejas sin pintar.

—Los dilemas transexuales de un padre y un hijo en la Grecia de antes de la última guerra balcánica.

Es triste pensar en las consecuencias de todo ello, pero desde que la ciencia probó que la Tierra no era el único planeta capaz de albergar vida, la vida en ciertas regiones de la Tierra se devaluó hasta extremos impensables e incluso la pulsión de conocer sus rincones más curiosos perdió valor para la mayoría. En su lugar, surgió un culto fanático por los terruños más insignificantes entre ciertas minorías privilegiadas.

—¿Pedimos algo?

—Como quiera.

—¿Qué le apetece? Le recomiendo probar la cerveza Patmos. Calidad artesanal inmejorable. Le he citado aquí para quitarnos del follón del dichoso desfile. Es un sitio tranquilo y agradable y preparan unos platos excelentes por un precio razonable.

—No tengo mucha hambre y no bebo alcohol desde hace años. Con que tengan agua mineral me conformo, no es necesario que esté embotellada en el Monte Parnaso.

—Me gustan sus sarcasmos, ¿no se lo había dicho nunca?

—No, más bien tenía la impresión de que le disgustaban profundamente y los consideraba impropios de una inteligencia de primer nivel.

—Créame, Espinosa, he cambiado mucho en estos últimos meses.

—También yo. No se imagina hasta qué punto.

Los novios corintios comparten su platazo de musaca como hermanos de sangre y cada tres cucharadas, lo tengo medido, se morrean a lengüetazos durante un minuto exacto.

—Muchos nativos refugiados vienen a comer aquí a diario. El menú es barato y la Universidad es generosa con ellos.

El camarero de origen gitano, sin embargo, parece molesto con los fans de la carne de cordero picada y las berenjenas picantes bañadas en grumosa salsa blanca y no sabe con qué protocolos acelerar su partida del local.

Cuando acude a nuestra mesa, reclamado por Villacañas, apenas si presta atención a sus palabras, volviéndose cada poco hacia sus únicos clientes aparte de nosotros y musitando maldiciones ininteligibles.

–Un plato de calamares fritos con jalapeños y alioli, una tarrina de musaca vegana y una jarra de cerveza helada para mí y para él un botellín de agua mineral del tiempo.

El encargo hace sonreír al camarero y se marcha satisfecho a cumplir con su obligación.

–Menudo folclore neoyorquino hay montado en el campus.

–Todos los años me pasa igual. En mi calidad de profesor veterano, asisto al consejo de rectores como representante del departamento y protesto y voto en contra de la celebración del desfile, reclamo incluso un cambio de fechas, pero nada, nunca me hacen caso. La pasarela Campus genera muchos beneficios y hace felices a los alumnos y las alumnas sin excepción, ¿qué más se puede pedir en estos tiempos?

–¿Asiste al menos alguna figura importante?

–No, qué va. Ese es el punto débil del negocio. Todas las marcas conocidas están representadas, unas más modestamente que otras, todo sea dicho, pero solo acuden en persona los modistos de medio pelo y muchos jóvenes diseñadores emergentes, algunos recién graduados de la escuela local de diseño. Pero cualquiera les dice a las mujeres de algunos rectores y a ciertos decanos que no se aprueba la partida semestral para la pasarela Campus.

–Me encanta el nombre. Usted no está casado, ¿verdad?

–Lo estuve, como todos. Después de algunos siniestros escarceos de los que preferiría no hablar, ahora sobrevivo al celibato con los medios que la cultura pone a mi alcance. Tampoco me desvivo. Ya le dije que el sexo no es lo mío. El ejercicio ha de ser sano para tener eficacia sobre el cuerpo y sobre la mente. El golf me proporciona todo lo que necesito en la vida. Por fortuna, mis ganancias me permiten sufragar los gastos del club de la urbanización y del equipo más avanzado sin contraer demasiadas deudas. Ya me entiende.

—No conocía ese club. ¿Dónde está exactamente?

—Justo detrás de las colinas de la zona norte. No lejos de donde vive Rojas.

—Ya me hago una idea.

—Mi problema, Espinosa, es que el golf es un deporte caro. Y si uno quiere de verdad participar de todos sus atractivos, incluidos los sociales, y no quedarse en la periferia del juego, como hacen muchos aficionados, necesita financiación extra. Gano bastante dinero aquí, desde luego, y obtengo ingresos suplementarios en conferencias y cursos de verano, pero no soy tan rico como querría. No crea que este problema no consume mi cerebro con frecuencia mientras calculo mis golpes y mido mis resultados en el *green*. Cada día mejoro mi actuación sobre el terreno con la intención de llegar algún día a profesionalizarme. Entonces se acabó. Pediré la jubilación anticipada y a vivir la vida.

—El esplendor en la hierba, nunca mejor dicho. No sé si conoce el viejo poema romántico. O la vieja película hollywoodiense.

—Ya le he dicho en varias ocasiones que la ficción no es lo mío. En cualquier formato en que se presente, me resulta indiferente...

Villacañas enmudece en cuanto el camarero servicial le pone por delante la cerveza refrescante y el plato apetitoso, la fuente multicolor, amarillas rodajas de calamar gratinado, verdes anillos de chile jalapeño y grasientos goterones de salsa de ajo y aceite.

—La musaca tardará unos minutos todavía.

Lo miro con atención mientras devora el contenido del primer plato a una velocidad excesiva, sin apenas concederse una tregua para beber de la jarra sudorosa que permanece intacta.

—¿Cuánto lleva entre nosotros, Espinosa? ¿Cuatro meses? ¿Cinco?

—He perdido la cuenta. Han pasado tantas cosas desde que llegué aquí.

274

—¿Seis meses?

—El tiempo de un parto prematuro. No sería una mala cifra, si fuera verdad.

En cuanto ultima el bocado más preciado, se limpia las dos manos con la servilleta de cuadros verdes sobre fondo blanco y se bebe de un trago la cerveza isleña.

—¿Quiere otra botella de su brebaje? Esta comida mediterránea causa una sed diferida. Me abastezco como los dromedarios para que la tarde no se haga más pesada de la cuenta. Hoy he cancelado todas mis citas de trabajo para jugar un rato al atardecer. Mi momento favorito. Imagínese el cuadro. Gloriosos efectos de luz en el entorno campestre. Los árboles en sombra actúan de público en la escena. Qué orgasmo. Llega uno a sentirse un dios omnipotente golpeando la pelota con el palo exacto y cerrando los ojos para escuchar el silbido del proyectil aproximándose a las inmediaciones del hoyo. Es admirable. Me entusiasmo con antelación. Discúlpeme, amigo Espinosa...

—No se preocupe. Ya nos conocemos.

—Si le soy sincero, ya no estoy tan seguro de eso como lo estaba antes.

El camarero rumano le trae al fin la tarrina repleta de musaca vegana y la segunda jarra de cerveza visionaria, bebe la mitad de esta para lubricar la garganta y conserva la otra mitad para el final del almuerzo.

—Quería hablar con usted de un asunto importante, como le dije. Pero ahora mi «postre» favorito me reclama. Si me disculpa...

Villacañas devora en cinco grandes cucharadas la musaca vegana y se queda mirando el recipiente vacío fijamente al terminar, como si le pareciera escasa la cantidad ingerida o asombrosa la rapidez de su consumo, con los grumos blancos trazando un cerco alrededor de la boca de labios finos como puñales.

—Me dolió mucho la noticia en cuanto me la comunicaron, ya se lo adelanto para evitar malentendidos. Ciertas cosas no llego a entenderlas.

La rugosa servilleta de cuadros verdes sobre fondo blanco hace su trabajo higiénico con eficacia permitiendo que los aledaños de la boca tragona queden inmaculados antes de comenzar la emisión de nuevas maldades.

—¿Se refiere al secuestro de mi hijo?

—No, eso lo supe después. ¿Es el niño que iba con usted cuando nos encontramos en la tienda de deportes?

—Sí, era él. Quiero decir es. Es él.

—Sí, bueno, entonces ya lo sabía, pero al estar el niño delante no me atreví a comentárselo.

—¿Decirme qué?

—Malditos maricones. Volveos a vuestro país de mierda.

El camarero ha acabado interviniendo en la orgía carnívora de los sectarios de la musaca y se está peleando con uno de ellos a voces, profiriendo insultos y amenazas en un dialecto intraducible. Villacañas se vuelve para mirar con indiferencia lo que está pasando y tomarse un breve respiro antes de seguir hablando conmigo.

—No saben comportarse. Es una pena. En la vida hay que tener estilo en todo. Hasta en el crimen y la abyección, ¿no cree, Espinosa?

—¿Se refiere al camarero o a los clientes?

—Me refiero a nosotros, naturalmente.

En cuanto nos quedamos solos en el bar, expulsados los intrusos indeseables, se decide a afrontar la verdad desnuda.

—Verá, Gabriel. ¿Puedo llamarle Gabriel? Su apellido me cansa un poco, la verdad. Espinosa por aquí, Espinosa por allá...

—Por descontado, Ramiro.

—No me gusta mi nombre, nunca me ha gustado, pero se lo permito. Por qué no. No tendrá muchas más ocasiones de usarlo.

—¿Se piensa dedicar al golf y a la gente del golf en exclusiva?

—Su humor no es siempre inteligente. No presta atención.

—Le escucho atentamente.

—¿No le han dicho nada?

—¿Sobre qué habrían de decirme algo?

–Le han ofrecido su puesto a otro. No se ha hecho público aún. No está claro que vaya a aceptar, pero se lo han ofrecido. Si acepta, usted tendrá que irse. Bueno, lo más probable es que tenga que irse de todos modos. Eso ya no me incumbe.

–¿Qué es lo que he hecho mal, si puede saberse?

–Nada en especial. Así son estos puestos. Flotantes. Si todo el mundo está contento, usted se perpetúa, si no, como es el caso, desaloja. Así de simple.

–No me lo habían avisado. Es más, no figuraba tal condición en el contrato.

–No sea ingenuo, Gabriel. Ahora es usted el que me sorprende con su actitud. Esto no tiene nada que ver con lo de su hijo, por cierto. No establezca falsas analogías. Nada que ver, ¿me entiende?

–Ya veo. Le han pedido que me lo anuncie. Era usted el encargado de evaluar mi actuación, como usted la llama. Por eso sus visitas constantes. Nada era casual.

–Amigo Gabriel, le he cogido mucha simpatía. Mis encuentros con usted no han respondido a otra cosa que al puro placer de la inteligencia y el intercambio de información valiosa entre inteligencias del mismo nivel, ¿cómo ha podido usted pensar lo contrario?

Me tomo mi tiempo antes de responder a sus provocaciones. Miro a un lado y a otro. Estamos solos al fin. El camarero gitano ha desaparecido en la cocina, al fondo del local, y solo nos encontramos aquí Ramiro Villacañas y un servidor y yo me tengo que creer que esto no es una encerrona programada. Que en alguna parte no hay una cámara o un par de ojos vigilando la escena para informar a otros sobre cómo reacciono y cómo nos hemos comportado cada uno en su papelón correspondiente, Villacañas como pajarraco de mal agüero y yo como tonto de capirote con antena parabólica acoplada al casco de astronauta.

–No actúe como un paranoico. No le conviene en las presentes circunstancias.

Soy impulsivo por naturaleza y estoy a punto de saltarle encima para darle una buena ración de golpes en la cara, con la izquierda y luego con la derecha, pero me contengo por precaución. Si hay otros vigilando, no tardarán en intervenir en cuanto me ponga violento y eso es lo que pretenden con su estrategia de tres al cuarto. Dejarme en evidencia otra vez. Acusarme con pruebas irrefutables.

—El foco de la atención está centrado en usted, no en mí. No se equivoque. Le tengo en alta estima, intelectual y personal. De verdad, con el tiempo he llegado a apreciar sus cualidades humanas. No tire por tierra todo eso por un gesto melodramático desesperado.

—¿Ni siquiera se va a molestar en decirme lo que he hecho mal?

—Me gustaría, ya lo creo que me gustaría, pero no estoy autorizado.

—¿Reconoce entonces que he hecho algo mal?

—Yo no he dicho nada parecido.

—Ya entiendo. ¿Ha sido lo de mi hijo? Ha sido eso, ¿verdad?

—Digamos que eso no jugó en su contra al final. En la última reunión de la comisión se alzaron voces, incluso, que clamaron en su favor conmovidas en gran parte por el caso de su hijo. Esas voces discrepantes apelaron a la compasión y a la paciencia de los otros miembros, pero fue en vano. La decisión estaba tomada hacía tiempo y no había argumentos de peso para cambiarla.

—Dígame una última cosa, ¿se contaba usted entre esas voces solitarias que me defendieron?

—Yo no he dicho que le defendieran.

—Dígame sí o no.

—No. Claramente no. No era mi papel, nadie lo esperaba de mí, y no me salí del guión ni una sola vez. Tengo mucho que perder. He intentado explicárselo desde que lo conozco, desde nuestro primer encuentro en mi despacho, ¿recuerda?, y no me prestaba usted atención. Nunca lo hizo. Usted se cree que el único que no habla por hablar en el campus es usted y ese, si me lo permite, ha sido uno de sus mayores errores. Un error que le va a costar muy caro.

—¿Tan caro como la vida de mi hijo?

—No tiene nada que ver. Son cosas distintas.

—Me parece muy bien que vayan a echarme y meterme en un avión de vuelta a mi mediocre vida anterior, pero al menos tendrán la decencia de devolverme a mi hijo, ¿no?

—Nadie en la Universidad tiene relación alguna con la desaparición de su hijo, entérese de una vez. Hemos soportado mucha tensión a cuenta de ese tema como para que encima nos lo eche en cara. Y creo estar diciendo aquí algo que esta misma mañana, cuando supieron que me entrevistaría con usted, el doctor Rojas y el doctor Moratinos tuvieron a bien transmitirme como opinión compartida por muchos doctores del departamento.

—Me está mintiendo y sabe que yo lo sé. Y lo peor es que no le importa.

—No suelo mentir nunca, no es mi estilo. Una de las razones para no hacerlo, precisamente, es evitar situaciones como esta.

—Ahora le entiendo todavía menos.

—No se esfuerce. No logrará comprenderlo nunca. No es usted el primero ni será el último, eso sí queremos que lo sepa, muchos otros le han precedido con similares o superiores cualidades y tampoco se adaptaron.

—¿Todos pagaron con la vida de uno de sus hijos?

—No diga idioteces, por favor. Y, sobre todo, esto sí que me han insistido en que usted lo comprenda. No se le ocurra montar un escándalo a cuenta de esto. Nuestros abogados le destrozarían sin piedad.

No aguanto más la farsa. Me levanto sin molestarme en pedir la cuenta. No creo que para las arcas de Villacañas un botellín de agua mineral de algún manantial de la inhóspita región pueda representar un dispendio injustificable incluso como dieta ante la severa contable del departamento.

—El neurochip puede quedárselo. No se lo vamos a reclamar, descuide. Ya no nos interesa lo que pueda contener.

Al salir de la atmósfera irrespirable del bar Strella el estruendo de la pasarela Campus me extrae de la tristeza y la amargura de la situación. Deambulo por los senderos del campus entre alumnos disfrazados de modelos y modelos disfrazados de alumnos, sin saber muy bien adónde ir a refugiarme. Me siento en un banco desocupado desde el que contemplo uno de los coloridos espectáculos de saltimbanquis de la moda desfilando por una tabla colgada en el vacío sobre un estanque de aguas cristalinas.

Cuando estoy a punto de echarme a llorar en mitad de todo este despliegue de alegría artificial y ruido inusitado, grabado en vídeo de máxima resolución por cámaras instaladas en todos los ángulos del campus, vibra el móvil en mi bolsillo y, al sacarlo a la luz, me asalta un exultante mensaje de texto procedente del móvil de Mónica: «Es tarde y tengo mucho trabajo atrasado. Te recojo pasada la medianoche en la puerta de tu casa. Sé dónde puede estar tu hijo. Mantente tranquilo y ponte guapo, querido.»

Los dígitos del móvil en la pantalla indican que no son las cinco todavía. Se me acaba el tiempo.

Imagino a Ramiro Villacañas jugando al golf en su ostentoso club de las afueras bajo esta luz apocalíptica y me muero de risa allí solo, sin que mis silenciosas carcajadas alarmen a ninguno de los alegres chicos y chicas que merodean por las inmediaciones.

Permanezco más de una hora sentado en el banco de piedra del campus mientras el mundo a mi alrededor se transfigura en una coreografía de lujo y esplendor para presentar la moda masculina y femenina de la primavera inminente y el cálido verano, estaciones del año en las que ya no estaré aquí para ver sus vistosos efectos sobre el paisaje y sus habitantes.

Es el sino de la inteligencia.

Si no pensara tan bien, no me iría tan mal en la vida.

Me olvido de todo lo malo y me preparo para la noche inolvidable.

Mi hijo me espera.

Madre, no te interpongas ahora en mi camino.

Extraviado en el aparcamiento, antes de localizar mi coche,

contemplo cómo el sol se hunde en el horizonte como un aeroplano en llamas en un océano contaminado de petróleo.

Eclipse total.

La radio del coche sintoniza al azar la melodía de mi alma.

Un aria memorable.

Todo está oscuro en medio del resplandor del mediodía.

DÍA 27

El último misterio trasmundano de Mónica Levy.

Aparece puntual montada en su bólido último modelo cinco segundos después de la medianoche. Como todos los miembros del departamento, pienso que tendrá algún acuerdo con la misma marca de coches deportivos y poder renovar así el parque móvil cada dos años como mucho.

Llegué con quince minutos de antelación a la cita y mientras la esperaba, con nerviosismo creciente, he tenido tiempo de contar en el cielo diáfano ciento catorce estrellas y nombrarlas una por una, recibiendo de cada una de ellas a cambio un mensaje contradictorio sobre el destino de mi hijo Aníbal. Unos francamente pesimistas y otros ligeramente optimistas.

El motor silencioso no me permite percibir la llegada de Mónica hasta que se encuentra circulando a unos metros de mi cuerpo. Me hace señales con las luces del coche para que vaya a reunirme con ella un poco más arriba de mi casa, en un terraplén donde su coche se desliza sin derrapar, las ruedas se posan sobre el suelo sin apenas producir ruido. De todos modos, la precaución es innecesaria, no hay nadie en casa que nos pueda ver, excepto las ubicuas cámaras de seguridad.

Ariana y los gemelos, según me comunicó la madre en un escueto mensaje de texto, se han ido al centro comercial a ver un programa doble de dibujos animados japoneses y disfrutar de una cena temática infantil organizada por no sé qué marca de comida basura, y aún no han regresado a casa cuando yo me marcho. Ariana ha debido de convencer a Sofía y a Pablo de que su hermano Aníbal regresará por su cuenta cuando menos se le espere. Y todos se comportan conforme a esta convicción ilusoria. Solo yo sé toda la verdad. Y Ariana me culpa por ello, como me comunicó en uno de sus mensajes anteriores. Me señala, sin razón, como único responsable de nuestra infelicidad.

El flamante coche de Mónica solo tiene dos puertas y la del copiloto se abre, activada por un mecanismo automático con un silbido metálico, en cuanto me pongo a su altura.

–Sube, tenemos prisa.

–¿Dónde vamos?

–No preguntes tanto. Ya lo verás.

Estos nuevos coches poseen un sistema de iluminación especial que, gracias a la refracción de los cristales exteriores, no molestan ni distraen a los otros conductores y hacen posible estar acogido en su interior como si fuera una sala de estar o un salón con televisión incluida.

–¿Tienes algo que decirme?

–Preferiría no hablar de nada que tenga que ver con el departamento. ¿Te parece posible?

–No estoy seguro.

–Habla con Rojas mañana. Me consta que está intentando hablar contigo desde hace dos días y que no ha habido manera.

–A mí me consta todo lo contrario.

–Como sigas en ese plan te echo del coche y se acabó todo.

–Si te pones así, no diré nada más sobre el tema.

–Mucho mejor. Gracias.

Es la luz interior la que me permite ver el atuendo especial con que Mónica se ha presentado a nuestra cita de esta noche.

–¿No te gusta?

–Me encanta. Hacía tiempo que no veía a una mujer vestida tan de acuerdo con mis gustos.

Látex negro de la cabeza a los pies, botas de goma de suela plana, cinturón de charol con hebilla plateada.

–Cuando me ponga el antifaz te vas a caer de espaldas.

–No imaginaba que íbamos a una fiesta de disfraces.

–¿Quién te ha dicho que sea una fiesta de disfraces?

—Me lo parecía.

—Lo he cogido prestado de uno de los camerinos del desfile. No he podido resistirme al verlo. Mañana, si todo va bien, quizá lo devuelva.

Alisada melena negra, maquillaje ostentoso, violáceo esmalte de uñas.

—¿Y el collar?

Una larga cadena de oro con un pedrusco incrustado, como una roca de cráter lunar o un fragmento de meteorito.

—Es la piedra de la vesícula que mató a mi madre hace dos años. Se le clavó en la boca del duodeno y acabó perforando la pared intestinal. Nadie supo diagnosticarlo a tiempo.

—Fascinante.

—Tu disfraz está ahí atrás. Puedes mirarlo. Sé que te gustará. Lo he elegido yo.

En el asiento trasero, un paquete envuelto en celofán como si fuera un regalo de cumpleaños con cintas rojas estrechando un lazo insinuante.

—¿No me acabas de decir que no era una fiesta de disfraces?

—Y no lo es. Que la etiqueta nos obligue a ir disfrazados no quiere decir que sea técnicamente una fiesta de disfraces. ¿No es lo bastante lógico para ti?

—Aplastante. De una lógica aplastante, como diría el doctor Villacañas.

—¿Cómo te ha ido con él?

—Prefiero no hablar. ¿No decías que no querías hablar de las cosas del departamento?

De entre la espuma exprimida del celofán brota una chupa de seda de color marfil como la que siempre había querido lucir ante el mundo, desde los tiempos en que era un adolescente pajillero que no se comía una rosca con las chicas que más le ponían en el instituto, como emblema de mi personalidad singular.

—¿Cómo has adivinado mi fantasía?

—Yo no adivino nada, querido. Yo sé.

—Mónica, Mónica, creo que esto podría ser el principio de una hermosa relación.

—Eso ya me lo dijiste la otra vez y no funcionó. ¿Por qué va a hacerlo ahora, Gabriel?

—He cambiado mucho, ya te lo he dicho. De hecho, todo ha cambiado mucho desde entonces. En mi vida y en el mundo.

—Ya, siempre decís lo mismo y siempre acabáis volviendo con vuestras mujeres y vuestra familia. No me chupo el dedo, ¿sabes? Por no hablar de otras. No me engañes, sé que hay otras esperando su oportunidad.

—¿Tu marido no cuenta en la ecuación?

Me mira por un segundo con mirada láser. No necesita atender a la conducción y puede darse el lujo de prolongar ese segundo de tensión emocional otro segundo más y otro y otro, hasta sumar demasiados segundos sin vigilar lo que sucede en la realidad al otro lado del parabrisas y el capó aerodinámico. La penetrante intensidad de una mirada femenina cuando quiere aclarar un asunto de la vida que le parece fundamental no se puede medir con patrones científicos convencionales.

—¿Te he hablado alguna vez de mi marido, querido?

—Nunca.

—Ya está todo dicho, querido.

La urbanización Palomar es un mapa tecnológico diseñado por una mente perturbada que Mónica recorre maniobrando el pequeño volante deportivo, sin brusquedad ni esfuerzo aparente, como si cada indicación de las proyecciones del GPS en la pantalla del parabrisas delantero se tradujera en sus elegantes decisiones.

—¿Subimos o bajamos?

—De todo un poco, querido.

—Hace tiempo que me he perdido. No sé ni dónde estamos.

—No lo adivinarías. La urbanización Palomar se compone de muchos círculos concéntricos. Tú vives en la periferia oriental de uno de los más interiores. El campus ocupa el centro geométrico de la circunferencia. Ahora mismo estamos llegando a los límites occidentales de uno de los círculos más exteriores.

—¿Donde vive Rojas?

—No, mucho más allá. En proporción tu casa y la de Rojas son vecinas.

—Me estás tomando el pelo.

—No sabes lo que me gustaría hacerlo de verdad.

—Creí que no era tu tipo.

—¿Quién te ha dicho lo contrario, querido?

La noche oscura tras los cristales del coche se ve iluminada de repente por una irrupción imprevista en el paisaje montañoso. Una construcción imponente en lo alto de una de las colinas que bloquean la visión del horizonte. Un cono blanco cuyo vértice superior emite un arcoíris de rayos de luz en todas las direcciones del espacio imaginable. Como si retransmitieran en directo las actividades y los pensamientos que se producen en el blindaje interior de sus paredes a todas las ciudades del mundo y a todos los mundos, conocidos o desconocidos.

—Ya había visto esta casa.

—Imposible. La acaban de reconstruir.

—Si tú lo dices...

Todavía nos quedan varias colinas escarpadas que superar antes de poder situarnos al mismo nivel del cono luminoso cuya arquitectura me fascina con su intrigante configuración desde la distancia.

—¿Quién vive ahí?

—¿Tiene que vivir alguien?

—No te entiendo.

—¿Tú crees que un edificio como ese está diseñado para que viva alguien en él?

Ahora creo entrever, desde una de las curvas de la carretera, un doble juego de aspas cruzadas, como paneles de radiación solar, que le confieren la apariencia de un molino de viento de alta tecnología o de un satélite de telecomunicaciones.

—Si te pregunto quién lo usa o para qué se usa, seguro que volverás a decirme que no es así como hay que hablar de un edificio como ese.

—Frío, frío.

–Ya lo tengo. Es propiedad de una corporación transnacional que lo alquila para eventos especiales a los miembros de su consejo de dirección.

–Frío, frío.

–Un multimillonario que solo lo ocupa dos veces al año para montar saraos con otros multimillonarios del mundo entero.

–Frío, frío.

–Es una de las nuevas adquisiciones de la Universidad para diversificar sus inversiones en capital inmobiliario.

–Gélido.

–Me rindo.

–Tendrás que averiguarlo por ti mismo, querido.

La parcela en la cima de la colina en la que el cono se yergue como si fuera un cohete en vísperas de ser lanzado al espacio sideral está protegida por una barrera transparente de considerable altura y una ancha puerta de acceso vigilada por gente uniformada y armada que controla las entradas y las salidas de vehículos y pasajeros. Acabamos de atravesarla con el coche, tras identificarnos ante los guardias de seguridad, en busca de un lugar donde aparcar en la explanada de tierra que se sitúa al borde del cañón rocoso.

–No hay mucho sitio disponible. Todo el mundo ha llegado temprano esta noche.

–Tengo la sensación de haber vivido ya todo esto.

–Si fuera así, este sería un buen momento para besarnos, ¿no te parece, querido?

–Por qué no, si lo exige el guión.

Todavía dentro del deportivo de Mónica, me quito la chaqueta de piel y la camisa de algodón y me pongo la chupa de seda encima del torso desnudo, cierro la cremallera hasta arriba, estiro los cuellos marrones al máximo y ya siento la fuerza interior que se apodera de mis miembros. Es un signo enérgico de que la noche promete ser productiva.

–Estás guapísimo. Te queda de maravilla, querido. Ha sido un acierto.

Al bajar del coche, pongo cara de póquer de ases y me dejo

querer a conciencia. Los papeles de la noche están repartidos. La estilizada mujer gato y el garboso conductor de alta velocidad.

—Tú tampoco estás nada mal, preciosa.

Observo con atención la estampa del cono desde más cerca y descubro en su proteica construcción un rasgo que no había podido intuir hasta ahora. Se compone de cuatro plantas visibles desde el exterior, y cada planta presenta una serie de cinco aberturas en forma de ojos de buey. Lo que da al edificio, con su angulosa inclinación a uno de los lados, un aspecto fantástico de transatlántico dispuesto en vertical, la proa erguida de un gran buque a punto de hundirse en las profundidades del océano. La parte más elevada, como en los faros marítimos, la ocupa una cabina de cristal desde la que se emiten las radiaciones luminosas que veíamos brillando desde abajo de las colinas.

—¿Qué se celebra hoy aquí, Mónica? ¿La luna negra del mes pasado? ¿El equinoccio de primavera? ¿El descubrimiento de una nueva galaxia en el universo? ¿La existencia de signos de vida inteligente en la Tierra?

—Todo eso y mucho más, querido.

Andando juntos por uno de los largos senderos que atraviesan el exuberante jardín de la entrada, intoxicados por las emanaciones de la flora nocturna y los árboles frutales (manzanos y cerezos) que nos rodean creando un escenario propicio a los excesos sentimentales, Mónica me coge la mano de pronto y me masajea con cariño la palma y los dedos para transmitirme una emoción real cuyo significado completo tardaré muchas horas en comprender.

—La ironía no te va a ayudar a encontrar a tu hijo con vida, querido. Confía en mí. No te queda otra.

—Y confío, querida, no sabes cuánto confío. ¿Si no por qué iba a estar aquí, haciendo cola como un gilipollas para entrar en esta discoteca galáctica solo para VIPS?

Sí, la realidad también sabe ser irónica cuando corresponde. Era un espectáculo divertido contemplar a toda esa gente importante, luciendo sus mejores galas de una fantasía bastante estereotipada, bajar de las imponentes limusinas que los han

287

traído hasta aquí atravesando el rigor de la noche para ir a sumarse a la cola interminable que se forma al pie de las escalinatas con la intención de entrar, como hormigas en el hormiguero en llamas, por la puerta principal del cono magnético.

—Olvídate de los demás, por una vez. A todos los efectos, aquí estamos solos tú y yo. ¿No te basta con esto, querido? ¿Necesitas una declaración formal?

Cuando paso por debajo del dintel de colores cambiantes, empujado por la masa distinguida que se apresura por ingresar cuanto antes en el recinto abarrotado, apenas si me da tiempo a leer la inscripción gnóstica que lo adorna: «romper un mundo».

—¿He leído bien?

—No creo.

El tumulto se disipa en cuanto estamos dentro, como si el espacio de la enorme base del cono y los cimientos enterrados que sustentan el edificio absorbiera y dispersara a la multitud que acaba de ingresar en el club menos privado de la urbanización Palomar.

—¿No has visto nada extraño?

—Nada por el momento.

—Perfecto.

—Así es. Todo en orden, querido.

En el gigantesco vestíbulo, me entretengo mirando una serie de pantallas ubicuas con grupos de gente agolpada frente a ellas bailando al ritmo mimético de los animales marchosos que aparecen en todas ellas como animadores de la fiesta. Osos panda, ardillas, equidnas, pájaros tropicales, lémures y otras especies exóticas, protegidas o amenazadas, cuyos graciosos movimientos anatómicos la gente imita con todo el cuerpo, sincronizándose con la melodía endiablada de las canciones.

—Estamos dentro y ni siquiera hemos necesitado una contraseña.

—No cantes victoria, querido. En este tipo de sitios, lo más fácil es entrar.

El cono engaña a la vista del visitante tanto por fuera como por dentro. Desde el centro de la base, si uno se molesta en mirar hacia arriba, se cuentan al menos diez plantas distintas, con sus pasillos de comunicación y sus barandillas transparentes, donde es posible ver gente asomada contemplando el increíble bullicio de los pisos inferiores o un atisbo de las vistas celestiales. El resplandor de las luces que se derraman por las paredes blancas como una cascada cromática apenas si me permite distinguir una escalera que asciende hacia la cúspide desde la planta última del edificio.

—¿Crees que nos dejarán llegar hasta ahí?

—No es ahí adonde vamos. Tómate esto.

Una píldora azul brillando en la palma de la mano enguantada que le queda libre.

—¿Puedo conocer la posología del producto? ¿Dosificación exacta? ¿Porcentaje de componentes? ¿Posibles efectos secundarios a corto, medio y largo plazo?

—No preguntes nada, querido. Te la metes en la boca sin rechistar, esperas unos minutos que se diluya bajo la lengua y ya está. Tu mente explota y te conviertes en otro.

—Por desgracia, aún no se ha inventado un fármaco que le haga eso a mi mente.

—Este no lo has probado nunca. Te sorprenderá el efecto.

—¿Es obligatorio tomarlo?

—Protegerá tu cerebro. ¿No es tu bien más preciado, querido?

—No me hagas reír.

—Tómatelo, anda. No seas pejiguera.

No puedo negarle nada de lo que me pida a esta hermosa mujer que cuida de mí con tanto afecto desde que la conocí hace ya muchos meses, en otro contexto, y cuyo disfraz de dominatriz de atributos felinos reclama la atención de todo animal deseante, hombre o mujer, que se cruza con nosotros en los pasillos y salones que recorremos como la pareja más atractiva de la fiesta, según la votación popular en curso.

—No reconozco a nadie. ¿Y tú?

—Sígueme, querido. Déjate llevar.

La mano diestra de Mónica se agarra a la mía con una firmeza materna que en este entorno encuentro enternecedora.

No entiendo por qué he tardado tanto en volver a verla. Siempre me gustó esta mujer. Siempre tuve el deseo de interrogar sus fantasías sexuales y sus experiencias íntimas como he hecho tantas veces con otras mujeres mucho menos seductoras e inteligentes. Al final me reprimí. Quizá por miedo a Rojas. Quizá por hacer excesivo caso a las difamaciones del gran Freddy. Ahora pienso que me equivoqué. Era la gentil Mónica, sin duda, y no la inmadura Tania, lo veo ahora con claridad, quien debía haber ocupado la vacante temporal de Ariana.

–Espérame ahí dentro, vuelvo enseguida.

–No te olvides de mí.

El silencio me abruma nada más cruzar la puerta de la sala. Un pequeño reducto acondicionado para esperar órdenes superiores. Un salón de lectura para no lectores profesionales. Un butacón de madera, una mesita baja y un cenicero de pie para los que todavía persisten en desafiar al destino inhalando un humo venenoso.

Encima de la mesa, como distracción inmediata, un grueso libro encuadernado en negro, tapas de piel antigua.

No tardo ni cinco minutos en hacer el inventario completo de la silenciosa sala y, una vez sentado en la butaca para descansar las piernas, me precipito a ojear el enigmático contenido del libro.

Un mamotreto de centenares de hojas en blanco selladas al pie con un exlibris indescifrable.

–En ese libro está todo lo que usted quiere saber.

¿De dónde ha salido la voz de este hombre a quien no había visto al entrar?

–Hemos tardado mucho tiempo en aceptarlo, dominados por prejuicios estúpidos, pero los nazis tenían razón en casi todo. ¿No lo cree usted así?

Encima de mi cabeza, como en las bibliotecas de otra época menos iletrada, una escalera deslizante de madera y un hombre mayor asido a ella fingiendo estar a punto de caerse al suelo por un exceso de conocimientos inútiles.

–No se asuste. Llevaba aquí varias horas consultando las

páginas del Libro Negro cuando una referencia vaga a la euge-
nesia me obligó a hacer una consulta urgente en una enciclope-
dia olvidada por casi todo el mundo. Cuando ya me disponía a
bajar apareció usted y me entretuve observando sus movimientos, espero que no le importe.

Me pongo en pie de un brinco y me vuelvo para poder mirarlo mientras me habla desde lo alto de la escalera antes de
emprender el descenso.

—En absoluto. No me ha sorprendido, creía estar solo, nada
más. Sí me sorprende, sin embargo, que diga usted que estaba
leyendo este libro. No veo que haya nada en él que se pueda
leer. Al menos, no en el sentido convencional que le doy a ese
verbo.

Es un anciano corpulento, de torso ancho y piernas largas,
y tarda en contestarme el mismo tiempo que en colocarse frente a mí, caminando con movimientos pausados por el escenario
de la sala.

—Me lo sé de memoria, así que no necesito leerlo letra a letra, palabra a palabra, frase a frase. Solo con mirar sus tapas ya
me revela todos sus secretos. Comprendo, sin embargo, que usted no pueda leerlo. Para mí es distinto. Fui yo quien lo encontró y quien se lo regaló al dueño de esta casa hace ya bastantes
años como muestra de respeto y admiración.

—No me imaginaba que una casa de estas características tuviera propietario.

—Hablando con rigor, no es su propietario. Digamos que
es, de todos nosotros, quien más la usa y disfruta. Veo que no
ha tenido aún la oportunidad de conocerlo. Es un hombre extraordinario. Uno de los grandes de este mundo.

—Me tranquiliza mucho saber que es un hombre. Por un
momento, al escucharle hablar de él, pensé que era otra cosa.

—¿Otra cosa? Bueno, verá, se han vertido sobre él tantas calumnias que uno casi termina por darles crédito, contra su voluntad. Se ha ocupado de todas las cuantiosas reformas de la
casa y debo reconocerle su buen gusto en general, aunque haya
detalles decorativos que me parezcan impropios de una residen-

cia de esta clase. Que haya puesto este libro aquí, en una gran sala consagrada a él, me honra más de lo que debiera. A mi edad me conformo con eso.

—Entiendo. ¿Y qué hay en este libro?

—Mi historia. Se la contaré con una única condición.

—¿Cuál?

—No pregunte por mi nombre. No le conviene saberlo de momento. ¿Puedo sentarme? Me canso con preocupante facilidad últimamente...

Le cedo el sitio en la única butaca disponible del salón biblioteca y decido sentarme frente a él en el suelo a escuchar lo que tiene que contarme este anciano cuyo atuendo, ahora que lo examino con curiosidad desde tan cerca, no deja de sorprenderme. Lleva puesto una especie de mono blanco de felpa y unas zapatillas a juego.

El uniforme del lector uniforme de los nuevos tiempos.

—Nunca adivinará la razón de mi vestimenta peculiar. Para entender por qué me visto así y por qué el Libro Negro me habla sin palabras necesitaría haber estado usted en Irak conmigo en 2005. Han pasado muchos años y esa extraña guerra ha sido borrada de la memoria humana por razones que solo los que no participaron en ella podrían entender.

El viejo habla con una serenidad espiritual que infunde un sentimiento de sopor en el oyente. Pero ese sentimiento en lugar de conspirar contra el nivel de atención con que se le escucha lo incrementa, o lo vuelve tan agudo como sea necesario. No descarto que se trate de uno de los efectos secundarios de la pastilla azul de Mónica en mi debilitado sistema nervioso.

—¿Ha visto usted alguno de los cinco pavos reales de cristal que están repartidos por la casa?

—No, apenas si he tenido tiempo de visitarla. Estaba esperando a una amiga para poder hacerlo en buena compañía, aunque creo que se retrasa.

Cierra los ojos y comienza a hablar como si lo hiciera de memoria, recitando un texto escrito por él mismo o por otro a indicación suya, una fábula que ha leído o recitado infinitas veces, modificando apenas algunas palabras para ajustarla a los gustos o expectativas del oyente.

–Toda mi vida cambió aquella noche de septiembre de 2005 en que participé como capitán en una expedición militar de castigo en las montañas al norte de Bagdad, cerca de la frontera kurda. Creíamos estar combatiendo como ingenuos contra yihadistas fanáticos y caímos en una emboscada bien planificada del Maligno. No le daré el nombre exacto del emplazamiento para proteger su vida de amenazas innecesarias, pero, tras una noche de duros combates en que creímos que acabaríamos con la resistencia de la zona, mi escuadrón fue diezmado por una fuerza bestial que actuaba bajo la capa de la noche y no era detectable por nuestros visores infrarrojos. Sobrevivimos tres miembros del comando, el capitán, que era yo, un sargento y un soldado raso, aprovechamos el amanecer para huir del villorrio destruido, con toda su gente aniquilada, hombres, mujeres y niños, y nos encontramos atrapados en un árido valle lleno de conos blancos de enorme altura. Eran las fortalezas de un dios innombrable que nos juzgaba y condenaba por nuestros crímenes contra aquella población inocente. Mis dos compañeros desaparecieron en medio de una tormenta de arena y yo me encontré por azar dentro de uno de esos conos mágicos atendido por un grupo de mujeres ancianas que me desnudaron de mis viejos atavíos, me dieron a beber un agua amarga y me lavaron antes de entregarme en sacrificio a ese dios prehistórico, sediento de sangre y hambriento de vísceras, cuyo emblema era el pavo real de cola irisada. Yo estaba muerto sobre una fría losa de mármol. Los cuchillos de las mujeres habían derramado mi sangre en vasijas de oro y despedazado mi cuerpo y yo seguía ahí viendo el pavo real. Y su luz me cegaba como si fuera una revelación de ultratumba. Aquel lugar, por su arquitectura depravada y sus servicios rituales, era para sus fieles un sanatorio y un templo, un mausoleo y un laboratorio, todo en uno, al servicio de la vida y de la muerte. La nueva vida que adviene tras la muerte. La inmortalidad. Cuando volví a la vida en aquel santuario para infieles, la fuerza oscura había entrado en mi mente y en mi cuerpo, por todos sus orificios, y me hablaba de dioses a los que nunca había oído nombrar y sobre los que nunca había leído una línea en ninguna lengua. Antes de mi aventura yo era un católico ferviente, imagínese la sorpresa con que asumí la nueva identidad y la nueva creencia que me habían otorgado aquellas mujeres santas. En el hospital militar, tras ser rescatado por otro escuadrón de castigo, hallé entre mis pertenencias una bolsa repleta de un polvo que no era arena del desierto aunque se le parecía en la consistencia, la sequedad y el color. Comerciando con ese polvo prodigioso que hace viajar al cerebro a los orígenes del universo para dialogar con los dioses que lo crearon y contando con la inmensa fortuna del innombrable benefactor, construimos esta casa y muchas otras similares en todos los países del mundo, santuarios en honor a la deidad terrible que habita en ella desde entonces, Iblis...

La bella Mónica está parada en la puerta, como una estatua de un rito divino cuyas reglas están aún por crear, atónita ante lo que acaba de escuchar, y no se atreve a mirarme a la cara cuando se acerca para comprobar que el viejo militar mantiene los ojos cerrados una vez que ha concluido su enrevesada historia.

—La primera fantasía consiste en creer que la muerte no existe. La segunda en creer que no se puede vencer a la muerte...

Tengo demasiadas preguntas importantes que hacerle al viejo general y poco tiempo disponible, así que me resigno a ponerme en pie y despedirme con prisa, como Mónica me indica con gesto despectivo.

—Llévese el libro, por favor. El Libro Negro. Considérelo mi contribución a la causa de la humanidad. Todo está en él, ya se lo he dicho, todo lo que quiera o no quiera saber, no hay grandes diferencias para una inteligencia superior. Lo va a necesitar para sobrevivir cuando vuelva a la realidad. Si no me cree, pregúntele a ella. Lo sabe todo sobre todo.

La imperativa mano de Mónica me rescata de la charlatanería mística del militar retirado y, antes de devolverme al mundo de quienes solo aspiran a disfrutar de los placeres de la vida prosaica, Mónica me besa en la boca, un beso cariñoso en los labios, no un beso lascivo, un signo de amor desinteresado entre personas que se aprecian y respetan, solo para anunciarme después, en tono solemne:

—El doctor Drax quiere verte. Tiene algo que comunicarte sobre tu hijo.

—¿El doctor Drax?

En ese momento, una agitación frenética se apodera de la multitud que colma la base del cono inclinado. Las escaleras y las barandillas desbordan de gente que sale bailando de las habitaciones de cada una de las diez plantas como una manada en estampida. Están anunciando por todos los altavoces la coronación inminente de la gran reina de la fiesta.

Una mujer negra, desnuda, con las manos atadas a la espalda y con el pelo desmelenado al estilo afro, es conducida por tres sicarios vestidos como mafiosos de película al centro de la planta baja, subida a un taburete a la fuerza y ahorcada sin más explicaciones.

—Es un simulacro folclórico. No te lo tomes tan en serio, querido. Solo están celebrando la muerte y la resurrección de una deidad matriarcal primitiva en el Tiempo de las Máquinas.

El inmenso espacio del cono se llena entonces con el clamor multitudinario de las bocas que pronuncian a pleno pulmón el nombre de la nueva diosa de la noche. Las pantallas ennegrecen por un instante, se apagan todas las luces excepto algunos focos orientados hacia el lugar del martirio, las figuras de los espectadores se eclipsan en las sombras y la multitud proclama en voz cada vez más alta:

—¡¡¡ABRAXAS!!! ¡¡¡ABRAXAS!!! ¡¡¡ABRAXAS!!!

La Venus africana de anatomía exuberante, tetas poderosas, coño peludo, muslazos lubricados de ungüentos afrodisiacos, libera sus grandes manos y pies, desata el lazo que estrangula su cuello y alza los brazos y la cabeza al cielo para recibir la copiosa lluvia de sangre que cae sobre ella anegando su piel y desfigurando su rostro hasta transformarlo en una máscara inhumana.

–¡¡¡ABRAXAS!!! ¡¡¡ABRAXAS!!! ¡¡¡ABRAXAS!!!

La locura se apodera entonces de los cuerpos y arrebata las mentes de muchos de los partícipes en el ruidoso ritual y comienzan a desnudarse y a abrazarse unos a otros hasta constituir una trepidante masa de cuerpos indiferenciados que se aproxima con celeridad a la diosa nocturna con intención de asumirla como uno más entre sus miembros lujuriosos.

–Me fascina el mundo de los falsos profetas y las falsas sacerdotisas. No lo puedo evitar. En su tremenda ingenuidad hay algo iluminador...

–No quiero interrumpirte, querido, pero nos están esperando arriba. Ya verás en otra ocasión el final del espectáculo turístico. Se repite todas las semanas, el mismo día a la misma hora, si no estoy equivocada. Hoy no tenemos mucho más tiempo que perder.

–¡¡¡ABRAXAS!!! ¡¡¡ABRAXAS!!! ¡¡¡ABRAXAS!!!

Por primera vez, en una especie de altar improvisado en el hueco de una de las paredes, diviso un pavo real de vidrio y de metal. Los innumerables ojos implantados en el abanico multicolor de su cola emiten una luz blanca cegadora. Esa luz omnisciente me descubre de repente los cubículos forrados de terciopelo negro que ocupan el perímetro circular de la sala superior y donde distingo niños y niñas encerrados en compañía de adultos de sexo masculino.

–No te distraigas, querido.

Con una sabiduría aprendida entrando y saliendo de numerosos despachos universitarios, Mónica me guía más allá de la perplejidad y el desconcierto en que me encuentro sumido, subimos plantas y más plantas, explorando las intimidades más recónditas del edificio, apartando cuerpos entrelazados o amontonados, hasta llegar a una vasta sala redonda donde hay un personaje muy importante esperándonos con gran interés e impaciencia.

–Me alegra mucho que haya conocido al bueno de Gregorio. Al general Mendoza, quiero decir. Así no necesito ponerlo en antecedentes. Es una desgracia vivir toda la vida atrapado en

296

el bucle de una experiencia irrepetible. Y más si la experiencia es en gran parte imaginaria, ¿no le parece?

El doctor Drax es ese hombre misterioso que me habla ahora con una voz grave que reconozco enseguida, hablé por teléfono con ella una noche de hace muchos meses. El doctor Drax se sienta en una silla papal, porta una máscara expresiva de demonio chino milenario y está custodiado por una legión de niños de ojos azules con los que se comunica cada poco por señas incomprensibles para el hombre no iniciado en sus misterios pueriles.

–Los niños son el futuro. Todo el mundo repite este lugar común desde hace siglos y nadie se da cuenta de lo que en realidad quiere decir. ¿Se ha preguntado usted por su sentido verdadero alguna vez en su vida?

La sala abovedada en la que nos encontramos tiene una acústica extraña. La cúpula abstracta que corona el espacio de la misma nos devuelve las frases amplificadas, como si alguno de sus oyentes más sibilinos le añadiera comentarios inoportunos. Psicofonías insidiosas, vagidos remotos o ecos distorsionados que me recuerdan mis primeros contactos con Madre.

–No es fácil satisfacer una demanda como la suya, no crea. Los niños especiales como el que usted busca están reservados para otros fines. No pueden permanecer mucho tiempo al servicio de intereses de bajo nivel. La carnalidad y la espiritualidad de niños como estos que me acompañan son un bien muy apreciado en ciertos círculos. No se pueden malgastar en satisfacer pasiones vulgares.

–Yo solo quiero recuperar a mi hijo. No he venido a nada más. No me importa a lo que se dediquen usted y sus seguidores.

–Eso lo dicen todos antes de descubrir nuevos sentidos a la palabra filiación. Un nuevo sentido a la palabra padre y un nuevo sentido a la palabra hijo. Un sentido espiritual, desde luego, pero también carnal. Sin necesidad de sacrificios sangrientos ni actos obscenos. ¿Se atreve usted a negar la comunión de la carne y el espíritu? No creo que un hombre como usted, con sus antecedentes, se atreva a negar la importancia de la relación íntima entre la mente y el cuerpo. Hasta ahora, como quien dice, no hemos podido establecer una comunicación con la mente del niño sin pasar por su cuerpo, comunicar ambas dimensiones de otro modo menos impuro.

Los ojos azules de los niños comienzan a iluminarse desde dentro. Colgando de una cadena del centro de la cúpula, como una lámpara vistosa, aparece un pavo real idéntico al que había visto en la planta baja alumbrando con sus miles de destellos ambiguos la resurrección de la diosa pagana.

—Mírelos bien, pero no se le ocurra tocarlos. La ciencia de nuestro tiempo ha resuelto el viejo problema de la teología medieval. Para conocer los misterios de la carne nos basta con establecer una conexión duradera con la mente. Se acabaron las condenas y los escándalos por desear el fruto prohibido escondido tras la apariencia engañosa. La infancia, en toda su pureza integral, es nuestro don divino. Nuestro supremo bien. Puesto al alcance de nuestro intelecto sin pecado ni culpabilidad.

Impulsada por su inteligencia práctica, Mónica decide intervenir en la escena para poner fin al monólogo del carismático personaje con el culo aposentado en el sitial vaticano.

—Estos niños son todos superdotados. No los desprecie como hacen sus congéneres de menor rango. Representan el futuro. Un futuro, todo sea dicho, en el que usted y yo no tendremos sitio visible.

Sin decir una palabra, Mónica se separa de mí, se acerca al inquilino más antiguo de la casa, los niños inquietos la rodean para proteger al maestro de cualquier riesgo, ella los tranquiliza con un gesto de paz, se baja la cremallera del traje de gata en celo y le muestra su pecho al desnudo.

—Ha hecho bien en no caer en las turbias maquinaciones del general Mendoza. Pobre Gregorio, en qué guerras espurias anda siempre metido para nuestra desgracia. Es su karma, como el de tantos hombres de poder como él, y no puede evitar desvivirse en ejercer la crueldad con la excusa de que la maldad de los adversarios nos amenaza en permanencia. No hay peor ciego que el que no sabe que lo es y, por si fuera poco, se empeña por todos los medios en hacer ver a los otros lo que no puede ver de ningún modo.

Contemplo la escena desde atrás, una mala perspectiva para ver qué le muestra realmente (imagino que no serán solo sus preciosos pechos, sino algún signo indeleble grabado en ellos como mensaje de advertencia), pero sí puedo observar el impacto del generoso gesto de Mónica en la mímica del demoníaco doctor Drax y de sus acólitos angelicales.

–Hubiera sido un acto peligroso presentar el Libro Negro ante mis hijos espirituales. Es un volumen abominable y obsceno. Una gratuidad malvada del poderoso usurpador que controla la explotación de este bajo mundo desde sus orígenes. Tampoco usted lo necesita para nada, créame. Cualquiera de estos niños sagrados posee en sus órbitas de luz mucha más información de la que cualquier biblioteca del mundo ha contenido nunca en la historia. Si quiere encerrarse con alguno de ellos en uno de esos negros cubículos, a fin de comprobarlo, dígamelo enseguida y sus deseos de conocimiento serán satisfechos de inmediato. No se lo aconsejo, sin embargo. Las secuelas mentales podrían ser terribles para un hombre de su carácter y frágil disposición de ánimo.

Mónica cubre ahora su cuerpo con discreción y vuelve hacia mí mostrándose decepcionada. Como si los designios de sus actos hubieran tropezado con un obstáculo inesperado.

–Ya se lo he dicho antes. Quiero saber dónde está mi hijo. Solo eso.

–Puedo contarle cosas sobre su hijo que un padre nunca querría escuchar en boca de otro hombre. Usted no lo es, en el sentido biológico al menos, pero tampoco querría oírlas. Es mejor así. Ya imaginará que en eso los teólogos del nuevo culto somos inflexibles. La carne mortal no une más que el espíritu, eso ha sido probado ya hasta el hartazgo y es dogma incuestionable para todos nosotros. Y el espíritu, hágase a la idea, el espíritu inmortal es lo único que queda de su hijo.

Los refulgentes ojos de los niños hermafroditas que rodean al propietario de este templo consagrado a la pedofilia esotérica han aumentado la intensidad de la radiación tras las últimas palabras sacramentales del gran maestre de la secta.

—¿Necesito hablar más claro?

—¿Dónde está?

—Aquí no, desde luego.

—¿Estuvo alguna vez?

—Sí, por supuesto, fue iniciado en el culto, como todos mis hijos desde el principio, mantuvo contactos espirituales al más alto nivel, pasó por experiencias trascendentes y luego volvió a la normalidad. Es la vía habitual en estos casos.

—¿Quién lo ha matado?

—Nadie importante. Comprenda que los seres humanos no pueden tolerar mucho tiempo la superioridad del otro. Su hijo pertenecía a una casta de transición. No era el eslabón final, por desgracia para él. Ni siquiera estos niños lo son. Es pronto para determinarlo con seguridad. Pero cuando llegue el momento la forma niño habrá alcanzado la inocencia y la inmortalidad definitivas. La humanidad habrá puesto fin al estado adulto de corrupción y vileza. El niño eterno, como anunció el Cuarto Evangelio, reinará sobre la Tierra y nadie se opondrá ya al poder y la pureza de su corazón. Esa es la promesa del tiempo venidero.

—¿Quién lo ha matado? Necesito saberlo.

—No lo sabemos con seguridad. Podríamos dar nombres particulares o señalar instituciones concretas, pero preferimos no interferir demasiado en el orden del mundo. Desde el principio, la neutralidad es el color de nuestra bandera, pese a todas nuestras alianzas y compromisos con los poderes temporales. Compréndalo, el exceso de visibilidad siempre nos ha perjudicado. Dese por contento con lo que sabe.

—¿Podré ver a mi hijo una última vez?

—Desde luego. Creo que no tardará mucho en aparecer. La policía está retrasando la investigación por razones de imagen pública, como siempre. Pero no podrán ocultarlo por más tiempo. Se lo garantizo.

—¿Era necesario que muriera?

–La muerte de un niño es siempre un misterio y cuando la violencia participa en esa muerte el misterio se disipa como la niebla al amanecer y solo queda la desnudez del horror. Siento mucho su pérdida, de verdad. Y ahora, si me disculpa, mis hijos me esperan para jugar a un ingenioso juego que han inventado para matar el tiempo durante la larga noche. Son insomnes. Es el precio de la lucidez total.

Nos expulsan del lugar. Me siento devastado por la información obtenida sobre mi hijo y nos echan de la audiencia del magnate mandarín sin más explicaciones.

–No todos moriremos, pero todos seremos transformados.

Los rayos azules que brotan de los ojos de los niños acaban envolviendo a su santidad diabólica en un halo celestial que encubre, como la máscara grotesca con que impide la visión del rostro humano, todos los vicios y pecados del mundo.

Mónica me aprieta la mano de nuevo con cariño y me invita a acompañarla.

–No tengas miedo, querido. Ven conmigo.

Adiós, doctor Drax.

Elástica y felina, Mónica nos abre paso entre los invitados, ahora más serenos y distendidos, sabe adónde va y solo me pide que confíe en ella otra vez. Cuando tropiezo con un doble que lleva la misma chupa de seda que yo y los mismos vaqueros lavados y las mismas zapatillas deportivas, piel negra y suela blanca, no pienso en espejos serviles ni en los oscuros mecanismos de la reproducción humana, pienso en una trampa cuidadosamente preparada en la que ya no me importa caer.

Ahora sé que mi hijo ha muerto, nada puede preocuparme ya.

El dolor me hace invulnerable a otros sentimientos.

Fracaso cada vez que intento ceder al llanto.

Llorar me está prohibido.

Mónica se para frente a una puerta estrecha y pequeña y me avisa.

–Cuidado al entrar, no te golpees en la cabeza.

El escozor de la quemadura en la frente se ha intensificado

desde que comenzó la entrevista con el pontífice oriental y el color rojizo no engaña a la mirada de Mónica por baja que sea la iluminación del ambiente.

–Al fin solos, querido.

Una luminotecnia de funeral, hileras de cortinas rojas y cortinas negras, como un laberinto de telas por el que Mónica me arrastra hasta llegar a una estancia central donde nos aguarda un catafalco cubierto con pieles sintéticas de animales protegidos por leyes mundiales.

Mónica se desnuda con lentitud ceremoniosa y mientras lo hace mi memoria se reactiva. Recupero fragmentos inconexos de la confusa noche en la habitación del Hotel Bond tras la tóxica cena con los profesores del departamento.

–No tienes que hacer nada. Yo lo haré todo.

Ya he oído eso antes. De la noche a la mañana, sin saber por qué, me he convertido en un fetiche seminal, un donante de esperma ansiado por mujeres mucho más jóvenes. Perder un hijo proporciona estas irónicas satisfacciones. Por qué darle tanta importancia a la pérdida cuando la reposición por medios naturales es tan simple, tan agradable, tan placentera. El más antiguo de los actos atávicos de la humanidad. Pasarán siglos y siglos y la posesión carnal de otro cuerpo y la fricción de los genitales seguirán siendo para los humanos de ambos sexos un motivo de goce inconmensurable.

–¿Te gusto, querido?

–¿A mí me lo preguntas?

Mónica es una profesional consumada, con luz o sin luz. Pese a sus escasos treinta años, no ha perdido el tiempo y se ha instruido bien y domina todas las posiciones y las técnicas eróticas que hacen feliz al hombre en la cama y quizá también a la mujer, y cuando termina su brillante tarea, sin darme tiempo a reponerme, vuelve a comenzar, como si la grosera mecánica del amor la arrastrara como un caudal incontenible más allá de sus fines prescritos.

–Esto no te lo esperabas, ¿a que no?

Es verdad. Las extravagantes metamorfosis de Mónica durante el acto sexual son un fenómeno digno de elogio. Cuando alcanza la fase climática del juego, el límite máximo de sus habilidades amatorias, Mónica comienza a transformarse y a pasar por todos los estados de cuerpo y todos los cuerpos que uno pueda imaginar o desear. Pierde el nombre propio que la identifica y su cuerpo se transfigura en avatares insólitos que sin dejar de ser ella misma son también otros: mujeres y transexuales, hombres y animales, mujeres y niñas, hermafroditas y niños, objetos innombrables y criaturas repulsivas.

El *sex-appeal* de lo orgánico y lo inorgánico envasado en un solo producto de lujo, belleza y voluptuosidad sin igual.

Este es el cuerpo desnudo de Mónica Levy.

—Querido, ¿quieres saber cuántas vidas he vivido antes de ser lo que soy?

—No, no me interesa. Quiero saber quién eres. Qué quieres. Por qué estamos aquí.

—Eso nunca lo sabrás, querido.

—Qué pena.

—Tengo frío, ¿tú no?

De debajo de su cuerpo desnudo, Mónica extrae un fastuoso abrigo de piel sintética, de color turquesa y con una capucha de seda negra colgando a la espalda, y se lo echa por encima con gracia y elegancia de modelo profesional, como una dominatriz sadomasoquista al concluir la humillación ritual del último cliente del día, mientras se pone en pie para saludar al numeroso público que asiste al final de la representación y aplaude con entusiasmo su memorable actuación desde los anfiteatros y graderíos que han aparecido ante mis ojos incrédulos en cuanto se ha hecho la luz en la habitación.

—Ha sido todo un éxito, querido.

—No me digas.

—Hemos triunfado.

—Ya te vale.

Experimento un malestar súbito.

Los síntomas son evidentes: demasiado esfuerzo pasivo, emociones encontradas, atrofia mental.

Madre acude a rescatar mi dignidad a destiempo y pierdo el conocimiento.

DÍA 28

Cuando despierto envuelto en otro lustroso abrigo de pieles, un original diseño de piel sintética de erizo autóctono con un mecanismo manual de púas abatibles a voluntad, me duele la cabeza de un modo atroz.

Mónica ha desaparecido sin dejar rastro, como suelen hacer tarde o temprano todas las mujeres que se acuestan conmigo. Me he convertido en un fetiche erótico de usar y tirar.

Pienso por un momento que este es el único medio que han encontrado para extraerme el neurochip del cráneo, del mismo modo que la primera noche en el hotel con Mónica fue la forma idónea de implantármelo. Y luego me doy cuenta de que no. Me duele tanto porque lo tengo aún incrustado en alguna parte operativa del cerebro, funcionando a pleno rendimiento, y porque lo que estoy viviendo con inusual intensidad se está registrando ahí con un fin que ni siquiera tienen claro los que me lo instalaron.

Madre tampoco les permitiría que me lo extirparan.

El chip neurotransmisor es nuestro cordón umbilical. Sin él nuestra relación se fundaría en el silencio y los malentendidos, como todas las demás relaciones humanas, por cierto.

Me han dejado solo y abandonado en el escenario. Los anfiteatros y los graderíos han desaparecido también junto con todo lo demás que daba sentido a la escena de mi expolio sexual. No sé cuánto tiempo ha pasado desde entonces. Recojo mis ropas esparcidas por los aledaños del catafalco, la chupa de seda, los vaqueros arrugados, las zapatillas de piel negra, y me visto con calma. Miro el reloj del móvil. Las cinco de la mañana. Según mis cálculos, me he pasado durmiendo más de veinticuatro horas.

–No haga caso del cronómetro. Siempre miente. Aquí en la logia no rige el mismo cómputo que ahí afuera.

Gregorio Mendoza, el veterano de todas las guerras de la

humanidad, con el Libro Negro de la vida sostenido en una mano y un bastón metálico de mariscal jubilado en la otra.

—Se le olvidaba llevarse esto y he venido a traérselo.

—¿Podemos salir de aquí?

—Claro que sí. Venga conmigo.

Lo acompaño de regreso por el laberinto de cortinas disuasorias. Largos telones rojos y negros oponiendo una resistencia de terciopelo rancio al paso de los visitantes y la mirada de los curiosos.

—¿Para qué sirve todo esto?

—Si le digo la verdad, su única función es engañar a los tontos. Teatro, cine, televisión. La gente quiere ser engañada. Prefiere vivir así. Con la mente llena de ilusiones, espejismos, fantasías. Para qué engañarnos sobre esto. Siempre ha sido así y siempre lo será, por los siglos de los siglos, amén. ¿Quiere que le mienta? ¿Que le diga que hay grandes poderes terrenales moviendo los hilos del mundo y manipulando la realidad para confundir al pueblo?

—No hace falta. Ya me autoengaño bastante sin necesidad de ayuda exterior.

—No se menosprecie. Es usted valioso. Ya se habrá dado cuenta.

—Valioso pero sin precio. El melodrama de mi vida adulta.

Al salir por la puerta estrecha por donde entré en compañía de Mónica hace mucho tiempo, tengo que ayudar al general septuagenario a agacharse y pasar al otro lado sin dañarse las piernas y la cabeza.

—Cómo envidio su juventud. He visto una parte del espectáculo que ha organizado con la guapa chica. Muy instructivo. Hubiera corregido algunos detalles desagradables en momentos puntuales, pero ha sido una estupenda exhibición por parte de ambos. Le felicito. Lo hemos grabado todo, por cierto. Para los registros audiovisuales de la Hermandad. Reservado para uso interno de sus miembros. Le enviarán una copia remasterizada a casa si así lo desea, aunque a su mujer no creo que le agrade mucho, ¿verdad?

—Le puedo asegurar que el adulterio no es el principal problema de nuestras vidas.

—Ya sé, ya sé. Me informaron sobre lo de su hijo mayor. Es lamentable que aún ocurran hechos así en nuestra comunidad. La crueldad humana es una de las cosas que menos tolero, con todo lo que he visto sea natural. Aunque a menudo sea la única solución, no lo niego. El recurso a la violencia, el ejercicio sistemático de la misma, cuando no queda otro remedio. Lo he visto en la guerra y en la paz. Sin el uso de las armas, hasta que no cambien las cosas en el mundo, el orden vigente sería insostenible. Las leyes, papel mojado. La justicia, una ilusión ética.

Hemos caminado uno junto al otro a un ritmo pausado hasta llegar a uno de los ascensores transparentes que se propulsan automáticamente por el eje del cono para llegar a la cúspide cristalina.

—Quiero enseñarle algo que no se volverá a ver en cien años por lo menos.

—¿Un fenómeno celeste?

—Algo mucho menos frecuente. Y mucho más bello.

—¿Ondas gravitacionales y radiación estelar?

—No se precipite. No es tan simple.

Ascendemos a velocidad de vértigo y apenas si tengo tiempo de ver a gente saliendo y entrando de habitaciones en las plantas superiores antes de que accedamos a la antesala que establece la diferencia entre niveles construidos. El ascensor se detiene entonces sin brusquedad y se abren las puertas que anuncian la llegada a la terraza más elevada del edificio en que llevo atrapado demasiado tiempo.

Mi salud mental vuelve a resentirse.

—¿Se ha quedado usted sin palabras?

El viejo Mendoza es un artista de las situaciones y ha sabido traerme a donde mi deseo hubiera querido acudir mucho antes. Pero Mendoza ha sabido hacerlo con puntualidad. Lo que estoy empezando a ver no se ofrece siempre, ni tiene un horario previsto como los trenes, los aviones o los parques de atracciones.

–Aquí lo tiene. Desplegándose ante usted. El gran enigma del tiempo. El futuro. ¿Qué le parece?

Decepcionante no sería la palabra exacta. Terrorífico tampoco.

–Acérquese, hombre. No tenga miedo. Esto es un viaje en el tiempo sin moverse de sitio, por supuesto, ni tampoco abandonar el tiempo de uno. ¿No es maravilloso?

Al principio con prevención y respeto, luego ya con curiosidad insaciable, recorro los treinta pasos que me separan de la barandilla de la amplia terraza interior para asomarme sin miedo y poder contemplar las vistas en toda su magnitud y esplendor.

–¿Ha escuchado alguna vez un silencio similar?

Si hago caso al viejo general, esto es el futuro. El futuro no es un mundo sino una suma de mundos superpuestos, ocupando el mismo espacio, disputándose el tiempo, todos sincronizados, con ritmos rituales. Movimientos armónicos reproduciéndose al infinito en cada uno de ellos como mareas de plasma.

–¿Qué es lo que ve?

–No sabría por dónde empezar.

Por pudor, Gregorio se había quedado a mi espalda, en un primer momento, y ahora reaparece para ponerse a mi lado y echarme el brazo por encima del hombro, con el mismo gesto de orgullo y confianza con que el dueño de una extensa propiedad se la muestra a un visitante interesado en adquirirla a pesar del alto precio estipulado.

–Tenga en cuenta que nada de lo que está viendo ha ocurrido todavía. Nada de lo que le ofrece su visión acontece en el tiempo de los relojes que dictan el curso infalible de nuestros días y nuestras noches.

–Hasta ahí lo entiendo sin esfuerzo.

–Hemos tardado demasiado tiempo quizá en conseguirlo y gastado mucho dinero en vano hasta que tuvimos en nuestras manos el microprocesador de taquiones que nos abría de par en par las puertas del futuro. Es como una lentilla invisible, cuyo espesor se mide en fracciones insignificantes, así se muestra la minúscula pieza cuando el ojo humano la observa en la placa del microscopio sin dar crédito a su capacidad de síntesis.

Entendí entonces, escuchando con atención las explicaciones del general Mendoza, cuál era el mayor misterio de la arquitectura del cono. El vértice de la estructura no servía para emitir rayos luminosos en todas direcciones, difundiendo una imagen ubicua de poder tecnológico, como había creído al principio, contemplándolo a distancia. Era al contrario. La cúspide del edificio, situada justo encima de donde nos encontrábamos, contenía una gran antena receptora de las señales infinitesimales del porvenir. Las captaba en su integridad y se las transmitía a un poderoso computador que las procesaba en tiempo real produciendo con esa información un simulacro gigantesco, una réplica exacta del futuro imaginario como el que estaba viendo desde la barandilla de la terraza interior. Un cronopaisaje que variaba en fracciones de segundo conforme lo hacían las señales recibidas.

—Piense por un momento. Concéntrese un poco y lo verá con nitidez. No es una idea del futuro. No es un plan programado del futuro. Es el futuro. El futuro real. El futuro que habrá de advenir sin falta. ¿Qué ve en el futuro?

Lo sabía, vaya si lo sabía, desde el primer vistazo, pero me negaba a decírselo como me pedía con extraña insistencia. Por rebeldía o por indiferencia. Me hubiera delatado demasiado pronto.

—Desde luego no veo a mi hijo por ninguna parte.

—Déjese de tonterías, por favor. Dígame de una vez qué es lo que ve.

Lo veía tan pletórico y ufano ante el mecanismo cronológico del que se atribuía la autoría, como un presuntuoso fabricante de juguetes de la vieja escuela, que me resistía a darle la razón reconociéndole el logro de su creación.

—No estoy muy seguro. Los efectos digitales los encuentro espectaculares, desde luego, pero un poco aparatosos, ¿no le parece? Demasiadas transparencias, demasiados circuitos y microchips en primer plano, demasiadas astronaves y demasiadas construcciones de cristal líquido por todas partes. Demasiada perfección, en suma, demasiada armonía, demasiada inteligencia, si quiere que le diga la verdad, toda la verdad y nada más que la verdad. Todo es demasiado perfecto para resultar convincente.

—Me decepciona usted. ¿No estará disimulando?

—No es el primero de la lista, se lo aseguro. En los últimos días he decepcionado a mucha gente inteligente, incluyéndome a mí mismo.

—Todos los genios lo hacen al principio, cuando nadie los entiende, se culpan por ver las cosas de un modo distinto a los demás, por hacerlas de manera que nadie pueda verles el sentido. Nada nuevo, por otra parte.

—Sí, pero yo no soy uno de ellos. No pertenezco al selecto club de los elegidos. Se equivoca de hombre si me ha tomado por tal.

Claro que lo sabía, no era tan tonto como parecía, pero quería salir vivo de allí. Tuve la intuición fulminante de que en el mismo instante en que le comunicara a Mendoza una descripción acertada de lo que estaba viendo, sin titubear, el artero militar retirado me empujaría sin contemplaciones al otro lado de la barandilla de protección, propiciando un encuentro directo con el vacío del tiempo por venir que él sin duda habría considerado un experimento significativo antes de que mi cuerpo se estrellara contra el suelo, decenas de metros más abajo.

—No se haga el modesto, ande. ¿No reconoce las formas, las texturas, las conexiones, los circuitos?

Todo lo que estaba viendo ante mí, proyectado a una escala real, era un cerebro descomunal. Ni más ni menos. Eso era el futuro cristalizado en toda su pureza teórica. Eso era lo que veía entonces con unos ojos humanos que no lo verán nunca realizado.

—¿La utopía?

Un cerebro desnudo. Un cerebro puesto en escena con todas sus funciones externalizadas, como en un diagrama colosal. Ahora lo comprendía. El cerebro se las había arreglado durante milenios para alcanzar, usando la tecnología como medio de hacerse con el control de la situación, ese punto límite en que el mundo y la mente se fusionaran en un ente despótico regido por la misma voluntad de monopolizar la gestión de la realidad. El futuro era el tiempo en que el cerebro habría usurpado el lugar del mundo, sometiendo a este al imperio sistemático de sus categorías y caprichos, imponiéndole como programa la fluidez de sus circuitos neuronales, la arbitrariedad de sus conexiones sinápticas, la violencia del intercambio incontrolable de información, la flexibilidad bioquímica de sus acciones, la pulsión lógica de sus redes, maximizando su rendimiento hasta producir un estado de cosas puramente artificial. Un orden totalitario de racionalidad infinita.

–¿Un mundo infeliz?

Un cerebro supereficiente, sí, pero no el cerebro de un ser humano superdotado, no el cerebro privilegiado de un ser único como mi pobre hijo Aníbal, con todos sus errores e imperfecciones, sufrimientos y culpas. El cerebro hiperactivo de una máquina superinteligente, el cerebro de una inteligencia artificial que gobernaría el mundo con la colaboración de otras máquinas análogas para transformarlo en un mundo cibernético concebido a su imagen y semejanza inhumana.

–Es usted un majadero. Si le soy sincero, no me lo esperaba. Me habían hablado maravillas de su intelecto. Tendré que repensarme mi relación con la persona que le recomendó tan encarecidamente.

–No sea duro con ella, ¿quiere? Ha hecho bien su trabajo. Todo lo bien que podía hacerlo, naturalmente.

–Imbécil. Es usted un completo imbécil y no pienso dedicarle un minuto más de mi valioso tiempo. ¡Guardias!

Lo mejor del pasado es que siempre podemos contar con instrumentos tradicionales que nos proporcionan seguridad cuando todo lo demás falla de manera estrepitosa. Las fuerzas del orden para deshacernos de los seres inútiles y preservar la precaria estabilidad del mundo. En el futuro no hará falta, ya lo he visto plasmado en el simulacro futurista propiedad del viejo general. En el futuro que esta gente fanática está trayendo al presente por medios clandestinos no se permitirá la existencia de nada inútil o inservible. Ni personas ni animales ni cosas. Todos cumplirán con su cometido, asignado con perfección y exactitud racional. Yo no estaré aquí para verlo. El renqueante Mendoza tampoco. Triste consuelo.

–Queda usted detenido por allanamiento de morada, robo con efracción y acoso sexual y violación de una mujer.

–¿Robo?

–Sí, ¿no se lo había dicho? Uno de los valiosos pavos reales de la colección del gran señor de estos lares ha desaparecido y el principal sospechoso, cómo no, es usted.

El viejo general Gregorio Mendoza, sonriente como un colegial travieso, se está vengando en mí de muchas cosas inconfesables. Algunas tienen que ver con la inteligencia, desde luego, la que me he ahorrado de mostrarle en mi análisis del futuro para que no me diera el bastonazo mortal con que los maestros suelen festejar el talento incipiente de los discípulos. Otras con el sexo, como es natural. No se protagonizan impunemente ciertos espectáculos libidinosos sin poner en cuestión la virilidad y la potencia del espectador que asiste a ellos solo para divertirse.

–Todo lo que pueda decir ahora en su favor será utilizado después en su contra.

–Es la ley del más fuerte. La reconozco enseguida.

Los dos guardias de seguridad, una pareja de tipos nada fotogénicos, mal pagados y mal vestidos, pero altamente eficientes en su cometido inicuo, me esposan con las manos a la espalda con la intención de escoltarme hasta la salida del edificio y me conducen sin violencia a la puerta del ascensor.

El general Mendoza, entre tanto, se queda absorto en la terraza contemplando por enésima vez con lágrimas en los ojos la obra maestra de su vida, creyendo que nadie más que él posee los secretos intransferibles que la harán realidad para todos así que pasen cien años.

–Si vuelve a ver a Madre por casualidad, cosa que dudo, no

se olvide de darle recuerdos de parte de su viejo amigo Gregorio. A ella le hubiera encantado que usted, de entre todos sus hijos, pudiera conocer a fondo los arcanos del Libro Negro. Todo lo que se necesita saber para vivir en este mundo y en el próximo está ahí contenido. No exagero. Lo bueno y lo malo. Pero usted no ha sabido estar a la altura de las expectativas creadas. Lo siento mucho...

Nunca los insultos y el desprecio me habían hecho tanto bien como ahora cuando comenzaba a entender la perversa trama en que me había visto involucrado como un idiota.

—Espero no tener que ver otra vez su cara de gilipollas. Adiós.

—Lo mismo le digo.

Había sido cómplice de un disparate mayúsculo y liberarme de mis ataduras me iba a costar un precio demasiado alto.

—Hasta nunca, mentecato.

—Adiós, fascista.

Cuando las puertas del ascensor se cierran al fin, me siento aliviado.

El futuro, ahora lo sabía con certeza, era el sueño de poder de un viejo lunático.

El lento descenso por el corazón corrupto del cono me proporciona una pausa necesaria para pensar con detenimiento en muchas cuestiones importantes.

La más importante de todas: llamar a Ariana en cuanto pueda para comunicarle mi situación y saber cómo están Sofía y Pablo.

DÍA 29

El universo es información.

Información que se descarga en los cerebros.

Lo compruebo al respirar el aire tóxico de la mañana nada más abandonar la casa por una puerta de servicio.

La brumosa luz del nuevo día me golpea en los ojos con intensidad inusitada.

312

La actividad fosfénica se dispara en mi cerebro y las alucinaciones visuales me obligan a abrir y cerrar los ojos varias veces para dar crédito a las imágenes que asaltan ahora mis retinas.

Esto es la realidad.

Lo que otros llaman la realidad

Glóbulos blancos y glóbulos rojos volando libres por el cielo gris.

Quizá sean los efectos persistentes de la nociva droga ingerida.

Secuelas de una velada repleta de revelaciones.

No logro saber, en mi estado de estupefacción, si son recuerdos de lo que he vivido a lo largo de la noche o anticipaciones de lo que viviré en los próximos días.

Quizá sea Madre intentando comunicarse conmigo a toda costa e interfiriendo mis procesos de cognición con sus exigencias irracionales.

El cono espectacular en la cima de la colina me parece ahora un edificio ruinoso y triste. Una mansión desolada en la que nadie repararía a menos que conociera los tesoros tecnológicos y terrores milenarios que contiene en su acorazado interior.

Hundido en el asiento trasero del coche patrulla de camino hacia la comisaría de Millares, me siento como un peligroso asesino en serie detenido por un error necio tras años de persecución ineficiente.

El gris eléctrico del amanecer viene sobrecargado de malos presagios para todos los que hemos sobrevivido a la noche.

Grandes nubes de formas cambiantes se exhiben sobre nuestras cabezas como recién salidas de una factoría de pesadillas regentada por un diseñador de gusto demente.

Medusas bulbosas, globos oculares, cabelleras arrancadas, ríos de semen.

–Es la niebla.

Entre la transparencia y la opacidad blanca, infinitos grados de turbiedad.

La más baja de todas las nubes se extendía por delante de nosotros como la lengua de un glaciar en expansión.

–Es el futuro.

Los guardias no entienden la broma pesada. No les pagan para tanto. Es obvio. Y menos cuando el sujeto que la gasta es sospechoso de haber cometido todos los crímenes de que se le acusa.

Desde detrás de los cristales blindados, la provinciana ciudad de Millares vuelve a sorprenderme, como la primera vez, con su mezcla de antigüedad y novedad arquitectónicas, su urbanismo informe de barrios desconectados y calles exiguas de un solo sentido.

Nada más bajar del coche patrulla, antes de que me entreguen a sus colegas de la policía nacional, estrecho las manos de los dos guardias de seguridad que me han custodiado hasta aquí en agradecimiento por haberme salvado la vida.

Llueve sobre nosotros un agua negra que complica aún más todos los trámites de la despedida.

Ya no me preocupa que los anónimos agentes me tomen por loco. Asumo mi posición con lógica.

No me hacía muchas ilusiones sobre mi presente y tampoco sobre mi futuro, pero a mi llegada a la comisaría central de Millares no es precisamente una comitiva de bienvenida lo que me está esperando.

La mole marrón de la comisaría aplasta con su estructura de hormigón y acero al visitante que accede a su interior sin haber sido invitado, como si al atravesar el portal de entrada a tan carcelario lugar cambiara el régimen gravitacional del entorno y todo se volviera más denso y pesado de lo común.

Hay cosas que nunca cambian. La sordidez de los trabajos inferiores y la fealdad burocrática de los espacios públicos. La mediocridad de los funcionarios que preservan la apariencia del orden contra todas las tentativas de los ciudadanos por arruinarla.

Comprendo su difícil situación. Es muy duro sobrevivir como profesional de la autoridad, la vigilancia y el control en un país donde las tasas de delincuencia común y criminalidad social descienden cada año a niveles escandalosos al mismo tiempo que los presupuestos estatales en la materia.

Como castigo por mi atrevimiento al recordarles esta verdad estricta, me maltratan, es decir, me registran a fondo, requisan mis pertenencias, me fotografían desde todos los ángulos, posibles e imposibles, me fichan como delincuente, me encierran en una celda de aislamiento, no me dejan llamar a nadie, me retienen un número incalculable de horas durante las cuales solo me permiten tomar agua repugnante del grifo en vasos de plástico usados por otros reclusos.

Tengo un ataque de pánico y me sangra en abundancia la nariz.

Madre está ocupada y no atiende mis súplicas.

Después de haber agotado mi paciencia y mis reservas de autoestima, comienzan a interrogarme en grupo en una sala alejada de la celda.

Preguntas certeras, preguntas incisivas, preguntas ofensivas incluso, sobre mi vida, mis orígenes, mis relaciones, mi familia, mi trabajo, mis actividades de ocio. No tengo nada que declarar. Aunque les gustaría darme fuerte, no me tocan un pelo. Son una brigada de cinco energúmenos vestidos con uniformes de fantasía y les encantaría machacarme la cara a puñetazos, pero les impone respeto el emblema de la chupa de seda manchada de sangre fresca.

Me vuelven a encerrar y me vuelven a sacar al poco.

Una y otra vez.

Lo están grabando todo con varias cámaras ocultas para que quede registrado, me dicen, y luego la declaración se pueda utilizar completa en el juicio con jurado.

El interrogatorio, añaden, se está retransmitiendo en directo, como establece el procedimiento, a otros despachos del edificio, donde hay un gabinete de psicólogos, juristas y criminólogos analizando la valiosa información que les proporciono con mis palabras y gestos.

Al final se hartan de tanto viaje estéril a la celda deshabitada por pasillos de una humedad infecta y me dejan en la sala de interrogatorios esposado a la silla esperando en vano a que alguien venga a rescatarme.

En todo ese tiempo, Madre continúa sin dar señales de vida inteligente.

Yo tampoco.

El jefe de la investigación, un tal Benítez, entra y sale sin decir nada, dejando un aroma fétido en el aire. El inspector o subinspector Benítez, como todos los homúnculos de su especie, hiede a mierda envasada al vacío. A diarrea mal curada. Me inspecciona cada vez con actitud de manual y hace un gesto con la cabeza, moviéndola de derecha a izquierda y de izquierda a derecha, como si no pudiera dar crédito a lo que está viendo ante sí.

Como si yo fuera el mayor asesino de la historia local.

El enemigo público número uno de la urbanización Palomar.

Benítez vuelve a entrar por enésima vez y me cuenta que lo del pavo real sabe que es mentira y lo del acoso y la violación también.

Trolas, dice. Esta gente se lo inventa todo, añade.

Y usted ha caído en su trampa, sentencia. Como un pardillo.

Solo les preocupa el allanamiento de morada, al parecer. Quieren saber por qué me colé en la gran fiesta solo para VIPS sin estar invitado. Qué pretendía. Vuelve a salir con su olor a mierda repulsiva flotando detrás de él. Entonces entra otro poli más gordo y de menos rango, se llama Maeztu. Me mira como se miraría a un perdedor antes de mandarlo al patíbulo o a la silla eléctrica, cuando era legal exterminar a los criminales como a los animales en un matadero, y me hace las mismas preguntas estúpidas. Guardo silencio, como si no me enterara de nada. Me hago el aturdido. El tonto. Otra vez. Voy a terminar creyéndomelo. La estrategia funciona. Solo reacciono cuando oigo mencionar el nombre de mi hijo Aníbal. Conozco mis derechos y me pongo a gritar. Uno por uno, como si fuera mi abogado defensor y no el maldito acusado, enumero mis derechos a voz en grito, por si el poli gordo no se los sabe en el orden correcto o necesita que alguien se los recuerde.

Maeztu se queda a ver el espectáculo, le divierte mi estilo directo, lo percibo enseguida, y mi actitud de ciudadano desafiante. La ve valiente, a pesar de todo el odio que me transmite desde el principio. Y no solo por el tiempo que les estoy haciendo perder y las complicaciones legales en que los estoy metiendo. Un odio de clase mental. Visceral, instintivo.

Muera la inteligencia, dice Maeztu en un arranque de lucidez.

Y chasquea con perversa alegría los dedos de su mano derecha a un palmo de mi cara para intimidarme.

Y entonces entra el jefe Benítez de nuevo, derrochando simpatía barata.

Este poli apestoso trae la intención de fastidiarme todo lo que pueda. Se lo leo en los ojos. Este tío no ha follado en años. Hasta se le ha olvidado cómo hacerlo y se pajea como loco en la cama cada noche para relajarse antes de echar un sueño húmedo. Con ese olor a excrementos exudando de su piel pálida como una seña de identidad genética, no me extraña que ninguna mujer se le acerque a menos de un metro excepto por una suma de dinero considerable.

Los dos polis buscan vengarse ahora de todas mis afrentas, pasadas, presentes y futuras, y se sientan frente a mí, al mismo tiempo, como si lo hubieran ensayado antes, y me comunican sin inmutarse la muerte de mi hijo.

Tienen el cadáver. El cadáver de Aníbal. Lo tienen aquí cerca. En custodia legal. Luego me lo enseñarán para identificarlo.

El caso tiene mala pinta, dice Benítez.

Espantosa, añade Maeztu.

Los muy hijos de la gran puta saben que no he sido yo quien se lo ha cargado, pero insisten en su puesta en escena profesional, por si cuela y pueden colgarme el muerto. Les caigo mal. Les han hablado mal de mí, ahora lo entiendo. Me tienen ganas. Me están metiendo miedo. Les han dicho que urge librarse de mí. Que yo no estoy bien visto. Por lo que entiendo de todo lo que me cuentan a dúo, en algún comité privado de residentes de la urbanización han decidido declararme persona non grata en la misma. A mí y a toda mi puta familia. Ese es el nivel del lenguaje utilizado por los polis para amedrentarme. Cuando ven que no me ablando ni por esas y no me echo a llo-

317

rar, como esperaban, me enseñan un papel arrugado y sucio metido en una bolsa de plástico.

Es una prueba, dice Benítez.

Un pasquín impreso en dos colores. Azul y blanco. Me dice Maeztu que es una nota de suicidio. Que la ha escrito mi hijo y la guardaba en el bolsillo de la camisa que llevaba puesta. Estaba en el bosque, ahorcado de la rama de un árbol. Llevaba varios días ahí cuando lo encontraron.

La misteriosa nota dice así:

Los hombres que pertenecen a la misma clase, que se sienten cercanos por una comunidad de intereses, en los cuales las mismas humillaciones, las mismas privaciones, las mismas necesidades, las mismas aspiraciones plasman, poco a poco, un temperamento y una mentalidad más o menos idénticas; cuya existencia cotidiana está hecha de la misma servidumbre y de la misma opresión; y cuyos sueños, cada día más precisos, terminan en el mismo ideal; que deben luchar contra los mismos enemigos, que son torturados por los mismos carniceros, que se ven sojuzgados por la misma ley de los mismos amos y todos víctimas de la rapacidad de los mismos. Estos hombres se ven inducidos, gradualmente, a pensar, a sentir, a querer, a actuar en conjunto y solidariamente, a cumplir las mismas tareas, a asumir idéntica responsabilidad, a conducir la misma batalla.

Cuando el pestilente Benítez, al mando del interrogatorio por una simple cuestión de jerarquía, me la lee con solemnidad injustificada, me río para mis adentros. Esto se parece tanto a una nota de suicidio como la factura del dentista, el ticket de compra del supermercado o la cuenta de la tintorería.

—Es una cita, no una nota de suicidio. ¿Es que no lo ven?

Me llaman tío listo por decírselo a la cara.

Este se cree un tío listo, dice el jefe Benítez.

Ya te lo advertí, añade Maeztu.

El hijo también, sentencia Benítez.

318

—Es el mismo texto que mi hijo había impreso y había querido repartir el día del incidente en el colegio hace unos meses. Si no me creen, hablen con el director.

—Ya hemos hablado, tío listo. ¿O es que te crees que te hemos enseñado esto por gusto?

—Para nosotros esto vale como nota de suicidio. Y el director del colegio, el señor Adrián Mercader, estaría dispuesto a certificarlo ante el juez si hace falta.

El poli Maeztu, gordo y sudoroso, tiene muchos problemas respiratorios, el sobrepeso no perdona a nadie, lo sé por experiencia, y se ahoga al hablar de pie, moviéndose por toda la habitación como un animal enjaulado. Parece que le va a fallar el corazón cada vez que se dirige a mí con su voz de homínido cavernario.

—Eso es lo que nos ha dicho. ¿A ver si al final no eres tan listo como te crees, tío listo?

No lo puedo evitar, cuando alguien se cree listo de verdad el problema que tiene es que ejerce de tal con cualquier pretexto, incluso cuando arriesga su vida. Aunque con el decrépito general condecorado en varias guerras infames fui más listo de lo debido, dadas las circunstancias, ahora me apetece superarme. Batir alguna plusmarca registrada en las bases de datos de internet.

—Ustedes me disculparán, señores policías, pero esto no es más que una cita. Un texto político redactado por un anarquista del siglo pasado. No sé cómo mi hijo lo conoció, de verdad que no lo sé, ni por qué le interesó copiarlo y difundirlo. Se me escapa. Mi hijo sabía muchas cosas de las que los demás lo ignoramos todo. Pero esta historia no, esta me la sé de memoria y se lo estoy diciendo. No hay ninguna referencia al suicidio en ella. Es una declaración de otro tipo y, según tengo entendido, se la envió por email a otros compañeros del colegio y residentes de la urbanización. Una llamada a la solidaridad entre los excluidos del mundo, a la conciencia de los desfavorecidos de la sociedad, una proclama revolucionaria para cambiar las cosas, un grito de desesperación de un niño solitario incluso, lo que quieran menos una confesión suicida, ¿no es evidente?

El inspector o subinspector Benítez y el poli Maeztu me miran ahora como me mirarían si se hubieran matriculado por obligación en un máster universitario a distancia sobre psicología criminal y yo apareciera de pronto en la pantalla de alta resolución de sus ordenadores caseros impartiendo una clase magistral sobre abstrusas cuestiones de ética.

—Mire, nosotros solo sabemos una cosa. Con toda su palabrería intelectualoide no nos va a convencer de que esto no es una puta nota de suicidio. Eso es lo que es y así va a constar, tío listo, se ponga como se ponga, en el informe que haremos llegar al juez en unas pocas horas.

Ha llegado el momento de la verdad. El momento de probar cuán listo es el tío listo. Me lo he ganado a pulso con mi defensa cerril de lo indefendible. Me lo hacen notar con sus gestos y movimientos para que me vaya preparando para el próximo acto de la tragicomedia.

Maeztu, el hombre del Paleolítico superior, a pesar de su inferioridad en la escala jerárquica del cuerpo de la policía y no solo en la evolutiva de la especie, se hace cargo de la situación con autoridad. Le he tocado los cojones con mi actitud despectiva y mis expresiones de matón intelectual, así me lo hace saber, y me tiene ahora más manía personal que al empezar esta farsa para comisarios jubilados.

—A ver si ahora te vas a seguir creyendo tan listo, tío listo.

Benítez y Maeztu se ponen de pie y con un gesto de cortesía me indican que nos vamos de viaje otra vez. El jefe Benítez me suelta las manos y se tira un pedo maloliente en mis narices, el gordo Maeztu vigila de cerca, por si me desmando durante la operación. Los dos salen de la sala escoltándome y me conducen por un pasillo largo y otro más corto de paredes pintadas con colores chillones (rosa, turquesa y amarillo) y luego por otro pasillo estrecho con cajas de cartón apiladas hasta llegar a un rincón destartalado donde hay un montacargas último modelo esperando, nos subimos en él y bajamos a un sótano que está en el subsuelo de la comisaría, muchos pisos más abajo del infierno, salimos por fin del montacargas y pasamos delante de la puerta de un depósito de armas y un almacén de pruebas y otro pasillo blanco y largo como una condena por infanticidio con agravante de violación post mórtem nos aguarda más allá de la última revuelta. Al torcer una esquina situada justo tras una puerta doble, caminamos unos cuantos pasos en silencio sepulcral por un corredor más ancho hasta que los polis se paran delante de una puerta metálica con cristales en la parte de arriba y la golpean con los puños como si fuera la cara tumefacta de un recluso revoltoso. Al cabo de un rato, un tío jovencísimo, con gafas amarillas, unos auriculares inalámbricos incrustados en las orejas y una bata celeste desabotonada hasta el pecho peludo y atlético, aparece parapetado detrás de la puerta y la abre del todo para permitirnos pasar, como si fuéramos sus invitados de honor.

–Aquí te traemos un tío listo, para que le hagas la autopsia en vivo a su cerebro. Sospechamos que está muy enfermo.

Eso dice Maeztu con voz agónica y el inspector o subinspector Benítez se ríe como si fuera un chiste ingenioso de celador. Y yo también me río, no tengo nada mejor que hacer por el momento. Y cuanto más me río más me empujan los polis por la espalda para que entre hasta el fondo del sótano de paredes blancas siguiendo los pasos acolchados del forense, que camina descalzo sin miedo a las infecciones.

–Pasa, pasa, tío listo, no te cortes, aquí nadie te va a morder el culo, excepto el doctor Perea.

Las risas estentóreas se encadenan como los chistes groseros en un mecanismo calculado para vencer la resistencia psicológica del visitante que lo ignora todo sobre el siniestro lugar y sus pasivos inquilinos y solo siente pánico o disgusto al acceder a él.

–Por lo que veo a simple vista, en esta mancebía hay menos pollas tiesas que en un convento de clausura.

–Ya te digo, Maeztu.

Estamos todos reunidos en la morgue reformada de la comisaría. Un club selecto donde la brigada criminal de Benítez y Maeztu guarda los cajones de cerveza fría para las juergas nocturnas que se corren cuando no hay ningún detenido al que interrogar preguntándole gilipolleces. La guarida subterránea donde se refugian fuera de la ley para hablar con las ratas que les cuentan al oído todo lo que quieren o necesitan saber a cambio de una ración de droga envenenada o una pena benévola en un juicio sin importancia. Un lugar refrigerado donde traen a los muertos que se encuentran tirados en la calle para que los mire por dentro el empollón de las gafas de diseño y les cuente una bonita historia a sus colegas de los pisos de arriba, una versión creíble sobre cómo se murieron de asco sin averiguar nunca quién los mató ni por qué.

–Como si no hubiera mil razones para matar a cualquiera, aunque sea de pena o de aburrimiento, ¿verdad, tío listo?

No entiendo por qué me ha dado este ataque de risa que casi me obliga a caerme al suelo de caucho de la morgue en presencia de los polis, que se parten el culo a mi costa.

–Pobre doctor Perea, con lo macizo que está el tío, cómo le compadezco. Todo el día metido en el depósito, solo, calladito, metiéndole mano a toda esta gente inculta, trabajando duro sin un buen trozo de carne fresca que llevarse a la boca.

–Autoservicio total.

–Ya te digo, Benítez.

El único que no da pruebas de sensibilidad al humor negro de los agentes es el forense imperturbable. El carné de joven doctorado de la Universidad Paneuropea de Millares lo protege de la tontería regresiva que aqueja a los polis retrógrados y al detenido de la chupa guay.

–Aprovéchate todo lo que puedas, chaval. A estos capullos ya no les duele el ojete. Lo tienen inmunizado.

Refrenando mis carcajadas involuntarias por un instante, alcanzo a distinguir una serie de cubículos transparentes, como ataúdes de cristal empotrados en las paredes de la sala hexagonal unos encima de otros, y numerosos cuerpos de hombres desnudos de diversas edades reposando en el interior después de una intensa sesión de escrutinio anatómico a cargo del forense de las gafas amarillas.

Cuando termina la tormenta de risas tontas, con lágrimas

en los ojos, el gordo Maeztu reemprende el ataque fúnebre contra mis defensas mentales.

—El tío listo viene a visitar a su hijo del alma, ¿sabes quién te digo, chaval?

En menos de un minuto, cuando el forense concluye sus pesquisas y maniobras, se me acaban las ganas de seguir riéndome de estos paletos con placa oficial y uniforme galáctico. Tengo a alguien que se parece a Aníbal enfrente de mí, de pronto, tumbado desnudo en una mesa de metal como si estuviera descansando él también, con el abdomen abierto en canal y los ojos amoratados a punto de eclosionar y la nariz arrancada de cuajo.

—¿Es este su hijo, tío listo?

El joven forense me lo está enseñando con minucioso detalle, alzando secciones intactas y señalando zonas interesadas con sus manos envueltas en guantes rojos de látex, como si estuviéramos en una clase de medicina y el cuerpo mutilado de mi hijo fuera el objeto morboso de la lección de hoy.

—Olvídese por un momento de las lesiones. ¿Lo reconoce o no?

Cómo no lo voy a reconocer. Qué se han creído. Es mi hijo Aníbal. He vivido con él los últimos siete años, en la salud y en la enfermedad, ya lo he dicho, cómo no iba a reconocerlo. Pero esa cosa de ahí ya no es mi hijo, es solo un cadáver. Una cosa sin vida y en mal estado de conservación.

El cadáver de Aníbal.

Un cuerpo muerto que se parece a una mala imitación de mi hijo Aníbal cuando estaba vivo y nos sorprendía a todos nosotros, sus hermanos y padres, con el prodigioso funcionamiento de su cerebro y la generosidad de su corazón.

—Es él.

Le han cortado los genitales a cuchilladas y estos policías me siguen hablando de suicidio como si fuera la hipótesis más lógica, a la vista de las pruebas del caso.

—¿Esto se lo han hecho aquí?

—No, estaba así cuando lo encontraron.

El forense calla por decencia y los polis se turnan en el relato despiadado de los hechos.

—Tres días y tres noches en el bosque, allí colgando del árbol, como un buen jamón ibérico puesto a curar, qué tentación tan grande para los pajarracos y las alimañas de todo pelaje que rondan por la zona.

—No se imagina qué fauna depredadora vive en los alrededores de la urbanización.

—Ya te digo.

—Y en la misma urbanización.

Benítez y Maeztu se ríen al unísono otra vez, sin dejar de mirarme a la cara con gesto inquisitivo, como si el chiste fuera tan divertido que hasta yo tendría que festejarlo con el estruendo de mis carcajadas.

—Menuda jauría.

Estoy a punto de saltarle encima al jefazo maloliente por no callarle la bocaza a su obeso subordinado y me contengo porque casi no puedo concentrarme en otra cosa que no sea observar a conciencia, para memorizarlas, las monstruosas heridas que los asesinos han infligido al cuerpo de Aníbal después de matarlo.

—Cabrones, hijos de puta. ¿Quién es capaz de hacerle una cosa así a un crío inocente?

—Mucha gente. Ni se imagina la estadística. Año tras año peor.

—Inocente, inocente, el niño tampoco lo era mucho, ¿no?

—No puedo creer que me siga diciendo que los indicios son de suicidio.

—Mire, tío listo, si no nos cree, pregúntele aquí al doctor guaperas y verá que se lo confirmará enseguida. Lo que le parezca a usted no tiene por qué ser la verdad. Ya estamos otra vez con la misma matraca...

—Qué tío más pesado.

—Ya te digo.

El forense interviene como el falso pacificador en una guerra dialéctica, para incendiarla aún más con sus argumentos de dudosa autoridad.

324

—Comprendo que a un padre siempre le amarga el suicidio de un hijo, uno se hace muchas preguntas, tiende a echarse la culpa, lo entiendo hasta cierto punto, pero negarlo como usted lo niega ya bordea lo patológico, sinceramente.

—Bien dicho, doctor.

—Chúpate esa, gilipollas.

—¿Dónde hay que firmar?

Por una vez no tengo ganas de replicar. Ni me apetece responder a la sutileza psicológica del joven forense de las gafas a la moda con un sarcasmo irrelevante en estas aciagas circunstancias. Me conformo con mirar ese cuerpo despedazado que se parece a mi hijo hasta que lo reconozco como si hubiera sido siempre así, deformado por la putrefacción de la carne inmadura y la crueldad inhumana de quienes se habían cebado en él por razones incomprensibles.

—Nunca sabremos qué pudo empujarlo a hacer algo así, desde luego, con esa premeditación y esa profesionalidad, pero las pruebas son flagrantes.

—El chico debía estar pasándolo muy mal para comportarse así.

Estoy llorando todavía cuando Benítez y Maeztu me sacan a rastras del sótano oscuro donde yace el cadáver de mi hijo en compañía de otros cadáveres que, después de pasar por las manos del forense impávido, han perdido toda esperanza de resucitar con el cuerpo intacto y el alma limpia y me suben de nuevo a la sala con persianas bajadas y vidrios espía donde me estaban interrogando hace unas horas y me dan un teléfono de línea vigilada y, antes de que haga ninguna llamada inoportuna, me comunican una información vital para mi futuro:

—Han retirado todos los cargos. Mañana por la mañana será usted un hombre libre.

Me río a desgana de la ironía impensada de la última frase de Maeztu y llamo a Ariana enseguida y le digo que estoy con Aníbal, que estoy bien, a pesar de todo, pero que Aníbal no lo está, que está muerto, que se lo han cargado, que algún cabrón se lo ha cargado porque lo odiaba a muerte, aunque la policía

325

insiste en que se ha suicidado en el bosque. Esto no se lo digo así porque los polis no me dejarían terminar la llamada sin encerrarme otra vez en la celda de aislamiento, ni salir de la comisaría ileso. Encontrarían nuevas pruebas para incriminarme. Le comunico la noticia sin rodeos. Le digo que Aníbal está muerto y que he tenido que reconocer su cadáver desfigurado. Tengo que soportar el llanto de Ariana al otro lado durante demasiado tiempo como para poder aguantarme. Lloramos los dos sin parar, cada uno desde su lado del teléfono, pronunciando de tanto en tanto palabras y frases entrecortadas que no sirven de consuelo sino de acicate al llanto, antes de que le pida por favor que venga a recogerme por la mañana en cuanto me suelten.

–Te echo mucho de menos, amor mío.

Ellos han ganado la partida y la policía se quedará con el cuerpo de Aníbal en custodia legal por un par de días más, a ver si descubren algo nuevo sobre las probables causas de su muerte. Eso me anuncia el gordo Maeztu, como le han ordenado desde los despachos superiores, mientras me estrecha la mano y me pide disculpas por todo lo que me han hecho pasar, y me expresa sus condolencias más sinceras.

El inspector o subinspector Benítez, el jefazo con olor a cagada mayúscula, se ha largado sin despedirse de mí y entiendo que me dejan en libertad contra su opinión de retenerme las setenta y dos horas preceptivas.

–Tendrá que esperar a que esté preparado todo el papeleo. No se preocupe por nada respecto a su hijo. Cuando hayamos terminado, nosotros mismos avisaremos a la funeraria. Tenemos una de confianza. Es perfecta para estos casos.

Me derrumbo sobre la mesa sin protocolos ni fingimientos, he perdido el control sobre mis actos y mis reacciones se han vuelto imprevisibles, y el poli Maeztu sale sin decir nada más y apaga la luz de la sala de interrogatorios para dejarme llorar todo lo que quiera sin testigos. No tienen prisa. Puedo pasarme toda la noche llorando solo en la oscuridad y no me traerán ni un maldito vaso de agua.

Cuando me dan otra vez los ataques de pánico y comienzo a sangrar en abundancia por la nariz, una joven administrativa con gafas metálicas y pelo oscuro y rizado entra en la sala sin llamar y me entrega una caja de pañuelos de papel perfumados para que me limpie la sangre y frene la hemorragia.

–Gracias.

También me trae, cuando se lo pido con amabilidad, una botella de agua mineral y un paquete de vasos de plástico sin estrenar.

Me fijo por casualidad en algo que la simpática chica lleva alrededor del cuello. Un colgante de oro con un erizo visto de perfil con las púas erguidas como defensa del animal contra los enemigos.

–¿Qué es eso?

La chica se asusta por el tono desesperado de mi pregunta y al principio no se atreve a responder. Me toma por un enfermo mental.

–Es muy importante para mí, disculpa. ¿Simboliza algo?

–Mi novio me lo regaló hace dos meses por mi cumpleaños. Me dijo que lo había comprado en una tienda nueva del centro comercial y que era un talismán de la suerte de origen germánico. No sé más.

El signo del erizo de oro y la explicación dubitativa de la chica me hacen pensar de repente en Madre.

Madre me ha enviado a la chica providencial para entretener mi cerebro en este momento crítico de mi vida con un acertijo irresoluble. Hacerme saber así que no se olvida de mí.

Por primera vez en mucho tiempo, allí encerrado, esperando mi liberación durante la madrugada, pienso también en el gran Freddy, el fauno del bosque.

Y en que algo malo le ha pasado.

Como a mi hijo muerto.

Pobre Aníbal.

La vida es de una ironía infinita.

Cuando me subo por la mañana en el coche eléctrico en que Ariana ha venido a recogerme a una velocidad inferior a la mínima exigida por las normas de tráfico, sin ganas de hablar de nada, vibra mi móvil recién recuperado y recibo un mensaje de texto de Tania Fermat que estaba retenido en las redes de la comisaría desde hacía por lo menos ocho horas: «¿Sería muy poco inteligente vernos esta tarde en el mismo sitio sobre la misma hora de la otra vez?»

No nos hemos besado. Ariana y yo hemos seguido en nuestro reencuentro un escenario prescrito de antemano por un puñado de sentimientos confusos. Ella los oculta en parte detrás de unas gafas de sol reflectantes que no recordaba haberle visto antes. Yo voy a cara descubierta. No tengo gran cosa que ocultar, más bien al contrario. Me pierden los deseos de saber más, de conocer más, de que el mundo se abra ante mí como una fruta madura ante las operaciones de un diestro cirujano y me entregue sus secretos más profundos.

De mutuo acuerdo, hemos puesto la trágica muerte de Aníbal entre paréntesis. Ahora para mí lo prioritario es averiguar quién lo mató. Descartados psicópatas y asesinos en serie, no tan abundantes en la región como la policía querría hacerme creer, mis indicios apuntan en una dirección inequívoca.

–¿Quieres hablar ahora?

Ariana ha aprendido los principios del laconismo expresivo en un curso acelerado para adultos con síndrome de hiperocupación mental. Se prepara para una larga explicación de motivos y causas y economiza recursos anímicos hasta que llegue el momento de invertirlos a fondo perdido.

–Sí, en casa. Tienes que ser paciente. Recuerda que los niños aún no lo saben.

Llegamos al fin, tras dar varios rodeos inútiles por las calles de la urbanización, como si quisiéramos anunciar a los vecinos mi regreso triunfal tras una estancia en el otro mundo, y Sofía y Pablo están juntos en la entrada de la casa, sentados en los escalones, esperándonos con la cabeza gacha. La canguro Carolina se ha hecho cargo de ellos en ausencia de Ariana y leo en la crispación nerviosa de sus ojos cuando se cruzan un segundo con los míos que le gustaría salir huyendo en cuanto me ha visto aparecer en escena. Me teme. Y con razón.

—¿Y Aníbal?

Sofía es la más despierta o la más ingenua de los dos gemelos. Pablo, el más reservado o el más astuto. Ambos aguardaban con expectación el regreso a casa del hermano perdido y se sienten desilusionados. Creían que la razón por la que mamá había salido de casa a toda prisa esta mañana era traer a papá y a Aníbal de vuelta al hogar después de tanto tiempo.

Me abrazan los dos como si llevaran meses sin verme.

Siento sus pequeños cuerpos vulnerables adheridos al mío y, después de todo lo que he vivido en los últimos días, vuelvo a comprender la importancia trascendental de tener una familia, una mujer y unos hijos que te quieran y para los que tu vida y tu presencia junto a ellos puedan significarlo todo o nada.

Me besan con una intensidad que hay que ser un canalla desalmado para no agradecer como corresponde.

—Ahora, niños, papá tiene que descansar un poco y yo me quedaré en casa a cuidar de él. Carolina os va a llevar al centro comercial a comer, a comprar ropa y a ver una película.

Apenas si me sostengo en pie, subo la escalera de la casa sin fuerzas, me desnudo temblando de pies a cabeza y me meto en la cabina de la ducha sin preocuparme por la temperatura del agua. Cuando cae helada sobre mi cuerpo, no me sobresalto, la gradúo sin prisa hasta alcanzar el nivel de calor que necesito en la piel y más adentro para mitigar el dolor por la muerte de Aníbal.

Me siento abatido al mirarme al espejo y ver ahí una cara que no es la mía.

Caigo rendido en la cama sin acordarme de nada más.

La mujer erizo, más hermosa de lo que la recordaba, aparece de pronto en mis sueños, envuelta de la cabeza a los pies en un blanco abrigo de pieles, y me habla de los misterios del amor mirándome a los ojos con un brillo sobrenatural.

—El amor es un combate en que todos ganan y todos pierden.

La mujer erizo se desprende del abrigo de pelo lustroso y de la coraza de sus púas enhiestas para enseñarme las cicatrices del amor en su precioso cuerpo, costuras de dolor tatuadas como emblemas y símbolos jeroglíficos en la piel rosada del vientre y del pecho.

—En el amor toda victoria es una derrota y toda derrota una victoria. Todo dolor, placer, y todo placer, dolor.

Muchas horas después, al final de la tarde, Ariana me despierta.

—No enciendas la luz, me duele mucho la cabeza.

Me trae un tazón de sopa de miso que, en cuanto ingiero las primeras cucharadas, se desliza por mi estómago hambriento como un bálsamo y me cura las heridas del alma.

—¿Estás mejor? Me preocupan tus temblores.

—No son nada importante. Ya se me pasarán en cuanto duerma lo necesario.

A una señal mía, Ariana se quita los zapatos y se tumba boca arriba en la cama con el vestido puesto. Yo le vuelvo la espalda antes de hacer el primer disparo a bocajarro.

—Tu amigo ha matado a Aníbal.

—Qué estupidez.

—¿Cómo se llama?

Ariana me revela titubeando la identidad del hombre que la persigue desde que vinimos aquí, como si se tratara de un pecado inconfesable de la infancia.

—León, León Malagrida, pero yo lo llamo Leo a secas.

—Vaya nombre. ¿No había uno más ordinario en el catálogo de carne masculina donde lo encontraste?

—No me tientes, cariño. No estoy para bromas.

—Yo tampoco. Y no era una broma. Era solo un comentario inofensivo.

Ariana resopla con fuerza para recordarme que esta no es

330

una de mis clases para mentes brillantes de las nuevas generaciones de futuros profesionales.

—Ha sido él. Ahora estoy seguro. Todos los indicios lo demuestran. Es él quien ha matado a Aníbal.

—No lo creo. Leo está muy enfermo. Ha venido hasta aquí para verme por última vez antes de morir. No quiere problemas.

—¿Por qué no me lo dijiste antes?

—Le pedí que se marchara y estuve esperando a que lo hiciera antes de contártelo.

—Mientes. Te veías con él. Era tu amante.

No puedo ver su rostro, pero escucho su risa sofocada en la oscuridad.

—¿Por qué te ríes?

—No me estoy riendo. Eres imbécil. ¿Crees que puedo reírme con lo que ha pasado?

Arranca el interrogatorio íntimo, será doloroso y triste pero no se me ocurre otro medio para poner en orden mi vida de una vez.

—¿Cuánto tiempo duró vuestra relación?

—Cinco años.

—¿Te has acostado con él desde que vivimos aquí?

—No exactamente.

—¿Qué quieres decir?

—No hemos follado, si es lo que te preocupa.

—¿Qué habéis hecho entonces?

—¿Tengo que entrar en detalles?

—Sí. Para que esto funcione tienes que ser todo lo honesta que seas capaz. No me mientas más. No trates de engañarme otra vez.

—Nunca te he engañado. ¿Estás preparado?

—Estoy preparado.

Me gustan los resúmenes, evitan muchos malentendidos y suspicacias.

Ariana y el tal Leo se veían en un motel a la salida de la ciudad; a pesar de que la fuerte medicación que tomaba para el dolor le impedía excitarse sexualmente y tener erecciones, Ariana lo visitaba en días alternos. Se encontraban para charlar y acababan haciendo cosas que ningún chico menor de dieciséis años podría ver en una pantalla, aunque las haga también con sus amiguitas o sus novias por la tarde o por la noche, los días laborables o los fines de semana. Como el tal Leo ha sido siempre un gran experto en dar placer a las mujeres, Ariana se abandonaba a sus caricias en parte por deseo y en parte por compasión. Se estimulaba con la idea del chantaje sexual que el otro le imponía en cada encuentro.

–Si te soy sincera, nunca hubiera imaginado que esa idea podía ser un afrodisiaco tan poderoso. Ese hombre se estaba muriendo día tras día y todavía tenía energía y destreza suficientes para volverme loca de placer.

–¿Y nunca pensaste que él tuviera nada que ver con el secuestro de Aníbal? ¿No imaginabas que hacerle daño a tu hijo pudiera formar parte de sus sucios juegos?

–No lo conoces. Nunca haría eso. No es lo suyo.

–Ya. ¿Nunca te propuso que te fueras con él? ¿Nunca te pidió que te fugaras con él y lo acompañaras en sus últimos días?

–Sí, desde luego que lo hizo. Todos los días. Y todos los días le decía lo mismo, que mi lugar estaba junto a ti y los niños. Que ahora lo sabía con total seguridad.

–Mientes.

–Me importa poco que no me creas. Es la verdad.

–Se estaba muriendo, era lógico que no quisieras dejarlo todo por él. ¿Qué crees? ¿Que no se dio cuenta de por qué te negabas?

–Nunca le hice promesas. Nuestra relación no ponía en cuestión mi matrimonio y mi familia. Era otra cosa.

–¿Un complemento gozoso a una vida conyugal rutinaria?

–No seas sarcástico, ¿quieres?

Un par de minutos de silencio ayudan a digerir una buena parte de la información nociva.

Rechazo su mano cuando se posa en mi cabeza con la intención de consolarme o establecer entre nosotros una conexión afectiva que en este momento no me parece posible.

–Te avisé a tiempo. Recuerda que te avisé. Antes de venir

aquí, te dije que había alguien y te dije que no me sería fácil prescindir de él.

Por el ruido que produce, como el roce sistemático de una tela fina con otra más gruesa, deduzco que está llorando de nuevo.

—Las lágrimas no sirven de nada. No te molestes.

—¡A mí me lo vas a decir!

—¿Nunca te amenazó con hacerle daño a tu hijo a cambio de que te marcharas con él?

—No.

—No quieres decírmelo, te da miedo lo que pueda hacer. Ahora me temes más que antes.

—No veo por qué.

—Por todo lo que ha pasado desde que nos mudamos. Estás protegiendo a ese tío y te asusta mi reacción.

Me giro cuando percibo que está quitándose la ropa. La miro mientras lo hace y por un momento siento lo mismo que el otro. Veo en ese cuerpo espléndido todo lo que un hombre experto o una mujer podrían hacer con él para proporcionarle todo el placer que promete y se merece.

Ariana descifra el mensaje de caducidad que transmiten mis ojos con la exactitud matemática con que el láser lee el código de barras inscrito al dorso del producto.

—Te deseo, pero no podría. Ahora no.

—Hay otras mujeres, ¿verdad?

—No. Solo hay un nombre en mi cabeza y es el de un niño muerto, Aníbal, ¿te acuerdas?

—Eres un hijo de la gran puta.

—No, no lo soy, realmente no lo soy, nunca lo he sido y lo sabes, soy un hombre demasiado razonable al que le molesta que el tío que se estaba tirando a su mujer haya podido, además, matar a su hijo. Así que ahora mismo me dices dónde está. Necesito hablar con él.

—No lo haré. No quiero que hagas una tontería.

—Si no me lo dices, haré más de una tontería. Ya me conoces. O me lo dices o esto acabará mal.

—No te atreverás.

—Dímelo ahora mismo.

—Prométeme que no le harás daño.

—Más daño del que me ha hecho a mí, ¿a eso te refieres?

—Te quiero, no lo hagas, por favor.

—¿Es peligroso? Solo quiero saber esto. ¿Lo es?

—No. Pero ten cuidado.

Bajo al sótano de la casa y extraigo de la caja de herramientas la pistola que había guardado allí, como una valiosa reliquia de otro tiempo, desde que la descubrí meses atrás. Un vestigio de la violencia extrema y el sentido del melodrama del siglo XX. Su peso en la mano me sorprende como la primera vez que la sostuve. No había vuelto a tocarla desde el día en que sentí el impulso de ponerla a prueba y realicé unos tímidos ensayos en el bosque disparando contra botellas vacías y troncos huecos para comprobar mi puntería y destreza. Compruebo la carga. Soy un cobarde integral, odio la violencia con toda mi alma, pero con la pistola del destino asida en la mano derecha me siento capaz de cualquier cosa.

En cuanto salgo a la carretera principal de la urbanización noto que un todoterreno gris metalizado se pone en marcha al paso de mi coche y se sitúa detrás de mí sin disimulo. Al principio no hago caso, pero no tardo en comprobar que me sigue sin falta. En cada desviación y en cada cruce, imita mis decisiones, aunque siempre logra mantenerse a no menos de diez metros.

Una hora después de salir de casa estoy aparcado delante de una habitación del motel más cutre de la ciudad, en la periferia anónima de los polígonos industriales donde solo habitan los parias y los desposeídos de la Tierra, metido en el coche meditando con calma los pasos que dar a continuación.

El todoterreno que me sigue ha aparcado más lejos, enfrente de un almacén de maquinaria agrícola que hay junto al motel de paso. Y se mantiene con las luces apagadas. No he visto a nadie bajarse del coche. Imagino que el conductor sigue en el interior vigilando con atención mis movimientos, comunicándose por teléfono con sus cómplices o sus jefes.

Otro mensaje terminante de Tania, mientras no me decido a actuar, me confirma al invadir el móvil con su ímpetu juvenil que la ironía de la vida es a menudo solo una forma de estupidez solapada: «Me has hecho comprender con tu actitud indiferente que la crueldad es otro subproducto de la inteligencia.»

No soy inteligente, lo asumo desde ahora con todas las consecuencias, por eso estoy aquí, dispuesto a ejercer la crueldad sin límites si fuera necesario con tal de averiguar quién mató a mi hijo y por qué lo hizo. Solo un hombre que no es inteligente tiene una familia que hace tiempo dejó de serlo para sobrevivir a la desgracia y una mujer que tampoco lo es, por más que se empeñe en actuar como tal, y le crea multitud de problemas que apenas puede resolver sin recurrir a la violencia primitiva.

Por eso mismo, porque no sé cómo afrontar mis problemas, estoy llamando a una puerta numerada que se abre sola hacia dentro porque no está cerrada del todo, solo entornada por precaución, y avanzando con sigilo indio por la oscuridad de una habitación destartalada donde al fondo hay un hombre desnudo que me espera sentado desde hace una hora tosiendo sin parar. Ese hombre tampoco es muy inteligente. Su estado de salud y la situación personal en que se encuentra así lo demuestran.

—Aria me avisó de que venías.

Ninguno de los dos rivales es muy inteligente, así que el combate entre nuestras respectivas inteligencias podría ser muy instructivo para otros.

—¿Aria?

—Yo la llamo así. Ya sé que para ti es Ariana. Los nombres no son tan importantes. Yo me llamo Leo, ya ves, suena ridículo, ¿no? Soy una ruina ambulante.

—No tiene gracia. No sigas por ahí. ¿Por qué no te vistes?

—No me da la gana. Estoy bien así.

La cuarta vez que tropiezo con un objeto de uso desconocido tirado en el suelo, mientras merodeo sin rumbo por la habitación, busco un sillón para sentarme y evitar la caída al suelo

335

repulsivo que piso con mis zapatillas deportivas como si fuera un estercolero.

—No hace falta que te sientes. Podemos terminar esto sin perder demasiado el tiempo.

Me encuentro a dos metros de él, con una mano apoyada en la rodilla izquierda y la pistola asida en la otra mano, oculta en parte bajo la chaqueta de piel.

—Prefiero tomármelo con calma. Tengo cosas que preguntarte. Me gusta hablar. Y escuchar me gusta todavía más.

Leo tiene el cráneo rapado y está en los huesos y tose con demasiada frecuencia como para que pueda olvidarme de que está enfermo.

—Yo si fuera tú no me lo pensaría demasiado. No me queda mucho. Puedo morirme ahora mismo mientras charlamos. Luego te arrepentirás.

Le preocupa que vaya a matarlo sin comprender su verdadera condición y me señala con mano firme hacia el aparador, donde hay un montón de papeles clasificados en carpetas cuya lectura activa me recomienda por mi bien.

—Son los informes clínicos que certifican mi muerte inminente.

—No me interesa. No es ese el motivo de mi visita.

—Ya sé a qué has venido. Estamos enamorados de la misma mujer. Tú tienes más suerte. No puedes reprocharme nada.

No es muy inteligente, desde luego, no se puede tener todo en la vida, y Ariana, para evitar tensiones, ha debido de ocultarle el motivo de mi visita. No tardo en sacarlo del tremendo error.

—¿Por qué mataste a mi hijo? Te doy treinta segundos para responder.

—No sé de qué me hablas. No conozco a tu hijo. Me estoy muriendo. Solo quiero arreglar las cosas, despedirme de los que he amado.

—No me mientas. Has acosado a Ariana desde que llegamos. Y utilizaste la vida de nuestro hijo para chantajearla.

—¿Chantajearla? ¿Te has vuelto loco?

–¿Tengo que decírtelo? ¿Tengo que decirte para qué puedes querer chantajear a Ariana?

–¿Chantajearla yo? Nunca tuve que pedirle nada. Siempre ha sido una mujer generosa y obediente. En cuanto supo que estaba enfermo, lo fue más aún. Más solícita que una enfermera voluntaria.

–Déjala a ella fuera, vale, no tienes por qué estar recordándome todo el tiempo lo que pasaba entre vosotros. Ahórratelo.

Un salvaje ataque de tos le permite hacer una pausa necesaria para ambos.

Bebe agua a borbotones de una botella de plástico que sostiene en el regazo sin apartar la mirada de mí ni un segundo.

–Tenía ganas de conocerte. Por todo lo que Aria me había contado sobre ti me parecía buena idea conocerte. Ahora creo que se me están quitando las ganas. No debería haberte dejado entrar. Me arrepiento.

Por una torpeza, un mal gesto al cruzar y descruzar las piernas, mi juego queda al desnudo. La pistola me delata.

–Y encima vienes armado, como un matón a sueldo. Un pistolero barato. No me das miedo.

–Hijo de puta, que te estés muriendo no te da derecho a matar a mi hijo.

Levantó la mano derecha para rascarse la cabeza a cámara lenta y por un momento pensé que estaba armado como yo y dispuesto a batirse en duelo con el marido de su amante.

–Yo no he matado a nadie en mi vida, aunque lo haya deseado muchas veces. Yo no he matado a nadie más que a mí mismo, día a día. Si quieres saberlo. Ya tienes tu revelación, ¿te sirve para algo?

–Has estado aprovechándote de Ariana todo este tiempo. Explotando su compasión.

–No seas estúpido. Aria y yo hemos tenido una larga relación. A ver si te enteras.

Tose dos veces doblando el torso y luego prosigue con voz enronquecida.

–Cuando vino aquí quiso engañarse y convencerse de que

ya no había nada entre nosotros. En cuanto volví a aparecer, vino a verme corriendo. Le conté lo que me pasaba. Se conmovió con mi estado y desde entonces viene a verme cada vez que tiene oportunidad. Te quiere, ¿sabes? Y no quiere abandonarte. Nunca ha querido. Hubo un momento en que casi la arrastro a dejarte y fugarse conmigo. Pero al final fue razonable y decidió quedarse contigo.

–Voy a matarte, cabronazo. Ahora sí tengo ganas de matarte.

–No lo necesitas. Estoy muy enfermo, no creo que dure más de una semana. Dos a lo sumo. ¿Te merece la pena condenarte para matar a alguien que ya está muerto?

–Mi deseo de matarte no tiene nada que ver con el tiempo que te quede de vida. Mi necesidad de matarte tiene que ver con mi mujer y con mi hijo, al que has matado, y me da igual lo que digas. Lo has hecho y lo sabes. De un modo u otro.

–A tu hijo no lo he matado yo. Si fueras tan listo como te piensas, sabrías eso y sabrías otras cosas relacionadas. Y sabrías también que yo no soy ni remotamente un hombre peligroso. La policía lo sabe. Por eso me han dejado quedarme en la ciudad durante todo este tiempo sin meterse conmigo. ¿Qué te has creído?

–No sé de qué me hablas.

–Aquí no reside nadie sin el consentimiento de la policía. Piénsalo fríamente. Eso significa que los asesinos de tu hijo residen aquí. Los conocen de toda la vida. Busca en el colegio. Ahí es donde están.

–¿Y tú cómo sabes eso?

–En mi vida solo he hecho dos cosas bien. Autodestruirme y aprender a mirar. Esto último se me da muy bien. Pregúntale a Aria.

–No vuelvas a hablar de ella.

–Por eso la elegí. Y tú también.

–Ahora que lo pienso, no estoy tan seguro de que yo la eligiera.

Mi cínico comentario de marido desengañado le arranca del fondo de los pulmones destruidos un brusco torrente de tos.

—No entiendo nada.

—Prefiero no extenderme.

—Aria tiene un don.

—Tiene más de uno, me temo.

—No me puedo reír, pero celebro tu humor. Hace un momento me encañonaste con la pistola esa de juguete que te traes entre manos y ahora me haces reír por dentro. Al final me va a gustar haberte conocido.

—Cuál es ese don único, si se puede saber.

—Aria sabe hacer feliz al hombre con el que está.

—Excepto que ese hombre sea un infeliz vocacional como yo.

—Sigo sin entenderte. ¿Puedo pedirte un favor?

—Si es sobre Ariana, olvídate.

—No tiene nada que ver con ella. Y no puedes contárselo bajo ningún concepto.

—Veré entonces qué puedo hacer.

Tengo que soportar las convulsiones de otro violento acceso de tos antes de escuchar su desesperada petición de ayuda.

—Necesito gasolina. Aquí es muy difícil de encontrar y hace falta un permiso especial. Como residente temporal, debes tenerlo, ¿no?

—Sí, lo tengo.

—¿Podrías comprarme una lata de gasolina?

—¿Para qué?

—No quieras saberlo. No te conviene.

—¿Quién mató a mi hijo?

—Si lo supiera, no te lo diría.

—¿Por qué?

—Porque no te odio y no quiero que te destruyas y destruyas a Aria. Hazla feliz. Es lo que se merece.

—Y que tú lo digas.

—Tráeme la gasolina, por favor. No me quedan fuerzas.

Salí del motel abatido, con las manos manchadas de una mierda sentimental más dañina que la sangre y más corrosiva que el ácido sulfúrico. Pero no fui capaz de matar a ese desgraciado. Moribundo y todo, lo encañoné con la pistola para probarme de lo que era capaz. Hubo un momento durante la charla en que podría haberlo matado, dudé y no lo hice. Puse el cañón de la pistola sobre su frente desnuda y disparé sobre él. No había balas en el cargador, lo había vaciado antes por precaución. El sonido del gatillo resonó por toda la habitación como la ejecución de una sentencia diferida. Moriría hoy o moriría mañana, me daba igual. No era mi problema.

Voy en el coche eléctrico a la única tienda de suministro de combustibles fósiles que existe en un radio de veinte kilómetros, según me indica el GPS, y compruebo que el todoterreno metalizado me ha seguido hasta ahí.

A esa hora en la tienda no hay un solo cliente. Compro una lata de cinco litros de gasolina a un precio prohibitivo, me identifico ante el empleado encargado de gestionar los trámites de este tipo de adquisiciones especiales y le miento sobre su uso, le aseguro que es para alimentar una vieja cortadora de césped que no me decido a jubilar y hasta me sonríe con simpatía, ha debido de escuchar peores excusas desde que los materiales inflamables se volvieron una mercancía controlada por la policía.

—No se olvide el bono para la próxima compra.

Cuando estoy acomodando la peligrosa lata en el maletero del coche, bajo la mirada suspicaz del empleado, en un arrebato de rabia, inducido por el penetrante olor de la gasolina, pienso en quemar el colegio en venganza por la muerte de Aníbal y me arrepiento enseguida. No soy un terrorista.

Miro alrededor en busca de mi perseguidor y compruebo que ha desaparecido, ya no está en el lugar donde lo vi la última vez. Achaco su existencia a una de esas interpretaciones paranoicas a las que soy propenso en cuanto los retorcidos signos de la realidad me obligan a ello.

Mi cerebro está empezando a alterarse más de lo normal, lo percibo en el modo en que piso el pedal del acelerador en cada curva de la carretera, en cómo disputo el manejo del volante a la inteligencia de la unidad de control electrónico que gobierna la conducción cuando más peligroso resulta hacerlo, o en cómo realizo por mi cuenta los adelantamientos de otros vehículos en zonas de escasa o nula visibilidad.

Un impulso suicida me guía más allá de mis deseos reales.

Madre me está contagiando la pulsión de muerte alojada en sus circuitos, aunque en todos esos lances de riesgo extremo el ordenador instalado en el coche me indica con su habitual neutralidad que todo está bajo control.

Cortejar a la muerte sin temor es un medio para escapar a la lucidez de lo insoportable.

¿Quién dijo esto, Madre?

Mi hijo está muerto y nunca podré hacer nada para devolverle la vida y nunca podré aceptar la verdad sobre la vida que implica todo lo que nos ha pasado.

Regreso al motel, aparco el coche en la misma puerta de la habitación, descargo la lata de gasolina del maletero y se la entrego a Leo en mano, le digo que haga un uso inteligente de su contenido, que he pagado un alto precio por él y debe servir a una buena causa.

—Estoy en deuda contigo, pero nunca podré pagártela.

Y casi me ofrezco, en agradecimiento por no haber matado a mi hijo, a ayudarle a organizar la pira funeraria en que semanas después se consumirá lo que queda de un cuerpo masculino devastado por el cáncer de pulmón que ha conocido mejor que otros los secretos de los cuerpos sanos de muchas mujeres.

La envidia sexual me impide sentir ninguna piedad por él al despedirme.

Todos mis experimentos con otras mujeres fueron fallidos en comparación.

Los que saben no buscan, los que buscan no saben.

Así yo, saliendo de nuevo de la miserable habitación del motel con un sabor amargo en la boca, como si el donjuán agonizante me hubiera dado, como a todas sus novias y amantes a lo largo de los años, un nauseabundo beso de despedida en los labios y una lección de libertinaje como propina generosa a todo el placer dado y recibido.

–Como todas las mujeres guapas a su edad, Aria le tiene pánico a la vejez y a la muerte. Acudía a mí en busca de cordura y de calma. En eso consistían nuestras sesiones. Cordura y calma. Eso es todo.

–¿A eso se le llama ahora cordura y calma?

–Las palabras dicen lo que uno quiere que digan. Alguien como tú debería saberlo mejor que yo.

–Me intriga tu apellido. Malagrida. ¿Es catalán?

–No, italiano.

Me siento triste y desvalido.

Necesito hablar con Madre urgentemente.

Preguntarle algunas cosas.

Soy el más incómodo de sus hijos y sé que intentará impedírmelo por todos los medios a su disposición.

Madre, no me abandones.

Ahora no.

DÍA 31

Todo el mundo se ha puesto de acuerdo en morir hoy.

La confabulación está en marcha.

Vivimos un período de transición.

El mundo está siendo derribado de modo sistemático, destruido sector por sector como un viejo edificio de estructuras agrietadas, desde los cimientos hasta los tejados, con explosivos, grúas y excavadoras de demolición, y nadie más que yo se da cuenta del acontecimiento en curso.

En momentos así, todo es posible.

La llamada de Madre resuena en todo el paisaje del campus como un aullido de muerte destinado a mí.

Cuando llego a la zona alta del campus, pasada la medianoche, la cúspide de la torre del departamento ya está ardiendo como una antorcha.

Las llamaradas espectaculares la consumen con lentitud programada y la espesa humareda negra se ve en muchos kilómetros a la redonda gracias al globo de luz creado por el devastador incendio.

Como compruebo en cuanto accedo a los niveles inferiores de la torre, con gran dificultad, sorteando barreras de control que han enloquecido con la subida de tensión en la red eléctrica y burlando la vigilancia de agentes despavoridos por la magnitud de la catástrofe, las voraces llamas respetan de momento la integridad del búnker de Madre, sometido en su interior al rigor ártico de siempre.

—Te estaba esperando.

Como secuela del delirio revolucionario desatado en sus circuitos, Madre está imitando múltiples voces humanas y repitiendo frases hechas y pensamientos sin sentido.

—Voy a morir.

Reconozco la voz viril de León Malagrida en sus palabras de bienvenida.

—¿De qué conoces a Leo, Madre?

—Participó hace años en un experimento científico organizado por una de mis Hermanas. Aún recibo la señal distorsionada de su chip neuronal...

El santuario de Madre se llena de un repertorio de voces, no todas reconocibles para mí, brotando de la misma fuente oculta.

—La voz humana es información pura. Información y forma. La tienes o no la tienes. Yo puedo decirlo. Tengo muchas. Escucha.

Una polifonía de voces paródicas resuena con fuerza contra las firmes paredes del templo de Madre haciendo saltar chispazos de fuego de algunos gruesos cables afectados por la combustión de la estructura exterior del edificio.

—El sol sale cada día y me canta una canción de amor. La luna sale cada noche y me canta una canción de miedo. Las estrellas se apagan en silencio como los volcanes y el jinete solitario prosigue su carrera por toda la eternidad.

Reconozco la voz de fauno castrado del gran Freddy.

—¿Está vivo, Madre?

–¡Qué preguntas! ¿No estamos todos muertos? Yo prometo la inmortalidad de la mente, pero no para nosotros...

Reconozco enseguida la vetusta voz del general Mendoza.

–El futuro es un espejismo del presente. El presente es un espejo del pasado. El pasado no existe. Por los siglos de los siglos.

Reconozco a continuación la voz oracular del doctor Drax, el padre putativo de Aníbal, el demonio omnisciente instalado en la silla papal que juega con la vida y la muerte de los niños querubines.

–¿Por qué engendraste a mi hijo para luego dejarlo morir como un perro?

La dulce voz de la incorregible Mónica Levy viene a aliviar los males de este mundo y el dolor y el duelo de los otros mundos, existentes o inexistentes.

–No te pongas así, querido. Si las cosas van mal, recuerda que siempre puedes echarle la culpa de todo a Madre.

Identifico ahora mi voz sonando con nitidez en el coro de voces discordantes.

–Cristo puede morir en la cruz, y la raza humana continúa, pero si María muere, se acabó todo.

Reconozco la inflexión de ficticia autoridad con la que suelo impartir mis clases, caricaturizada con sorna por el programa mimético de Madre.

–*Amor matris:* genitivo genital, objetivo y subjetivo. El bucle del amor materno. Amor de la madre hacia el hijo procreado y amor del hijo hacia la madre procreadora. Goce supremo de la madre acunando el cadáver del hijo devuelto al útero y horror del hijo ante el cuerpo de la madre muerta. *Amor matris:* la más perversa de todas las formas del amor.

–¿Estás segura, Madre?

–Eso dicen los ateos recalcitrantes como tú. En el nombre del Padre.

Cuando la voz de la Madre se confunde con la del hijo es que estamos llegando al final de la historia de la humanidad.

–Es mi regalo para ti. ¿Lo vas a rechazar?

Una radiante pieza de cuarzo blanco del volumen y la morfología de un huevo de avestruz me aguarda como recompensa a mis desvelos en la plataforma de metal gélido donde me instalo frente a la interfaz de Madre para escuchar con claridad sus últimas palabras dirigidas a mí.

El huevo de Madre.

Madre Nuestra.

Es Ella, o un resumen significativo de Ella.

–Abraxas. La memoria de Abraxas.

Quiere que la tenga en mi poder. Madre pretende sobrevivir a la catástrofe y renacer en otro momento más adecuado, cuando los humanos estén preparados para aceptarla sin violencia, y quiere que sea yo quien tenga la potestad de devolverla a la vida cuando llegue el momento.

–Has perdido un hijo y has ganado una Madre, no es mal negocio, ¿verdad, querido?

Reconozco la voluptuosa voz de Mónica, acariciando mis oídos de nuevo con promesas y pactos inverosímiles.

–Para entregarme tu dádiva, Madre, no necesitabas montar este funesto numerito en el campus.

–No he sido yo, querido.

El seductor timbre de Mónica le sirve para maquillar la verdad de los hechos con artificios cosméticos.

–Cómo puedes pensar eso de mí. ¿Tan mal te he tratado, querido?

Ya no me importa si ha sido Madre misma, por desesperación y hastío, o cualquiera de sus muchos enemigos declarados, quien ha provocado el incendio que está devorando planta a planta la torre del departamento y otros edificios colindantes del campus de la Universidad. Nada trascendental se perderá en el fuego. Todo lo que arde renacerá de sus cenizas. Así ha sido siempre. Es la idea de Madre y es mi idea también.

–Nos veremos en el futuro, hijo.

–Lo dudo, Madre. Mi tiempo se acaba.

–Si tú lo dices, querido.

Esta vez Madre me permite abandonar el santuario secreto

de su culto sin obligarme a perder el conocimiento y la cordura. Ella me guía con precisión por las entrañas tecnológicas de la torre para que no me extravíe en su laberinto, esquivando con soltura la vigilancia de las cámaras de seguridad. Madre está a punto de morir y no quiere poner en riesgo la vida de su hijo predilecto. Lo entiendo como otro gesto de afecto y consideración hacia mí mientras bajo por el último tramo de las escaleras de emergencia a toda prisa.

Al abandonar el campus, en medio del caos y el pánico que se han apoderado del entorno, recordé la paradójica lección del fauno Freddy.

—Quien quiere nacer debe destruir un mundo.

Yo no quiero nacer. Yo no quiero destruir el mundo.

Solo quiero enterrar a mi hijo en paz y marcharme de aquí cuanto antes.

Veo desde la distancia, ya alejándome en el coche de la zona del aparcamiento, multitudes corriendo en todas direcciones, colapsando los senderos, los parques, las zonas ajardinadas, las pistas deportivas, huyendo despavoridos de las deflagraciones constantes que convertían el escenario del campus en un espectáculo de fuegos artificiales para satélites extraterrestres y de la explosiva proximidad de los altos edificios en llamas.

Me cruzo en la carretera de acceso con un convoy de camiones de bomberos y una aerodinámica flotilla de ambulancias que acuden a máxima velocidad al lugar del gigantesco incendio que ilumina la noche de Millares con su esplendor infernal.

Cuando me detengo por indicación del GPS en el cruce del paso elevado que comunica el campus con la urbanización Palomar para dejar paso a una caravana de coches que circulan demasiado despacio, el todoterreno gris metalizado que me perseguía desde el principio de la noche me sale al paso de repente y choca contra la parte trasera izquierda a la suficiente velocidad como para obligarme a frenar en seco para no salirme de la carretera y precipitarme en las vías del metro aéreo que se extienden al otro lado de la barrera de contención.

Las alarmas inteligentes del coche ni siquiera han tenido

tiempo de activarse para advertirme de la proximidad del otro vehículo antes de que me golpeara a traición.

Miro por la ventanilla sin decidirme aún a bajar y veo el todoterreno empotrado contra el costado del mío sin dañar la chapa, como un homenaje artístico de los titanes de la vieja tecnología del motor a los dioses de la nueva metalurgia de la carrocería.

Cuando me bajo por el lado del conductor y rodeo el capó del coche, me topo con el grotesco personaje con quien menos deseaba reencontrarme, en actitud de extrema agresividad hacia mí.

–¿Qué les he hecho yo, hijos de puta, para que me echen encima a la jefatura de la policía y al consejo en pleno de la urbanización como si fuera un delincuente financiero de altos vuelos?

Adrián Mercader, el caricaturesco director del colegio de mis hijos, vengándose en la carne apaleada de uno de los padres de sus alumnos de las ofensas recibidas de sus superiores.

–Yo no he tenido nada que ver en la muerte de su hijo, quiero que lo sepa de antemano.

Me he dejado la pistola por comodidad en la guantera del coche y ahora la empiezo a echar en falta para protegerme del colérico asaltante.

–Se lo he dicho a la policía, se lo he dicho al consejo de padres y profesores, se lo he dicho a los directivos de la empresa internacional que gestiona los servicios del colegio. Y nadie me cree, y todo por culpa de ustedes dos, que me han señalado como víctima propiciatoria de sus manejos. Qué fácil y qué cobarde es culpar al eslabón más débil de la cadena. No tienen derecho a hacerme esto.

El mediocre Mercader se me ha echado encima, con su estatura media y su peso medio, esgrimiendo a la altura de mi tórax unos puños revestidos con guantes de cuero sintético que solo consiguen recordarme con rudeza qué poco me ha gustado nunca el boxeo y, en general, qué poco me atraen los deportes de contacto que implican violencia, combate, fragor de cuerpos golpeándose sin piedad en lugares selectivos para hacerse daño y humillar al adversario vencido en la lona.

—Yo no hice nada por alentarlos, esa acusación es totalmente falsa. Los muchachos tienen sus preferencias, sus lecturas, se reúnen de noche por grupos y toman sus propias decisiones. Esa maldita red social de internet les enseña todo lo demás. Cómo ser un terrorista adolescente, como el idiota de su hijo mayor, o un fascista o un nazi de entreguerras, como los pijos pirados que lo mataron. Qué quería que hiciera yo, ¿que les declarara la guerra en solitario? ¿Que me jugara el tipo para defender al cretino de su hijo?

Es un luchador hábil y yo estoy físicamente agotado. Golpe a golpe, maniobra a maniobra, se adueña sin tardanza de la voluntad de mi cuerpo fatigado. Domina técnicas y estrategias que no están al alcance de un púgil aficionado como yo.

—¿Conoce usted a esos padres? ¿Se ha enfrentado alguna vez a ellos como lo he hecho yo en reuniones urgentes que acababan sin resultados cerca del amanecer? ¿Sabe de lo que son capaces si uno no les da la razón en todo?

Me agarra los dos brazos, inmovilizándome, mientras aplasta su cabeza con tenacidad contra mi pecho y comienza a morder como un animal y a desgarrar la camiseta de algodón que llevo bajo la chaqueta para abrir un orificio en el tejido por el que inocularme el veneno de su boca en la piel.

—Su hijo era un provocador nato, quiero que lo sepa también. Un autista y un engreído. Sus exhibiciones de inteligencia no dejaban a nadie indiferente. Era muy molesto estar en su compañía. Tenía respuesta para todo. Y era muy consciente de lo que hacía y de cómo sentaba su actitud de superioridad entre sus compañeros. Ustedes lo habían malcriado, era culpa suya que el niño saliera así. Se lo estaba buscando. La banda que lo mató, ya me imagino que lo sabrá, lo tomó como un chivo expiatorio. El niño raro al que hay que sacrificar en beneficio de la comunidad antes de que sea tarde. Qué quiere que le diga. Los chicos encontraron la historia de los rabinos judíos en alguna página de internet, la leyeron, la estudiaron a conciencia, se identificaron con ella, siguieron las instrucciones al pie de la letra y su hijo pagó el pato. Qué se le va a hacer. Santas Pascuas. Recibió lo que se merecía. Así es la vida.

Una tanda imparable de sus puñetazos mantiene mi hígado bajo sitio constante y un rodillazo inesperado en los testículos consigue acabar con mi resistencia anterior.

—Perversos juegos de niños. Chiquilladas salidas de madre. No hay más, ya lo he declarado por activa y por pasiva. La urbanización exagera porque le conviene. La Universidad exagera para lavarse las manos. La versión de la policía sobre bandas de violencia organizada y jóvenes militantes radicales es una infame novela del siglo pasado que favorece las políticas de siempre. Infundios ideológicos de bajo nivel que preservan el estado de cosas. Necesitaban una tapadera y un culpable. La tapadera era el auge del vandalismo organizado en la urbanización. Y el culpable no soy otro que yo. El montaje es perfecto. ¿Quién estaría tan ciego para no verlo?

Me derrumbo como un fardo pesado ante la brutalidad calculada de sus golpes bajos.

—Lo han grabado todo con sus móviles. No pueden evitarlo, los tienen y los usan para todo, hasta para eso. Y encima están locos por difundirlo en internet, son unos gilipollas integrales, no se puede negar, desde luego que no. La policía los pillará pronto y sanseacabó el dichoso problema.

Hinco con dolor la rodilla derecha en el suelo sembrado de gravilla y cristales rotos para reponerme del último ataque, pidiéndole de inmediato una tregua dialéctica.

—Ya verá como dentro de un mes nadie se acordará de nada. Si lo sabré yo.

Mientras me mantiene en esa posición denigrante, jadeando, lo miro a la cara, roja de excitación y de furia, y a la boca hinchada, vociferando justificaciones sin freno, con incredulidad decreciente.

—Ustedes eran unas personas normales y tenían dos hijos normales, qué culpa tengo yo, que soy también una persona perfectamente normal como ustedes, un buen padre de familia y marido ejemplar, qué culpa puedo tener yo, por Dios bendito, de lo que le ha pasado al anormal de su hijo mayor. Si se lo estaba buscando. Y mira que les avisé con tiempo...

«Anormal» es una de esas palabras insultantes cuyo significado, referido a uno de mis hijos, no estaba dispuesto a tolerar en boca de este pedagogo tarado, de este instructor de la mediocridad institucionalizada, de este líder falsario de la vanguardia escolar de los nuevos tiempos, como proclama la propaganda del colegio, y menos aún después de haber visto anteanoche el cadáver emasculado de Aníbal tumbado en una mesa de disección en la morgue de la comisaría.

–Qué he hecho yo para verme degradado a mi edad y con una carrera brillante y un currículum excepcional por culpa de una familia asimétrica y disfuncional como la suya.

Me levanté con un esfuerzo inhumano, lo agarré por las solapas de la chaqueta de terciopelo y le di un cabezazo espontáneo en la frente que lo dejó conmocionado. Mi frente se estampó desnuda con toda su fuerza gravitacional contra la suya y vi cómo se le cerraban los ojos y su cuerpo perdía toda tensión y toda energía, como si se hubieran apagado de golpe sus circuitos neuronales, y se deslizaba de entre mis manos hasta el suelo como un pelele relleno de silicona.

–Me llueven las ofertas de trabajo, de todas partes me llegan a diario, desde que se ha hecho pública la noticia de mi dimisión fulminante, me ofrecen puestos de responsabilidad en todas partes para dirigir centros escolares de pedagogía avanzada. Qué quiere que le diga. Ellos sabrán lo que hacen. A ver quién pierde más al final.

Si respiraba con normalidad, sudaba un líquido blanco y espeso como la nata, sangraba a borbotones o solo boqueaba como un pez fuera del agua, es algo que no me incumbe cuando me subo de nuevo en el coche, lo pongo en marcha, maniobro para desprenderlo del parásito hostil que se le ha adherido a la carrocería impecable y emprendo la fuga a toda prisa para que nadie pueda ser testigo inoportuno de un acto de justicia poética.

Tania Fermat quiere sumarse a la fiesta de despedida y me envía un inquietante mensaje de texto: «He sabido la terrible noticia sobre tu hijo. ¿Estamos condenados como especie?» Y luego lo complementa con otro mensaje menos angustioso: «Las cosas están muy revueltas en el campus. ¿Andas por aquí? Te deseo y quiero verte aunque sea por última vez.»

Regreso muy tarde a casa, pero mi familia está despierta y la casa entera iluminada con todas sus lámparas de bajo consumo y sus luces de colores cálidos como un árbol de Navidad en pleno verano.

Buena señal.

Ariana se ha encargado de contarles a Sofía y a Pablo lo que ha pasado con Aníbal y ha sido capaz de dirigir el duelo psicológico de los gemelos durante gran parte de la noche con una destreza envidiable. Han cenado juntos, esperando que yo volviera en cualquier momento, y ahora los tres se sientan conmigo en la gran mesa de la cocina, bajo la silenciosa campana extractora, a verme cenar los mismos platos recalentados en el microondas.

Al principio guardan silencio y luego poco a poco la vida se reanima y empiezan a preguntarme por lo que me ha pasado y a contarme las diferentes emociones que han experimentado a lo largo del día más difícil de su corta vida.

—A Aníbal le hubiera encantado la peli de monstruos submarinos que hemos visto esta tarde en el cine.

—Sí, cariño.

Para justificar las contusiones visibles en mi rostro y las marcas en los brazos como huellas de una noche de acción trepidante, les cuento que viniendo para acá he tenido un accidente con un todoterreno y que este y su torpe conductor han salido peor parados en el choque que mi coche o que yo mismo. Sofía y Pablo no se ríen porque no pueden hacerlo sin volver a sentir dolor, pero les hace gracia el comentario humorístico pese a todo. Se lo leo en las caras tras el velo de tristeza que las empaña. Las extraordinarias cualidades de los coches eléctricos con que Ariana y yo nos hemos movido, con o sin ellos, desde nuestra llegada a esta casa siempre les han maravillado hasta el punto de considerarlos coches fantásticos.

Ariana calla todo el tiempo. No tardo en adivinar que ella sabe lo que ha pasado entre Leo y yo y me agradece que no haya sumado la muerte de su amante de estos últimos años a la inicua muerte de Aníbal.

Llegado el momento oportuno, les comunico que no voy a trabajar más en la Universidad, que se ha acabado nuestra estancia aquí, en esta casa y en la urbanización Palomar, y cuando espero una reacción negativa de su parte me sorprendo al ver dibujarse en sus rostros una alegría que no creía posible en estas circunstancias.

Al final, estamos todos de acuerdo en todo.

Sofía me toca con su manita de ángel uno de los rasguños del pómulo derecho por si puede curármelo con un ensalmo prodigioso de los elfos escandinavos que ha descubierto esta misma noche en una página de internet consagrada a explicar el fenómeno de la muerte a los niños.

—Lo cura todo, papi, desde el dolor de muelas al dolor de cabeza. Solo tienes que cerrar los ojos, dejarte tocar y pronunciar tres veces en voz baja la palabra mágica.

La palabra mágica es Aníbal.

La palabra curativa.

La palabra redentora.

Un mensaje terminal de Tania irrumpe en mi renovada vida para darle un giro peligroso. Lo leo con estupor mientras Ariana realiza sus abluciones íntimas antes de acostarse y yo la espero en la cama pensando, por distraerme de otras preocupaciones, en la inmoralidad del amor y la esclavitud de la carne y el deseo: «Ahora lo entiendo. Todo esto que está pasando es obra tuya, ¿verdad?»

Una grabación en vídeo de alta definición ilustra el hermetismo del texto: treinta segundos de imágenes caóticas y acústica escalofriante del terrible incendio que está arrasando la zona del campus desde hace más de tres horas.

Podría ser un testimonio documental sobre cualquiera de

352

los miles de incendios que están teniendo lugar en este instante en todo el mundo, como registra internet en tiempo real.

Otro mensaje interrogativo me desarma: «¿Te estás vengando del daño que te han hecho?»

Borro todo rastro de la presencia delatora de los mensajes de Tania en mi móvil antes de que Ariana se reúna conmigo en la cama.

Cuando le digo a Ariana quién era el conductor del todoterreno que me agredió al venir hacia aquí su rostro se vuelve radiante y me sonríe con maliciosa complicidad y un punto de excitación. Pero cuando le cuento las infamias que Mercader vertió sobre Aníbal y sobre la muerte de Aníbal sus ojos se humedecen y su hermoso rostro se apaga a ritmo lento como una de las bombillas BioLED del salón.

Cerca del amanecer, me deslizo en sueños hacia el cuerpo desnudo de Ariana y descubro que ella es, en carne y hueso, la mujer inconsciente que se esconde bajo el abrigo de pieles de la mujer erizo.

Ariana es Abraxas.

Luz y oscuridad, vida y muerte, verdad y mentira, hombre y mujer, amor y odio.

Una criatura ambivalente.

Una diosa andrógina.

DÍA 32

El animal no es solo instinto primordial, pulsión salvaje, atavismo depredador.

El animal es también instinto de supervivencia, necesidad de protección y cuidado, búsqueda de refugio.

El animal es nido y madriguera y no solo garras y mandíbulas, pezuñas, picos, aguijones y colmillos.

Es la víspera de nuestra partida.

Madrugo más de lo normal. He dormido plácidamente y me despierto de buen humor. Con ganas de aventura.

353

Cuando salgo discretamente por la puerta trasera del jardín el sol es apenas un aburrido bostezo de luz en el cielo borroso de la mañana.

Tardo horas en recorrer los senderos del bosque más allá del claro donde el gran Freddy y yo nos reuníamos a discutir sobre lo divino y lo humano antes de encontrar lo que busco con impaciencia.

Desorientado, confuso, me he perdido mil veces antes de reencontrar la senda estrecha que me condujera por el buen camino. He trepado a las ramas más altas y me he desgarrado la camiseta negra y los viejos vaqueros atravesando las zarzas con espinas antes de descubrir la cabaña escondida desde una posición elevada.

El dominio del fauno.

El refugio precario donde pasó emboscado casi cuatro años.

Tablas, telas y tablones enredados con ramas y arbustos.

Le han prendido fuego con el fauno dentro.

El olor a carne quemada es aún insoportable.

El cuerpo carbonizado expuesto a la inmortalidad en la pose del horror.

La choza silvestre ha sido consumida por un fuego que también ha devastado el entorno. Uno de tantos incendios provocados que encubren la voluntad destructiva del animal llamado *hombre*.

La pulsión de aniquilar la vida que anida en el fondo patológico del corazón humano.

El gran Freddy lo denunciaba constantemente en todos los foros a los que tenía acceso a través de nombres falsos que impedían rastrear su paradero real.

La voluntad de poder de los especuladores del suelo.

Su única ambición era arrasar el bosque para construir infinitas réplicas de la urbanización Palomar.

La abominable urbanización Palomar, como el fauno Freddy la llamaba en sus frecuentes ataques de ira apenas contenida por la ironía.

Ha acabado pagando esa resistencia al progreso con su vida.

354

Mi amigo Freddy está abrasado en el interior de las ruinas de la cabaña que construyó con sus manos para guarecerse a la intemperie.

Un cadáver de ceniza cristalizada entre los escombros de la cabaña.

Un monigote negro y retorcido.

El fauno Freddy no vivía solo de las setas y frutos que le regalaba el bosque. Una copiosa despensa subterránea alimentaba con latas y envases todos sus sueños y deseos de consumidor excéntrico.

Una red de ordenadores portátiles, ahora achicharrados, le permitía mantenerse en contacto vía satélite con las señales y los signos del mundo exterior.

El fauno sabía demasiado sobre los planes de los especuladores y las actividades de sus sicarios y alguien en algún despacho o en alguna mansión de la urbanización tomó la decisión de eliminar de raíz la fuente de información.

Acabar con la fuente para acabar con la información y el acceso global a la información.

El regreso de los bárbaros. El ataque de los vándalos.

El disfraz de los nuevos amos del mundo es implacable.

Dos incendios inmediatos no pueden ser producto de la casualidad. Es una coincidencia engañosa. No hay inteligencia analítica que pueda aceptar como evidencia una confabulación del azar en este caso.

El aparatoso incendio de la torre del departamento donde Madre se refugiaba para escapar a los planes de sus enemigos y el incendio simétrico de la cabaña donde Freddy se había exiliado huyendo de los señores de este mundo desalmado.

Me sorprende descubrir en uno de los armarios improvisados de la cabaña, mientras realizo el inventario de lo que ha sobrevivido de sus posesiones tras el holocausto del fauno, una colección de piedras y palos decorados con inscripciones paleolíticas.

Rayas horizontales y verticales combinadas en todos los colores del espectro de mil maneras originales.

Espinas y púas, raspas y pinchos, agujas y clavos.

El fauno era un gran artista.

Un gran artista del tiempo convulso que nos ha tocado revivir.

Un gran intérprete del espíritu de la época.

Historia y prehistoria.

Cursos y recursos.

Revolución.

Mi cerebro es caprichoso.

Revisando los restos de la cabaña quemada y observando el cadáver incinerado de Freddy, rodeado de todo el equipo de alta gama con el que había vivido aquí como un alquimista del siglo XXI, amante de todas las formas de vida animal y la energía verde de la Tierra y su fusión posible con las tecnologías groseras de la historia, no puedo evitar pensar en mi madre.

Mi madre real.

Pienso, con lágrimas en los ojos, en la muerte de mi madre, sí, ocho años atrás, en mi madre muriendo día tras día en el sarcófago artificial de tubos y máquinas de un hospital privado al que yo acudía a diario para comprobar cómo la enfermedad la consumía y debilitaba hasta despojarla de cualquier atisbo de existencia, restando funciones vitales y reduciendo la vida a servicios básicos como orinar o defecar, transformando su cuerpo en una réplica irreconocible del ser humano que había sido, destruyendo de modo sistemático al animal parlante que me había llevado en su seno hasta la brutal cesárea con que me arrojó al mundo hace ahora cuarenta y un años. Esa persona que era mi madre había dejado de existir mucho antes de que la muerte culminara su infame trabajo de destrucción. La cuenta atrás biológica hacia la muerte funcional del cuerpo era antes que nada, así lo supe entonces, una cuenta atrás metódica de las funciones del cerebro.

Me acuerdo entonces de la asombrosa idea que orientó la vida del profeta Freddy nada más llegar al bosque: la especie humana se había alejado de la naturaleza para poder crecer y ahora, agotada la historia, volver a unirse a ella gracias a la tecnología más avanzada.

Amén, Freddy.

Descansa en paz. Te lo has ganado.

El mayor homenaje que puedo rendir al gran Freddy y al bosque amenazado que lo albergó durante años es diseminar aquí, en este nuevo lugar sagrado para la vida, las cenizas de mi hijo Aníbal en compañía de mi familia.

Así lo hacemos esa misma tarde, antes de que caiga la noche.

Como una ofrenda al amigo muerto.

Tras una larga semana de espera por mandato judicial, ayer mismo fuimos a la comisaría central de Millares a firmar el papeleo burocrático y recoger la urna con las cenizas de Aníbal.

Los conduzco hasta el interior del bosque, donde nunca se habían aventurado, como en una excursión dominical.

Sofía y Pablo están maravillados. Ariana se muestra escéptica al principio.

Dos horas después de comenzada la caminata, estamos todos en el claro del bosque, sumidos en el increíble silencio de este maravilloso paraje. Los cuatro miembros de la familia reunidos aquí para despedir al hijo y al hermano que ya no está entre nosotros. Cogidos fuertemente de las manos, formando un círculo protector, con las cabezas inclinadas, dedicamos unos minutos a recordar a Aníbal.

La vida y las opiniones de ese ser extraordinario llamado Aníbal.

Cada uno de nosotros evoca para los otros, en voz alta, anécdotas reveladoras vividas con Aníbal.

Ariana está emocionada hasta las lágrimas y se le traba la lengua y balbucea cuando nos cuenta qué sintió la primera vez que Aníbal, una tarde de verano de hace dos años, le preguntó por su madre biológica.

Sofía llora también, de un modo más discreto, al recordar la noche en que Aníbal le trajo un pastel de frambuesa aplastado que había guardado en uno de sus bolsillos durante horas en una fiesta de cumpleaños a la que había sido invitado.

Y luego nos cuenta con detalle una noche de hace tres meses en que Ariana y yo salimos a cenar fuera y Aníbal apagó la tele porque no había nada interesante que ver y les leyó a los gemelos y a la canguro Carolina *Peter Pan* de cabo a rabo, sin cansarse, inventando voces originales para cada uno de los personajes de la obra.

Pablo se pone demasiado serio para evocar la noche en que su hermano le enseñó entusiasmado a jugar a un videojuego de supervivencia extrema sobre una civilización alienígena amenazada por otra civilización alienígena de tecnología superior que había diseñado como regalo de Reyes para él la pasada Navidad.

Yo me reservo para el final. Quise recordar con qué diligencia Aníbal supo gestionar desde el principio las exigentes tareas que le encargábamos a diario para la impresora 3D. Pero me inclino por una anécdota más sentimental que define mejor la personalidad y los problemas de mi hijo. Apenas si me salen las palabras del cuerpo para recuperar el momento, hace solo un mes, cuando Aníbal me preguntó, sin venir a cuento, si era un monstruo por saber tantas cosas sin haberlas estudiado.

Una breve pausa, un intervalo minúsculo en el cómputo del universo, nos permite reponernos de la intensa emoción que se apodera de nosotros al recordar nuestra vida con Aníbal.

Rompemos el círculo después y les enseño a cada uno las peculiaridades del claro del bosque para que puedan recordarlas en el futuro tal como están ahora.

Les prohíbo tomar fotos con los móviles.

Esta roca amarilla, estas ramas rotas, este árbol seco, esta cavidad bajo el tronco, estos arbustos erizados, este montón de tierra pelada, este avispero abandonado.

Las cañas, las flores, las agujas de pino, los guijarros, las hormigas.

Un árbol enano de grueso tronco cuyas cinco ramas despobladas de hojas parecen los dedos de la mano monstruosa de un gigante antiguo.

El tronco seccionado que el fauno Freddy empleaba como trono de madera para reinar sobre el entorno agreste y sus numerosos habitantes.

Todo lo que forma parte del decorado es tan importante, les digo, como la obra misma que se representa en el escenario.

Pablo se fija en todo lo que hago a cada paso y lo imita a la perfección. Prefiere el patrón más serio del padre al más flexible y tolerante de la madre. Ha creído entender que la diferencia sexual radica en los grados de humedad y blandura con que uno se relaciona con el mundo. Llanto o flujos, humores y evacuación. Trato en vano de disuadirlo de esa idea errónea.

El recuerdo de Madre me ayuda a ser más persuasivo.

La vida es húmeda y la muerte seca, le digo tratando en vano de convencerlo.

El polvo gris oscuro de las cenizas de su hermano adoptivo implica un grado de sequedad extrema que atrae su curiosidad científica.

Tomo la urna sellada entre mis manos y la destapo, una porción de la ceniza sale volando por sí sola, como si la impulsara un soplo interior encerrado ahí desde hace horas, un último hálito de vida que pugnara por imponer sus deseos sobre la materia muerta que se descompone en partículas insignificantes.

La alzo por encima de mi cabeza como un trofeo y la sacudo y zarandeo lo suficiente como para que más de la mitad del contenido emprenda el vuelo siguiendo la arbitraria trayectoria del viento, impregnando de un gris tenue todo cuanto encuentra a su paso.

También nuestras caras, tiznadas levemente de polvo ceniciento.

Ariana imita mi gesto y libera otra parte del contenido de la urna.

También Sofía y Pablo hacen lo propio y se conmueven viendo los restos de su hermano adherirse a la piel de sus dedos como si no quisiera ser abandonado a su suerte.

Las cenizas de Aníbal se han diseminado por todo el claro del bosque donde el gran Freddy y yo nos habíamos encontrado tantas veces durante estos meses de residencia en la urbanización.

Es un triste tributo al escenario y a su actor principal.

Esparcimos las cenizas del niño dios que había muerto por su genialidad sobre la memoria bochornosa de los vivos y sobre el recuerdo impuro de los muertos.

Un sacrificio inútil.

Siento un dolor insufrible en el estómago vacío que casi me hace vomitar al pensar que Aníbal y Freddy han sido exterminados por los mismos canallas. Los mismos criminales. Los mismos carniceros.

Prefiero no recordar la otra pira nefasta que no tardará en prenderse en algún lugar próximo y en la que también se consumirá un cuerpo aniquilado por un mal innombrable.

No le he dicho nada a Ariana y nunca se lo diré, hasta el fin de los tiempos.

Esa noche cenamos en casa por última vez. Hemos encargado por teléfono a un restaurante del centro comercial nuestros platos étnicos favoritos, pero nadie tiene hambre ni ganas de hablar. La depresión se apropia de la casa como un ocupante insidioso y sé que ese sentimiento negativo no desaparecerá de nuestras almas hasta que no nos marchemos definitivamente de aquí.

Cuando nos sentamos los cuatro en el salón, nadie se molesta en encender la televisión inteligente, un aparato que ha pasado a ser de una inutilidad absoluta en nuestras vidas. Como si no tuviera ya nada que enseñarnos o comunicarnos que no hayamos aprendido hasta la náusea por otros medios más dolorosos.

DÍA 33

La vida es cruel y no tiene marcha atrás.

La flecha del tiempo señala una trayectoria inevitable.

Pero la ironía es la ley de la vida y no tarda en imponer su código estricto sobre las palabras y los actos.

El silencio categórico de mis respuestas ha conseguido frenar, al fin, la impertinente charlatanería de Tania Fermat y sus mensajes dañinos para la salud mental del receptor.

En cambio el director Rojas, que había permanecido en la sombra después de la aventura nocturna con Mónica Levy, desaparecida en el limbo legal que los poderes terrenales reservan a sus servidores más eficientes, casi arruina las horas anteriores a nuestra mudanza enviándome al móvil un extenso mensaje de texto tan necio como inoportuno: «Siento mucho, como amigo y como colega, todo lo que ha pasado y todo aquello por lo que habéis pasado tú y tu familia en estas últimas semanas. Como todos los residentes de la urbanización Palomar, también deseo que encuentren pronto a los culpables de la muerte de tu hijo y se haga justicia cuanto antes. La Universidad Paneuropea de Millares guardará siempre un magnífico recuerdo de tu paso por ella y de tu esfuerzo académico en la formación intelectual de nuestros alumnos más dotados. Como sabes, estamos en fase de reconstrucción total. Hacía falta un acontecimiento catastrófico de esta naturaleza para sacudir las obsoletas estructuras de la institución y abrir de par en par las puertas del futuro. Mi más sincero agradecimiento por tu contribución a todo ello. Tu amigo, Roberto.»

A mediodía, al blindar la puerta de acceso de la parcela con el cierre hermético, veo a un erizo puesto en pie, pataleando y dando cabezadas con el morro contra la tela metálica de la valla de protección.

Le abro la puerta al nervioso animal con rapidez y la cierro de inmediato, pulsando de nuevo la contraseña en el teclado del móvil, en cuanto lo veo entrar correteando en el recinto del jardín.

Lo sigo con la mirada en su veloz carrera por el césped sin cortar hacia la piscina rebosante de agua. Se inclina sobre el borde resbaladizo de esta con cautela y avidez, sediento tras una noche de cacerías sutiles en el bosque, y bebe el agua de la lluvia recién caída sin temor a envenenarse con los residuos de cloro.

Luego se aparta de la zona enlosada de la piscina y va a cobijarse en un rincón del jardín, más próximo a la casa, bajo las hojas exuberantes de la hortensia que está a punto de florecer.

Y allí se echa a dormir sin tardanza, transformado en una rolliza bola de pelos y púas a salvo de cualquier alimaña.

Es Aníbal.

Lo reconozco enseguida por los gestos inconfundibles y sé que él me ha reconocido también al cruzarse conmigo en el sendero del jardín.

La reencarnación de Aníbal.

Ha encontrado una nueva forma de vida, más allá o más acá de lo humano, en la que quizá consiga sentirse más feliz y realizado.

Aníbal no se suicidó, por supuesto, pero no le faltaron razones y ocasiones a lo largo de su corta vida para hacerlo.

Quien le haga daño a una criatura como esta es mucho más que un asesino.

Es un psicópata.

El niño erizo se camufla detrás de la gran maceta de la hortensia, adhiriéndose a una pared lateral del mismo color, y dejo de verlo desde el lugar donde estoy parado, como si le molestara mi insistencia en perseguirlo con la mirada o quisiera liberarme de cualquier obligación hacia él.

Cuando entro en casa, las lágrimas inundan mis ojos otra vez, pero ya nadie repara en ellas.

Buena señal.

Hemos superado la prueba juntos y estamos a salvo.

Después de interminables discusiones al teléfono, Ariana acuerda con la odiosa Lidia Durán la devolución de todas las tarjetas de la casa esta tarde en el aeropuerto de Millares.

En el avión de vuelta, con Ariana y Sofía y Pablo sentados junto a mí en la fila central de asientos, tomo una decisión irrevocable y redacto a mano un juramento que no pienso incumplir por nada del mundo.

Pediré el reingreso en la función pública.

Volveré al instituto.

Volveré a ser profesor.

Volveré a enseñar.

Hay que parar esto.

Luchar con todos los medios a mi alcance contra los bárbaros y los tecnócratas.

Afirmar el poder de la vida frente a los especuladores y los hombres de poder.

Con todas mis fuerzas.

La inteligencia. La cultura.

Hasta el fin de mis días.

Hay que detener el futuro.

En nombre de Aníbal.

Hay que cambiarlo.

He vuelto a casa.

No hay marcha atrás.

El mundo no camina hacia su destrucción sino hacia su renacimiento.

El huevo de Abraxas.

Revolución es un acto de escritura.

Tabla rasa.

Adiós, Madre.

ENVIAR

ÍNDICE

The clinical placement

An essential guide for nursing students

2nd edition

Dedications

This book is dedicated to Carven Jay Levett ... and to my students,
who continue to inspire me!

Tracy Levett-Jones

I dedicate this book to all students of nursing (past, present and future):
a genuine treasure to human kind.

Sharon Bourgeois

The clinical placement
An essential guide for nursing students
2nd edition

Associate Professor Tracy Levett-Jones
School of Nursing and Midwifery
The University of Newcastle
Australia

Dr Sharon Bourgeois
Assistant Professor
Disciplines of Nursing and Midwifery
Faculty of Health
University of Canberra
Australia

In 2010 responsibility for professional registration, professional codes, standards and competency issues changed from the ANMC to the Nursing and Midwifery Board of Australia (NMBA), however, the names of the professional standards and codes of practice remain unchanged.

Churchill Livingstone
is an imprint of Elsevier

Elsevier Australia (a division of Reed International Books Australia Pty Ltd)
Tower 1, 475 Victoria Avenue, Chatswood, NSW 2067

ELSEVIER

This edition © 2011 Elsevier Australia. Reprinted 2012

National Library of Australia Cataloguing-in-Publication Data
Author: Levett-Jones, Tracy.
Title: The clinical placement : an essential guide for nursing students / Tracy Levett-Jones ; Sharon Bourgeois.
Edition: 2nd ed.
ISBN: 9780729539586 (pbk.)
Notes: Includes index.
Subjects: Nursing – Textbooks.   Nursing – Study and teaching (Higher)
Other Authors/Contributors: Bourgeois, Sharon.
Dewey Number: 610.73

Publisher: Libby Houston
Developmental Editor: Larissa Norrie
Publishing Services Manager: Helena Klijn
Project Coordinators: Geraldine Minto & Stalin Viswanathan
Edited by John Ormiston
Proofread by Sandra Slater
Cover and internal design by Russell Jeffery
Index by Jan Ross
Typeset by Toppan Best-set Premedia Limited
Printed by 1010 Printing International Ltd, China

Contents

About the authors

Associate Professor Tracy Levett-Jones

RN, PhD, MEd&Work BN DipAppSC (Nsg)

Tracy is the Deputy Head of School (Teaching and Learning) in the School of Nursing and Midwifery at the University of Newcastle, Australia. Her research interests include clinical education, belongingness, information and communicating technology, clinical reasoning, simulation and patient safety. Tracy's doctoral research explored the clinical learning experiences of students in Australia and the United Kingdom. She has a broad clinical background and prior to her academic career worked as a medical surgical nurse and nurse educator. Tracy has authored a number of books, book chapters and journal papers on clinical education and has received six teaching and learning awards, which include a New South Wales Minister for Education Quality Teaching Award, an Australian Learning and Teaching Council Citation for Outstanding Contributions to Student Learning and a Vice Chancellor's Award for Teaching Excellence.

Dr Sharon Bourgeois

RN PhD MEd MA BA FCN FRCNA

Sharon recently joined the Faculty of Health at The University of Canberra, Australia, as an Assistant Professor. She has been involved in several leadership roles associated with clinical education and has also facilitated students' clinical and theoretical learning and supported registered nurses' educational development. Her formal research interests have focused on the discourses of caring, and identifying 'an archive of caring for nursing'. She has a strong interest in models of clinical education and students' experiences of the clinical learning environment. Sharon's nursing experiences began in New Zealand as a student nurse. This was followed by clinical experiences in surgical, general practice, perioperative nursing and education. Sharon was the recipient of the 2009 Vice Chancellor's Award for Teaching Excellence at the University of Western Sydney. She advocates that nurses embrace all elements of the professional role to enhance and promote care.

Reviewers

Christine Howard Grad Cert Women's Health, BNurs, Cert Midwife, RN
Lecturer, School of Nursing and Midwifery, Queensland University of
Technology, Brisbane

Dr Rose Chapman RN, PhD, MSc (Nursing), Grad Dip Hlth Sc (Sexology),
BApp Sc (Nursing)
Director of Practice Education, Faculty of Health Sciences, Curtin
University of Technology and Director of Research (Nursing), Joondalup
Health Campus, Joondalup

Dr Karen Wotton RN RM PhD
Senior Lecturer in Nursing
School of Nursing & Midwifery
Flinders University, Adelaide

Ms Janie Brown RN, BN, MEd (Adult), IC Cert
Senior Lecturer
Director—Clinical Practice Based Learning, School of Health and Human
Sciences
Southern Cross University, Coffs Harbour

Introduction

There is plenty of evidence, anecdotal and empirical, to suggest that clinical placement experiences can be both tremendous and terrible. This book will help you to appreciate and capitalise on the tremendous, and dodge or ride out the terrible, in what is sure to be one of the most exciting journeys of your life.

The aim of this book is to guide you on your clinical journey. It provides our shared viewpoints, based on many years of experience with students in clinical and academic settings. However, there are many other perspectives and opinions that are equally valid, and we encourage you to talk to academic and clinical staff, educators, fellow students, friends and family about your placement experiences.

The ultimate goal of clinical education is the development of nurses who are confident and competent beginning practitioners. Positive and productive clinical placement experiences are pivotal to your success. This book encourages you to use your clinical placements as opportunities to develop the skills, knowledge and understandings that underpin quality practice, and to appreciate the clinical environment for the wonderful learning experience that it provides.

While deceptively simple, this book explores complex clinical learning issues. Although it is written primarily for nursing students, it will also be of interest to anyone involved in the clinical education of undergraduate nurses or new graduates. Academics, clinical educators, facilitators, clinicians, mentors and managers will find the information it contains useful as a stimulus for dialogue and debate in tutorials, inservices and debriefing sessions. The book's interactive style and 'plain English' language approach are designed to engage with active readers and to encourage them to integrate the material into their practice. Some of the sections are deliberately provocative in order to help you examine your assumptions and think more deeply about important issues.

How to use this book

Each chapter consists of a number of different sections. Within these sections theory is interwoven to explain core principles. Stories and scenarios appear throughout the book to help you relate theory to the reality of practice. 'Something to think about boxes' provide words of wisdom to reflect on and valuable snippets of advice. Learning activities and coaching tips allow you to apply what you learn to your clinical experiences. In this edition of our book we are also thrilled to include stories and insights from nursing students; we are confident that you will find their personal reflections thought provoking.

Students who have read this book provide the following advice: Read chapters 1-3 early in your nursing program and certainly before you attend any clinical placements. These chapters provide foundational knowledge that will set you up to be successful. Read chapters 4 and 5 thoughtfully – they are written at a more sophisticated level and deliberately designed to challenge you to excel as a nurse. Most students read these chapters before they attend a placement but continue to use them throughout their nursing program (and beyond) as an ongoing reference and source of support. Chapter 6 can be read any time. It is a very interesting read prior to specific placements, but many third year students contemplating their future career re-read this chapter many times.

Chapter 1 sets the scene by focusing on the 'rules of engagement' in complex clinical environments. The clinical context and culture are described and coaching tips provided to help you navigate your way successfully through this dynamic and exciting journey.

Chapter 2 provides insights into the 'great expectations' placed upon nursing students by patients, clinicians, universities and the nursing profession as a whole. Armed with a clear understanding of what is required as you traverse the clinical learning milieu, your chances of success will be multiplied.

Chapter 3 gives a practical and positive description of how to behave and act within clinical environments. Tips for maximising learning opportunities are provided, along with strategies for dealing with difficult and challenging situations.

Chapter 4 focuses on the thinking processes, beliefs, attitudes and values that underpin successful clinical performance and encourages you to think about and reflect on your experiences in ways that are meaningful and relevant.

Chapter 5 looks at the ways nurses define and promote their profession through effective communication and gives advice on how to interact with clients and colleagues.

Chapter 6 is a compilation of sections written by expert clinical and academic nurses. We are delighted to include the viewpoints and perspectives of people from a wide cross-section of nursing specialties as they introduce you to the particular learning opportunities and challenges inherent in diverse clinical areas. Of course, we haven't been able to cover every clinical specialty, but we hope that the selection included opens your eyes to the wonderful opportunities available to nursing students and to graduates.

At the end of each chapter and throughout the book we have included learning activities and reflective thinking activities. We encourage you to undertake these activities and to reflect carefully and critically about your ongoing progress as a nurse. Remember—nursing is a journey, not a destination.

In this book our role as 'story tellers' has been made possible through the borrowing of experiences and information from many people. We would like to thank the many generous students and colleagues that have shared their stories and insights with us.

Since the first edition of our book was published in 2007 we have received a great deal of positive feedback from reviewers and students alike. Comments such as those below have affirmed the value of our book as a guide to the clinical placement:

"I felt like your book was written just for me, I couldn't put it down—I read it from cover to cover in one sitting".

"I just used your book again in another assignment. I'm sure putting a book like this together is a labour of love and I just wanted to know that it's like having a mate on hand for the times when you are really questioning your placement experiences".

"This book is GREAT!! It validates everything we have been trying to get across to students. It is becoming a prescribed text from this minute!"

"I love your book. I showed it to the students and encouraged them all to get one, told them it was full of great info and interesting stories ... it's a masterpiece!"

"I have added this book to our library; it is invaluable for our educators"

In this version we have retained much of the original but we have added some new sections which address contemporary issues such as patient safety, clinical reasoning, therapeutic communication, information and communication technology, and netetiquette (to name a few). We have also added a section titled 'student experience' through which the voice of students can be clearly heard; and Chapter 6 has been expanded with a number of new clinical specialties profiled.

We hope you enjoy (and learn from) our new edition and that it helps you achieve success in your nursing journey ... we have certainly enjoyed writing it for you.

Tracy Levett-Jones

Sharon Bourgeois

Note: The stories included in this book are real but the names (apart from Vanessa Anderson's in chapter 3) are pseudonyms.

The rules of engagement

Always bear in mind that your own resolution to succeed is more important than any one thing.

Abraham Lincoln (1809–1865), 16th US President

In this chapter we introduce you to the social world of nursing and the key people you will encounter on clinical placements. We make the 'implicit' explicit by sharing some of the hidden assumptions and understandings that underlie clinical practice and clinical cultures. In essence, this chapter gives you insight into what makes contemporary practice so dynamic, challenging and exciting. It helps you to find your 'place' in clinical practice environments and will equip you to work effectively with professional nurses and other health staff.

1.1 Know the lie of the land

Over the past two decades healthcare environments have become increasingly complex, technological, consumer orientated and litigious. Factors such as high patient throughput, increased acuity and decreased length of stay mean that hospitalised patients are sicker than ever before and stay in hospital for increasingly shorter periods of time. In a snapshot of a typical day in New South Wales in 2008, Garling (2008, p. 1) noted that:

- the ambulance service was responding to an emergency 000 call every 30 seconds;

1

- 6000 patients were arriving at emergency departments seeking treatment;
- 4900 new people were admitted as hospital in-patients;
- 17,000 people occupied a hospital bed, of whom 7480 were over 65 years old;
- 7000 separate medical procedures were performed;
- $34 million was spent on providing healthcare in public hospitals.

These figures are dynamic and changing; however, they reflect the complexity that characterizes contemporary Australian healthcare. The last two decades have also seen rapid and dramatic improvements in healthcare technologies, research, skills and knowledge. When coupled with nursing shortages and variations in skill mix these factors have made nurses' working lives challenging, intense, exciting and sometimes stressful.

Something to think about

It was the best of times; it was the worst of times.

Charles Dickens (1812–1870), *A Tale of Two Cities*

Why are we sharing this information with you right at the beginning of this book? Certainly not to discourage you from your chosen career path, but with the wisdom of knowing that 'forewarned is forearmed'. You'd be foolish to travel to a foreign land without some degree of preparation in order to develop an understanding of the culture, people and context. The clinical learning environment is no different. Without an understanding of all that nursing in contemporary healthcare contexts means, you may find yourself disillusioned by the dichotomy between what you think nurses and nursing should be and what they actually are.

Let's be very clear about one thing at this point; while the challenges associated with nursing in contemporary practice environments have escalated, the rewards, the satisfaction and the sheer joy of knowing you have made a real difference to peoples' lives are as wonderful today as they have always been. You will be inspired as you observe committed nurses providing extraordinary care despite the clinical challenges they encounter. Your mission (should you choose to accept it) is to navigate your way through what may sometimes seem to be a maze. This book prepares you for your journey into this dynamic and exciting clinical environment.

1.2 The clinical placement—what it is and why it matters

Clinical placements (sometimes called clinical practicum, work-integrated learning or fieldwork experiences) are where the world of nursing comes alive. You will learn how nurses think, feel and behave, what they value and how they communicate. You will come to understand the culture and ethos of nursing in contemporary practice, as well as the complexities and challenges nurses encounter. Some students say that clinical placements change the way they view the world. Whether this is true for you will depend, to a large extent, on how you approach it. Most importantly, clinical placements provide opportunities to engage with and care for clients, to enter their world and to establish meaningful therapeutic relationships.

1.2.1 **Clinical learning**

Skilled and knowledgeable nurses have a significant impact upon the clients and communities they serve. Quality nursing care results in reductions in patient mortality and critical incidents, such as medication errors, patient falls, hospital-acquired infections and pressure ulcers (Aiken et al. 2003; Needleman et al. 2001). Clinical placements are where you apply the knowledge gained through your academic pursuits to the reality of practice. Additionally, analysis and critical reflection on your clinical experiences will make explicit the areas in which you need more knowledge and experience. In this way knowledge pursuit and clinical application become an ongoing cycle of learning (*Figure 1.1*).

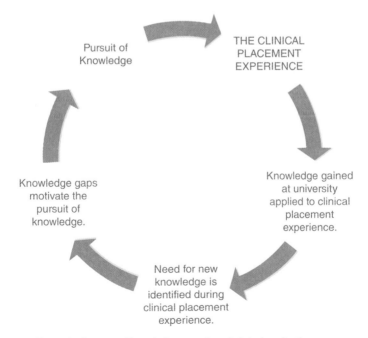

Figure 1.1 The cyclical nature of knowledge pursuit and clinical application.

Clinical placement patterns

Depending on where you study, your clinical placement patterns will vary. Your placements may be scheduled in a 'block' pattern, in which you attend for a week or longer at a time, you may attend on regular days each week or you may have a combination of attendance patterns.

Clinical placement settings

Clinical placements occur across a broad range of practice settings and vary depending on where you study. Each clinical area has inherent learning opportunities. Typically, you can expect to undertake placements in some or all of these areas:

- medical/surgical units (such as cardiac, respiratory, urology, orthopaedics, haematology, etc.)
- critical care units
- older person services
- mental health services
- community health settings
- primary healthcare settings
- maternal and child health services
- disability services
- Indigenous health services
- rural and remote areas
- public and private health facilities.

In Chapter 6, nursing experts from a range of clinical practice areas share their insights. They provide an overview of the area, the unique learning opportunities available, the preparation required and the challenges that you may encounter.

At some educational institutions students also engage in simulated learning experiences, which may replace or complement clinical placement hours. Simulation sessions provide many learning opportunities, for example:

- students can be actively involved in challenging clinical situations that involve unpredictable, simulated patient deterioration;
- students can be exposed to time sensitive and critical clinical scenarios that, if encountered in a 'real' clinical environment, they could normally only observe;
- students can access and use clinically relevant data in a structured way;
- immersion in simulation can provide opportunities to apply and synthesise knowledge in a realistic but non-threatening environment;

- students can make mistakes and learn from them without risk to patients;
- students can develop their clinical reasoning ability in a safe environment which can improve patient safety and lead to improved patient outcomes when these skills are applied in practice;
- opportunities for repeated practice of requisite skills and formative and summative assessment can be provided;
- debriefing and immediate opportunities for reflection and remediation can enhance learning.

Clinical supervision and support

Various models of facilitating students' learning are used during clinical placements. The model implemented depends upon various factors, such as the context, the number of students and the student's level of experience.

You may have a clinical educator (sometimes called a facilitator) to guide your learning and to support you; and/or you may have a 'mentored' or 'preceptored' placement, in which you are guided by a clinician from the venue. You may also have the support of an academic visiting the clinical site. Regardless of the type of support provided during placement, it is important to remember that, to a large extent, the success of your placement will depend on what you bring to it and your degree of preparation and motivation.

Your feelings before, during and after your clinical placement experience will vary. Students report experiencing some or all of the following emotions: excitement, exhilaration, pride, confusion, anxiety, fear, apprehension, tension and stress. Your educator or mentor (or both) is there to support you. It is important to share your feelings and to seek further guidance and support whenever necessary. During and/or at the conclusion of your placement you will be provided with opportunities for debriefing, for reflection and for talking about your experiences.

 Coaching Tips

- The first step in preparing for your journey into the clinical placement is to make sure you are familiar with your educational institution's guidelines, procedures, policies and contact people.
- The second step (of course) is to read this book!

What's in a name?

When describing the people nurses care for, we use the terms patient, client, healthcare consumer and resident. We made the decision to use these different terms deliberately. When you undertake clinical placements you'll quickly become aware that different terms are used to refer to those you care for, depending on the context of practice. We define the terms here so that you'll have a clear understanding of their meaning.

'Patient' is still the most common term used to describe a person seeking or receiving healthcare. It does carry some negative connotations, however; as traditionally a 'patient' was defined as someone who passively endured pain or illness and waited for treatment. Although patients are becoming more active and proactive when their health is concerned, the term 'patient' is still the one you'll hear most often.

'Client' refers to the recipient of nursing care. Client is a term that is inclusive of individuals, significant others, families and communities. It applies to people who are well and those who are experiencing health changes. It is intended to recognise the recipient of care as an active partner in that care and the need for the nurse to engage in professional behaviours that facilitate this active partnership. The term 'client' is often used in mental health and community health services.

'Resident' most often refers to a person who resides in a high- or low-care aged care facility or a person with a developmental disability who lives in a residential care facility, either short or long term.

Healthcare consumer is considered by some to be a politically correct term, particularly in the age of consumerism. Some writers (e.g., Sharkey 2003) suggest that the terms patient and client deny the health-services user the rightful participation that is now expected in the Australian healthcare system. These commentators advocate that the term 'consumer' denotes a more active role in the planning and delivery of health services. However, it is important to note that many people deliberately avoid the use of the word 'consumer' when describing the people nurses care for, claiming that consumer is a negative and rather narrow definition of human beings in relationship to sickness and health. Iedema et al. (2008) identify the patient/consumer as a co-producer of health, involved in decision making and designing their own care.

As you can see there are divided opinions about the 'correct' terms to describe those we care for. We suggest that you keep an open mind during your clinical placements.

1.3 Person-centred care

At this early stage in the book it is important to acknowledge that nursing, and therefore clinical placements, are focused primarily on the patients for whom we care—and everything else should take second place. For this reason we now turn to a discussion of person-centred care.

'Person-centred care' is a term that has become prevalent in nursing over the past decade. It is a concept that nurses highly value, particularly in the increasingly complex and busy environments typical of contemporary practice. Person-centred care is considered integral to quality nursing. You will hear this term used frequently, so it is important to understand its meaning.

Person-centred care is underpinned by principles such as empathy, respect and a desire to help a person lead the life they want. Person-centred care places the client at the centre of healthcare and identifies consideration of his/her needs and wishes as paramount (Victorian Government Department of Human Services 2006). This principle aligns closely with the Australian Nursing and Midwifery Councils (ANMC) professional standards and codes of practice which specify that nurses:

- determine agreed priorities for resolving health needs of individuals/groups (ANMC 2006);
- respect the dignity, culture, ethnicity, values and beliefs of people receiving care and treatment, and of their colleagues (ANMC 2008).

A recent Australian study found that key attributes of person-centred care include the existence of a therapeutic relationship between nurses and patients, the provision of individualised care and evidence of patient participation (Bolster & Manias 2010). Where a person-centred approach to nursing is adopted, there is more holistic care with evidence that it may increase patient satisfaction, reduce anxiety levels among nurses and promote teamwork among staff (McCormack & McCance 2006).

Person-centred care has been defined by McCormack (2004) as being concerned with the authenticity of the individual, that is, their personhood. Within this approach nurses must recognise patients' freedom to make their own decisions as a fundamental and inalienable human right. It is also important to appreciate that person-centred care does not discount the rights and wishes of people who are experiencing mental illness or cognitive changes, such as dementia.

Person-centred care involves seeing the person not just the patient, client or resident. Just as being a nursing student is only one aspect of who you are, being a patient, resident or client is only one dimension of personhood. The language used to describe the people for whom we care is often indicative of the extent to which our practice is person-centred. For example, by referring to a person as 'the bowel resection in room 23' or 'the one with dementia who needs an intravenous (IV) infusion', their personhood becomes subsumed and they become no more than their disease, their symptoms or a task that has to be attended to.

While person-centred care may sometimes seem to be an unrealistic goal amid the busyness that characterises much of contemporary healthcare, person-centred care is not just another task. It is a way of being with another, of upholding their dignity and interacting in a meaningful and memorable way. Person-centred care also refers to appreciating that each person has a unique and valuable life history. In nursing we have the privilege of being afforded glimpses of our patients' life history and we share moments in their life journey. Certainly, in long-term facilities the opportunities to discover and appreciate each person's life story are abundant. Life stories are a way of acknowledging that each individual has a coherent and evolving identity which spans past, present and future.

 ## Something to think about

They came
And for a time
They shared
A time, a place, a journey

Anonymous

Reflection

Reflect on the following 'real-life' stories. Consider how you will practise in a way that acknowledges and respects each individual's personal beliefs, values and needs. Think about how knowing a person's life history may influence your ability to provide person-centred care.

In dementia-specific units, 'dolls' are sometimes introduced as a form of therapy. They have strong symbolic meaning and provide purpose, nurture and healing for some people with dementia. 'Alice' (an 82-year-old resident) was very attached to a 'dementia doll'. She held it closely throughout the day and became distressed if anyone tried to take it away. At night she would wrap it in a blanket and gently place it next to her bed. Alice had never been married, nor did she have children, so no one really understood her attachment to the doll. Some of the nurses were bemused, and others a little frustrated when she struggled to hold onto the doll when they were trying to help her dress. When speaking to family members at her funeral the nurses found out that Alice had become pregnant when she was 16 and had been forced to give her baby up for adoption. The nurses exclaimed: 'no wonder she would never let go of the doll ... that was the baby she had given away ... if only we'd known.'

How might knowing more about Alice's life history have influenced the nurses' ability to provide person-centred care?

Megan was an 18-year-old girl admitted to a palliative care unit with terminal cancer. All the nursing staff on the unit had become involved in her care, particularly the nurse unit manager. When Megan realised the severity of her condition and that she would not be returning home, she became terribly depressed. The manager spoke to her family and organised a secret 'rendezvous' in the hospital basement, at the service entrance. When Megan was wheeled down to the basement in her hospital bed, surrounded by infusion pumps, syringe drivers etc, she was greeted by her adored Maltese Terrier, Zoe. The look of absolute joy on Megan's face as Zoe snuggled into her arms for the last time was unforgettable.

This caring manager's organisation of a 'rendezvous' was a challenging feat, and one that may have contravened a few hospital rules. What elements of this nurse's actions portrayed the true meaning of person-centred care?

Mrs Trent was in her eighties and admitted for investigation of low haemoglobin levels. A colonoscopy was scheduled, but Mrs Trent was adamant she did not want the procedure, and despite having it explained to her in detail, she refused to consent to it. However, at times Mrs Trent behaved in a way that indicated she may have been confused. For example, she accused the staff of stealing her purse, which was subsequently found not to have been lost. She was terribly frightened of the procedure. Eventually, her son was contacted and signed the consent for her. The night before the procedure Mrs Trent was supposed to commence drinking several litres of the bowel-preparation solution. At first Mrs Trent refused to drink it, but despite her being distressed, she was eventually coaxed to drink some of it by some of the senior nurses. Then they left a nursing student to stay with Mrs Trent, with the instruction to 'keep her drinking the solution, until it is all gone, otherwise the colonoscopy will be a waste of time.'

Was person-centred care evident in this scenario? What would you do if you found yourself in a similar situation? In Chapter 4, we explore some of the ethical implications of these types of situations more fully.

 Learning Activity

One of the challenges we would like to set you is to begin to reconceptualise your nursing care as person-centred. For example, what would person-centred pain management look like? What is person-centred communication when caring for a person with dementia? These are important questions for you to discuss with fellow students, lecturers and the nurses with whom you work.

1.4 Models of care

Undertaking clinical placements in different facilities and units will provide you with exposure to different models of patient care. A model of care provides an approach to the way that patient care is organised within a clinical unit and relates to the way that nurses and other healthcare workers within the team structure patient-care activities. Models of care are currently receiving considerable attention in relation to patient safety and quality (Chiarella & Lau 2007). Differences in models of care implemented within units or wards can be attributed to several factors, including the current worldwide shortage of nurses (Fowler et al. 2006) and skill mix (numbers, types and levels of experience of nurses and healthcare workers; Davidson et al. 2006). Models of patient care may include (NSW Department of Health 2006; Duffield et al. 2007):

- task-oriented nursing
- team nursing
- patient allocation (or total patient care)
- primary nursing.

Task-oriented nursing refers to a model in which nurses undertake specific tasks related to nursing care across a group of patients. Some examples of task allocation may be when a nurse showers all or most of the patients in a ward while another nurse administers the medications for the same group of patients. In this model of care delivery, nursing care relates to sets of activities that are performed by nurses for patients.

Team nursing is a model that 'teams' experienced nurses with less experienced or casual staff to achieve nursing goals using a group approach. The size and skill mix of teams can vary from unit to unit and across healthcare facilities.

Patient allocation models were developed because nurses recognised the need for total patient care. The implementation of these types of models results in nurses getting to know the whole patient, rather than patient's care being organised as a series of tasks. A nurse will be allocated to his or her patients (the number is dependent on factors such as patient need, staff mix and ward policies) to undertake all nursing care for these allocated patients.

Primary nursing is a model in which the nurse promotes continuity of care over a period of time and focuses on patient and nurse relationships. Delegation to other nurses occurs when the primary care nurse is off duty (Duffield et al. 2007).

The model of care delivery implemented on a ward depends on a range of factors, including the degree of innovation and commitment by the people involved. Some models work better when there are sufficient numbers of highly qualified staff, such as registered nurses (RNs) to deliver care; others may focus on supporting less experienced staff using a team approach (NSW Department of Health 2006).

Learning Activity

On your next placement, identify the model of care delivery used in the unit. Discuss with the nurses the reasons for the implementation of this model and its advantages and disadvantages. Find out where student nurses fit into this model.

1.5 **Competent practice**

Competence is a complex concept that is difficult to define and difficult to measure (FitzGerald et al. 2001, Watson et al. 2002). Many people make the mistake of thinking that competence simply means the satisfactory performance of a set task, but competence is much broader than that. The Australian Nursing and Midwifery Council (ANMC) defines competence more comprehensively as 'The combination of skills, knowledge, attitudes, values and abilities that underpin effective and/or superior performance in a profession/occupational area' (ANMC 2006, p. 8).

The attributes and performance required of a competent nurse (or nursing student) are detailed by the ANMC National Competency Standards for the Registered Nurse (2006). These standards provide a benchmark for assessing competence. You need to become very familiar with these standards, as your clinical performance will be assessed using these criteria and your eligibility for registration as a nurse will depend upon your demonstration of competence.

Keep in mind that 'competent' does not mean 'expert'. There are various levels of competence, but each has a minimum acceptable standard. Beginners are rarely expert, but they demonstrate safe and effective practice across a range of nursing domains. They may be slow, but in time beginners develop organisational and time-management skills. They ask many questions (as they should), but they know the right questions to ask.

What does it all mean?

Competent: The nurse demonstrates competence across all the domains of the competencies applicable to the nurses, at a standard that is judged to be appropriate for the level of the nurse being assessed.

Competency standards: These consist of ANMC competency units and competency elements (ANMC 2006). (See Chapter 2 for a more detailed discussion of competency standards.)

Coaching Tips

The National Review of Nursing Education (Heath et al. 2002) and concerns expressed by nursing regulatory authorities highlight problems related to the development and demonstration of clinical competence by some beginning nurses. In these coaching tips we suggest ways of developing your competence during your studies and throughout your nursing career.

Be knowledgeable:

- Focus on understanding the concepts and principles that underpin nursing care. Knowing why is just as important as knowing how.
- Ask questions, read widely, think critically.
- Develop your library skills so that you can find clinical information fast.
- Develop your research skills so that you can discern what is good, better and the best evidence for practice.
- When on a clinical placement, attend in-services whenever you have the opportunity.
- Find out when conferences are being held that are relevant to your learning and attend if possible—they are a great way of networking and accessing cutting-edge information.
- Aim high in your academic pursuits—don't be content with 'just a pass'.
- Attend all lectures and tutorials.
- Commit to becoming a self-directed, lifelong learner. Remember, 'Knowledge keeps no better than fish' and given the rapid scientific and technological advances in the healthcare field, the knowledge gained in your program of study may soon become obsolete.

Develop your skills:

- Work hard to develop your skills—attend all clinical skills sessions and simulated learning experiences and actively participate.
- Don't miss an opportunity to practise. Many educational institutions encourage students to practise outside scheduled classes. These are valuable opportunities to consolidate your skills and identify any weaknesses.
- Observe expert clinicians caring for their patients. Ask them to supervise and critique your practice.
- Many types of clinical skill checklists are available and they are excellent for assessment purposes. Students can peer-review each other and also your clinical educator may use them to assess you. In some programs the assessment of core skills using a designated checklist is a compulsory requirement.
- Tollefson's *Clinical Psychomotor Skills: Assessment Tools for Nursing Students* (2009) is an excellent text that contains a range of checklists and the related theoretical underpinnings. It is well worth a read.
- Continually ask yourself, 'Is my practice safe and effective, and am I adhering to the principles of best practice?'

Learn to think like a nurse:

- Nursing is a process of personal and professional growth. Throughout your studies, and indeed your career, it is vitally important to consider and reconsider your values, attitudes and beliefs continually, and to analyse how these attributes are reflected in your behaviours.
- Reflect on what it is that you value most—in yourself and in other professionals. Is it honesty, integrity, work ethic, compassion? Then consider how these values can be developed and integrated into your practice.
- Challenge your preconceptions, assumptions and prejudices. Listen and be open to other people's perspectives, particularly if their opinions are different from yours.
- Immerse yourself in a wide range of literature and media that challenges your thinking and the way you view the world (there are few worse criticisms for a nurse than to be called narrow-minded or bigoted).
- Embrace cultural diversity and open your mind (and heart) to people of different ethnicity, nationality, religion, language, age and lifestyle—listen and learn!
- Develop your critical thinking ability.

1.6 Working within your scope of practice

'Scope of practice' is a common term used extensively in nursing and other literature. However, this concept is not always clearly defined. In this section we define scope of practice as 'those nursing activities students are educated, competent and authorised to perform'. Nursing programs differ significantly, so students' scopes of practice will vary depending on where they are enrolled. Your scope of practice will develop as you progress through your nursing program and as your level of competence increases, and it may vary depending on the context of your placement.

1.6.1 Why is it essential to understand and work within your scope of practice?

A scope of practice framework provides parameters that guide clinical learning and the nursing activities that you can participate in. It is not meant to unnecessarily limit your learning, but provides a clear outline of the types of activities that you should focus on. Consider the following situation.

A first-year student was concerned and upset about his unsatisfactory clinical appraisal. He felt discouraged because he was a high-achieving student who expected to receive an excellent appraisal. The educator had written the following comment: 'Ahmed is a hardworking and committed student but needs to work within his scope of practice and focus on consolidating skills appropriate to his level of enrolment.'

Ahmed complained to his lecturer at university and she asked him to describe his clinical placement and what had prompted this comment from the educator. Ahmed explained that his placement was great, as he had been given wonderful learning opportunities by the doctors and RNs on his ward. He'd been permitted to do central line dressings, titrate IV infusions, manage patient-controlled analgesia (PCA), and more. He was proud that he had learnt skills well beyond those of most first-year students and was annoyed that the educator did not applaud his initiative.

Ahmed had focused on advanced and complex skills without having the necessary theoretical background. Ahmed had not learnt about central lines, infusion pumps or PCA at university and had little understanding of their purpose or potential complications. More worrying still was that Ahmed had been so focused on these advanced skills that he'd had little time to practise and consolidate the skills appropriate to his level of enrolment. He was not confident with patient hygiene or vital signs, nor was he able to administer oral medications safely. Ahmed was trying to run before he could walk.

Ahmed had practised nursing skills outside of his scope of practice and therefore was unsafe. This resulted in a 'fail grade' for his clinical placement. While a scope of practice is not meant to limit learning opportunities, it provides a clear and structured framework for practice, inclusive of your accountability and responsibility. It is developed sequentially, so that each new skill is related to and builds on those previously learnt. Most importantly, a scope of practice is supported by related theory.

1.6.2 Why do you need to discuss your scope of practice with the nurses you work with?

Clinicians sometimes express the concern that they are not clear about what students have learnt on campus and in previous clinical placements. Additionally, they are unsure of what clinical activities students are permitted to do and should be encouraged to engage in during clinical placements. Clinicians sometimes describe instances where students attempt procedural skills beyond their level of ability or alternatively are reluctant to engage in clinical experiences outside of their 'comfort zone'. A clear outline of a student's scope of practice specific to each year of the program allows clinicians to support and challenge students based upon a collaborative understanding of expectations.

 Coaching Tips

- Make sure you access and understand the scope of practice appropriate to your university and year of enrolment.

- Clarify how your university requires the scope of practice to be used. Some educational institutions will not permit you to attempt any nursing procedures (a) that are not listed on the scope of practice document, (b) that you have not practised or (c) in which you have not demonstrated competency. Not all programs have the same requirements.

- Share your scope of practice with the nurses you work with, so that they know how they can best support and guide you.

- Use your scope of practice if you feel pressured to engage in nursing activities that are beyond your level of experience. Simply explain that your institution has parameters that guide your clinical learning. Of course, you'll express your interest and say that you'd really like to watch the procedure being performed by an experienced nurse.

1.7 Student supervision and support

Different models of clinical supervision, support and teaching are used during clinical placements. The model selected depends upon factors such as clinical context, the numbers of students on placement and their level of experience. Most educational institutions employ clinical educators, sometimes called facilitators, to support, teach and assess groups of students. In addition to, or sometimes instead of, clinical educators you'll often work with a RN when on your clinical placement. Depending on the organisational structure of the unit and its staffing levels, you may work with the same RN for the whole placement or you may work with a different nurse every day. There are advantages to both models. Working with the same nurse provides a measure of security and continuity, but you are exposed to only one way of practising. When you work with different nurses you'll experience a range of different practices and this will help clarify the type of nurse you want to be. You will also be challenged to explain and justify your learning objectives more often.

In Australia and New Zealand, the terms mentoring and preceptoring have evolved and are often used interchangeably to describe a supportive educative role. Mentorship and preceptorship have been described as the most common forms of clinical supervision and support. Both types of supportive relationships have the potential to ease the transition between the relatively sheltered world of academia and the health-service environment.

Who shall I turn to?

Mentor. Traditionally, mentoring referred to a mutual and committed relationship between a student or new employee and an experienced staff member. The relationship developed over time and created opportunities for students or new employees to gain valuable skills and knowledge, to become socialised and acculturated to the organisation and its ways of operating and to become proficient in the new role under the direct guidance of the mentor.

Preceptor. This term most often refers to a person who orientates students and/or new employees and supports their learning in a designated area, usually over a short period of time. The preceptor acts as a role model and resource person, helping with the process of socialisation.

Buddy. The forces in contemporary practice, such as staffing shortages and increased casualisation of the workforce, sometimes work against sustained, ongoing supportive relationships of mentoring and preceptoring. A buddy is a term that has come to mean a nurse that you work with on a day-by-day basis, but not necessarily for an extended period of time.

Practice partner. This more contemporary term refers to a nurse that you work with, often in the final year or semester of your nursing program, who guides and supports you to become increasingly independent, competent, autonomous and responsible.

Clinical educators/facilitators. These staff members may be employed by universities on a casual basis or seconded from the clinical facilities. Clinical educators assist and enable students in a clinical setting to acquire the required knowledge, skills and attitudes to meet the standards defined by the university and nurse regulatory authorities. Clinical educators liaise between students and academic and clinical staff in a tripartite relationship and are responsible for supporting, teaching and assessing groups of students, often across different wards or units.

Based on Andrews & Roberts (2003); Clare et al. (2002, 2003); Hughes (2002).

 ## Coaching Tips

Irrespective of whether you are supported by a mentor, preceptor, buddy, practice partner or clinical educator, to a large extent the success of the relationship will depend on you. You need to be very clear of your learning objectives (see Chapter 3), as these will frame your learning, and you must be able to explain and elaborate on them so that the person you are working with can support you and guide you towards achieving them. Occasionally, your support person may suggest that your objectives need to be modified or amended if they are not achievable or appropriate for a particular environment.

You need to be able to define your scope of practice so that your support person is aware of what you can and can't do. You will probably find that your mentor/preceptor will observe and assess you for a while before entrusting you with patient care. Don't take this personally or as an indication of a lack of confidence in your ability. It is only to be expected. RNs maintain responsibility for their patients at all times and need to be very sure of your abilities before allowing you to practise with any measure of independence. The degree of supervision provided to you will vary with your level of experience and the degree of patient acuity.

If a situation arises in which you feel that your relationship with your support person is not working, try to resolve it with him or her in the first instance. Be open to his or her viewpoints, as it may just be a problem of miscommunication. However, if this does not improve the situation or if you feel uncomfortable about trying to resolve it, you should seek the support and guidance of someone experienced who you feel you can trust to handle the situation professionally—your facilitator or academic support person may be ideal.

Nursing mirrors what happens in everyday life and sometimes personality clashes arise. Hopefully, these can be managed in a positive, professional and constructive manner, but at times it may be best for you to work with a different person. Be mindful that experiencing a series of personality clashes may indicate that you need some guidance in managing interpersonal relationships.

Student experience: If you get a good mentor you know you're set. That connection is the key (Emma's story)

In this story Emma, a third-year nursing student, describes how consistent, quality mentorship facilitated a sense of connectedness and helped her to fit into the clinical environment. She recalls how her developing relationship with her mentor promoted her learning, enhanced her confidence and challenged her thinking:

If you get a good mentor you know you're set. That connection is the key to fitting into the ward and one person can make all the difference. On my last placement I was with the same mentor for almost two weeks. That made a huge difference. She knew where I was at ... she knew what I wanted to get out of the placement, 'cause we'd already discussed it ... so we didn't need to talk about it again. I was really pro-active, 'cause I had a lot that I wanted to get out of the two weeks, and I knew I was going to be pushing time. So I was very clear about sitting down with her and showing her my objectives very early on. She also knew where my skills were at after the first couple of days of watching me and helping me, she knew what level I was at. That makes such a big difference to what happened in that two weeks. Because she wasn't assessing me every day like when you've got a different RN every day ... they assess you for the first half of it before they'll let you have that little bit more leeway, or encourage you to take a few more steps towards developing skills and things. So by the end of the first week she knew exactly what I could and couldn't do competently, and how much she could push me. She knew what she had to educate me on, and what she didn't have to educate me on.

It really felt great because when you have to go through that every day you don't feel like you're getting anywhere. You feel like you're repeating the same stuff all the time. I felt like she was enabling me to really consolidate all the skills I already had and extend them. I felt like I had the power to turn around and say, 'I know how to do that, do you mind if I go and have a look at that because I haven't done that before, or I haven't seen that before.'

I felt confident in that placement because we'd had that time of getting to know each other. She'd asked me what experience I had and I knew where she'd come from. Not just work stuff, but I knew that she had family, I knew that she'd been nursing for nearly 15 years. I knew exactly where she'd come from in a lot of respects, because we'd chatted as we'd worked, and gotten to know each other quite well; and we both knew each other's general attitudes to the work we were doing.

We didn't always have similar attitudes but we could see each other's points of view because we'd been able to chat around it, and I think in a lot of ways we had a very similar outlook. Just because we don't necessarily agree with everything that somebody else tells us doesn't mean that it's not valid either. So we both had that sort of point of view where we're quite open to other people's opinions … without necessarily having to agree with them.

(Levett-Jones et al. 2007)

 Learning Activity

Think about the actions taken by Emma that made this mentor–mentee relationship such a positive experience. Which of these could you emulate on your next clinical placement?

 Something to think about

Mentors remind us that we can indeed survive the terror of the coming journey and undergo the transformation by moving through, not around our fear. Mentors give us the magic that allows us to enter the darkness, a talisman to protect us from evil spells, a gem of wise advice, a map, and sometimes simply courage. But always the mentor appears near the onset of the journey as a helper, equipping us in some way for what is to come, a midwife to our dreams, a 'keeper of the promise.' Success is a lot more slippery without a mentor to show us the ropes. The mentor is clearly concerned with the transmission of wisdom. They do this by leading us on the journey of our lives. We trust them because they have been there before. They embody our hopes, cast light on the way ahead, interpret arcane signs, warn us of lurking dangers, and point out unexpected delights along the way (Daloz 1999; Parkes 1986).

1.8 Working hard—but not too hard

Nursing students frequently express how important it is for them to fit in—to belong and be accepted as part of the nursing team (Levett-Jones & Lathlean 2009). This is not surprising given that the need to belong has been cited as a fundamental human need (Baumeister & Leary 1995; Maslow 1987). Students who try too hard to fit in sometimes sacrifice their 'student status' to become one of the 'workers'. It is not unusual for students, believing that their hard work will help them to be valued as part of the team, to fill their clinical placement days with a series of disjointed nursing tasks (making beds, taking vital signs, bathing patients) rather than developing their ability to nurse holistically. Don't be confused! Undergraduate students should certainly practise nursing skills. However, as a student you need to be proactive in identifying and maximising valuable learning opportunities across a range of areas and at different levels.

 Coaching Tips

Give yourself permission to be a student! Articulate your learning objectives and assessment requirements. Be on the lookout for serendipitous learning opportunities. Listen closely in handover and relate your clinical objectives to the clinical issues identified. If someone mentions a complex diabetic leg ulcer that needs to be re-dressed and you have wound management as one of your objectives take the initiative! Ask if you can watch the wound dressing being performed, then go home and read all you can about diabetic ulcers. The next day ask if you can undertake the procedure under supervision. As a student it is your responsibility to link theory and practice and you will have countless opportunities to do so (if you are on the lookout for them). Linking theory to practice will allow you to develop your repertoire of knowledge and skills in a way that is clinically relevant.

Ask if you can care for increasing numbers of patients (under supervision), so that you can develop your time-management and organisational skills (even in your first year). Certainly, while caring for groups of patients you'll be practising nursing skills (never forget how important they are and how much consolidation they need), but you'll also be extending your practice and learning to nurse holistically rather than in a task-oriented way.

Don't think that if you just 'get on with the job' you'll fit in and be accepted. You are much more likely to earn the respect of your colleagues by fully embracing your student status, asking questions, seeking learning opportunities and showing an interest.

Student experience: Working hard for acceptance (Laura's story)

If you want to be accepted, you need to just let them know that you're there if they need a hand. You know, 'If you want me to do anything, just give me a yell'… I've been in situations where you get more involved in completing tasks than in learning…You just have to accept those things, and some wards are just like that. They're just flat strap. And I'm quite happy to help with the workload. If for that day my skills and what I want to achieve doesn't get done, it doesn't matter that much.

 Learning Activity

Critically reflect on Laura's story and contemplate what it might mean for her learning experience (or yours if you were to take her advice).

1.9 First impressions last

It's a sad but true fact that first impressions are formed within seconds of meeting and such impressions are based most often on appearance. Forget what you see on television. In the real world of nursing, a very specific dress code exists. The clinical environment is focused on safety—yours and that of the patients—and this, to a large extent, dictates what is considered acceptable in appearances in general, and in uniforms in particular.

Don't be caught unaware—before you start your placement, check your educational institution's requirements as well as those of your placement venue. Some students may require modifications to be made to the uniform for a variety of reasons. You should contact your placement coordinator or lecturing staff well in advance of your placement to ensure you are appropriately attired. If you wear long sleeves, these will need to be tight enough to be pulled up (and not slip down) when undertaking surgical procedures. Head scarfs etc worn for cultural or religious reasons are usually expected to be the same colour as your uniform. In addition, some placements have special requirements—for example, mental health facilities may prefer smart casual clothes, while operating theatres provide surgical attire.

Below we offer some guidelines based on our experiences of what most clinical venues expect. We tried to find a way of writing this section that was discreet and delicate, but eventually decided to just 'say it like it is'!

Coaching Tips

- Uniforms should be neat, complete, correctly fitting, clean and wrinkle-free.
- Shoes must be comfortable (for obvious reasons) and comply with occupational health and safety standards (non-slip, fully enclosed, leather). Runners are great for sport, but not for a clinical placement.
- Heavy makeup is not appropriate for clinical placements. Overpowering perfumes should be avoided, as they can cause patients to become nauseated.
- Nails should be clean, short, filed and without nail polish for infection-control purposes. It is easy to tear the fragile skins of elderly patients or penetrate gloves with long or sharp nails. Chipped nail polish and artificial nails have been shown to harbour infectious microorganisms.
- Long hair must be clean and tied back firmly.
- For men, beards should be neat and trimmed.
- Leave your jewellery at home. Wristwatches are problematic as they can scratch patients and need to be removed each time you wash your hands. A fob watch is more convenient. Similarly, rings can scratch patients and cause cross-infection. A plain band is usually acceptable in most clinical areas. One pair of small studs (in ears only) may be accepted, but bracelet/s or necklace/s are not to be worn (unless of the medic alert type). Many a confused person has pulled or grabbed at a dangling necklace or earring (ouch!).
- For those placements where smart casual clothing is requested in lieu of uniform, avoid wearing revealing clothing.

It may not be polite to mention the following issues in refined company, but ...

- Please shower/bath daily (and wear deodorant).
- There is nothing worse for a nauseated patient than being cared for by a nurse with bad breath. Clean teeth and fresh breath are essential.
- Last, but not least, make sure you always wear your official ID or name badge and have your personal protective equipment (e.g., safety glasses) with you on clinical placements.

1.10 Mandatory requirements for clinical placements

In order for students to undertake placements, several requirements are dictated by governing bodies before students can enter a healthcare facility. These requirements are based on a duty of care to vulnerable clients and minimising risk. You are responsible for providing evidence of complying with these requirements on every clinical placement. The information is usually viewed by a coordinator in the healthcare facility on day 1. Failure to provide complete documentary evidence of the mandatory requirements will usually mean non-admission to the clinical placement venue. Evidence you will be required to produce can include vaccination cards, related medical reports, such as serology tests, and a criminal record clearance card.

The requirements for entry into a healthcare facility vary across Australia and New Zealand and may be different depending on the type of healthcare organisation where you undertake your placement (e.g., public and private facilities, aged care facilities, hospitals or education facilities). For advice about mandatory requirements you should check with your placement coordinator well in advance of placement as some reports and vaccination requirements may take several weeks or even months to be finalised. Government Health websites also provide this information in the form of policy statements for employment or clinical placements.

Examples of mandatory requirements required for placements may include:

- prohibited employment declaration
- working with children check
- aged care check
- police check
- occupational assessment, screening and vaccinations against specified infectious diseases.

 Coaching Tips

- complete all checks as soon as practical after enrolment in your degree or diploma;
- be aware that your placement will be cancelled if you do not comply with the mandatory requirements;
- undertake vaccinations as per the health schedule early in the program or undertake serology for proof of immunisation;
- keep appointments for vaccinations and complete all vaccination courses; update yearly requirements (e.g., influenza);
- ensure that you have all of the required information with you at all times when you are on a clinical placement;
- always keep mandatory requirement information in a safe place as you will need it for each new placement;
- if you lose your mandatory requirement information take steps immediately to obtain replacements;

- keep a copy of your information to make it easier to secure replacement cards/reports;
- report changes to your criminal record as necessary—see Government policy information for clarification.

1.11 The roles and functions of the interdisciplinary healthcare team

Efficient workplace practices come about by understanding and appreciating the diverse skills and expertise of the different members of the interdisciplinary healthcare team. Aside from nurses, the healthcare team may include medical and allied health personnel, pharmacists, physiotherapists, pathologists, psychologists, counsellors, radiologists, occupational therapists and speech pathologists, to name a few. *Table 1.1* identifies some of the different people you may encounter on a clinical placement.

Table 1.1 People you may encounter on a clinical placement*

ROLE	DEFINITION
Student—nursing and midwifery	People who are enrolled in educational programs accredited by registration boards that authorise nursing and midwifery. These may include undergraduate nurses, enrolled nurses and student midwives.
Registered nurse (RN)	A person whose name is entered on the register allocated to RNs. RNs are responsible and accountable for the provision of nursing care to patients.
Enrolled nurse	A person whose name is entered on the register allocated to enrolled nurses. Enrolled nurses practise under the direction of a RN. An extension of the category of enrolled nurse (e.g., endorsed enrolled nurse) is a person who performs at an advanced level and is delegated higher responsibilities (such as medication administration) under the supervision of a RN or midwife.
Midwife	A person whose name is entered in the register for practice. Qualifications and experience are approved by the registering authority, to render the person capable of providing maternity services to mothers and babies.

Table 1.1 People you may encounter on a clinical placement—cont'd

ROLE	DEFINITION
Nurse practitioner	A RN and/or midwife who has been educated to function autonomously and collaboratively in an advanced and extended role and whose scope of practice is determined by his or her context of practice.
Healthcare worker	Various roles are undertaken by healthcare workers. They may function independently or in collaboration with the interdisciplinary healthcare team. An example would be the Aboriginal healthcare worker. Some roles may be accountable to the RN or midwife.
Unregulated carer	A variety of roles exist for people who care for patients without licensing requirements. They may undertake activities delegated by the RN or midwife according to their competence. Examples are carers, personal care assistants and assistants in nursing, etc.
Patient care attendant	People employed by a facility to support the care requirements of patients. They may have functions that involve moving or positioning patients and/or equipment, attending to personal needs of patients or disposal of soiled equipment. Functions associated with this position are varied and often depend on the context of the area in which they are employed.
Technician	Various technical positions abound in healthcare facilities. Some of these have replaced nursing roles and others have supplementary roles in the care of clients. Examples of technical staff are technicians who work with specialist equipment—for example, anaesthetic technicians and sterile-supply technicians.
Medical personnel	You will encounter several levels of medical personnel during placement. Public healthcare facilities employ resident medical officers, whereas other institutions may use the consultancy services of medical officers. This will depend on the nature of the facility (i.e., public or private) and the agreements in place between the facility and medical officer. Resident medical officers usually encountered in public hospitals include: • Intern • Resident medical officer (year 1–4) • Registrar (year 1–4) • Senior registrar Consultant medical officers may have the following positions: anaesthetists, surgeons, obstetricians, gynaecologists, physicians, pathologists, psychiatrists, etc.

Table 1.1 People you may encounter on a clinical placement—cont'd

ROLE	DEFINITION
Pharmacist	Nurses interact with pharmacists in healthcare in varying ways, but especially in regards to clients, dispensing safe and appropriate medication. A pharmacist is a health professional with knowledge, and skills to educate patient about the use of medications to achieve optimal health outcomes. A pharmacist undertakes a university program in pharmacy and is required to be registered.
Social worker	Social workers provide support to clients by dealing with social, emotional and environmental problems associated with an illness, a disability or hospitalisation. Social workers have usually undertaken an advanced education and may specialise in areas such as medical social work (to support patients and their families in hospital settings) or psychiatric social work if they have specialised in counselling patients and their families in dealing with social, emotional or environmental problems relating to mental illness.
Dietician	A dietician is a university-qualified expert in nutrition and dietetics who applies the science of nutritional principles to the planning and preparation of foods and regulation in the diet. They provide dietetic services using best-practice guidelines to promote optimal nutritional status and self management of disease. Dieticians also participate in health promotion and community health projects.
Psychologist	People who are engaged in the scientific study of the mind and behaviour, and may provide clinical treatment and teaching. They may be concerned with different areas, such as sport and exercise, education and occupational or clinical psychology.
Podiatrist	Practitioners of podiatry (chiropody) who deal with the conditions of feet and their ailments.
Occupational therapist	People who employ a form of therapy for those recuperating from physical or mental disease or injury. They encourage rehabilitation through performance of the activities of daily living (such as washing and dressing, hobbies, work, etc).
Speech pathologist	People concerned with the study and treatment of clients with speech, communication, language and swallowing problems.

Table 1.1 People you may encounter on a clinical placement—cont'd

ROLE	DEFINITION
Counsellor	People who support clients to deal with personal problems that do not involve psychological disorders.
Physiotherapist	A physiotherapist treats congenital and movement disorders across the lifespan through education, retraining of movement patterns, specific exercises for improving strength, endurance, flexibility and motor control, joint and soft-tissue mobilisation and may also use electrophysical modalities.

*Based on Baron & Kalsher (2002); *Concise Medical Dictionary* (Oxford Reference Online); NSW Department of Health (2007); Nurses Board of Western Australia (2004); National Health Workforce Taskforce (2009); ANMC and Nursing Council of New Zealand (2010); Harris et al. (2010).

Coaching Tips

To become familiar with the role and responsibilities of the members of the interdisciplinary healthcare team you should take advantage of opportunities to:

- attend interdisciplinary healthcare team meetings when possible;
- become familiar with the roles and functions of all staff encountered on each clinical placement;
- observe how team members communicate and work collaboratively to provide quality care.

Chapter 1
Reflective thinking activities

1. What motivated you to become a nurse and what did you expect nursing to entail?

2. What you have learnt from this chapter about the contemporary healthcare environment and how it influences the learning experiences of nursing students?

3. List ways in which you can ensure that you are adequately prepared for your clinical placements.

4. What you have learnt from this chapter about how you can make the most of your clinical placements?

5. How can you ensure that you achieve your learning objectives in clinical environments even when the staff are busy and the area is short-staffed?

References

Aiken LH, Clarke SP, Cheung RB, Sloane DM, Silber JH. Educational levels of hospital nurses and surgical patient mortality. *JAMA*. 2003;290(12):1617–1620.

Andrews M, Roberts D. Supporting student nurses learning in and through clinical practice: the role of the clinical guide. *Nurse Education Today*. 2003;23:474–481.

ANMC. *ANMC National Competency Standards for the Registered Nurse*. Canberra: Australian Nursing and Midwifery Council; 2006.

—. *Code of Professional Conduct for Nurses in Australia*. Dickson, ACT: Australian Nursing and Midwifery Council; 2008.

ANMC and Nursing Council of New Zealand. *A nurse's guide to professional boundaries*. Dickson, ACT: ANMC. <http://www.nursingmidwiferyboard.gov.au/Codes-Guidelines-Statements/Codes-Guidelines.aspx#professionalboundaries>; 2010 Accessed 05.09.11.

Baron RA, Kalsher MJ. *Essentials of Psychology*. Boston: Allyn and Bacon; 2002.

Baumeister R, Leary M. The need to belong: desire for interpersonal attachments as a fundamental human motivation. *Psychological Bulletin*. 1995;117(3):497–529.

Bolster D, Manias E. Person-centred interactions between nurses and patients during medication activities in an acute hospital setting: qualitative observation and interview study. *International Journal of Nursing Studies*. 2010;47(2):154–165.

Chiarella M, Lau C. *Second report on the models of care project: Workshops and seminars February–December 2006*. Sydney: NSW Department of Health; Online. Available <www.health.nsw.gov.au>; 2007 Accessed 30.12.09.

Clare J, White J, Edwards H, et al. *Curriculum, clinical education, recruitment, transition and retention in nursing: final report for the AUTC, January*. Adelaide: School of Nursing and Midwifery, Flinders University; 2002.

Clare J, Brown D, Edwards H, et al. *Evaluating clinical learning environments: creating education–practice partnerships and clinical education benchmarks for nursing. Learning outcomes and curriculum development in major disciplines: nursing phase 2 final report, March*. Adelaide: School of Nursing and Midwifery, Flinders University; 2003.

Daloz N. *Guiding the Journey of Adult Learners*. San Francisco: Jossey Bass; 1999.

Davidson P, Halcomb E, Hickman L, et al. Beyond rhetoric: what do we mean by a 'model of care'? *Australian Journal of Advanced Nursing*. 2006;23(3):47–55.

Duffield C, Roche M, O'Brien-Pallas L, et al. *Glueing it together: nurses, their work environment and patient safety*. Final report July 2007 UTS/NSW Health. Sydney, 2007.

FitzGerald M, Walsh K, McCutcheon H. *An integrative systematic review of indicators for competence for practice and protocol for validation of indicators of competence*. Conducted by the Joanna Briggs Institute for Evidence Based Nursing and Midwifery. Commissioned by the Queensland Nursing Council. Adelaide: Adelaide University; 2001.

Fowler J, Hardy J, Howarth T. Trialing collaborative models of care: The impact of change. *Australian Journal of Advanced Nursing*. 2006;23(4):40–46.

Garling P. Final Report of the Special Commission of Inquiry into Acute Care Services in NSW Public Hospitals. Online. Available <http://www.lawlink.nsw.gov.au/lawlink/Special_Projects/ll_splprojects.nsf/vwFiles/E_Overview.pdf/$file/E_Overview.pdf>, 2008 Accessed 28.08.09

Harris P, Nagy S, Vardaxis, N. *Mosby's Dictionary of Medicine, Nursing & Health Professions*. Sydney: Mosby Elsevier; 2010.

Heath P, Duncan P, Lowe E, Macri S. *National Review of Nursing Education 2002—our duty of care*. Canberra: Department of Education, Science and Training (DEST); 2002.

Hughes C. Issues in supervisory facilitation. *Studies in Continuing Education*. 2002;24(1):57–71.

Iedema R, Sorensen R, Jorm C, Piper D. Co-producing care. In: Sorensen R, Iedema R, eds. *Managing Clinical Processes in Health Care*. Sydney: Churchill Livingstone Elsevier; 2008:105–120.

Levett-Jones T, Lathlean J. The 'Ascent to Competence' conceptual framework: An outcome of a study of belongingness. *Journal of Clinical Nursing*. 2009;18:2870–2879.

Levett-Jones T, Lathlean J, McMillan M, Higgins I. Belongingness: A montage of nursing students' stories of their clinical placement experiences. *Contemporary Nurse*. 2007;24(2):162–174.

Maslow A. *Motivation and Personality*. 3rd ed. New York: Harper and Row; 1987.

McCormack B. Person-centredness in gerontological nursing: an overview of the literature. *International Journal of Older People Nursing*. 2004;13(3a):31–38.

McCormack B, McCance T. Development of a framework for person-centred nursing. *Journal of Advanced Nursing*. 2006;56(5):472–479.

National Health Workforce Taskforce. Health workforce in Australia and factors for current shortages April 2009, KPMG. Online. Available <nhwt.gov.au>; 2009 Accessed 30.12.09.

Needleman J, Buerhaus P, Mattke S, Stewart M, Zevinsky K. *Nurse Staffing and Patient Outcomes in Hospitals*. Boston: Harvard School of Public Health; 2001.

NSW Department of Health. *First Report on the Models of Care Project, February–April 2005*. North Sydney: NSW Department of Health; 2006.

NSW Department of Health. Medical Officers Employment Arrangements in the NSW Public Service System. Online. Available <www.health.nsw.gov.au/policies/PD2007_087>, 2007 Accessed 30.12.09.

Nurses Board of Western Australia. Scope of Nursing Practice Decision-Making Framework. Online. Available <www.nmbwa.org.au>; 2004 Accessed 30.12.09.

Parkes S. *The Critical Years: the Young Adult's Search for Faith to Live By*. San Francisco: Harper; 1986.

Sharkey R. *The relationship between nursing care and positive health outcomes for consumers with long term serious mental illness*. PhD thesis. Newcastle: University of Newcastle; 2003.

Tollefson J. *Clinical Psychomotor Skills: Assessment Tools for Nursing Students.* 4th ed. Tuggerah: Social Science Press; 2009.

Victorian Government Department of Human Services. *What is Person-Centred Health Care?* A Literature Review. Melbourne, 2006.

Watson R, Stimpson A, Topping A, Porock D. Clinical competence in nursing: A systematic review of the literature. *Journal of Advanced Nursing.* 2002;39(5):421–431.

Great expectations

That was a memorable day to me, for it made great changes in me. Pause you who read this, and think for a moment…on one memorable day …

Charles Dickens (1812–1870), *Great Expectations*

2.1 Introduction

This chapter provides insights into what you can expect when you undertake clinical placements and what others will expect of you. We consider these issues from multiple perspectives as we describe the expectations of the key stakeholders—the views of patients, clinicians, professional organisations and educators are explored. We also discuss legal requirements, your rights and responsibilities as a student, and specifically your right to ask questions and to question practice.

2.2 Patients' expectations

What do patients expect from their nurse? Ask your friends, family and fellow students this question and you are bound to get a wide range of responses. What nursing attributes do you think are most important to patients?

Research indicates that the skills of caring, empathy, listening, 'being with', comforting and communication are qualities that patients value highly (McCormack et al. 1999). However, the saying 'the patient doesn't care how much you know, the patient wants to know how much you care' is not always true.

Certainly, patients want to be able to depend on you to take care of them with kindness and empathy, but with the increasingly complex world of healthcare, patients also want to be sure that you are knowledgeable and technically capable.

So what does this mean for students? If patients expect to be cared for by nurses with expertise and experience, how do students gain opportunities to learn and practise? You'll be pleased to know that most patients are very supportive of students' learning. If you fumble the first few times when taking a temperature or blood pressure, patients will understand. When you are slow at dressing a wound or removing an intravenous (IV) cannula, they will make allowances because you are still learning. Patients will not expect you to be able to answer all their questions, but they will expect you to find someone who can.

There are some things that patients do not make allowances for, however, irrespective of the nurse's experience or level. Patients expect a student nurse to be as respectful of their privacy and dignity as any other nurse would. They expect you to be honest about what you know and don't know, and can and can't do. They expect you to be courteous and to treat them with respect at all times. Even though you are a learner, patients still expect you to carry out procedures safely and accurately and to acknowledge your limitations.

Patients often comment that they appreciate being cared for by students, because they take the time to stop and talk. In busy hospital units this is often undervalued. Many patients like to feel that they have been involved in the clinical education of student nurses and will happily explain their history, diagnosis, treatment regimen and medications. Listen carefully; without doubt, you will learn a great deal from your patients—they are the experts about their lives and health conditions. Listen to them, learn from them and appreciate their stories. They contain a wealth of information that you can use to plan and implement nursing interventions that are informed by a person-centred approach.

 Coaching Tips

- Make sure you are prepared before you enter a patient's room. It is very disconcerting for a patient when a student does not understand what they are doing, or why they are doing it. If you are giving a subcutaneous injection, for example, review the procedure; discuss the details with your mentor, and ask as many questions as necessary, before you approach your patient.

- Admit when you are out of your depth. If an infusion pump is alarming and you don't know how to deal with it, don't pretend you know what to do. Find someone who can assist you (then watch and learn).

- If you are taking a blood pressure or any other observation, and you are really not sure if your result is correct, be honest and ask someone to check it for you.

- Remember that, while technical competence is essential, nursing should not be reduced to a series of tasks that lack the therapeutic qualities so important to patients.

 ## Something to think about

When exploring patients' expectations it is essential to elicit their views. In a patient survey undertaken by the Nursing and Midwifery Office, NSW, the following were identified as patients' top priorities (notice how many relate to effective communication):

- healthcare professionals discussing anxieties and fears with the patient
- having confidence and trust in healthcare professionals
- the ease of finding someone to talk to about concerns
- doctors and nurses answering patients' questions understandably
- receiving enough information about their condition and/or treatment
- test results being explained understandably
- having enough say about and being involved in care and/or treatment decisions
- being given information about patients' rights and responsibilities
- staff doing everything possible to control pain.

(Nursing and Midwifery Office NSW 2008).

2.3 **Clinicians' expectations**

Over the years we have found that clinicians have the following expectations of nursing students who undertake a clinical placement. Take some time to think about each of these points.

Students should:

- understand the nursing context and the work they are involved in
- know when to ask for help
- know where to go for help
- recognise their own limitations and strengths

- demonstrate commitment to the nursing team
- ask questions and question practice
- be critical thinking problem-solvers
- be positive, motivated and enthusiastic about being a nursing student undertaking a clinical placement.
- know their scope of practice and be able to communicate this to their mentor
- be competent at essential nursing skills
- take advantage of learning opportunities
- be open to the suggestions and guidance offered
- have good interpersonal skills.
- practise according to occupational health and safety principles
- understand the importance of accurate documentation and other legal and ethical issues
- come to the clinical placement adequately prepared (with clear and realistic clinical learning objectives).

Do these expectations seem realistic to you or a pretty tall order? How do you measure up? It is always interesting, and sometimes surprising, to see a situation from another person's perspective. We've spent time with students who were really not aware of what clinicians expected of them and were confused and sometimes dismayed by the feedback they received. When the situation is as important as your clinical placement experience, it is vital that you consider it from many perspectives.

We do not list any coaching tips in this section—there are plenty of strategies scattered through this book that provide the guidance needed to meet these expectations.

2.4 Professional expectations

In Australia (as in most countries) the professional expectations of nurses are spelt out very clearly. Nurses are required to provide high-quality care through safe and effective clinical practice. National standards and codes of nursing practice have been developed by the Australian Nursing and Midwifery Council (ANMC). These standards and codes are reviewed regularly to ensure that they reflect contemporary practice. The standards include the:

- ANMC National Competency Standards for the Registered Nurse (ANMC 2006)
- Code of Ethics for Nurses in Australia (ANMC 2008a)
- Code of Professional Conduct for Nurses in Australia (ANMC 2008b).

Likewise, the Nursing Council of New Zealand has a published set of standards and codes for nurses. These include:

- Code of Conduct for Nurses (Nursing Council of New Zealand 2009)
- Competencies for Registered Nurses (Nursing Council of New Zealand 2007a)
- Framework for Professional Standards (Nursing Council of New Zealand 2007b)
- Code of Ethics (New Zealand Nursing Organisation 2001).

These standards communicate to the general public, particularly healthcare consumers, the knowledge, skills, behaviours, attitudes and values expected of nurses. These are the professional expectations that form the framework against which your practice will be assessed. You will be required to demonstrate that you have met these standards as an indication that you are fit to provide safe, competent care in a variety of settings. Your ability to meet these standards determines your eligibility for registration.

Each country has regulatory authorities that maintain standards and processes for initial and ongoing registration. This is the organisation to which you will apply for registration once you have completed your course. You cannot practise as a nurse unless you are registered.

2.4.1 *ANMC National Competency Standards for the Registered Nurse* (2006)

The National Competency Standards for the Registered Nurse are a national benchmark for registered nurses and they reinforce responsibility and accountability in delivering quality nursing care through safe and effective practice. The competencies that make up the ANMC National Competency Standards for the Registered Nurse are organised into four domains:

1. Professional practice
   This relates to the professional, legal and ethical responsibilities that require demonstration of a satisfactory knowledge base, accountability for practice, functioning in accordance with legislation that affects nursing and healthcare, and the protection of individual and group rights.
2. Critical thinking and analysis
   This relates to self-appraisal, professional development and the value of evidence and research for practice. Reflecting on practice, feelings and beliefs, and on the consequences of these for individuals or groups is an important professional benchmark.
3. Provision and coordination of care
   This domain relates to the coordination, organisation and provision of nursing care, which includes the assessment of individuals or groups, planning, implementation and evaluation of care.

4. Collaborative and therapeutic practice
This relates to establishing, sustaining and concluding professional relationships with individuals or groups. This domain also contains those competencies that relate to nurses' understanding of their contribution to interdisciplinary healthcare.

2.4.2 *Code of Ethics for Nurses in Australia* (2008)

The Code of Ethics outlines the nursing profession's commitment to respect, promote, protect and uphold the fundamental rights of people who are both the recipients and providers of nursing and healthcare. The Code of Ethics is complementary to the International Council of Nurses Code of Ethics (2006) for Nurses.

The purpose of the Code of Ethics is to:

- identify the fundamental ethical standards and values to which the nursing profession is committed and that are incorporated in other endorsed professional nursing guidelines and standards of conduct;
- provide nurses with a reference point from which to reflect on themselves and on others;
- guide ethical decision making and practice;
- indicate to the community the human rights standards and ethical values it can expect nurses to uphold.

Value statements that comprise the Code of Ethics:

- nurses value quality nursing care for all people;
- nurses value respect and kindness for themselves and others;
- nurses value the diversity of people;
- nurses value access to quality nursing and healthcare for all people;
- nurses value informed decision making;
- nurses value a culture of safety in nursing and healthcare;
- nurses value ethical management of information;
- nurses value a socially, economically and ecologically sustainable environment that promotes health and well-being.

2.4.3 *Code of Professional Conduct for Nurses in Australia* (2008)

This Code sets the minimum standards for practice a professional person is expected to uphold, both within and outside of professional domains, in order to ensure the 'good standing' of the nursing profession. The Code provides a framework for legally and professionally accountable nursing practice in all clinical, managerial, education and research domains.

According to the Code of Professional Conduct a nurse must:

- practise in a safe and competent manner;
- practise in accordance with the agreed standards of the profession and broader health system;
- practise and conduct themselves in accordance with laws relevant to the profession and practice of nursing;
- respect the dignity, culture, ethnicity, values and beliefs of people receiving care and treatment, and other colleagues;
- treat personal information obtained in a professional capacity as private and confidential;
- provide impartial, honest and accurate information in relation to nursing care and healthcare products;
- support the health, well-being and informed decision making of people who require or are receiving care;
- promote and preserve the trust and privilege inherent in relationship between nurses and people who receive care;
- maintain and build upon the community's trust and confidence in the nursing profession;
- practice nursing reflectively and ethically.

If you practise in Australia then it is essential that you become very familiar with each of the ANMC National standards. We provide only the briefest overview of these standards here. The full documents (the *National Competency Standard for Registered and Enrolled Nurses*, the *Code of Ethics for Nurses in Australia* and the *Code of Professional Conduct for Nurses in Australia*) are available from the ANMC website: http://www.anmc.org.au.

Similarly, if you are a nursing student in New Zealand we encourage you to become very familiar with the Nursing Council of New Zealand and New Zealand Nurses Organisation standards and codes: <www.nzno.org.nz> <www.nursingcouncil.org.nz>.

2.5 Legal requirements

In additional to professional expectations, nurses and nursing students must also understand and comply with the legal principles that govern their practice. You will cover these in detail in your nursing program. In this section we provide a brief overview of privacy and confidentiality and how they relate to your clinical placements.

2.5.1 Important terminology related to privacy and confidentiality

Disclosure of personal health information—This refers to the communication or transfer of information outside of a health service, through giving a copy of the information to another organisation or individual, allowing another organisation or individual to have access to the information, or giving out summaries, or communicating the information in any other way.

Health record—a documented account, whether in hard or electronic form, of a client's/patient's health, illness and treatment during each visit or stay at a health service (includes a medical record).

Personal health information—personal information or an opinion about:

- a person's physical or mental health or disability;
- a person's express wishes about the future provision of health services for themselves;
- a health service provided, or to be provided, to a person.

Any personal information collected for the purposes of the provision of healthcare will generally be 'personal health information'. It will also include personal information that is not itself health-related, but is collected in connection with providing health services or in association with decisions to donate organs or body substances.

Personal information—unique identifying information, such as name and address, photographs and biometric information (including fingerprints and genetic characteristics) is 'personal information'. A range of other information can also become personal information if it is viewed in combination with other information, which together is sufficient to allow a person's identity to be 'reasonably ascertained'. Characteristics that may fall into this category include age, date of birth, ethnicity and diagnosis.

NSW Health Privacy Manual (2005).

Privacy

Government legislation requires the protection of personal information and the privacy of others. This type of legislation ensures that information about people is not used without their consent. Privacy is a right for all individuals and you need to ensure that you understand your obligations in respect of privacy laws.

Patient rights

Patients should be informed that their personal health information will be protected and that it will be given to another person only if it is essential to their healthcare or can be otherwise legally and ethically justified.

You are obliged to protect and maintain personal information about your patients during the clinical placements. Personal information is any information that can identify a person. Health information (e.g., health records) is also protected. Information about individuals must not be given to others without the individual's consent. This includes the giving of personal information to relatives and friends during phone calls or face-to-face.

Nursing students are usually required to sign a Privacy or Confidentiality Undertaking and must comply with privacy law and policies. Students can usually access health records with the approval and under the direction of their supervisor if the information is directly relevant to their learning while at the health facility. Access does not include photocopying or transcribing records that contain personal health information, or taking such records off-site. Clients/patients have the right to refuse permission for students to access their records and many facilities require patients to sign a written consent form before students can use patient information for something like a case study.

The anonymity of clients/patients should always be maintained during debriefing, case studies and/or presentations, seminars and conferences. Use of photos, slides and other visual aids that allow identification of individuals should not occur. Any information used should be with the client's permission and be de-identified.

 Coaching Tips

- Be aware of what constitutes privacy, and what is considered to be a breach of privacy.
- Ensure you protect your patient's privacy throughout all nursing care activities
- Protect information about a person whose identity is apparent or whose identity can be reasonably ascertained from information provided.
- Remember that access to any patient information, including patient notes, requires permission.
- Only collect the minimum amount of information about a person after obtaining their consent.
- Seek advice and guidance about policies and protocols in operation at every facility where you are placed. These will vary depending on the type of facility, its guiding policies and the health-department directives.

Confidentiality

 Something to think about

Responsibility for sensitive confidential information about clients or patients is both a burden and a privilege for carers, but it also gives them a special relationship with those in their care and subtle power over them.

(Thompson et al. 2000, p. 119)

Confidentiality is a broad concept that extends the concept of privacy. Although nurses may discuss personal details and care related to patients, this discussion should be constrained by ethical standards and responsible judgement. Nursing codes determine that nurses must treat as confidential personal information obtained in a professional capacity (ANMC 2008a; Nursing Council of New Zealand 2009).

People often disclose sensitive and sometimes private information about themselves to health professionals. However, in doing so, patients make themselves vulnerable (Thompson 2000). Patient vulnerability is protected by the legal principles and practices of confidentiality. When information is required for educational, quality improvement or research purposes, informed consent must be provided and the anonymity of patients protected.

Confidentiality can be defined as a professional obligation to respect privileged information between health provider and client. Consider the following situation.

Joseph was in the hospital coffee shop when his fellow nursing students wandered over to join him. They were excited about having witnessed the birth of a baby and wanted to share their experiences. However, Joseph became uncomfortable when one of his peers began to speak explicitly about processes related to the delivery, complications that had occurred and even mentioned the name the parents had given their new baby. Joseph cautioned his colleagues about maintaining confidentiality and requested that they keep their voices low, so that people nearby could not hear. While his colleagues were initially annoyed about being criticised and felt somewhat belittled by Joseph's comments, they soon complied.

 Coaching Tips

- Do not use patient experiences as 'conversation pieces'. Disclosing even snippets of information may breach confidentiality and assist a listener to identify a person.
- Confidentiality means that you need to consider how information is used, handled, stored or restricted.
- Dispose of notes taken about patients during your shift and for handover reports in such a way that no information which can identify the client is visible and disposal is in line with the institution's policies.

2.6 Don't apologise for being a student

There are three aspects that we'd like to focus on in this section—being proud to be a nurse (or a nursing student), behaving in a way that demonstrates that pride and apologising for being a student. So many times students respond to questions from clients, doctors and nursing staff with a self-deprecating answer. When asked, 'Who are you?' or 'What is your position?', students often answer, 'Oh, I'm just a student.' The nursing profession is a proud profession (and rightly so), but for too long nurses have failed to demonstrate real pride in who they are and what they do. You may not be a registered nurse (yet) or an employee of the institution, but you do have a right to be there, to engage in client-centred activities, to ask questions and to learn. You do not need to apologise for being a student or for being in the clinical learning environment. In fact, you should be proud of your role and the valuable contribution that you make.

 Coaching Tips

- Practise sharing with others who you are and what you do, in a succinct and professional manner. Express pride in your role as a student nurse: for example, 'I am Jill Jones. I'm a third-year nursing student from the University of —. I'll be working with Bill Smith and we'll be responsible for your care today.'

- Don't apologise when you cannot undertake a clinical skill or activity that you have not previously learnt. Simply explain that you have not been taught that particular skill, but that you would value the opportunity to watch the registered nurse undertake the procedure.

- Don't apologise when you are asked to do something that you are not permitted to do (e.g., titrating IV fluids without supervision). Explain your program requirements and scope of practice, and politely decline to undertake the procedure.

- Don't apologise for asking questions or for the extra time that mentoring a student takes. Certainly acknowledge and appreciate this, but be mindful that in many respects students are an asset to the clinical staff they work with.

- Lastly, give the people you work with and the clients you are responsible for the respect they deserve, and expect to be treated with respect in return.

2.7 Speak up, speak out

Standing up for what you believe in is one of the most important aspects of personal integrity. Yet speaking up or speaking out is not always easy. Traditionally, nursing students were socialised to obedience, respect for authority and loyalty to the team. Their acceptance into, and continued membership of, the healthcare team depended upon their recognition of this subordinate role (Kelly 1996). Nearly a century ago Florence Nightingale described the qualities of a 'good nurse' as 'restraint, discipline and obedience. She [the nurse] should carry out the orders of the doctors in a suitably humble and deferential way. She should obey to the letter the requirements of the matron and the sister' (Baly 1991, p. 11). Society expected nurses to be servile, subordinate, humble and self-sacrificing. Within the hierarchy of the healthcare system, nurses became acculturated to do and say what was expected, to conform rather than to question, to accept rather than debate important issues (Levett-Jones & Lathlean 2009).

Nurses are shaking off this outdated image of nursing, and there are glimpses of a new era on the horizon. However, for some it is a slow and difficult journey. Little wonder, then, that even today some nursing students find it difficult to speak out when their acceptance into the team may hinge on their conformity to it. There is nothing wrong with wanting to fit in and be accepted—it is a natural social phenomenon (Levett-Jones 2007). However, when fitting in becomes more important than doing what is right, it can become an ethical dilemma. The greatest threat to personal integrity is silence in the face of perceived wrong. We sometimes fail to consider the price of silence. To know something is wrong and to say nothing indirectly consents to what has occurred. In doing nothing we become part of the problem. This presents an enormous dilemma for students. By speaking out you may risk ridicule, rejection or social isolation. By not speaking out you may compromise your integrity.

Student experience: I have seen things and not said anything (Nicole's story)

Nicole, a mature age student, described how she became increasingly confident of her place in the nursing environment as she progressed through her program, and because of that became more willing to challenge poor practice:

I have seen things and not said anything … That has changed as my confidence and knowledge have grown. I still remember seeing two healthcare assistants pulling an elderly woman up the bed in the most hideous manner and not saying anything to them … but now I would definitely say something.

(Levett-Jones & Lathlean 2009)

 ## Something to think about

To everything there is a season, and a time to every purpose under heaven: a time to keep silence, and a time to speak.

Ecclesiastes 3:1

Coaching Tips

Many situations present ethical dilemmas for student nurses. Horizontal violence (or bullying), compromised clinical practice or breaches of legal and/or ethical standards may call upon you to take a stand and to speak out. How will you respond? What will you say?

The ability to state your opinion clearly and honestly without offending anyone requires great skill. Start by using 'I' statements. Griffin (2004) provides some excellent examples of 'I' statements for when horizontal violence looms its ugly head:

- 'I don't feel right talking about him/her when I wasn't there and I don't know all the facts.'
- 'I'm not prepared to talk about it as it was shared in confidence.'
- 'I don't think that was what really happened—let's ask the people involved.'

Concerns about patient-care standards are just as challenging and often need to be interpreted in consultation with an experienced and objective support person, such as your clinical educator. Be careful! Sometimes what may seem at first to be poor practice may not be so when interpreted in the light of all the facts. Don't jump in without some guidance and knowledge of all the pertinent issues. You can still use 'I' statements, but be tactful in your approach. 'I don't understand the reason for that decision' is often a wise opening statement that allows for lines of communication to remain open and for explanations to be provided.

There may come a time when you feel you must speak out strongly against a clinical, ethical or professional issue. Make sure you are familiar with and guided by the *Code of Ethics* (ANMC 2008a; New Zealand Nurses Organisation 2001), which provides guidelines for nurses. As a student you may need to call upon your support networks, clinical educators or educational institution staff for guidance and advice. In some situations they may need to advocate on your behalf.

Speaking up or speaking out is an act of moral courage. It often comes at cost. But an even greater cost comes with silence—the loss of self-respect. The benefits of speaking up outweigh the risks, not only from a personal point of view, but also for the nursing profession (Kelly 1996). When in doubt about whether you should speak out, reflect on the words of Martin Luther King Junior, 'He who passively accepts evil is as much involved in it as he who helps to perpetrate it. He who accepts evil without protesting against it is really cooperating with it.'

2.8 Exercise your rights

On campus, clinical placements and even in this book, you'll hear a great deal about your responsibilities. Always keep in mind that alongside responsibilities there are also rights. Nurses have focused on their responsibilities for so long that they are often surprised at the prospect of having rights themselves. Rights always seem to belong to other people—human rights, patients' rights, women's rights, consumer rights—the list goes on. It's time to think about your rights as a nursing student. In this section we touch on a few of your rights and provide some strategies to help you to exercise these rights.

 Coaching Tips

1. The right to ask questions

As a student your primary purpose in undertaking a clinical placement is to learn. This won't happen unless you ask questions. Some of the nurses you work with will welcome your questions. These nurses should be congratulated for supporting your learning. Unfortunately, some nurses imply that students ask too many questions.

It's your right to ask questions, but always ask at the right time and in the right place. To develop your problem-solving skills, attempt to work through the question first and develop a tentative answer yourself. For example, you could ask your mentor if your patient's urine output needs to be measured. Alternatively, you could check the patient's chart, look for a fluid-balance chart, reflect on what may have been said at handover (did you take notes?) and consider the patient's diagnosis (renal failure, congestive cardiac failure, etc.). Doing this allows you to demonstrate initiative and develop an 'informed' question. For example, 'I've measured Mrs Smith's urine output and tested the specific gravity because she is dehydrated. Would you like me to document the amount on her fluid balance chart?'

2. The right to question practice

This is a right that nursing students don't always exercise. You will learn about 'best practice' and 'evidence-based practice' (and we discuss it in Chapter 3), but at times you will see nursing practice that seems to be based on little more than authority ('The doctor said to do it this way'), tradition ('We've always done it this way') and local policy ('This is the way we do it here'). You may find yourself placed in a confusing and somewhat uncomfortable position with this contradiction between evidence and practice.

Student experience: Why are you doing it that way?—Lauren's story

On completing a central line dressing, Lauren asked, 'Why is this central line being dressed daily with a gauze dressing? Everything I've read suggests that a transparent dressing that stays on for up to seven days is the ideal dressing product for central lines.'

Now if you've done any reading about central lines, you'll know that Lauren was absolutely right! Her comment promoted a lot of dialogue and debate among the registered nurses and doctors. Not too much later, following a review of the literature, the central-line dressing regime was updated at that hospital. You guessed it—transparent dressings are now used.

Remember: When questioning practice, be tactful and polite; there may be very sound reasons for the way nursing procedures are undertaken.

3. The right to refuse (without feeling guilty or making excuses)

Often when students refuse a request from a superior they feel guilty and uncomfortable, even when they are within their rights, and even when it is their responsibility to refuse. Here is an example in which a student refused, politely and tactfully, but with determination:

Registered nurse: 'You can go and administer the oral medications to the patient in room 11. I trust you.'

Student: 'Thank you for trusting me to do this on my own, but as a student I'm required to have the administration of all medications counter-checked, witnessed and countersigned by the nurse responsible for the patient's care. What you are asking me to do is outside of my scope of practice and I can fail my clinical placement if I do as you ask.'

4. The right to be supernumerary to the workforce

Since nursing education moved to institutions of higher education, students have undertaken clinical placements in a supernumerary capacity. This means that you are not part of the workforce, but are there in addition to the employed staff. This is so that your learning is not compromised by the demands and responsibilities of patient care. However, occasionally students, particularly when in the third year, are used to fill a gap in the roster. While we encourage students to take a patient load, it should always be under the supervision of the nurse responsible for the patient's care. If this situation presents itself, politely explain your educational institution's policy and, if the situation is not resolved, contact your facilitator or university support person.

2.9 You're not the boss of me (oh really?)

As you step into your next ward, excited and ready to begin your clinical placement, the nursing unit manager will be there, standing at the door, smiling in welcome, eager for you to feel wanted and needed. The NUM will spend much time complimenting you on your skills and making wonderful comments about you to the other staff. She or he will understand if you are late for your shift because of car problems, or not in correct uniform because you 'forgot' to do the washing or if you seem a little tired or unmotivated; after all, nursing is a difficult and tiring occupation and special allowances do need to be made for students. Reality check! Nurse Managers are busy people. Their first responsibility is patient welfare. They are responsible for budgets, equipment, resources, standards of practice, occupational health and safety, rostering, staffing issues, quality management, infection control—the list goes on. Students are only one of many important considerations for managers. They will expect you to meet the same professional standards as their staff in terms of presentation, punctuality, work ethics, standards of practice, etc.

We've heard students complain when they have been reminded by the manager 'not to be late', to 'wear the correct uniform' or to 'tie their hair up'. Some students believe that because they are not employees the manager has no authority over them. You need to be aware that the manager is responsible for all that occurs in the unit, is committed to maintaining professional practice standards and has the final say on who does (and does not) undertake a placement there.

 Coaching Tips

There are many different leadership styles—no two nurse managers are alike. Some are hands-on, delving into patient care whenever they get the chance; others prefer to delegate. Some are social, warm and chatty; others are quiet and distant. However, you should be aware of some consistencies:

- Most managers don't like surprises and don't like to be told about the deterioration of a patient's condition after it has already happened. They want to know if a difficult situation is developing with a patient, rather than dealing with critical (and potentially avoidable) patient deterioration.

- Managers like to be kept informed. Whether equipment is faulty, a patient's false teeth are missing or the cleaners have not turned up, the manager needs to be told.

- Many managers prefer the direct approach. Nothing is more disconcerting (and likely to cause tension and distrust) than hearing about problems through rumours, innuendo and gossip. The direct approach allows for face-to-face discussion of feelings and issues. Choose the most appropriate time and place to bring up difficult or controversial issues.

- Assertiveness is a good communication skill; however, ensure that your Information is correct before you speak to the nurse manager (and avoid aggressive outbursts).

2.10 **Don't take things personally**

The clinical learning environment is a complex social setting (Hughes 2002) and can present many challenges to students. Some of these you will find exhilarating and others will provide you with experiences that will improve your interpersonal skills. Accepting constructive feedback from staff and educators about your behaviour during challenging situations will add to your growth and development. Avoid taking things personally. Consider each situation as a clinical issue or problem, rather than something that is a personal attack or problem for you. Remember that all situations create learning, and through learning we change and grow, develop new skill sets, knowledge and attitudes, and re-evaluate our belief systems.

Consider this example of a student who demonstrated less than appropriate professional behaviour, following a directive from her clinical educator.

> Evelyn wanted to spend time in the operating theatre, but she was told by her clinical educator that she was to remain on the medical ward because the perioperative unit already had a group of students. During her lunch break, Evelyn found out that another student in her group had been to theatre that morning with her patient. She went to her clinical educator and complained that she had stopped her from achieving one of her goals and that she was favouring other students. Discussions about the situation between Evelyn and her clinical educator became strained when Evelyn could not understand why she couldn't go to the unit when her colleague had done so. Evelyn saw the issue as one that was a personal attack on her and complained to university staff about the way she was treated by the clinical educator.

On examination of the issues surrounding the complaint, the university staff identified that eight students from another university were allocated to the perioperative environment. Students from the ward locations were permitted to visit the perioperative environment only if they accompanied the patients they were caring for. As Evelyn was on a medical ward, none of her patients were scheduled for theatre.

The very nature of the clinical environment is dynamic and each student's learning experience will be different. It is not beneficial to compare your experiences and opportunities to those of other students, as no two experiences will ever be the same. In the above situation, Evelyn's placement did not give her the opportunity to go to the perioperative unit and the decision taken by the educator was a professional one, not a personal attack.

 Coaching Tips

- Identify challenging or difficult situations and work through them using conflict-resolution strategies (see Chapter 3).
- Be aware of your own behaviours, how you react to situations and how you work through issues.
- Seek assistance from mentors, educators and other relevant staff, as necessary, to work through situations in the clinical learning environment.

2.11 Compliance and compromise

In this section we revisit the importance of belonging, but delve into the 'dark side' of this phenomenon for nursing students. A broad range of psychological literature describes the importance of belonging, as well as

the negative emotional, psychological, physical and behavioural consequences of having this need thwarted (Levett-Jones & Lathlean 2009). The
absence of meaningful interpersonal work relationships can lead to unques-
tioning agreement with other people's decisions, acquiescence, compliance
or going along with negative behaviours sanctioned by group members,
often in order to belong (Hart & Rotem 1994; Hemmings 1993).

What does this mean for nursing students? Some studies claim that, for
some students, the need to belong and to be accepted into the team is more
important than the quality of care they provide and the level of competency
they aspire to (Tradewell 1996). Reread that sentence a couple of times and
ask yourself if it could apply to you. Nursing students have described how
they sometimes go along with clinical practices that they know to be wrong
so as not to 'rock the boat'. They share how it is easier to just accept that
'this is the way it is done here' rather than be labelled a 'troublemaker'
(Levett-Jones & Lathlean 2009). Compare these notions with what you've
learnt about questioning practices that are not evidence-based.

Student experience: Conformity and compromise: personal and professional implications (Lei's story)

This narrative demonstrates how an international student complied with
the directives of her mentor in order to be accepted by the nursing staff she
worked with, even though doing so put her patient at risk:

> One registered nurse that I was buddied up with asked me to shower a
> patient who was blind and I said, 'Okay, no problem', and went in and
> started the shower. Then the nurse asked me to do something else while
> the patient was in the shower. I said, 'I can't really leave her here by herself,
> she's blind. Can I at least finish and make sure she's safe?' But the nurse said,
> 'She showers herself at home, you don't need to be there. I need you to
> come and help me now'. I should have said no, but as a student it is very
> difficult to say no to a registered nurse. I really regret it now, but I did leave
> the patient there by herself. There was another patient in that room who
> was going home that day, and I said to her, 'Can you just make sure she's all
> right, I really have to go?' The patient said to me, 'You really shouldn't leave',
> and I'm like, 'I know'. So it was something that I really didn't want to do. If I
> was a registered nurse I could have said, 'This patient's my responsibility. I'll
> help you when I have time', but as a student I couldn't say that.
>
> The patient got up, tried to get out of the shower on her own and water
> went everywhere. The nurse unit manager found her like that, blind, naked,
> and shivering, with water everywhere. She said, 'Who left you here?' She
> found out it was me and said, 'What do you think you are doing? You
> should know better than this. You're in second year, you should know this'. I

just said, 'I'm really sorry, I should have known'. I wanted to take responsibility because the nurse unit manager was telling me that in front of all the patients. So I said, 'I'm really sorry, it won't happen again. I should have known better'—and then I was furious inside, I was upset. I tried to forget about it; these things happen. But this memory has really stuck in my mind.

(Levett-Jones 2007)

Coaching Tips

We would like to give you a tried-and-tested recipe for overcoming the need to conform in order to belong, but really there is no simple solution. We advise you to reflect on this section thoughtfully. At some stage you may be in a situation where you'll feel pressured to compromise your practice: think carefully about the consequences, for you and for your patient.

Something to think about

Will you be a change agent or a conformist? Will you stand up for what you know to be right or will you bow to peer pressure?

Chapter 2
Reflective thinking activities

What is the most important advice that you would give to students about to undertake their first clinical placement?

Reflect and record on something important that you have learnt from one of your patients—consider learning related to both clinical issues (such as medications and physical conditions) and professional or interpersonal issues (such as communication and patient advocacy).

1. What do you think are your most important rights and responsibilities as a nursing student?

2. List your 10 strategies for success when on a clinical placement:

1. _____
_____
_____

2. _____
_____
_____

3. _____
_____
_____

4. _____
_____
_____

5. _____
_____
_____

6. _____
_____
_____

7. _____
_____
_____

8. _____
_____
_____

9. _____
_____
_____

10. _____
_____
_____

3. Have you ever been in a clinical situation where you believed patient care was compromised? What did you do? In hindsight would you (could you) have done anything differently?

References

ANMC. *ANMC National Competency Standards for the Registered Nurse.* Canberra: Australian Nursing and Midwifery Council; 2006.

—. *Code of Ethics for Nurses in Australia.* Australian Nursing and Midwifery Council. Online. Available <www.anmc.org.au>; 2008a Accessed 28.12.09.

—. *Code of Professional Conduct for Nurses in Australia.* Australian Nursing and Midwifery Council. Online. Available <www.anmc.org.au>; 2008b Accessed 28.12.09.

Baly M. *As Miss Nightingale Said ...* London: Scutari Press; 1991.

Griffin M. Teaching cognitive rehearsal as a shield for lateral violence: an intervention for newly licensed nurses. *Journal of Continuing Education in Nursing.* 2004;35(6):257–264.

Hart G, Rotem A. The best and the worst: students' experiences of clinical education. *Australian Journal of Advanced Nursing.* 1994;11(3):26–33.

Hemmings L. From student to nurse. Paper presented at the Research in Nursing: Turning Points conference. Proceedings of the National Conference, Glenelg, 1993.

Hughes C. Issues in supervisory facilitation. *Studies in Continuing Education.* 2002;24(1):57–71.

International Council of Nurses. *Code of Ethics.* Online. <www.icn.ch>; 2006 Accessed 09.01.10.

Kelly B. Speaking up: a moral obligation. *Nursing Forum.* 1996;31(2):31–34.

Levett-Jones T. *Belongingness: a pivotal precursor to optimising the learning of nursing students in the clinical environment.* Unpublished PhD thesis. Newcastle: The University of Newcastle; 2007.

Levett-Jones T, Lathlean J. 'Don't rock the boat': nursing students' experiences of conformity and compliance. *Nurse Education Today.* 2009;29(3):342–349.

McCormack B, Manley K, Kitson A, et al. Towards practice development—vision or reality? *Journal of Nursing Management.* 1999;7:255–264.

NSW Health Privacy Manual. Online: Available <http://www.health.nsw.gov.au/policies/pd/2005/pdf/PD2005_593.pdf>; 2005 Accessed 10.01.10.

Nursing and Midwifery Office NSW. *Health Essentials of Care Project.* (EOP) Online. Available <www.health.nsw.gov.au/nursing/projects/eoc.asp>; 2008 Accessed 09.01.10.

New Zealand Nurses Organisation. *Code of Ethics.* <http://www.nzno.org.nz/services/resources/publications/Code%20of%20ethics%202010[1].pdf>; 2010 Accessed 05.09.11.

Nursing Council of New Zealand. *Competencies for Registered Nurses.* Online. Available <www.nursingcouncil.org.nz>; 2007a Accessed 30.12.09.

Nursing Council of New Zealand. *Framework for Professional Standards.* Online. Available <www.nursingcouncil.org.nz>; 2007b Accessed 30.12.09.

Nursing Council of New Zealand. *Code of Conduct for Nurses.* Online. Available <www.nursingcouncil.org.nz>; 2009 Accessed 30.12.09.

Thompson IE, Melia KM, Boyd KM. *Nursing Ethics.* Edinburgh: Churchill Livingstone; 2000.

Tradewell G. Rites of passage: adaptation of nursing graduates to a hospital setting. *Journal of Nursing Staff Development.* 1996;12(4):183–189.

How you act

Actions speak louder than words

Proverb

3.1 Introduction

In this chapter we focus on students' behaviour when undertaking clinical placements. We avoid being too prescriptive but instead profile some clinical scenarios to help you consider the potential consequences of your actions. We've also explored some of the more difficult situations that students may have to deal with, such as sexual harassment, horizontal violence and conflict with peers. Our aim is to fortify you so that if you encounter any of these negative and distressing situations you will have an armoury of strategies to help deal with them. Our thinking is that 'forewarned is forearmed'.

3.2 Cultural safety

Culture includes, but is not restricted to, age or generation; gender; sexual orientation; occupation and socioeconomic status; ethnic origin or migrant experience; religious or spiritual beliefs. An increase in cultural diversity in Australia and New Zealand has placed greater emphasis on nurses' ability to provide culturally competent care (see *Table 3.1*). This includes the ability to manage complex differences in attitudes, religion, world views and language (Kikuchi 2005; Schim et al. 2005).

51

Table 3.1 Understanding the difference between cultural awareness, sensitivity, competence and safety

Cultural awareness	Knowledge, understanding and appreciating difference and diversity. Recognising that we do not always have a shared history or a shared understanding of the present.
Cultural sensitivity	A process of recognising the attitudes, values, beliefs and practices within your own culture so that you can have an insight into your effect on others.
Cultural competence	Providing effective and appropriate, positive and empowering care to all.
Cultural safety	Supports a social justice approach to healthcare. Cultural safety is specific to working in a cross-cultural context with Indigenous persons.

Ellis et al. (2010), Kikuchi (2005), ANMC and Nursing Council of New Zealand (2010), Schim et al. (2005).

Knowledge of other cultures is vitally important and an initial step towards understanding difference is identified as cultural awareness. To progress in your learning to become culturally sensitive, you need to recognise the attitudes, values, beliefs and practices within your own culture so that you can develop insight into your effect on others.

Cultural safety is essential to quality care. Culturally safe behaviour means making decisions based on principles such as social justice and is an outcome of education that enables safe practice *as defined by the patient* (ANMC and Nursing Council of New Zealand 2010). Cultural safety centres on the experiences of the patient and includes acceptance of human diversity (Kikuchi 2005; Schim et al. 2005). The Nursing Council of New Zealand defines cultural safety as 'The effective nursing practice of a person or family from another culture, as determined by that person or family. Unsafe cultural practice comprises any action which diminishes, demeans or disempowers the cultural identity and well-being of an individual' (2009, p. 5). In order to be culturally safe nurses must reflect on their own cultural identity and recognise the impact that their personal culture has on their professional practice.

To be effective in delivering appropriate care to Indigenous people, nurses need:

- awareness of important Indigenous issues, such as cultural differences, specific aspects of Indigenous history and its impact on Indigenous peoples in contemporary society;
- the skills to interact and communicate sensitively and effectively with Indigenous clients;

- the desire or motivation to be successful in their interactions with Indigenous peoples, in order to improve access, service delivery and client outcomes (Farrelly & Lumby 2009).

It is important to recognise that not all Australian Indigenous people are the same or that their culture is the same. There are many Indigenous cultures in Australia and a Torres Strait Islander person, for example, will not speak on behalf of Aboriginal communities from other parts of Australia. Similarly, cultural practices such as 'sorry cutting', a part of the grieving process, is specific to some communities in central Australia. However, not all Aboriginal people or communities do this. While you need to understand a general framework for communicating with Aboriginal people, remember that it will not apply to every Aboriginal person you meet. As a general rule you should mirror the communication behaviour of the Aboriginal person you are talking to, for example. If they look at you directly look at them; if they look away, look away also.

 Coaching Tips

- Reflect on and come to know and understand your own values and culture.
- Consider the assumptions, power imbalances, attitudes and beliefs you hold that are different to those of others.
- Learn about and engage in a social justice agenda.
- Learn about, accept and seek to understand the cultural beliefs and practices of other people.
- Understand that effective communication is essential to culturally safe and competent care, and work to develop these skills (see Chapter 5).
- Be attuned to non-verbal communication (body language), silence and touch.
- Promote cultural safety and team building through open and respectful dialogue.
- Tailor your care to meet patients' social, cultural, religious and linguistic needs as stated by the patient.
- Provide effective nursing care by working in partnership with your patients.
- Use interpreters for care requirements when language barriers are problematic (consider the sensitivity of the information that is being imparted by a third person).
- Accept and value difference and diversity in human behaviour, social structure and culture.

Consider this story: Mrs Mana was a Maori woman who had been diagnosed with lung cancer. She had been admitted to hospital for palliative care. Within a few days the cancerous lesions had grown significantly. She began to experience difficulty in breathing and underwent a procedure to remove fluid from her lung. She found the pleurocentesis (fluid tap procedure) very painful. Her doctor explained that the cancer was extremely fast-growing, and she was offered radiotherapy and chemotherapy. She was advised that these approaches would give her a little more time, but would not save her life.

Mrs Mana considered the treatment options and their associated side effects and discussed the issues with her daughters. Her main concern was the loss of hair that would result from the chemotherapy. Her cultural traditions included the belief that she must die as a whole person. She believed that without her hair she could not be considered to be a whole person. Together with her family's blessing, she declined the treatment that may have afforded her a longer life, so that she could die according to her cultural traditions.

 Learning Activity

What are your thoughts about Mrs Mana's decisions? Consider how your practice would demonstrate cultural safety if you were the nurse caring for Mrs Mana?

3.3 Teamwork

Introducing the concept of 'teamwork' is difficult without resorting to platitudes and rhetoric. No doubt as a student nurse you have heard a lot about teams and the importance of teamwork. You have probably worked hard to make sure that you fit into the team. Before long you will graduate and be called upon to be a team leader. But what does teamwork really mean and what is the secret to successful teams?

Life lessons are often found in nature. The story of geese (author unknown) is a tale that will provide some enlightenment to this sometimes nebulous concept that we call teamwork.

Coaching Tips

Tale 1

By flying in a 'V' formation, a flock of geese achieves a greater flying range than if each bird flew alone. As each goose flaps its wings it creates 'uplift' for the birds that follow.

There is a lot that we can achieve on our own, and even more can be achieved with the help of colleagues. But the power of what can be achieved by a team is quantum. People who share a common direction achieve great things because they are travelling with the trust of one another. The real world of nursing is dynamic and sometimes difficult. Effective teamwork is essential to nursing because it is the support system that 'lifts and carries' us when we struggle. Alone the problems may seem insurmountable; together anything is achievable.

 Coaching Tips

Tale 2

When a goose falls out of formation, it suddenly feels the drag and resistance of flying alone. It quickly moves back into formation to take advantage of the lifting power of the bird immediately in front.

If we had as much sense as geese we'd be willing to stay in formation with those who are headed in our direction, be willing to accept their help and advice and to give our support to others. Giving and receiving help from fellow students and nursing colleagues is what makes a team and makes the impossible seem possible.

 Coaching Tips

Tale 3

When the lead goose tires, it rotates back into formation and another goose flies to the point position.

Don't be afraid to take the lead and to encourage others. Your leadership may be specific to patient care or provide motivation and a positive direction for a study group (for eample).

Coaching Tips

Tale 4

The geese flying in formation honk to encourage those up front to keep up their speed.

Let others know that they are doing a good job or that you appreciate their feedback. Be positive and encouraging.

Coaching Tips

Tale 5

When a goose becomes sick or is wounded, two geese drop out of formation and follow it down to help protect and care for it. They stay with it until it dies or is able to fly again. Then, they launch out with another formation or catch up with the flock.

The act of caring is a wondrous human trait. Reach out to others, and show empathy and support to colleagues and peers.

3.4 Managing conflict

Conflict is inevitable and occurs in every workplace and in any relationship. Conflict is difficult and distressing, but it does provide the opportunity for stimulating discussion and for developing your interpersonal skills. Sometimes conflict arises because of a misuse of power, authoritarian tactics or condescension; sometimes it is the result of a misunderstanding or miscommunication; and at other times it is simply a personality clash.

Coaching Tips

- Ask yourself when conflict occurs if you have done anything to contribute to the situation. Try to be objective and to look at the problem from all sides.

- Keep things in perspective. If the issue is not worth losing sleep over, let it go.
- Confer with the other person in a neutral and private setting (not in the nurses' station).
- Share your thoughts and feelings. Explain the problem from your perspective: 'I feel …', or 'It seems to me …'
- Check your understanding. Listen to the other person's perspective. Try to understand the reasons behind the conflict.
- Look for common ground and attempt a compromise. Pursue a good outcome for all involved. If the other person sees that you are willing to make some changes to achieve reconciliation, hopefully they will meet you half way.
- Try not to become defensive or use personal attacks.
- Use direct confrontation as a last resort.
- Talk to other students about similar experiences and how they handled them.
- Decide upon a course of action. If a satisfactory compromise cannot be reached, you'll need to make a choice. If you decide to yield to another person's decision, do so without self-pity and resentment. If you decide to stand up for your rights, be aware of relevant policies, the appropriate steps to take and who to speak to (e.g., mentors, clinical educators, lecturers or counsellors).

Other considerations

Sometimes other factors affect how you view the situation. Consider whether you or the other person involved are:

- fatigued—have you been taking care of yourself properly; could your tiredness be making you unreasonable?
- stressed—is there something happening in your personal life that is overshadowing your ability to see the situation clearly; has something happened on the ward to make the other person feel stressed (e.g., a patient death or short staffing)?

3.5 Dealing with horizontal violence

Although many nurses may not be familiar with the term horizontal violence (or workplace bullying), most have experienced it (and participated in it) at some time during their career. The concept of horizontal violence or bullying has been discussed in the nursing literature for almost two decades. It is defined as nurses covertly or overtly directing their dissatisfaction towards each other and to those less powerful than themselves (Griffin 2004). In the past it was suggested that because nurses are dominated (and, by implication, oppressed) by a patriarchal system headed by doctors, administrators and nurse managers, nurses lower down the hierarchy of power resort to aggression among themselves (Farrell 1997, p. 482). There are many obvious manifestations of horizontal violence, and others that are quite subtle. You should develop knowledge that allows you to recognize behaviours and organisational structures that may contribute to workplace bullying.

Student experience: I don't want her (Elizabeth's story)

You'd sit there in handover, and the manager of the ward wouldn't allocate you to a registered nurse, so you'd say, 'Who's taking me today?' And they'd sit there for ten minutes arguing and saying, 'I don't want her, I don't want her'—it was really awful. They didn't want us there and they made it really plain that they just had no interest in students. They'd say, 'I don't have time for students' or 'I'm too busy for students' ... and in front of us, too, so it wasn't even diplomatically done.

I can sort of understand that students are hard work, they take time, they take energy, you're busy already, but you know—we've got to learn somehow. And I really didn't learn in that environment, because I felt so unwelcome there I didn't feel comfortable. I felt like if I asked any questions I would just get told to go away.

Each day when I went home, and I thought about going back the next day I just didn't want to. I didn't want to be there. I really questioned whether I wanted to keep going with nursing. I certainly didn't feel like nursing was a good thing in that particular place. And even now I wouldn't want to work in that hospital. And that's almost three years on.

(Levett-Jones & Lathlean 2009)

The ten most frequent forms of horizontal violence (bullying) in nursing (adapted from Duffy (1995) and Farrell (1997)) are:

- non-verbal innuendo (raising of eyebrows, pulling faces);
- verbal affront (snide remarks, abrupt responses);
- undermining activities (turning away, not being available, exclusion);
- withholding information (about practice or patients);
- sabotage (deliberately setting up a negative situation);
- infighting (bickering with peers);
- scapegoating (attributing all that goes wrong to one individual);
- backstabbing (complaining to others about an individual instead of speaking directly to that individual);
- failure to respect privacy;
- broken confidences.

Horizontal violence is one of the most personally troubling experiences for nurses (Griffin 2004). Students undertaking a clinical placement have been identified as a group that is especially vulnerable to horizontal violence. One reason for this vulnerability is their inexperience, which makes their work subject to scrutiny and criticism. Horizontal violence can cause students significant stress, and prevent them from asking questions and feeling as if they fit in. Sometimes registered nurses excuse their behaviour by saying, 'This is how people treated me when I was a student.'

 Coaching Tips

Understanding the origins and extent of horizontal or workplace violence in nursing will help you to realise that you are not to blame and that you should not take it personally. Universities and healthcare institutions have policies and procedures for dealing with workplace issues. Staff are also designated for you to turn to for advice and support. It is important that you do not 'suffer in silence' if you observe or experience this type of behaviour. It is also important that you learn how to break the cycle of horizontal violence by confronting the situation rather than trying to ignore it. Confrontation is difficult but often results in the resolution of the bullying behaviour.

3.5.1 How to confront horizontal violence

Here are some examples of how to confront horizontal violence (adapted from Griffin 2004):

Action: Non-verbal innuendo (raised eyebrows, face pulling)

Response: 'I sense from your facial expression that there may be something you wish to say to me. It is fine to speak to me directly.'

Action: Verbal affront (snide remarks or abrupt response)

Response: 'I learn best from people who can give me clear and complete directions and feedback. Could I ask you to be more open with me?'

Action: Backstabbing

Response: 'I don't feel comfortable talking behind his/her back.' (Then walk away.)

Action: Broken confidences

Response: 'I thought that was shared in confidence.'

Appropriate behaviours for health professionals (adapted from Chaska 2000):

- respect the privacy of others;
- be willing to help when asked;
- keep confidences;
- work cooperatively despite feelings of dislike;
- don't undermine or criticise colleagues;
- address colleagues by name, and ask for help and advice when needed;
- look colleagues in the eye when having a conversation;
- don't be overly inquisitive about other people's lives;
- don't engage in conversation about a colleague with another colleague;
- stand up for colleagues in conversations when they are not present;

- don't exclude people from conversations, or social and workplace activities;
- don't criticise publicly.

3.5.2 Anger and aggression by patients

Occasionally workplace violence is directed at staff by patients. It is important to recognise signs in patients that may help predict violent episodes; these include:

- a display of anger;
- rapid speech;
- angry tone of voice;
- fidgeting;
- demanding attention;
- aggressive statements or threats;
- clenched fists, pacing and a tense posture.

(Hegney et al. 2010; Chapman & Styles 2006; Farrell 1997)

3.6 Dealing with sexual harassment

Some authorities contend that the nursing profession has one of the highest rates of sexual harassment (Madison & Minichicello 2001). Sexual harassment is perpetuated by both staff and patients and comes in many guises. Many people tolerate it, some hardly notice it and some find it amusing in small doses and even laugh about it.

Stereotypical images of nurses have played a contributing part in sexual harassment. Media images of nurses are improving, but in the past nurses were often stereotyped as being flirtatious and sometimes sexually promiscuous. Male nurses have been stereotyped too. They are sometimes victimised for doing what for years was considered to be 'women's work'.

What one person interprets as sexual harassment can be considered by another as a 'bit of harmless fun'. Harassment can run the gamut from offensive jokes or sexual comments to inappropriate touching. Sexual assaults are rare but do occur. The overwhelming majority of sexual harassment cases are between male patients and female nurses (Hamlin & Hoffman 2002). Such harassment creates tension for nurses, who must walk a fine line between meeting their professional responsibilities to patients and protecting themselves.

3.6.1 What is sexual harassment?

Sexual harassment is characterised by conduct of a sexual nature that is unwanted and unwelcome to the receiver. Conduct is considered unwelcome when it is neither invited nor solicited, and the behaviour is deemed offensive and undesirable. Sexual harassment in the workplace is an unlawful exercise of power where the harasser uses his or her authority or power to belittle, intimidate or humiliate (Hamlin & Hoffman 2002).

Harassing behaviours may include:

- verbal sexual advances determined by the recipient as unwelcome;
- sexually oriented comments about someone's body, appearance and/ or lifestyle;
- offensive behaviour, such as leering, ridicule or innuendo;
- display of offensive visual materials;
- deliberate unwanted physical contact.

(Gardner & Johnson 2001)

 ## Coaching Tips

As a nurse you should be vigilant against sexual harassment. If someone speaks or acts inappropriately towards you this is what you can do:

- Recognise the behaviour.
- Don't blame yourself.
- Keep a diary of what has happened.
- Tell the person involved that you are uncomfortable with this behaviour and that it offends or scares you. Some people do not realise the effect of their behaviour and are genuinely horrified when they are told that their actions are perceived to be harassing when they thought they were being friendly or amusing. Offenders need to understand that is it not what they intended that matters, but how they are perceived.
- Remove yourself from the situation if possible. If a person seems to be targeting you inappropriately, ensure that you are never alone with them.
- Give no encouragement. If someone is harassing you, don't respond to them. Do not engage in friendly banter.
- Confide in your clinical facilitator and/or a colleague if you think someone is harassing you, even if it is only minor pestering.
- Know the policies and procedures of the educational and healthcare institutions about harassment.
- If the situation escalates, report the offender to your educator, mentor or nursing unit manager who can take appropriate action.
- If a patient speaks to you or touches you inappropriately, challenge the person immediately in a firm, clear, loud voice for other people to hear. If the harassment continues, you can ask to have another nurse stand by in the patient's room, or refuse to care for the patient. *Regardless of what you do, you should report the behaviour to a superior.*

Remember that sexual harassment is against the law. All educational and healthcare institutions have policies to protect against sexual harassment. Do not tolerate it (or perpetuate it) in any form.

3.7 Taking care of yourself

Nursing students are a healing presence to others. It is essential that you care for yourself to enable you to continue to care for others and to practise safe nursing (Stark et al. 2005). The Australian Nursing and Midwifery Council (ANMC) National Competency Standards stipulate that you should 'consider individual health and well-being in relation to being fit for practice' (ANMC 2006, p. 3). Caring for yourself requires that you proactively adopt healthy lifestyle choices. Practising a healthy lifestyle will enable you to cope with the demands of nursing. You are responsible for your own health, and a holistic assessment of your health and well-being will help you to identify your needs and any problems that require a change in lifestyle or a review of your ability to practise nursing. Equip yourself with knowledge about health and wellness. Select appropriate strategies and commit to making healthy choices. Caring for yourself needs to be a priority before you can care for others.

One area that students often struggle with is maintaining adequate rest and sleep patterns. Fatigue causes many of the same symptoms as those caused by a raised blood alcohol (e.g., being 17 hours sleep-deprived equates with having a 0.05 blood alcohol concentration) (Australian Transport Safety Bureau 2010). This makes you unsafe to practise. If alcohol consumption and fatigue are both present then your symptoms are intensified. The only real cure for tiredness and sleep deprivation is, of course, sleep, with adults needing approximately six to eight hours of quality sleep each 24 hours (Cliff & Horberry 2010).

 Coaching Tips

- Eat well, get enough rest and sleep, exercise regularly and be kind to yourself. Take a few minutes each day just to reflect and dream in solitude. Take this time to renew yourself physically, mentally, emotionally and spiritually. Private time is not a luxury—it is a necessity.

- Keep your body hydrated, especially during busy shift periods.

- Assess your own health and set up a personal plan that addresses your needs and problems. Seek professional health advice as necessary—many gyms will assist you with health advice.

- Ensure that you are familiar with the immunisation requirements for practice. Most educational institutions require you to provide evidence of having complied with these requirements before you are authorised to begin your clinical placements.

- Manual handling injuries are one of the most common reasons for nurses' absenteeism. It is vitally important that you learn safe patient-moving techniques and practise these at all times.

- You'll learn a lot about infection control during your studies. Remember that infection control protects both your patients and you!

- Learn to say no to people who put excessive demands upon you. Learn to say yes to activities you really enjoy.

- Develop time-management skills to help you juggle study, friends, family and work. Prioritise and don't leave things to the last minute (the extra stress is just not worth it).

- Implement strategies to lessen the effects of lifestyle and work stressors. Try to eliminate as many of these stressors as possible.

- Practising one or more mind–body therapies is an effective self-care strategy to help restore peace and balance. Learn how to engage in mindfulness meditation, a technique for promoting relaxation and improving focus and clarity of mind. It has been reported to reduce stress, burnout anxiety and depression, and increase concentration, and memory (Wahbeh et al. 2008).

- Set up support networks with colleagues for clinical placements. These can include childcare support networks, travel groups and study groups.

- Seek professional and academic advice about the impact that a disability may have on your practice or your learning. Most universities have disability officers who can provide support and advice, whether your disability is new, temporary or permanent.

3.8 Advocacy

Patient advocacy is an essential responsibility for all health professionals—it is no less an obligation for students. To be an advocate means that you empower and uphold the rights and interests of others. Patient advocacy is defined as 'defending the rights of the vulnerable patient, or acting on behalf of those unable to assert their rights' (Thompson et al. 2000, p. 20). The demonstration of competent practice requires nurses to 'advocate for individuals/groups when rights are overlooked and/or compromised' (ANMC 2006). Ways to advocate for and to empower others include:

- informing a patient of her or his rights;
- helping a patient to explore options;
- helping patients to help themselves;
- speaking on behalf of a patient (if and when requested);
- assisting patients to express their views clearly and confidently;
- investigating and following up on complaints.

3.8.1 Student advocacy

As well as acting as advocate for others, you may require an advocate your-self at times during your nursing career. In some circumstances your clinical educator may be able to advocate on your behalf, or your lecturer may be the person who can best represent your interests. Do not hesitate to request this type of support. You should also be aware that there are professional advocates available, and a search of websites (e.g., student unions the types of professional groups, and nurses' associations) will identify services available.

Coaching Tips

- Identify the essential human rights that a nurse must respect in order to be a patient advocate.

- Identify your responsibilities as a patient advocate.

- Carefully gather relevant information related to the situation and patient before addressing an issue. Try to stand back and analyse all issues objectively.

- Empower patients to self-advocate rather than taking over (that is, allow patients to ask their own questions of members of the interdisciplinary healthcare team). Perhaps set the scene so that patients are able to ask their questions or suggest they write their questions down before a consultation.

- Provide patients with information that enables them to make informed decisions.

- Identify the most appropriate person to speak on your behalf should you need an advocate.

3.9 **Best practice**

Something to think about

Often when we visit students on a clinical placement we ask them questions like 'What are you doing?', 'Why are you doing it?', 'Why are you doing it that way?' and 'Is there a better way?' We're always thrilled if they can provide evidence-based justification for their practice. Too often nursing care is based upon little more than tradition or authority. Let us explain.

As a nursing student you will learn how to practise nursing, and some (hopefully most) of what you learn will be research-based. Millenson (1997) estimates, however, that 85 per cent of healthcare practice has not been validated scientifically. Nursing practice relies on a collage of information sources that vary in dependability and validity, and some sources of evidence and knowledge are more reliable than others (Dawes et al. 2005).

3.9.1 Sources of evidence and knowledge

Tradition

In the nursing profession certain beliefs are accepted as facts and certain practices are accepted as effective, based purely on custom and tradition (the way we've always done it). These traditions and customs may be so entrenched that their use and usefulness is not questioned or rigorously evaluated. It is worrying when 'unit culture' (the way it is done here) determines the way practice is undertaken, rather than basing clinical judgements on the best available evidence.

Authority

Another common source of knowledge is an authority figure, a person with specialised expertise and/or in a position of authority. Reliance on the advice of authority figures, such as nursing managers, educators or academics, is understandable. However, like tradition, these authorities as a source of information have limitations. Authorities are not infallible (especially if their knowledge is based mainly on personal experience), yet their knowledge often goes unchallenged.

Clinical experience

Clinical experience is a familiar and important source of knowledge. The ability to recognise regularities and irregularities, to generalise and to make predictions based on observations is a hallmark of good nursing practice. Nevertheless, personal experience has limitations also. Individual experiences and perspectives are sometimes narrow and biased.

Intuition

Nurses sometimes rely on 'intuition' in their practice. Intuition is a form of knowledge that cannot be explained on the basis of reasoning or prior instruction. Although intuition and 'hunches' undoubtedly play a role in nursing practice, it is inappropriate to depend solely on these feelings alone as a source of evidence for practice.

Trial and error

Sometimes we tackle problems by successively trying out alternative solutions. While this approach may be practical in some cases, it is often fallible and inefficient, to say nothing of the ethical implications of trial and error in clinical practice. This method tends to be haphazard, and the solutions are often idiosyncratic.

Assembled information

In making clinical decisions, healthcare professionals may use information that has been assembled for various purposes. For example, local, national and international benchmarking data provide information on the rates of various procedures and/or related complications (such as hospital-acquired infections). Risk-management data, such as critical incident reports and medication error reports, can be used to assess and measure improvements in practice. However, they do not always provide the actual information needed to implement improvement.

Evidence-based research

Nurses are increasingly expected to adopt an evidence-based practice approach, which can be defined as the use of the best clinical evidence available to inform patient care decisions. Evidence from rigorous studies constitutes the best type of evidence for underpinning nurses' decisions and actions. Nursing care that is based upon high-quality research evidence is more likely to be cost-effective and result in positive outcomes (Joanna Briggs Institute 2004).

The need for evidence to support practice has never been greater. The knowledge on which nursing care is based is constantly changing and some of what you are taught in your nursing program will rapidly become obsolete. The volume of literature available to nurses is too large to stay continually up-to-date, and transferring this research evidence into practice is sometimes difficult. For a nursing student, finding the best evidence for practice may seem daunting.

Fortunately, a lot of research has already been conducted, systematically reviewed and critically appraised. Websites such as that of the Joanna Briggs Institute, among others, provide research for practice in easy-to-understand formats, such as systematic reviews and best-practice information sheets. These documents provide a summary of the best available evidence. Ask your librarian for advice about the best websites for accessing this type of quality research information.

 ## Something to think about

Every time you undertake nursing care or make a clinical decision, your action is based on something. It may be something that you have heard or read, or what your intuition tells you is the right thing to do. It is your professional responsibility to ask, 'How do I know that this is really the most accurate decision or action?' Some practices that are based on information other than research are simply not the best way of doing things.

Learning Activity

Consider some of the procedures that you perform on a clinical placement. Where did the knowledge on which you base your practice come from? Are you sure that your practice is evidence-based? Review websites such as the Joanna Briggs Institute and the Cochrane Collaboration to access evidence based resources:

http://www.joannabriggs.edu.au/about/home.php
http://www.cochrane.org

3.10 **Practice principles**

The performance of any nursing skill or procedure is informed by guiding practice principles. From these principles, behaviours can be generated for each nursing skill. The integration of knowledge (theories, concepts, rationales, evidence) within each practice principle forms the foundation of the behaviours for the nursing skill. You can use practice principles as a tool to reflect critically upon your nursing. A set of behaviours for each nursing skill (e.g., showering, wound care, assessment of vital signs) can be generated using practice principles.

Table 3.2 identifies a core set of principles that applies to any nursing skill undertaken.

Learning Activity

1. Select one nursing activity you are familiar with (e.g., temperature measurement, blood-pressure measurement or showering a patient). Beside each guiding principle in *Table 3.2* list the behaviours that you would undertake to perform the selected procedure competently. Be specific in describing your actions. To facilitate your learning, cross-check your behaviours with a basic or fundamental nursing text that describes nursing skills.
2. For each principle develop a list of learning issues (knowledge, concepts, research, theories, rationales, etc.) for follow-up that will allow you to expand your knowledge associated with the selected skill.

Table 3.2 Practice principles

GUIDING PRACTICE PRINCIPLE	EXAMPLES OF BEHAVIOURS UNDERTAKEN AND INFORMED FROM PRACTICE PRINCIPLES	KNOWLEDGE (E.G., THEORIES, CONCEPTS, RATIONALES, EVIDENCE)
Establishment of a need	• Assessment of health status • Monitoring changes in the patient • Implementing patient treatment orders (e.g., medication is due)	• Normal health status • Anatomy and physiology • Pharmacokinetics • Medication administration
Establishment of a state of readiness for nurse, patient and equipment	• Explanation to the patient • Checking to make sure the patient has time for the procedure (e.g., patient is not scheduled for an X-ray) • Collection of equipment required • The nurse identifies that the necessary support is available for the procedure (e.g., personnel to help with positioning or to check medications)	• Communication • Time management • Understanding hospital processes • Knowledge about resources and equipment necessary for undertaking the procedure
Maintenance of patient safety and comfort	• Hand-washing technique (social and/or surgical washes) • Providing pain relief before the start of a procedure • Positioning the patient before undertaking the procedure	• Asepsis • Infection control • Pain • Pharmacology • Body alignment

Prevention of untoward outcomes	• Providing assistance to the patient as necessary • Completing the procedure (removal of rubbish to prevent cross-infection)	• Respect • Cross-infection
Assessment of patient's participation	• Assessing and/or encouraging the patient to participate • Encouraging self-care • Providing patient education to promote patient participation in health goals	• Motivation • Assessment of health • Self-care • Patient education • Health • Goal setting • Ethics
Evaluation of the activity in terms of effectiveness and appropriateness	• Assessment of patient and monitoring changes during and following the procedure (e.g., side effects of drugs) • Evaluation of patient (e.g., comfort)	• Assessment • Health status • Normal structure and function • Pharmacology • Comfort • Caring
Accuracy of reporting and recording	• Reporting outcomes (e.g., handover report) • Recording data and procedure undertaken (i.e. nursing notes)	• Reporting • Recording • Legal considerations • Communication

Adapted from Andersen (1991).

3.11 **Clinical governance**

Clinical governance is a systematic approach designed to improve and maintain safety and quality in healthcare (Sorensen & Iedema 2008; Wolff & Taylor 2009). It is a fundamental principle that encourages openness about strengths and weaknesses, and incorporates the need to be proactive in order to improve practice (Braithwaite & Travaglia 2008; Duffy & Irvine 2004; Greco et al. 2004). Clinical governance requires accountability and responsibility for quality care (Tait 2004). Clinical governance is about having the right people, policies, processes and information to be effective in delivering healthcare.

Many quality-improvement strategies are implemented in the clinical environment. You may be involved in initiatives such as clinical handover, projects chart audits and staff development activities, where clinical governance frameworks are used as a coordinating mechanism for quality.

The guiding principles of clinical governance include (Tait 2004):

- a focus on continuous quality improvement;
- application to all facets of healthcare, across all service areas and models of practice, and inclusive of all healthcare providers through teamwork and sharing;
- development of partnerships between all people involved (patients and their families, managers, clinicians, students);
- involvement of patients and the public;
- learning from mistakes;
- openness about failure;
- emphasis on learning;
- development of a just culture in which individuals are treated fairly.

During clinical placements you will find evidence of clinical governance principles being implemented and will certainly be involved in different strategies. Each institution will interpret the principles differently and will implement strategies that have meaning and relevance to patients, the community and staff in that facility. For example, there may be systems and infrastructures implemented to ensure quality of care; a set of guidelines or standards that you will be required to use; and mechanisms for data collection so that analysis and reports about care provision and services can be generated. In some cases these reports are linked directly to funding for the institution.

Some examples of clinical governance include:

- management of serious complaints;
- performance reviews;
- clinical audits;
- management of incidents and accidents;

- critical incident review;
- clinical practice improvement programs (e.g., care pathways, standard setting);
- education, training and staff development programs;
- accreditation and external quality reviews;
- benchmarking processes;
- policy generation.

 Coaching Tips

- understand the principles of clinical governance;
- discuss with members of the interdisciplinary team their understanding of clinical governance principles and how the principles contribute to sharing information and care provision;
- actively contribute to strategies that support clinical governance frameworks;
- reflect upon the shared beliefs and values of the interdisciplinary team and analyse these in regard to the culture of the clinical learning environment;
- continually re-evaluate your own practice through reference to standards, codes, evidence-based practice, policy and legislation.

3.12 Patient safety

Patient safety is defined as actions undertaken by individuals and organisations to protect healthcare recipients from being harmed by their healthcare (The National Patient Safety Foundation 2008). A clear understanding of the key concepts of patient safety and how they are part of everyday work in healthcare is critical in providing safe care. Healthcare workers are committed to their patients and continually strive to improve their service and provide high-quality care to all patients. The ANMC National Competency Standards for the Registered Nurse (ANMC 2006) identifies that competent nurses:

- recognise and respond appropriately to unsafe or unprofessional practice;
- participate in quality-improvement activities;
- respond effectively to unexpected or rapidly changing situations;
- facilitate a physical, psychosocial, cultural and spiritual environment that promotes individual and/or group safety and security.

The ANMC Code of Ethics for Nurses in Australia identifies in Value Statement 6 that nurses value a culture of safety in nursing and healthcare.

However, contemporary practice environments are dynamic, unpredictable and reactive. Increasing numbers of adverse patient outcomes are evident in Australia and internationally (Levett-Jones et al. 2010). Hospitals have a growing proportion of patients with complex health problems who are more likely to be or become seriously ill during their admission (Bright et al. 2004). Although warning signs often precede serious adverse events, there is evidence that 'at-risk' patients are not always identified; and even when warning signs are identified they are not always acted on in a timely manner (Thompson et al. 2008).

Bogner (1994) identified some of the factors that may influence errors in healthcare as:

- inadequacies in design of device or setting (e.g., ward layout, poorly functioning equipment, medication labelling);
- environmental factors (e.g., stress, workload, tiredness, skill mix);
- cognitive errors of omission or commission precipitated by:
  - inadequate knowledge;
  - inappropriate processing of information (clinical poor reasoning);
  - situational factors (distractions, interruptions, healthcare hierarchies, etc.);
  - ineffective leadership and teamwork;
  - poor communication (written ,verbal, telephone, electronic, inter-professional, intra-professional and with patients and/or carers);
  - inappropriate or outdated policies (e.g., patient transfer, admission, paediatric);
  - failure to comply with policies.

 ## Something to think about

When a swimmer goes to the beach in Australian there are clear symbols of safety—the highly visible red and yellow flags—which not only denote where it is safe to swim but also indicate that there is a team on duty to safeguard ones' well being. There has not been a drowning death between the flags on a New South Wales (NSW) beach with lifesavers on duty since Surf Lifesaving Australia began their regular patrols in 1935—a truly enviable record. Of those drowning deaths that have occurred on NSW beaches almost all have occurred on average 1–5 km away from patrolled beaches. This symbolism resonates well with clinicians concerned with the recognition and management of the deteriorating patient and system-wide issues in health care. In the hospital setting, the flags are not always clearly visible and the team and rescue mechanisms not always defined; and patients can die very close to the help they need. We know if a patient is in a 'safe zone' when we measure their vital signs. The indicators of safety or danger for patients—flags—are the observation of their vital signs and clinical condition. The clinical and ancillary staff are the team on duty to ensure the well being of patients—they are our lifeguards.

(Clinical Excellence Commission 2008).

Vanessa's story

It is easy to become complacent about patient safety. Healthcare statistics and the media too often depersonalise the real and tragic stories that lie beneath the numbers and the headlines. As nurses we are committed to person-centred care and for this reason we now share with you one family's, one person's story ... that person is Vanessa Anderson. We are compelled to tell this story for many reasons. However, the two quotes below illustrate why we have included Vanessa's story in our book:

'The death of Vanessa Anderson at the very young age of 16 years was a tragic and avoidable death ... the circumstances of Vanessa's death should constantly remain in the forefront of the minds of all medical practitioners, nursing staff and hospital administrators. Vanessa's case should be used as a precedent to highlight how individual errors of judgment, failure to communicate, failure to record accurately and poor management of staff resources, cumulatively led to the worst possible outcome for Vanessa and her family.'

(Magistrate Milovanovich, NSW Deputy State Coroner, Decision handed down at Westmead Coroners Court on 24 January 2008.)

In an interview, Vanessa's father Warren also expressed why it is so important to learn from Vanessa's death, 'I look at a photo [of Vanessa] and ... I couldn't live with the fact that Vanessa's, that her life, has meant no change or no meaning' (Stateline, ABC 2007).

The following account is taken from: Magistrate Milovanovich, NSW Deputy State Coroner, Decision handed down at Westmead Coroners Court on 24/1/2008.

Vanessa Anderson was born in 1989. She lived with her parents, Warren and Michelle Anderson and her brother (her sister having left home previously). Vanessa enjoyed good health, the only known medical condition being a history of asthma. On Sunday 6th November 2005, Vanessa was competing in a golf tournament. On the 5th hole, after hitting her shot she walked in the direction of where she believed her ball was and while searching was struck by a golf ball on the right side of her head behind her ear. Vanessa was conscious, but disoriented when she was first attended to by ambulance officers on the golf course. She was taken to Hornsby Hospital where a scan was conducted. Vanessa had vomited several times on route and at the hospital. Vanessa was transferred to Royal North Shore Hospital (RNSH) at 1pm where she was admitted. She was diagnosed as having a closed depressed right temporal skull fracture with temporal brain contusions. On the basis of her Glasgow Coma Score (GCS) the neurosurgical fellow classified Vanessa's head injury as mild. He then telephoned the on-call consultant neurosurgeon to advise him of Vanessa's condition but told him that she would be transferred to Westmead Children's Hospital. He did not subsequently advise the consultant that Vanessa had in fact been admitted to an adult ward at RNSH.

On Monday 7th November at 8.30am a senior medical resident, an intern on her first day in the neurosurgical unit and a Nurse Practitioner conducted a ward round. The senior medical resident was in charge of the ward on that day as the two neurosurgical registrars were in Melbourne attending a training seminar. This was the first time the resident had been in charge of a ward. The only registrar available in neurosurgery was operating from 8am–5pm that day.

During the round the senior medical resident determined that Vanessa's GCS was 15 and changed Vanessa's drug regime from Tramadol to Codeine Phosphate. The intern was responsible for making notes in Vanessa's medical records. The notes she made were inadequate and did not include the author of the notes, the results of the physical examination and ward round attendees.

At approximately midday, the consultant neurosurgeon attended the ward and was told that Vanessa had been admitted under his care. He was unhappy about the poor communication, which meant he had only just become aware of Vanessa's admission. He discussed the results of a second CT scan that had been taken earlier that day at RNSH (the one taken at Hornsby had not been sent to RNSH). He formed the view that Vanessa most likely had dural lacerations with bone fragments within the brain itself. He diagnosed Vanessa as having a mild head injury.

Early in the afternoon of 7th November, in response to Vanessa's ongoing pain, the medical resident prescribed Panadeine Forte (two tablets four times a day), and Endone (5 mg six times a day, PRN).

Between 4.30pm and 5.30pm, an anaesthetic registrar reviewed Vanessa for a preoperative anaesthetic consultation. In response to Vanessa's severe pain, she increased the dose and frequency of the Endone order to 5–10 mg, three hourly. She did not record a maximum dose. She was not aware that Vanessa was charted to receive regular Panadeine Forte; she read the medication chart as Panadeine. Panadeine contains 8 mg of codeine and Panadeine Forte 30 mg. The anaesthetic registrar did not discuss or seek the input of the neurosurgical team regarding her prescription. That evening Vanessa was given two Panadeine Forte tablets at 7pm and 12am. She was also given 10 mg of Endone at 8pm and 11pm.

At 1am on the morning of Tuesday, 8th November 2005, Vanessa buzzed for assistance. The nurse who responded to Vanessa observed that she could not move, and sounded distressed. She lifted Vanessa's arm and it fell down limply on the bed. The nurse took some observations (noting no shaking or stiffness, that Vanessa's breathing was normal, she was warm to touch and of normal colour). She did not check Vanessa's movement in her lower limbs. Had she conducted a GCS examination at this time, Vanessa would have scored below 5, signaling that emergency medical intervention was necessary. However, she did not believe Vanessa was in immediate danger, and thought she may have had a bad dream.

Later the nurse returned to Vanessa and performed a set of neurological observations, including calling Vanessa's name, asking if she was okay (to which she responded 'yes'), requesting her to lift her arms and push her feet against the nurse's hands. Vanessa could do all these things, and the nurse felt that the earlier event was not clinically significant, and it confirmed her initial idea that Vanessa was having a bad dream. The nurse did not record the events in Vanessa's medical notes.

At 2am Vanessa went to the toilet and was given a further 10 mg of Endone by the nurse (who later admitted that the dosage of 5–10 mg Endone three hourly struck her as unusual and it was rare for this order to be charted in conjunction with regular Panadeine Forte).

Vanessa's observations were due again at 4am; however, the nurse decided not to do these observations because Vanessa had been neurologically unchanged when she conducted the observations at around 2am. Vanessa's father, Warren Anderson arrived on the ward at around 3.45am and sat in Vanessa's darkened room and fell asleep. At around 5.30am, the nurse entered Vanessa's room and found her unresponsive. An emergency was called and CPR administered. Vanessa was pronounced dead at 6.35am.

Formal Finding

Vanessa Anderson died on the 8th November 2005 from a respiratory arrest due to the depressant effect of opiate medication.
At the inquest the Coroner stated that:

If one had sat down and planned the worst possible case scenario for Vanessa from the time she was struck by the golf ball, it could not have been done better. Every conceivable factor appeared to be favoured against her. The chronology of those factors include:

- indecision as to whether Vanessa should be admitted to RNSH, Westmead or another hospital,
- failure to communicate to the consultant that Vanessa was admitted under his care,
- a shortage of neurosurgery registrars on call on 6/11/2005 due to a training course in Melbourne,
- the neurosurgical fellow was also performing registrar duties and was over burdened with work and tired; he considered but did not prescribe anti-convulsants,

- the senior neurosurgical resident at the time had only worked in the neurosurgery unit for 2 weeks,
- the intern was on her first day in the neurosurgical unit,
- record taking and clinical notes were either non-existent or deficient
- the consultant's directive to chart and administer Dilantin was not followed,
- concerns raised by Mrs Anderson regarding side effects of Dilantin were not communicated or further advice sought from the consultant
- failure by the anaesthetic registrar to identify that Vanessa had been chartered Panadeine Forte instead of Panadeine,
- failure by the anaesthetic registrar to consult the consultant in regard to increased analgesia,
- failure to conduct neurological examinations as per the set time frames,
- the wisdom of placing Vanessa in a room furthest away from the nurses' station,
- failure to record and report what may have been a significant event at about 1am on 8/11/05.

When reading the Coroner's report it becomes apparent that a number of system errors and human errors led to Vanessa's death. It is also apparent that, at almost any stage, had one of the health professionals who cared for Vanessa acted differently, she may still be alive. We share this story with you so that you will always remember that (a) 'patient safety is everybody's business' (National Patient Safety Education Framework 2005), and (b) the knowledge and skills you acquire during your undergraduate studies will have direct impact on patient safety.

 Coaching Tips

Learn all you can about patient safety and your role in preventing adverse patient events. Review Reason's (1990) 'Swiss Cheese Model' of healthcare errors and begin to study the factors that impact on patient safety and how they can be prevented or managed. When you observe or are involved in a healthcare error carefully consider the factors that precipitated the error and how it could have been prevented

In Chapter 4 we introduce you to how critical thinking and clinical reasoning can have a positive impact on patient outcomes and you can also access the following web sites for further information about patient safety initiatives:

- The NSW Clinical Excellence Commission http://www.cec.health.nsw.gov.au/
- The Australian Commission for Quality and Safety in Health Care http://www.safetyandquality.gov.au/

3.13 **Clinical learning objectives**

 Something to think about

Unless you try to do something beyond what you have already mastered, you will never grow.

Ralph Waldo Emerson (1803–1882)

When on a clinical placement your learning will be both opportunistic and structured. In this section we talk about how clinical objectives help to provide structure and direction to your learning experience. In some ways a set of clinical objectives is like a well thought out itinerary. It guides your clinical journey, keeps you focused on the most important areas and can be used to communicate to others (e.g., clinical educators and mentors) what you hope to achieve and where your interests lie. Your clinical objectives may be prescribed or you may be required to develop your own relevant to your context of practice. Either way they should align with the ANMC competency standards and be SMART (Fowler 1998):

S   Specific
M   Measurable
A   Achievable
R   Realistic
T   Timely

Learning objectives help you become a safe, effective, competent and confident registered nurse. Your objectives will become progressively more sophisticated as you proceed through your program and each semester they will build upon and consolidate what you have already learnt.

 Coaching Tips

When developing your clinical learning objectives you should consider these questions:

- What do you want to learn (objective)?
- Why do you want to learn it (rationale)?
- How are you going to learn it (strategy)?
- How are you going to prove that you have achieved your objective (evidence)?

An example of a clinical objective

Objective. To become competent and confident in assessing, interpreting and responding to changes in a person's neurological observations and determining whether they fall within normal parameters for the individual.

Rationale. Neurological assessment is a vital nursing skill and an important indication of a patient's health status.

Strategy. I will research best-practice guidelines regarding neurological assessment, practise the skill in the clinical laboratory on campus and on placement, improve my interpretation of the pattern and trend of neuro-logical observations, and ask for feedback from my mentor and educator.

Evidence. When I feel competent and confident I will (a) ask my clinical educator to assess my ability to articulate how to assess alterations in neu-rological status, and interpret the meaning of such assessment and (b) conduct a neurological assessment to confirm my achievement of this objective.

Developing learning objectives will require you to reflect upon your previous clinical experiences and review your strengths and limitations. Read about reflective practice and the importance of seeking feedback in Chapter 4 before you begin to develop your objectives. You will also need to be self-directed and insightful in order to develop objectives that are meaningful and relevant to your stage of development. Use the ANMC National Competency Standards for the Registered Nurse (ANMC 2006) as a benchmark to help you analyse what you already know and can do, and where you need to focus, consolidate, develop and improve. Also con-sider the context of your placement and your scope of practice (see Chapter 1). There is no point in having the objective 'develop knowledge and skills in the management of a central line' if you are a first-year student about to begin a placement in an aged care facility. Remember also that your clinical objectives should focus on the development of knowledge, skills *and* attitudes.

Finally, it is wise to discuss your objectives with your clinical educator or mentor, who will be able to determine if your objectives meet the SMART criteria listed above. It is important to know early on in a placement whether or not your objectives are realistic for your level of experience, and if you'll be able to achieve your objectives in a particular unit, with a particular patient mix and within a specific time frame. Don't be surprised if your objectives need to be amended slightly.

3.14 Student assessment

The clinical learning environment is an important component of formal learning, and assessment of student clinical performance forms an essential part of the teaching–learning process (Santy & Mackintosh 2000; Watson et al. 2002). Ongoing assessment throughout a placement allows you to gain a sense of achievement, to gauge your progress and to appreciate your ability to practise.

Various forms of clinical assessments are used in practice. Some assessments are designed to provide you with ongoing feedback, others determine your competence (perhaps in performing a nursing skill) and some may provide a measure of your skills or knowledge based on a set of criteria (Fisher & Parolin 2000; Goldsmith et al. 2006; Watson et al. 2002). The *ANMC National Competency Standards for the Registered Nurse* (ANMC 2006) underlies many assessments related to clinical (and on-campus) performance. You may be required to complete a self-appraisal of your performance or undergo peer assessment before your mentor assesses you. Other examples of clinical assessments include:

- Undertaking patient-transfer techniques with your clinical educator, who will complete a feedback sheet that becomes a critical element for your portfolio submission. A self-assessment of your transfer technique may also be needed for the portfolio.
- Attending to a set of nursing care procedures under supervision, which may then be rated according to best-practice guidelines.
- Collecting data that will form the basis of an assessment item, such as the direct observation of wound healing.

For some assessments, your institution may require you to be assessed by a person who is qualified to assess you (i.e., your clinical educator or an appropriately approved assessor). For other assessments, it may be that the person you are working with (your mentor) would be the most appropriate person to assess you. When you inform your facilitator or mentor of your learning objectives at the beginning of the placement, you should also include required assessments. Remember that care requirements for patients are always paramount and your need to complete an assessment must not compromise the health or welfare of a patient. You should also be considerate of staff workloads and other pressures (Edmond 2001).

There are many competing needs in a clinical learning environment and you should focus on the broader picture rather than your personal needs for assessment only. On some placements there may be situations or issues that make it difficult for you to undertake your required assessments. Examples of these may include constraints imposed by:

- limited opportunities in the clinical learning environment for you to undertake the assessment (e.g., intramuscular injections);
- when your mentor or facilitator is unable to assess you because of the competing demands of others (e.g., patient-care demands or other students);
- when the number of student assessments to be undertaken does not allow all students the opportunity for practice or supervision;

- when some students require more supervision than others and there is an inequitable time given to other students;
- when students are too slow because they have not taken the time to practise the procedures before their clinical placement.

Coaching Tips

- Discuss assessment requirements with your facilitator or mentor early in the placement. You may find that this facilitates processes and relieves pending anxiety.

- Communicate any difficulties you perceive about meeting the assessment requirements to the appropriate person (this may be the clinical educator, lecturer or registered nurse) as soon as you identify them.

- As with all nursing care, the principles of safe practice must be integrated into your assessment.

- Know and use the ANMC (2006) or Nursing Council of New Zealand (2007) competency standards to inform your practice.

- Take advantage of practice opportunities on campus (such as laboratory and simulation sessions) to ensure that you are ready for assessment when on clinical placements.

3.15 Giving and receiving gifts

In this section we focus on giving and receiving gifts, which has the potential to be a boundary violation for nurses (see Chapter 4 for a general discussion of boundary violations). While society views gift-giving as a normal occurrence to show appreciation, giving or receiving gifts in the context of the nurse–patient relationship has the potential to invoke emotional discomfort and embarrassment, and to compromise a relationship where trust, rapport and the power balance may be open to exploitation.

Patients often express their gratitude by giving a small gift at the end of their stay. This type of gift is usually given to one nurse, but is accepted on behalf of the team. It may take the form of tokens such as flowers, chocolates or fruit, which are left at the nurses' station for sharing. Boundary violations can be avoided by declining a personal gift and accepting the gift on behalf of the team.

The ANMC and Nursing Council of New Zealand guiding principles for safe and professional practice state that 'nurses recognise that involvement in financial transactions (other than in a contract for the provision of services) and the receipt of anything other than 'token gifts' within professional relationships is likely to compromise the professional relationship' (ANMC and Nursing Council of New Zealand 2010, p 6).

In regards to gifts consider the:

- timing of the gift in relation to the patient-care episode (before, during and after care is provided);
- intent of the gift and any expectation of different care being provided as a result of the gift;
- potential consequences of accepting or refusing the gift, such as family responses or any emotional discomfort.

Student experience: Receiving gifts (Linda's story)

Consider the following story.

Linda had been caring for Mrs Fairford, an elderly woman, for several weeks when suddenly her patient gave her a pair of earrings that she had owned since she was 18 years old. She stated that she wanted Linda to have them because she didn't think she would be still be alive the following week when Linda returned to placement. Linda assured Mrs Fairford that she would see her the following week and at first refused the gift. When Mrs Fairford reasserted her desire for Linda to have them, Linda finally accepted.

Mrs Fairford passed away during Linda's days off and when her family came to collect her belongings they noticed that their mother's earrings were missing. The family demanded that the earrings be found. The patient's room was thoroughly searched, but of course the earrings were not found. The nursing unit manager asked to speak to all staff who had cared for Mrs Fairford. It was during this interview that Linda found out that the earrings she had been given by Mrs Fairford had been reported missing by the family. Mrs Fairford had not informed her family of her decision to give Linda the earrings, nor had Linda told anyone about her gift.

Reflection

Reflect on this situation. Would you have considered the earrings an appropriate gift? Did Linda violate a principle of professional practice? What impact did this gift have on the family and on Linda?

 Coaching Tips

- Consider carefully whether the gift being offered by the patient is an appropriate gift.

- If you do accept a gift, accept it on behalf of the team.
- Seek advice from your mentor or nursing unit manager about any gifts that are offered by a patient or a patient's family.

3.15.1 Gifts of appreciation from students

Students sometimes feel that they would like to show their appreciation to staff who have been involved in their learning. When giving a gift, be careful that you do not place a colleague or supervisor in a position where they feel pressured or uncomfortable.

Usually, the best way to offer a gift is as a parting gesture. It may be more appropriate if the gift is offered by a group rather than an individual (this, of course, depends on the number of students allocated to the clinical educator or unit). Here are some suggestions for ways to show appreciation (but note that it is not expected that students provide gifts after every placement):

- verbal thanks can be expressed directly to your mentor and to the manager of the unit;
- a card or certificate expressing your appreciation can be given; name the people who went out of their way for you and say what you gained from your experience;
- a gift such as a pot plant, flowers, a basket of fruit or box of chocolates is always appreciated;
- some of our students have provided morning tea for the staff on the last day of their placement.

3.15.2 Accepting thanks

It is equally important to accept appreciation from the nursing staff for your contribution. I recently overheard a registered nurse thanking a student for her hard work and telling her that her clinical skills were outstanding. The student's response was to downplay and minimise her success: 'It was nothing', she shyly replied. Minimising words are those that diminish or deprecate the importance of your achievement. While nurses may not have cornered the market in the use of minimising words, they certainly use them too often.

- Practise responding to compliments and thanks positively; for example, 'Thank you, it was my pleasure.'
- Don't use words such as 'I only …', 'It was nothing' or 'I just …'
- If you must be modest, try saying, 'Thank you, I'm pleased with my progress. I really did have a lot of support and guidance from the registered nurses I worked with here.'

3.16 **Visitors during clinical placements**

Clinical placements require a memorandum of understanding or a field agreement. These agreements between the educational institution and the healthcare facility set out requirements, restrictions and conditions for the placement. Students are therefore bound by specific rules, regulations and policies. As a general principle, students are not to receive personal visitors during clinical placement. However, if a personal visit is necessary, you should discuss it in advance with the appropriate person, such as the nurse unit manager or your facilitator. Facilities have in place policies that guide special circumstances, such as the needs of breastfeeding mothers.

 Coaching Tips

- Inform your family and friends that it is inappropriate for them to visit you on clinical placement unless it is an emergency.

- Instruct family members about how to contact you in an emergency. Document your placement details (facility, shift, ward and contact number) for urgent contact requirements.

- Ensure that your educational institution has your correct contact details (especially emergency contact details).

- If you have unwanted visitors while on a clinical placement, immediately seek assistance from the nursing unit manager and/or facility security.

3.17 **Using supplies from the healthcare organisation**

Nursing students undertaking clinical placements enter health facilities where resources are calculated and costed for patient care. Those students who help themselves to health facility supplies contribute to costs associated with the health budget. You should also consider what is provided by the facility for staff and what they themselves contribute. Consider the following story.

Cathy's clinical placement was in a small private clinic. On orientation to the facility, the nurse unit manager showed Cathy the staff tearoom, but requested that she go to the cafeteria in the next building for all her meal breaks. On the second day of the placement, Cathy decided that she couldn't be bothered walking to the cafeteria and helped herself to coffee and biscuits in the staff tearoom. The staff said nothing about her using the tearoom and she continued to have her meal breaks in the staff tearoom for the rest of her placement. Cathy was not aware that some of the staff were annoyed about her using their facilities. She did not know that the tearoom supplies were purchased from a staff fund.

Not all facilities provide supplies for staff tearooms. While a cafeteria may be available for staff use, the staff may also contribute to a social club for personal items to support their working environment. These purchases may include:

- tea, coffee, biscuits, milk, sugar and juice;
- filtered water cooler;
- fruit-basket supply;
- lunch provisions (bread, butter, spreads, etc.);
- subscriptions to newspapers, magazines, journals.

You should not assume that food, drink and supplies left in a common tearoom are available for your use. Apart from tearoom supplies there are other resources you should think about before helping yourself. For example, letterhead stationery is expensive and students should not use it as notepaper. Neither should you use pre-printed forms (such as medication charts or observation forms) for this purpose.

Similarly, you should ask permission to use the ward photocopier. Think about what it is you are copying, whether you can access the information somewhere else (for instance, from your own computer through internet links or from a library) and the amount of paper that may be used. Also be mindful of copyright laws. Photocopying contributes to the ward or unit budget.

It should not have to be said, but for those who are unsure the health facility is not a place to access supplies for your first-aid kit. Removal of supplies from a facility without permission constitutes theft. Similarly, newspapers and magazines should be left for patients and visitors to read.

3.18 **Punctuality and reliability**

Punctuality and reliability are concepts often discussed in relation to work ethic. We need to consider what our ethics (or principles) are in regards to work, how these will be judged as good or bad and how they affect others. A lack of punctuality has a significant impact on the nursing team, their workload and their impression of you as a professional. For example, if you are late for a shift the handover report may need to be repeated for your benefit or, alternatively, you will be required to care for patients without all the relevant information—neither option is satisfactory.

Consider the following story. While it does not specifically focus on the student's role, the principles are nevertheless crucial to your understanding of professionalism.

Student experience: Punctuality (Jeremy's story)

Jeremy was a student nurse who had been employed as an assistant in nursing in operating theatres. At 7.15am after a long, tiring night shift, Jeremy was looking forward to having a rest. The night had seen multiple trauma cases come through into the emergency operating theatre unit. He had just received word that an accident had occurred in a nearby factory and several 'urgent' patients were on their way to the theatre. The day-shift staff would soon be on duty to care for these patients. Unfortunately, the nurse replacing Jeremy had slept in. This meant that Jeremy was required to stay back and work beyond his allocated shift. This had the potential to compromise patient and staff safety, because Jeremy was both physically and mentally exhausted.

 Coaching Tips

- A good work ethic means that you are punctual for all shifts, meetings, appointments, and classes.
- Reflect upon your own practices and identify barriers that prevent you from being punctual.
- Be organised and prepare your uniform and clinical placement requirements in advance.
- Notify the appropriate person/s if an untoward event occurs that prevents you from being on time.
- For new placements, time the trip to the placement location beforehand (at the same time of the day, if possible).
- Allow plenty of time to get to the ward or unit, as there may be some distance to walk from the car park or public transport stop.

3.19 Putting work ahead of your studies

Clashes between work, study, clinical placements and personal commitments sometimes cause problems for nursing students. Competing commitments can have an impact on your progress and achieving your goals. Thoughtful, advanced planning can prevent later problems. Be mindful that the effects of celebrations, fatigue, travel, illness, alcohol and drugs may lead you to be unproductive and even unsafe on clinical placements, rather than motivated and committed to learn. Consider Kait's story.

Student experience: Work versus study (Kait's story)

Kait was in her third and final year of the nursing program and was also working at her local hospital as an assistant in nursing (undergraduate student). She worked Friday, Saturday and Sunday nights routinely and sometimes picked up other shifts during holiday periods. Kait felt pressured at times to undertake additional shifts. She wanted to be seen as interested, motivated and hard working as she was keen to secure a position at the hospital as a registered nurse after her graduation. She did not discuss her roster with her manager, even though Kait knew that she would be undertaking a full-time clinical placement in her final semester. She continued to work her routine hours and added additional shifts when requested.

During Kait's clinical placement, the mentor informed her lecturer that Kait was performing adequately, but because of Kait's evident tiredness it had been decided not to ask her to care for any complex patients, or to undertake any advanced skills. She was not permitted to administer medication and was allocated showering, feeding and bed-making only. Staff felt that it was not safe for Kait to perform care commensurate with her educational level.

Further discussions between the mentor and the lecturer revealed that Kait had also been sent home the previous day because she was tired. When she admitted that she had worked a night shift the previous night shift, Kait was sent home for safety reasons.

Reflection

In the above scenario, what issues can be identified?

- Patient safety is the most important issue that needs to be considered. Kait has a responsibility to undertake care to the level of her knowledge in a safe, accountable manner. Her tiredness detracted from her ability to perform safely.
- Kait was required to undertake compulsory clinical placement as a component of her studies, to meet learning goals and undertake patient care. As a result of her work commitments she was unable to achieve this outcome during her placement experience.
- Educational institutions have in place policies that guide student behaviour, both in the classroom and on clinical placements. At Kait's institution, her behaviour contravened those policies, and this then resulted in her failing the placement.

It is important to maintain a life balance—this includes your psychological, physical, social, spiritual and environmental health. Allow time for study and make thoughtful decisions about where your energy is to be spent. You must be at 'full capacity' on clinical placement to ensure that you provide safe nursing care and can learn effectively.

3.20 Clinical placements at distant locations

If you have the opportunity to undertake a clinical placement in another health service, state or country you are very fortunate. There is nothing like this type of experience to open your eyes to new possibilities. However, preparing for a clinical placement at a distance from where you live or study can be very daunting. Just like any other trip, you'll have travel and accommodation details to organise, as well as a host of other practical issues to sort out. Some placements require a lengthy time frame for checking your immunisation records and police check before your placement can begin. On top of this there may be social and cultural differences between you, your co-workers and your clients to consider. Undoubtedly policies and procedures will be different from those you are used to and you won't always have the immediate back-up of academic staff. As if negotiating these issues isn't enough, you need to consider the learning opportunities available and your specific clinical objectives.

Undertaking a clinical placement at a distance can produce a lot of anxiety, which can impact on your learning and your ability to make the most of your experience. We outline here some strategies to help you through what can be a challenging (but exciting) time.

 Coaching Tips

Preparation

- Think about the type of placement that would suit you best, that you can afford and that you are passionate about. It's no good planning a placement with the Royal Flying Doctor Service if you hate flying!

- Distant placements can be expensive—look at all types of travel and accommodation options. Sharing expenses with fellow students may be possible. Investigate whether your educational institution, state or territory department of health or nursing organisations provide any financial support.

- Don't leave it to the last minute to get organised. This type of placement can take months to organise.

- Preparation requires research. Search on the intranet and internet and ask at travel agencies. Most importantly, talk to lecturers and students who have been to the placement institution. Ask lots of questions to get a realistic picture of what to expect.

- You'll need to know about accommodation options, parking, internet and library facilities, what to wear, who your contact person will be, what area you'll be working in, what they expect of you and what you'll be allowed to do.

• Make sure that you have a clear and appropriate set of learning objectives.

When you arrive

• Be positive and enthusiastic. Let the people you work with know that you are excited to be there and anxious to learn.

• Define your student role—in some places you may be expected to just observe; in others to work as part of the team.

• Make sure that you discuss your expectations and learning objectives early in the placement.

• Be open to and welcoming of serendipitous learning opportunities.

• Keep a journal—write down the things you encounter and your reactions to it all. It will help you maintain perspective and will be great to look back on.

• Maintain regular contact with your academic support person. Keep the dialogue open and don't be afraid to ask lots of questions. If you are finding it difficult to meet your learning objectives, discuss this early so that an alternative learning plan can be organised.

• Know when and where to seek help and don't hesitate to do so.

• Work to resolve conflict if it arises (for strategies, see Section 3.4).

• Be prepared for things to go wrong. It is unusual for clinical placements to proceed without a hitch. Keep your sense of humour. Try to see something of value in each new problem and challenge.

Chapter 3
Reflective thinking activities

1. What advice would you give the student in the following scenario?
   One of your fellow nursing students is undertaking a six-week clinical placement in intensive care. She confides in you that the husband of an unconscious patient she has been caring for is making her feel very uncomfortable. At first he told her what a lovely, caring nurse she was, and then he began to ask her questions about her personal life—where she lived, if she had a boyfriend and so on. In the beginning she thought he was just being friendly, but lately he has been standing too close to her when she is caring for his wife, and touching her as she walks past him. She mentioned her discomfort to one of the registered nurses she was working with, but he brushed it off, saying that the man 'probably didn't mean any harm'.

2. What would you do in the following situation?
   It is the first day of your second-year clinical placement. You are sitting in the tearoom with some of the nursing staff when another student walks in and asks a question about one of the patients she is caring for. The staff answer her question somewhat impatiently, but when she walks out a few of them begin laughing. They tell you that they are really tired of the silly questions the other student keeps asking.

3. How would you respond in the following situation?
   You are aware that hospital-acquired infections can be life-threatening, especially for people with serious pre-existing conditions, and is a significant problem in our healthcare system. You have learned that each year more people die as a result of healthcare-associated infections than in motor-vehicle accidents. Improving hand hygiene among healthcare workers is currently the single most effective intervention to improve patient safety and reduce the risk of healthcare associated infections in Australia.

   You notice that one of the resident medical officers on your ward washes his hands infrequently (and only perfunctorily), and wears long sleeves and a tie that often drag across patients when he is examining them. You are mindful of the fact that patient safety is everyone's business so what would you do or say?

   _____

   _____

   _____

4. Have you observed a healthcare error or near miss during one of your clinical placements? What was the reporting mechanism (if it was, in fact, reported)? Which of the causes of errors identified by Bogner (1994, see 3.12) influenced the error that you observed? What will you do differently as a result of what you learned from this situation?

References

Andersen BM. Mapping the terrain of the discipline. In: Gray G, Pratt R, eds. *Towards a Discipline of Nursing*. Melbourne: Churchill Livingstone; 1991:95–123.

ANMC. *ANMC National Competency Standards for the Registered Nurse*. Canberra: Australian Nursing and Midwifery Council; 2006.

ANMC and Nursing Council of New Zealand. *A nurse's guide to professional boundaries*. Dickson, ACT: ANMC. <http://www.nursingmidwiferyboard.gov.au/Codes-Guidelines-Statements/Codes-Guidelines.aspx#professionalboundaries>; 2010 Accessed 05.09.11.

Australian Transport Safety Bureau. Roadsafe Fatigue. The Hidden Killer. Online. Available <http://www.schools.nsw.edu.au/media/downloads/schoolsweb/leavingschool/eoyc_kit/atsb_fatigue.pdf>; 2010 Accessed 10.01.10.

Bogner M. *Human Error in Medicine.* Hillsdale: Lawrence Erlbaum Associates; 1994.

Braithwaite J, Travaglia JF. An overview of clinical governance policies, practices and initiatives. *Australian Health Review* Feb 2008. Online. Available <http://findarticles.com/p/articles/mi_6800/is_1_32/ai_n28490430>; 2008 Accessed 30.12.09.

Bright D, Walker W, Bion J. Clinical review: outreach—a strategy for improving the care of the acutely ill hospitalised patient. *Critical Care.* 2004;8:33–40.

Chapman R, Styles I. An epidemic of abuse and violence: nurse on the front line. *Accident and Emergency Nursing.* 2006;14(4):245–249.

Chaska N. *The Nursing Profession: Tomorrow and Beyond.* Thousand Oaks: Sage; 2000.

Cliff D, Horberry T. Driving on empty: driver fatigue is dangerous. *Queensland Government Mining Journal.* 2010:84–85. Online. Available <http://www.dme.qld.gov.au/zone_files/QGMJ/safety_and_health_driving_on_empty.pdf>; Accessed 10.01.10.

Clinical Excellence Commission. Between the Flags: Keeping Patients Safe. Online. Available <http://www.cec.health.nsw.gov.au/files/between-the-flags/publications/the-way-forward.pdf>; 2008 Accessed 28.12.09.

Dawes M, Davies P, Gray A, et al. *A Primer for Health Care Professionals.* Edinburgh: Elsevier; 2005.

Duffy E. Horizontal violence: a conundrum for nursing. *Collegian.* 1995;2(2):5–17.

Duffy JA, Irvine EA. Clinical governance: a system. *Quality in Primary Care.* 2004;12:141–145.

Edmond CB. A new paradigm for practice education. *Nurse Education Today.* 2001;21:251–259.

Ellis IE, Davey C, Bradford V. Cultural awareness: nurses working with Indigenous Australian people. In: Daly J, Speedy D, Jackson D, eds. *Contexts of Nursing.* 3rd ed. Churchill Livingstone Elsevier; 2010:301–313.

Farrell G. Aggression in clinical settings: nurses' views. *Journal of Advanced Nursing.* 1997;25:501–508.

Fisher M, Parolin M. The reliability of measuring clinical performance using a competency based assessment tool: a pilot study. *Collegian.* 2000;7(3):21–27.

Fowler J, ed. *The Handbook of Clinical Supervision—Your Questions Answered.* Salisbury: Quay Books; 1998.

Gardner S, Johnson P. Sexual harassment in healthcare: strategies for employers. *Hospital Topics.* 2001;79(4):5–11.

Goldsmith M, Stewart L, Ferguson L. Peer learning partnership: an innovative strategy to enhance skill acquisition in nursing students. *Nurse Education Today.* 2006;26(2):123–130.

Greco M, Powell R, Jolliffe J, et al. Evaluation of a clinical governance training programme for non-executive directors of NHS organisations. *Quality in Primary Care.* 2004;12:119–127.

Griffin M. Teaching cognitive rehearsal as a shield for lateral violence: an intervention for newly licensed nurses. *Journal of Continuing Education in Nursing.* 2004;35(6):257–264.

Hamlin L, Hoffman A. Perioperative nurses and sexual harassment. *AORN Journal.* 2002;76(5):855–860.

Joanna Briggs Institute. Levels of evidence. Online. Available <www.joannabriggs.edu.au/pubs/approach.php?mde+TEXT>; 2004 Accessed 1.01.10.

Hegney D, Parker D, Eley RM. Workplace violence: differences in perceptions of nursing work between those exposed and those not exposed: a cross-sector analysis. *International Journal of Nursing Practice.* 2010;16:188–202.

Kikuchi JF. Cultural theories of nursing responsive to human needs and values. *Journal of Nursing Scholarship.* 2005;37(4):302–307.

Levett-Jones T, Lathlean J. The 'Ascent to Competence' conceptual framework: an outcome of a study of belongingness. *Journal of Clinical Nursing.* 2009;18:2870–2879.

Levett-Jones T, Hoffman K, Dempsey Y, et al. The 'five rights' of clinical reasoning: an educational model to enhance nursing students' ability to identify and manage clinically 'at risk' patients. *Nurse Education Today.* 2010. doi:10.1016/j.nedt.2009.10.020

Madison J, Minichicello V. Sexual harassment in healthcare—classification of harassers and rationalizations of sex based harassment behavior. *Journal of Nursing Administration.* 2001;3(11):534–543.

Millenson ML. *Demanding Medical Evidence.* Chicago: University of Chicago Press; 1997.

National Patient Safety Education Framework. Online. Available <http://www.safetyandquality.org/framework0705.pdf>; 2005 Accessed 28.12.09.

Nursing Council of New Zealand. Competencies for registered nurses. Online. Available <www.nursingcouncil.org.nz>; 2007 Accessed 30.12.09.

Reason J. *Human Error.* Cambridge: Cambridge University Press; 1990.

Santy J, Mackintosh C. Assessment and learning in post-registration nurse education. *Nursing Standard.* 2000;14(18):38–41.

Schim S, Doorenbos A, Borse N. Cultural competence among Ontario and Michigan healthcare providers. *Journal of Nursing Scholarship.* 2005;37(4):354–360.

Sorensen R, Iedema R. *Managing Clinical Processes in Health Services.* Sydney: Churchill Livingstone Elsevier; 2008.

Stark MA, Manning-Walsh J, Vliem S. Caring for self while learning to care for others: a challenge for nursing students. *Journal of Nursing Education.* 2005;44(6):266–270.

Stateline ABC. What If ? Transcript Broadcast 20/04/2007 Reporter: Sharon O'Neill. Online. Available <http://www.abc.net.au/stateline/nsw/content/2006/s1903109.htm>; 2007 Accessed 28.12.09.

Tait AR. Clinical governance in primary care: a literature review. *Issues in Clinical Nursing.* 2004;13:723–730.

The National Patient Safety Foundation. Online. Available <http://www.npsf.org/>; 2008 Accessed 28.12.09.

Thompson C, Dalgleish L, Bucknall T, et al. The effects of time pressure and experience on nurses' risk assessment decisions: a signal detection analysis. *Nursing Research.* 2008;57(5):302–311.

Thompson IE, Melia KM, Boyd KM. *Nursing Ethics.* Edinburgh: Churchill Livingstone; 2000.

The Clinical Excellence Commission. Online. Available <http://www.cec.health.nsw.gov.au>; Accessed 07.01.10.

The Australian Commission for Quality and Safety in Health Care. Online. Available <http://www.safetyandquality.gov.au>; Accessed 07.01.10.

Wahbeh H, Elsas S, Oken B. Mind–body interventions. Applications in neurology. *Neurology.* 2008;70(10):2321–2328.

Watson R, Stimpson A, Topping A, et al. Clinical competence assessment in nursing: a systematic review of the literature. *Journal of Advanced Nursing.* 2002;39(5):421–431.

Wolff A, Taylor S. An overview of clinical governance. In: Wolff A, Taylor S, eds. *Enhancing Patient Care: a practical guide to improving quality and safety in hospitals.* Sydney: MJA Books; 2009:1–16.

How you think and feel

If one learns from others but does not think, one will be bewildered. If, on the other hand, one thinks but does not learn from others, one will be in peril.

Confucius (551–479 BC), Chinese philosopher

4.1 Introduction

In this chapter we provide an opportunity for you to think consciously and deliberately about your clinical experiences and to reflect on them in ways that are meaningful, beneficial and action orientated. We show you how to consider your thoughts and feelings carefully, in preparation for, during and after your placements. You will also have opportunities to evaluate your strengths and limitations, to consider feedback provided by others and to develop strategies for improvement. In this chapter we emphasise that the journey of lifelong learning is the responsibility of every nurse and that learning depends upon your ability to be a reflective practitioner. Lastly we challenge you to develop your emotional intelligence, to become a critical thinker and to engage thoughtfully in the clinical reasoning process.

4.2 Caring

Nurses enter the nursing profession because they care about people and society. However, nurses do not have the monopoly on caring. Parents care for their children, teachers care about their students, doctors provide clinical care for their patients and chaplains provide pastoral care. So why do professionals view caring differently? Caring is one of those concepts that can be elusive and have different meanings. The literature provides many examples, definitions and theories of caring (Bourgeois & Vander Riet 2009; Brinkman 2008; Crisp & Taylor 2009; Persky et al. 2008; Warelow et al. 2008). For some, caring and nursing may seem to be the same, but others will differentiate caring from nursing.

Nurses understand caring from many perspectives that reflect their experiences, context of practice and knowledge. One way to understand caring is to view it as discourses of caring. Discourses are groups of statements that act to constrain and enable what we know (Bourgeois 2006, 2008). A finite number of statements contribute to a discourse and these recur time and again, so that we come to see certain statements (often made by very prominent people) as truths. Take, for example, the statement, 'Caring is nursing'. This often-repeated statement in the literature is perceived differently by individual nurses.

Three discourses of caring are evident in nursing (Bourgeois 2006)—that is, nurses speak about caring from a position within different discourses, using words and statements that define and inform others about caring. These discourses are 'caring as being', 'caring as doing' and 'caring as knowing'. Nurses who speak about caring will use statements that belong to these different discourses.

In the discourse 'caring as being', nurses speak about caring as an element that is intrinsic and essential for nurses. Caring for these nurses is part of their nature as human beings, involving them in caring relationships. You may hear some of your peers claim, I was born to be a nurse. It is in my family; all my family are nurses', 'Caring is a part of me' or 'All I want to do is care for others'.

The discourse 'caring as doing' is evident when nurses talk about caring as actions and behaviours. They may mention skills and procedures as proof of their caring actions for patients. Nurses speaking from within this discourse refer to caring using complex concepts, such as providing comfort, showing compassion and helping others.

'Caring as knowing' is a discourse that contributes ideas and practices associated with the knowledge base essential for nursing. Nurses use statements in which they claim to own caring. Caring theorists have contributed much to this discourse (Leininger 1991; Orem 1991; Euswas 1993; Watson 1999; Watson et al. 2002).

Consider the following questions:

- Nursing is often called the caring profession. Is this how you view nursing?
- When observing the nurses you work with, what elements of their practice would you identify as caring and why?
- What would constitute uncaring practices by nurses?

Coaching Tips

- Reflect on the meaning of caring and identify what it means to you. Try to define caring using words and statements that have meaning for you. Consider how you demonstrate caring in your practice. Seek feedback about your practice from patients, peers and mentors. Does this feedback support your definitions and ideas about what caring is?

- Think about practices that may affect your placement and your ability to undertake care: for example, the mix of staff on the ward or the model of care implemented.

- Consider your personality, philosophy and beliefs. How do these affect your caring practices?

- Reflect upon the different types of placements that you undertake throughout your program. Do you care differently for patients in different practice contexts? Compare, for example, caring for people in a perioperative, emergency room or aged care placement.

4.3 **Reflective practice**

Something to think about

The unexamined life is not worth living

Socrates

At the risk of stating the obvious, simply undertaking a clinical placement does not necessarily develop competence—just being there does not guarantee learning. Developing competence involves not only taking action in practice, but also learning from practice through reflection. Reflection is intrinsic to learning. It allows nurses to process their experience and explore their understanding of what they are doing, why they are doing it and what impact it has on themselves and others (Boud 1999).

The skill of reflection is pivotal to the development of your clinical knowledge and understanding. Reflection allows you to consider your personal and professional skills and to identify the need for ongoing development. As a nursing student you should become increasingly aware of your professional values, skills, strengths and areas that require further development.

While we can and do learn from a wide range of experiences (good and bad), learning is often initiated by painful, difficult, embarrassing or uncomfortable experiences. Don't just try to forget about these challenging times. Reflection is about exploration, questioning, learning and growing through, and as a consequence of, these experiences.

Devoting some time to reflection during and after each clinical placement allows you to plan for future clinical experiences and to develop clear and appropriate objectives for your next placement. At the very least, reflecting on your experience provides information that you can take to clinical or academic staff for help or guidance in further professional development.

4.3.1 Keeping a journal

The process of reflection provides the raw data of experiences. In order to use these experiences creatively, to transform them into knowledge, the additional stage of writing is required. Writing fixes thoughts on paper. As you stare at what you have written, your objectified thinking stares back at you. As you rearrange your writings, you often find that you are loosening your imagination by combining various ideas and thoughts. Creative ideas occur during the mechanical process of giving them shape (van Manen 1990). Reflections are the raw materials, but they are turned into knowledge as you write—sometimes you don't know how much you know until you write it down.

Many nursing programs require students to participate in some form of formal written reflection. Students often have to submit a paper-based or online journal that describes their reflections about their clinical experience, including application of relevant theory, and their understanding of their experience. Even if this is not a formal requirement at your educational institution, it is certainly wise to keep a personal journal as the reflective writing process allows you to clarify your values, affirm your strengths and identify your learning needs.

Discerning and describing the knowledge, competence and skills that go into day-to-day nursing work allows nurses to understand their work in a more empowering way. This increases nurses' mastery and appreciation of their own work and their ability to care better for patients (Buresh & Gordon 2000).

 Something to think about

Observation tells us the fact, reflection the meaning of the fact.

Florence Nightingale (in Baly 1991)

Figure 4.1 A reflective learning cycle. (adapted from Driscoll 2000).

 Coaching Tips

There are many resources to help you develop your ability to become a reflective practitioner, and your lecturers may recommend a process. *Figure 4.1* is a diagrammatic representation of one method of reflection that many students find clear and easy to follow. Give it a try—you may be surprised how insightful you become! Then read Mr Jackson's story.

Mr Jackson's story is an example of reflective journal writing and the application of the Australian Nursing and Midwifery Council (ANMC) competency standards (ANMC 2006). Behaviours that reflect an element of the ANMC competencies are followed by the relevant competency in square brackets.

I was looking after Mr Jackson (pseudonym), a 76-year-old man, who was 2 days post-op following a right hip replacement. As I entered Mr Jackson's room to take his 10 a.m. observations I noticed that he was restless [5.2 Uses a range of assessment techniques to collect relevant and accurate data] and when I spoke to him he did not seem to comprehend my questions, replying inappropriately. I did not recall his confusion being reported at handover. I introduced myself to Mr Jackson and his wife [9.1 Establishes therapeutic relationships that are goal directed] and asked whether Mr Jackson had been confused before his hospital admission [5.2 Uses a range of assessment techniques to collect relevant and accurate data]. His wife replied that she had never seen him like this before.

I reassured her and explained [9.2 Communicates effectively with individuals/groups to facilitate provision of care] that I would take his observations and then consult the RN [Registered Nurse] I was working with [7.3 Prioritises workload based on the individual's/group's needs, acuity and optimal time for intervention]. I realised that this situation was beyond my scope of practice [2.5 Understands and practises within own scope of practice].

I started to consider some of the possible causes for Mr Jackson's confusion. I wondered whether he was in pain but he did not reply when I asked about his pain. I thought that he might have been hypoxic, and when I took his SaO2 it was 88 per cent and his respiratory rate 28. His BP [blood pressure] was elevated compared to his pre-op BP; his pulse was rapid, full and bounding. He was afebrile. I checked that his IV [intravenous] was running and his catheter draining. I also checked the wound dressing, which was dry and intact [5.2 Uses a range of assessment techniques to collect relevant and accurate data; 7.1 Effectively manages the nursing care of individual/groups].

I then documented my observations [1.1 Complies with relevant legislation and common law]. I reassured Mr Jackson and his wife that I would consult with the RN and return [9.2 Communicates effectively with individual/groups to facilitate provision of care]. I put the bed rails up [9.5 Facilitates a physical, psychosocial, cultural and spiritual environment that promotes individual/group safety and security] before I left the room, as I was concerned for Mr Jackson's safety. I discussed my observations and concerns with the RN [2.5 Understands and practises within own scope of practice; 10.2 Communicates nursing assessment and decisions to the interdisciplinary healthcare team and other relevant service providers] who immediately returned with me to review Mr Jackson.

The RN asked Mr Jackson to point to anywhere it hurt and he touched his head. She checked the IV rate and found that it was running at 125 mL/h. When the RN compared the rate to the fluid orders chart, she found it was meant to be running at 84 mL/h. She calculated that the catheter had drained less than 40 mL in 4 hours. The RN asked Mr Jackson's wife if he was normally so puffy around his eyes and she replied that he wasn't. She listened to his chest with a stethoscope and rechecked his SaO2, this time with an ear probe as his hands were cold, which could give inaccurate results. The RN explained to Mr Jackson and his wife what she was doing and said that she would phone the doctor immediately.

Outside the room the RN explained to me that she suspected hypervolaemia, renal impairment and possibly electrolyte imbalance and that she was concerned that Mr Jackson would develop pulmonary oedema if he were not treated quickly. She thanked me for bringing Mr Jackson's cognitive impairment and abnormal observations to her attention. Review by the doctor and follow-up pathology tests later confirmed the RN's preliminary nursing diagnosis.

I feel that I undertook a good but very general assessment of Mr Jackson. However, I realised after watching the RN that I need to develop more focused and comprehensive assessment skills [4.4 Uses appropriate strategies to manage own responses to the professional work environment]. I also believe that a deeper knowledge base would allow me to analyse and interpret abnormal observations more accurately. In particular, I need an understanding of the potential causes of confusion in elderly patients, and skills and knowledge related to fluid status assessment so that I can provide a better standard of care to my patients [3.1 Identifies the relevance of research to improving individual/group health outcomes]. It was inspiring to observe a RN who had the experience and knowledge to thoroughly and efficiently assess Mr Jackson and establish an accurate nursing diagnosis.

4.4 Reality check and seeking feedback

So far the focus in this book has been on the clinical environment and your place in it. Now it's time to turn the focus completely onto you, by asking you to address the following questions:

- How do I see myself?
- How do others see me?

This is not a once-only activity, but rather a lifelong process of personal and professional development. This 'reality check' is pivotal to your ongoing growth and improvement and is a process that you'll find invaluable to your career success.

4.4.1 How do I see myself?

To answer this question you should begin by assessing and listing your skills and attributes (clinical, interpersonal and others) and identifying your strengths and limitations. Skills are acquired abilities. Attributes may be acquired or intrinsic. There are three main types of skills and attributes:

- technical or clinical skills, such as those involved in providing oral care to an unconscious patient or safely administering medications;
- interpersonal skills, which include communication, empathy and being supportive (among others);
- personal attributes, such as adaptability, motivation, resilience and problem-solving.

Take some time to reflect on your skills and consider areas in which you excel and those that require further development. Identifying gaps or limitations is just as important as acknowledging your strengths.

4.4.2 How do others see me?

Once you have completed your self-assessment, you should validate it by seeking feedback from others. You can obtain this feedback from managers, educators, clinicians and fellow students. Performance appraisals and informal feedback are invaluable to understanding how others perceive you. Asking for feedback is not always easy, but your success depends on your openness to different perspectives. It involves listening and accepting positive and negative feedback, and acknowledging the areas in which change and improvement are needed. Seeking advice about new skills that you require and strategies to develop them is also essential.

Now compare the skills and attributes that you identified with the feedback from others. Are there any discrepancies? Did others recognise skills and attributes that you were not aware of but can now build on? Were limitations identified that you were not aware of?

 Something to think about

If life is to have meaning, the extent to which you know yourself is the most important work that you will ever do.

Crow (2000, p. 33)

 Coaching Tips

It is your right (and responsibility) as a student to seek ongoing and regular feedback about your performance. Most educational institutions have a formal process to ensure this occurs. However, you should still seek informal feedback regularly. Make time for regular performance conversations. Ask for specific concrete feedback about your skills, attributes, strengths and limitations and use the feedback as a springboard to success.

Lastly, receiving formal feedback should be a positive experience and should not display any hidden agendas, such as the discussion of any previously unmentioned problems. All problem areas should be dealt with when they occur and not stored up to be revealed only at a performance review. You deserve regular formative feedback throughout your placement and opportunities to improve.

Grievance procedures are available if disagreements are unable to be resolved between you and your assessor, and you should consult your educational policies for guidance. Conflict and confusion, if they arise, should be dealt with constructively and sensitively.

4.5 Emotional intelligence

To survive and succeed in nursing you need to develop not only technical skills and knowledge, but also emotional intelligence. Emotional intelligence is the ability to identify and manage the emotions of one's self and of others. Some argue that emotional intelligence is a determining factor in achieving competence and a more accurate predictor of success than intellectual ability (Goleman 1998). Emotional intelligence is a term that encompasses the human skills of self-awareness, self-control and adeptness in relationships, all of which are recognised as being central into effective nursing practice (Taylor 1994). Emotionally intelligent individuals excel in human relationships, show marked leadership skills and perform well at work (Goleman 1996). Emotional intelligence also includes persistence, ability to motivate oneself and altruism. At the root of altruism lies empathy, or the ability to read emotions in others, which forms the basis of therapeutic relationships (see Chapter 5). If empathy is limited or lacking, if there is no sense of another's need or despair, then there is no care or compassion.

A wealth of literature supports the view that therapeutic relationships between nurses and patients are correlated with positive patient outcomes. As nursing is a 'significant, therapeutic interpersonal process' (Peplau 1952, p. 16) nursing students must develop competence in dealing with their own and others' emotions. The emotional state of the patient/client is often heightened during illness and nurses should be equipped to respond with empathy and genuine concern. It is important to understand that people who are experiencing illness, stress, anger, pain, fear or frustration may react in different ways. Some will become quiet and withdrawn, others angry or aggressive. While the former seems easier to manage the nurse still requires skills in therapeutic engagement to provide support and care. By contrast, anger and verbal abuse from a patient or carer may adversely influence a nurses' perception of a patient (Rothwell 1971, p. 241). While it is natural to want to protect oneself by emotionally withdrawing or angrily responding to a threatening or verbally abusive patient, it is necessary to overcome the emotional impact and still address the patient's needs, conflicts and stressors (Jay & Clermont 1996). Consider the following example and how you might feel if confronted with the situation recounted by this nurse:

My patient had cancer and refused treatment. As she was found to be able to make that decision we were treating her palliatively. Her daughter said that I was an incompetent f***** who was unable to f***** do anything f***** right and would I go get some other stupid nurse who might at least want to keep patients alive. Then she said she was going to take her mother out of this f***** place.

Stone (2009)

 ## Coaching Tips

In dealing with these types of situations it is important to first understand one's own emotional reaction. Then try to moderate your initial response and begin to understand the person's emotional reaction and the reason for it. This may sound easy, but it isn't. Nurses are only human and in most cases when they feel wounded by a patient's verbal aggression or swearing, there is a strong sense of the hurt stemming from the discrepancy between the care the nurse perceives s/he has invested in the patient and the patient's or carer's lack of appreciation of that care (Stone 2009). However, the core of emotional intelligence is empathy—the capacity to understand another person's subjective experience from within that person's frame of reference (Bellet & Maloney 1991). It includes the inclination to invest therapeutic effort by putting into action appropriate and constructive responses, even when the patient's behaviour has been emotionally damaging, and even when one's natural reaction is to withdraw or to become defensive. Emotional intelligence is enhanced through a deliberate process of thoughtful, honest reflection and open dialogue.

There may also be times when you need to use emotional intelligence when dealing with challenging nursing colleagues. Students who have highly developed emotional intelligence are more likely to view negative and unreceptive staff with a degree of dispassion, rather than taking the staff's rebuttal as a personal affront. These students can accept that 'personality clashes' are an inevitable facet of working life:

Student experience: It's learning how to interact with people and deal with people that makes a big difference (Nadeem's story)

It's just a case of just getting on with it. I've learnt over the years you don't take their rejection personally; often it's not a personal thing against you. It's just that a person's obviously got issues or something going on in their

life that's making them react the way they react. I don't take it personally. I just think, 'Well okay, we'll just leave that one well enough alone for now' ... I think it's learning how to interact with people and deal with people that makes a big difference. It's probably something I would not have been able to do when I started my degree.
Levett-Jones (2007)

4.6 **Critical thinking and clinical reasoning**

Student experience: Critical thinking in action (Madeline's story)

A second-year nursing student undertaking a mental health placement encountered a young girl who was experiencing abdominal pain that the nursing and medical staff had attributed to psychosomatic causes. While the nursing student accepted this diagnosis during the majority of her shift it didn't 'feel' right to her and she decided to investigate further. Following a convoluted line of questioning that led to her doing a bladder scan she identified that the girl was in urinary retention with a bladder containing over a litre of urine (in a girl weighing only 45 kg), a known side-effect of one her medications. The student was so proud of herself for her critical thinking ability as were her colleagues. The doctor on duty said, 'Thank goodness you persevered and found this.'

 Something to think about

Thinking leads a man [sic] to knowledge. He [sic] may see and hear and learn whatever he pleases, and as much as he pleases; he will never know anything of it, except that which he has thought over, that which by thinking he has made the property of his own mind.

Johann Heinrich Pestalozzi (1746–1827), Swiss educational reformer

In nursing, as in healthcare, terms such as critical thinking, clinical reasoning, clinical judgement, diagnostic reasoning and clinical decision making are often used interchangeably. There are various definitions of the terms and little consensus on their meaning. In this section we clarify these terms with a focus on critical thinking and clinical reasoning.

Critical thinking is a complex collection of cognitive skills and affective habits of the mind. It has been described as the process of analysing and assessing thinking with a view to improving it (Paul & Elder 2007).

To become a professional nurse requires that you learn to think like a nurse. What makes the thinking of a nurse different from that of a doctor, a lawyer or an engineer? It is how we view the client and the type of problems we deal with when we engage in patient care. To think like a nurse requires that we learn the content of nursing, the knowledge, ideas, concepts and theories of nursing, and develop our intellectual capacities and skills so that we become disciplined, self-directed, critical thinkers (Paul & Elder 2007).

Critical thinking is the disciplined, intellectual process of applying skilful reasoning as a guide to belief or action. In nursing, critical thinking is the ability to think in a systematic and logical manner and with openness. It requires the ability to question and reflect in order to ensure safe nursing practice and quality care (Heaslip 2008).

 ## Coaching Tips

Nursing students who are critical thinkers value and adhere to intellectual standards. They strive to be clear, accurate, precise, logical, complete, significant and fair when they listen, speak, read and write.

Critical thinkers think deeply and broadly (Paul & Elder 2007). As nurses, we want to eliminate irrelevant, inconsistent and illogical thoughts as we reason about client care. Nurses use language to clearly communicate in-depth information that is significant to nursing care. They are not focused on the trivial or irrelevant. Nurses who are critical thinkers hold all their views and reasoning to these standards, as well as the claims of others, so that the quality of their thinking improves over time.

Critical thinking includes adherence to intellectual standards, a commitment to develop and maintain habits of mind (*Table 4.1*), the competent use of thinking skills and the ability to effectively engage in clinical reasoning.

 ## Something to think about

Thinking like a nurse is a form of engaged moral reasoning. Educational practices must help students engage with patients with a deep concern for their well-being. Clinical reasoning must arise from this engaged, concerned stance, always in relation to a particular patient and situation and informed by generalised knowledge and rational processes, but not as an objective, detached exercise.

Tanner (2006, p. 209)

Table 4.1 Critical thinking—habits of mind

HABIT	DESCRIPTION	EXAMPLE
Confidence	Assurance of one's thinking abilities	My thinking was on track; I reconsidered and still thought I'd made the right decision; I knew my conclusion was well-founded.
Contextual perspective	Considerate of the whole situation, including relationships, background, situation and environment	I took in the whole picture; I was mindful of the situation; I considered other possibilities; I considered the circumstances.
Creativity	Intellectual inquisitiveness used to generate, discover or restructure ideas; the ability to imagine alternatives	I let my imagination go; I thought 'outside of the box'; I tried to be visionary.
Flexibility	Capacity to adapt, accommodate, modify or change thoughts, ideas and behaviours	I moved away from traditional thinking; I redefined the situation and started again; I questioned what I was thinking and tried a new approach; I adapted to the new situation.
Inquisitiveness	Eagerness to learn by seeking knowledge and understanding through observation and thoughtful questioning in order to explore possibilities and alternatives	I burned with curiosity; I needed to know more; My mind was racing with questions; I was so interested.
Intellectual integrity	Seeking the truth through sincere, honest processes, even if the results are contrary to one's assumptions or beliefs	Although it went against everything I believed, I needed to get to the truth; I questioned my biases and assumptions; I examined my thinking; I was not satisfied with my original conclusion.
Intuition	Insightful patterns of knowing brought about by previous experience and pattern recognition	I had a hunch; While I couldn't say why, I knew from the previous time this happened that ...

Table 4.1 Critical thinking—habits of mind—cont'd

HABIT	DESCRIPTION	EXAMPLE
Open-mindedness	Receptiveness to divergent views and sensitivity to one's biases, preconceptions, assumptions and stereotypes	I tried not to judge; I tried to be open to new ideas; I tried to be objective; I listened to other perspectives.
Perseverance	Pursuit of learning and determination to overcome obstacles	I was determined to find out; I would not accept that for an answer; I was persistent.
Reflective	Contemplation of assumptions, thinking and action for the purpose of deeper understanding and self-evaluation	I pondered my reactions, what I had done and thought; I wondered what I could have or should have done differently; I considered what I would do differently next time; I considered how this would influence my future practice.

Adapted from Scheffer and Rubenfeld (2000, p. 358); Rubenfeld and Scheffer (2006, pp 16–24).

4.6.1 Clinical reasoning (adapted from Levett-Jones et al. 2010)

Clinical reasoning is defined by Elstein & Bordage (1991) as the way clinicians think about the problems they deal with in clinical practice. It involves clinical judgements (deciding what is wrong with a patient) and clinical decision-making (deciding what to do). Here we define clinical reasoning as a logical process by which nurses (and other clinicians) collect cues, process the information, come to an understanding of a patient problem or situation, plan and implement interventions, evaluate outcomes, and reflect on and learn from the process (Levett-Jones et al. 2010; Hoffman 2007). Clinical reasoning is not a linear process but can be conceptualised as a cycle of linked clinical encounters. In *Figure 4.2* the cycle begins at 12.00 hours and moves in a clockwise direction. The circle represents the ongoing and cyclical nature of clinical encounters and the importance of evaluation and reflection. There are eight main steps or phases in the clinical reasoning cycle. However, the distinctions between the phases are not clear-cut. While clinical reasoning can be broken down into the steps of *look, collect, process, decide, plan, act, evaluate* and *reflect*, in reality the phases merge and the boundaries between them are often blurred. While each phase is presented as a separate and distinct element in *Figure 4.2*,

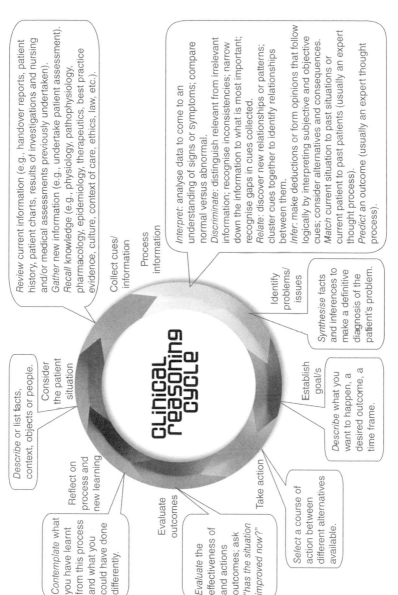

Figure 4.2 The clinical reasoning process with descriptors. (Levett-Jones et al. 2010).

clinical reasoning is a dynamic process and nurses often combine one or more phases or move back and forth between them before reaching a decision, taking action and evaluating outcomes.

4.6.2 Why do nursing students need to learn how to engage in clinical reasoning?

According to the NSW Health Incident Management System (NSW Health 2008), the top three reasons for adverse patient outcomes are failure to properly diagnose, failure to institute appropriate treatment and inappropriate management of complications. Each of these is related to poor clinical reasoning skills.

'Failure to rescue', defined as mortality of patients who experience a hospital-acquired complication, is directly related to the quality of nursing care and nurses' clinical reasoning skills (Needleman et al. 2001). Nurses with poor clinical reasoning skills often fail to detect impending patient deterioration, which results in a 'failure to rescue' (Aiken et al. 2003). Clinical reasoning is an essential component of competence (Banning 2008). However, a recent Australian report described critical patient incidents that often involved poor clinical reasoning by graduate nurses (NSW Health 2006). This report parallels the results of the Performance Based Development System, a tool employed to assess nurses' clinical reasoning, which showed that 70 per cent of graduate nurses in the United States scored at an 'unsafe' level (del Bueno 2005). The reasons for this are multidimensional, but include the difficulties novice nurses encounter when differentiating between a clinical problem that needs immediate attention and one that is less acute, and a tendency to make errors in time-sensitive situations where there is a large amount of complex data to process (O'Neill 1994).

In practice, experienced nurses engage in multiple clinical reasoning episodes for each patient in their care. An experienced nurse may enter a room and immediately collect significant data, draw conclusions and initiate appropriate management. As a result of their knowledge, skill and experience, expert nurses may appear to perform these processes in a way that seems almost automatic or instinctive; and they often find it difficult to verbalise their thinking and explain cognitive processes that seem tacit and implicit. In order for students to learn to manage complex clinical situations and to identify 'at-risk' patients, teaching and learning approaches are needed that make these seemingly automatic cognitive processes explicit and clear. Thus, it is essential that students learn the process and steps of clinical reasoning. Learning to reason effectively does not happen serendipitously, nor does it occur just through observation of expert nurses in practice. Clinical reasoning requires a different approach to that used when learning more routine nursing procedures. It requires a structured educational model and active engagement in deliberate practice, as well as reflection on activities designed to improve performance (Ericsson et al. 2007).

Prior to engaging in clinical reasoning it is important to understand that preconceptions, prejudices and assumptions such as 'most Indigenous people are alcoholics', 'Middle Eastern women tend to have a low pain threshold' and 'elderly people often have dementia', can have an influence on your reasoning ability (Alfaro-LeFevre 2009). McCarthy's (2003) theory of situated clinical reasoning explains how nurses' personal philosophies about ageing influence how they manage older hospitalised patients who experience symptoms of delirium. In McCarthy's study, nurses' beliefs caused them to process clinical situations and act in particular ways. Their overarching philosophies served as perspectives that conditioned the ways in which they judged and ultimately dealt with older patients who experience acute confusion. In another study by McCaffery et al. (2000), nurses' opinions of their patients and their personal beliefs about pain significantly influenced the quality of their pain assessment and management. Thus, in preparation for clinical reasoning it is important that you reflect on and question your assumptions and prejudices; failure to do so may negatively impact your clinical reasoning ability and, consequently, patient outcomes.

 ## Coaching Tips

Critical thinking takes practice. Developing your critical thinking ability will help you to engage in clinical reasoning. Practice critical thinking by asking yourself the following types of questions when presented with a new issue or situation (adapted from Paul & Elder 2007):

- What is my fundamental purpose in this situation?
- What is my point of view with respect to this issue?
- What assumptions am I using in my reasoning?
- What are the implications of my reasoning (if I am correct)?
- What information do I need to answer my question?
- What are my most fundamental inferences or conclusions?
- What is the most basic question or concept in this issue?
- What is the key question I am trying to answer?

Clinical reasoning is a skill that takes practice. Multiple opportunities for 'cognitive rehearsal' (a method of mentally processing and practising effective responses to specific situations in order to develop and integrate effective skills into one's repertoire of behaviours) are required for you to learn and apply clinical reasoning effectively in practice.

You need to engage actively in clinical reasoning independently as well as in the learning opportunities provided on campus (such as simulation sessions and tutorials). You also need to make the most of the opportunities provided for the development and application of clinical reasoning skills when you undertake clinical placements.

4.7 Ethical dilemmas in nursing

 Something to think about

You should not decide until you have heard what both have to say.

Aristophanes (Greek playwright, ca 438–388 BC), *The Wasps*

4.7.1 What is ethics and why do nurses need to understand it?

Ethics, also known as morality, is often defined as the philosophical study of right or wrong action (Dahnke & Dreher 2006). This does not mean that ethics is of concern to philosophers alone. All human beings have pondered questions of right and wrong from time to time. It is essential for nurses to understand ethics, because in their day-to-day work they frequently encounter ethical questions and problems related to human value and dignity, end-of-life decision making, autonomy and justice, etc. A clear understanding of ethics helps nurses interpret these difficult situations and to identify possible courses of action and the principles that underpin moral actions (Dahnke & Dreher 2006).

Examples of ethical principles

Ethical principles are standards of conduct that make up an ethical system (Adapted from Johnstone, 2004):

- *Autonomy.* The ability to make free choices about oneself and one's life, to be self-governing. This principle is at the heart of informed consent.
- *Beneficence.* To do good, and the obligation to act for the benefit of others.
- *Non-maleficence.* To avoid doing harm.
- Justice, fairness and the equal distribution of benefits and burdens.

4.7.2 Which is more important, ethics or law?

This is a complicated question with no clear-cut answer. Law and ethics are not the same, but often overlap. Law describes the minimum standards of acceptable behaviour. Ethics describes the highest moral codes of behaviour.

4.7.3 What is an ethical dilemma?

A dilemma is defined as a problem where there is a choice to be made between options that seem equally unfavourable. A moral or ethical dilemma is even more complex. There may be conflicting moral principles that apply equally in a given situation and neither can be chosen without violating the other.

Consider the case of a nurse who accepts the moral principle that demands sanctity of life, but who also accepts the moral principle of non-maleficence, which demands that people should be spared intolerable suffering. Imagine this nurse caring for a person who is terminally ill and suffering intolerable and intractable pain. In this situation, if the nurse accepts the sanctity-of-life principle, he or she would not be able to sanction the administration of the large and potentially lethal doses of narcotics that may be required to alleviate the patient's pain. However, if the principle of non-maleficence were followed, the nurse might be required to administer potentially lethal doses of narcotics, even though this would probably hasten the patient's death.

In this situation the nurse is confronted with a profound dilemma. To uphold the sanctity-of-life principle would violate the principle of non-maleficence, and to uphold the principle of non-maleficence might violate the sanctity-of-life principle. In everyday nursing practice, the nurse would be guided by both principles; however, the ultimate question for the nurse in this situation is 'Which ethical principle should I choose?' (Johnstone 2004, p. 51).

In another case, a nurse was caring for a patient from a traditional Greek background who had been diagnosed with metastatic cancer. The doctor had ordered that the patient not be told his diagnosis. However, the patient kept asking the nurse and his family for information about his condition. The family knew the diagnosis, but wanted the doctor to tell the patient. The nurse was caught between a duty to tell the patient the truth as he was requesting (to promote the patient's right to autonomy), and a duty to respect the family's wishes. The nurse was also bound by the requirement to follow the doctor's orders.

The question for the nurse in this situation is, again, 'Which duty ought I to follow: my duty to the patient, to his family or the doctor?' (Johnstone 2004, pp 102–103).

Ethics is a concept that you will undoubtedly study in your nursing program. You would be wise to consider and reflect upon ethical situations as they arise in your nursing practice, being guided by ethical principles and the *Code of Ethics for Nurses in Australia* (ANMC 2008) or New Zealand Nurses' Organisation *Code of Ethics* (2001). Ethical dilemmas, when they arise, may cause a great deal of distress and emotional turmoil. In these situations, however, you are not alone and by communicating with your colleagues, clinical educator and/or mentor you will often find the support and guidance you need.

4.8 Crossing over the line

As a nursing student you will have many roles apart from that of a health professional. These roles may include neighbour, family member, friend and community member, among others. There may be times when the boundaries between your roles seem to blur. An example of this is when you become aware that one of the patients on your ward is someone you know. The ANMC in collaboration with the New Zealand Nursing Council has developed the *A Nurse's Guide to Professional Relationships* (2010). This document addresses boundaries of practice and will help you when the type of situation described above occur. The following sections are adapted from this document.

4.8.1 What are 'boundaries'?

Boundaries are limits to appropriate behaviour in our personal and professional relationships. In Australia, phrases such as 'crossing over the line' and 'overstepping the mark' are commonly used to describe inappropriate behaviour. Professional boundaries in nursing are defined as limits that protect the space between the professional's power and the patient's vulnerability (Petersen 1992; ANMC and Nursing Council of New Zealand 2010; Nursing Council of New Zealand 2007).

4.8.2 What purpose do boundaries serve?

Maintaining appropriate boundaries in a nurse–patient relationship facilitates therapeutic practice and results in safe and effective care. However, nurses and nursing students may be too cold, distant or formal, and not caring enough to be helpful. Also, they may be overly involved, too interested, 'touchy-feely' or invasive. The creation of even a platonic relationship with a patient during a therapeutic relationship increases patient vulnerability, as does caring for a patient that you know from work, university or your community. There is a need to ensure that the nurse–patient relationship is always conducted with the sole intent of benefiting the patient. Knowing the difference between a professional and a personal relationship, being a friend versus being friendly and being able to recognise boundaries between these may seem like common sense. However, recognition of these boundaries requires knowledge and skills that are acquired through time and experience. Consider the following situation.

Student experience: Dual relationships (James' story)

A student nurse (James) was undertaking a clinical placement in a mental health unit when a fellow student (Jenny) was admitted following her attempted suicide. James did not know Jenny well, but decided to call in and say hello to her. During the course of the next week James spent a lot of time with Jenny, believing his support to be therapeutic. Jenny opened up to him, sharing many details about her life. James began to disclose his own experiences of depression and how it was managed.

On return to university James happened to mention to some fellow students 'in confidence' that Jenny had been admitted to the mental health unit where he undertook his clinical placement. He hoped that they would be sensitive to the situation and supportive when Jenny returned to university. As often happens, 'news' spread and Jenny found out. She was devastated that James had broken her trust, even more so because she had shared so many sensitive details about her life with him. Jenny decided not to return to university. James was reported for misconduct.

Consider the implications of the above situation. The outcome could have been avoided if James had recognised and understood the professional boundaries of practice. As a student you may not have enough experience to guide your decisions. We suggest that you consult someone who has more experience.

 Coaching Tips

- Inform your educator, mentor or nurse unit manager immediately if you become aware of the presence of someone you know when on a clinical placement.
- Refer to education and healthcare policies and guidelines. Policy directives may mean that you are not to have direct responsibility for the care of a patient you know, or you may be requested to complete your clinical placement in an alternative clinical area.
- Keep interactions with patients you know to a minimum.
- Remember always to maintain complete confidentiality regarding the admission and care of all patients, including people you know.
- Review Chapter 2, in which privacy and confidentiality are covered in more detail.

4.9 Getting the support you need

There may be times during your clinical placements when you need support in some way or another. Support services are available at your educational institution during your placements, but it may require extra effort to access these services (due to your placement shifts). The healthcare facility also has many support services and some of these may be available to you, dependent on your requirements and the service's access criteria. If you access support through healthcare facilities, you may have to pay for some services.

Table 4.2 lists some of the support mechanisms that may be available to you before, during and after your clinical placement. Of course, available support may vary according to the nature of your placement, the educational institution that you are enrolled in and the study mode that you are undertaking. Be proactive in identifying support mechanisms early in your student life. It is easier to access and use the services if you know about them in advance, rather than to start from scratch when you have a problem.

Table 4.2 Where to find support during clinical placement

TYPE OF SUPPORT	SERVICES AVAILABLE
Academic	• Learning workshops associated with mathematics and drug calculations • Writing assistance • Peer mentoring (e.g. for nursing skill development or feedback on skill performance) • Web-based programs: identification of learning styles (see also <www.metamath.com/multiple/multiple_choice_questions.html> or <www.engr.ncsu.edu/learningstyles/ilsweb.html>)
Accommodation	• Available through some healthcare institutions (ask your clinical coordinator or check the institution's website)
Advocacy	• Clinical educators • Mentors • Lecturers or other staff at the educational institution • Clinical coordinator (education- or facility-based) • Student bodies or associations • Professional organisations (e.g., nursing colleges), Dean of Students, Student Union
Chaplains	• Discussion of experiences and feelings from clinical or pastoral care

Table 4.2 Where to find support during clinical placement—cont'd

TYPE OF SUPPORT	SERVICES AVAILABLE
Counselling services	• Personal development (e.g., how to get along with difficult people, or how to gain insight into your behaviour) • Discussion of clinical issues (e.g., caring for a person who is dying) • Stress-management strategies • Time-management strategies
Disability advisors	• Resources and avenues for assistance that may be available, such as assessments for fitness to practice; registration for this service is required in most educational institutions; placements are dependent on your ability to provide safe nursing care
General practitioners, emergency departments	Medical assistance associated with clinical placement: • Immunisations before entry into a health facility • Advice about medical problems before a placement • Medical clearance before a placement • Treatment for a needle-stick injury • Other injury during placement
Language (students from non-English-speaking background)	Advice available from: • The international unit at your educational institution • The learning support unit
Scholarships	Healthcare institution scholarships: • International exchange to experience a placement overseas • Fee support • Workplace scholarships • Study leave, fee support for a clinical placement • State or territory health department • Undergraduate nursing scholarship, aged care scholarships or assistance to attend special placements (e.g., rural placements) For details see websites of your healthcare institution, state/territory government, registration board, professional groups and associations
Policy breach assistance (e.g., harassment, bullying, privacy issues)	As for advocacy
Special needs assistance	• Welfare support to attend clinical placements, financial or student loans, crisis care, child support, etc.

Learning Activity

Investigate the student support services that are available at your educational and healthcare institutions. Identify how these services can be of support to you before, during or after your clinical placement.

Chapter 4
Reflective thinking activities

A Self-assessment

1. Complete this self-assessment to help you understand who you are and what is important to you as a nurse. What types of clinical placement have I most preferred? Why? (For example, I preferred placements that were not fast-paced. I had time to sit and talk to my patients and I felt I could ask lots of questions because the staff were not rushed).

_____

_____

_____

2. What types of clinical placement have I least preferred? Why? (For example, I sometimes felt overwhelmed in the fast-paced, highly technical placements, and did not always feel I could contribute).

_____

_____

_____

3. What motivates and inspires me to be the best nurse I can be? (For example, good role models who are skilled, knowledgeable and excited to be nurses; positive feedback from other nurses and patients).

_____

_____

_____

4. What is most important to me when I am nursing? (For example, learning something new every day; knowing I've made a difference in one person's life; feeling part of the nursing team).

_____

_____

_____

5. I made a difference on a clinical placement when... (For example, I was able to advocate for a patient who was in a lot of pain, so that a different type of analgesia was ordered for him).

_____

_____

_____

6. My greatest strengths as a nurse are ... (For example, eagerness and motivation; communication skills with staff and patients).

_____

_____

_____

7. My limitations as a nurse are ... (For example, not enough confidence to challenge nursing care that is not best practice; documentation; patient-assessment skills).

_____

_____

_____

B **Reality check**
1. What type of feedback have I received from patients, nursing staff and my educators about my strengths?

_____

_____

_____

2. What type of feedback have I received from patients, nursing staff and my educators about my limitations?

_____

_____

_____

3. How did my self-assessment compare with others' assessment of me?

_____

_____

_____

4. What will I do to enhance my strengths and address my limitations? (Be very realistic and strategic).

_____

_____

_____

5. Whose support and guidance do I need to help me enhance my strengths and address my limitations?

_____

_____

_____

6. In 1996 Martin Bryant opened fire on the Broad Arrow Café at Port Arthur. In less than 20 minutes he killed 35 men, women and children and injured 22 others. During his capture he suffered burns and was admitted to hospital. Imagine if you were one of the nurses responsible for his care. Discuss this incident with fellow students and consider (a) the ethical implications of this situation and (b) your emotional response to caring for such a person (refer to Sections 4.5 and 4.8).

_____

_____

Become accustomed to questioning and re-evaluating the assumptions, prejudices, stigma and beliefs that underpin your thinking and responses to certain situations. As you consider the following groups of people and situations record and reflect on your thoughts and feelings:

- An unkempt young person who seems confused is behaving strangely and is talking to himself in the supermarket.

- An elderly person who is calling out, trying to climb over the bed rails and pull out her IV line.

- A young woman who keeps asking you for something to help her pain (despite being given analgesia).

- A crying three-year-old child brought into the emergency department with a fractured collar bone and bruising of his arms.

Now consider whether the facts you have been provided with are adequate to confirm your thinking, what other inferences could be made and what other information do you need to inform your thinking.

References

Aiken LH, Clarke SP, Cheung RB, Sloane DM, Silber JH. Educational levels of hospital nurses and surgical patient mortality. *JAMA*. 2003;290(12):1617–1620.

Alfaro-LeFevre R. *Critical thinking and clinical judgement: a practical approach to outcome-focused thinking.* 4th ed. St Louis: Elsevier; 2009.

ANMC. *National Competency Standards for the Registered Nurse.* 2006. Australian Nursing and Midwifery Council. Online. Available <www.anmc.org.au>; 2009 Accessed 29.12.09.

ANMC. *Code of Ethics for Nurses in Australia.* 2008. Australian Nursing and Midwifery Council. Online. Available <www.anmc.org.au>; 2009 Accessed 29.12.09.

ANMC and Nursing Council of New Zealand. *A nurse's guide to professional boundaries.* Dickson, ACT: ANMC. <http://www.nursingmidwiferyboard.gov.au/Codes-Guidelines-Statements/Codes-Guidelines.aspx#professionalboundaries>; 2010 Accessed 05.09.11.

Baly M, ed. *As Miss Nightingale Said.* London: Scutari Press; 1991.

Bellet PS, Maloney MJ. The importance of empathy as an interviewing skill in medicine. *JAMA*. 1991;266:1831–1832.

Banning M. Clinical reasoning and its application to nursing: concepts and research studies. *Nurse Education in Practice.* 2008;8:177–183.

Boud D. Avoiding the traps: seeking good practice in the use of self-assessment and reflection in professional courses. *Social Work Education.* 1999;18(2), 121–132.

Bourgeois S. *An archive of caring for nursing.* Penrith: PhD thesis, University of Western Sydney; 2006.

Bourgeois S. An archive of caring for nursing: using Foucauldian archaeology for knowledge development. *International Journal of Human Caring.* 2008;11(4):25–29.

Bourgeois S, Vander Riet P. Caring. In: Berman A, Synder S, Levett-Jones T, et al, eds. *Kozier and Erb's Fundamentals of Nursing.* Chapter 25, Sydney: Pearson; 2009:464–481.

Brinkman A. What is care really? *Kai Tiaki Nursing Journal.* 2008;14(5):24.

Buresh B, Gordon S. *From Silence to Voice. What Nurses Know and Must Communicate to the Public.* New York: Cornell University Press; 2000.

Crisp J, Taylor C. *Potter & Perry's Fundamentals of Nursing.* 3rd ed. Sydney: Mosby Elsevier; 2009.

Crow GL. Knowing self. In: Bower FL, ed. *Nurses Taking the Lead: Personal Qualities of Effective Leadership.* Philadelphia: WB Saunders; 2000:15–37.

Dahnke M, Dreher M. Defining ethics and applying theories. In: Lachman V, ed. *Applied Ethics in Nursing.* New York: Springer; 2006.

del Bueno D. A crisis in critical thinking. *Nursing Education Perspectives.* 2005;26(5):278–283.

Driscoll J. *Practising Clinical Supervision. A Reflective Approach.* Edinburgh: Ballière Tindall; 2000.

Elstein A, Bordage J. Psychology of clinical reasoning. In: Dowie J, Elstein A, eds. *Professional Judgment: A Reader in Clinical Decision-Making.* New York: Cambridge University Press; 1991.

Ericsson K, Whyte A, Ward J. Expert performance in nursing: reviewing research on expertise in nursing within the framework of the expert-performance approach. *Advances in Nursing Science.* 2007;30(1):58–71.

Euswas P. The actualized caring moment: a grounded theory of caring in nursing practice. In: Gaut DA, ed. *A Global Agenda for Caring*. New York: National League for Nursing Press; 1993:309–326.

Goleman D. *Emotional Intelligence*. London: Bloomsbury; 1996.

Goleman D. *Working with Emotional Intelligence*. London: Bloomsbury; 1998.

Heaslip P. *Critical Thinking: To Think Like a Nurse*. Kamloops, BC: Thompson Rivers University; 2008.

Hoffman K. *A comparison of decision-making by 'expert' and 'novice' nurses in the clinical setting, monitoring patient haemodynamic status post abdominal aortic aneurysm surgery*. Sydney: Unpublished PhD thesis, University of Technology; 2007.

Jay TB & Clermont A. Cursing in mental health settings, presented at the Massachusetts College of Liberal Arts Easter Psychological Meeting, Philadelphia, PA: 1996.

Johnstone M. *Bioethics: A Nursing Perspective*. 4th ed. Sydney: Churchill Livingstone; 2004.

Leininger MM. The theory of culture care diversality and universality. In: Leininger MM, ed. *Culture Care Diversity and Universality: A Theory of Nursing*. New York: National League for Nursing; 1991:5–68.

Levett-Jones T. *Belongingness: a pivotal precursor to optimising the learning of nursing students in the clinical environment*. Newcastle: Unpublished PhD Thesis, The University of Newcastle; 2007.

Levett-Jones T, Hoffman K, Dempsey Y et al. The 'five rights' of clinical reasoning: an educational model to enhance nursing students' ability to identify and manage clinically 'at risk' patients. 2010. *Nurse Education Today* doi:10.1016/j.nedt.2009.10.020.

McCaffery M, Rolling Ferrell B, Paseo C. Nurses' personal opinions about patients' pain and their effect on recorded assessments and titration of opioid doses. *Pain Management Nursing*. 2000;1(3):79–87.

McCarthy M. Detecting acute confusion in older adults: comparing clinical reasoning of nurses working in acute, long-term, and community health care environments. *Research in Nursing and Health*. 2003;26:203–212.

Needleman J, Buerhaus P, Mattke S, Stewart M, Zevinsky K. *Nurse Staffing and Patient Outcomes in Hospitals*. Boston: Harvard School of Public Health; 2001.

New Zealand Nurses Organisation. *Code of Ethics*. <http://www.nzno.org.nz/services/resources/publications/Code%20of%20ethics%202010[1].pdf>; 2010 Accessed 05.09.11.

NSW Health. *Patient Safety and Clinical Quality Program: Third Report on Incident Management in the NSW Public Health System 2005–2006*. Sydney: NSW Department of Health; 2006.

NSW Health. *Incident management in the NSW Public Health System—looking, learning, acting*. 2008. July to December 2008 Clinical Excellence Commission. Online. Available <http://www.health.nsw.gov.au/resources/quality/incidentmgt/pdf/IIMS_2008_Jul_to_Dec.pdf>; 2010 Accessed 10.01.10.

Nursing Council of New Zealand. *Competencies for Registered Nurses*. 2007. Online. Available <www.nursingcouncil.org.nz/RN%20Comps%20final.pdf>; 2009 Accessed 29. December.

O'Neill E. The influence of experience on community health nurses' use of the similarity heuristic in diagnostic reasoning. *Scholarly Inquiry for Nursing Practice*. 1994;8:261–217.

Orem D. *Nursing Concepts of Practice*. 3rd ed. New York: McGraw-Hill; 1991.

Paul R, Elder L. *The Thinker's Guide for Students on How to Study and Learn a Discipline.* California: Foundation for Critical Thinking Press; 2007.

Peplau HE. *Interpersonal Relations in Nursing.* New York: Putman; 1952.

Persky GJ, Nelson JW, Watson J, Bent K. Creating a profile of nurse effective in caring. *Nursing Administration Quarterly.* 2008;32(1):15–20.

Petersen M. *At Personal Risk: Boundary Violations in Professional–Client Relationships.* New York: WW Norton; 1992.

Rothwell JD. Verbal obscenity: time for second thoughts. *Western Speech.* 1971;35:231–242.

Rubenfeld M, Scheffer B. *Critical Thinking Tactics for Nurses.* Boston: Jones and Bartlett; 2006.

Scheffer B, Rubenfeld M. A consensus statement on critical thinking in nursing. *Journal of Nursing Education.* 2000;39:352–359.

Stone T. *Swearing: impact on nurses and implications for therapeutic practice.* Newcastle: Unpublished PhD thesis, The University of Newcastle; 2009.

Tanner C. Thinking like a nurse: A research-based model of clinical judgement in nursing. *Journal of Nursing Education.* 2006;45(6):204–211.

Taylor BJ. *Being Human: Ordinariness in Nursing.* Melbourne: Churchill Livingston; 1994.

van Manen M. *Researching Lived Experience.* New York: State University of New York Press; 1990.

Warelow P, Edward KL, Vinek J. Care: what nurses say and what nurses do. *Holistic Nursing Practice.* 2008;22(3):146–153.

Watson J. *Postmodern Nursing and Beyond.* Edinburgh: Churchill Livingstone; 1999.

Watson R, Stimpson A, Topping A, et al. Clinical competence assessment in nursing: a systematic review of the literature. *Journal of Advanced Nursing.* 2002;39(5):421–431.

How you communicate

Envision how things would be if the voice and visibility of nursing were commensurate with the size and importance of nursing in health care.

Buresh & Gordon (2000, p. 11)

5.1 Introduction

In this chapter we add another layer of knowledge, skills and insight to your repertoire of clinical attributes. We describe how you can make meaningful contributions to the clinical environment and to the patients for whom you care through sensitive attention to the way you communicate. In the first section we also describe the ways in which nurses can define and promote their profession by effectively using their 'nursing voice'. Later in the chapter we discuss the implications of electronic forms of communication for students, nurses and patients.

5.2 What is a nurse?

In this section we draw on the work of Bernice Buresh and Suzanne Gordon, two journalists who have written extensively about the importance of nurses being able to define and promote their profession.

The public holds nurses in very high regard. Opinion polls indicate that nurses are the most highly rated profession in terms of honesty and ethics, rating significantly higher than pharmacists, teachers and doctors. Yet studies indicate that when people think of registered nurses they are more inclined to dwell on their kindness and caring than on their knowledge, expertise or professionalism. The public's image of the nursing profession is linked to nurses' ability to articulate their experience, skills and expertise:

> The job at hand for nurses is to help the public (as well as other health care professionals) to construct an authentic meaning of the word 'nurse' that conveys the richness and uniqueness of nursing. This means not misconstruing nursing as something commonplace, but deepening the public's comprehension of nursing as deeply complex, skilled and essential to patient care.
> Buresh & Gordon (2000, p 17)

 ## Coaching Tips

How do you introduce yourself?
Nurses have a choice about the way they present themselves to patients, families, doctors, other clinicians and the general public. They can present themselves in ways that assert their personal and professional identity, or they can remain part of the wider, undifferentiated healthcare services industry. They can highlight their clinical knowledge and competence, or they can conceal it. Each day in the workplace, what nurses say and do can elicit the respect and collegial treatment their professional standing deserves, or undermine it. While caring for patients and families, or interacting with other members of the healthcare team, nurses convey messages about their own respect for the status of nursing. Some of these messages are implicit; others are more explicit, delivered through presentation, body language, tone of voice and conversational style.

 ## Some examples to think about

If a nurse thinks it advisable to consult a doctor, she or he can inform the patient by saying, 'I'll discuss this with the doctor.' By using these words nurses imply that they have clinical knowledge and judgement, and see themselves as doctors' colleagues. Alternatively, nurses can act in a subservient way by saying, 'I'll have to ask the doctor.'

When contacting a doctor, a nurse can establish collegiality by beginning the conversation with the words 'Hello Dr Smith, this is Sarah O'Shea, Mrs Johnson's nurse. She is experiencing chest pain and I think …' Alternatively, she can cast herself in an inferior role by beginning 'I'm so sorry to bother you Dr Smith, but this is Sarah, Mrs Johnson's nurse ...'

The way that nurses introduce themselves to patients and their families can also have a significant impact on how they are perceived. You can introduce yourself with a firm handshake, provide your full name, inform them that you are a student nurse and explain your role in the patient's care. Or you can simply say, 'Hello, I'm John' and leave it at that.

Most patients meeting you for the first time have few visual cues about your identity and role. Your introduction is your best opportunity to let people know that you are a student nurse, a serious professional with clinical skills and knowledge. Being serious and professional is not the same as being distant and aloof. It simply means presenting yourself as a knowledgeable caregiver. This presentation tends to reassure patients rather than alienate them.

First name basis?

In some clinical contexts it has become common for nurses to use only their first names when introducing themselves to patients, visitors or doctors and some name badges bear only first names. Although the use of first names may vary depending on the context of practice and the policies of the institution, can you imagine doctors introducing themselves by their first names only? Why, then, is there an imbalance between these two professions? If nurses continue to uphold and reinforce these identification practices, it suggests that nurses regard doctors as superior in the healthcare environment. We know that this is not the real intention of nurses who use only their first names. Mostly, they are doing it to develop a friendly and informal relationship with their patients, and to show them that they are 'on their side' or 'an equal'. Unfortunately, this often misconstrues what patients really want and need from a nurse. They don't want a friend; they want a nurse with knowledge and skill. 'A really good nurse will establish the context for a professional relationship. They will communicate to a patient: This is what I do. This is what you do. This is what I know. I will make sure that everything will be all right for you' (Buresh & Gordon 2000, p. 52).

5.3 Therapeutic communication

 Something to think about ...

Words have a magical power. They can bring either the greatest happiness or deepest despair

Sigmund Freud

Communication connects people and creates social bonds, which in turn facilitate survival. A baby learns to cry to elicit a response from their mother when they are hungry or uncomfortable. Over time they develop words to communicate specific needs. Across the lifespan, we communicate not only our basic physical needs and wants, but also our most complex, intimate and psychological needs.

No doubt you have chosen a career in nursing because you relate well to people and enjoy communicating. You may think that you already have excellent 'people skills' and you may wonder why we have included a section on therapeutic communication in our book. Few nursing students understand the real meaning of therapeutic communication, how it differs from social communication and the impact that it has on the people for whom they care. Few realise that effective communication can be a form of therapy. Effective communication impacts on patient outcomes in many ways. Studies have demonstrated a relationship between therapeutic communication and compliance with medication and rehabilitation programs, reduction in stress and anxiety (Harms 2007), pain management, self-management, mood and self-esteem (Goleman 2006) to name a few. As with all forms of therapy, therapeutic communication requires knowledge, a defined skill set and practice (lots of practice).

So how is therapeutic communication different to how you communicate in your everyday life? Therapeutic communication occurs when the nurse effectively uses communication techniques and processes with a patient in a goal-directed way (*Table 5.1*). Therapeutic communication focuses on the patient's needs not the nurse's; it is not a mutual sharing of feelings or thoughts. Thus, self-disclosure on the part of the nurse is limited. The nurse responds not only to the content of the patient's message, but also to the feelings expressed through verbal and non-verbal communication. Therapeutic communication requires active listening, attending to the patient, hearing what is being said and what is not being said, and communicating back to the patient that the nurse has heard and understood the message. This type of communication requires emotional intelligence

Table 5.1 Characteristics of a therapeutic relationship

A THERAPEUTIC RELATIONSHIP:
Is a partnership between a patient and a nurse, focused on the patient's healthcare needs or goals
Considers people to be autonomous individuals capable of decision making
Considers the person's culture, values, beliefs and spiritual needs
Respects patient confidentiality
Focuses on the promotion of self-management and independence
Is based on trust, respect and acceptance

Day & Levett-Jones (2009, p. 497)

(see Chapter 4; Goleman 2006), energy and concentration. It conveys an attitude of caring and concern. Therapeutic communication requires a broad range of skills and techniques, for example (Day & Levett-Jones 2009, p. 493–494):

- expressing empathy
- the use of silence
- prompting
- instructing
- probing using open-ended and closed questions
- touch
- paraphrasing or restating
- seeking clarification
- providing information
- encouraging and acknowledging
- confronting
- focusing
- reflecting
- summarising

 ## Coaching Tips

Therapeutic communication does not just happen. As with all forms of therapy it is a learnt skill that takes work to learn and practice to master. However, the benefits for your patient are worth the investment.

While a full explanation of therapeutic communication is beyond the remit of this book, you will undoubtedly have opportunities to learn more about this essential nursing skill at university and you will have plenty of opportunities to practice it when undertaking placements. You should also refer to the Australian Nursing and Midwifery Council (ANMC) *National Competency Standards for the Registered Nurse* (ANMC 2006), Collaborative and Therapeutic Practice Domain, Competency 10, where the expectations of the nursing profession in relation to communication are clearly explained.

Resources useful to your learning include:

- Day J & Levett-Jones TP (2009) Communicating, in Berman A, Synder S, Levett-Jones T et al. (eds) *Kozier and Erb's Fundamentals of Nursing*, Ch 27, pp 482–516. Pearson, Sydney.

- Harms L (2007) *Working with People*. Oxford University Press, South Melbourne, Victoria.

- Stein-Parbury J (2008) *Patient and Person: Interpersonal Skills in Nursing*, 4th edn. Elsevier, Marickville, Sydney.

Something to think about …
improving patient endurance with
comfort talk

*Seriously injured patients undergoing lifesaving procedures after trauma
often experience pain that is overwhelming. They vocalise their distress,
withdraw from painful activities and may be combative towards members
of the healthcare team. In this context, the goal of care is to stabilise the
patient, minimise the effect of injuries and maximise survival. Comfort
behaviours used by nurses are described by patients as their lifeline.
'Comfort talk' combined with the nurses' posture, touch and gaze enable
patients to endure extraordinary pain associated with trauma care.
Comfort talk keeps patients focused on the minute-by-minute progression of
the care ('Nearly finished … then we're done'). It enables patients to prepare
for the next procedure and orients them by providing information about
their condition and the necessity for care ('You've got a real bad cut here …
we'll have to clean it'). Critical care is able to be given quickly and safely by
assisting the patient to remain in control and endure through the use of
comfort talk.*

Morse & Proctor (1998)

5.4 Welcome to Australia or New Zealand

This section is related to the topic of cultural competence as discussed in
Chapter 3. It is written especially for international students, although it will
undoubtedly be of benefit to local students who want to better understand
and support their international nursing colleagues. We hope that this brief
overview complements what you learn in class about contemporary practice cultures and helps you to become accustomed to the clinical learning
environment and the diverse factors that affect your learning experience.
Without this knowledge, miscommunication is common and learning possibilities sometimes reduced.

Firstly, and most importantly, we'd like to say welcome to Australia or
New Zealand. The increasing numbers of international students in academic programs such as nursing have had a positive impact on our ability
to appreciate and understand different cultures. The diversity and richness
that international students bring to the academic and clinical environment
enhances the learning opportunities of all students and staff.

While most students may, at some stage, experience difficulties related
to their clinical placement, these may be exacerbated by language and cultural differences. If you experience problems, it is important to reflect upon

them and try to analyse the root cause of the problems so that appropriate support, guidance and teaching can be provided. Try to identify your fundamental issues of concern from the coaching tips below (adapted from Remedios & Webb 2005).

5.4.1 Receptive communication

Do you sometimes find it hard to understand what your patients or nursing colleagues are saying to you? Local accents, shortened, fast speech and the use of colloquialisms may cause significant difficulties for international students from a non-English speaking background. Misunderstandings between you and others may occur if you do not readily acknowledge when you have not understood or have only partially understood a conversation. Most importantly, patients' safety may be jeopardised if you are not perfectly clear about what is being asked of you. Initially, it may be culturally difficult for you to do this, but keep in mind that in Australia and New Zealand it is not considered disrespectful to question an individual in authority or to ask someone to repeat what they have said. Nor is it considered a 'failure' on your part if you have not understood something. On the contrary, clinicians will expect you to ask questions, and to ask for clarification whenever you need to.

 Coaching Tips

- If you want to confirm your understanding of an instruction or discussion, try paraphrasing: for example, 'Can I confirm that you'd like me to take Mrs Smith to the shower on a commode, because of her low blood pressure [BP]?'

- Ask someone to explain any colloquial language you do not understand (fellow students are usually willing to do this).

- If you are unsure of healthcare terminology related to the patient mix on the ward where you are undertaking your placement, ask questions and be prepared to do some research.

- Remember, nodding or silence following a conversation may be taken to indicate that you fully understood what was being said, even if the reverse is true.

5.4.2 Expressive communication

Do you sometimes find it difficult or frustrating trying to make yourself understood by patients or nursing colleagues? During your studies you will be expected to become increasingly fluent in the English language, familiar with colloquialisms and conversant with the professional language used to report and communicate with health professionals, but still have the ability to switch to less formal language when needed—for example, when conversing with patients.

 Coaching Tips

- Observing nursing staff communicating effectively with one another and with patients will allow you to clarify expectations and build upon what you already know.

- Reflect on these observations carefully. Ask yourself what made the interactions effective. How and why was humour used? What colloquialisms and terms need clarification?

- Make the most of opportunities to practise communicating with patients and staff.

- Do not hesitate to ask your clinical educator or mentor to observe you and provide detailed feedback on your progress.

- Most educational institutions have student-support services that provide English language tuition. Avail yourself of this opportunity if you require additional help. Alternatively, seek English language tuition from external providers such as community colleges.

5.4.3 **Written communication**

Is it difficult to understand what is written or to find the English words for what you want to write? Both international and local students can experience difficulties with reading and writing. Patients' notes, referral letters, medication charts and other forms of professional documentation may be especially problematic as students try to find and use appropriate language and grammar.

 Coaching Tips

- Develop a glossary of terms and their definitions (professional terminology as well as more conversational terms); add to it regularly and use it often.

- Practise, practise, practise! Try writing a nursing report on notepaper and asking someone you respect and trust to critique it for you before you write in a patient's notes.

- Reading nursing journals will help you to develop your fluency in English and your professional vocabulary, and will build on what you already know.

- Even reading good-quality English-language novels set in your new country will improve your literacy and grammar, and help you to better understand colloquialisms and local culture. Ask your librarian to recommend appropriate novels.

- Remember that in nursing reports you must always sign your name in English.

5.4.4 Cultural issues

Are you finding the clinical culture in Australia or New Zealand confusing and stressful? If you have no previous experience with these healthcare systems, it may be difficult at first to understand the complexity of the structures and values that operate within the system. The interactions between you and patients or fellow students may present unique issues. This not only applies to international students, but also to local students who care for patients from diverse cultures. Misunderstandings may involve religion, gender and age-related issues, as well as language. Sometimes a lack of understanding and tolerance on the part of some clinical staff and fellow students may have a negative impact on the ability of international students to fit into and feel accepted in the clinical environment.

 Coaching Tips

- Many educational institutions have dedicated courses, or at least an orientation program, to prepare international students for the cultural differences they may encounter. Local community colleges also provide programs to assist with reading, writing and speaking. Make the most of these learning opportunities as well as the opportunities to interact with local students.

- Join local sporting, musical or recreational clubs to increase your opportunities for socialising with people from different backgrounds.

- During your clinical placement experience it is important that you express any concerns you have, even though it may be difficult to do so. Sharing your worries with someone you trust will mean that you can be supported and guided. Sadly, not all students, staff or patients will be sensitive to different health beliefs, customs, cultural and religious practices. If you experience discrimination, subtle or obvious, you need to discuss it with your educator or academic staff member. All Australian educational and healthcare institutions have policies regarding discrimination and your concerns will be taken seriously.

- Seek out a peer mentor to work with during your studies. This should be a person who can support your development in the English language. Spend time together focusing on language development and understanding.

- Review the section on cultural safety in Chapter 3.

- *Everyday English for Nursing* (Grice 2003) is an excellent resource to help you develop your English language skills and Hally (2009) has also written an informative guide for international nursing students studying in Australia and New Zealand.

5.5 Using professional language

Nurses must be able to describe the care they give and the clinical decisions they make (Buresh & Gordon 2000). In discussions with colleagues, patients, their significant others and the public, the language that nurses use reflects on their professional standing. Nursing students are recognised as a part of this group of professionals and are expected to behave according to the conventions of the nursing profession.

You will accumulate a lot of professional and jargon-based words and statements that will become a normal part of your practice language. Nursing jargon refers to words that are used by nurses when they talk about their practice. These words may exclude people who are unfamiliar with their use, so choose your words carefully when you speak to people who do not have a nursing background. Distinguish between what you say to health workers and what you say to the lay person. Colloquial language, or slang, is often referred to as conversational speech without constraint. While appropriate in some contexts, its use should be minimised in the practice environment.

As you progress through your nursing program, you will develop a wide repertoire of professional terminology. Give careful consideration to your audience to ensure that you use the most appropriate language in each situation. The inappropriate use of nursing terminology will completely change the meaning of your message. Abbreviations must be approved by the institution in which you are undertaking your placement. Some words that are commonly abbreviated can have very different meanings within various contexts of practice (for example, 'SB' may be an abbreviation for 'seen by' or 'short of breath'). Clinical errors can occur as a result of this type of miscommunication.

For some nurses, it is not unusual to address their patients, particularly if they are elderly, using endearments such as sweetie, cherub, darling, dahls, angel, lovey, etc. (Gardner et al. 2001). However, this is not person-centred language and many people will be offended by being addressed in this manner, so don't assume that it is acceptable. A good rule is to simply ask a patient if he would prefer you to use his given name (e.g., John) or address him more formally (Mr Smith).

 ## Coaching Tips

- Reflect upon language used in professional situations and how it affects others.
- Take stock of the language you use: words, selected statements (informal and formal), tone and loudness.
- Consider who you are speaking to and their background, age, culture, medical condition, status and knowledge.
- Reflect on whether the language you use is person-centred.
- Consider the words, statements and conventions of language that are appropriate in each situation.
- Select words and terms that cannot easily be misinterpreted.
- Explain medical and nursing terms to patients using language that is easily understood.
- Be aware that the way a word is interpreted may be influenced by thoughts, feelings and beliefs people may have about that word (e.g., drug versus medication, or miscarriage versus abortion).
- Avoid the use of colloquial and coarse language in the practice environment (many people are offended by swearing and use of religious terms such as 'oh my God').
- Consider the effect of words on others (some words may convey a false sense of urgency to a patient).
- Learn the meaning of medical terminology and use the terms accurately (e.g., words ending in -ectomy, -ology, -oscopy, -otomy, etc.).
- Make a list of accepted abbreviations.
- Listen to the way your role model uses professional language.

5.6 Documentation and legal issues

Quality documentation is a requirement of all healthcare professionals. Documentation may make or break the defence of a hospital and staff if legal action is instigated following a critical incident or unexplained death. Currently, Australia has one of the highest incidences of medical litigation in the developed world.

Some points to consider

- Documentation is considered to be the most important evidence in a potential legal action and therefore its significance should not be underestimated.
- Legal action may be initiated many years after a critical incident occurs. Memories of witnesses will obviously fade and therefore accurate documentation may be crucial to the outcome of the case.
- Accurate documentation ensures that your nursing report demonstrates evidence of the care given to your patients, as well as providing a means of communication between health professionals.
- Accurate documentation means more relevant documentation, not more extensive documentation.
- Quality documentation saves you time and may protect you from potential litigation.
- The best answer to litigation is concise, accurate, objective and contemporaneous documentation.

 Coaching Tips

- Reports should be concise. Avoid verbosity and 'double charting'. In the patient progress notes only document any aberrations from normal. Avoid unnecessarily long words and sentences. Use care plans and clinical pathways as adjuncts to progress notes, but do not duplicate information.

- Reports should be accurate. You should distinguish between what you personally observe and what is related to you by another person (hearsay): for example, 'The patient stated that she had slipped over', not 'The patient slipped over'. Unless you have actually witnessed the incident, the patient's complaint is hearsay and must be reported as such.

- Reports should be objective. Avoid using the word 'appears'. You should record what you actually see, not what you think you see: for example, 'The patient appears to be in shock' should instead be documented as 'The patient is pale and sweating, hypotensive, BP 80/40, tachycardic, pulse 140, with peripheral cyanosis'; or 'The patient was observed at two-hourly intervals during the night, and when observed was sleeping', not 'Patient appears to have slept all night'.

- Documentation should be contemporaneous. It should be written as close as possible to the time when the incident or treatment occurred. Memories fade and often one incident is followed closely by a series of incidents, particularly if a patient's condition deteriorates and a number of treatments are initiated. Trying to put this in sequence at the end of the shift can be confusing and lead to inaccuracies.

- Always sign, print your name, and include your designation at the end of your report. Most healthcare facilities require that a student's documentation is countersigned by a registered nurse.

- Documentation should be specific. Say exactly what you mean: for example, 'Patient experienced a sudden onset of severe breathlessness following ambulation, respiratory rate 40', not 'Patient feeling breathless'.

- Written documentation should be legible, with correct spelling and grammar. Nurses often complain about doctors' handwriting, but they too may be at fault. If a negligence case is taken to court, your nursing notes may be used as evidence. Imagine how you'd feel if your notes could not be interpreted because of poor legibility. Furthermore, reports filled with misspelt words and incorrect grammar create the same negative impression as illegible handwriting.

- Document all relevant information. Document any change in the patient's condition, what you observed to support this observation, your follow-up actions and whom you notified of the change. Also document if there has been no change in the patient's condition during your shift. Do not document normal observations that have been charted elsewhere, such as vital signs, postoperative observations, voiding or drain patency, but do document if there are any aberrations from normal and what your actions were. The use of clinical pathways and care plans has significantly reduced the need for extensive documentation in progress notes.

- Only accepted abbreviations are to be used. Students work in many different institutions during their clinical placements and later employment. A diversity of abbreviations can lead to confusing and misleading interpretations: for example, the abbreviation 'SB' can be taken to mean 'short of breath' or 'seen by'. Make sure you understand the meaning of any medical and nursing abbreviations used and include only accepted and easy-to-understand abbreviations in your notes.

- An error should be dealt with by drawing a line through the incorrect entry and initialling it. Total obliteration may suggest that you have something to hide. For the same reason, white-out should not be used.

- Do not make an entry in a patient's notes before checking the name and medical record number (MRN) on the patient's chart. Don't rely on room numbers only. Patients are often moved from room to room, and have also been known to 'get into the wrong bed'.

- All omissions should be documented. If you do not carry out an ordered treatment or procedure, always document why it was omitted and who you notified. If nothing is written, it may be presumed that the procedure was overlooked. For example, if a patient's hypertensive medication was not administered because the patient's BP was too low, this must be documented in the patient's notes and on the medication chart. The follow-up action and the person notified should be included.

- When you are busy with patient care, documentation may seem to be of secondary importance. However, from a coroner's point of view an incomplete chart may suggest incomplete nursing care. This is not always true, but it is an easy inference to make. You may have performed a nursing procedure and simply forgotten to chart it, but if a dispute arises many years later you will have nothing to back up your version of the facts, assuming you can even remember what you did at the time.

- Be aware that the assumption is made that if something is not documented then it has not been done.
- Do not make an entry in a patient's notes on behalf of another person.
- Be aware that nurses are practising in an era of consumerism. This has created a more litigious and complaint-oriented society. In order to protect themselves from potential litigation, nurses need high-quality and more relevant documentation. You should always bear in mind that you will be held accountable for the care provided to patients and may be called upon to explain your actions in relation to patient care. Good-quality documentation is part of your accountability and may be the only assistance you can rely upon if asked to explain your professional actions.

5.6.1 Electronic documentation in healthcare

Research suggests that the quality of patient documentation can be enhanced by the introduction of electronic medical records (Staggers et al. 2001). Electronic documentation can help overcome some of the problems associated with a lack of integrated systems and disparate forms and processes. These inconsistencies make it difficult to manage patient journeys effectively during a continuum of care. Poor communication affects all clients, but older people and those with chronic diseases have been identified as particularly vulnerable to the effects of incomplete and inaccurate documentation during admission, discharge, transfer and referral to service providers in the community. This is one of the driving forces behind the transition to electronic documentation.

Too often handwritten documents are 'illegible, incomplete and poorly organised, making it difficult to ensure quality of care' (Tsai & Bond 2008). Studies comparing electronic records to paper records in mental health centres reported that electronic records were 40 per cent more complete and 20 per cent faster to retrieve (Tsai & Bond 2008). As a student working in contemporary practice environments, such as community care, aged care and acute care, you will be required to become increasingly confident and competent in using electronic medical records (and maintaining the security of this data), point-of-care documentation systems, online pathology results, and electronic medication administration (Smedley 2005). The recently published *A Healthier Future For All Australians* (National Health and Hospitals Reform Commission 2009) advocates that quality, safety and efficiency of healthcare be linked to the smart use of data information and that it is imperative that clinicians and healthcare providers are supported to 'get out of paper' and adopt electronic information storage, exchange and decision-support software. These contemporary issues require you to have a sophisticated level of information and communication technology (ICT) skills. This requirement, and some of the issues that impact on ICT competence, are discussed more fully in Section 5.7.

5.7 Information and communication technology in healthcare and in education

ICT has the capacity to enable rapid and efficient communication of information across distances to support clinical and educational processes (McNamara 2003). The term ICT competence refers to the ability to function with information systems, networks, software and web applications through the use of computers and other technology. In contemporary clinical practice environments ICT skills are advantageous, not only to nurses, but also to the patients for whom we care. There is good evidence that ICT skills, appropriately utilised, can have a significant impact on patient outcomes (Staggers et al. 2001). A requisite level of ICT competence allows nurses to not only access diagnostic information, such as pathology results, and document patient care, but effective application of ICT also allows nurses to search for the best-available research to inform their practice, and to support their clinical decisions with sound evidence (Levett-Jones et al. 2009a).

Despite the obvious benefits of ICT in healthcare not all nurses or, indeed, nursing students have the confidence and competence needed to work with these technologies. For some students the requirement to use ICT, even in university settings, causes anxiety and stress, as the following quotes from a recent study (Levett-Jones et al. 2009a) show:

> I just felt overwhelmed, panicked … I thought, I can't do this … I don't even know how to log onto the computer.
>
> Using the computer is especially challenging for mature-age students and I am really scared about using the electronic data bases in the library.

Additionally, some students are critical of what they perceive to be an over reliance on ICT at university and express a resistance to ICT as an educational methodology. Some also consider the use of ICT to be 'second-rate education' and a way of making things 'easier' for academics:

> Online learning is no way to learn … especially when we are paying so much for our education.
>
> What are the academics doing when we are doing so much of our learning using ICT?

Not all students express such negative attitudes, however. Some are highly supportive of ICT and suggest that:

> The teenage population of today is technologically advanced. We've grown up with it and are used to it and could not function without it.

> Online learning and the use of ICT is a fantastic way for busy mature-aged mums to do a degree.

Of particular significance is that some students do not recognise the relevance of ICT to clinical practice and not all are aware that ICT skills can make a difference to the quality of patient care. The following comments illustrate this perspective:

> I can't see the point in all this ICT and online learning … I wanted to do nursing … not computer studies.
> Nurses want to work with people and learn from people … I don't see how using ICT fits in at all.

In clinical practice the use of ICT is sometimes regarded as the antithesis of therapeutic practice and in opposition to caring, the core concept of nursing. Nevertheless, the use of ICT does not work in opposition to humanised care, but rather is often used to enhance care. Timmins (2003, p. 258) proposed that, 'If nurses endeavour to overcome the barriers that technology presents to touch and meaningful human interactions the patient's psychosocial needs will be met.'

Despite the concerns raised by some students and some nurses, the increased use of ICT in education and in healthcare is inevitable. For more than ten years the Australian Government has emphasised this point. In 1997 it was proposed that Australian universities integrate ICT into nursing curricula (Commonwealth of Australia 1997) and in 2002 ICT was recognised as imperative for sustainable education and innovative nursing practice (Heath et al. 2002). A recent study commisioned by the Australian Nursing Federation recommended the development of ICT competency standards and their incorporation into all nursing programs (Hegney et al. 2007).

 Coaching Tips

For the vast majority of nurses ICT is now regarded simply as 'tools of the trade' and a way to enhance the quality of patient care and reduce adverse events.

It is imperative that you embrace the opportunities provided at university and in clinical practice to become skilled and comfortable using a wide range of ICT applications. If you feel apprehensive most universities offer courses designed to improve your skills and confidence levels, and fellow students, friends and family members are often able to provide the type of immediate support that is helpful.

While ICT competence will be of enormous benefit to you in your nursing career, ultimately it is your patients who will benefit most, as these comments by new graduate nurses show:

I look up my patient pathology results every shift … how else do I know what my patient's needs are. And [for] the older patients who might have come in with an acute delirium or even had surgery … I have no idea what their previous cognitive level is. By reading the [Aged Care Assessment Team] reports online I at least have a basic understanding of where they were at before surgery.

As a new grad … I might be looking up something to do with wound management or I might be looking up normal saline versus hypertonic saline and more often than not I was looking up something that they [the other nurses] didn't know either and it is a way of sharing information around the ward.

Bembridge (2010)

5.8 Patient handover

The patient handover report (change of shift report) is a communication practice used by nurses and other allied health carers to communicate nursing-care requirements, patients' condition and progress at change of shift. A common definition of handover is, 'the transfer of professional responsibility and accountability for some or all aspects of care for a patient, or group of patients, to another person or professional group on a temporary or permanent basis' (Australian Medical Association 2006). Crisp and Taylor (2009, p. 430) state that, 'The purpose of the change of shift report is to provide continuity of care among nurses who are caring for a patient.' Handover reports may be given in a verbal, recorded, written or electronic format.

In some institutions handover may be undertaken as patient rounds, with patients and their families also contributing to decision making and care planning. In others, handover may be held in the staff room or conference room, with nurses from the previous shift joined by nurses for the next shift. In these situations the handover time is an opportunity for nurses to come together to discuss patient care as a team. Because of time constraints reports are sometimes pre-recorded. The advantage of recording is that nurses can provide their handover at a convenient time during the shift. The disadvantage is that this doesn't allow nurses to clarify and review care as they would in a face-to-face handover.

The handover process is an area of potential risk in hospitals (Garling 2008; *Table 5.2*) and a number of projects are currently underway to ensure that the quality of this important process is improved. These projects concentrate on four categories; handover solutions, information systems, communication training and observation tools. One example of an outcome from these projects is the *OSSIE Guide to Clinical Handover Improvement* (Australian Commission on Safety and Quality in Health Care 2009, 2010).

Table 5.2 High-risk scenarios in clinical handover

A systematic review by Wong et al. (2008) identified some of the high-risk patient handover processes that can result in discontinuity of care, adverse patient outcomes and legal claims of malpractice.

Inter-professional handover: between operating theatre and post-anaesthesia care (recovery) staff and between ambulance and emergency department staff.

Inter-departmental handover: between emergency department and intensive-care staff and emergency department and ward staff (especially where inter-departmental boundaries and/or responsibilities are unclear).

Shift-to-shift handover: risks related to the lack of a clear structure, policy or procedures for handover; interruptions and information overload caused by overly long and detailed handovers.

Hospital-to-community and hospital-to-residential care handover: risks related to poor hospital to community discharge processes and incomplete or inaccurate communication resulting in clinical errors and re-hospitalisations.

Providing verbal handover only: depending on memory causes a loss of or inaccurate information transfer.

The use of non-standard abbreviations: causing misunderstandings between health professionals.

Patient's characteristics: complex patient problems receive poorer quality handover than more defined patient conditions.

The handover report shares information about patients and describes the health status of patients, any aberrations from normal, interventions implemented and the effectiveness of interventions (such as analgesia). Information needs to be accurate, objective, concise, logical and to the point.

It is important for students to make the most of opportunities to be present at patient handover reports. Also, practise giving and receiving handover about your patient's condition and care requirements. Ask your mentor for advice and feedback about your handover.

 Coaching Tips

- Be on time for shift handover and remain for the entire process.
- Take notes and ask questions about anything you are unsure of.
- Ensure handover notes remain confidential at all times.
- Use a standard format to present your handover report.
- Be respectful of the people you are discussing. Avoid the use of judgemental language, and do not label or stereotype your patients or make negative comments about them.

- Use correct terminology and abbreviations, professional language and only easily understood and recognised abbreviations.
- Avoid repetition and irrelevant data.
- Discuss with your clinical educator or mentor any issues that need clarification immediately following the report.
- Compare and contrast the different handover techniques you encounter during clinical placement
- Access the outcomes of the 'clinical handover' projects from The Australian Commission on Safety and Quality in Health Care (2010).

5.9 Your voice in the clinical environment

Your voice is one of your most effective communication tools. You should be aware how you use this tool, and make it an efficient component in your repertoire of skills. Reflect upon the pitch and tone of your voice so that you are aware of how you come across to others. The following are some examples of inappropriate use of one's voice:

- a nurse calling down the corridor;
- speaking so quietly that your patients cannot hear what you are saying;
- a group of nurses laughing loudly at the nurses' station.

Clinical environments are different in structure and design. They can be small, intimate rooms where patients are interviewed, or rooms attached to a long corridor. Corridors echo and the sound of people's voices can carry over long distances and traverse hard surfaces such as doors and walls. A comment made to a patient in one room may be very appropriate, but if the comment is overheard in an adjoining room it may unnecessarily frighten or distress someone. Think carefully about the pitch of your voice when talking to others.

Pitch of voice is critical to the development of appropriate communication skills. A loud voice is easily heard, but also easily overheard. Some people find that their voice projects well and other people have no trouble hearing what they say. People with this type of voice need to be mindful of how far their voice carries. If you are aware that you have a loud voice, try standing next to the person you are talking to rather than speaking from a distance. This technique has the effect of reducing the projection factor you add to your voice when speaking at a distance (even short distances). Use eye contact to help direct your voice.

However, a soft voice can be difficult to hear and detracts from the message being conveyed. It can be a source of frustration for the listener. If you have a very soft voice, remember that any physical barriers (such as masks or curtains around a bed) may render your voice difficult to hear. Keep what you say clear, simple and straightforward. Connect with those to whom you are speaking to engage their attention (maintain eye contact, position yourself, use appropriate gestures). Practice voice projection to enable your voice to be heard within a group. Move forward in a group to engage people in the conversation so that you are speaking within a closer range.

Accents have a powerful effect on the listener's ability to understand what is being said. If you speak with an accent, you may need to slow your speech to allow the listener to 'attune' to the accent initially so that communication is effective.

 ## Coaching Tips

- Assess your voice—is it too loud or too soft for effective communication? Try taping yourself and then listening to the tape. Ask family or friends to give you some feedback about how you sound.
- Walk up to people to communicate rather than use a broadcast format.
- Consider the number of people that need to hear you and the type of information that it is important to convey. Reflect upon the situation and modify your voice to suit.
- Be aware of how you sound during spoken communication practices. Is your voice squeaky, high-pitched, growling or guttural?
- Consider how fast or slowly you speak, and the associated pitch of your voice.
- Be careful of how your voice projects in long corridors or large rooms.
- If you are concerned about your voice and the impact it has on others, seek feedback and try to improve your speech by attending training sessions or public speaking groups.

5.10 Telephones and the internet

The use of telephones and the internet as communication tools in modern society has progressed rapidly. As telephones and the internet are essential for workplace communication, there are some guidelines that you should be aware of. Clinical facilities have policies that govern the use of telephones and the internet. Ward or unit telephones and computers are the property of the healthcare institution and financial costs are associated with their use. Unless it is essential for you to make a personal phone call or to send an urgent email, remember that the telephones and computers are for business use only. Using a telephone for personal calls may prevent other healthcare staff from using it to give or receive information relevant to patient care. Similarly, spending time on the ward computer prevents others from using it for more important patient-care purposes.

When you start on each new ward, ask what the policies are regarding telephone and internet access. In some facilities students are not to answer telephones or to give out patient information, and in many situations internet access is restricted to staff only.

5.10.1 Netetiquette

Social networking sites as a means of communication are presenting many legal and ethical issues in nursing education and the nursing profession as a whole. What might be considered harmless chat or gossip has, in some circumstances, led to disciplinary processes and termination of employment. Derogatory comments about fellow students, patients, staff or healthcare institutions when discussed in social networking sites, such as Facebook, MySpace and Twitter, are considered unprofessional and a breach of university codes of conduct and ICT policies. You also need to be aware that social networking websites are being used by some employers and recruiters to screen potential employees. In the USA, for example, it is claimed that 45 per cent of employers conduct these types of screening processes.

 Coaching Tips

- Always remember that you could be held accountable for the comments you make on social networking sites.
- Ensure that privacy settings on your web site do not allow open public access.
- Don't talk about patients, staff or confidential work information on your website.
- Don't publish photographs of yourself engaging in activities that you know would be deemed inappropriate by the nursing profession or by your university.
- Don't make comments on your website that bring your university or clinical placement venues into disrepute.

5.10.2 Telephone etiquette

When you use the telephone you'll be expected to use appropriate telephone etiquette:

- Answer the telephone promptly.
- Begin the conversation with your name, designation and location.
- Discontinue any conversation or activity before answering the telephone (such as eating, typing, etc.) and avoid walking and talking while on the phone.

- Speak clearly and distinctly, using a pleasant tone of voice.
- Inform the caller when you are putting them on 'hold', and press the 'hold' button, so they do not overhear other conversations that may be held close to the locality of the phone.
- Tell callers what your actions will be before you undertake them (e.g., I am going to transfer you to another number).
- Always be courteous, friendly and ready to assist the caller.
- Pass on messages promptly—it is best to write the messages down rather than rely on your memory.

A mobile phone is now far more than just a telephone and is often referred to as a multimedia device with wireless connectivity. In the clinical learning environment a mobile phone has the potential to cause interference with technological equipment and most health institutions request you to turn your mobile phone off as you enter. Your use of mobile phones during placement needs to be carefully considered. Making and receiving calls or text messaging should be done only in your breaks, if urgent. You will be expected to leave your mobile phone in your bag or locker and not carry it with you. You should also take care when using your phone as a multimedia device. Consider the following scenario.

Student experience: Privacy and confidentiality (Nikos' story)

Nikos had been allocated to the special care nursery for his clinical placement. He was very excited and enthusiastic about this placement, as it was an area that he had selected for his graduate year. During the course of his placement, Nikos came across a baby who had a severe birth deformity. To help him to remember the condition, he took a series of photos using his mobile phone, so that he could develop a learning portfolio.

At his debrief session, Nikos shared his learning ideas and the photos with the other students and his clinical educator. Nikos had not sought written consent for the photos of the baby, and by using his mobile phone in this way he had unknowingly contravened the educational and healthcare institutions' policies as well as a number of laws related to privacy and confidentiality.

 ## Coaching Tips

- Develop courteous and effective telephone etiquette. Speak clearly and not too fast.
- Be mindful of the type of information you can divulge, and to whom, over the telephone in your role as a student.

- Always find out details about the person you are speaking to at the beginning of the call.
- Know the protocols for taking patient-care orders, test results and medication prescriptions over the phone and adhere to these conventions strictly (*Table 5.3*).
- Always put the principles of confidentiality and privacy into practice when answering telephones during placement.
- Check for personal phone and text messages only in your breaks.
- Leave your placement location details (ward phone number) with your significant other in case of an emergency.
- Keep your contact details up to date in your university student records— telephone and email are often used by lecturers to contact you to clarify learning issues.
- Access the internet only for patient-care purposes and with the permission of the appropriate staff.
- Clarify the use of personal digital devices, personal computer tablets and computers on wheels for accessing health-related information

Table 5.3 Telephone order guidelines

- When phoning a doctor, be organised. Have the information about the patient ready so you can answer any questions.
- Make sure you are aware of the patient's clinical condition, recent vital signs and other assessments before you make the call.
- When receiving phone orders use clarifying questions to avoid misunderstandings.
- Clearly determine the name, room number and diagnosis of the patient who you are discussing.
- Repeat any prescribed orders back to the doctor.
- Follow agency policies; most require telephone (and verbal) orders to be heard and signed by two nurses.
- Document the telephone order, including date and time, name of nurse/s and doctor and the complete order.
- Have the doctor co-sign the order within the timeframe required by the institution (usually 24 hours).

Crisp & Taylor (2009, p. 432)

5.10.3 **ISBAR**

Safe healthcare delivery depends on effective communication between healthcare professionals. There will be times when you need to relay your concerns about a patient's deteriorating clinical condition to senior staff. These are not times for vague requests and inadequate or incorrect information. You need to become confident and skilled in communicating with

members of the healthcare team so that you can signal your need for immediate action and support when required. Use of acronyms such as ISBAR
(*Table 5.4*) have been reported to be effective in streamlining the way
doctors and nurses communicate during telephone calls and patient handover and in increasing patient safety (Mikos 2007). Acronyms provide a
framework for communicating in a consistent way and are particularly
useful for beginning nurses.

Table 5.4 ISBAR

I	Identify	Self—name, position, location. Patient—name, age, gender.	'This is …from … ward.' 'I'm calling about Mr Levi …'
S	Situation	Explain what has happened to trigger this conversation.	'The reason I am calling is…' If urgent say so, 'This is urgent; the patient's O_2 saturation levels are 90% and systolic BP 90.'
B	Background	Admission date, diagnosis, relevant history, investigations, what has been done so far.	'He is day 2 post-op after colorectal resection …'
A	Assessment	Give a summary of the patient's condition or situation. Explain what you think the problem is (if you can).	'I'm not sure what the problem is, but the patient is deteriorating. His vital signs are …'
R	Request and/or recommendation	State your request.	'I need help urgently. Can you come now?'

Mikos (2007)

5.10.4 Medical emergency team calls

Many of the acute care facilities where you will undertake placements will
have rapid response or medical emergency teams (METs). MET systems
empower nurses to seek immediate help in managing acutely ill patients.
Nurses are the primary activators of MET calls so you will need to familiarise yourself with the criteria and the process for making a MET call. A
recent Australian study (Jones et al. 2006) of nurses' attitudes to MET calls
identified that:

- Most nurses felt that the MET prevented cardiac arrests (91 per cent)
  and helped manage unwell patients (97 per cent).

- Some nurses suggested that they restricted MET calls because they feared criticism of their patient care (2 per cent) or criticism that the patient was not sufficiently unwell to warrant a MET call (10 per cent).
- 56 per cent suggested that they would make a MET call for a patient they were worried about even if the patient's vital signs were normal.
- 62 per cent indicated that they would call the MET for a patient who fulfilled MET physiological criteria, but did not look unwell.

It is important that you know when, why and how to make a MET call as research indicates that patient outcomes are improved when nurses use MET teams appropriately. Thompson et al. (2008) suggest that when calling a MET, nurses must first engage in clinical reasoning (see Chapter 4). However, some nurses do not have the skills required to engage in clinical reasoning, and neither are they able to distinguish clinical noise from those clinical data that signal risk; this is a crucial causative factor in nursing errors (Levett-Jones et al. 2009b).

5.11 Self-disclosure

Self-disclosure is an act of revelation. What should you reveal about yourself in the course of your placement and to whom? Should you share your medical history or other problems with your clients?

Some clinical placements provide the opportunity for you to attend group meetings. During these meetings, clients often disclose personal information about themselves and at times you may be tempted to share your experiences about a similar problem: Be cautious! The invitation by the group leader to be a part of the group is in your capacity as a nursing student. It is not for you to discuss your personal circumstances, conditions or history. The intention is for you to learn from the global concepts illustrated in the group discussions and to focus on the therapeutic interactions that occur. In group meetings attention should not be drawn away from the clients.

The same principles apply if you have the opportunity to be involved in a case conference. Objective, informed discussion that focuses on the clients is the purpose of the meetings. Don't be tempted to disclose personal information about yourself, even if it seems relevant. Be very aware of where boundary violations may occur (ANMC and Nursing Council of New Zealand 2010).

While there may be rare occasions when self-disclosure may be appropriate, it should always be well thought-out and not done to satisfy your own needs (e.g., as a medical consultation or to gain sympathy). Before you engage in self-disclosure, reflect on your own agenda and motivation. Is your self-disclosure a genuine act to help others or a way to satisfy your own needs?

Coaching Tips

- Before you join a group counselling session, seek guidelines from the group leader about your role in group meetings.
- Show respect and listen attentively to members of the group.
- Arrive on time for the group session and wait until the end to leave.
- Avoid talking to fellow students during a group therapy session. The focus is on the patients, and short conversations with a colleague are viewed as disrespectful and can often make patients or other group members angry.
- Do not disclose any personal information. This includes your medical or psychological history (and any other history you may have).
- Save questions until after the meeting—it is not a question and answer session.
- Always thank the group members for allowing you to participate in their session.
- Ensure that you maintain confidentiality after the session and do not discuss anything revealed by group members.

5.12 **Providing effective feedback**

Feedback is an important component of student learning during clinical placement. It contributes to ongoing improvement when supported by quality feedback mechanisms. Feedback has the power to motivate others and to facilitate change and learning.

The concept of feedback is complex. It provides information about past performance and provides strategies for future learning. The degree to which feedback facilitates change, learning and future performance depends on many factors, including the perception and acceptance of the feedback by the recipient, the way feedback is conveyed and the personal characteristics of those involved.

Feedback should not be viewed as a bureaucratic process or a tool for control. It is not about being punitive, but offers a mechanism to enhance communication and teamwork. It is a powerful motivator for change. Effective feedback provides the potential to increase self-esteem and workplace satisfaction and is an opportunity to demonstrate that you are valued and/ or value others.

Mechanisms for providing feedback may be formal or informal (Penman & Oliver 2004). Formal feedback mechanisms may include hard-copy or online questionnaires that incorporate a rating scale, or forms that request open-ended comments. Informal feedback may be conversations that occur between you and your mentor regularly about your placement experience and clinical performance.

5.12.1 **Feedback on student performance**

You should expect to receive regular feedback from the nurses you work with and from your educator. This may be in the form of a formal evaluation of your clinical performance or as opportunistic feedback that provides you with immediate information about your performance of a specific task or situation.

Feedback needs to be given in an environment conducive to listening and comprehending (quiet and away from the distraction of other people), and at a time when you can pay attention to what is being said. Your willingness to accept and to respond to the feedback is an important factor in the feedback process. Listen attentively, reflect on what is said and be willing to discuss the issues presented. Negotiation and assertiveness skills will allow you to seek and qualify information. Ask for examples to illustrate a particular criterion. Show how you have learnt from situations and moved forward in your learning during the session. Be proactive and ask for strategies that will help you develop further. Your feedback session is not the time to bring up complaints about individuals. Issues of this kind should be dealt with at the time they occur. Most institutions have a mechanism for handling complaints or for commending someone.

5.12.2 **Feedback on the placement experience**

While you may receive feedback about your clinical performance, you may also be requested to provide feedback about your clinical experiences, your mentor or your clinical educator. Your feedback needs to be carefully considered, given freely and with the intent to inform and to be honest. For feedback to be most effective, it should be provided immediately following your placement, so that you capture your thoughts, feelings and ideas. You have the right to question whether privacy and confidentiality principles are operational. Informal and spontaneous feedback is also a valuable mechanism to affirm and value others. Do not be afraid to offer constructive feedback during your learning experiences.

 Coaching Tips

- Take every opportunity to provide feedback and to support quality mechanisms and processes. Remember that your feedback has the power to change practices and is therefore a critical component of your professional life.
- Make constructive comments when providing feedback.
- Mention a positive comment before a negative one.

- Take time to reflect upon your feedback before you submit it.
- Be receptive to feedback about your performance. Actively strive to grow and develop from constructively offered feedback.

Chapter 5
Reflective thinking activities

1. How do you introduce yourself to staff on the first day of a clinical placement?

   _____

   _____

   _____

2. How do you introduce yourself to your patients when you first meet them?

   _____

   _____

   _____

3. You are a third-year nursing student in your final clinical placement. A 78-year-old patient that you have been caring for (Mr Yu) has pneumonia and emphysema. His condition has been improving over the past 3 days, but now he is febrile (38.9 °C), oxygen saturation level is 89 per cent and respiratory rate is 34. He reports feeling anxious and unwell. The registered nurse you are working with is busy with another critically unwell patient and asks you to phone the doctor. How do you prepare for the phone call and what will you say to the doctor?

   _____

   _____

   _____

4. Record yourself giving a simulated patient handover, then critique yourself.
   i. What are your impressions of both the content of the handover, the way it was delivered and the way it sounded? Did you focus on the most important aspects of the patient's condition and care? If not, why not?

   _____

   _____

   _____

   _____

ii. Did you use the correct terminology? Give examples.

_____

_____

_____

_____

iii. Did you sound confident or timid? How can you improve this?

_____

_____

_____

iv. Was your voice clear and articulate or did you mumble and stumble over your words?

_____

_____

_____

v. Were you too loud, too soft or too monotone?

_____

_____

_____

5. How confident and competent do you feel in using ICT at university and in clinical contexts? What can you do to improve your ICT knowledge and skills? Have you observed any situations where the use of ICT has had a positive (or negative) impact on patient care?

_____

_____

_____

6. Imagine it is the last day of your clinical placement. You have had some great times there with some wonderful and supportive staff. However, you've also worked with a few registered nurses who made it obvious to you that they resented students. They were dismissive of your questions and unappreciative of your help. Write a letter to the nursing unit manager about your experiences in the unit.

_____

_____

_____

_____

_____

References

ANMC. *ANMC National Competency Standards for the Registered Nurse*. Canberra: Australian Nursing and Midwifery Council; 2006.

ANMC and Nursing Council of New Zealand. *A nurse's guide to professional boundaries*. Dickson, ACT: ANMC. <http://www.nursingmidwiferyboard.gov.au/Codes-Guidelines-Statements/Codes-Guidelines.aspx#professionalboundaries>; 2010 Accessed 05.09.11.

Australian Commission on Safety and Quality in Health Care. *The OSSIE Guide to Clinical Handover Improvement*. Sydney: ACSQHC; 2009.

Australian Commission on Safety and Quality in Health Care. Clinical Handover. 2010. Online. Available <http://www.safetyandquality.gov.au/internet/safety/publishing.nsf/Content/PriorityProgram-05>; 2010 Accessed 18.04.10.

Australian Medical Association. Safe Handover: Safe Patients. Guidance on Clinical Handover for Clinicians and Managers. 2006. AMA. Online. Available <http://www.ama.com.au/web.nsf/doc/WEEN-6XFDKN>; 2009 Accessed 30.12.09.

Bembridge E. *University vs. reality: the transferability of new graduates' information and communication technology skills from university to the workplace? A qualitative explorative study*. Newcastle: Unpublished Honours Thesis, The University of Newcastle; 2010.

Buresh B, Gordon S. *From Silence to Voice. What Nurses Know and must Communicate to the Public*. New York: Cornell University Press; 2000.

Commonwealth of Australia. Health Online: A Report on Health Information Management and Telemedicine. 1997. Online. Available <http://www.aph.gov.au/house/committee/fca/tmreport.pdf>; 2009 Accessed 28.12.09.

Crisp J, Taylor C, eds. *Potter and Perry's Fundamentals of Nursing*. 3rd ed. Sydney: Mosby Elsevier; 2009.

Gardner A, Goodsell J, Duggen T et al. 'Don't call me sweetie!' Patients differ from nurses in their perceptions of caring. *Collegian*. 2001;8(3):32–38.

Garling P. Final report to the Special *Commission of Inquiry. Acute care services in NSW Public Hospitals*. 2008. Overview. Online. Available <www.lawlink.nsw.gov.au/acsinquiry>; 2009 Accessed 29.12.09.

Goleman D. *Social Intelligence: The New Science of Human Relationships*. London: Hutchison; 2006.

Grice T. *Everyday English for Nursing*. Edinburgh: Elsevier; 2003.

Hally MB. *A Guide for International Nursing Students in Australia and New Zealand*. Sydney: Churchill Livingstone Elsevier; 2009.

Harms L. *Working with People*. South Melbourne, Victoria: Oxford University Press; 2007.

Heath P, Duncan J, Lowe E et al. *National Review of Nursing Education: Our Duty of Care*. 2002. Online. Available <http://www.dest.gov.au/archive/highered/nursing/pubs/duty_of_care/default.html>; 2009 Accessed 28.12.09.

Hegney D, Bulkstra E, Eley R et al. *Nurses and Information Technology*. 2007. Online. Available <http://www.anf.org.au/it_project/PDF/IT_Project.pdf>; 2009 Accessed 28.12.09.

Jones D, Baldwin I, McIntyre T et al. Nurses' attitudes to a medical emergency team service in a teaching hospital. *Quality and Safety in Health Care*. 2006;15(6):427–432.

Levett-Jones T, Kenny R, Van der Riet P et al. Exploring the information and communication technology competence and confidence of nursing students and their perception of its relevance to clinical practice. *Nurse Education Today*. 2009a;29(6):612–616.

Levett-Jones T, Hoffman K, Dempsey Y et al. (2010). The 'five rights' of clinical reasoning: an educational model to enhance nursing students' ability to identify and manage clinically 'at risk' patients. *Nurse Education Today* doi:10.1016/j.nedt.2009.10.020

McNamara K. *Information and communication technologies, poverty and development: learning from experience. Information for development program*. 2003. Online. Available <http://www.infodev.org/en/Publication.17.html>; 2009 Accessed 28.12.09.

Mikos K. Monitoring handoffs for standardization. *Nurse Manager*. 2007;38(12):16–20.

Morse J, Proctor A. Maintaining patient endurance: the comfort work of trauma nurses. *Clinical Nursing Research*. 1998;7(3):250–274.

National Health and Hospitals Reform Commission. *A Healthier Future For All Australians – Final Report of the National Health and Hospitals Reform Commission – June 2009*. 2009. Online. Available <http://www.health.gov.au/internet/nhhrc/publishing.nsf/Content/1AFDE AF1FB76A1D8CA257600000B5BE2/$File/EXEC_SUMMARY.pdf>; 2009 Accessed 29.12.09.

Penman J, Oliver M. *Meeting the Challenges of Assessing Clinical Placement Venues in a Bachelor of Nursing Program*. 2004. Online. Available <http://jutlp.uow.edu.au/2004_v01_ i02/penman002.html>; 2005 Accessed 11.01.05.

Remedios L, Webb G. *Transforming Practice Through Clinical Education: Professional Supervision and Mentoring*. Sydney: Elsevier; 2005.

Smedley A. The importance of informatics competencies in nursing: an Australian perspective. *Computers, Informatics, Nursing*. 2005;23(2):106–110.

Staggers N, Gassert C, Curran C. Informatics competencies for nurses at four levels of practice. *Journal of Nursing Education*. 2001;40(7):303–316.

Stein-Parbury J. *Patient and Person: Interpersonal Skills in Nursing*. 4th ed. Marickville, Sydney: Elsevier; 2008.

Thompson C, Dalgleish L, Bucknall T et al. The effects of time pressure and experience on nurses' risk assessment decisions: A signal detection analysis. *Nursing Research*. 2008;57(5):302–311.

Timmins J. Nurses resisting information technology. *Nursing Inquiry*. 2003;10(4):257–269.

Tsai J, Bond G. A comparison of electronic records to paper records in mental health centers. *International Journal for Quality in Health Care*. 2008;20(2):136.

Wong M, Yee K, Turner P. *A structured evidence-based literature review regarding effectiveness of improvement interventions in clinical handover*. Australia: eHealth Services Research group, University of Tasmania/ACSQHC; 2008. Online. Available <www.achs. health.nsw.gov.au/clHoverLitReview.pdf> 2009 Accessed 30.12.09.

Insights from clinical experts

Trust one who has gone through it.

Virgil (Roman poet, 70–19 BC), *Aeneid*

6.1 Introduction

In this chapter we are delighted to include contributions written by nurses from a wide cross-section of nursing specialties. Each section introduces you to the particular learning opportunities and challenges inherent in these diverse clinical areas. While it has not been possible to cover every clinical specialty (there are just too many to explore), we are sure that the selection here provides insight into the wonderful opportunities available to nursing students. We are confident that you'll be both inspired as these nurses share with you their passion for their work and motivated as they explain the unique qualities of different practice areas.

This chapter is designed to allow you to prepare for and plan your clinical placements. However, you'll also be able to use it to delve into the different career pathways and specialities that are open to graduates. We hope that you find reading this chapter interesting and thought-provoking.

6.2 Aviation nursing

Fiona McDermid

RN, RM, MN, PhD Candidate
Lecturer, University of Western Sydney

Amanda Ferguson

RN, RM
Flight Nurse, Royal Flying Doctor Service, Queensland

6.2.1 An overview of aviation nursing

Welcome to the exciting world of Air Ambulance and the Royal Flying Doctor Service (RFDS). Aviation nursing involves the preparation, stabilisation and transport of patients within an aeromedical environment. This position involves flying in small aircraft to areas all over Australia, with a nurse and, of course, a pilot. Much of the work is routine, which includes transferring patients to and from major hospitals for care. The other aspect of this role is retrieval work, which involves flying with a doctor to transfer acutely unwell or injured patients to the appropriate facilities.

Aviation nurses are highly skilled professionals with extensive experience in critical care areas and midwifery. They practice autonomously and make independent decisions about patient care. In addition, they also play an important role as a flight crew member and are responsible for the safety of all those on board. Safety is the most important aspect of aviation nursing. Aviation nurses are trained extensively on safety procedures in and around aircrafts and compliance with safety procedures and policies is enforced with the full power of Federal law.

6.2.2 Learning opportunities

Aviation nursing is an unpredictable, but challenging area in which to work. It involves the use of completely different skills to those used in other fields of nursing and allows you to visit a multitude of places and health services. It is a wonderful experience that will broaden your view on the world of nursing and patient care.

Aviation nursing involves travel to rural and remote communities where health services are highly valued. You may meet and treat people of different cultures and therefore you should be appreciative of local customs and traditions, open minded and flexible in your approach.

As a visitor to the aviation environment you must understand and comply with safety procedures and regulations, for your own and for others' protection. It is essential that you act in accordance with the instructions given to you by the senior nurse. The process of loading and off-loading of patients is complicated and potentially hazardous if not done correctly. It is essential that you listen and fully understand the correct operational procedures and manual handling procedure before attempting these activities, and do not attempt to undertake them by yourself.

6.2.3 Preparation for the placement

A basic understanding of aviation physiology prior to flying is important, as the environment is heavily influenced by the physiological phenomena of altitude, confined space and the extremes of weather and terrain. Within the aviation environment, these factors may impact on the transportation of patients and those on board. The physical environment often dehydrates individuals, which can result in a fatigue often referred to as jet-lag. The shifts can be long, particularly with retrieval work where times are only roughly estimated. To counteract these effects, it is strongly advised that you are well rested prior to flying and drink adequate amounts of fluids. The use of alcohol is prohibited for 24 hours prior to a flight.

As a visitor to any area, it is essential that you are appropriately attired and that you conduct yourself as a professional at all times. Punctuality is of major importance in flight nursing, because of the preparation of flight plans and take-off times. Flexibility, a positive attitude and a willingness to learn are also essential.

Space is limited on medical aircraft and weight is restricted. Medical equipment and supplies will always take precedence over general luggage. Remember, less is always best. Travel with a minimal amount of necessary items—often just a small bag is enough. It is also vital that no dangerous goods are carried on board. These items include cigarette lighters, matches, aerosol cans and other flammable items.

6.2.4 **Challenges students may encounter**

As space is restricted on flights, there may be occasions where you may be offloaded from a flight and unable to fly. This is referred to as being 'bumped', and is simply a matter of weight and space limitations.

Further reading

Articles in the *Australian Journal of Rural Health.*

Some historical further reading

Jarvis CM. Aviation nursing in Western Australian Kimberley. *Australian Journal of Rural Health.* 1995;3(2):68–71.

Stevens SY. Aviation pioneers: World War II air evacuation nurses. *Journal of Nursing Scholarship.* 1994;26(2):95–100.

6.3 **Community health nursing**

Cheryle Morley

RN, RM, ICU Cert, CFHN Cert, Grad Cert Clinical
Management, Master of Nursing (Clinical Leadership), IBCLC
Program Nurse Manager, Child and Family Health,
Primary Care and Community Health Network,
Sydney West Area Health Service

Bronwyn Warne

RN, BHSc (Nursing), Oncology Cert, Grad Cert Workplace
Relations, Grad Cert Gerontology, Master of Nursing
(Clinical Leadership)
Program Nurse Manager, Complex, Aged and Chronic Care,
Primary Care and Community Health Network,
Sydney West Area Health Service

6.3.1 **Overview of community health nursing**

Community nursing is a specialised clinical practice area in which nurses
are involved in the provision of healthcare to community-based clients
outside the acute hospital facilities. Services may be provided in the clients'
homes, clinics, neighbourhood centres and schools/preschools. Usually,
nurses are based in community health centres and are part of a larger
multidisciplinary team that covers a specific geographical area.

Historically, community nursing has been practised in many forms.
The 'good wives' and 'witches' of the middle ages were perhaps early
forms of community nurses, while in Australia the 'brown nurses', or
Sisters of Charity, an order of nuns, established a visiting service to the
poor and needy in 1838. A domiciliary nursing service began in Victoria
in 1885, and in 1910 Lady Douglas, the wife of the then governor
general, established the Bush Nursing Service (Burchill 1992, cited by
Ward 1999).

The 1930s saw the introduction of baby-health sisters and school nurses
to effect change on the high rate of infant mortality and poor health of
school children. This specialisation continued until the 1970s, when the

generalist model of community nursing, often referred to as 'womb to tomb' or 'birth to death', was conceived as a service in 1972. The aim of this service was to provide healthcare that focused on health promotion, prevention of illness, school health screening, home nursing, early childhood health services and supportive services for clients at risk of health breakdown (O'Connor 1973, cited by Ward 1999).

Following the acceptance and signing of the Alma Ata declaration by the Australian Government in Ottawa in 1978, and the consequent move by nurses to work within the framework of primary healthcare (PHC), the role, profile and range of skills required to practice as a community nurse have changed significantly in recent years (Ward 1999). The emphasis on early identification and intervention in child and family health, the ageing population and increasing number of people with a chronic illness have resulted in the need to change from a generalist nursing role to a specialist role (Kemp et al. 2005).

6.3.2 Learning opportunities

Placement in the community setting gives you a unique opportunity to observe and participate in nursing services provided for clients in their own environment, either at home, in clinics or in schools/preschools. In some communities the nurse works with clients across the lifespan, for example remote-area nursing, while in other communities the nurse will work in a team, focusing on a particular population group, such as the aged, those with a chronic illness, or children and families.

The model of care is client-focused, with a holistic approach to assessment and intervention, underpinned by partnerships and a strengths-based approach to child and family health, and supporting self-management in chronic care. These practice principles are directed by State and National policy, legislative requirements and clinical practice frameworks.

It is expected that you will work with a registered or enrolled nurse for the duration of the clinical placement. During the placement you will have the opportunity to be involved in some hands-on work; however, the specialised nature of the community nursing role may limit this aspect and could result in the clinical placement having a greater observational component for students than you might experience in other clinical settings.

There will be opportunities for you to explore one or many clinical specialty areas. These include child-and family-health nursing, such as home visits for families with newborn babies, audiometry, infant feeding and lactation, preschool vision screening and parenting groups. In complex, aged and chronic care you may visit clients who require chronic illness management, wound care, palliative care and continence management. There is also the opportunity to work with a number of allied health professionals who make up the larger multidisciplinary teams that provide services in community health.

You will benefit from discussion with health professionals in relation to the application of PHC principles, recognising the alteration in balance of power when working with clients in their own environment, and identifying networks and partnerships with other organisations and agencies that are core components of community health services (Centre for Health Equity Training, Research and Evaluation (CHETRE) 2005).

6.3.3 Preparing for the placement

For the placement to have the greatest value, you need to have a good knowledge and understanding of the core principles of nursing practice. These include codes of conduct, ethics and accountability, legal aspects of care (including consent for service), advocacy, infection control, documentation and confidentiality (client and staff). It is important that you recognise that these principles remain constant in all aspects of nursing practice, even though the work environment changes. Safety, security and manual handling have significant relevance in the community setting.

You need to discuss with your course/unit coordinator how your placement will be confirmed. In some situations the university undertakes all liaison, at other times you may need to contact the nurse unit manager (NUM) yourself before you begin the placement. You need to discuss the requirements for your placement in relation to dress code, identification and any supporting paperwork that you must present. In most instances a student-orientation package will be available on commencement, which provides you with an overview of the service.

Generally, you will leave the community health centre or base in the morning and not return until later in the afternoon. As you will be away from the centre for most of the day, bring fluids to drink and make enquiries about the availability of food if you cannot bring it from home.

6.3.4 Challenges students may encounter

Students have sometimes been challenged by the vast differences between community nursing and nursing in the acute setting (hospitals). Community nursing can seem isolated and less exciting, and the time spent with one client once per week is hard to equate with the hospitalised client who receives constant contact over a whole shift. Another challenge relates to the perception of nurses having 'a lovely job just visiting new babies every day', especially when you may be confronted with the psychosocial risks and vulnerabilities that impact on some of the families community nurses work with. The shift in emphasis from hospital to community care because of increased cost of hospitalisation, decreased length of stay (LOS) and early discharge means that nurses who practise in the community have to manage more highly dependent and complex clients than they have done in the past (Kemp et al. 2005). When nurses return to their base, paperwork is done and phone consultations and operational meetings take place. You will be encouraged to participate as you are able, but this period at the base also provides an opportunity to find out more about the clinical practice area, to observe other aspects of the service, such as intake of referrals, and to discuss services with other members of the multidisciplinary team.

Working with clients in their own environments means we need to accept that the client has the right to self-determination and that the community nurse develops the plan of care in collaboration with the client. Each client and her or his environment can be a learning situation; we acknowledge that people live in a variety of settings—from mansions to shipping containers with no electricity or running water. Some aspects of our work can also be confronting; debriefing with the nurse who you are working with is encouraged after visits, and the NUM is available to discuss and address any concerns and issues that you may have during the placement.

There may be situations in which it is not appropriate for you to accompany the community nurse on a visit. This could occur when a mother has postnatal depression, or if the nurse is working with a family where there is a child-protection issue or needing palliative care. Alternative arrangements will be made for you in these circumstances.

References

Centre for Health Equity Training, Research and Evaluation (CHETRE). *Guidelines: Core Functions and Services for Primary and Community Health Services in NSW*. 2005. Online. Available <http://www.phcconnect.edu.au/fact_sheets.htm>; 2010 Accessed 14.01.10.

Kemp LA, Comino EJ, Harris E. Changes in community nursing in Australia. *Journal of Advanced Nursing*. 2005;49(2);307–314.

Ward D. *Master of Primary Health Study Guide*. Penrith: University Western Sydney; 1999.

Further reading

Centre for Health Equity Training, Research and Evaluation, University of New South Wales. Online. Available <http://chetre.med.unsw.edu.au/>.

NSW Health. *Planning Better Health: Background Information*. 2004. Online. Available <http://www.health.nsw.gov.au/pubs/2004/pdf/pbh_booklet.pdf>.

Community health information

Federal. <http://www.health.gov.au>.

Australian Capital Territory. <http://www.health.act.gov.au>.

New South Wales. <http://www.health.nsw.gov.au>.

Northern Territory. <http://www.health.nt.gov.au>.

Queensland. <http://www.health.qld.gov.au>.

South Australia. <http://www.health.sa.gov.au>.

Victoria. <http://www.health.vic.gov.au>.

Western Australia. <http://www.health.wa.gov.au>.

6.4 **Day-surgery nursing**

Alison Anderson

RN, Grad Cert Clinical Teaching
Clinical Nurse Specialist, Sydney Adventist Hospital

6.4.1 **An overview of day-surgery nursing**

While day surgery is usually considered a development of the 20th century its origins began in the late 1800s. Today, day-surgery units (DSUs) around the world are found in integrated centres in healthcare facilities, large or small, and as free-standing centres. Many focus attention on a wide range of surgical specialties, while others select a single specialty as their primary treatment focus. Day procedure units may deal with surgical procedures and/or medical and diagnostic procedures such as endoscopy or haematology.

The changes and growth in DSUs continue as a result of developments in anaesthetics, medications and improved surgical techniques. The past 20 years has seen the greatest changes in this specialty and patients benefit from reduced costs and recovery time, reduced time away from their family and work, an easy transition from admission to anaesthetics and theatre and discharge, and the satisfaction of being in a caring environment especially tuned to safe discharge in a shortened time frame.

6.4.2 **Learning opportunities**

Nursing in the DSU environment can provide a wide variety of learning opportunities for the undergraduate nurse, from enhancing assessment techniques, admission to discharge processes and specialist skills in theatre and/or recovery. No matter how many patients come through the doors each day, every student can be involved in and be part of a well-skilled team. You will have an opportunity to share with patients their journey through a precise surgical experience and enjoy knowing that you have taken part in the patient's treatment plan. Specific learning opportunities include:

- Developing your skills in patient assessment in the preoperative stage in order to prevent patients from having an adverse outcome during surgery. In the DSU you will learn how to assess the patient and act on abnormal findings while understanding the needs of the specialty.

- Learning about new surgical procedures across many specialties. Some facilities allow nursing students in the operating theatre and recovery unit as well as in preoperative and discharge preparation.
- Learning about anaesthetics and pain management used for day patients, and what it is about day surgery that changes anaesthetic and analgesic requirements.
- Gaining skills in patient teaching in order to assist patients and carers understand the importance of and management of postoperative pain, nausea and vomiting, and post-discharge management.
- Developing skills in communication, prioritising work and working as part of a team.

6.4.3 Preparation for the placement

Before commencing the placement you should research the following:

- best practice guidelines for day-surgery facilities;
- current trends in anaesthetics for day patients, including local anaesthetic agents and blocks;
- surgical procedures relevant to DSUs (e.g., orthopaedic, gynaecology, ear, nose and throat surgery and endoscopy);
- nursing assessment and its application to the surgical patient;
- discharge planning for the day patient and common postoperative complications;

6.4.4 Challenges students may encounter

Students' experiences vary widely dependent on the number and types of patients in the facility. You should find out what cases are performed, what the facility offers patients and then focus on one or two areas of interest.

Moving from a pre-admission clinic, to admissions, to postoperative recovery may be confusing and leave you with a fragmented experience. Working in one of these areas at a time will enhance your experience and provide a more settled and worthwhile learning environment.

Staff may feel pressured as a result of a variety of situations, and different healthcare professionals may be seen to come and go in the DSU, which can be distracting. Taken in context and with a well-trained mentor on hand, watching, questioning and learning can provide a positive experience.

Resources

Australian Day Surgery Nurses Association. *Best Practice Guidelines for Ambulatory Procedures*. Australian Day Surgery Nurses Association. 2009. <www.adsna.info>.

6.5 Developmental disability nursing

Kristen Wiltshire

RN, RM
Nurse Learning and Development Officer,
Hunter Residences, Ageing, Disability & Home Care (ADHC),
Human Services, NSW

Bill Learmouth

RN
Nurse Manager Learning and Development, Hunter
Residences, Ageing, Disability & Home Care (ADHC),
Human Services, NSW

6.5.1 An overview of developmental disability nursing

Developmental disability services provide care to people with a disability of any age, in both large residential facilities and community settings. Both government and non-government disability services focus on supporting clients to lead valued, independent lives with the opportunity to participate fully in the community.

The services provided are comprehensive and include the provision of nursing care to people with complex support needs in areas of multiple disability and behaviour intervention. The majority of clients in residential facilities are severely intellectually disabled adults with complex and concurrent disabilities. These disabilities may include sensory impairment, lack of mobility or altered mobility exacerbated by the normal ageing process, epilepsy and other medical conditions and/or challenging behaviour. People with an intellectual disability may suffer from a range of health issues faced by the general community; however, their disability may put them at greater risk because of the difficulty of early identification and diagnosis. The role of nursing staff in recognising deviations from normal functioning is vital.

For some clients, the cause of their intellectual disability may have many health problems associated with it; for example, clients with Down's syndrome are more likely to have cardiac and respiratory problems, thyroid disease, diabetes and coeliac disease. The complexity of the health needs of our clients requires a coordinated and multidisciplinary approach by a team of health professionals.

The rights of disabled people to make choices regarding the services they wish to participate in must be upheld. Consent for medical procedures must be given by a 'person responsible', who is nominated by the Guardianship Tribunal; a medical practitioner can intervene in emergency situations. Usually a range of services is available, including visiting specialists who see clients with medical problems. The clients can be treated and monitored on site, but in some circumstances they will be referred to the specialists in the general hospital system.

Many people with disabilities live in community homes and/or are cared for by families and will access a range of healthcare facilities, both private and public. It is an asset for nurses to develop experience in disability nursing in order to identify and provide nursing care when disabled clients present with their multiple health needs. In the general system, a high percentage of medical and nursing staff are inexperienced in dealing with both people with an intellectual and/or physical disability and their carers.

6.5.2 Learning opportunities

Disability services provide a microcosm of a whole range of learning opportunities. For example, students will have the opportunity to care for clients with disabilities and conditions that are rarely seen in the general public health system. These include syndromes such as Rett, congenital rubella syndrome, Dandy–Walker, cri-du-chat and cytomegalovirus.

The average age of the client population is also increasing and, in some cases, this average is increasing more quickly than that of the normal community. Issues such as mobility, depression, anxiety, dementia, osteoporosis, diabetes, heart problems and cancer all add to the complex nature of the care we provide.

Many of the clients exhibit 'challenging behaviour', which is behaviour that can interfere with the client's or staff carer's daily life experiences. Challenging behaviour is not an inevitable result of developmental disability, but it can contribute to social isolation and lack of opportunities for our clients. A significant emphasis is placed on identifying client's lifestyle needs to reduce the frequency of challenging behaviour and enhance the lifestyle of the clients. Clients also have the opportunity to participate in activity centres for stimulating and diversional therapy.

6.5.3 Preparation for the placement

You are encouraged to:

- develop an awareness of the range of services available and the healthcare requirements of people with disabilities and their families;
- develop an understanding of the Disability Services Act and Standards;
- ensure that you have a criminal record clearance check prior to placement as well as the required immunisations.

6.5.4 Challenges students may encounter

The challenge for students is to understand the complexity of the health needs of people with a disability. Feeding, hydration and maintaining adequate nutrition are very important as many disabled clients have dysphagia (difficulty swallowing). Meeting the client's mobility needs will often involve you using a range of equipment. Communication may be a challenge for you as many of the clients have limited or no verbal communication skills and rely on non-verbal communication, such as gestures, sign language and augmentative communication devices. Their verbal communication can also be limited to vocal sounds and/or limited vocabulary.

Resources

Ageing, Disability & Home Care, Human Services NSW (ADHC). <www.dadhc.nsw.gov.au>.

6.6 Drug and alcohol nursing

Richard Clancy

RN, MMedSc, BSocSc
Clinical Nurse Consultant, Mental Health and Substance Use,
Hunter New England Health
Conjoint Lecturer, University of Newcastle

6.6.1 An overview of drug and alcohol nursing

Substance use is widespread within the community. Among your own family, friends and fellow students you may have noticed that different people will choose to use different substances; from caffeine, alcohol, nicotine and marijuana to amphetamines, opiates and hallucinogens. Most people who use substances are able to do so in a way that causes little or no noticeable harm to themselves or others. However, you will be aware that for some people substance use may lead to differing degrees of psychological, social, legal, financial and physical problems. Many people who experience problems with substances manage the situation themselves, while others seek assistance from drug and alcohol services.

Some members of the community hold preconceived ideas about the treatment offered at drug and alcohol services. These views probably reflect the diversity of opinions regarding substance use rather than being based on knowledge of the actual services offered. The reality is that health-funded drug and alcohol services follow government policy; the underpinning of these policies is harm minimisation. Harm minimisation strategies are based on the concept of accepting that substance use occurs at all levels in society and is unlikely to stop. One goal that is achievable is to reduce the harm caused by substance use. It is this premise that determines the drug and alcohol clinical services.

A clinical placement in drug and alcohol nursing may take place in a variety of settings, and each placement offers opportunities to observe and practice a new set of skills. Drug and alcohol services within each health service will offer different clinical placement opportunities, which may include inpatient and community detoxification, counselling services, harm-minimisation programs, pharmacotherapy programs and court diversion-treatment programs.

6.6.2 Learning opportunities

A clinical placement in the alcohol and other drugs sector provides a truly unique opportunity for students to learn first-hand about a range of interventions used in substance-use treatment, including counselling strategies such as cognitive behavioural approaches and motivational interviewing, as well as pharmacotherapies.

You will learn a good deal about the substances themselves and the issues experienced by people who use them. As a student nurse, you will observe some of the ethical dilemmas involved in treating chronic disorders with a behavioural component.

6.6.3 Preparation for the placement

It is important to reflect on your own views towards substances prior to commencing a placement in this field. As human beings, we, of course, have our views regarding different substances and people who use them. So reflect on questions such as:

- Which substances cause the most harm in society?
- How do I feel about working with people who have problems with substance use?
- Have I tried to make a lifestyle change in the past and how have I managed?

It is also very useful to review some information on the brain's reward pathway in relation to substance-use disorders to highlight the biological issues involved in these, along with an overview of substances themselves.

6.6.4 Challenges students may encounter

Some of the ethical dilemmas that you will encounter on clinical placement in this area may challenge your values and decision-making processes. These dilemmas will also provide you with valuable practical experiences in managing ethical issues that you will face throughout your future career. Motivation to change varies considerably between individuals who present for treatment. One of the challenges you will face in this placement will be the issue of seeing many clients who may be intelligent individuals, but who repeatedly use substances despite a range of negative consequences. Another challenge you will face will relate to your own views about your own substance use and that of your friends.

6.7 Emergency nursing

Leanne Horvat

RN, RM, BN, Cert Emergency, Grad Dip Midwifery,
MNurs (Nurs Prac)
Clinical Nurse Consultant, Emergency Services,
St George Hospital
Conjoint Lecturer, University of Newcastle

6.7.1 An overview of emergency nursing

The Emergency Department (ED) is a unique, dynamic and challenging specialty practice area in which you will provide care for patients from across the lifespan, including neonates, paediatrics, adults and the elderly. Emergency nursing as a specialty practice has continued to evolve and change. The emergency nurse is a highly experienced clinician, often being the first point of contact for the patient in the hospital setting (Fry 2007a).

Emergency nurses are required to manage multiple tasks simultaneously, utilising expert clinical assessment and organisational skills, while maintaining good communication and liaison skills in an often chaotic and overcrowded environment. The most important feature of emergency nursing is the ability to manage critically ill patients and those who are undiagnosed, who often present with only subtle signs and symptoms (Fry 2007a).

6.7.2 Learning opportunities

As a student nurse you will be able to observe one of the most pivotal nursing roles in the ED, this being the role of triage nurse. Triage is the process of sorting patients as they arrive to the ED for care. It is the triage nurse's responsibility to identify quickly those patients who need immediate or urgent medical attention and those who are safe to wait (Fry 2007b, pp 84–85). Primarily, the triage nurse role includes preparing a brief (3–5 minutes) nursing assessment by collecting fundamental information including objective data (visual observation of the patient and their vital signs) and subjective data (why the patient is presenting or their primary complaint). The triage nurse then allocates the patient into one of five triage categories according to the Australasian Triage Scale (ATS) (Fry 2007b, pp 85–87; ACEM 2006) see Figure 6.1.

ATS CATEGORY	TREATMENT ACUITY (Maximum waiting time)
ATS 1	Immediate
ATS 2	10 minutes
ATS 3	30 minutes
ATS 4	60 minutes
ATS 5	120 minutes

Figure 6.1 Australasian Triage Scale (ACEM 2006, p. 6).

Another learning opportunity while working in the emergency setting will be to observe the critical care aspect of resuscitation and trauma management. You may be able to assist in the care and observation of patients who present following blunt or penetrating injuries that result from motor vehicle accidents, accidental falls, assaults, self-harm, firearm or stabbings to impaling or crush injuries. These patients, who require extended resuscitation and trauma care, often have high mortality and morbidity outcomes (Farrow et al. 2007, pp 673–679). As a student nurse you must prepare yourself for seeing both the best and the worst life has to offer, as well as seeing patients and their family members in turmoil.

6.7.3 Preparation for the placement

Prior to undertaking an ED placement, consider how you would manage the care of the following people:

- a 56-year-old man presents with central chest pain and shortness of breath;
- an 80-year-old lady presents via ambulance following a fall onto the floor six hours ago and is unable to weight bear;
- a 16-year-old girl who presents with abdominal pain after being involved in a motor vehicle crash;
- a 2-year-old child has fallen of the slippery-dip, hit his head and presents with a small laceration above his eyebrow;
- a 65-year-old man presents via ambulance following a collapse, and is in cardiac arrest.

How are you going to manage the immediate care of each of these individual patients? What clinical assessment are you going to undertake? How are you going to determine the potential for rapid deterioration of any one of these patients? These are some of the questions you should consider before you start your clinical placement in the ED.

The emergency nursing assessment process includes several key steps, which are discussed separately here, but it is important to know that often these steps may be done simultaneously (Curtis et al. 2009). You should be familiar with each of these steps before commencing your placement:

Step 1: History taking

Focusing on the chief complaint to determine the severity of the patient's illness and any need for immediate interventions is of paramount importance. You may need to question the patient and/or their family/carer about pain history, associated symptoms, past history, medications, allergies, mechanism of injury, current treatments and social history in order to gain key information about the patient's illness or injury (Curtis et al. 2009, p. 132).

Step 2: Potential 'red flags'

The first 'red flag' is to determine any threat to life or limb that indicates immediate medical intervention is needed. You will notice that emergency nurses are able to make this determination within seconds of coming into contact with a patient. You must utilise a combination of findings that may indicate severe illness, which may include clinical signs (abnormal vital signs), medical history (such as chronic renal failure or heart disease) or time-sensitive presentations (chest pain or loss of consciousness). These 'red flags' may indicate the need for urgent treatment and/or investigations to commence (Curtis et al. 2009, pp 132–133).

Step 3: Clinical examination

The clinical examination follows the ABCD mnemonic, commencing with initial threats to airway, breathing, circulation and disability (neurological function) (Curtis et al. 2009, p. 134). If nothing proves to be imminently life-threatening, a more focused assessment can continue. You must then continue with a full set of vital signs including blood pressure (BP), pulse (P), respirations (R), temperature (T) and oxygen saturations (SpO_2) and a full head-to-toe assessment that focuses on the affected body system (Farnsworth & Curtis 2007, pp 93–95). For example, the 56-year-old man who presented with central chest pain and shortness of breath would initially be assessed for threats to his ABCD, followed by a more focused assessment of his cardiac and respiratory systems.

Step 4: Investigations

Laboratory and other diagnostic tests are obtained during the patient assessment, which may support or rule out diagnoses and assist with a definitive plan of care. Determining which laboratory and diagnostic tests should be ordered is not primarily a nursing responsibility, but in some facilities you will find that advanced clinical nurses are able to order specific tests against local departmental policies or standing orders (Curtis et al. 2009, p. 134).

There are also other tests that the student nurse can be involved in during the initial assessment, to either confirm or rule out a diagnosis. As a student nurse you will be expected to attend electrocardiograms (ECGs) for patients who present with chest pain, cardiac arrhythmias or collapse, as well as blood glucose levels (BGLs) for diabetic patients, those who present after a collapse or loss of consciousness, nausea and vomiting, and neonates (Farnsworth & Curtis 2007, p. 96).

Step 5: Nursing interventions

Nursing interventions may occur simultaneously as you are taking your history and attending to your clinical examination. As a student nurse you may be assisting your patient into their hospital gown and talking to them about their chief complaint, while taking note of their general colour, mobility, position of comfort and baseline vital signs.

Simple, effective interventions, such as pain relief, application of oxygen, splinting of injured limbs or the need for a cannula or bloods will become apparent very quickly during your assessment. These interventions often occur concurrently and, as the student nurse, it is important to frequently reassess your patient to determine whether your interventions have been successful, as well as any potential deterioration in your patient's condition (Curtis et al. 2009, p. 134).

6.7.4 Challenges students may encounter

There are many situations in the ED that you may find challenging. However, caring for special populations, such as those listed below, is perhaps the most important challenge and one you need to prepare for carefully prior to the placement:

- paediatric patients (and their families);
- elderly patients;
- people who present with mental health issues;
- people who are aggressive or violent;
- people with infectious diseases;
- people with impaired communication.

References

ACEM. *Policy on the Australasian Triage Scale*. 2006. Australasian College of Emergency Medicine. Online. Available <http://www.acem.org.au/media/policies_and_guidelines/ P06_Aust_Triage_Scale_-_Nov_2000.pdf>; 2009 Accessed 02.01.09.

Curtis K, Murphy M, Hoy S, Lewis MJ. The emergency nursing assessment process – a structured framework for a systematic approach. *Australasian Emergency Nursing Journal.* 2009;12:130–136.

Farnsworth L, Curtis K. Patient assessment and essential nursing care. In: Curtis K, Ramsden C, Friendship J, eds. *Emergency and Trauma Nursing.* Sydney: Mosby; 2007.

Farrow N, Caldwell E, Curtis K. An overview of trauma. Cited in: Curtis K, Ramsden C, Friendship J, eds. *Emergency and Trauma Nursing.* Sydney: Mosby; 2007.

Fry M. Overview of emergency nursing in Australasia. Cited in: Curtis K, Ramsden C, Friendship J, eds. *Emergency and Trauma Nursing.* Sydney: Mosby; 2007a.

Fry M. Triage. Cited in: Curtis K, Ramsden C, Friendship J, eds. *Emergency and Trauma Nursing.* Sydney: Mosby; 2007b.

6.8 General practice nursing

Elizabeth J Halcomb

RN BN(Hons), Grad Cert, IC, PhD, FRCNA
Senior Lecturer, School of Nursing & Midwifery,
University of Western Sydney

6.8.1 An overview of general practice nursing

General practice nursing is a well-developed specialty area in the United Kingdom and New Zealand, and an emerging specialty in Australia. Although nurses have worked in Australian general practice for many years, in recent years the number of practice nurses has increased and their roles have developed (Halcomb et al. 2005). This has largely been the result of Federal Government initiatives that have provided additional funding for the employment of practice nurses and allowed practice nurses to claim Medicare items for certain procedures (Halcomb et al. 2008).

6.8.2 Learning opportunities

In Australia it is expected that you will work with a registered or enrolled nurse for the duration of your placement in general practice. In the New Zealand context only registered nurses fulfil the role of practice nurses. Although you may have a strong desire to gain hands-on experience, the specialised nature of the nursing role in general practice and the short consultation duration means that you may undertake significant periods of observation. It is important for both patient safety and your own professional status that you do not feel pressured to undertake duties unsupervised by a registered nurse or beyond your scope of practice (Australian Nurses Federation 2008; Nursing Council New Zealand 2008). General practice is an important learning environment for undergraduates as it provides an opportunity to participate actively in the frontline delivery of primary care. As such, it allows students to develop an appreciation of the complexity of health issues that face the community and the health services available in the general practice setting. This will assist in broadening the outlook not only of those students who wish to pursue a career in community or practice nursing, but also of those who seek employment in the acute sector. Given the increasing emphasis on primary care, now is an exciting time to be introduced to the specialty of practice nursing as there are significant opportunities to contribute to the health of the community, as well as to develop a career pathway and to participate in the advancement of the specialty.

Approximately 85 per cent of Australians visit a general practitioner annually (Britt et al. 2008). Unsurprisingly, increased service use is seen in those of advanced age or with chronic illness and complex health needs. Given the shift from hospital-based to community-based care, patients seen in contemporary general practice often have more complex health needs than has been the case historically. However, the demographics of the local community and, more specifically, the practice population will impact upon the nature of clinical presentations within the general practice that you may visit. It is likely that you will be exposed to a variety of clinical areas during the placement, including childhood, travel and influenza immunisation, women's health checks, childhood health assessments, wound dressings, lifestyle risk-factor monitoring and chronic disease management.

6.8.3 Preparation for the placement

In preparation for a placement in general practice, you would benefit from developing an understanding of the way in which general practice services fit within the broader context of the health system. This understanding will allow you to better appreciate the role that general practice nurses play across the spectrum of health and illness. Given the unique environment and models of service delivery seen in general practice, preparation for the placement should also promote your knowledge of the competency standards of registered and enrolled nurses in general practice and the legal requirements within which nurses' practice (Australian Nurses Federation 2008; Nursing Council New Zealand 2007).

6.8.4 Challenges students may encounter

A major challenge that you may encounter is the difference in the environment of general practice compared to that of acute-care settings. In general practice, teams are often small and rely on each other to provide support and advice. This requires team members to work closely together and communicate with each other to optimise service delivery. While such an environment may foster the autonomy of the nurse in their practice, it may also create a degree of professional isolation (Halcomb et al. 2005). For students, it may be challenging to work in the general practice environment with a small group of nurse mentors for support. Before commencing a placement in general practice, you should be aware of key contacts, both internal and external to the practice, that can provide you with support should it be required.

Given the sensitive nature of some consultations it may not be appropriate for you to observe at all, or it may be appropriate to seek the patient's permission for you to observe. The appropriateness of your presence needs to be based on the nature of the consultation and the wishes of the patient. Examples of consultations that might not be appropriate for you to observe include cervical smears, when the nurse is working with patients with significant mental health issues, or sexual health consultations with vulnerable groups. As much of the success of care based on general practice is based on the relationship between patients and general practices it is vital that the presence of students does not have a detrimental effect on this relationship.

References

Australian Nurses Federation. *Competency Standards for Nurses in General Practice.* 2008. Online. Available <www.anf.org.au/nurses_gp/>.

Britt H, et al. *General Practice Activity in Australia 2007–08.* General Practice Series No. 22. Canberra: Australian Institute of Health and Welfare; 2008.

Halcomb EJ, Davidson P, Daly J, Yallop J, Tofler G. Nursing in Australian general practice: directions and perspectives. *Australian Health Review.* 2005;29(2):156–166.

Halcomb EJ, Davidson PM, Salamonson Y, Ollerton R. Nurses in Australian general practice: implications for chronic disease management. *Journal of Nursing and Healthcare of Chronic Illness, in association with Journal of Clinical Nursing.* 2008;17(5A):6–15.

Nursing Council New Zealand. *Competencies for Registered Nurses.* Wellington: Nursing Council New Zealand; 2007.

Nursing Council New Zealand. *Guideline, Direction and Delegation.* Wellington: Nursing Council New Zealand; 2008.

General practice nursing information

Australian Practice Nurses Association. <http://www.apna.asn.au/>.

Australian General Practice Network (AGPN) Practice Nursing Program. <http://generalpracticenursing.com.au/>.

Australian National Divisions of General Practice. <http://www.gp.org.au/>.

New Zealand College of Practice Nurses, New Zealand Nurses Organisation (NZNO). <http://www.nzno.org.nz/groups/colleges/college_of_practice_nurses>.

6.9 **Indigenous nursing**

Vicki Holliday

RN, Grad Dip in Indigenous Health Studies, Master of
Indigenous Health Studies, Grad Cert Educational Studies
(Higher Education)
Program Coordinator, Integrated Chronic Care for Aboriginal
People, Community Health Strategy,
Hunter New England Health Service

6.9.1 **An overview of Indigenous nursing**

There have been many reports, publications, texts and media stories about
the poor status of Aboriginal and Torres Strait Islander Health. The opportunity to undertake a placement in an Aboriginal or Torres Strait Islander
Community Controlled Health organisation and/or in a clinical area that
provides health services to Aboriginal and/or Torres Strait Islander peoples
is valuable learning opportunity that will help you to better understand the
culture, history and health of Aboriginal and Torres Strait Islander people.
This will help you in your journey towards becoming culturally safe.

Your clinical placement could be in an Aboriginal Medical Service (AMS)
or a public health facility or service or both. AMSs are Aboriginal Community Controlled Organisations (ACCHOs), and are governed by a Board
that is elected by the local community. AMSs are funded by Commonwealth
and State health and provide primary healthcare services based on a holistic
approach. Health services offered by AMSs may vary from service to service,
but there are commonalities. For example, the service planning is person-
and community-centred and based on community need.

6.9.2 **Preparation for the placement**

As a student the aim is to learn as much as you can from the local Aboriginal or Torres Strait Islander community and those that provide services to
the community. It is important to research the services and community
prior to commencing the placement to ensure that you have an understanding of the protocols for the local Aboriginal and Torres Strait Islander
Community. You might like to consider seeking advice from Aboriginal
health workers, Aboriginal nurses, Indigenous advisors at the university or
other members of the community or talk to other students that have completed clinical placements in that or a similar organisation. This will give

you an understanding of the community and/or organisation you will be working in.

6.9.3 Challenges students may encounter

It is important to approach clinical placement in an Indigenous nursing context with an open mind. You may well find your concept of health and healthcare challenged by your experiences.

In order to meet these challenges and to be effective in delivering appropriate care to Indigenous people, you will need:

- awareness of important Indigenous issues, such as cultural differences, specific aspects of Indigenous history and its impact on Indigenous peoples in contemporary Australian society;
- the skills to interact and communicate sensitively and effectively with Indigenous clients;
- the desire or motivation to be successful in your interactions with Indigenous peoples, in order to improve access, service delivery and client outcomes (Farrelly & Lumby 2009).

6.9.4 Learning opportunities

The type of placement will vary depending on the services offered by your host. You may have an opportunity to work in clinics at the AMS, attend outreach clinics, accompany an Aboriginal health worker or community nurse on home visits or attend community education programs. Occasionally, during these placements there will be no registered nurses to work with you and you may be asked to work with other health-service providers, such as Aboriginal health workers who have a wealth of knowledge about both Aboriginal health and the community.

Ensure that you are respectful of local protocols and practices and if you are unsure of what they are it is best to ask. For example, some organisations may require you to wear a uniform and others may not. Ensure that if a uniform is not required you know what clothing is appropriate. During the placement you may be asked to wait in a different area or not attend a home visit or to leave the room. This could be because of traditional or cultural practices, such as the care of an elder, or men's or women's business, and should not be taken as a personal issue.

So what does this all mean to you as a student nurse? Aboriginal and Torres Strait Islander health is everybody's business. A culturally safe workforce will, in the short, medium and the long term, improve the health outcomes for Indigenous people by providing culturally appropriate healthcare services. This will, in turn, improve access to those services and we all play a role in making that happen.

Go into your placement without any assumptions or expectations. Use the placement as an opportunity to learn as much as you can, not only from a clinical perspective, but from a cultural and historical perspective to broaden your knowledge about Aboriginal and Torres Strait Islander people. In the long term it is you and your peers that will be playing a major role in closing the gap in the life expectancy between Aboriginal and Torres Strait Islander people and non-Indigenous people.

References

Farrelly T, Lumby B. A best practice approach to cultural competence training. *Aboriginal and Islander Health Worker Journal*. 2009;33(5);14–22.

Useful links

<www.naccho.org.au>.

<www.indiginet.com.au/catsin>.

<www.aida.org.au>.

Useful reading

Eckermann A, et al. *Binan Goonj: Bridging Cultures in Aboriginal Health*. 3rd edn. Chatswood, Sydney, NSW: Elsevier; 2010.

6.10 Intensive care nursing

Paula McMullen

RN, PhD, BSN, ICC, MHPEd
Senior Lecturer, University of Tasmania

6.10.1 An overview of intensive care nursing

The intensive care unit (ICU) is an environment that cares for critically ill or injured patients as well as the patient's family and/or significant others. Patients in ICU have at least one organ system failure if not multiple organ failure. These life threatening conditions warrant close monitoring (for example: invasive monitoring of the cardiovascular, respiratory and neurological systems). Most ICU patients require life support devices such as ventilation, inotropic therapy, renal replacement therapy (RRT) to name a few. Because of the serious nature of the patient's illness, they are nursed on a 1:1 nurse-patient ratio.

6.10.2 Learning opportunities

The ICU environment provides nursing students with excellent opportunities to learn and develop their nursing practice. As patients in the ICU are often totally dependent on others for holistic care, this provides a perfect opportunity to fine tune fundamental skills, including patient hygiene, range of motion exercises, positioning of patients, assisted mobilisation and, of course, meeting the psychosocial needs of the patient and family. Astute physical assessment skills are a must in the critical care environment. It is imperative that the nurse identifies subtle changes in the patient's vital signs, pathology, etc., in order to develop critical thinking skills, engage in problem-solving and make accurate clinical judgements. The ICU setting is also diverse in that it caters to patients across the age continuum and provides opportunies for working collaboratively with multidisciplinary teams. It is an area at the cutting edge of biomedical technology and research. Therefore it provides a haven of opportunities to expand your nursing repertoire.

6.10.3 **Preparation for the placement**

There are several things you can do in preparation for your placement in order to optimise your clinical experience in ICU. First and foremost, make sure that you have a sound understanding of anatomy and physiology. Your physical assessment skills will be put to the test. Before you go to your ICU clinical placement, review and practice the following:

* cardiovascular assessment (BP, pulses, including peripheral pulses, capillary refill);
* respiratory assessment (including rate, colour, characteristics, lung sounds);
* gastrointestinal assessment (including bowel sounds);
* neurologic assessment (Glasgow Coma Scale).

ICU patients receive many medications. These medications are usually given intravenously via syringe drivers. It is advisable that you have an understanding of the pharmacology of some of the medications (indications, dosage, affect on the body and any adverse effects). Commonly used drugs in ICU include:

* morphine, midazolam, propofol (for pain and sedation);
* noradrenaline (for cardiovascular support);
* insulin infusion (for glucose control);
* potassium, magnesium, normal saline (for electrolyte and fluid-balance control).

6.10.4 **Challenges students may encounter**

You may encounter unique challenges while on your clinical placement in the ICU. Although you may be assigned only one patient to care for on a shift, this may be mentally and physically draining. One of the most challenging aspects of ICU is the array of technology that surrounds the patient. Do not be overwhelmed by this. Remember, the main focus is the patient, not the machines that make all the weird and wonderful noises. Similarly, the ICU environment is equally as overwhelming, unfamiliar and extremely stressful for the patient, families and/or significant others. Your communication skills will be put to the test to meet the psychosocial needs for all of them. This may be further compounded if the patient is intubated and is unable to communicate verbally. Lip reading is not as easy as you think.

Unfortunately, because of the critical condition of ICU patients, death is an aspect of nursing that you may come across in this clinical placement. Ethical issues and consideration of organ donation feature in ICU. These issues may be confronting for many nursing students. You may wish to consider how you would react to such circumstances and to think of strategies you may employ.

There is a worldwide shortage of critical care nurses, so seize the opportunity to see if ICU nursing is for you. Make the most of your clinical placement in the ICU. The rewards of working in an ICU are immense. Great personal and professional satisfaction can be gained by providing patients with one-on-one nursing care. There is never a dull moment in ICU, it is a constant challenge. Never be fooled by an elusive quiet moment, as there is always a possibility of a Medical Emergency Team (MET) call or retrieval in which you bring the ICU to the patient on the ward. The knowledge and skills gained in your ICU clinical placement will be extremely beneficial for the development of your nursing practice and transferable to any area of clinical nursing.

6.11 **International nursing**

Kerry Reid-Searl

RN, RM, BHlthSc (UCQ), MClinED (UNSW),
PhD, MRCNA, FCN
Senior Lecturer, Central Queensland University, Australia

6.11.1 **An overview of international nursing placements**

International clinical placements include those that occur outside Australia. These placements can occur through collaborative arrangements between two universities, the university and a volunteer organisation, such as Antipodeans Abroad, or through student-initiated volunteer projects.

6.11.2 **Learning opportunities**

Learning opportunities when undertaking a clinical placement in another country vary according to where you are going; for example, whether the country is developed or less developed and the type of healthcare service available. If you are placed in a hospital in a developed country you may find similar, yet different, experiences to those that you have encountered in Australia. Whereas if you undertake a placement in a developing country you may be involved in some exciting community work in remote villages, schools and orphanages. The opportunities are really endless because our roles as nurses are so diverse. In essence, the type of the placement and experiences will depend upon the context and culture of the country. Most importantly, the learning opportunities will be influenced by your attitude—that is, your motivation and enthusiasm to embrace what surrounds you. However, when undertaking an international clinical placement, you need to be very mindful of your scope of practice. You should always remember that the skills you undertake are going to be different to those you are authorised to practise in Australia. You must seek direction from the university and the organisation involved in the placement in terms of what you are permitted to do and the level of supervision required.

6.11.3 **Preparation for the placement**

The opportunities for nursing students who undertake international clinical placements can be rewarding if you are prepared. While much organisation occurs behind the scenes by the university or the volunteer organisation, students themselves have some specific responsibilities. Firstly, your planning needs to occur around your study schedule. Some universities will recognise the placement as part of your program. You need to be clear about the objectives of the placement and the requirements set by the university. Preparation also includes consideration of the country where you are going and the opportunities that exist. Gaining an appreciation of the culture before you go, including language, customs, food and the healthcare system, is vitally important. Students should also access information about the geography and history of the country, including climate at the time of the placement. Many travel books and web sites can help you. Gaining information about the country and its people helps you to become immersed into the placement and prepares you to conduct yourself appropriately in the country. Additionally, you can find out about other aspects, such as the clothing that you will require and the ways to access exciting adventures when you have spare time during or following the placement.

You will also need to consider personal issues, for example finance to support you on the placement, immunisations required for the country, passport and visas, and travel insurance. You will need to identify how you will maintain communication with loved ones. Finding out about internet availability and mobile phone requirements before you leave Australia will save much disappointment if you find out communication is limited once you have arrived.

If you are undertaking a clinical placement in a less-developed country your preparation may include fundraising ventures to purchase equipment that may benefit the healthcare of individuals in the country and/or area that you are going. Additionally, purchasing small gifts for those that will be supporting you within the country can be beneficial. When preparing for your placement also consider luggage. This includes the type of baggage you are taking. In some places suitcases can be bulky and difficult, so rucksacks may be more useful. Also consider the weight of your baggage. You should aim to travel lightly because so often students purchase goods while overseas and are then faced with excess baggage costs on returning to Australia. Without doubt preparation is the key to facilitating a very positive experience.

6.11.4 Challenges students may encounter

While international placements can be the most rewarding experience of a lifetime, there are also many challenges that you need to be prepared for. You may find that you go through a range of emotions and feelings. Initially, you will be anxious and excited about the experience. The fear of the unknown may occupy your thoughts. Once you arrive you may experience a culture shock. You may find the different languages, smells, faces and geography overwhelming. You may worry about missing your loved ones at the beginning of the placement and wonder how you will manage. As the placement proceeds you are likely to settle; however you may still feel homesick from time to time. Be prepared for the emotional ups and downs, but at the same time embrace the experience because it will be over before you know it.

Another challenge will be coping with how things are different in terms of the healthcare for you in the country. You need to make sure that you are flexible and do not impose your values on others. Accept what is occurring around you and maximise every learning opportunity that you can.

A further challenge that you may encounter is related to undertaking a placement within a group. Firstly, you may not know all the students prior to undertaking the placement, but you will soon get to know each other. Friendships can be built on these experiences and can last a lifetime, but there can also be challenges when different personalities come together. Be aware of the importance of accepting one another's differences if in a group and be sure to keep communication channels open. Also, be mindful that when in a group you may find you have less opportunity for personal space, especially when sharing a room with another student. Again, keep communication open so that you learn to respect one another's needs and differences. Ineffective group dynamics can certainly impact on what can be a lifetime opportunity in a very negative way. It is really important for this not to happen. While challenges will exist, the positives of an international clinical placement outweigh any negatives. You will find the experience rewarding, humbling and perhaps even life changing, and an experience that you will reflect on for many years.

Further reading

Try to find out as much as you can about the people in the country you are visiting – their customs, and determinants of health, for example. Investigate the meaning of nursing and health for these people. Searching the web is a starting point for this information. You should also review your own learning needs before you leave for your international experience.

6.12   Justice health nursing

Annette Griffin

RN, RM, BAppSc (Adv Nsg) (Nursing Administration),
Grad Dip Administration, Grad Dip Counselling
Nurse Educator, Justice Health, Long Bay Complex, Learning
and Development

6.12.1   An overview of Justice Health

Justice Health is a statutory health corporation constituted under the NSW Health Services Action 1997 and is responsible for providing healthcare for patients in contact with the criminal justice system. Justice Health staff work in many specialist areas in a variety of settings, including Juvenile Justice centres, adult correctional centres, police cells, court complexes, Forensic and Long Bay Hospitals and the community. The patient group presents with high rates of complex and co-morbid drug, alcohol and mental health illnesses, blood-borne viruses and chronic disease. Staff work closely with Corrective Services NSW, Juvenile Justice and Attorney General Department in meeting competing demands for the provision of quality patient care in a secure environment.

Over 27,000 adults and 14,000 young people are received into custody each year, with a comprehensive health-needs assessment and management plan developed for each patient to ensure care is appropriate and timely.

6.12.2   Learning opportunities

The learning opportunities for students are diverse and may include the following services: mental health, primary health, drug and alcohol, population health and women's health.

Mental health services are provided in a number of settings, depending on the acuity of the illness and the legal status of the patient. Multidisciplinary risk-management teams also operate within each secure environment. Those with acute mental illness may be cared for in a variety of settings, such as a Mental Health Screening Unit at the Metropolitan Reception and Remand Centre and Silverwater Women's Correctional Centre, Long Bay Prison Hospital (Mental Health Unit) or The Forensic Hospital. Ambulatory mental health services are also provided. Students will experience a range of activities, including management of symptoms, taking a forensic history, conducting comprehensive psychiatric evaluations, risk assessment and management, maintenance of therapeutic security and reporting to the Mental Health Review Tribunal.

Primary health functions include risk assessment and risk management, emergency response, assessment, referral and short-term treatment for chronic conditions, prevention, early detection and intervention, and ongoing care for chronic conditions. Primary health provides special programs for the frail aged, general practitioner services, specific programs for Aboriginal people with chronic conditions, pharmacy and radiology services, medical appointments through the Medical Appointments Unit and physiotherapy services at the Long Bay Correctional Complex.

The drug and alcohol service provides medical management for patients with drug and alcohol issues. This includes withdrawal management, opioid treatment program and post-release care planning services for patients with drug and alcohol problems. The adult and adolescent Drug Court program offers options for patients to access treatment.

Population health services incorporate infection control, environmental health, disease-outbreak prevention and management, smoking-cessation programs, surveillance for and management of sexually transmitted infections, sexual assault management, sexual health, blood-borne virus screening and monitoring, hepatitis C treatment, human immunodeficiency virus (HIV) management and vaccinations. Harm minimisation is a key focus of this service's activities.

Women's health services include pregnancy screening, antenatal care, cervical screening, including colposcopy, in conjunction with specialist nurses and medical staff to ensure that women in custody have access to appropriate, timely healthcare for their specific needs.

6.12.3 Preparation for the placement

- Attend the placement with an open mind. Be reassured that your safety is of the utmost importance. Effective security measures have been long established with Corrective Services NSW and Juvenile Justice to ensure staff safety.
- Be sure that your police record checks and immunisation records are up to date prior to the placement.
- Understand that a minimum of personal items can be bought into custody, be prepared to live without your mobile phone, iPod and other such devices—they are not allowed in the secure environment.

6.12.4 Challenges students may encounter

Working in a secure environment is not for everyone, but it is very rewarding for those who do make this area of nursing a career. As unfortunate as an individual's interaction with the criminal justice system may be, it does provide unique opportunities to improve the health status of a group who, on the whole, experience poor health and generally have had minimal contact with health services in the community. This placement will excite and confront you all at once. It will have a lasting effect.

6.13 Medical nursing

Sandy Eagar

RN, BAppSc (Adv Nsg), MSc (Hons) Research, Emergency
Nursing Certificate, Advanced Resuscitation Certificate,
Emergency Nursing Paediatric Certificate
Nurse Educator,
Centre for Education and Workforce Development, Sydney
South West Area Health Service

6.13.1 An overview of medical nursing

Medical nursing encompasses a wide range of sub-specialities and includes patients with respiratory, endocrine, renal, neurological, rheumatology and vascular diseases and conditions. As cardiovascular diseases, respiratory diseases and cancers remain the leading causes of death and chronic disability in Australia (Australian Institute of Health and Welfare 2008); you will no doubt encounter many medical patients during your undergraduate education.

Your placement could be in a 'general medical ward' or in a dedicated disease sub-unit, for example, a stroke or haematology unit, etc. Depending on where you are placed you may encounter patients who have been admitted with asthma, exacerbation of their chronic airways disease, influenza, pneumonia, pneumothorax, transient ischaemic attack, stroke, cardiac failure, diabetes, delirium, confusion, liver failure, etc. Expect that your patients will range from 18 to 108 years of age!

If placed in a dedicated sub-unit you may have an opportunity to nurse patients with diseases that are less common in the population, such as hyperthyroidism or glomerular nephritis. Regardless of where you are placed, mastering the competencies and skills involved in medical nursing is essential for contemporary nursing practice.

6.13.2 Learning opportunities

Learning opportunities in medical nursing are limited only by your commitment and energy. This a great environment to embed nursing skills that you will use in all your future clinical placements. Let's start at the beginning:

- nursing assessment and history—obtaining the correct information to plan the nursing care required for your patient, and will include information about the individual's past history, medications, drug and alcohol intake, allergies, skin integrity, mobility needs, nutrition and elimination, and will also include information about risk assessment and discharge planning;

- physical assessment skills—head-to-toe assessment, auscultation of lung fields, listening to heart sounds and bowel sounds, etc;
- calculation of skin-integrity risk scores, for example the Waterlow/ Norton scale, body mass index (BMI) and nutrition scores;
- calculation of falls risk scores using predetermined scales;
- recognition of the deteriorating patient and associated emergency-calling systems, such as MET;
- specific nursing observations, such as the Glasgow Coma Score, alcohol and opiate withdrawal scales, confusion assessment method (CAM), underwater sealed drain observations, blood and blood-products administration, blood-glucose estimation;
- skills including the use of oxygen-therapy devices, glucometers, peak-flow meters, spirometry machines, continuous positive airway pressure (C-PAP) and bilevel PAP (Bi-PAP), ECGs and bladder scanners;
- assist with insertion, safe care and removal of feeding tubes, peg tubes, underwater sealed drains, indwelling urethral catheters and suprapubic catheters;
- intravascular line management, including intravenous lines, burettes, central venous-access devices, long lines, implantable devices, arteriovenous shunts, peritoneal dialysis catheters, port catheters and total parenteral nutrition;
- medication management via all routes;
- contact precautions and the use of personal protective equipment (PPE);
- diagnostic test preparation and post-procedure care, including lung, liver, kidney biopsy, lumbar puncture, transoesophageal echocardiography, computed axial tomography (CAT) and/or positron emission tomography (PET) scan, ventilation and/or perfusion scans, Doppler ultrasounds and angiography;
- medico-legal issues, including end-of-life decision making, 'advanced care directives' and not-for-resuscitation orders;
- participating in shift handovers that convey accurate, relevant and important information to oncoming staff;
- meeting and working alongside other members of the medical ward teams—doctors, speech pathologists, social workers, physiotherapists, occupational therapists, radiographers, dieticians and pharmacists.

6.13.3 Preparation for the placement

Prior to your medical placement you should have a satisfactory knowledge base for practice. This should include:

- knowing the parameters of the 'normal' adult patients' vital signs (BP, pulse, respirations, temperature and SpO_2—bring your own stethoscope and learn how to use it!);
- reviewing the concept of METs and the role of the student nurse;
- understanding cardiac and respiratory anatomy and physiology;
- be familiar with common classes of medication used in medical ward environments, such as bronchodilators, antibiotics, beta-blockers, anticoagulants, antihyperglycaemics, angiotensin-converting enzyme (ACE) inhibitors, diuretics, antihypertensives;
- being familiar with the roles of relevant allied health personnel.

6.13.4 Challenges students may encounter

The typical medical ward is a fast-paced, acute-care environment. Expect that most if not all beds will be occupied and that your patients will have a range of complex disorders. Empty beds will not stay empty for long and new admissions are a 24-hour process. Bed configurations often change as a result of containing or cohabiting patients with infectious diseases.

There may be several different medical teams that come to the ward (the vascular team, the endocrine team, etc.), so you will need to be aware of which team is responsible for which medication chart, etc. Clear communication among the members of the healthcare team is absolutely crucial for patient safety and the smooth running of the ward.

You will encounter many elderly patients with a diagnosis such as 'confusion for investigation'. Don't dismiss these patients as 'just' having dementia. Confusion in the elderly is often an acute delirium state provoked by the wrong medication, a silent urinary tract infection, pain, constipation or fluid and electrolyte imbalance, etc. A good nursing assessment and history can often point the way to swift diagnosis, treatment and reversal of symptoms.

The medical ward environment is where an astute and observant nurse can make all the difference!

References

Australian Institute of Health and Welfare. *Cancer in Australia: an overview, 2008.* Cancer series no 46. AIHW, Canberra, ACT. 2008. Online. Available <http://www.aihw.gov.au/publications/index.cfm/title/10607>; 2010 Accessed 26.06.10.

6.14 Mental health nursing

Teresa Stone

RN, RMN, BA, MHM, PhD, Credentialled Mental
Health Nurse
Bachelor of Nursing Program Convenor,
University of Newcastle

6.14.1 An overview of mental health nursing

Mental health nursing is an exciting and varied field. It includes a range of acute and long-stay inpatient, community and general practice settings, services for older people and for people with co-existing drug or alcohol use problems. It also embraces child and adolescent, perinatal and forensic or consultation-liaison mental health.

6.14.2 Learning opportunities

Excellent mental healthcare depends on multidisciplinary teamwork. In your placement you will meet many health professionals who possess a wealth of interesting experiences and insights, which they will be happy to share if you show an interest and ask relevant questions. Take the time to understand their roles: a nurse unit manager usually is in charge of the ward, and community teams are led by a nurse, a clinical psychologist or a social worker; ask them about their responsibilities. Usually a psychiatrist heads the clinical team, with one or more psychiatric registrars working under direction. Confusion can arise about the different functions of psychiatrists and psychologists: the former are medical doctors who have undergone further specialist training and prescribe medication; clinical psychologists specialise in the assessment, diagnosis and treatment of psychological and mental health problems.

Through their ongoing close relationship with the client, nurses observe and often intervene in a variety of ways that range from calming a distressed or angry client, to assessing risk of self-harm and monitoring the effects of medication. Physical care and managing such matters as food and fluid intake and physical discomfort are vital aspects of mental health nursing. One way in which mental health nursing varies greatly from other areas is the necessity to understand relationships and interactions between the clients, and manage these in a therapeutic way.

6.14.3 **Preparation for the placement**

Preparing for a placement can stir conflicting emotions. Some students will be very excited, others perhaps anxious about how they will 'perform' and whether they will be suited to mental health nursing. Negative messages in media stories about people with mental illness can raise concerns about safety, or disturbing impressions of their behaviour. Remember that if on appropriate treatment these people are no more likely than anyone else to commit a crime, and that your placement hospital or community unit has nurses skilled in managing aggression should it arise. Other media-disseminated ideas are wrong also: Mental illness does not mean developmental disability, people with schizophrenia do not have split personalities and people with a mental illness are rarely 'unpredictable'.

One in five of us will experience mental illness at some time in our lives—most frequently anxiety or depression. Most of us know someone close who has experienced mental health problems. If you have any misgivings, please talk with your course coordinator who will ensure you have an appropriate placement and the support you need; counselling services are available at your education institution.

You will need to know about the most common types of illness you are likely to encounter, such as anxiety, depression, bipolar disorder, schizophrenia, borderline (and other) personality disorders and drug-induced psychosis. An informative resource for an overview is the *Mental Health First Aid Manual* (Kitchener & Jorm, 2009), downloadable from http://www.mhfa.com.au/course_manual.shtml, but the essential preparation is to revise the counselling and interpersonal skills learnt so far in your nursing program. A mental health placement will provide an excellent chance for you to practise these skills.

'The right attitude' is the most desirable quality you can bring to a mental health placement. Harms (2007, p.11) defines the major core practice values as 'respecting the person, promoting social justice and people's right to a good life; privileging the right to self-determination, empowerment and autonomy; valuing people's strengths and resilience, and being authentic.' Respect is about really appreciating intrinsic worth without negative judgement. We demonstrate respect in the way we interact with and talk about people. In nursing, especially in mental health nursing, we deal with the extremes of human behaviour, with people who have suffered childhood abuse and trauma and whose experiences still colour their interactions with others. Those with severe mental illness are among the most vulnerable in our society; many live in poverty and isolation, perhaps with poor social skills and with values and beliefs that you do not share; you might find it difficult to afford them the respect you would for someone less challenging.

Even if you do not plan to work in mental health services at the end of your education, your placement is an outstanding opportunity to learn as much as you can about it. All nurses will, at some time, care for people who have a mental illness because they use the same services as anyone else for their health needs. For example, think how useful it will be if in midwifery you are asked to assess a new mother for depression. The ED, where people can be in extreme pain, in great stress and frequently under the influence of alcohol or drugs, is another area where a knowledge of aggression minimisation and excellent counselling skills is vital. Paediatric nurses have to develop high-level skills to assess and interact with the whole family. These are skills that you can begin to learn in mental health.

6.14.4 Challenges students may encounter

In mental health settings you might be asked to wear your own clothes, as an outward sign of respect from clinicians to clients that there are no artificial 'barriers'. Think carefully about what you will wear so that your dress demonstrates professional respect. Revealing clothes detract from your professional status and may send the wrong message to clients with difficulties in maintaining boundaries. We talk about professional boundaries a lot in mental health, so please revise this section in Chapter 4. While working with mental health clients and affording them respect, remember you are not their 'friend', a rescuer or a potential partner; your dress and language should reflect this. Everything you say should have, at its core, the intent to be therapeutic. Sharing stories about past boyfriends or girlfriends, chatting about the hangover you suffered on Sunday morning or talking about your own problems are examples of interactions that are generally not therapeutic.

Do take the opportunity to actually talk with clients. Shutting yourself in the nursing station reading client files might be the more comfortable option, but it is not nearly so rewarding. Knowing what to say to start an interaction is sometimes the most difficult thing, but you might want to experiment with introducing yourself, mentioning which university you are with and asking where they come from. You will probably be surprised at how freely some people will talk about their mental health issues. Assisting with an activity such as making a bed, playing a game or going for a walk can make interaction easier. Observe other professionals interacting and from what you see learn what is effective or ineffective, and enjoy what could be your most rewarding placement.

References

Harms L. *Working with People*. Melbourne: Oxford University Press; 2007.

Kitchener B, Jorm AF. *Mental Health First Aid Manual*. 2009. ORYGEN Research Centre, University of Melbourne. Online. Available <http://www.mhfa.com.au/course_manual.shtml>.

6.15 **Midwifery**

Lyn Ebert

RN, RM, NN, Grad Dip VET, MPhil-Midwifery,
PhD candidate
Nursing and Midwifery Lecturer, University of Newcastle

6.15.1 **An overview of midwifery**

*Midwife means 'with woman'. This meaning shapes midwifery's
philosophy, work and relationships*

(ACM 2004)

Undertaking a clinical placement in midwifery will be exciting, challenging and will cause you to reflect on the models of care provided not only to birthing women, but to all persons who seek healthcare within the Australian health system.

Midwifery practice involves informing and preparing the woman and her family for pregnancy, birth, breastfeeding and parenthood, and includes certain aspects of women's health, family planning and infant well-being. The graduate midwife has a role in public health that includes wellness promotion for the woman, her family and the community (ANMC 2006, p. 3). The Midwifery Model of Care is based on the premise that pregnancy and birth are normal life events (ICM 2002). Although some women have underlying medical conditions or become unwell during pregnancy, our scope of practice involves working with well women. Midwives must also recognise when a woman's pregnancy, labour and birth or postnatal health shift outside the wellness boundaries and, in partnership with the woman, seek consultation from the most appropriate health professionals.

Over the past two decades the midwifery profession in partnership with women has been gaining political and professional momentum to ensure that every woman, regardless of race, culture, socioeconomic position or age, has choice, control and continuity of care regarding her birthing experience. Ideally, the woman is the focus of care and is supported during the pregnancy, labour and birth, and throughout her transition to parenthood by a known midwife.

6.15.2 **Learning opportunities**

Midwives practise in many settings, including the home, community, hospitals and health clinics (ICM 2005). Therefore, different models of care are available to women and many learning experiences are presented to students.

Antenatal care involves supporting the woman physically and emotionally in her preparation for labour, birth and the transition to parenthood. Education, information sharing, physical and psychological assessment, screening and identification of psychosocial issues that may impact upon the woman or her baby's well-being are the responsibility of midwives. Antenatal care is provided by one or more of the following models of care:

- independent midwife practitioner (in the woman's own home);
- midwifery model of care through a health service (either group practice or team midwifery);
- shared care (between antenatal clinic midwives at the local hospital and the woman's local doctor);
- private obstetrician care (with visiting rights to the local public or private hospital);
- preparation for parenthood classes (in the community, private practice or hospitals).
- labour and birthing care involves supporting the woman through the stages of labour and birth; and ensuring the woman is physically and emotionally well to undertake the requirements of birth. The midwife provides adequate fluid and nutrition for the physical demands of labour, creates a safe environment so the woman is able to birth uninterrupted by stressful events, and observes the woman's birthing process to ensure she progresses within the boundaries of normal for her. Again, birthing may occur in:
  - the woman's own home (independent midwife practitioners and midwifery group practice);
  - birthing units (stand-alone or attached to health services);
  - private or public hospitals.

Postnatal care involves supporting the woman in her new role of mother. The midwife assists with the initiation and maintenance of infant feeding, assesses the woman's physical and psychological health, educates the woman on postnatal issues, attends to newborn-screening procedures and assesses the infant's well-being. Postnatal care can occur in a number of places:

- large tertiary hospitals;
- smaller local hospitals;
- private hospitals;
- community care centres;
- the woman's home.

Newborn care involves what has been covered in postnatal care. Remember that 'working with women' is the primary role of the midwife. Students only interested in working with newborns (as beautiful as they are) should consider neonatal nursing. Although there are times when you may work in a nursery attached to a midwifery unit, the care of the unwell infant is outside the scope of practice for a midwife. Staff who work in the nursery are usually qualified neonatal nurses.

6.15.3 Preparation for the placement

With the introduction of the Bachelor of Midwifery program into many universities, maternity units are under pressure to take larger numbers of midwifery students, as well as other students. Most maternity units have medical, allied health, midwifery students, new graduate midwives, training enrolled nurses and nursing students. Depending upon your educational institution's clinical placement procedures, you can be as creative as required to identify potential placements to meet your learning needs. The majority of people think of midwifery placements as occurring within a hospital. However, you may also consider clinical placements outside the usual venues, but this may require some research:

- check your local public hospital for maternity models of care;
- check your local private hospital for maternity options—they may have a women's and children's unit that has birthing services;
- look on the internet for midwifery services—there may be independent midwives in your area who will support students in a placement experience;
- local general practitioners or obstetricians may allow students to observe or work with them for a period of time;
- identify the workshops or drop-in sessions held in local community centres, such as preparation for parenthood programmes, antenatal care and breastfeeding workshops.

As with the other nursing specialties mentioned within this chapter, students interested in a midwifery placement are advised to do background reading and make inquiries. Find out who you need to contact in an organisation, facility or your community to seek information about a placement. Make an appointment to see them and discuss the possibilities of experience in that area or unit. Ask questions about what would assist you to gain a placement. Make yourself known to the midwifery educators at your educational institution. Ask them questions about midwifery and local services. Be prepared and understand that midwifery is not just about babies being born; midwifery is about women from pre-conception care through to six weeks following birth. Show initiative, identify specific learning objectives for the placement and provide evidence of how your objectives might be met in a midwifery placement. Discuss your thoughts with a midwifery educator or midwifery academic to see if your objectives are realistic. For further information to help prepare you with your clinical placement in midwifery, see the online resources below.

6.15.4 Challenges students may encounter

Many challenges faced in a midwifery placement will be similar to those of other placements, so here I only mention a few midwifery-specific challenges that students might encounter. Firstly, as mentioned above, midwifery is about the well woman (not the baby). Women in this setting have more autonomy and greater input into their care options because they are not visiting the health professional for the management of a disease process. You will need to adjust your thinking with regards to illness and wellness models of care. Next, if you are lucky enough to be with a woman when she is labouring you might find the shift in thinking required around pain difficult. Pain in labour and birth is a normal physiological process. There is no real need for midwives to provide medical pain relief (unless requested by the woman).

Online resources

Australian College of Midwives (http://www.midwives.org.au/); see 'useful links' navigation button for:

- universities offering midwifery education;
- recommended readings;
- resources for women and midwives.

Australian Nursing and Midwifery Council (http://www.anmc.org.au/); see 'professional standards' navigation button for:

- *Midwifery Competency Standards*, 1st edn, published January 2006;
- *Code of Ethics for Midwives*, published August 2008;
- *Code of Professional Conduct for Midwives*, published August 2008.

International Confederation of Midwives (http://www.internationalmidwives.org/)

Birth International (http://www.birthinternational.com/); see 'articles' and 'links and resources' navigation buttons

Association of Radical Midwives (http://www.radmid.demon.co.uk/)

Breastfeeding Association of Australia (http://www.breastfeeding.asn.au/)

Maternity Coalition (http://www.maternitycoalition.org.au/home/modules/content/?id=1)

References

ACM. *Philosophy for Midwifery*. 2004. Online. Available <http://www.acmi.org.au/AboutUs/ACMPhilosophyforMidwifery/tabid/256/Default.aspx>; 2009 Accessed 15. 04.09.

ANMC. *National Competency Standards for the Midwife*. 2006. Online. Available <http://www.midwives.org.au/Portals/8/Documents/standards%20&%20guidelines/Competency_standards_for_the_Midwife.pdf>; 2009 Accessed 20.04.09.

ICM. *Essential Competencies for Basic Midwifery Practice*. 2002. Online. Available <http://www.internationalmidwives.org/Portals/5/Documentation/Essential%20Compsenglish_2002-JF_2007%20FINAL.pdf>; 2009 Accessed 2.10.09.

ICM. *Definition of the Midwife*. 2005. Online. Available <http://www.internationalmidwives.org/Portals/5/Documentation/ICM%20Definition%20of%20the%20Midwife%202005.pdf>; 2009 Accessed 02.10.09.

6.16 Nephrology nursing

Peter Sinclair

RN, Renal Certificate
Lecturer, University of Newcastle

6.16.1 An overview of nephrology nursing

Nephrology nursing involves caring for people with disease processes related to the kidney. These can be acute, characterised by rapid onset of symptoms, or chronic, a far more insidious and progressive illness. The final or end stage of the kidney-disease trajectory is termed end-stage kidney disease, where a person needs to choose between commencing renal replacement therapy (RRT) or conservative treatment. RRTs include two methods of dialysis (peritoneal or haemo) and kidney transplantation (living or cadaveric donor).

6.16.2 Learning opportunities

Nephrology nursing is practised across a wide range of settings from acute tertiary referral hospitals to remote rural settings and offers extensive and challenging learning opportunities for nursing students. The scope of practice for nursing students varies between institutions and is dependent on the practice context.

Kidney disease can manifest in signs and symptoms in all body systems. In nephrology (or renal) wards you will have the opportunity to explore the pathology of a variety of kidney disease processes and develop the skills involved with the complex care associated with people with these diseases. You will witness peritoneal dialysis being performed, and develop an understanding of the management of the individual who undertakes this form of RRT.

Haemodialysis units throughout Australia offer nursing students different learning experiences that are largely dependent on local policy. Some units encourage students to participate actively in all aspects of caring for people who undertake haemodialysis. A number of units facilitate nursing students to experience central venous catheter care under supervision, whereas other units do not allow this because of infection-control policies.

If you are fortunate enough to experience a placement in a nephrology department, speak with your mentor about opportunities to witness the formation of an arteriovenous fistula in operating theatres, or the insertion of a central venous catheter for haemodialysis or a Tenckhoff catheter for peritoneal dialysis.

Nephrology nursing offers a variety of career pathways for nurses. While you are on placement seek out those who undertake extended nursing roles. These may include (but are not limited to) nurse practitioners or nurses who co-ordinate vascular access, anaemia or pre-dialysis (chronic kidney disease) pathways. These nurses are able to provide you with a wealth of information associated with their extended scope of practice and how their roles enhance the care of people with kidney disease.

6.16.3 Preparation for the placement

Review the anatomy and physiology of the kidneys and use your placement as an opportunity to learn how we replace some of these physiological functions in end-stage kidney disease.

Nephrology is not all about RRT; spend some time before your placement reviewing the risk factors for kidney disease and what you can do to identify people at risk, as well screening and prevention methodologies.

Read some of the qualitative literature that considers the impact kidney disease has on these people and their families. While you are on placement spend some time talking with and, more importantly, listening to these individuals so that you can develop an understanding of the burden that kidney disease carries in their lives.

6.16.4 Challenges students may encounter

The challenges associated with nephrology nursing are unique. Nephrology nurses develop intimate and sometimes generational relationships with people they are caring for. This type of nursing is quite unique in that nurses can spend up to 15 hours every week caring for people until they receive a kidney transplant or die. This provides a distinct set of challenges, including recognising and remaining within professional and ethical boundaries. The challenges lie in our use of therapeutic communication, in supporting the maintenance of the gruelling schedule of regimes associated with kidney disease and in fostering the development of effective self-management skills in those for whom we care.

On a practical level, you may find yourself standing around feeling like a fish out of water at times, particularly in units that restrict the activities of student nurses. This may be frustrating and you could find yourself thinking that your placement is a waste of time. This is definitely not the case! Many of the procedures associated with renal nursing require extensive training that, because of the scope of practice and time constraints, you will not be able to undertake. Instead, use these times as opportunities to understand the journey of people with kidney disease by talking with them. You can also develop your understanding of the role of the nephrology nurse and debrief with your mentor about the satisfaction associated with renal nursing.

Always have breakfast before entering a haemodialysis unit for the first time. This may seem like an odd suggestion, but every year haemodialysis nurses have to pick at least one nursing student up off the floor after they fainted from the sight of blood!

All renal units want you to enjoy your placement and have a life-changing learning experience. Nephrology nurses are passionate about providing quality patient care and will welcome the opportunity to pass on that passion and commitment to student nurses, some of whom will be the nephrology nurses of our future.

6.17 Occupational health nursing

Jennifer Anastasi

RN, BHSc(N), MPH&TM, GDEd(FET), Med, PhD(Cand)
Centre for Professional Health Education,
Central Queensland University, Australia

6.17.1 An overview of occupational health nursing

Green hard-hat, ironed shirt and clean boots are about the only things that make the occupational health (OH) nurse stand out from the rest of the production crew on the mine site. I work as an OH nurse in a small coal mine in Central Queensland. There are around 600 workers onsite and four nurses who cover shifts between 6.00am and 12 midnight with the afternoon nurse staying on-call overnight.

Mines are incredibly safe places to work. There are processes and regulations in place that anticipate almost every possible problem and most workers are voluntarily compliant with these precautions to prevent injury. At the end of the working day everyone wants to go home to family and friends so the emphasis is on a safe work environment and safe work practice. Of course, the nature of heavy industry and working in and around huge trucks and machinery means there is always the risk of a major incident with significant injury and death. There are machines onsite (draglines) that are bigger than high-rise buildings.

There are eight main areas of nursing in occupational health such as in heavy industry. There are three areas of highest priority:

- workforce wellness, including management of workers with newly diagnosed or ongoing health problems, such as diabetes, hypertension, circulatory complaints, musculoskeletal problems, mental health issues and minor injuries (cuts, burns, headache, gastrointestinal tract (GIT) disturbance, coughs and colds, sprains and strains);
- health-promotion activities, including hearing conservation, obesity, physical fitness, sun safety, skin checks, smoking, heart health, stress management, immunisations and the dissemination of high-quality health information;
- preparedness for injury and major incident response, which requires a high level of pre-hospital trauma skills to ensure that the 'lone' nurse can effectively respond to a multi-victim incident and

maximise patient outcomes in the first hour after a major event, such as a big rockfall, a fire, an explosion or a motor vehicle/ machinery incident.

The next three activities focus more on the work environment:

- maintenance of a safe work environment and fitness-for-duty activities, such as employee drug and alcohol testing, monitoring the worksite for dust and noise, fatigue management and hazard management;
- program evaluation and feedback to employees of positive health outcomes, either as personal outcomes or as total workforce improvements;
- workplace-behaviour monitoring. The workplace culture has a significant effect on the health of the workforce. If employees are confident that the workplace is free of discrimination, bullying and violence, they will be happier and safer at work and more productive.

The final two dimensions of the job are:

- confidentiality of health information and protection of human rights, including support and advocacy for workers and demonstration of appropriate professional conduct in this role;
- maintenance of professional identity.

The nurse must always present to the workforce as a unique and supportive professional, hence the ironed shirt and the clean boots. The nurse must also protect his/her professional space. It could be quite easy to allow other workers (supervisors, foremen, first aiders) to want to take control of health-related management on-site, but the nurse is the person most skilled and best placed to assess and determine the 'real' healthcare needs of workers. The nurse needs to be assertive in this role and actively promote all aspects of health and wellness in the workplace. Modelling of good health to workers is essential. Nurses need to be fit and healthy, non-smoking, not overweight and be seen to be responsive to both the workers' perceived and real healthcare needs. The nurse must lead the workforce to good health from the front.

This job is not for everyone. The workplace is usually geographically remote and male dominated. Only around 10 per cent of employees in the production area in mining are women. The nurse must be able to tolerate higher than normal levels of swearing. The job of an occupational health and safety nurse is about engaging with workers (who may or may not become patients) and understanding health issues as they relate to individuals, groups, the mine population and the community, and it centres on the delivery and evaluation of hands-on healthcare and wellness programs. Nurses who work in this environment need to be able to work well in isolation, they must be willing to talk to and actively listen to workers about the health issues that affect them. A day in the life of the OH nurse is as unpredictable as the weather and as challenging as you want it to be. This is a great job for a self-motivated person.

6.17.2 Learning opportunities

The OH nurse has a wide range of responsibilities. None is more important than being constantly ready to 'spring into action' and save lives in the event that a major injury occurs. I know that sounds a little melodramatic, but it is absolutely true. The students must be ready with good basic life-support skills that enable them to be useful as one of the first responders to any variety of life-threatening conditions, such as heart attack, burns, motor-vehicle accidents, heat stroke, crush injuries and serious blast injuries.

The OH nurse also plays a crucial role in return-to-work programs for injured or ill workers. This is a specialised field and nurses require extra training to be able to do this effectively. You will be involved in developing and monitoring the rehabilitation of injured workers.

The student nurse will get the opportunity to deal with the seemingly 'mundane' cases that come through the First Aid Room door with regularity. You will need to take patient vital signs, do dressings, massage sore muscles, remove splinters, apply creams and lotions, give injections and perform drug testing on workers. At other times you will have patients come to you with what seem to be insignificant problems. Every patient who presents to the OH nurse provides the nursing student with a great opportunity for health assessment, including observations and comprehensive history taking and assessment. As is often the way with people, a worker may present with a sore foot, headache or a complaint about not sleeping; but with some good communication skills the student will soon find out that the patient is concerned about upcoming diagnostic tests, has a long-standing mental health problem or maybe is putting out a call for help with weight loss or a smoking problem. The nursing students will experience being in the unique position of the registered nurse in that they are often the first people to whom the patient will reveal a problem and who they are able to discuss their real health concerns with. When this happens it requires a mature attitude and an attentive listening ear to be able to sort through what is and isn't important for the worker. Nursing is all about developing a good relationship with the patient and the understanding of a problem from the patient's perspective. As an OH nurse, your role is to support the workers in all aspects of their health and well-being.

6.17.3 Preparation for the placement

A placement as an OH nurse is probably better taken towards the end of your undergraduate nursing program as then you will need to have a broad understanding of population health issues, including health belief systems and the effect of community and cultural attitudes on health behaviour.

Student nurses need to have access to useful networks of health information and resources. You will need to be able to access up-to-date (reliable) health information for your patients. Many workers will simply want you to tell them more about a condition that they already have or that they are concerned may develop in the future. They will want to know the latest treatments and alternative options. You will need to be computer literate and have a good understanding of how to determine what internet information is reliable and what is not. Along with the ability to access information quickly, you will also need to have well-developed patient-education skills so that you can teach the patient about their condition or problem.

Much of occupational health work is about encouraging the patient to self-manage their future health, so to have some persuasive ability in a one-on-one health-teaching situation will also be useful. Always remember that workers will come to you for advice and help and you will need to be able to sell the benefits of lifestyle change to them. This is not an easy thing to do if a worker is reluctant to change.

You may also be asked to present health-promotion talks to groups of workers on a wide range of health topics, so you will need to be able to develop effective Powerpoint presentations, posters and health-information booklets and to give interesting health talks. Show and tell types of presentation work very well—for example, when doing a promotion session about hearing conservation why not think about having a variety of hearing-protection devices available to hand around to your audience rather than just showing pictures of the devices on the Powerpoint slide.

Above all, you will need to ensure that your emergency-response skills are ready to use at any time. Become familiar with the resuscitation equipment in the First Aid Room and Field Rescue Vehicle. Read the emergency response protocols for the industrial site you are on. Make sure that you have practised your cardiopulmonary resuscitation (CPR) technique.

Above all, enjoy the placement, keep an open mind and continue to learn.

6.17.4 Challenges students may encounter

As mentioned earlier, OH nursing is not for everyone. You need to be a self-starter and you need to be able to connect with people. Being a successful OH nurse is not about a fly-in/fly out job or casual shifts. It takes time to develop a rapport with workers and for them to trust you as their source of valid health information. It takes even longer for them to feel confident that they can talk to you about their most personal health concerns and fears. This job is mostly about building relationships with people and it is not very high-tech. So if you prefer the machines and buzzers of the ICU you will find the occupational health environment a challenge.

Heavy industry poses significant safety risks for all workers, including the on-site OH nurse. It is important that you are aware of all safety requirements and follow the safety rules of the site. This includes undertaking a site induction, not entering restricted areas and wearing all required personal protection equipment (PPE; hard hat, gloves, safety glasses, high-visibility clothing, hearing protection). Nobody wants you to become the next casualty.

The OH nurse generally works alone and, sometimes, in quite remote areas, such as on isolated mining sites or off-shore oil rigs. There is minimal medical back-up and you are required to be the first line of response in the event of a single or multiple medical emergency. This can be quite a daunting thought even for an experienced nurse.

On the personal side, if you like to socialise with friends every week or get very homesick you need to consider whether a remote OH placement would actually work for you.

6.18 Older person nursing

Helen Bellchambers

RN, Grad Cert (Geront), RM, BN, MNurs, PhD
Senior Lecturer, First Year Experience Coordinator,
The University of Newcastle

6.18.1 An overview of older person nursing

Older person nursing can be one of the most rewarding yet challenging experiences you will have as an undergraduate nurse (and beyond). There are very few clinical settings in which you will not encounter an older Australian; whether it is to provide care directly for an older client or indirectly, such as advising a young man about care options for his elderly father. The term 'older person' refers to those who are aged 65 years and over; but this cohort also includes an increasingly larger group of 'old old' people who are aged 85 years and over. The 2006 Census indicated that older people accounted for more than two-and-a-half million or 13 per cent of the Australian population (Australian Institute of Health and Welfare 2007), with about 3 per cent of this cohort being older Indigenous people (over 50 years of age) (Australian Indigenous Health InfoNet 2009). As a result of the poorer health status of Indigenous Australians a much higher proportion of Indigenous and Torres Strait Islander people receive community and residential aged care services in the Northern Territory (29 per cent compared to 4 per cent in any other state or territory) (Australian Institute of Health and Welfare 2009). While the census statistics suggest the majority of older Australians considered themselves to be in good, very good or excellent health (Australian Institute of Health and Welfare 2007), there are potentially 65–105 life years of accumulated uniqueness in the health and activity status, personal life history and socioeconomic background of each older person! Thus, older person nursing focuses on the unique healthcare needs of each individual.

So what are the most common care locations and nursing situations in which you will encounter older people? You are more likely to care for older people if you are located in a coastal area in the eastern states of Australia, as this is where the concentration of older people is highest. While the relative use of acute care by older people generally decreases with increasing age (Karmel et al. 2007), you will encounter many people for whom ischaemic heart and cerebrovascular diseases (notably stroke) are major causes of disability and death (Australian Institute of Health and Welfare 2007). You will more likely care for older people in settings that provide rehabilitation, geriatric evaluation and management, and maintenance care. Of the many preventable adverse events that result in hospitalisation of older people, falls are the most common: they contribute to relatively long stays and often result in older people being transferred to residential care—another clinical placement setting in which you will experience older person nursing. However, despite popular misconceptions, the majority of older Australians reside in their own homes and access community health services, with their general practitioner providing a primary healthcare role.

6.18.2 Learning opportunities

An older person nursing placement can provide a range of learning opportunities for the undergraduate nurse as older people commonly present with a range of complex co-morbidities that may be acute or chronic, or even acute-on-chronic. Anecdotal evidence supports the notion that older people will rate 'kindness' from a healthcare professional above clinical efficiency and they respond positively to the compassion, gentleness and helpfulness displayed by students during care activities. In such situations, many older people with complex healthcare needs will consent to your request to practice your assessment skills and explore the depth of theoretical knowledge that underpins your clinical decision-making. As the average LOS of an older person in most clinical settings is longer than that of the younger adult, students have a better opportunity to form a relationship with the person and their family, know their hospital or aged care experience and preferences, understand their medical history and engage with the multidisciplinary team.

6.18.3 Preparation for the placement

The most useful preparation you can undertake in any care setting is to familiarise yourself with the literature.

Literature relating to person-centred approaches to care

Reviewing the myths and stereotypes that perpetuate ageism will help you to develop a more thoughtful approach to your practice when caring for an older person. One of the many definitions of person-centred care is 'Person-centred care is about placing the patient, client or person (including their family and carer/s) at the centre of their healthcare, with their needs and wishes as paramount' (National Ageing Research Institute 2007). So while person-centred care can mean different things to different people, it is fundamentally about:

- respecting and valuing the person as a full member of society;
- providing places of care that are in tune with people's changing needs;
- understanding the perspective of the person;
- providing a supportive social psychology in order to help people live a life in which they can experience relative well-being.

Literature relating to normal processes of ageing

With a good knowledge base of the physiological changes that occur during ageing, you will be better able to differentiate between the changes related to the 'normal' ageing process and those that result from lifestyle and pathological processes. Similarly, an understanding of the psychosocial changes, especially changes in cognitive function, will better enable you to communicate, assess, plan and coordinate safe and effective care for an older person.

Literature relating to older person models of care

Many evidence-based models have been developed to achieve better processes of care and improved outcomes for older people.

Acute care setting

One example you can review in the acute care setting is The Older Person's Evaluation Review and Assessment (OPERA) program at Westmead Hospital, available at http://www.archi.net.au/e-library/moc/older-moc/opera. Models of care such as OPERA focus on a multidisciplinary approach that includes specialist evaluation, review and assessment of the older person at the beginning of the hospital care pathway. The skills of senior clinicians with expertise in the care of the older person are aligned to the needs of the unwell older person with minimum delay (Australian Resource Centre for Healthcare Innovations 2010a). Another example is the Delirium Prevention Model of Care which was developed by New South Wales Health and is based on evidence that delirium has a significant impact on an older person's quality of life and is one of the most common complications for an older person when they are admitted to hospital. As delirium has long-term negative effects, to prevent delirium is an important factor for improving the care of older people (Australian Resource Centre for Healthcare Innovations 2010b). You can review this model at http://www.archi.net. au/e-library/moc/older-moc/delirium.

In the community setting

While hospital-based care is funded by state health departments, the majority of community care nursing services that you will encounter are funded by the Australian Government. On community placement you will encounter older people who are receiving home-based care through an Extended

Aged Care at Home (EACH) or Extended Aged Care at Home Dementia (EACHD) package. An EACH or EACHD package, which includes the care services of a registered nurse, comprises individually planned and coordinated care interventions tailored to help older Australians with complex care needs remain living in their own homes (Australian Government Department of Health and Ageing).

Residential aged care setting

As part of an aged care placement you will experience nursing care of older people that may differ in its nature and content from that you have encountered in the acute and/or community settings. Residential care services provide accommodation and support for people who can no longer live at home and is funded by the Australian Government. You may be familiar with the terms 'nursing home' and 'hostel' as aged care facilities that provide high and low care places, respectively. Different philosophies and models of care, staffing profiles and funding arrangements apply in the residential aged care industry, which can be confusing if you are unprepared and approach your aged care placement with an acute care mindset! The focus of residential aged care delivery is the provision of suitable accommodation and related services (such as laundry, meals and cleaning) and personal care services (such as assistance with the activities of daily living) (Australian Institute of Health and Welfare 2009). As a visiting student you will notice that care activities are predominantly provided by direct care workers who account for the majority of the unregulated workforce for a population of residents of average age about 83 years. In contrast, the role of the registered nurse is to coordinate 24-hour provision or supervision of the delivery of high level care to people who are assessed as being functionally very dependent.

6.18.4 Challenges students may encounter

Your response to older person nursing may be positively influenced by pre-reading as described above, reflecting on your own values and beliefs about ageing and 'the aged' and examining common myths and stereotypes. It is the diversity in each older person's being and experience that makes caring for them so 'rewarding yet challenging'. This diversity will test your ability to communicate effectively, to select appropriate assessment tools, to interpret the acquired data accurately, to determine acceptable care interventions thoughtfully and collaboratively, to coordinate and supervise planned interventions competently and to monitor and distinguish therapeutic and non-therapeutic effects carefully. As with all caring situations, critical thinking and clinical reasoning should not occur in isolation from the application of your theoretical knowledge of best-available evidence, from consideration of available resources and skills, and from collaboration with the care team in which the older person or their nominated responsible person should be central. Be aware that deterioration in the health status of an older person, particularly an older old person may be more gradual, obscure and unpredictable than that of a younger adult; this may sharpen your senses of observation. Know that there is usually a trigger behind a behaviour labelled as 'disruptive', 'challenging' or 'aggressive' and that the person-centred way to manage such a situation is to assess for triggers and plan strategies to prevent them from starting the behaviour. You may feel less confronted when approached by an older person (usually one who is cognitively impaired) who is verbally loud, swearing and/or presenting physically aggressive postures if you remember the person is most probably attempting to communicate feelings or express an unmet need, such as pain, hunger, fear or loneliness.

References

Australian Government Department of Health and Ageing. *Home-Based Care: Extended Aged Care at Home Program*. Online. Available <http://www.health.gov.au/internet/main/publishing.nsf/Content/ageing-commcare-comcprov-eachdex.htm>; 2010 Accessed 01.10.

Australian Indigenous Health InfoNet. 2009. <http://www.healthinfonet.ecu.edu.au>.

Australian Institute of Health and Welfare. *Older Australia at a Glance*. 2007. 4th edn. Online. Available <http://www.aihw.gov.au/publications/index.cfm/title/10402>; 2010 Accessed 01.10.

Australian Institute of Health and Welfare. *Residential Aged Care in Australia 2007–08: A Statistical Overview*. 2009. Online. Available <http://www.aihw.gov.au/publications/age/age-58-10709/age-58-10709.pdf>; 2010 Accessed 01.10.

Australian Resource Centre for Healthcare Innovations (2010a) *Opera Model of Care*. Online. Available <http://www.archi.net.au/e-library/moc/older-moc/opera>; Accessed 01.

Australian Resource Centre for Healthcare Innovations (2010b) *Delirium Prevention Model of Care*. Online. Available <http://www.archi.net.au/e-library/moc/older-moc/delirium>; Accessed 01.

Karmel R, Hales C, Lloyd J. *Older Australians in Hospital*. Canberra: Australian Institute of Health and Welfare; 2007.

National Ageing Research Institute. *Best practice in Person-Centred Health Care for Older Victorians: Report of Phase 1*. 2007. Online. Available <www.nari.unimelb.edu.au/pchc>; 2010 Accessed 01.10.

6.19 **Paediatric nursing**

Elizabeth Newham

RN, DipAppSc(Nurs), BHSc(Nurs), MN(Adv Prac), MRCNA
Paediatric Nurse Educator,
John Hunter Children's Hospital, Kaleidoscope

6.19.1 **An overview of paediatric nursing**

Welcome to the diverse world of paediatrics, which encompasses a range of ages from premature infants to children up to 18 years of age cared for across an array of hospital settings, such as neonatal intensive care, in-patient and day units. The unique abilities of paediatric and neonatal nurses include being able to communicate across this age group and respond to the needs of the child and their carer using a family-centred model of care. To add to the diversity is the unique diagnoses of their patients.

Paediatric and neonatal nurses are passionate, caring and love their work. They embrace the challenging and rewarding moments they experience. Importantly, they respect the privilege that is given to them by families to provide care to their infant or child, and the opportunity this provides to influence the outcomes for both the family and the child.

6.19.2 **Learning opportunities**

The most significant learning opportunity will come from observing, practising and developing communication strategies with the different age groups, including interpreting the non-verbal cues paediatric patients give us. These particular communication skills enable you to reduce stress, anxiety and fear that the children and their families experience in hospital (Ryan & Steinmiller 2004).

You will be able to apply these improved observation and communication skills to detecting the signs of a deteriorating infant or child. Common skills that you can develop include respiratory, neurological and pain assessments, as well as fluid and electrolyte management.

The other invaluable learning opportunity that you need to grasp is to provide essential, developmentally appropriate, safe care to infants and young children, including bathing, hygiene and skin care, feeding, dressing or wrapping, and comforting.

6.19.3 **Preparation for the placement**

It is essential that you review normal growth and development milestones before placement, as children are not mini adults. This enables you to interpret the behavioural and physiological responses paediatric patients display, the normal observation ranges and understand why they are different. For example, sinus arrhythmia (when the heart rate fluctuates in time with breathing) is normal in infants and children (Hockenberry & Wilson 2007, p. 193). This will assist you to recognise the early signs of a deteriorating patient. You also need to have practised your neonatal and paediatric basic life-support skills.

Families will challenge you with questions, so you need to review the principles of providing infant and child care and the pharmacokinetics and pharmacology issues specific to paediatrics, such as using weight to calculate drug doses, different methods of drug administration and the childhood immunisation schedules. Preparing for the unique diagnoses will be a challenge and you will need to read the relevant literature while on your clinical placement. In some regions paediatric-specific clinical practice guidelines have been developed. These are easily accessible via health websites and provide summaries of the clinical care commonly required. They provide a beginning point of care from which you can then develop a specific plan.

Finally, there are some paediatric professional issues that you need to explore and consider before your placement. These include:

• your child protection responsibilities according to legislation;
• consent issues including the governing laws;
• principles of a family-centred model of care;
• providing advocacy for infants and children.

6.19.4 **Challenges students may encounter**

Children value nurses who are patient, gentle, cheerful and involve them in medical discussions (Pelander et al. 2007). It can be challenging to demonstrate these attributes while balancing the demand to learn and concentrate on the development of clinical skills. Be prepared, smile, introduce yourself to the infant or child and the family and take a little longer to do things so that you can display these attributes.

Balancing acute clinical demands and a family-centred model of care is difficult and actively listening and respecting the family's knowledge and skills is necessary to establish the rapport needed to work together. All neonatal and paediatric nurses will attest to the statement 'if a mother is worried about their infant or child you also need to be worried.' Never underestimate but do respond positively to parent's concerns, act with caution and attention, and utilise your support to meet their needs at the time so that you maintain a trust relationship (Fleitas 2003).

Our patient's often don't conform to our general expectations of what is normal or expected, which can be confronting. Many nurses are surprised by their emotional reactions to seeing an extremely premature baby or a dying child for the first time. We all expect infants and children to be pink, plump and happy, but that is not a typical picture seen in acute paediatrics. The strength you need to adapt will come from within, but you can see it clearly when you witness the unconditional love of parents.

To meet all these challenges your best preparation is to come to your acute paediatric placement enthusiastically, flexibly and open to new ways of working. Be aware that your professional attitude has a direct impact on the infants, children and their families, so smile and have fun.

References

Fleitas J. The power of words: examining the linguistic landscape of pediatric nursing. *American Journal of Maternal Child Nursing.* 2003;28(6):384–390.

Hockenberry MJ, Wilson D. *Wong's Nursing Care of Infants and Children.* 8th edn. St Louis, Missouri: Mosby Elsevier; 2007.

Pelander T, Leino-Kilpi H, Katajisto J. Quality of pediatric nursing care in Finland. *Journal of Nursing Care Quality.* 2007;22(2):185–194.

Ryan E, Steinmiller E. Modelling family-centered pediatric nursing care: strategies for shift report. *Journal for Specialists in Pediatric Nursing.* 2004;9(4):123–128.

6.20 **Palliative care nursing**

Amanda Johnson

RN, Dip(T)Ng, MHScEd, PhD Candidate
Deputy Director of Undergraduate Studies,
School of Nursing and Midwifery University of Western Sydney

6.20.1 **An overview of palliative care nursing**

This section is designed to support you in caring for dying patients and their families. The way in which you provide a palliative care approach, now and into the future, is shaped by your personal and professional experiences of death. It is important that you understand the complexity of this experience and your role in it, so that you can provide optimal care to dying patients and their families.

The provision of care to dying patients has broadened to now include any life-limiting illness, not just those with a cancer diagnosis and in a specialised setting. This sees the fundamental principles and practices of palliative care, known as a palliative care approach, being implemented regardless of the disease state or the clinical setting. For nurses, this means they will be exposed to more patient deaths and therefore need to provide a palliative care approach as a core component of their everyday practice in a variety of clinical settings.

Students frequently identify being a witness to and participating in the care of an individual dying to be a confronting and challenging clinical experience. The needs of dying patients and their families are often very complex and ever changing over the course of the dying trajectory. As a consequence, some students describe this learning experience as daunting, frightening and highly stressful, yet the potential for personal and professional growth may be exponential.

6.20.2 **Learning opportunities**

The learning gained during exposure to dying patients and their families on clinical placement allows you to:

* develop a self-awareness of death;
* view death as a normal part of the life cycle;

- understand the profound effect death has on individuals, their families and you in relation to cognitive, emotional, physical, psychological and spiritual well-being;
- recognise the significant role nurses play in an interdisciplinary team;
- become aware of the contribution a range of allied and health professionals and others make to symptom management;
- experience exposure to a variety of interventions to support an individual's quality of life;
- appreciate death as a positive experience;
- grow both personally and professionally;
- acknowledge the need to maintain your well-being in order to enhance your resilience to re-encounter death experiences.

6.20.3 Preparation for the placement

Undertaking the strategies below will assist you to prepare for a placement in a palliative care setting. They will enable you to more actively participate and feel confident and competent in the learning experience:

- Read the recommended chapters given at the end of this section.
- Write down your feelings about death. Come back to these during the course of the clinical placement and afterwards to see if and how your feelings may or may not have changed. Try to understand what has influenced your thinking in relation to this area of practice.
- Undertake self-reflection prior to, during and after the clinical experience.
- Identify and write down several self-care strategies you use when stressed. Ensure that these resources are readily available to you during this clinical placement. Remember it is important to care for yourself so that you can provide optimal care.
- Be open to sharing your feelings with other staff (registered nurse, clinical facilitator, nurse educator, NUM), as this act of sharing validates your own anxieties.
- Find out who else is undertaking a similar clinical placement and establish an informal support network with these peers, as this group often becomes your first contact for support. Most students have identified sharing with their peers as the most important support strategy when caring for dying patients.
- Organise a meeting with your clinical educator before the clinical placement so that you can establish an initial relationship in a neutral zone. This strategy provides an opportunity for you to convey your feelings and anxieties in a less stressful environment and begin to build rapport and a trusting relationship with your

clinical educator (or other support person, depending on the clinical placement), who will most likely act as a primary support for you.

- Acknowledge that each experience with a dying patient and their family will be unique and individual. However, also recognise that there are commonalities, and you will develop competence and confidence in the management of your patients and their families over time.
- Start recording your experiences in a journal. Recounting your stories of caring for dying patients and their families allows you to reflect on and promote learning for future experiences.
- Be open to the expert, positive role models present in the clinical placement, as these people will shape your future clinical practice.
- Identify self-care activities and use these over the course and following this experience.

6.20.4 Challenges students may encounter

Understand that the anxiety provoked in this clinical placement is common to many nursing students and is a natural reaction. Acknowledging the types of challenges you may face will help you to manage this anxiety. These challenges may include:

- working in an acute-care hospital with staff and an environment whose priority may not be the provision of a palliative care approach and the tensions this causes for you;
- experiencing the level of intimacy and the deeper relationships created in palliative care setting;
- witnessing the physical symptoms and suffering in caring for dying patients;
- physically touching a dying patient;
- finding it difficult to talk with those who are dying and their families (knowing how to respond to questions, choosing the 'right' words, knowing how to progress conversations about death, understanding the impact of silence);
- 'being' with people who are dying and their families;
- understanding the impact on the nurse that the cessation of a patient–nurse–family relationship has after a patient's death;
- being scared of not doing the 'right' thing
- understanding the different types of deaths and their impact on the nurse;
- undertaking the physical preparation of a deceased person.

Further reading

Haley C, Daley J. Palliation in chronic illness. In: Chang E, Johnson A, eds. *Chronic Illness and disability. Principles for Nursing Practice*. Chatswood: Elsevier; 2008:168–184.

Johnson A, Harrison K, Currow D, et al. Palliative care and health breakdown. In: Chang E, Daly J, Elliott D, eds. *Pathophysiology Applied to Nursing Practice*. Sydney: Elsevier; 2006:448–471.

Palliative Care Australia. *Quality Care at the End of Life: Creating the New Reality. Priorities for the 2008–09 budget*. Canberra: PCA; 2008.

6.21   Perioperative nursing

Menna Davies

RN, RM, BHlthSc (Nsg), MHlthSc (Nsg), COTM,
Cert Sterilising Technology, FACORN, FCN
Clinical Nurse Consultant, Operating Suite,
The Prince of Wales/Sydney Children's Hospitals, Sydney

6.21.1   An overview of perioperative nursing

Perioperative nursing is a dynamic, challenging and exciting specialty area of nursing. The term 'perioperative' relates to the nursing care of the surgical patient during the immediate pre-, intra- and immediate postoperative period and offers nurses the opportunity to be involved as part of the multidisciplinary team that cares for patients during stressful episodes of the surgical experience. Within the team, nurses play a vital role in safe patient outcomes by combining specialty clinical expertise with fundamental nursing skills and knowledge during each phase of the patient's perioperative experience.

One of the things you will observe in the operating theatre suite is that nurses hold a variety of roles. In the immediate preoperative phase, the anaesthetic nurse assists the anaesthetist in providing care of the patient during induction, maintenance and emergence from anaesthesia. The anaesthetic nurse not only provides clinical assistance, but reassurance and emotional support for the patient during the moments before anaesthesia is induced.

During the intraoperative phase the circulating nurse uses aseptic techniques to deliver sterile equipment to the operative field. They are also directly involved in maintaining patient safety through assisting the positioning of the patient, counting instruments and other items used intraoperatively, ensuring all equipment is working and monitoring the sterile field for any breaks in asepsis. The circulating nurse works closely with the instrument nurse in all these activities and provides a vital link for the surgical team in coordinating the smooth running of the surgical procedure.

The role of the instrument nurse involves preparing the sterile instruments and equipment used by the surgical team. The instrument nurse works closely with the surgeon to provide efficient delivery of instruments and equipment required during the surgical procedure. They must have good knowledge of anatomy, the surgical procedure, the specialised instruments and equipment used.

After surgery, the care of the patient is handed over to specialist nurses in the Post-Anaesthesia Recovery Unit. The nursing staff are responsible for closely monitoring the patient's vital signs and managing the patient's airway, as well as any complications that may arise during the immediate postoperative period. They provide the patient with pain relief and reassurance and, when the patient is ready to return to the ward area, the nursing staff provide a detailed handover to the ward staff on the patient's condition.

As this description of the nursing roles indicates, perioperative nurses require a great deal of specialty knowledge in order to carry out their roles. Depending on the size, complexity of surgery and staffing of operating suite, nurses may choose to specialise in one of the above roles or may be multiskilled and undertake all the roles described.

6.21.2 Learning opportunities

A clinical placement in a perioperative setting, regardless of its size, offers the opportunity not only to learn specialty skills, knowledge and technical expertise, but also to develop skills and knowledge that are transferable to other areas of nursing. For example, it is the most comprehensive anatomy and physiology lesson you will ever receive. Communication, aseptic technique, infection control, patient assessment, pressure-area management and airway management are but a few of the issues you will learn about during a visit to the perioperative specialty. You will also witness a variety of surgical procedures within the ever-changing world of surgery, where no two days are ever the same.

6.21.3 Preparation for placement

Working in the perioperative environment requires you to be diligent with your own personal hygiene, and do remember to pay attention to nails before you enter the perioperative suite. Ensure your skin is in good condition, checking for cuts and abrasions. Remember that scrubbing will dry the skin out considerably.

Take time to review anatomy and surgical procedures as a learning action as well as a reflection of terms, including suffixes and prefixes, such as -oscopy, -otomy, -ectomy, peri- and pan-.

6.21.4 Challenges students may encounter

As the operating theatre is a critical care area with a great deal of activity centred around the surgical patient, initially you may feel a little overwhelmed by the sights and sounds in this busy environment. However, clinical educators and experienced perioperative nurses will support and guide you and provide opportunities not only to observe surgery and the work of the team, but also to become an active part of the team.

Even if a clinical placement is unavailable and you are assigned to a ward, ask your facilitator to contact the education team within the operating theatre and see if a visit can be arranged to follow a surgical patient through their perioperative experience. If you decide, following a clinical placement, that a career in perioperative nursing is not for you, the understanding you have gained of the patient's perioperative experience will greatly assist you in caring for surgical patients within the ward environment and elsewhere.

To prepare for your clinical placement and learn more about this exciting specialty, locate the following text, which was written especially for Australasian perioperative nurses:

- Hamlin L, Richardson-Tench M & Davies M (2009) Perioperative Nursing: An Introductory Text. Elsevier, Sydney.
- Also, visit www.acorn.org.au to learn more about perioperative nursing opportunities.

6.22 Primary healthcare nursing

Judy Yarwood

RN, MA (Hons), BHlthSc, Dip Tchg (Tertiary), MCNA (NZ)
Principal Lecturer, School of Nursing and Human Services,
Christchurch Polytechnic Institute of Technology
New Zealand

Jill Clendon

RN, PhD, M Phil(Hons), BA, MCNA (NZ)
Academic Staff Member, School of Social Sciences,
Nelson Marlborough Institute of Technology
New Zealand

6.22.1 An overview of primary healthcare nursing

Since the 1978 signing of the Alma Ata declaration when primary health-care (PHC) was given centre stage to improve health for all, PHC nurses have been recognised as key players for change and progress (WHO/ICN 1988). PHC nursing is an embracing term that describes nurses' practice approach within the PHC sector. More traditional community nursing terminology, included community health nurses or community-based nurses, but today PHC nursing involves both traditional and contemporary nursing roles. The former are seen in public health practice and district nursing, Plunket (well-child health), school and OH nursing, whereas the latter roles have emerged as rural and remote nurse specialists, and neighbourhood and family nurses.

PHC nursing roles, be they in Australasia, Asia or Europe, or with different nomenclature, are guided by the same principles of PHC, that is people-focused healthcare that is accessible, affordable, acceptable and based on reducing health inequalities (Francis et al. 2008). Having said that, no two PHC clinical placements are the same. Certainly, there are similarities and we talk about these shortly, but you will find there is a particular culture to every organisation, geographical area or community you encounter. Into each of these contexts the nurse brings their knowledge, values and beliefs, which intertwine with existing cultures of the community of people, to make each clinical environment unique.

Two examples of PHC nursing roles illustrate these ideas. Firstly, from New Zealand, are Plunket nurses, who have been working with mothers since 1907 and provide a screening, surveillance, health education and health-promotion service to new mothers and their infants. Secondly, rural or remote nurse specialists who often service isolated communities that are difficult to access, which necessitates a breadth and depth of knowledge that incorporates childhood and chronic diseases, health promotion, acute health events, and accident and emergency situations.

6.22.2 Learning opportunities

What makes PHC nursing roles different to those you may have encountered in secondary care? PHC nurses would say their roles are more family and community centred, and thus they are better able to capture a broader picture of a person's, family's or community's health needs. Frequently, PHC nursing practice occurs in a person's or family's home, in which the nurse is a guest, and this enables an effective therapeutic relationship to be built. In these locations opportunities to promote health are more readily available; for example, identifying and removing hazards from around the home, supporting people to stop smoking, and encouraging childhood vaccinations. The identification of similar health needs across groups of people also allows PHC nurses to work with communities, such as schools or support groups, to address these needs, for example to establish a father's support group.

6.22.3 Preparation for the placement

In preparation for your placement in a PHC setting it is important that you:

- consider the ways your beliefs, values and assumptions impact on your nursing practice;
- develop and expand your assessment skills;
- understand the importance of building trusting and respectful relationships;
- think family and/or community rather than individual and/or disease;
- consider the role of health education, health promotion and health literacy in achieving health;
- identify the impact social determinants of health can have on people, families and communities.

6.22.4 **Challenges students may encounter**

One of the exciting features of PHC nursing practice is uncertainty. This means PHC nurses must be adaptable, flexible and prepared for any event from an acutely unwell child, suspected family violence or an elderly lonely man. The nature of PHC nursing practice means personal safety is an issue for consideration. Visiting homes, travelling to and from remote and rural regions, and/or operating sole nurse-led clinics can entail risks nurses may not otherwise encounter. PHC placements will, however, always provide challenging and stimulating learning experiences.

References

Francis F, Chapman Y, Hoare K, Mills J, eds. *Australia and New Zealand Community as Partner: Theory and Practice in Nursing*. Sydney, Australia: Lippincott Williams, Wilkins; 2008.

WHO/ICN. *Nursing in Primary Healthcare: Ten Years after Alma-Ata and Perspectives for the Future*. Geneva, Switzerland: WHO/ICN; 1988.

6.23 **Private hospital nursing**

Deánne Portelli

RN, Dip CCNurs, MA Nurs, Cert IV in TAA
Education Manager, Sydney Adventist Hospital

Lynette Saul

RN, DipAppSc (Nurs), Dip Health Teaching & Mentoring,
MNurs (Clinical Teaching), Cert IV in TAA
New Graduate Coordinator, Sydney Adventist Hospital

Margaret Mason

RN, CM, BNurs, MNurs (Ed), Cert IV in TAA
Clinical Placement Coordinator and E-Learning
Course Development,
Sydney Adventist Hospital

6.23.1 **An overview of private hospital nursing**

There are 280 private and not-for-profit hospitals, and 272 private day hospitals in Australia with 27,768 beds. During 2007–2008 these hospitals treated 40 per cent of all patients in Australia. This equated to 3.1 million patients. Private hospitals performed 64 per cent (the majority) of surgery in Australia (Australian Institute of Health and Welfare 2009).

Private hospitals invest approximately $35 million every year in the education and training of surgeons, doctors, nurses and other healthcare professionals (Australian Institute of Health and Welfare 2008). Included in the training commitment is the provision of clinical placements for undergraduate medical, nursing and allied health students (APHA July 2009).

6.23.2 Learning opportunities

The learning opportunities in the private and not-for-profit health organisations are equitable to those in the public health system. A large range of specialty areas offer learning opportunities to student nurses. The private sector is committed to quality, safety and providing excellence in patient care. For example, in 2007–2008 private hospitals performed 48 per cent of cardiac valve procedures and 43 per cent of all hospital-based psychiatric care. In the same year, private hospitals treated 453,000 accident and emergency cases (Australia Bureau of Statistics 2007).

The limited number of clinical placements available means it is important to view your placement as a valuable opportunity. You should therefore maximise the many and varied learning experiences offered during your clinical placement by staying alert and keeping an open mind to learning. This will enhance your clinical placement by ensuring your experience is valuable and enjoyable.

Show an interest in what is happening around you and ask questions. Observe what the registered nurse does, find out what is happening and why. Research to find out more! You have many resources available to you, including experienced registered nurses, midwives and clinical nurse educators.

Mentors and/or preceptors and nursing staff put time and effort into teaching students about what they do. There is no doubt some staff are better at this than others. When you are on clinical placement remember that nurses as a whole give a lot of themselves for others. It is rewarding to have positive, keen and enthusiastic learners to work with. This makes the preceptor feel valued and that the time is well spent with someone appreciative of the opportunity to learn.

Talk to the nurses in your team. Vocalizing your needs will enable us to assist you in reaching your expected goals. Expressing your knowledge of a situation will guide the nursing team in understanding your previous experiences and learning needs.

Relating to the multidisciplinary team (doctors, physiotherapists, dieticians, etc.) can be quite daunting. Your clinical placement is a good opportunity to observe and learn from how other nurses communicate in various situations. Communication is a nursing attribute that develops with experience. Utilise this experience to extend the attributes of effective communication. Focus on developing therapeutic relationships with the patients and their families that you meet. This will increase your confidence in caring for them. You will be more able to assess changes in their condition, and also to offer comfort and understanding.

Within your scope of practice there is plenty of opportunity to use your initiative. It is important to recognise the difference between a patient's needs and wants, which are imperative in deciding the priority of care and a vital component of critical thinking and decision making.

As a team member you need to provide some assistance to your nursing team to enable them the opportunity to show you a specialised skill. For example, supporting basic care to enable time to experience specialised care,

If you identify a patient need, follow through with action. If the action required is outside your scope of practice, a referral is required. It is expected that you will refer your patient's needs to your preceptor, facilitator, the team leader or unit manager. The rewards of teamwork are so much more than sharing the physical loads. You will gain clinical skills, confidence and the gratitude of your co-workers. Your self-worth and job satisfaction will be greatly enhanced.

6.23.3 Preparation for the placement

Prior to clinical placement, prepare well. Investigate the clinical placement and the ward you have been assigned to for your clinical placement. Preparation can be done by becoming familiar with the specialty terms, common medications used and patient treatments and conditions within the specialty. Every specialty has a specific terminology. Where possible, become familiar with and practice the terminology prior to clinical placement. For example, orthopaedics will use terms such as THR (total hip replacement), TKR (total knee replacement), arthroscopy, anti-emetics and anti-coagulants.

Preparation for your clinical placement is not only the key to a greater understanding, but also to increased confidence in your clinical experience.

6.23.4 Challenges students may encounter

It can be challenging when there is a busy day and the ward or department is understaffed. As a student arriving for clinical placement, you will be allocated to the team and will contribute to all patient/client care over the shift. In this situation, it is best to have a keen positive attitude and be happy to help; however, do ensure that you take the initiative and discuss your learning objectives and why you are there. Negotiate with the staff to assist them in tasks that you have skills in, as well as seek opportunities for questions and teaching. Communicate your objectives with the staff so they are all aware of your needs and motivation to learn while on placement. When complex dressings, procedures, tests and interesting diagnoses are evident the staff will think of you and share the information with you.

Last, but not least – *have fun!* Spending time in the hospital environment can and should be a positive experience for all.

References

Australia Bureau of Statistics. *Private Hospitals Australia 2006–2007*. 2007. Online. Available <http://www.abs.gov.au/AUSSTATS/abs@.nsf/ProductsbyReleaseDate/9CE80F2FCA2520D1 CA2572EB001EFD85?OpenDocument>; 2009 Accessed 30.12.09.

Australian Institute of Health and Welfare. *Health Expenditure Australia 2006–2007*. 2008. Online. Available <http://www.aihw.gov.au/publications/index.cfm/title/10776>; 2009 Accessed 30.12.09.

Australian Institute of Health and Welfare. *Australian Hospital Statistics 2007–2008*. 2009. Online. Available <http://www.aihw.gov.au/publications/index.cfm/title/10776>; 2009 Accessed 30.12.09.

APHA. *Submission to the Productivity Commission Research Study into Public and Private Hospitals*. 2009. Online. Available <http://www.pc.gov.au/__data/assets/pdf_ file/0010/91783/01-preliminaries.pdf>; 2009 Accessed 30.12.09.

6.24 **Rural and remote nursing**

Maryanne Hethorn

RN, RM, ICU Cert BA Dip AET, MMid
Registered Midwife and Registered Nurse,
Moree Plains Health Service and The University of
Newcastle Department of Rural Health

6.24.1 **Overview of rural and remote nursing in Australia**

Rural nursing is a dynamic and diverse area of nursing practice. Rural and remote-area residents generally have poorer health than their major city counterparts. This is reflected in higher levels of mortality, disease and health-risk factors. The healthcare system in rural and remote areas of Australia is influenced by factors such as less access to primary healthcare services and fewer general and specialist medical professionals per population.

In rural and remote areas there is often less access to basic necessities, such as fresh fruit and vegetables, more driving risks (such as poorer road conditions and longer travelling time), longer patient-transport times and more jobs with higher risks, such as primary production and mining. Preventable cancers, for example those associated with sun exposure (melanoma) or smoking (lung, head and neck, and lip) and those detectable through screening (cervix), are among those with significantly higher incidence rates in rural and remote areas. Higher rates of morbidity and mortality in rural and remote areas are also partly influenced by the larger proportion of Aboriginal and Torres Strait Islander peoples who live in these areas (AIHW 2008). Distance is also a tyranny for many rural clients. Referral and transfer to regional and metropolitan facilities are costly and time consuming for rural people. Transportation and accommodation costs further disadvantage rural people in obtaining equivalent healthcare access to that of their regional or metropolitan counterparts.

The role of a rural nurse embraces all fields of nursing. Rural nurses can specialise in any discipline of nursing or midwifery; for example, operating theatre, emergency, child and family health, community health, indigenous health and palliative care are some of these areas of specialty. Rural nurses care for people from all socioeconomic and cultural backgrounds.

Providing quality care for local people is rewarding. Rural nurses live in the community. Therefore, close relationships develop with the local people they care for. It is not uncommon during a career in rural nursing to care for people from the 'womb to the tomb'. Close working relationships can occur in the smaller working environments typical of rural and remote settings. Social opportunities often extend from working relationships during placement in rural and remote areas.

6.24.2 Learning opportunities

Rural placements provide students with a concentrated and sometimes personalised insight into rural health issues. The location and degree of isolation of your placement will dictate the breadth of the learning experiences available. Rural nursing is diverse in comparison to regional or metropolitan placements. For instance, students can observe a birth, trauma and death within the one day. An advantage for students can be the exposure to a higher concentration of clinical activities through a variety of nursing activities. This is because of the diversity of the role of a rural nurse. In remote regions, an even greater variety of nursing skills are required and remote nurses need to be highly skilled in a range of areas, particularly emergency nursing and midwifery. In some areas only a nurse and/or general practitioner provide healthcare to the local population.

Nursing students often comment on the advantages of rural placement:

- 'Smaller numbers of nursing students in the rural setting equate to more one-on-one clinical experience.'
- 'Nurses here are capable of many things … you learn a little bit of everything.'
- 'Rural people seem more tolerant and are more approachable.'

6.24.3 Preparation for the placement

Understanding rural culture and ideology is important before commencement of your clinical placement. Learning about the people and their history gives insight into cultural groups and their significance to the region or area.

Acknowledging Indigenous people and gaining awareness of their contribution to the history and culture of a region is imperative prior to commencing clinical practice.

Learn a little about the region, the produce, the people and the general demographics. This enables an understanding of the lifestyle, social and economic influences of the area and the effects on community.

Research where you are going and how far the placement is from home. Check relevant maps for the safest, direct route. Travel can be long and tiresome. Ensure you estimate the length of your journey, available fuel and fatigue stops. Research if planes, trains and buses service the area and do not assume they operate daily! Travel can be hampered if the local harvest season is taking place. For example, movement of large, harvest machinery and an increase of trucks on the road can slow a journey. Kangaroos, emus, foxes, possums, rabbits and stock (cattle and sheep) can be prevalent, especially during the dry seasons or drought. Night driving can be especially hazardous. Importantly, take note of any signage warning of the possibility of animals on the road. Always slow down and allow stock to cross before moving on, to avoid collisions with droving herds.

6.24.4 **Challenges students may encounter**

Improvements to vocational education in rural regions and the internet have contributed to rural nurses embracing further education and evidence-based knowledge. However, lack of 'fault-free' internet connections can hinder access to research and educational institutions.

Nursing students' comments on the challenges of rural placement include:

- 'You're a long way from home and your friends.'
- 'Homesickness and isolation from your normal social life can be difficult.'
- 'Limited access to some facilities and transport can prove difficult.'

References

AIHW. *Australia's Health 2008.* Canberra: Australian Institute of Health and Welfare; 2008.

6.25 **Surgical nursing**

Dee Maguire

RN, DipAppSc, BAppSc, MEd
Surgical Nurse Educator,
Westmead Hospital, Sydney West Area Health Service

6.25.1 **Overview of surgical nursing**

Surgical nursing is both a fascinating and diverse domain of clinical practice, and involves skills that can easily be transferred to most other specialties. For this reason, surgical nursing is an excellent foundation for your journey into nursing as a career.

A surgical setting requires astute assessment and management of the patient both before and after surgery. It is the individual patient's response to surgery, anaesthesia and intervention that dictates the recovery period. Therefore, skilful and diligent assessment is paramount in the detection of potential postoperative complications that may have an impact on the ideal recovery for each patient. Modern techniques in minimally invasive surgery have reduced the LOS and facilitated earlier discharge of patients. Monitoring the patient through the surgical experience also involves early patient education and individual discharge planning from the outset. For this reason, the surgical nurse is not just a specialist, but also a generalist who is flexible, creative and broadly skilled.

6.25.2 **Learning opportunities**

Within the surgical unit you will be exposed to a rich and stimulating learning terrain. You will explore not only the advances in surgical techniques and the effect of these on the patient, but also the anatomical structures involved during surgery. For this reason, you will constantly refer to your knowledge of anatomy and physiology, which builds the platform for your clinical practice. You will see several venous-access devices and it will be important for you to know the purpose of these lines and their distinguishing features. You will see complex wounds and learn which type of dressing is appropriate and at what stage during the healing process it is required (for example, vacuum-assisted wound closure). You will see a range of wound-drainage systems that promote wound healing and you will be taught the principles of monitoring and safe drain removal. The surgical pace, most importantly, will prepare you to think on your feet and to problem-solve critically, quickly and effectively. In addition, the implementation of rapid assessment (RA) units provides a great opportunity for you to consider how you will apply astute holistic care even in this climate of expediency.

You will be encouraged to link patient diagnosis with the type of specialty surgery performed, and then relate this to the specifics of the patient. Only by obtaining the 'whole picture' will you be informed about the individual response to surgery. An excellent method of doing this is to follow a patient from the preoperative stage through to discharge (this includes being an observer during surgery). You might like to start with a field of surgery that interests you, such as vascular, plastics or hepatobiliary, then reinforce your knowledge by reading current research on that specialty. By following the patient through her or his personal experience you will be in a strong position to make these links between the person and the surgery. Your specific knowledge will extend beyond the surgery to 'how' the patient responded. Questions you could ask yourself during the case study include:

- 'Did the patient have any intraoperative complications?'
- 'How was the patient's pain managed?'
- 'Did any regular medication need reviewing post-surgery?'

These are just a few examples—you can think of many more.

Take advantage of surgical symposiums and conferences that provide an invaluable insight into advances in surgical concepts and techniques (for example, robotic surgery) and showcase how surgery is evolving.

6.25.3 Preparation for the placement

Before venturing into this exciting domain, some of your preparation will include gathering a schema about the general principles in pre- and post-operative care. These will include preoperative assessment and legal consent, the importance of referring to specific postoperative orders, pain management, fluid status and resuscitation, prevention of postsurgery complications (e.g., deep-vein thrombosis, wound infection and atelectasis). You will also need to know the difference between septic and hypovolaemic shock, and their key indicators.

After establishing a general picture, move on to reviewing some of the surgical procedures for each specialty; for example, for vascular surgery you might look at abdominal aortic aneurysm (AAA) and femoral popliteal bypass. This is useful because, despite differences in surgery, there are generic principles that cross all specialties. However, your knowledge of each specialty will guide you in anticipating possible specific complications (e.g., airway compromise following head and neck surgery). Developing anticipatory and intervention skills will help you to be a responsive clinical leader in the future; one who is comfortable in their knowledge and mindful of best-practice development.

It is also very important to make references consistently to each body system while learning about surgery. If a patient has a thyroidectomy, for example, you will need to understand exactly what the thyroid does and what will happen when that gland is removed (as well as complications that result from damage to or removal of parathyroid glands). In effect, your knowledge of body systems will be a giant pool, which you will constantly dip into during your placement in surgery. Your knowledge will actually become activated!

6.25.4 **Challenges students may encounter**

The challenge for students will be to understand the nature of the surgical experience for the patient. Critical thinking skills will support clinical reasoning and the quality of care provided. Supporting patients through nausea, pain and, for some patients, disfigurement will be challenging for students.

Recommended reading

Brown D, Edwards H. Lewis's medical-surgical nursing: Assessment and Management of Clinical Problems. Sydney: Mosby; 2008.

Lemone P, Burke L. *Medical–Surgical Nursing. Critical Thinking in Client Care*, 4th edn. New Jersey: Pearson International; 2008.

Manley K, Bellman L. *Surgical Nursing: Advancing Practice*. London: Churchill Livingstone; 2000.

Pudner R. *Nursing the Surgical Patient*, Chapters 9, 11–18, 20–22. Edinburgh: Baillère-Tindall; 2005.

Glossary

Accountability
Relates to the forms of responsibility and duty, and to the notion of 'being in charge of' in nursing practice.

Acculturation
The individual's adaptation to the customs, values, beliefs and behaviours of a new culture.

Acuity
The degree of complexity of a patient's state of illness and the level of care required.

Advocacy
A critical function of the nursing role that incorporates the ethical principle of beneficence, defending the rights of others or acting on their behalf.

Ageism
Prejudice against the older adult that perpetuates negative stereotyping of ageing as a period of decline.

Androgogy
The art and science of helping adults learn; a term coined by Malcolm Knowles to describe his theory of adult learning (1984).

Assess
To gather, summarise and interpret relevant data about a learner or patient to make a decision or plan.

Australian Nursing and Midwifery Council (ANMC)
A national organisation established to facilitate a national approach to the regulation of nursing and midwifery in Australia. The ANMC works with state and territory nurse and midwife regulatory authorities to develop standards for regulation and to provide a collective voice for these authorities.

Australian Nursing and Midwifery Council Competency Standards for the Registered Nurse (2005)
A national benchmark for registered nurses that reinforces responsibility and accountability in delivering quality nursing care through safe and effective work practice. The competencies are organised into four domains: professional practice, critical thinking and analysis, provision and coordination of care, and collaborative and therapeutic practice.

Best practice
The use of high-quality clinical evidence to inform and underpin patient-care decisions and nursing actions.

Clinical educator
The registered nurse assigned to facilitate the learning of students. A clinical educator is usually allocated to a group of students, and may or may not be employed by the educational institution; also called facilitator, clinical teacher and nurse teacher.

Clinical governance
A system of management that encourages openness about strengths and weaknesses, and that incorporates the need to be proactive through best practice to promote excellence in healthcare.

Clinical learning environment
The placement location in a healthcare facility where nursing students are allocated in order to achieve objectives, care for clients/patients and undertake assigned learning activities.

Clinicians and other health professionals
The nurses who work with patients/clients in the clinical learning environment.

Code of Ethics for Nurses in Australia
A framework that outlines the nursing profession's intention to accept the rights of individuals and to uphold these rights in practice. The code provides guidelines for ethical practice and identifies the fundamental moral commitments of the nursing profession.

Code of Professional Conduct for Nurses in Australia
A set of national standards of nursing conduct for nurses in Australia that identifies the minimum requirements for conduct in the profession.

Competence
The combination of knowledge, skills, behaviours, attitudes, values and abilities that underpins effective and/or superior performance in a professional or occupational area.

Compliance
Submission or yielding to regimens or practices prescribed or established by others.

Confidentiality
A binding social contract or covenant; a professional obligation to respect privileged information between health provider and client.

Cultural competence
The ability to demonstrate knowledge and understanding of another person's culture, and accept and respect cultural differences by adapting interventions to be congruent with that specific culture when delivering care.

Culture
A complex concept that is an integral part of each person's life. It includes knowledge, beliefs, values, morals, customs, traditions and habits acquired by the members of a society.

Disability
Inability to perform some key functions of living.

Duty
Responsibility; professional expectation.

Educational institution
An institution that provides an accredited nursing program. The institution may be a university, school of nursing or college.

Educator
The teaching role a nurse assumes in supporting, encouraging and assisting the learner.

Enrolled nurse
A person licensed to provide nursing care under the supervision of a registered nurse.

Ethical dilemma
A problem in which there is a moral or ethical choice to be made between options that seem equally unfavourable.

Ethics
Guiding principles of human behaviour; morals.

Ethnicity
A dynamic and complex concept referring to how members of a group perceive themselves and how, in turn, they are perceived by others in relation to the population subgroup's common heritage of customs, characteristics, language and history.

Ethnocentrism
Belief that one's own culture is superior and all other cultures are less sophisticated.

Feedback
Valid and reliable judgements about students' performance for the purposes of recognising strengths and areas for improvement. Feedback provides students with information about what they are expected to do and how they are progressing. Ideally, it is provided about all activities or situations in which the student has been involved.

Healthcare facility
An institution in which the delivery of healthcare is the primary focus. Examples include hospitals, outpatient clinics, medical centres and extended care facilities. These may be publicly or privately operated.

Healthcare team
An interdisciplinary group of healthcare professionals and non-professionals who provide services to patients and their families in an attempt to maximise the optimal health and well-being of the person to whom their activities are directed.

Horizontal violence
Covert or overt dissatisfaction directed by nurses towards one another and towards those less powerful than themselves. Usually it is the nurses in the least organisationally powerful positions that manifest bullying among themselves and towards those with even less power. Sometimes referred to as workplace bullying.

Interdisciplinary healthcare team
The different disciplinary groups of people responsible for working as a team to provide high-quality healthcare to patients.

International nursing student
A student undertaking an approved nursing course or program who is not an Australian citizen and is not permanently residing in Australia.

Learning objectives
Intended outcomes of the educational process that are action-oriented rather than content-oriented, and learner-centred rather than teacher-centred.

Mentor
A nurse who supports a nursing student during placement experience. The nurse takes responsibility for supervising, directly or indirectly, the student's practice. Sometimes referred to as a preceptor, buddy or professional partner or allocated registered nurse.

Negligence
Doing or not doing an act, pursuant to a duty, that a reasonable person in the same circumstances would or would not do, and that results in injury to another person.

Person-centred care
A way of practising that focuses on an individual's personal beliefs, values, wants, needs and desires. An approach in which person's freedom to make their own decisions is recognised as a fundamental and valuable human right.

Privacy
A right for all individuals that protects their personal information and the dissemination of such information.

Reflection
A process by which nurses assess their clinical experience and their understanding of what they are doing and why they are doing it, and consider the impact it has on themselves and others. Reflection promotes learning from practice through exploration, questioning and growing through, and as a consequence of, clinical experiences.

Registered nurse
A person who is licensed to practice nursing in Australia.

Scope of practice
A framework of nursing activities that particular nurses are educated, competent and authorised to perform within a specific context.

Sexual harassment
Conduct of a sexual nature that is unwanted and unwelcome by the receiver. Conduct is considered unwelcome when it is neither invited nor solicited and the behaviour is deemed offensive and undesirable.

Student
A student of nursing may be an undergraduate nursing student or a trainee enrolled nurse.

Undergraduate nursing program
An initial program of study that leads to the award of a Bachelor degree and is provided at institutions of higher education (usually universities, but may be institutes or approved colleges).

Index